U0126779

彤管文心

——近代女性文學的賡續與新變

羅秀美　著

臺灣 學生書局 印行

致　謝

學術人生行走至今，如果還能稱得上有點成績的話，最需要感謝幾位老師，碩士班指導教授張夢機老師及顏崑陽老師、博士班指導教授李瑞騰老師。病中復健的張夢機老師，猶然談笑風生地授課，深厚的學養與豁達的人格，令人如沐春風。而顏崑陽老師嚴謹的教研成就與行俠仗義（代中風的張夢機老師指導研究生）的義舉令人敬佩，承蒙「嚴（顏）師」嚴格的指導、用心的批閱，畢生受用。而永遠忙而不亂的李瑞騰老師，以其溫厚的風範，風靡不少學子；而當年投入李老師門下的我，以專任講師身分利用課餘進修，並非十分專心做研究的博士生，又常以職場瑣事叨擾老師，幸而老師寬厚以對，慷慨地容許我四年半取得博士學位。此外，對我多所肯定的岑溢成老師，也是學術上必須感謝的恩師。於本書行將問世之際，思及當年諸位恩師的指導，絕對是需要感恩的。

此外，本書各章之誕生，有賴諸位學界人士給予發揮潛力的機會，或者提供寶貴的學術意見及資料，茲依各章先後為序致謝。

感謝科技部人文司通過**曾懿**的研究計畫。感謝江蘇理工學院陳雅娟副教授慷慨陪同赴常州進行曾懿足跡的相關踏查工作，雖然只找到袁曉園（曾懿孫女）紀念館，直接關係不大，但也彌足珍貴。陳雅娟副教授也慷慨陪同遠赴常州市郊外孟河鎮的「孟河醫派」名醫故址進行踏查，包括名醫費伯雄故居、巢渭芳故居、丁甘仁故居（目前也是孟河醫派傳承學會、孟河醫派書院所在），能夠親履明清知名的孟河醫派故址，令人振奮。

感謝科技部人文司通過**薛紹徽**的研究計畫。感謝《薛紹徽集》點校者林怡教授（福建省委黨校文史部）慷慨撥冗在福州三坊七巷會面，並指點參訪薛紹徽詩裡寫過的景點位置（玉尺山即光祿吟臺）。感謝江蘇理工學院陳雅娟副教授慷慨陪同赴上海圖書館，順利複印特藏之薛紹徽相關文獻。感謝美國紐澤西州英華國際學校蘇文霖教務主任，親自陪同赴康州哈特福市，參訪薛紹徽文本中提及的《叔父艙房》（《黑奴籲天錄》）作者史托夫人故居。

感謝中興大學研發處提供校內研究計畫，資助完成**呂碧城**古典散文之研究。感謝美國紐澤西州英華國際學校蘇文霖教務主任之陪同，參訪呂碧城曾遊學的紐約哥倫比亞大學，巧遇巴納德學院高彥頤教授，遂趨前請益，證實吾人對呂碧城當年僅為遊學應無相關文獻可尋的猜測。同時，蘇文霖主任也陪同入住當年呂碧城住過的紐約 Hotel Pennsylvania，即〈紐約病中七日記〉中的「潘斯樂維尼亞旅館」，然今日內部的住房品質已不復百年前剛開業之榮景，令人失望，不勝唏噓。此外，也參觀自由女神像，感受當年呂碧城遊覽的情境。

感謝中興大學中文系辦理「通俗與雅正研討會——文學與信仰」，乃有機會發表**顧太清**的道教生活與旅行這篇論文。論文撰寫於 2019 年暑假右眼白內障手術後的適應期中（兩眼視差達 1100 度），雖感辛苦，終究如期登場。

感謝美國紐澤西州英華國際學校蘇文霖教務主任之陪同，參訪美國普林斯頓大學東亞圖書館，並拜訪「葛思德（Gest）文庫」中文部主任邵玉書先生（Joshua Seufert），經由他的指點，乃得以拜訪哥倫比亞大學 C. V. Starr 東亞圖書館研究員王成志博士，並經由王博士及其同仁蔡素娥主任的引導，轉至巴納德學院（Barnard College）圖書館拜訪「巴納德檔案與特藏部」副主任 Martha Tenney 女士，順利取得該校特藏之「**康同璧**檔案」，及時挹注了資料匱乏的康同璧研究。也感謝美國耶魯大學東亞系孫康宜教授的慷慨會面，並蒙孫教授介紹耶魯大學史特林紀念圖書館（Sterling Memorial Library）之東亞圖書館主任孟振華先生親自導覽該館，乃榮幸參訪館內的容閎（康同璧至康州時的接待人）雕像，也得以親睹該館特藏之當年（1854）容閎在耶魯念書時的手稿，彌足珍貴。感謝哈佛大學燕京圖書館編目組退休館員張鳳女士親自導覽雷德克里夫學院（Radcliffe College），當年康同璧曾短暫就學於此。感謝美國紐澤西州英華國際學校蘇文霖教務主任之陪同，參訪康同璧曾就學的康州三一學院（Trinity College）、紐約哥倫比亞大學巴納德學院（Barnard College）以及紐約曼哈頓唐人街（康同璧曾在此地演講）。感謝馬來西亞大山腳（Bukit Mertajam）文人陳政欣先生的邀請，參與會議之餘，得以一遊康同璧父親康有為當年在檳城極樂寺的題字「勿忘故國」。

感謝德國維藤大學（Witten University）吳漢汀（Martin Woesler）教授主辦之「第四屆世界漢學論壇」（2020 年 8 月 15-18 日），在疫情正熾中努力以視訊方式如期舉辦線上國際會議，值得讚佩，**張默君**的論文便在此發表。感謝曾經於學術演講及會議中有過兩面之緣的加拿大麥吉爾大學（McGill University）方秀潔教授（Grace Fong），受其研究論著之啟發，加強深入研究張默君的決心，雖然曾經留意過張默君。而方秀潔教授與哈佛大學燕京圖書館合作的「明清婦女著作」網站，將大部分女性文集數位化，嘉惠於吾人的研究，如此功德，豈能不感恩？而一百餘年前張默君赴美東參訪的「越笛克拉菲」學院，即前述張鳳女士親自導覽的雷德克里夫學院（Radcliffe College）。而參訪張默君曾遊學的紐約哥倫比亞大學，亦如前述，得感謝美國紐澤西州英華國際學校蘇文霖教務主任之陪同。

感謝科技部人文司提供專家學者赴國外發表論文的補助計畫，乃得以遠赴英國倫敦大學亞非學院（SOAS）發表論文，探討**呂碧城**的英倫書寫及其在英期間即已關注之佛學及靈學。此計畫經費也用於學術踏查，在倫敦南邊塞登哈姆找到當年呂碧城參訪的複製版水晶宮遺址，應為學界少見之學術踏查。同時並參觀呂碧城曾參訪的皇家高等法院、西敏宮（國會大廈）內部（不定時開放參觀，需提前預約）及西敏寺內部（名人墓葬與詩人角值得參觀）。而呂碧城英倫遊蹤裡的國家藝廊、大英博物館、倫敦塔等觀光景點，所幸皆曾於往日私人旅遊中拜訪過。更感謝倫敦大學皇家哈洛威學院歷史系蔡維屏教授，不只提供專業的講評，也招待溫馨的皇家哈洛威學院參訪之旅。

也要感謝多位歷年擔任研究助理的同學們：陸佩玲（泰籍）、簡千芮、李翊萍、江宥蓁、李佳諭、溫婷、李珮筠、何姿儀等諸位，許多寶貴文獻的借閱、蒐尋與複印，都是你們的功勞。

最後，感謝許多曾經為本書各章提供專業審查的匿名學者，您們的細心與耐心正是提升論述品質的最佳助力，受益良多。此外，感謝許多默默支持的學界友人，恕不一一指名，諸位的提點與鼓勵，銘刻五內。

VI　彤管文心——近代女性文學的賡續與新變

彤管文心
——近代女性文學的賡續與新變

目　次

緒論：從舊式閨閣邁向現代世界

一、研究緣起

晚近以來，海內外漢學界對於女性文學的研究已有長足的進步，尤其是在中國文學研究領域內，從明清才女到現當代女作家的研究，更是生氣勃勃。

以目前漢學界的重要名家而言，耶魯大學孫康宜（1944-）教授對明清才女的詩詞表現進行了深刻的研究，無論《陳子龍柳如是詩詞情緣》（1992）、《古典與現代的女性闡釋》（1998）與《文學的聲音》（2000）等專著，在在令人耳目一新。然而，孫教授不只出版個人專書，也結合歐美漢學專家編選中國女作家選集，包括《傳統中國女性作家：詩歌批評選集》（*Women Writers of Traditional China: An Anthology of Poetry and Criticism*）、《中國帝制晚期的女作家》（*Writing Women in Late Imperial China*）等，成為此領域內的權威學者。孫教授的研究啟發吾人關注更多明清乃至近代女性文人的作品，並持續掘發她們多元的才華。

而孫教授的高足萊斯大學錢南秀（1947-）教授也有不錯的研究成果，尤其精深於《世說新語》與女性傳記研究、晚清薛紹徽研究，尤其一系列薛紹徽研究擲地有聲，更有薛紹徽研究專著

Politics, Poetics, and Gender in Late Qing China: Xue Shaohui and the Era of Reform（2015），擲地有聲，允為當代的「薛紹徽專家」。錢教授的研究對於本書研究薛紹徽的翻譯作品及域外想像，有相當重要的啟發與影響。

美國漢學家曼素恩（Susan Mann, 1943-）的專著《蘭閨寶錄：晚明至盛清時的中國婦女》也是吾人深受啟發的一部專著，書名即取自書中主要人物惲珠的專著《蘭閨寶錄》，並以惲珠這位盛清時期的女詩人及其《國朝閨秀正始集》為主，討論與其同年代的女詩人之文學與生命歷程等議題，允為明清女性文學研究領域的力作。其《張門才女》也是一部獨特的女性文學專著，啟發吾人對於常州才女的生命故事有更深刻的了解。

而高彥頤（1957-）的專著《閨塾師：明末清初江南的才女文化》與《纏足：金蓮崇拜盛極而衰的演變》對於明清至民國初年的女性文學研究具有極大的啟發性，兩書意在與五四之單一觀點對話，破除古代女性皆受到嚴重壓迫的成見，而闡明明清才女的多元才華以及她們游走於不同空間施展才華的自由，以此弔詭地反證儒家文化對於女性文學的通融與包容。後者則破除線性時間的研究，解讀歷代纏足議題，且將纏足定義為女性的時尚，將纏足從禍水或不健康的角度中還原它的原貌。

美國漢學家魏愛蓮（Ellen Widmer）的專著《美人與書：19世紀中國的女性與小說》（2015）、《晚明以降才女的書寫、閱讀與旅行》（2016）與新近出版的《小說之家——詹熙、詹塏兄弟與晚清新女性》（2020）都是極具啟發性的專著。

方秀潔教授一系列的呂碧城研究，迭有新意；對於較少被研究的明清至現代才女的文集多有精深獨到的研究。其專著《她自己為著者：明清時期性別、能動力與書寫之互動》（*Herself an Author: Gender, Agency, and Writing in Late Imperial China*），另合編《跨越閨門——明清女性作家論》（*The Inner Quarters and Beyond: Women Writers from Ming through Qing*）。尤其是她與哈佛大學燕京圖書館合作的「明清婦女著作」網站，將大部分深藏於圖書館的女性文集數位化，且無償提供研究者使用，其後並編輯影印本《美國哈佛大學哈佛燕京圖書館藏明清婦女著述彙刊》，功德無量，更啟發吾人努力鑽研女性文學之研究與教學。

是以，由於大量閱讀上述諸位女性漢學家的女性文學研究專著，吾人深受啟發，乃持續以此領域為研究範疇，繼續挖深織廣。同時，筆者原即以近現代文學與文化為研究重心，尤其聚焦於近代（晚清到民初）時期的女作家（女詩人），關注她們如何由傳統的舊式閨閣教養中走出，並走向近現代社會的新變中，也注意到她們處在這一轉型期間的文學生命處境究竟發生了甚麼變化？她們如何在認識新時代與新世界的同時，貞定自己的價值？這些一向是筆者感到極有興趣的研究領域，是以本書的研究旨趣即在於此，乃特別命名為「彤管文心——近代女性文學的賡續與新變」，並將全書七章大分為兩卷，卷一是「彤管有煒——詩詞之外的文本世界」，卷二是「女子有行——宗教、旅行與自我追尋」，以闡發近代女性文學的傳統與現代、詩詞與詩詞之外、宗教與旅行等種種富有意味的主題。

綜言之，本書欲探討的是從舊式閨閣邁向現代世界的近代女作家，她們的多元文本表現以及自我追尋的行動及內涵，既有深厚舊傳統之積累，更有知新所反映的獨到見解，是以值得探賾。

二、題目釋義與研究範圍

書名「彤管文心——近代女性文學的賡續與新變」所表述的是近代女作家的多元書寫具備既「溫故」又「知新」的特點，她們不只「賡續」舊有傳統的閨閣教養，也能施展才華以「新變」之，展演更多樣化的才學，而不宥於傳統局限且能自開新局。其中，「彤管」出自《詩經・邶風・靜女》第二章：「靜女其孌，貽我彤管。彤管有煒，說懌女美。」詩中的「彤管」是指桿身漆朱的筆，為古代女士記事用筆，後指女子文墨。因此本書以之為名，並加上「文心」二字，表彰女子文墨與其文人心事。書中第一卷「彤管有煒——詩詞之外的文本世界」的主標題也出於此詩，凸顯女子文采斐然，不只擅寫詩詞，也能擴展文類及主題，且自成一格，成就昭著。第二卷「女子有行——宗教、旅行與自我追尋」的主標題出自《詩經・鄘風・蝃蝀》：「女子有行，遠父母兄弟，蝃蝀在東，莫之敢指。」原詩中的「女子有行」是指女子出嫁，必須遠離原生家庭；而本書則借用「女子有行」四字，廣義地指涉女作家的行走，包括精神世界（宗教）與實際空間（旅行）的行走，特別指明她們在這兩種虛實空間裡的自我追尋，她們人生的出路不只有出嫁，還有出行，雖仍有隨夫宦遊、隨父漫遊的出行，但她們也有女性文友結伴出遊或出洋留學的事實，甚至已經與世界女權運動同步了。簡言之，近代的「女子有行」彰顯女子仍然出行，但出行的型態與領域已經遠邁前人甚多，她們憑著自己的才華，走向更廣大的世界，自信且自在，這也是本書所表達的積極意涵。

本書研究範圍指涉的「近代」大約為晚清後期至民國早期，

書中所討論的六位女作家之生平活動時間最早的是顧太清（1799-1877）的宗教生活與旅行，較一般認知的晚清開端 1840 年略早。顧太清於 1824 年與奕繪結婚，夫妻展開道教信仰生活與旅行，直到 1838 年太清守寡。1877 年顧太清離世，其所著白話小說《紅樓夢影》（約作於 1857-1861 年）亦於同年問世，被學界視為近現代第一位真正的女性白話小說家，以此言之，顧太清算是近代較早期的女作家。是以，本書所稱之近代乃較廣義的概念。而最末一位活動的是呂碧城（1883-1943）於 1927 年 8 月初至 1928 年 1 月底的英倫之旅；此趟旅行之於她的生命歷程而言，具有轉折意義，其後半生之朝向宗教修行與此行有關。是以，綜合前後兩位女詞人的生平活動時間而言，本書所處理的時間約跨越一百年左右。

而這百年間的文學環境，正是清代後期邁向民國初年的轉型期，新舊、中西各種價值並存，傳統閨閣文學教養下的女詩人，仍然創作詩詞以表情達意，但聰慧的她們也開始探索新時代與新事物，曾懿便在隨夫宦遊的行旅中，看見新的局面即將到來，開始反思傳統的詩詞寫作未必有益於世，於是以實用文本《醫學篇》與《女學篇》面向時代，其中便吸收了不少西學知識。薛紹徽的夫婿陳壽彭曾留學日本與英國，他不只以詩詞互贈的方式傳遞域外世界知識給薛紹徽，也帶回不少西洋物品及書籍，聰慧的薛紹徽已然開眼看世界了。雖然未曾出洋，但夫妻合譯了科幻與言情小說，也合力譯寫外國女性傳記，藉由譯介以認識西方世界的知識與價值。而此時，自小不必裹足的康同璧，追隨父親康有為下南洋與印度，也漫遊歐美亞非多次、閱歷十餘國；同時，康同璧也成為留美女學生，是哥倫比亞大學巴納德學院第一位中國女學生。同年代成長的張默君，也有一位開明的父親張通典，自小不裹足，也上過多間女學堂，接受新式教育，成年後成為女教師與校長，民國後奉派出國考察女子教育，她也不忘為自己安排就讀哥倫比亞大學進修教育學，是以她的歐美教育考察之旅，也是一趟她自己的教育與成長之旅。而呂碧城則是逃出舅父家，前往大城市天津尋求更廣大的新世界，她被《大公報》的英斂之提拔為編輯（記者），也成為女學堂的教席，擁有發聲管道的呂碧城開始寫下與女權有關的報刊文章，名氣愈發響亮。民國之後，她到北京、上海發展，甚至出洋至美國哥倫比亞大學遊學、漫遊歐美數次並曾旅居瑞士；而 1927 至 1928 年半年間的英倫行旅更是她後期人生走向宗教修行的起點，她的單身出遊之姿確實為民國以後引人注目的一道風景。

綜合上述六位女作家在世記轉型期的生平活動，大多在舊有的傳統詩詞教養之外，開啟了新的知識領域的探求與學習，並且大多有「出走」經驗，包含精神與形體上的移動，在在顯示女作家們不甘於傳統閨閣的侷限，她們選擇邁開大步走向新的時代。

其次，就六位女作家的作品而言，本書研究的文本多以她們詩詞創作之外的作品為主，但並非不討論詩詞。研究曾懿《古歡室集》，以《醫學篇》、《女學篇》（附錄《中饋錄》）為主要討論文本，其醫書、女學論述與食單之作皆為明清以來乃至同時代女性都少見的實用文本。本書探討薛紹徽的三部翻譯文本《八十日環游記》、《雙線記》與《外國列女傳》（此書乃編譯，非翻譯，因此並無原外文文本）；而《八十日環游記》法文原版與英文版、《雙線記》英文原版，也是參照對象。此三部譯作超出一般近代閨秀的書寫範圍，她與林紓一樣未曾出洋、不諳洋文，卻都在因緣巧合下成為近代翻譯家；而薛紹徽的《黛韻樓遺集》（包含詩、詞、文）僅收錄部分譯作序，未完整收錄其編譯之作。一生熱愛古典詩詞文創作的女詞人呂碧城，在民國後仍堅持使用文言寫作，她以古典散文寫異國遊記或寫中國的「異國」（北戴河海濱、廬山牯嶺），或記錄靈異與靈學之事，或寫佛緣與佛學人士的往來，總之她的古典散文紀錄的事物充滿新意，本書以李保民校箋的《呂碧城詩文箋注》及《呂碧城集》的古典散文（部分收錄《歐美之光》篇章）、呂碧城編譯的《歐美之光》為主要討論文本。以上是卷一「彤管有煒——詩詞之外的文本世界」所討論的多元文本。

而卷二「女子有行——宗教、旅行與自我追尋」的課題。女詞人顧太清的宗教生活與旅行都記錄在她的詩詞裡，道教信仰與宗教旅行都是她重要的自我追尋之路，藉此安頓身心，獲取精神上的飽滿充實，以宗教昇華女性的精神世界。本書以金啟孮與金適校箋的《顧太清集校箋》為主要文本。康同璧的旅行起於下南洋陪伴父親，其後又隨父親流亡漫遊全世界，甚至面見諸國元首或高級官員；且至美國留學兼提倡女權，並同游歐亞非數次十餘國，這些旅行、旅居與留學經驗，都是同時代女性不大可能有機會經歷的，因此她確實走得比一般人更加遙遠。然而康同璧的《華鬘集》未曾刊行，據說也有回憶錄之類著作，亦未面世；因此康同璧的文本仰賴收錄於啟功與袁行霈（曾懿後人）合編之《綴英集——中央文史研究館館員詩選》中的三十首詩詞為主，零星可見但不易搜尋的文本有英文作品 *Lost in an Indian Forest* 與〈清末的「不纏足會」〉，佐以其父親康有為的年譜及游記。而張默君的歐美旅行雖為因公出國考察教育，但她的積極奮進，使她的出國考察也同時附帶了能夠自我成長的活動與價值，如與美國的女權領袖會面，主動至哥倫比亞大學進修教育，參加阻撓中國代表在巴黎和會簽字的海外五四運動、主動要求參觀法國的一戰戰場並了解女性參與戰爭的事蹟等，這些卓越的旅行事蹟，使得張默君自己也因此成長。1960 年張默君在臺灣出版的《大凝堂集》完整收錄了她一生重要的古典詩詞文集，其中包含若干域外旅行的作品，但不完整，亦未收錄她早年出訪歐美考察教育的文章，這部分仰賴搜尋民初報刊（電子資源）方得以獲取相關文本。而呂碧城的英倫之行則是飽覽歷史文化勝景之餘，在倫敦的中國領事館巧遇佛緣，開啟她對當時一戰後的倫敦佛學與靈學發展的興趣，是以她的英倫旅行文本不是模山範水的美文，而是知性成分比較濃厚的散文。本書以李保民校箋《呂碧城集》的古典散文部分為主要考察對象。

三、研究進路與論述次第

近代女性文學的賡續與新變，包含許多饒富意味的論題，本書除緒論及結論之外，包含七章，分為兩卷，卷一「彤管有煒——詩詞之外的文本世界」，卷二「女子有行——旅行、宗教與自我追尋」。前者聚焦於近代女作家詩詞之外的文類表現及其多元而豐富的亮麗成果，後者則是女作家在旅行與宗教信仰兩個虛實空間裡的行動及自我追尋。以下依次說明本書議題的展開與論述的次第。

卷一「彤管有煒——詩詞之外的文本世界」包含三章：「醫學、女學與家政學——曾懿《古歡室集》的《醫學篇》與《女學篇》（附錄《中饋錄》）」、「晚清女詩人的『域外』想像與書寫——薛紹徽『翻譯』與『編撰』的外國文本」、「自我、空間與文化主體的流動／認同——呂碧城的古典散文」。

第一章「**醫學、女學與家政學——曾懿《古歡室集》的《醫學篇》與《女學篇》（附錄《中饋錄》）**」。晚清女詩人曾懿賡續明清以來的女性文學傳統，其才學直承於母親左錫嘉與姨母兼婆婆左錫璇這兩位知名的常州才女。此外，曾懿也是自學為醫的女醫者，其承襲的傳統醫學經典與文化，也有一部分來自於她的母系家鄉常州的醫學文化。是以，曾懿一生的創作總集《古歡室集》，除收錄其傳統詩詞創作外，亦收錄《醫學篇》與《女學篇》（附錄《中饋錄》）等較為實用的文本，充分反映了曾懿身為女詩人的多重身分（才女、醫者）與多元書寫（抒情詩詞與實用文本）的面貌。是以，本文以其實用文本的醫學、女學與家政學為主軸，探討以下三個議題，首先論及「醫學」部分，討論女醫者身分的養成，與其善病及家藏豐富醫書有關；其《醫學篇》呈現她對於歷代中醫學及常州孟河醫派的吸收，以及她看待中西醫學及婦科醫學的態度。其次論及「女學」部分，探討實用的《女學篇》所呈現的女子教育內涵，曾懿面對「自由結婚」及「男女平權」等西潮的看法，以及傳統的才女／母教觀念與新式女學堂教育的融合與嫁接。第三，討論「家政學」部分，以《女學篇》（附錄《中饋錄》）的家務知識為討論主軸，發掘曾懿對於女性做為家事衛生與家庭經濟知識守護者的看法。是以，透過上述三個面相的爬梳，將可發現近代才女兼醫者的曾懿在這些刊行於 20 世紀初期的實用文本中，一再展現她對於傳統價值的賡續以及近現代新式／西式觀念的適度吸納並冶於一爐的眼光。簡言之，這些實用文本中的醫學、女學與家政學，展現了近代女詩人的多重身分與多元書寫，並以此與明清以來女性文學大多局限於詩詞創作的現象對話，以開展女性文學研究的格局與視野。

第二章「**晚清女詩人的『域外』想像與書寫——薛紹徽『翻譯』與『編撰』的外國文本**」。晚清女詩人薛紹徽為近代文學史上第一位從事翻譯的女作家。傳統閨閣出身的她未曾出洋，透過其西化家族（夫、夫兄及嫂）的薰染，薛紹徽對於「域外」的體驗與想像，展現了不同於一般傳統閨秀的文學與文化視野；尤其是她對於「域外」的想像與書寫的獨到之處，在於她以「翻譯」做為她對「域外」的重要掌握方式。是以，薛紹徽透過夫婿陳壽彭的引介與口譯進行筆述，雙人合作譯寫完成了幾部譯著，就其翻譯的文本類型而言，遍及科幻遊記小說、科學專著、女作家的言情小說、外國女性傳記等，依出版時間為序，包括轉譯法國小說家儒勒·凡爾納（Jules Verne）的科幻遊記小說《八十日環游記》（1900）的英譯本、科學專著《格致正軌》（1902，已佚）、英國女作家厄冷的言情小說《雙線記》（1903）、譯寫女性傳記《外國列女傳》（1906）等。薛紹徽透過上述譯作，展現了她對「域外」世界的寬闊想像與不凡的書寫成果。在接收「域外」知識與夫婿口譯的同時，她不是盲目地全盤接受，而是基於自身對固有文化傳統的認識而採取折衷的作法，調合自身文化與「域外」知識，達到中西學調和而不拘泥於一端的學養態度。是以，薛紹徽的翻譯文本乃是她對「域外」想像與書寫的最好展示，是明清乃至於近代女作家較少參與的領域。

第三章「**自我、空間與文化主體的流動／認同——呂碧城的古典散文**」。呂碧城向有「近代女詞人第一」的美稱，因此後人對呂碧城詩詞方面的研究亦已有相當成果。相對而言，呂碧城的古典散文成就多為其詩詞成績所遮蔽。因此，本文全面而有系統的研究呂碧城的「古典散文」成就，以補（文學）史之闕。其散文涵括以下幾類主題，一是女學（女子教育），二是行旅遊蹤，三是佛教與護生／蔬食因緣，四是夢境與靈異等主題。茲以呂碧城散文話語的流動現象，以討論她的主體價值，一是變換的身分，從投身公共領域成為女報人與教育家，乃至皈依為佛教徒；其人生由亢奮的革命激情到慈悲的護生戒殺，展現多樣化的流動履歷。二是流動的主體，移動於虛實不同空間的女遊體驗，既漫遊不同國度，也出入夢境／靈異的邊緣；移動於虛實空間中的體驗，展現其無限寬廣的生命空間之可能。三是對文化主體的確認與游移，呂碧城對自身文化既有一定的堅持，對西方價值的認識亦有所選擇。既表現在其人對五四後全面改用白話文的反對立場上，也表現在對國人過度崇尚英文的批判上。然而，她又表現出一種自我悖離的態度，堅守文言文，卻也曾寫過唯一一篇白話創作；雖批判過度使用英文的媚外風氣，但英語的優勢卻又讓她得享西式生活的便利與奢華。綜合以上，呂碧城流動的古典散文話語，除了展現一代才女叛離傳統的新世代姿態之外，也多方呈露她自閨閣出走後的自我轉化歷程，且為自我主體賦予了現代性意義；其人因此堪稱晚清民初知識女性的典範人物。值得注意的是，本章與第七章雖然皆以呂碧城為主題，然本兩章取徑不同，本章偏向以呂碧城的古典散文為討論對象，因此文中所論述的文本遍及其一生各個階段，也包含第七章提及的後期轉向宗教追求的階段，因此本章偏重強調其於民國後仍堅持以文言書寫的特殊性。而第七章論述的重點僅以呂碧城中年階段為期半年的英倫旅居書寫為考察對象，並及於其離英後回到歐陸所書寫的英國靈學、佛學與護生運動為關懷對象的詩詞文章，不限於古典散文一類，因此第七章所論述的呂碧城議題聚焦於英國與宗教有關的關鍵字，而不限其文類。因此，兩章的議題取向與文本差異非常明顯。

卷二「女子有行——旅行、宗教與自我追尋」，包含四章：「志於『道』，遊於『道』——顧太清的宗教生活與旅行」、「跨越閨門／走出國門——康同璧的世界行旅之考述及其女性主體之呈現」、「出洋視學、游學與女性主體的建立——張默君的歐美教育考察及自我成長之旅」、「文化景觀暨靈學／佛學之旅——呂碧城的英倫行旅及後期人生朝向宗教修行的因緣」。

第四章「**志於『道』，遊於『道』——顧太清的宗教生活與旅行**」。清代中晚期女詞人顧太清，身為明清才女行列中的一員，擁有志同「道」合的婚姻，與奕繪的神仙眷侶生活是她生命中最為豐美的一段歲月。夫婦倆唱和吟詠之餘，也是全真道教的虔信者，其詩詞也多能反映她的宗教實踐活動。宗教生活之於閨閣女性的意義，一方面藉宗信仰指引與庇護女性度過生命歷程可能發生的苦痛與挫折；另一方面，宗教信仰的超越性也提供婦女可在一定程度上逃離規範與要求而享有獨立自主的空間，進而昇華精神世界的靈性，而顧太清便屬於後者。是以，女性投入宗教信仰後的集體朝聖、進香乃至在寺院中進修的活動，往往會帶來女性自家庭或社會規範中「走出」的可能性。因此，女性參與宗教活動，正是女性建構獨立自主的精神空間的一種表現。是以，顧太清的宗教實踐與認同如何建構她的自我主體，便是本論文擬探討的重要課題。首論顧太清的宗教追求之路，起於和夫婿奕繪志同「道」合的婚姻，著道裝並自取道號，研讀道教典籍並創作游仙詩等。次論顧太清的宗教實踐活動的第一種類型，出外至北京城南的道觀朝聖進香或參加道教儀式，不只與家人同行，也有詩社閨友集體出遊進香兼看花的活動。末論顧太清的宗教實踐活動的第二種類型，即遠走北京郊外的道觀進行朝聖之旅，兼及探訪道教的洞天福地。最後，研究發現，顧太清這位滿族女詞人的女性主體，其虔信最為友善女性的道教之意義，在於道教信仰增添她的知性追求以及加強她原本即已擁有的女性之獨立自主性，並非庇護她的人生苦痛或挫折。是以，她以宗教召喚的女性主體認同以及建構獨立的女性精神空間，具有正面的意義。

第五章「**跨越閨門／走出國門——康同璧的世界行旅之考述及其女性主體之呈現**」。本章以康同璧的世界行旅做為跨「界」性別史研究的個案，將這位近代女權領袖置放於國際脈絡進行考察。筆者於 2018 年暑假拜訪哥倫比亞大學，幸獲康同璧當年在美東的相關文獻資料，由此持續尋找其詩文集《華鬘集》（未刊），然僅《綴英集——中央文史研究館館員詩選》收錄康同璧詩詞 30 首。是以，擬由這些有限而可貴的文獻資料，再現康同璧的世界行旅，以瞭解她如何在世界行旅中建構自己對世界的看法，以及在奉父命提倡女權運動的同時，如何彰顯自己的女性主體。本章探討三點：一是獨身遠遊南洋及印度省親的少女，孤身遠行至檳榔嶼省親與西遊印度侍父。二是奉父命遠渡重洋留美的女權提倡者，康同璧奉父命赴美游學兼主持保皇會、興女權。是以，康同璧在美的身分，既是女留學生，也是女權提倡者。其留學地點以美東為主，包含麻州雷德克里夫學院（後併入哈佛大學）、康州三一學院與哈特福德中學、紐約哥倫比亞大學巴納德學院等，學歷可謂豐富。同時她也從事女權運動。第三是康同璧其他歐美非行旅。康同璧經常伴隨父親康有為至各國拜訪官方以爭取支持，本人也曾代表中國婦女至挪威參與萬國女子參政會。其次，瑞典曾是康有為置產旅居地，也是當時留美的康同璧暫時的「家」；而丹麥、挪威是她與夫婿羅昌定情之地，而英國是羅昌留學地，也是康有為另一處較長旅居之地，是以這些國度之於康同璧較有地方歸屬感。再者，在康同璧少數面世的詩詞中，其旅行相關作品也包括墨西哥、蘇格蘭、德國與埃及等地，藉此可一窺她在廣闊的世界行旅中所認識的古文明與重要地理空間。綜言之，康同璧一生旅居的印度、美東、歐陸（瑞典與英國等國）等地，幾乎皆與父親康有為有關。是以，本章爬梳康同璧獨特的世界行旅經歷與她奉父命所從事的女權運動，以及她自己所呈現的女性主體之意義。

第六章「**出洋視學、游學與女性主體的建立——張默君的歐美教育考察及自我成長之旅**」。本章探討晚清至民國時期女詩人張默君早年出洋考察教育之旅的相關文本，即其古典詩文中的「域外」主題之作及其中所展現的「女性主體」。其人一生在古典詩壇、教育、報業與政黨活動方面都非常活躍，一直到 1949 年後移居臺灣並終老於斯（1965 年去世），其一生皆效力於黨政要職，因此張默君在臺灣的定位多以黨國要人為主。相對地，其人一生之古典文學創作成就幾乎未見學界特別重視。是以，本章跳脫「功在黨國」的官方話語定義下的形象，還原她做為一名女詩人的文學專業身分，並重讀張默君古典詩文中的「域外」主題，以探勘她曾經歷的歐美教育考察之旅及其折射的女性主體的認識這個課題。同時，她在因公出洋視學之餘，也不忘進修教育相關專業課程，成為哥倫比亞大學教育學院的學生。再者，她在哥大時期正逢五四運動，熱血的她更成為在美中國留學生的主要幹部，代表前往巴黎和會的現場為國運而奔走，同時也積極了解歐洲的女性教育狀況，對於一戰期間女性參與戰事也很感到興趣。是以，張默君的域外行旅，於她自身也是一次難得的自我教育與成長之旅。藉此探討以突顯張默君由舊式古典女詩人的身分邁向現代世界的路途及意義。

第七章「**文化景觀暨靈學／佛學之旅——呂碧城的英倫行旅及後期人生朝向宗教修行的因緣**」。呂碧城一生特立獨行，中年後漫遊歐美各地，曾於 1927 至 1928 年走訪英倫半年，其英倫之旅的重點有三：一是呂碧城以其女記者的慣習，對英倫城市文明與文化景觀進行知性而客觀的報導；獨特之處在於她面對西方文化時，不忘堅守自身文化主體或以中國情調解讀異國文化，顯示她的文化自信心。其次，呂碧城在旅次中習於閱報，往往特別關心社會新聞，尤其是訟案或靈異事件；也曾經為文論述倫敦靈學的發展。第三，呂碧城英倫旅居期間偶遇佛緣，乃至於開啟後期人生學佛的契機，同時她也關心倫敦的佛學發展，顯示後期朝向宗教修行之路的生命自覺。第四，即使半年後離英回到歐陸旅居之地，呂碧城仍不忘持續關懷英國的靈學、佛學與戒殺護生運動等，不斷地以寫作、投書、參與活動等各種方式表達她的關懷。是以，本章探討做為民國才女的呂碧城，以女記者的姿態書寫英倫的文化景觀，並兼及其靈異／靈學敘事與偶遇佛緣而使後期生命轉向宗教修行之路的因緣，以及她在離英後對於英國靈學、佛學與戒殺護生運動的關懷，以探勘呂碧城這趟英倫旅行書寫中較為獨特的內涵，以及它之於呂碧城後期生命史的轉折意義。因此，就此言之，更能看出本章與第三章呂碧城論述的極大差異。

職是，綜合前述七章議題的展開，足以探勘近代女性文學之賡續及新變的現象，她們擁有既溫故又知新的豐富涵養，由舊式閨閣邁向現代世界，自信又堅定。

卷一

彤管有煒
——詩詞之外的文本世界

第一章　醫學、女學與家政學——曾懿《古歡室集》的《醫學篇》與《女學篇》（附錄《中饋錄》）

一、前言：自學為醫的女詩人之跨文類書寫的實用文本

在晚清這一世變與維新的年代裡，諸多處於行將轉型期的閨閣詩人，其文學表現已不再僅止於傳統的詩詞，而是朝向更開闊的文類發展，如撰著女學論述、編纂女性文學選集、參與女性報刊的撰稿等，以便安頓新時代中的女性自我。不只如此，女性從事文學之外的書寫大有人在，如撰寫醫書、女學論著即是，此類多元文學表現，已然跳脫傳統才女的創作局限，具備現代「知識女性」的樣貌。其中，曾懿《古歡室集》即為值得注意的個案。

曾懿（1852-1927），字伯淵，又名朗秋。[1]出生於四川華陽

[1] 其後代名人多有成就，名人不少，如北京大學袁行霈（1936-）教授即為曾懿之孫；小說家瓊瑤（原名陳喆；1938-）母親袁行恕亦為曾懿之孫，外祖父袁勵楨為曾懿兒子。而瓊瑤母親的堂姊袁曉園（原名袁行潔）為中國第一位女外交官，其紀念館在常州，筆者曾於 2018 年 1 月 30 日拜訪該館，其中有祖母曾懿介紹及照片。

縣（今成都），十歲時父親曾詠卒於江西任所，母親左錫嘉攜子女返回四川老家定居；二十歲與袁學昌結為連理，婚後隨宦各地二十餘年。1907 年刊刻的《古歡室集》包含傳統女詩人擅長的詩詞之作《浣花集》、《飛鴻集》、《浣月詞》，就此言之，曾懿賡續了明清以來的女性文學傳統，其才學更直承母親左錫嘉與姨母（兼婆婆）左錫璇兩位常州才女，她們兩位早有詩詞集問世。此外，尚有《醫學篇》（1906 年寫成於秣陵）、《女學篇》（1905 年寫成於皖北渦陽）附《中饋錄》（1907 年寫成於長沙）這類偏向實用的文本，迥異於一般明清才女以詩詞為主的文學表現，值得探賾。

其《醫學篇》計二大卷，第一卷包含二小卷，卷一包含脈論、舌色論、溫病傷風傷寒辨論、傷寒溫病原由等 18 小節，幾乎皆以傷寒、溫病為主；卷二為溫病傳入中焦治法；卷三為溫病傳入下焦治法；卷四為傷寒論治。首卷所論與當時中醫界對傷寒學派與溫病學派的論爭有關。第二卷包含四小卷，卷一雜症、卷二婦科、卷三幼科、卷四外科。而《女學篇》附《中饋錄》，其內容依次為：第一章「結婚」、第二章「夫婦」、第三章「胎產」、第四章「哺育」、第五章「襁褓教育」、第六章「幼穉教育」、第七章「養老」、第八章「家庭經濟學」、第九章「衛生」，附《中饋錄》一卷。由此可知，《女學篇》的內容包羅萬象，幾乎遍及所有與女子有關的學問，不只是女子教育問題，也有產育、育兒、扶老、家庭經濟學、家事衛生、烹飪等所有與女性居家相關的家政學。

職是，不能僅以「女詩人」定義曾懿，「才女兼醫者」[2]比較方便定義她的才學，既可涵括她的女詩人身分，也能指出她做為《醫學篇》、《女學篇》（附錄《中饋錄》）等專著的作者身分。進而言之，曾懿做為女醫者的身分，不只出現於《醫學篇》，《女學篇》中也有不少醫者觀點下的女學論述，尤其是與健康、衛生相關的知識，而其附錄的《中饋錄》記載的都是手作食物的製作及保存要領，也有曾懿出自醫者對健康與衛生的關懷。是以，《古歡室集》不只有抒情自我的詩詞，也有實用文本，正好足以說明曾懿「才女兼醫者」的身分及其跨文類的多元書寫才華。

晚近以來，與曾懿或女醫者相關的研究文獻逐漸增多。首論以「曾懿」為研究主題者，重要文獻以楊彬彬〈由曾懿（1852-1927）的個案看晚清「疾病的隱喻」與才女身分〉[3]為主，此文以「才女兼醫者」曾懿為個案，討論其文本中疾病的隱喻與其才女身分的建構，於本論文頗有啟發，因此文中提及才女醫者之處，即出自其論點，不再一一加註。其次是林玫儀〈試論陽湖左氏二代才女之家族關係〉[4]，爬梳曾懿母親左錫嘉、姨母（兼婆婆）左錫璇兩代才女的家世與著作等重要背景資料，提供翔實的

---

[2] 此說出自楊彬彬〈由曾懿（1852-1927）的個案看晚清「疾病的隱喻」與才女身分〉（《近代中國婦女史研究》第 16 期，2008 年 12 月，頁 1-28）。

[3] 楊彬彬：〈由曾懿（1852-1927）的個案看晚清「疾病的隱喻」與才女身分〉，《近代中國婦女史研究》第 16 期，2008 年 12 月，頁 1-28。

[4] 林玫儀：〈試論陽湖左氏二代才女之家族關係〉，《中國文哲研究集刊》第 30 期，2007 年 3 月，頁 179-222。

史料。其次則是兩部學位論文，包括葉雅婷《晚清曾懿（1853-1927）《古歡室集》的身體經驗與論述》[5]與陳暢涌《晚清女作家曾懿（1853-1927）及其作品研究》[6]兩部，前者專以《醫學篇》與《女學篇》中與身體較有關係的篇章為討論對象；後者則較為全面性地研究曾懿其人其作。

第二類為以「女性與醫學」為主題的，較重要的有梁其姿〈前近代中國的女性醫療從業者〉[7]，有系統地介紹中國古代的女性醫療人員，除民間醫療業者外，也有部分章節提及女醫者，對本論文有一定的助益。其次是白馥蘭（Francesca Bray）《技術與性別：晚期帝制中國的權力經緯》[8]，此書所論之年代與本論文接近，其對於醫療與性別有獨到的看法，值得參考；而費俠莉（Charlotte Furth）《繁盛之陰：中國醫學史中的性（960-1665）》[9]雖以宋代至明代為範圍，但其中與女性醫療有關的論點仍有參考價值。與此議題稍有關聯的應該就是「才女與疾病」為主題的論述，方秀潔〈書寫與疾病——明清女性詩歌中的「女

---

5 葉雅婷：《晚清曾懿（1853-1927）《古歡室集》的身體經驗與論述》，中興大學中文所102學年度碩士論文。

6 陳暢涌：《晚清女作家曾懿（1853-1927）及其作品研究》，中央大學中文所105學年度碩士論文。

7 梁其姿：〈前近代中國的女性醫療從業者〉，李貞德、梁其姿主編：《婦女與社會》（北京：中國大百科全書出版社，2005年4月），頁355-374。

8 白馥蘭（Francesca Bray）；江湄、鄧京力譯：《技術與性別：晚期帝制中國的權力經緯》（南京：江蘇人民出版社，2006年4月）。

9 費俠莉（Charlotte Furth）；甄橙主譯、吳朝霞主校：《繁盛之陰：中國醫學史中的性（960-1665）》（南京：江蘇人民出版社，2006年7月）。

性情境」〉[10]爬梳明清才女的病詩，對於本論文具有啟發作用。而陳蘭的學位論文《病中的囈語・清代江南女性詩人關於疾病的書寫——以《江南女性別集》為例》[11]，則以《江南女性別集》為研究對象以討論女詩人的疾病書寫。

第三類以「中醫學、清代醫學」為主題的論著，梁其姿〈明清社會中的醫學發展〉[12]研究明清時期的醫學發展，為本論文的背景提供可靠的材料。陳元朋〈宋代儒醫〉[13]論述宋代即已發展儒醫這一概念，至明清已成為一種社會身分，提供本論文討論儒醫身分的重要參考。而張學謙〈從朱震亨到丹溪學派——元明儒醫和醫學學派的社會史考察〉[14]、祝平一〈宋、明之際的醫史與「儒醫」〉[15]、鄭中堅〈既「儒」且「醫」：論「儒醫」融合儒

---

[10] 方秀潔：〈書寫與疾病——明清女性詩歌中的「女性情境」〉，方秀潔、魏愛蓮編：《跨越閨門：明清女性作家論》（北京：北京大學出版社，2014 年 2 月），頁 21-47。

[11] 陳蘭：《病中的囈語・清代江南女性詩人關於疾病的書寫——以《江南女性別集》為例》，貴州民族大學中國古代文學碩士論文，2016 年 3 月。

[12] 梁其姿：〈明清社會中的醫學發展〉，《中國史新論：醫療史分冊》（臺北：聯經出版公司，2015 年 6 月），頁 307-335。

[13] 陳元朋：〈宋代儒醫〉，《中國史新論：醫療史分冊》（臺北：聯經出版公司，2015 年 6 月），頁 245-305。

[14] 張學謙：〈從朱震亨到丹溪學派——元明儒醫和醫學學派的社會史考察〉，《中央研究院歷史語言研究所集刊》86:4，2015 年 12 月，頁 777-809。

[15] 祝平一：〈宋、明之際的醫史與「儒醫」〉，《中央研究院歷史語言研究所集刊》77:3，2006 年 9 月，頁 401-449。

學與中國醫學的角色〉[16]等三篇以儒醫為主題的論述，亦提供本文考察儒醫脈絡的重要史料。同時，皮國立《「氣」與「細菌」的近代中國醫療史——外感熱病的知識轉型與日常生活》[17]與〈清代外感熱病史——從寒溫論爭再談中醫疾病史的詮釋問題〉[18]，提供近代寒溫論爭的相關史料，有助於理解曾懿醫書中大篇幅的溫病討論。再者，何小蓮《西醫東漸與文化調適》[19]與李尚仁〈晚清來華的西醫〉[20]，論述近代西醫傳入中國後的中西醫調適問題，也提供了有力的背景資料。

第四類以「女學與纏足」為主的討論，較重要的包括高彥頤（Dorothy Ko）《閨塾師：明末清初江南的才女文化》[21]對於明清才女擔任家庭施母教的角色，或擔任出外巡遊的閨塾師，都有精闢的見解，對於本論文討論女子教育或母教極具啟發。而曼素恩（Susan Mann）《蘭閨寶錄：晚明至盛清時的中國婦女》[22]則

---

16 鄭中堅：〈既「儒」且「醫」：論「儒醫」融合儒學與中國醫學的角色〉，《中正漢學研究》2019:1=33，2019 年 6 月，頁 61-107。

17 皮國立：《「氣」與「細菌」的近代中國醫療史——外感熱病的知識轉型與日常生活》（臺北：國立中醫藥研究所，2012 年 12 月）。

18 皮國立：〈清代外感熱病史——從寒溫論爭再談中醫疾病史的詮釋問題〉，《中國史新論：醫療史分冊》（臺北：聯經出版公司，2015 年 6 月），頁 475-526。

19 何小蓮：《西醫東漸與文化調適》（上海：上海世紀出版社，2006 年 5 月）。

20 李尚仁：〈晚清來華的西醫〉，《中國史新論：醫療史分冊》（臺北：聯經出版公司，2015 年 6 月），頁 527-571。

21 高彥頤（Dorothy Ko）；李志生譯：《閨塾師：明末清初江南的才女文化》（南京：江蘇人民出版社，2005 年 1 月）。

22 曼素恩（Susan Mann）著；楊雅婷譯：《蘭閨寶錄：晚明至盛清時的中

研究清代女性的生命歷程，對於才女的書寫與課子均有相當深入的討論。林維紅〈清季的婦女不纏足運動（1894-1911）〉[23]論述晚清的不纏足運動，為本論文提供了重要的時代背景之史料。而高彥頤（Dorothy Ko）《纏足：金蓮崇拜盛極而衰的演變》[24]顛覆線性史觀的寫法，改以主題式的研究纏足盛衰史，前兩章論及晚清民初的不纏足，頗具啟發性。游鑑明〈近代中國女子健美論述（1920-1940 年代）〉[25]則說明了近代中國女子的身體由纏足解放出來，朝向健美的方向發展。

第五類以「家政學」為主題者，游鑑明〈《婦女雜誌》（1915-1931）對近代家政知識的建構——以食衣住行為例〉[26]雖以《婦女雜誌》為研究對象，但其中所論之家政學知識對於本論文的助益甚大。陳姃湲《從東亞看近代中國婦女教育——知識分子對「賢妻良母」的改造》[27]對近代東亞的賢妻良母教育有深

國婦女》（臺北：左岸文化公司，2005 年 11 月）。

23 林維紅：〈清季的婦女不纏足運動（1894-1911）〉，李貞德、梁其姿主編：《婦女與社會》（北京：中國大百科全書出版社，2005 年 4 月），頁 375-420。

24 高彥頤（Dorothy Ko）；苗延威譯：《纏足：金蓮崇拜盛極而衰的演變》（臺北：左岸文化公司，2007 年 5 月）。

25 游鑑明：〈近代中國女子健美論述（1920-1940 年代）〉，游鑑明主編：《無聲之聲：近代中國的婦女與社會（1600-1950）》（臺北：中央研究院近代史研究所，2003 年 5 月），頁 141-172。

26 游鑑明：〈《婦女雜誌》（1915-1931）對近代家政知識的建構——以食衣住行為例〉，鮑家麟編：《中國婦女史論集七集》（臺北：稻鄉出版社，2006 年 1 月），頁 245-264。

27 陳姃湲：《從東亞看近代中國婦女教育——知識分子對「賢妻良母」的改造》（臺北：稻鄉出版社，2005 年 11 月）。

入而精闢的討論。

職是，本文探討才女醫者曾懿全集《古歡室集》的實用文本《醫學篇》與《女學篇》（附錄《中饋錄》），並聚焦於這些跨文類的實用文本之醫學、女學與家政學課題，並將之置入近代中西醫學、「自由結婚」與「男女平權」、「賢妻良母」等話語合流的大背景下，以彰顯她對應晚清世變的局面書寫實用文本的內涵及意義，發現她既能肯定傳統文化的價值，也能適度含納西學的優點。因此，曾懿跨文類書寫的實用文本自有其獨特的價值，可突顯近代才女的多元身分與書寫現象，並藉此彰顯明清以來女性寫作大多僅限於詩詞的現象，是以值得探賾。

是以，本文探討曾懿在詩詞之外的跨文類書寫現象，以證成這些傾向實用的文本之內涵，以彰顯近代才女多元書寫的無限可能。首論「醫學」部分，依次論述女醫者曾懿的養成與其善病及家藏豐富醫書有關；其《醫學篇》的誕生與其承襲歷代中醫學與常州孟河醫派的醫學涵養有關；而《醫學篇》的醫學文化特色則呈現以中醫學為本兼容西醫學優點的特色，其中對於婦科的關懷則顯示女醫者對女性身體的關注。次論「女學」部分，《女學篇》內容駁雜，實則為女學與家政學融合之作，是以本節先論其中與女子教育相關的部分，包括《女學篇》應時而作；曾懿對西學之「自由結婚」與「男女平權」的評議，大體偏向對傳統中式價值的肯定；曾懿認同傳統母教與新式女學堂並行，但仍較看重母教。第三，論及《女學篇》中與家政學相關內容及附錄《中饋錄》，其對應晚清東亞賢妻良母思潮影響下的新式家政學的內容豐富，包括居室衛生與育兒方法、家庭經濟學與飲食衛生、烹飪知識等皆為曾懿討論的家政學範疇。透過上述三個面相的爬梳，庶幾可突顯近代才女醫者曾懿於 20 世紀初期刊行的《醫學篇》與《女學篇》（附《中饋錄》）這樣跨文類書寫的實用文本之價值，藉以樹立專屬於女醫者曾懿獨特的書寫成就，並以此多元身分與書寫現象彰顯近代才女別開生面的表現。

二、醫學：晚清才女醫者的養成及其《醫學篇》之醫學文化

曾懿為少數兼有醫者身分的近代女詩人，其做為才女醫者的學養來源，與其母系家族出身之常州才女與醫學文化有相當密切的關係。

就才女文化而言，曾懿十歲時由於父親亡故，母親左錫嘉（1831-1894）攜子女遷居父系家族所在地成都定居。受教於母親的曾懿，亦習得才女教養普遍具備的詩詞書畫等才學，並與母親及姐妹自組「浣花詩社」。母親左錫嘉與姨母（兼婆婆）左錫璇（1829-1895）皆為出身常州的才女，均有詩詞創作，[28]曾懿自述：「懿幼承母訓，夙好金石詞章之學與圖畫鍼黹烹飪之術。」[29]即是，又云：

> 懿才不敏，所幸母氏姑氏，皆秉才德，博通經史，節孝炳

---

[28] 常州才女文化，可參考周佳榮、丁潔：〈毗陵多閨秀：常州才媛與現代新女性〉，《天下名士有部落——常州人物與文化群體》（香港：三聯書店，2013 年 6 月），頁 94-108。文中提及清代以來常州才女輩出，知名的左氏三女（左錫惠、左錫璇、左錫嘉）即曾懿的母親及姨母們。

[29] 曾懿：《女學篇・自序》，《古歡室集》，頁四上。

> 然。母氏所作《冷吟館全集》已久傳於世，今將君姑所作《碧梧紅蕉館詩集》、懿所作《古歡室詩詞集》四卷，均付之棗梨。……，乃取昔秉承母與姑之教，為懿所身體力行者，作《女學篇》……。[30]

是以，母氏左錫嘉的《冷吟館全集》（應為《冷吟仙館全集》，1891 年刊行）與君姑左錫璇《碧梧紅蕉館詩集》（1896 年刊行）均有刊刻流通之實，其家學之深厚可想而知；而母氏與姑氏平日的教誨，又對曾懿日後撰著《女學篇》（附《中饋錄》）有重要影響，足見常州才女文化傳統之影響。曾懿二十歲時與姨母左錫璇之子袁學昌（號幼安）結為連理，兩家親上加親，夫婿與母親、姨母（兼婆婆）均為常州人。曾懿婚後隨袁學昌宦游閩、皖、浙、贛等省凡二十餘年，夫妻朝夕唱和。易言之，曾懿的母系家族對於她的文化涵養，不只發生在她的成長期，甚至及於她成年婚後，幾乎貫串一生。

就醫學文化而言，曾懿家藏的醫書，對於她日後自學為醫具有相當直接的影響。除歷代中醫學經典外，曾懿母系出身的常州醫學文化，尤其孟河醫派，對她的醫學涵養亦應有直接的影響。是以，少女時期善病而利用家藏醫書自學為醫的曾懿，可謂「久病成良醫」的典範，不只自救也救人，中年後更將習醫救人的心得撰為《醫學篇》。其醫書大篇幅討論清代的寒溫病症論爭，此外便是雜科、外科、婦科與幼科等，可見其專長科別多種，不限

---

30 曾懿：《女學篇・自序》，《古歡室集》，頁五下。

於婦幼科。[31]此外，曾懿對於僅學習西醫的皮毛而胡亂醫治者有微詞，但也能適度地肯定西醫學的優點。而曾懿因曾親救產後氣脫的三妹，對婦科醫學特別關注。是以，才女醫者曾懿的論述，既承襲常州深厚的才女與醫學兩種文化傳統，也並時地吸納部分西方醫學與衛生觀念，兼容古今與中西。

以下就四個面相依序考察，首論女醫者的養成，乃由於「久病成良醫」及豐富的家藏醫書；次論《醫學篇》的誕生，受到歷代中醫典籍與常州孟河醫派的影響；再者論及《醫學篇》以中醫學為本兼容西醫學的特點；末論《醫學篇》對婦科醫學的關懷，藉由上述四端以闡述曾懿《醫學篇》的特色。

（一）女醫者的養成：善病／病詩與豐富的家藏醫書

中國女性文人大多具有一定的醫學知識，由於她們多出身中上階層家庭，深厚的古典文學素養使她們有機會擔任閨塾師（女性教師）[32]或習得其他知識，而「醫學也可以為這幅女性活動的畫卷增添色彩。當然識文斷字對於女性，也如對於男性一樣，提供了獲得醫學知識的一種途徑，一些女性無論是在家庭內還是在家庭外自然而然地成為健康的維護者。」[33]是以，醫學知識幾乎成為才女必備的一項特長，如宋代李清照在《金石錄・後序》即

---

31 此外，《女學篇》部分篇章也可見其出自醫學背景的思考，如〈論纏足之損益〉即以健康考量而偏向支持天足／放足。

32 參考高彥頤（Dorothy Ko）著；李志生譯：《閨塾師：明末清初江南的才女文化》。

33 費俠莉（Charlotte Furth）：〈導言：醫學史、性別與身體〉，《繁盛之陰：中國醫學史中的性（960-1665）》，頁7。

展現她做為健康維護者的一面。[34]

至明清時代，女子習醫的風氣依舊，尤其「書香世家對於女兒的醫學訓練，可能比我們所想的都來得要普遍，因為文學與醫學訓練在傳統上是互不抵觸的兩種知識追求。……對於終將為人妻母的女孩而言，醫學乃是所有學問中最有用的，可以用以照顧丈夫及子女。」[35]是以歷代女性醫者大多出身文學涵養深厚的家庭，如明代知名女醫者談允賢（1461-1556）即出身一個醫學與科舉結合成功的家庭，其習醫得自於祖母傳授，50 歲時撰著《女醫雜言》。[36]談允賢出身常州府無錫縣（今江蘇無錫）與曾懿母系家族出身常州府陽湖縣（今江蘇常州）有地緣關係，而且：「談允賢與曾懿無疑地都致力於在醫學正統中耕耘，要成為可敬的儒醫主流，而且她們的確是兩個頗為特殊的成功例子。」[37]是以，才女兼通醫學者多出身才女文化涵養深厚的家庭，而醫學素

34　李清照《金石錄・後序》：「余驚怛，念侯性素急，奈何病痁。或熱，必服寒藥，疾可憂。……。比至，果大服柴胡、黃芩藥，瘧且痢，病危在膏肓。」當時安家於安徽池陽的李清照得知趙明誠在南京病重，猜想性急的他得熱病必服寒熱，恐加重病情；待李清照趕赴南京，趙明誠果然如此，且已然病危。李清照最終未能以其對藥性的瞭解及時挽救趙明誠的生命。

35　梁其姿：〈前近代中國的女性醫療從業者〉，李貞德、梁其姿主編：《婦女與社會》，頁 372。

36　費俠莉（Charlotte Furth）《繁盛之陰：中國醫學史中的性（960-1665）》第八章〈家庭內外：作為治療專家的明朝婦女〉第五小節〈談允賢：一位女醫和她的病人〉，頁 256-268。

37　梁其姿：〈前近代中國的女性醫療從業者〉，李貞德、梁其姿主編：《婦女與社會》，頁 373。

養幾乎是大部分才女的共通才華。[38]然而，相對於當時主流的「儒醫」，「女醫」並不被納入主流，而是「邊緣醫者」（不講求精細的理論分析，而以手藝、經驗見稱）。[39]同時，明清以後政府並不積極建立官方的醫療體制，也沒有類似科舉制度考核醫生的資格，任何一個自認有足夠醫學知識的人都可以以各種方式行醫，更讓邊緣醫者的「市場」進一步擴大。[40]是以，女醫者曾懿等才女便在此背景下行醫並自著醫書，然此舉似乎更接近嫻熟醫學經典的儒醫身分；[41]而有醫書傳世的才女畢竟仍屬鳳毛麟角。[42]

---

[38] 另如清代中期學者王錫琛之女王貞儀（1768-1797）也是一位精通醫學的才女。年僅 29 歲即早夭的她，其《德風亭集》除傳統閨秀皆擅的詩文創作外，尚有天文學、數學、地理和醫學等內容，突破歷代才女的局限而展現多元才華；可惜若干學術專著多已亡佚，亦未見醫書傳世。此外，與曾懿同樣出身陽湖的盛清才女惲珠（1771-1833）與王貞儀年代相近，除詩詞《紅香館詩詞草》，尚編纂女性文學《國朝閨秀正始集》及《蘭閨實錄》，尚有醫書《鶴背青囊》；然醫書已佚，似乎也未聞其真正行醫過。關於惲珠的研究亦可參考曼素恩（Susan Mann）《蘭閨寶錄：晚明至盛清時的中國婦女》以惲珠為中心探討盛清時期婦女文學與文化。

[39] 梁其姿認為明清主流與邊緣醫者以掌握醫學經典與否為分野。參見其〈明清社會中的醫學發展〉，《中國史新論：醫療史分冊》，頁 308-318。

[40] 邊緣醫者可參考梁其姿：〈明清社會中的醫學發展〉，《中國史新論：醫療史分冊》，頁 309。

[41] 儒醫身分的建立，亦可參考：陳元朋〈宋代儒醫〉，《中國史新論：醫療史分冊》；祝平一〈宋、明之際的醫史與「儒醫」〉，《中央研究院歷史語言研究所集刊》77:3，頁 401-449；鄭中堅〈既「儒」且「醫」：論「儒醫」融合儒學與中國醫學的角色〉，《中正漢學研究》2019:1=33，2019 年 6 月，頁 61-107。

[42] 何小蓮的研究指出女醫生雖少，但醫生卻幾乎是近代婦女最早從事的職業，這與西方教會醫學的介入有關；1869 年即有女留學生留洋習醫，

1、才女文化與病詩：善病的文本

曾懿自習為醫，與其自小身體羸弱「善病」[43]有關。曾懿自述：「及笄，攖疾五稔，博覽《內經》、《素問》，講求醫學之理與衛生之法。」[44]曾懿自 16 歲至 21 歲這五年間生病不斷，乃開啟自習為醫的契機。此外，曾懿曾提及四次溫症的經歷：「其最切時人之時病者，莫如吳鞠通之《溫病條辨》一書，懿身經四次溫症，得以轉危為安，皆得力於斯書者居多。」[45]這段溫病經歷多次出現於《醫學篇》與《女學篇》中。簡言之，曾懿因長年罹病的親身體驗而自查醫書、自學為醫，甚至進而救治他人，其詩詞中反復出現的病體書寫其來有自。因此：

> 長達五年的臥病和「伏枕自查」的生活使得曾懿這位傳統的閨秀詩人將很大一部分注意力導向了醫學領域，從而同時具有了才女與醫家的雙重身分，並且無論是在詩歌還是

1884 年設立廣東女子依學校。參看何小蓮：《西醫東漸與文化調適》第五章「職業門檻與近代西醫教育」之「四、女醫者」，頁 227-228。然此書專指西醫界，與曾懿身為中醫醫者的養成仍有不同。此外，李尚仁研究指出近代較早接受醫學教育的幾位女性，幾乎都是來華傳教士推動中國婦女醫學教育的成果，包括金韻梅、許金訇、石美玉、康愛德等皆留洋習西醫。見李尚仁：〈晚清來華的西醫〉，《中國史新論：醫療史分冊》，頁 564-565。

43　可參考陳蘭：《病中的囈語·清代江南女性詩人關於疾病的書寫帶——以《江南女性別集》為例》，貴州民族大學中國古代文學碩士論文，2016 年 3 月。

44　曾懿：《女學篇·自序》，《古歡室集》（清光緒三十三年（1907）長沙刻本），頁四上。

45　曾懿：《醫學篇·序》，《古歡室集》，頁二上－三上。

在醫學的語境裡都對疾病這一主題具有了更多的發言權和詮釋權。[46]

誠然，曾懿的善病與自學為醫的經驗，確實使她與其他明清病弱的才女有所區隔，尤其是因才善病甚至薄命者，如明代葉小鸞、馮小青或清代賀雙卿、王采薇等。是以，曾懿兼具才女與醫者的雙重身分與才學，使她得以秀異於多數明清才女。

職是，曾懿詩詞多可見其自述病體及病中心情，不只呈現早年五載生病經驗，且遍及生命中各階段，多呈現「病中」與「病後」所感，也有「就醫」的描寫。明清或更早期的女性身體經驗，尤其是生病體驗，偶見於男性他者的醫案裡，但他們無法代言女性生病體驗中的身心狀況。是以，當女詩人在詩作中書寫日常生活之生病體驗時，「或許是女性特有的寫作傾向。對女性而言，她們對時間延續疾病的體驗往往成為她們詩作的開篇甚至是寫詩的理由。」[47]當女性以詩歌書寫自己的生病體驗時，「詩歌已成為一種手段，將生病的情境轉換為某種可以富有創造性的狀態，映射出作者自己的審美觀照與精神感悟。」[48]是以，曾懿這些書寫病體的詩作，可以看到她做為病人乃至於開啟習醫契機的相關經驗。

---

[46] 楊彬彬：〈由曾懿（1852-1927）的個案看晚清「疾病的隱喻」與才女身分〉，《近代中國婦女史研究》第 16 期，2008 年 12 月，頁 3-4。

[47] 方秀潔：〈書寫與疾病——明清女性詩歌中的「女性情境」〉，方秀潔、魏愛蓮編：《跨越閨門：明清女性作家論》，頁 21。

[48] 方秀潔：〈書寫與疾病——明清女性詩歌中的「女性情境」〉，方秀潔、魏愛蓮編：《跨越閨門：明清女性作家論》，頁 23。

首先，曾懿婚前詩作《浣花集》（1872 至 1875 年間完成）即有書寫病體的施作，如寫「病中」的〈寒夜病中懷季碩五妹並寄旭初二兄京都之一〉：「藥裡經編年復年，寒宵炯炯未成眠。窗紗月落花留影，砧杵風高霜滿天。」[49]由「藥裡經編年復年」可見曾懿經常與病體、藥物相處的情景，且已持續數年。[50]同系列〈寒夜病中懷季碩五妹並寄旭初二兄京都〉也呈現她的病中心情，其第三首有云：「情深始覺飄零易，病久方知立命難。人比瓶梅消瘦甚，窗前長伴影珊珊。」[51]其中「病久方知立命難」可見長期生病的無奈，「人比瓶梅消瘦甚」則具體呈現消瘦的病體形貌；而第四首：「卻病怕吟屈子賦，多愁偏愛杜陵詩。可憐一點寒燈影，照我年來怨別離。」[52]更可見曾懿與詩書、病體相伴的日常生活，字裡行間透露的是典型善病才女的心緒。而書寫「病後」的詩有〈病後憶季碩五妹〉：「扶病搴帷步，微吟養性真。秋花閒似我，新月壽於人。鍊藥燒紅葉，焚香倚綠筠。不堪回首處，離緒滿江津。」[53]其中「扶病」、「鍊藥」亦可見其以

---

49 曾懿：〈寒夜病中懷季碩五妹並寄旭初二兄京都〉之一，《浣花集》，《古歡室集》，頁十二上－十二下。

50 「季碩五妹」指的是曾彥（1857-1890），曾懿與曾彥姐妹情感深厚，詩詞多見寄贈之作。曾彥（1857-1890），工剪綵、刺繡，且擅長詩文書畫。1875 年與張祥齡結婚，1890 年病逝蘇州，得年僅 33 歲。著有《桐鳳集》、《虔恭室詞稿》各 1 卷，《婦典》30 卷。

51 曾懿：〈寒夜病中懷季碩五妹並寄旭初二兄京都〉之三，《浣花集》，《古歡室集》，頁十二下。

52 曾懿：〈寒夜病中懷季碩五妹並寄旭初二兄京都〉之四，《浣花集》，《古歡室集》，頁十二下－十三上。

53 曾懿：〈病後憶季碩五妹〉，《浣花集》，《古歡室集》，頁十一下。

病與藥為生活重心的情景。此外，〈秋閨雜詠〉則更直接指出典型才女「善病」的自我形象：「工詩兼善病，人影瘦如花。瘦骨怯風尖，經秋病暗添。藥爐煙不斷，香霧漫書奩。」[54]其「工詩兼善病」的形象幾乎可概括前述幾首詩表述的閨中生活，即曾懿出閣前善病的五年，生活重心多以藥爐與書奩為重心，而這同時也是明清善病才女的共同生活面貌；而此時也正是曾懿開始自修家藏醫書以自救病體的時期。

其次，二十歲成婚後的曾懿隨夫宦游閩、皖、浙、贛等省凡二十餘年，《飛鴻集》記錄其 1885 至 1904 年間（33 至 52 歲）詩作，其中可見「就醫」與「病起」的相關描述。其出外「就醫」詩作有〈由石封之滬就醫道經嘉湖苕霅途中即景書寄外子〉：「暫別無端也愴神，帶圍瘦減苦吟身。片雲戀岫如人懶，送我依依到泗濱。客懷如水澹無邊，扶病登舟思轉鮮。兩岸柔桑收繭日，一江薄霧打魚天。」[55]曾懿寫出自己「帶圍瘦減」的病體出外就醫，道經浙江湖州而「扶病登舟」的形象。又有寫春雨「病起」的〈春雨病起感懷再疊尖叉韻〉：「杏花時節雨廉纖，病怯春寒夜更嚴。簾護香煙留篆縷，羹調玉蕊試梅鹽。海棠伴我依書幌，修竹敲愁倚畫檐。曉起臨窗凝望處，濃雲深擁壁峰尖。」[56]此詩寫出春天寒夜裡病弱才女在閨中養病兼讀書的生活情景，可見其病體多與詩書結合。更有寫夏秋之交「病起」的

54　曾懿：〈秋閨雜詠〉，《浣花集》，《古歡室集》，頁十一上。

55　曾懿：〈由石封之滬就醫道經嘉湖苕霅途中即景書寄外子〉，《飛鴻集》，《古歡室集》，頁二十三下。

56　曾懿：〈春雨病起感懷再疊尖叉韻〉之一，《飛鴻集》，《古歡室集》，頁三下。

〈夏末秋初炎蒸未退病起無聊作此以示諸子〉：「病起苦炎烤，鬱紆意不適。乘曉臨前軒，冷冷蕉露滴。苔蘚緣階綠，敗葉掃還積。昨夜西風來，吹夢落天末。」[57]可見病體在熱天引起之心情不適。而其中一首寫秋夜不適的〈秋夜不寐寄外子省親閩中〉較為特別：「心怯眠難穩，釵橫髻墮鴉。鼠頻驚枕榻，蟲又語窗紗。自恨工詩苦，偏教吟興賒。黃花尚未放，人已瘦如花。」[58]此詩所寫之「不寐」原非疾病，很有傳統詩歌自遣抒懷的韻味，但詩中的「釵橫髻墮鴉」及「黃花尚未放，人已瘦如花」寫出才女的病態美，並以「自恨工詩苦，偏教吟興賒」突顯曾懿做為才女的身分與創作才情。然而，曾懿《醫學篇》有醫方「驚悸不寐靈效方」[59]可與此詩互文相證：

> 當曾懿以醫者身分替換她的才女身分時，「不寐」就確定無疑地成了一種病態。曾懿用醫學語言將其準確定義為「驚悸不寐」，即確定其病因為「驚悸」，並以十種藥材製成「靈效方」加以療治。[60]

---

57 曾懿：〈由石封之滬就醫道經嘉湖苕霅途中即景書寄外子〉，《飛鴻集》，《古歡室集》，頁二十四下。

58 曾懿：〈秋夜不寐寄外子省親閩中〉之一，《飛鴻集》，《古歡室集》，頁十五上。

59 「驚悸不寐靈效方」：「真珠母，陸錢；龍齒，貳錢；酒芍，壹錢伍分；夜合花，貳錢；丹參，貳錢；歸身，貳錢；蓮子，貳十粒，打碎不去心；夜交藤，參錢，切；柏子霜，貳錢；紅棗，拾枚。」見曾懿《醫學篇》二卷之一，頁十四下－十五上。

60 楊彬彬：〈由曾懿（1852-1927）的個案看晚清「疾病的隱喻」與才女身分〉，《近代中國婦女史研究》第16期，2008年12月，頁10。

是以，藉由病詩與醫書對照並讀後，做為才女的曾懿之「不寐」已悄然轉換為醫者眼中的病症，這也正符合曾懿兼具才女與醫者之雙重身分，是以病詩與醫書巧妙地互文。

再者，曾懿作於 1890 至 1904 年間（38 至 52 歲）的《浣月詞》也有病體描述，如〈菩薩蠻——春日病中寄叔俊四妹壽春〉所述為春日「病中」情懷，之一云：「東風已綠西堂草，詩魂爭奈離情攪，好景艷陽天，年年愁病兼。」[61]其中「年年愁病兼」可見曾懿善病的病體已多年如此；其〈之七〉也是：「留春頻繾綣，淚滴琉璃醆。生小太多情，多愁多病身。」[62]其中「多愁多病身」的形象極為鮮明。〈之八〉則呈現因傷春而愁病體的美感：「海棠裊娜情絲軟，垂楊拂地和愁卷。扶病過花朝，開簾魂欲消。」[63]其中「扶病過花朝」可見曾懿因病體頻仍而生發對於春日花朝的感傷情懷。而〈之九〉：「晝長無意緒，綠寫蕉箋句。莫誦葬花詩，玉籠鸚鵡知。」[64]則又寫出春日病中的長日寂寥，「葬花詩」典故明顯出自《紅樓夢》女主角林黛玉傷春又自傷的形象，而「情／欲與疾病的對應關係，尤其是將女性各種疾病歸因於情感鬱結或欲求受阻，也常見於傳統中醫的理

61　曾懿：〈菩薩蠻——春日病中寄叔俊四妹壽春〉之一，《浣月詞》，《古歡室集》，頁一上。

62　曾懿：〈菩薩蠻——春日病中寄叔俊四妹壽春〉之七，《浣月詞》，《古歡室集》，頁二上—二下。

63　曾懿：〈菩薩蠻——春日病中寄叔俊四妹壽春〉之八，《浣月詞》，《古歡室集》，頁二下。

64　曾懿：〈菩薩蠻——春日病中寄叔俊四妹壽春〉之九，《浣月詞》，《古歡室集》，頁二下。

論。」[65]但曾懿顯然有意與善病的才女區隔，她在抱病傷春的情境下，提醒自己「莫誦葬花詩」，自覺地不願陷入過度傷感的自我形象與處境。就此言之，曾懿的病體書寫與善病才女的病詩確實類似，但不斷隨夫宦游各地的曾懿早已擁有許多自救救人的醫療經驗，是以儘管仍舊書寫與疾病為伍的生命經驗，她仍以「莫誦葬花詩」提醒自己。因此，她與明清善病才女之病弱或薄命形象非常不同之處在此。

上述曾懿病體書寫的詩詞特色，可說也是歷代才女病詩的共同特色：「對疾病的具體性質保持沉默。……無論是在詩題或是詩的正文中，作者都不會對疾病的種類及其症狀細加說明或描述。」[66]是以：

> 在詩化表達中，女性對於書寫疾病的興趣，並非在於疾病本身，……，在於將患病視為一種手段來表明對生命的體驗存在著其他可能與維度：女性私人生活中的身體感覺、心理認知、情感狀況以及精神上的反思。[67]

職是，曾懿的病詩也傳達了與一般才女共通的私人生活之身心體驗，較少出現明確的病名；相對地，其《醫學篇》則展現了一般

---

65 楊彬彬：〈由曾懿（1852-1927）的個案看晚清「疾病的隱喻」與才女身分〉，《近代中國婦女史研究》第16期，2008年12月，頁8。

66 方秀潔：〈書寫與疾病——明清女性詩歌中的「女性情境」〉，方秀潔、魏愛蓮編：《跨越閨門：明清女性作家論》，頁26。

67 方秀潔：〈書寫與疾病——明清女性詩歌中的「女性情境」〉，方秀潔、魏愛蓮編：《跨越閨門：明清女性作家論》，頁26-27。

才女較少涉足的行醫與撰寫醫書的生命經驗。易言之，曾懿同時展示感性的「病詩」與知性的「醫書」兩種不同類型的文本，由此可突顯曾懿的多樣才華以及她與明清諸多善病才女不同之處。

值得一提的是，晚清也有一樣「善病」的才女，如同時代福州薛紹徽（1866-1911）即是。1897 年的〈海病〉寫出心悸、暈眩與嘔吐等症狀：

> 乘舟出滄海，晝夜心轣轆。熱血觸肺肝，如轉千鈞軸。委頓復瞑眩，擁衾作蜷伏。有時墜枕驚，鄉夢未由熟。有時噴珠璣，淋漓瀉飛瀑。口梗舌將枯，禁方學辟谷。乃知行路難，欲作歧途哭。入江風力定，侵晨起櫛沐。日影映船舷，江南菸樹綠。[68]

當時薛紹徽由福州乘船至上海，其身體承受海上顛簸而遭遇暈船之苦可以想見；薛紹徽仔細書寫病症，與曾懿病詩對疾病較缺少具體的病症描寫（有的可見與醫書互文的醫方）有些不同。此外，寫於 1907 年的〈病喘〉也如實地寫出病體的症狀：

> 我病已有年，作輟成慣習。詎意今年冬，偃臥如伏蟄。或云北地寒，恐被風霜襲。或云飲食滯，臟腑有停濕。不知在腠理，肺氣關呼吸。胃弱力自微，肝熾嗽轉急。逼為望月喘，鼻息亦岌岌。有時漲筋絡，巍然起孤立。有時意慮

68　薛紹徽：〈海病〉，《黛韻樓詩集》第二卷；引自林怡點校：《薛紹徽集》，頁 10。

平，骨髓痛交集。荷荷喉吐納，縷縷口噓翕。入夜勢益張，破曉兵乃戢。人身小天地，陰陽無差級。葯石安有功，兒女莫私泣。一死本艱難，奚能遽損益。鞠躬盡吾分，天命誰修葺。[69]

在這首詩中她直接書寫自己的氣喘病症，標題即點出病名，詩中記載每次發病時的症狀。此時他們一家人旅居至北京，陳鏗等子女在〈先妣年譜〉即提及：「十月，入都。十二月，家嚴改官主事。先妣以北地苦寒，喘疾加劇。」[70]即此詩所述病症。綜言之，薛紹徽明確書寫病名「喘疾」，而曾懿或歷代才女的病詩則較少呈現明確的病症。兩年後（1909 年）所寫的〈病中雜詩四首〉，薛紹徽也以「喘疾」為主題：

年年歲暮病支離，伏枕三旬氣一絲。恰似龍蛇冬日蟄，只留殘喘待春時。

血湧心肝轉轆轤，安能嘔出付奚奴。方知長吉尋詩誤，翻羨陳家叔寶無。

幾番疑不博生機，呼吸艱難脈漸微。遍檢禁方求葯餌，累伊辛苦典朝衣。

69 薛紹徽：〈病喘〉，《黛韻樓詩集》第三卷；引自林怡點校：《薛紹徽集》，頁 44。

70 陳鏗、陳瑩、陳莛編：〈先妣年譜〉，《黛韻樓遺集》；引自林怡點校：《薛紹徽集》，頁 158。

夜半醒來熱轉加，胸中棖觸緒如麻。阿芸知我喉唇燥，急撥爐灰起煮茶。[71]

由這四首病詩看來，薛紹徽深受氣喘侵擾之苦，病重時的症狀屢次呈現於詩中，而孝女陳芸隨侍身側照料她。少數病詩如〈病起〉（1911 年）則呈現與前述曾懿及歷代才女近似的抒情內容：「今年病起近春闌，瘦骨支離氣力殫。踏地似行雲片軟，開窗猶訝朔風寒。花枝待我應遲放，柳絮如人已半殘。五角六張吾不解，星盤子細且重看。」[72]也正是 1911 這一年，年僅 45 歲的薛紹徽即因喘疾辭世。綜言之，薛紹徽的病詩展現一掃閨閣氣的英姿，直接書寫私密病症的名稱，但仍有部分近似曾懿及歷代才女較抒情的病詩，以展露私人情感為主。而薛紹徽與曾懿兩位善病的晚清才女，年壽長短卻相差甚遠，前者中年離世（得年僅 45 歲），而後者則安享晚年以終（享年 75 歲），曾懿之年壽多 30 年或許與其熟諳醫理有關，由此亦能見出曾懿身為才女醫者的秀異之處。

綜言之，曾懿的病詩多呈現善病才女的感性審美，展示私人的日常生活及情感活動；但她也有客觀專業的醫書《醫學篇》，展現女性跨文類書寫的可能。是以，曾懿同時撰著兩類風格不同的文本，病詩感性、醫書知性，不僅形成感性與知性的對照，又有互文的趣味，同時更能展現曾懿在才女與醫者兩種不同身分間

---

[71] 薛紹徽：〈病中雜詩四首〉，《黛韻樓詩集》第四卷；引自林怡點校：《薛紹徽集》，頁 66-67。

[72] 薛紹徽：〈病起〉，《黛韻樓詩集》第四卷；引自林怡點校：《薛紹徽集》，頁 67。

的轉換自如。相較之下，一般女詩人大多僅以病詩呈現較私密的身體與情感經驗，較少如曾懿另有知性而專業的醫書，是以曾懿的多元身分與文本益發顯得獨特。

2、豐富的家藏醫書：女子亦宜兼習醫學

曾懿做為一名自學為醫的女醫者，其醫學知識來自於豐富的家藏醫書。由其《醫學篇》可知，她承襲歷代中醫學經典的學養，如東漢醫聖張仲景以來至宋金元明的醫學傳統，以及常州醫學文化之浸染，尤其（很可能）是母系家族所在地的常州孟河醫派。這表示她的醫學知識來自正統的中醫學傳統。

由於年少時五年罹病經驗，促使曾懿發憤自學。她在 54 歲所做的《醫學篇・序》（1906）曾述及自學為醫也與家藏醫書甚齊備有關：

> 懿本女流，性又不敏，只因弱歲失怙，奉母鄉居，而家藏醫書復甚齊備，暇時流覽，心竊好之。今行年五十有四始研究，稍得門徑，嘗見傷寒、溫病，世醫誤治，致令夭亡，良用慨然。茲將此二症病情及治法分辨明晰，詳辨數章，並將《溫病條辨》溫熱經緯、運化醫效各方，摘錄成帙，明澈顯要，一目瞭然。及生平經歷醫效古方時方，並自製諸方，選其靈驗素著，分類刻出數十種，庶使讀書之家人人知醫，不致受庸醫之貽誤。此懿所以瓣香永祝者也。[73]

73　曾懿：〈醫學篇・序〉，《醫學篇》首卷之一，《古歡室集》，頁二上—三上。

是以，經常病恙的曾懿利用豐富的家藏醫書，自習為醫以自救，至 54 歲乃總結大半生習醫及行醫的臨床經驗成書。曾懿對於傷寒和溫病[74]的治療特別有心得，尤以吳鞠通《溫病條辨》受益最多。是以，由其《醫學篇》可推知，曾懿的醫學涵養來自於歷代醫學典籍以及其母系家鄉常州的醫學文化。同時強調「使讀書之家人人知醫」這項觀念。

同時，曾懿認為女性亦應有一定的醫學素養，才能妥善的料理家政。她在《女學篇》第九章〈衛生〉前言亦提及現代女性身負一家家政之責，關心家政種種衛生事項外，更應「兼習醫學」：

> 女子既嫁為一家之主婦，實一家治安之所繫，故欲強國必自強種始。欲全國之種強，必自家庭之衛生始。然則衛生之關係於國家者亦綦重矣哉。……。並須善於自衛，使身

---

74 溫病，中醫學名詞，主要特徵是發病時體溫會快速升高。清代中期以葉天士、吳鞠通、王士雄等人的學說為代表，其處方稱為溫病方，學派稱「溫病學派」。明清之際溫疫流行，尤以江浙一帶盛行熱病，促使江浙諸醫家對溫病進行研究。明末清初吳有性（1582-1652）《溫疫論》（1642）闡發疫病流行之特點與治療之法，當與古典「傷寒學派」對《傷寒論》的說法不同，認為「溫熱病及瘟疫非傷寒」，故稱「溫病學派」，其中葉天士（1667-1746）即代表人物之一。其後，吳鞠通（1758-1836）研究《素問》、張仲景《傷寒論》、吳有性與葉天士學說後，提出溫病分為上焦（肺與心）、中焦（胃與脾）、下焦（肝與腎）三個階段的說法，即所謂「三焦辨證」理論體系。溫病學派與傷寒學派並稱，形成中醫兩大主流。詳參皮國立：〈清代外感熱病史——從寒溫論爭再談中醫疾病史的詮釋問題〉，《中國史新論：醫療史分冊》，頁 475-526。

> 體強固，方能操作稱意。否則身軀孱弱，常罹疾病，輾轉床榻，……，不獨釀一身之困苦，且家庭之樂事，悉化為烏有。故不獨宜重衛生，且宜兼習醫學，使一家強則國強，國強則種族亦因之而強矣。[75]

曾懿認為女性兼習醫學，才能強國保種，此種觀念頗能透顯曾懿對於實用之學的認同，也很能符合晚清強國保種的主流話語。進而言之，曾懿這種強調女性對於強國保種的致用觀念，乍看似乎服膺於主流話語，但她畢竟仍是以善病女詩人兼女醫者的角度發聲，由於切身的身體經驗使然，乃造就她對於女性身體強弱與強國保種間的深刻體認。因此，曾懿應非只是順從並內化主流話語，反而應是出於她自身對於時代與實用之學（醫學）的敏銳感知與判斷。

（二）《醫學篇》誕生：歷代中醫經典與常州孟河醫派的影響

中國古典醫學至明清時代，大致發展出主流與非主流兩個傳統，兩者對經典的解讀與利用不同，但均以經典為依歸。其中關鍵年代是宋金元三代，尤其是宋代對於古代醫學經典的整理與確立，呼應了金元醫學復古的召喚，並且確定了一批唐代之前醫學經典的地位，如《皇帝內經》、《傷寒論》、《金匱要略》等皆於此時被經典化。而另一批則是於金元時代發展出來的新醫學經

75 曾懿：〈第九章　衛生〉，《女學篇》，《古歡室集》，頁二十九上－二十九下。

典。這兩批新舊醫典共同組成明清時代醫家的醫學知識系統與醫療文化。而南宋開始發展的婦科、兒科專著，也成為明清醫者的知識來源。儘管不同流派對於醫典有不同解讀與療法，但都以醫者對於新舊經典的掌握程度判斷醫術高低，[76]尤其是儒醫身分的建立，便仰賴醫者對於經典的嫻熟程度。

職是，曾懿這位少數有醫書傳世的才女醫者，其《醫學篇》內容多與歷代醫學經典對話。全書計二卷，首卷包含二小卷，卷一有脈論、舌色論、溫病傷風傷寒辨論、傷寒溫病原由等 18 節，幾乎皆以傷寒、溫病為主；卷二為溫病傳入中焦治法；卷三為溫病傳入下焦治法；卷四為傷寒論治。簡言之，首卷所論與當時中醫界主流男性醫者對傷寒學派與溫病學派的論爭有關。二卷包含四小卷，卷一雜症、卷二婦科、卷三幼科、卷四外科，其中婦幼科約佔一半篇幅。

1、歷代中醫學經典與醫家的影響

由曾懿《醫學篇》可知，她也是熟讀歷代新舊醫學經典的醫者，其《醫學篇・序》曾提及歷代中醫經典對她自學為醫的影響：

> 自神農嘗百草以治病，迄於漢晉，《靈樞》、《素問》、《肘後》諸書，代有傳人。降及後世，仲景謂醫中之聖，其所著《傷寒》諸方，後學家莫不奉為準繩，故醫方集解通行於世。其中，張子和、劉河間、李東垣、朱丹溪四大

76　梁其姿：〈明清社會中的醫學發展〉，《中國史新論：醫療史分冊》，頁 308。

> 家皆有偏勝處。張、劉善於攻散，李、朱一偏於補陽一偏於補陰，雖著名家、頗難取法，然每見泥執古方以治今人之病，動輒誤人，懿深憫之。學者總以推求《內經》、《金匱》古法，潛心體察，掇其精華，摘其所偏，自能豁然貫通，變化無窮。[77]

曾懿提及她的醫學知識來自於歷代醫學經典與醫家。首先是唐代以前醫書，包括漢晉時代合稱《黃帝內經》的《靈樞》、《素問》[78]，此為中國最早的醫書；《肘後》[79]乃中國第一部臨床急救手冊《肘後備急方》；《傷寒》[80]、《金匱》[81]兩書原為東漢張仲景《傷寒雜病論》，中醫學內科學經典，後世分成《傷寒論》與《金匱要略》分別流通。而重要醫家包括東漢張仲景[82]及

---

77 曾懿：〈醫學篇・序〉，《醫學篇》首卷之一，《古歡室集》，頁二上一三上。

78 《靈樞》與《素問》合稱《黃帝內經》，現存最早的中醫理論著作，約成書於戰國時期。

79 《肘後》即東晉葛洪《肘後備急方》，中國第一部臨床急救手冊，成書較早、影響深遠的方書。

80 《傷寒》即東漢張仲景《傷寒雜病論》，中國醫學內科學經典，奠定中醫學基礎。本書原貌不復可見，後世分成《傷寒論》與《金匱要略》分別流通。

81 《金匱》即東漢張仲景《金匱要略方論》，原為《傷寒雜病論》一部分，中醫臨床經典著作。

82 張仲景（150-219），東漢末年著名醫學家，被尊稱為醫聖。張仲景廣泛收集醫方，寫出《傷寒雜病論》，確立辨證論治原則，是中醫臨床的基本原則。

「金元四大家」張子和[83]、劉河間[84]、李東垣[85]、朱丹溪[86]等著名醫家，其中朱丹溪即明代儒醫朱震亨（1281-1358）。而徐慶坻《女學篇・序》（1907）亦提及曾懿的醫學素養來源，可上溯《靈樞》、《素問》等經典醫書，並旁及近代醫家：「夫人又以教育本原，莫大乎尊生，於是上起《靈》、《素》，下訖近代醫家言，靡不研究，成《醫學篇》一卷，其言皆本實驗，明顯易曉。」[87]此序言雖不無溢美之可能，但至少可見她的醫學知識來源及涵養頗受時人認同。由此可見她對於歷代中醫學源流有一定的了解，若干重要的醫學經典與醫家見解皆能有所掌握，且不拘泥於一家一書，在賡續傳統中展現自己做為知識女性／女醫者的獨到判斷。

曾懿《醫學篇》的〈溫病傷風傷寒辨論〉即引用《黃帝內經》對溫病的說法：

所以溫病多於傷寒，不得專泥於寒一字也，《內經》云：

83 張子和（約 1151-1231），金代醫學家，「金元四大家」之一，中醫「攻下派」創始人。業醫世家出身，私淑劉河間之學。1228 年寫成傳世之作《儒門事親》。

84 劉河間（1110-1200），所創學派為「河間學派」。金代醫學家，「金元四大家」之首，「寒涼派」創始人，「溫病學」奠基人之一，中國醫學史上在理論和實踐都對後世有巨大貢獻和影響的醫家。

85 李東垣即李杲（1180-1251），「金元四大家」之一，開創「補土派」。

86 朱丹溪即朱震亨（1281-1358），元代人，與劉河間、張子和、李東垣等人並稱「金元四大家」，為「滋陰派」的創始人。

87 徐慶坻：《女學篇・序》，《古歡室集》，頁一下－二上。

> 「冬不藏精，春必病溫。」立言皆重於冬，豈謂冬宜藏，他時可以不藏乎？鄙意四季之中，人之精神內守，腎氣內充，一切時邪皆難侵受也。所以古方治傷寒偏於溫散，皆泥於寒之一字為主。故今之庸醫，偶讀古方數則，矇昧不明，泥古不化，每見用傷寒古方，以治溫病，鮮有見效。懿攖心久矣，且身歷危險之症者再，皆因始誤於表。幸心血素虧，不致昏迷，尚能伏枕。[88]

曾懿琢磨古代醫學經典，但也有自己的見解。她認為溫病多於傷寒，但古方多「泥於寒之一字」，並批判《內經》（《黃帝內經》）的說法，認為四季皆有可能受寒。但由於歷代醫家皆極重視《黃帝內經》，以致於當今庸醫亦往往採用此古方以治溫病而鮮有見效。而曾懿罹病的經驗裡亦曾因誤信此方而身歷危境。可見她除了熟讀經典，也能建立自己的觀點，顯然曾懿也吸收了當時（近代）溫病學派對於溫病與傷寒療法的論爭。[89]尤其曾懿曾親身經歷險症，伏診自學自救而獲新生，對溫病的治療乃特別有心得。此外，曾懿〈雜症：治黃疸〉也提及《黃帝內經》的看法：

> 治黃疸，《內經》有開鬼門、潔淨府等法。開鬼門者，開其腠理，使熱邪從肌表出也。潔淨府者，瀉其膀胱，使溼

88 曾懿：〈溫病傷風傷寒辨論〉，《醫學篇》首卷之一，《古歡室集》，頁三下。

89 詳參皮國立：〈清代外感熱病史——從寒溫論爭再談中醫疾病史的詮釋問題〉，《中國史新論：醫療史分冊》，頁 475-526。

邪從小便出也。然外感之熱，可從汗解；若陽明內蘊之熱，發汗則劫陰，而內熱更甚，衹宜清胃熱，利肺溼，而汗吐下三法，均不可用矣。[90]

由此可見曾懿自學為醫並實際行醫救人，頗受惠於中醫經典《黃帝內經》的影響。此外，「帝國後期，關於性成熟和生育理論的基礎文獻的作者都提及《黃帝內經》裡記載的傳說中的醫者——黃帝和岐伯。」[91]是以，《黃帝內經》有關於女性生育的知識也是曾懿婦科知識的重要參考來源。而晚清民初對於醫者的概念與現代意義的職業醫生不同，醫學語言也不像現今的難以理解，但「大多數受過教育的人們都熟知中醫的基本原則，至少對像《黃帝內經》那樣的基礎性著作略知一二。」[92]是以，《黃帝內經》自然也是建構曾懿醫學知識的重要來源。

此外，另一部重要的醫書經典《金匱要略》，也是曾懿醫學涵養的重要來源。《女學篇》第九章〈衛生〉第二節〈飲食〉曾提及此書：

豬羊牛有深紅色，有朱紅點者，均勿食。水菓益人且助消化，然未熟及已爛者皆有毒，或生微生物，勿食。又發霉

---

90 曾懿：〈雜症卷一・治黃疸〉，《醫學篇》二卷之一，《古歡室集》，頁十七下－十八上。

91 白馥蘭（Francesca Bray）；江湄、鄧京力譯：《技術與性別：晚期帝制中國的權力經緯》第七章〈醫學史和性別史〉，頁 235。

92 白馥蘭（Francesca Bray）；江湄、鄧京力譯：《技術與性別：晚期帝制中國的權力經緯》第七章〈醫學史和性別史〉，頁 238。

> 之米麵、已臭之蛋、色變味敗之肉，皆不可食。故《金匱》云：「穢飯、餒肉、臭魚、食之皆傷人也。」[93]

《金匱》即東漢醫聖張仲景所撰之《金匱要略方論》，原為《傷寒雜病論》一部分。[94]主要以病證作為分類，主治內傷雜病，於霍亂病、百合病、婦女雜病等皆有涉獵。張仲景《傷寒雜病論》為中醫學「熱病」治療方劑與理論專書，張仲景因此書而被稱為「醫方之祖」。而「熱病」並非今日所指之單一疾病，而是包含理論、辨證、治療的綜合體系內疾病之泛稱。[95]「熱病」是一般人容易罹患的病症，曾懿少女善病時期即曾罹此病多次。

除上述幾種傳統醫學經典外，亦有歷代醫家對曾懿產生影響的，如〈中風〉的「許學士」即是：

> 又云：厥逆痰壅口噤脈伏，身溫為中風，身冷為中氣，又有痰為中風，無痰為中氣。許學士云：「暴怒傷陰，暴喜傷陽，憂愁不已，氣多厥逆，往往得中氣之症，不可作中

---

93 曾懿：〈第九章　衛生・第二節　飲食〉，《女學篇》，《古歡室集》，頁三十一上－三十二下。

94 《傷寒雜病論》因漢末後長年戰亂而隱佚，晉代王叔和得《傷寒雜病論》稿而將傷寒部分獨立成《傷寒論》；雜病部分未在當世流通。北宋仁宗時代，王洙偶然發現蠹簡中有《金匱玉函要略方》三卷，上卷為傷寒，中卷論雜病，下卷載其方。後朝臣將宋版《傷寒論》未有的「雜病」、「方劑」、「婦人病」部分單獨取出，並引用其他醫書為參考補足，而成《金匱要略》，凡二十篇。

95 參考皮國立：〈清代外感熱病史——從寒溫論爭再談中醫疾病史的詮釋問題〉，《中國史新論：醫療史分冊》，頁481。

風治。」[96]

許學士即南宋醫學家許叔微（1079-1154）[97]，對張仲景《傷寒論》很有研究，著有《傷寒百證歌》、《傷寒發微論》、《傷寒九十論》等。宋代對於熱病學而言，是一個很有意義的年代，自東漢張仲景《傷寒論》以來，熱病的主體論述就是「傷於寒」。到了北宋，張仲景《傷寒論》已然一躍成為醫者尊奉的臨床經典，儘管也有對「傷於寒」這一古典傳統的不同看法。[98]是以，許學士的傷寒論述的時代意義在此，他對於張仲景《傷寒論》之辨證論治理論有進一步的闡發和補充。此外，宋代士人對於醫學普遍尊重，也促成醫學學術地位的提升；同時也是儒醫身分建立的重要時期，許叔微即為其中重要人物，他曾說過：「醫之道大矣！……豈可謂之藝與技術為等耶？」其所謂「藝」是儒學六藝，並非「技藝」之「藝」，可見醫學在宋代世人心目中有崇高的學術地位。[99]是以，宋代儒醫許叔微對曾懿的意義在於兩方面，一是許叔微的傷寒／熱病研究，一是儒醫對於醫理的掌握，由此更可見女醫者曾懿兼有儒醫之特質，其來有自。

---

96 曾懿：〈中風〉，〈雜症卷一〉，《醫學篇》二卷之一，《古歡室集》，頁二上。

97 許叔微遇病者求診，不問貧富均細心治療。晚年將平生應用的驗方和醫案，整理成《類證普濟本事方》；善於化裁古方，創製新方。

98 參考皮國立：〈清代外感熱病史——從寒溫論爭再談中醫疾病史的詮釋問題〉，《中國史新論：醫療史分冊》，頁482。

99 參考陳元朋：〈宋代儒醫〉，《中國史新論：醫療史分冊》，頁266-267。

而明末清初醫者傅青主（1607-1684）[100]的婦科專著，也是曾懿涉獵的對象。傅青主即傅山，其醫學專著《傅青主女科》是中醫婦科經典之一，約成書於清康熙十二年（1673 年），至道光七年（1827）方有初刊本。全書共有兩卷，上卷包括帶下、血崩、鬼胎、調經、種子等五門，28 篇，39 證，載方 41 首；下卷包括妊娠、小產、難產、正產、產後等五門，39 篇，41 證，載方 42 首，2 法；附有《產後編》二卷，另附補集。此書臨床實用價值頗高，常為後代醫師臨證所應用。

是以，曾懿《醫學篇》的〈婦科主方〉及《女學篇》「胎產」皆可見參考《傅青主女科》的內容及方劑，如〈婦科主方．產後傷尿胞方〉即是：

> 治產後傷尿胞，淋漓不止，須趁產後下半月治之得法，即補好矣。用傅青主「完胞湯」，加減用之效。[101]

「尿胞」是泌尿系統中儲尿的器官，位於骨盤腔前方，腹腔下方，婦女生產後易滲漏尿液，可服用「完胞湯」，此方即出自傅青主《女科．下卷．產後》「產後手傷胞胎淋漓不止」所述之「完胞飲」：

---

[100] 傅青主即傅山，明末清初著名學者，醫學之外，於經學、理學、佛學、詩、書畫、金石、武術、考據皆有涉獵。其醫學專著尚有《青囊秘訣》、《男科》兩書。此外，尚有《霜紅龕集》、《傅氏拳譜》（武術）及書法作品。

[101] 曾懿：〈婦科主方．產後傷尿胞方〉，《醫學篇》二卷之二，《古歡室集》，頁七下。

> 婦人有生產之時，被穩婆手入產門，損傷胞胎，因而淋漓不止，欲少忍須臾而不能，人謂胞破不能再補也，孰知不然。……然破之在內者，外治雖無可施力，安必內治不可奏功乎！試思瘡傷之毒，大有缺陷，尚可服藥以生肌肉，此不過收生不謹，小有所損，並無惡毒，何難補其缺陷也。方用完胞飲。[102]

可見曾懿建議產後婦人飲用「完胞湯」乃深受傅青主影響所致。其次，〈婦科主方〉之〈保產無憂散〉也是一味出自傅青主的安胎藥方：

> 「保產無憂散」，即常州俗名曰「宮中十二味」也，常人稱為安胎要藥。此方補表瀉兼用，強壯者服之尚宜，虛弱者服之心嘈不安，似與血分有礙。余曩昔深畏之，遇有感冒以代表劑尚可。後逢妊娠虛弱者，偶有風寒外感，即用此方，頗有效驗。[103]

此常州俗名曰「宮中十二味」的安胎要藥，也見於《女學篇》第三章「胎產」之第四節「保小產」所述：「『保產無憂散』，即常州俗名『宮中十二味』也，常人稱為安胎要藥。此方補瀉，表

---

[102] 傅山（傅青主）：《女科・下卷・產後》（臺北：臺灣商務印書館，1966 年 6 月），頁 68。案：此版本收錄於王雲五主編《叢書集成簡編》，合傅山《女科》與《產後編》為一冊。

[103] 曾懿：〈婦科主方・保產無憂散〉，《醫學篇》二卷之二，《古歡室集》，頁四上。

裡兼用。強壯者服之尚宜，虛弱者則嫌剋伐。偶有風寒外感，即用此方，頗有奇驗。」[104]內容與《醫學篇》雷同。曾懿雖未指明受傅青主影響，但此方確實著錄於傅青主另一部婦科專著《產後編・下卷・補編》中，傅青主稱：「右方保胎，每月三五服，臨產熱服，催生如神。」信而有徵。[105]

此外，曾懿《女學篇》第三章「胎產」第三節「治惡阻」也提及傅青主的方劑以對治妊婦之惡心嘔吐：

> 惡阻者，妊婦受胎後，即惡心嘔吐，……此症醫頗難效。惟傅青主所擬順肝益氣方，加減服之，尚覺有效。姑記之，以便後人。方載《醫學篇》。[106]

曾懿此處所提之「順肝益氣方」即出自傅青主（傅山）《女科・下卷・妊娠》之「惡阻」：

> 婦人懷娠之後，惡心嘔吐，思酸解渴，見食憎惡，困倦欲臥，人皆曰妊娠惡阻也，誰知肝血太燥乎！……氣既受傷，則肝血愈耗，世人用四物湯治胎前諸症者，正以其能生肝之血也。然補肝以生血，未為不佳，但生血而不知生

---

[104] 曾懿：〈第四節　保小產〉，〈第三章　胎產〉，《女學篇》，《古歡室集》，頁十上－十下。

[105] 傅山（傅青主）：《產後編・下卷・補編》（臺北：臺灣商務印書館，1966年6月），頁49。

[106] 曾懿：〈第三節　治惡阻〉，〈第三章　胎產〉，《女學篇》，《古歡室集》，頁九上－九下。

> 氣，則脾胃衰微，不勝頻嘔，山恐氣虛則血不易生也。故於平肝補血之中，加以健脾開胃之品，以生陽氣，則氣能生血，尤益胎氣耳。……宜用順肝益氣湯。[107]

由於傅青主對於症狀的成因與藥效有清楚的解說，因此曾懿在婦科方面的處置多受惠於《傅青主女科》。

綜言之，曾懿的醫學涵養來源以正統的醫學經典與儒醫系統為主，前者以中醫經典《黃帝內經》與傷寒經典《金匱要略》為主。後者以南宋儒醫許學士（許叔微）的傷寒／熱病論述與明末清初儒醫傅青主（傅山）的女科研究為主。簡言之，曾懿雖為邊緣女醫者，就其學養而言，亦應列入儒醫脈絡視之。

2、清代江南醫學文化、常州孟河醫派的影響

除了傳統醫學經典及儒醫傳統的影響外，清代江南的醫學文化所陶養的名醫，也是曾懿效法的對象，其《醫學篇・序》即提及這些醫家：

> 如近世徐靈胎、葉天士、吳鞠通、王士雄、費晉卿諸醫士，皆能運化古方以治今人之病；其所製各方，偶遇各症，細察病情，加減用之，無不中彀。其最切時人之時病者，莫如吳鞠通之《溫病條辨》一書，懿身經四次溫症，得以轉危為安，皆得力於斯書者居多。蓋此書仍追蹤於仲景，能運化其奧旨，妙在顧人津液，不專攻伐，而能使邪表出。故善用此書者，活人無算，經驗者屢矣。且醫之道

---

107 傅山（傅青主）：《女科・下卷・妊娠》「惡阻」，頁37。

> 豈易言哉，七情六慾之感病非一端，補瀉升降、溫熱寒涼之藥性非一類，是以非博覽群書，抱用世之才，不足以語醫也。亦非天資明敏，工壽世之術，不可以學醫也。[108]

曾懿提及的都是清代江南名醫，包括徐靈胎[109]、葉天士[110]、吳鞠通[111]、王士雄[112]及費晉卿（孟河醫派）[113]都是主流儒醫，對待中醫經典皆能夠運化古方以治今人之病。其中，徐靈胎（徐大椿，1693-1771）為中醫經典的尊古派，強調熟讀張仲景的《傷

---

108 曾懿：〈醫學篇・序〉，《醫學篇》首卷之一，《古歡室集》，頁二上－三上。

109 徐靈胎即徐大椿（1693-1771），江蘇吳江縣人，清代著名醫學家，後人輯有《徐氏醫學全書十六種》，影響極大。

110 葉天士即葉桂（1667-1746），清代江蘇吳縣（今蘇州市）人。清代名醫，四大溫病學家之一（另三位是吳瑭（吳鞠通）、王士雄、薛雪）。葉天士善抓主證，用藥極精。今市面流行之「京都念慈菴川貝枇杷膏」處方即由葉天士以枇杷葉蜜製枇杷膏得來。

111 吳鞠通即吳瑭（1758-1836），江蘇淮陰縣人，清代醫學家，四大溫病學家之一。獲見吳有性《溫疫論》，嘆服其說，究心醫術達十餘年。乾隆58年（1793）京師大疫，市醫多以傷寒之法療治失效，吳鞠通以溫病之法治療，竟獲全活達數十人，聲名大震。後總結經驗，著成《溫病條辨》。

112 王士雄（1808-1868?），居錢塘（杭州）。四大溫病學家之一，畢生致力於中醫臨床和理論研究，對溫病學說、霍亂的辨證和治療有獨到的見解。

113 費晉卿即費伯雄（1800-1879），江蘇省常州府武進縣孟河鎮（今常州市新北區）人。以擅長治療虛勞馳譽江南，求醫者眾，孟河小鎮此時也以醫藥發達而繁盛。清中後期，以費伯雄、馬培之、巢渭芳、丁甘仁為代表的「孟河醫派」創造「吳中名醫甲天下，孟河名醫冠吳中」的醫盛時期。

寒論》，以引經據典為醫者的本事；著述極豐。其次，葉天士、吳鞠通、王士雄三位為清代溫病四大家之三，傷寒與溫病的論爭自明末吳有性（1592-1672）《溫疫論》另闢蹊徑，認為古典傷寒論之「傷於寒」與今時人所患熱病不同，否定了張仲景《傷寒論》所建立的古典傷寒傳統，自此傷寒論述開始二分。隨後葉天士（葉桂，1667-1746）創立「衛氣營血」的辨證體系，以替換張仲景的「六經」辨證，成為治療熱病的另一種準則，成為溫病學派的新經典。自此舊傳統「傷寒學派」和新傳統「溫病學派」鮮明地分為兩派，論爭不斷。[114]清代在溫病學派興起後，另一股溫病學派代表的古典醫學力量並未消亡，如前述徐靈胎（即徐大椿 1693-1771）即尊古派，以引經據典為醫者的本事。[115]

而溫病四大家中又以吳鞠通（吳瑭，1758-1836）《溫病條辨》最切時人之時病，也是曾懿四次溫症轉危為安的功臣。1798年成書的《溫病條辨》總結吳鞠通一生行醫的經驗，乃復習古代醫學經典及溫病諸家包括葉天士之學而撰成的。前引曾懿〈溫病傷風傷寒辨論〉亦提及《溫病條辨》的好處：

> 故今之庸醫，偶讀古方數則，曚昧不明，泥古不化，每見用傷寒古方，以治溫病，鮮有見效。懿攖心久矣，且身歷

114 關於清代傷寒與溫病學派的論爭，詳參皮國立：〈清代外感熱病史——從寒溫論爭再談中醫疾病史的詮釋問題〉，《中國史新論：醫療史分冊》，頁 482-483。另可參考皮國立：《「氣」與「細菌」的近代中國醫療史——外感熱病的知識轉型與日常生活》。

115 參考皮國立：〈清代外感熱病史——從寒溫論爭再談中醫疾病史的詮釋問題〉，《中國史新論：醫療史分冊》，頁 489。

> 危險之症者再，皆因始誤於表。幸心血素虧，不致昏迷，尚能伏枕。自查《溫病條辨》，仿其滋陰甘涼，治之得法而獲全愈。故審悉斯症，總名之曰：「傷寒」，實係溫病也。此書誠新立活命至寶之書也。[116]

吳鞠通《溫病條辨》師承葉天士的學說，仿《傷寒論》編立條文，以「三焦辨證」為經、以「衛氣營血」為緯，論述溫病的辨證[117]論治，闡述風溫、溫毒、暑溫、溼溫等病症的治療，條理分明，與一般泥古不化、使用傷寒古方的庸醫不同。曾懿得之於此書益處甚多，視之為「活命至寶之書」，是以《醫學篇》卷一以極大篇幅論證溫病與傷寒等症，頗有心得。簡言之，由曾懿對於傷寒與溫病的精深了解，可知她對於中醫病症的療法具有獨立思考判斷的能力，未必全然拘泥於傷寒古方而亦步亦趨。

其次，清代江南醫學文化中的常州「孟河醫派」[118]，堪稱

---

116 曾懿：〈溫病傷風傷寒辨論〉，《醫學篇》首卷之一，《古歡室集》，頁三下。

117 中醫的「辨證」要從中醫對疾病的概念談起：「中國『病』的概念與我們現代疾病的觀念不相符合。中國的疾病觀念認為，儘管人們疾病產生的根源是相似的，但由於疾病感染的具體情形和病人體格的差異，使得疾病在每個病人身上的表現都有所不同；隨著時間的變化，疾病在不同病人身上的發展情況也不同。因此，診斷必須首先識別一種疾病在當時的具體表現形式——辨證。為達此目的，對病人情況全面的記述和病史的了解究是必需的了。」白馥蘭（Francesca Bray）；江湄、鄧京力譯：《技術與性別：晚期帝制中國的權力經緯》第七章〈醫學史與性別史〉，頁 244。

118 常州醫學文化可參考周佳榮、丁潔：〈孟河醫派：常常州到滬港的發展〉，《天下名士有部落——常州人物與文化群體》，頁 64-72。

天下第一。前引曾懿《醫學篇・序》提及之費晉卿（費伯雄，1800-1879）即為曾懿母系家族常州武進縣孟河鎮的名醫，堪稱「孟河醫派」第一個開創者。費晉卿考取舉人，不圖仕進，轉而名士為名醫；著有《醫醇賸義》，總結一生治療雜病的學術經驗，「主張師古而不泥古和不趨奇立異，善於變通化裁古人有效方劑，用藥以培養靈氣為宗，以和緩為主。」[119]費晉卿這種對待中醫經典的態度，即師古而不泥古和不趨奇立異，也正是曾懿看待中醫的調和態度。

此外，曾懿〈兒科指迷・暴吐瀉〉提及曾延請一位熟讀明末醫家張景岳（1563-1642）《景岳全書》的官醫為自己的小兒治吐瀉，曾懿再將小兒病源另請常州瞿槐廷（?-?）開方，之後小兒服下才痊癒：

> 小兒夏日暴吐瀉，切不可作虛寒治。憶昔余在川時，大兒甫一週餘，五月陡患洞瀉如水，氣息奄奄，手足轉冷，適遇一官醫，熟讀《景岳全書》者，專喜熱補，延其診視，謂口冒冷氣，的係虛寒，重用溫補之劑，深恐見疑，坐視藥煎好喂下數口方去。……。臥查其勢，實係暑象，遂將其病源常開，請常州瞿槐廷大令，開方服下即安，……，可見手足寒冷，不可泥於定系寒症，此方雖經三十餘年，今尚記憶，特紀之以示後人。[120]

---

[119] 周佳榮、丁潔：〈孟河醫派：從常州到滬港的發展〉，《天下名士有部落——常州人物與文化群體》，頁 64。

[120] 曾懿：〈兒科指迷・暴吐瀉〉，《醫學篇》二卷之二，《古歡室集》，頁六下一七上。

明末醫家張景岳被稱為「溫補派」[121]；常州名醫瞿槐廷則生卒背景不明，然曾懿之母系來自醫學文化興盛的常州，常州名醫自然也是曾懿師法的對象。

綜合上述，曾懿之為醫者，其知識背景中包含傳統中醫經典及醫家，以及近代江南／常州醫學文化的薰染，兩者共同構成了曾懿的醫學素養。要言之，其醫學素養傾向儒醫系統，對於傳統醫學經典有一定的掌握，但又不拘泥於經典古方，而能夠做出獨到的判斷，這是理解曾懿做為女醫者的重要面相，也使得她跨越主流儒醫與邊緣女醫者的邊界，而成為一名新時代裡擁有專業表現與身分的女醫者。進而言之，以曾懿對歷代醫學經典的瞭解，顯然已具有主流醫者「儒醫」的樣貌。是以，女醫者被視為邊緣醫者的說法，似乎未必完全適用於熟讀醫學經典的曾懿。職是，必須重新思考是否應將曾懿的邊緣女醫者身分納入主流醫者脈絡中重新定義，較為合理。易言之，曾懿其人使得邊緣女醫者與主流醫者（儒醫）的界線被消融，此一跨越邊緣與主流醫者的雙重身分，也正是曾懿之為所以秀異於其他才女（醫者）之處。

（三）以中醫學為本兼容西醫學優點：《醫學篇》展現的醫學文化

曾懿《醫學篇》（1906 年）計二大卷，第一卷包含二小卷，卷一包含脈論、舌色論、溫病傷風傷寒辨論、傷寒溫病原由、傷寒溫病脈辨、傷風論、溫病論、風溫治法、春溫治法、溫

121 張景岳（1563-1642），會稽山陰人，明末醫學大家。對《內經》頗有研究，同時精通《易經》，認為「醫易同源」，強調辨證求本，常用溫補劑，被稱為「溫補派」。著有《景岳全書》。

熱治法、溫疫治法、溫毒治法、暑溫治法、溼溫治法、溫虐治法、秋燥治法、冬溫治法、傷風傷寒初起治法等 18 小節；卷二為溫病傳入中焦治法；卷三為溫病傳入下焦治法；卷四為傷寒論治。首卷所論幾乎皆以傷寒、溫病為主，並且反映了當時中醫界對傷寒學派與溫病學派的論爭。第二卷包含四小卷，卷一雜症、卷二婦科、卷三幼科、卷四外科。整體而言，內容豐富，部分文字也展現了曾懿對於西醫的接納。

自學為醫的曾懿研讀的是傳統中醫學經典，然而真正促使她撰寫醫書的動機，除了如同前代醫家總結一生行醫心得外，近代傳入的西醫學所造成的影響，也是引發她撰寫醫書的原因。張百熙《女學篇・序》即曾轉引曾懿兒子袁玨生（勵準）[122]轉述之母親對於當時中西醫的看法：

> 玨生……，為言比年以來，其母曾夫人睠時艱之曰：「……。又以醫學至今垂絕，而剽竊西醫者率多膚淺，恐真詮之寖失而殺人之滋多也，蒐輯三十年來為人診治經驗，良方薈萃成帙，作《醫學篇》二卷。」[123]

由此可見在曾懿自學為醫的同時，近代西醫知識已然大量而強勢地進入中國。[124]但這段轉引的曾懿話語，似未清楚說明所謂

122 玨生即曾懿次子袁勵準（1881-1935），晚清翰林。歷任京師大學堂提調、清史館編修等要職。

123 端方：《女學篇・序》，《古歡室集》，頁二下一三上。

124 可參考何小蓮：《西醫東漸與文化調適》、李尚仁：〈晚清來華的西醫〉，《中國史新論：醫療史分冊》。

「剽竊西醫者率多膚淺」的實際內涵，可能是批判學西醫者多只學得皮毛、不明就裡。然而中西醫學觀念與思維方式的巨大差異是可以想見的，西醫學強調分析：

> 在醫學上，典型地應用解剖分析的方法，把整體的人分解為各個部分、系統、器官、組織細胞而至分子，從而對人體內部各個層次的型態結構具有了深入的認識。[125]

相對地，中醫學則注重整體：「中國傳統醫學視人體為一個彼此聯繫的整體，表裡相通，強調對自然病因的重視。」[126]是以中西醫的基本原理差異甚大：

> 西醫以一舉而去除病灶或病因物而後快，中醫則多從調理陰陽以「謹察陰陽之所在而調之，以平為期」。傳統的中國醫藥學體系相繼與五行說、陰陽說和不同形態的儒學相結合。[127]

是以，中西醫在理論或經驗上均有巨大差異，導致中醫藥溫和漸進的治療方式和西醫下猛藥的速成療效也有差異：

---

[125] 何小蓮：《西醫東漸與文化調適》第七章「從西醫到西學：醫學觀念與思想變遷」，頁 273。

[126] 何小蓮：《西醫東漸與文化調適》第七章「從西醫到西學：醫學觀念與思想變遷」，頁 273。

[127] 何小蓮：《西醫東漸與文化調適》第七章「從西醫到西學：醫學觀念與思想變遷」，頁 274。

「猛藥」在帝國後期如同其他地方一樣受歡迎；醫生使他的病人通便、嘔吐和發汗就被認為是有效果。放血的歐式風格不是帝國後期寶典的內容，活血藥才是「婦科疾病」的普遍處方。名醫會反對庸醫治表不治裡的欺騙和無知。[128]

因此，曾懿或許即基於對中西醫學不同特質的掌握以及對於庸醫治表不治裡的不苟同，乃自認必須撰寫醫書，以導正近代中西醫學交會所產生的問題，可見她對於時弊與中西醫學的洞察力。

然而，曾懿並未否定西醫，她對中西醫學的態度是折衷融合的，其〈傷寒溫病原由〉即藉由討論傷寒溫病原由，[129]以辯證中西醫學的差異：

此症雖屬外感，然多患於勞心之人。並處以深幽之屋，空氣不得流通，出最易患此。乃緣勞心操作，血氣美多壅滯。凡風寒暑濕，凝結不散，收入臟腑，積久復感風寒暑濕，因之激起而作。……。人之身中，肺為華蓋，上有兩管。一為食管，上承飲食；一為氣管，以通呼吸。所以受

128 白馥蘭（Francesca Bray）；江湄、鄧京力譯：《技術與性別：晚期帝制中國的權力經緯》第八章〈生育醫學與繁衍的雙重性〉，頁 257。

129 傷寒與溫病（包括瘟疫），即中國古典醫學中兩個論述「熱病」的體系，前者為古典醫學觀念，後者為清代發展出來的新觀念，指的都是發冷惡寒、身體發熱等發燒現象。這種具傳染性或感染性的病症，是古人最常罹患的病種之一，也是中國內科醫學的強項，清代對熱病的討論發展出傷寒派與溫病派論爭，相關定義與範疇十分駁雜。可參考皮國立：〈清代外感熱病史——從寒溫論爭再談中醫疾病史的詮釋問題〉，《中國史新論：醫療史分冊》，頁 475-526。

> 病皆由呼吸引進。故病始來，皆在肺經，徑用清散肺邪，得汗即癒，不致傳至各經矣。故西醫治病之法，雖不及中國，而杜病之法，實有甚於中國者。凡人苟能節勞以保腦力，時吸新鮮空氣，以保肺氣，兼能運動，使血絡流通，自能百病不生，而臻壽域矣。[130]

文中所稱「外感」指涉的概念是：「會導致發熱的疾病很多，所以常以『外感』兩字來搭配熱病，較趨近今日西醫的傳染性或感染性疾病，而將寄生蟲類疾病與其他會發熱的疾病區隔開來。」[131]此外，曾懿討論傷寒或溫病原由多以中醫為本，但也夾雜不少西醫的觀念或名詞，如她已將晚清西醫傳來的解剖學概念融入人體結構的說明，以解釋病因。同時，曾懿認為西醫杜絕疾病之療法甚於中醫，唯有提升幽處閨中之女性的免疫力，才是根本之道；其具體作法是以節勞保腦力、呼吸新鮮空氣與運動等，都是晚清西醫學傳入的新觀點，在當時極為流行。[132]其實《醫學篇》的〈婦科主方〉也提及類似觀點：

> 昔者女子幽囚於深閨之中，不能散悶於外，非但中懷鬱結

---

130 曾懿：〈傷寒溫病原由〉，《醫學篇》首卷之一，《古歡室集》，頁四下－五上。

131 皮國立：〈清代外感熱病史——從寒溫論爭再談中醫疾病史的詮釋問題〉，《中國史新論：醫療史分冊》，頁 477-478。

132 參考楊彬彬〈由曾懿（1852-1927）的個案看晚清「疾病的隱喻」與才女身分〉（《近代中國婦女史研究》第 16 期，2008 年 12 月），頁 15。

> 不舒，即空氣亦不流通，多病之由，職是故也。……幸年來漸趨文明，講求運動、衛生，婦科之病當因之而減矣。[133]

此類注重女性身體健康的文明觀念，書中所在多有。是以，曾懿認為中醫治病之法勝過西醫，但同時也承認西醫的解剖學、節勞以保腦力、呼吸新鮮空氣與運動等觀念或治療方式確實有殊勝中醫之處。

因此，曾懿選擇以中醫學為本，適度地接納晚清已然流行的西醫學。其人以文化自信心，折衷而融合地辯證中西醫的優點，於今視之，亦稱允當。

（四）女醫者對女性身體的感同身受：對「婦科」的關懷

曾懿《醫學篇》第二卷包含四小卷，卷一雜症、卷二婦科、卷三幼科、卷四外科，其中婦幼科約佔一半篇幅，反映女醫者對婦科幼科的關懷。

「婦科」在中醫學的分類概念中具有性別化標籤：「中國的醫生認為有些疾病只有女性才會發生，他們把有關這些疾病的醫學知識進行分類，稱作『婦科』。」[134]是以，「中國的婦科醫學文化永遠與女性的生育功能，如月經、懷孕及產後恢復聯繫在一起。這個現象又把我們帶回到作為妻子和母親的女性世界

---

[133] 曾懿：〈婦科主方〉，《醫學篇》二卷之二，《古歡室集》，頁一上。

[134] 費俠莉（Charlotte Furth）：〈導言：醫學史、性別與身體〉，《繁盛之陰：中國醫學史中的性（960-1665）》，頁1。

裡。」[135]然而「中醫在為婦女醫治時，不需要面對理解女性身體的問題，因為性別差異在他們那裡已被設想為程度問題而非本質差異的問題。」[136]是以，做為中國傳統醫學的婦科對於女性身體的理解並未出現真正基於性別意識的考量，由此可知中國文化對女性身體的想法存在某些偏見，「在正統醫家眼中，婦女是聲名狼籍而不可信賴的病人：她們情緒化、愚昧，還愛抱怨醫生。」[137]此外，「正統醫學公認，為女患者診斷是較為困難的，因為社會習俗嚴格限制醫師和病人之間直接的身體接觸。」[138]是以，曾懿兼具善病才女與女醫者的雙重醫病經驗，使她對於婦科的關懷較一般男性醫者更具有女性自我認同的特質，或可稍微平衡男性醫者壟斷婦科醫學的大傳統。

茲以《醫學篇》與《女學篇》中皆論及的生育醫學、產後照護有關的論述加以審視。

1、《醫學篇》與《女學篇》的生育醫學：生產的生死問題

曾懿身為女性醫者顯然對於婦科比較感同身受，《醫學篇》的婦科部分可說是她的主要關懷所在，而主軸便是女性的生育醫學。是以，其〈婦科主方〉特別強調女性身體的健康衛生對於生育的重要性：

---

[135] 費俠莉（Charlotte Furth）：〈導言：醫學史、性別與身體〉，《繁盛之陰：中國醫學史中的性（960-1665）》，頁7。

[136] 白馥蘭（Francesca Bray）；江湄、鄧京力譯：《技術與性別：晚期帝制中國的權力經緯》第八章〈生育醫學與繁衍的雙重性〉，頁247。

[137] 白馥蘭（Francesca Bray）；江湄、鄧京力譯：《技術與性別：晚期帝制中國的權力經緯》第七章〈醫學史與性別史〉，頁243。

[138] 白馥蘭（Francesca Bray）；江湄、鄧京力譯：《技術與性別：晚期帝制中國的權力經緯》第七章〈醫學史與性別史〉，頁243。

> 婦女之病，治法均與男證同。惟多「天癸」一門而已。昔者女子幽囚於深閨之中，不能散悶於外，非但中懷鬱結不舒，即空氣亦不流通，多病之由，職是故也。主治之法，審其無外感別症，惟有養血疏肝為主。幸年來漸趨文明，講求運動、衛生，婦科之病當因之而減矣。至若胎前產後，生死交關，慎勿忽諸。[139]

曾懿首先指出兩性病證之治法相同，惟女性另有胎孕方面的機能，即「天癸」一門，與男性不同而已。「天癸」出自中華重要的醫藥典籍《黃帝內經》，此書在晚清日益蓬勃的生育醫學中特別受到重視，凡論及關於生育理論的作者，幾乎都會提及《黃帝內經》這本書。其中《素問・上古天真論》篇提及「天癸」乃專屬於女性且能夠促進人體生長、發育和生殖機能及維持婦女月經和胎孕所必需的物質，也是月經的別稱。而月經與生育有密切關係，中醫認為：

> 女性身體由女性物質——陰氣——血的物化形式所支配。最基本的自然周期就是女性血液每月的循環和更新。月經期間，陳腐骯髒的廢血流出，新鮮而滋養的新血開始再生。月經期象徵生育；緊接月經結束後的幾天提供最佳的受孕機會。那麼，從早期醫學經典文獻到現代，發現月經規律是女性健康診斷的關鍵也就毫不令人驚奇了。月經規律——調經，被認為是在整個生育年齡中女性健康的關

---

139 曾懿：〈婦科主方〉，《醫學篇》二卷之二，《古歡室集》，頁一上。

> 鍵，月經不調會使任何有能力診治的婦女立刻問病於醫師或巫醫。[140]

是以，女性因為具有男性所無的「天癸」與生育能力，婦科病症也因此有別於一般治男症的方式。因此，當時「幾乎每部婦科醫學著作都是從調經篇開始的。」[141]是以，傳統中醫學典籍認為女性病症應與男性的分開。

此外，傳統中醫學也認為女性因感情因素而使得病症較難診治，此為男女病症應該分開診治的原因之一。但曾懿提出不同的看法，她認為男女病症的治法是相同的，差別只在女性經期與生育問題而已。接著她順著傳統中醫學的看法，提及女性因幽囚閨中而致多病，並未完全採用傳統中醫學的解釋，也適時地展現其「女性視角」與「西醫學視角」，採用文明、運動、衛生等新觀念，以減少過往女性多病的現象。因此「昔者女子幽囚於深閨之中」與「幸年來漸趨文明」的對照，也透顯曾懿對「現代」價值的追求，符合晚清主流知識分子的進步話語。簡言之，曾懿特別關注與女性相關的婦科，且已開始嶄露一絲女權主義的意味。

除《醫學篇》對女性生產之關懷外，曾懿也在《女學篇》展現她對女性身體的思考，尤其重視產婦之產前胎教的健康與衛生問題，尤其強調身心強健的妊婦的重要性。一般言之：

---

[140] 白馥蘭（Francesca Bray）；江湄、鄧京力譯：《技術與性別：晚期帝制中國的權力經緯》第八章〈生育醫學與繁衍的雙重性〉，頁 327。

[141] 白馥蘭（Francesca Bray）；江湄、鄧京力譯：《技術與性別：晚期帝制中國的權力經緯》第八章〈生育醫學與繁衍的雙重性〉，頁 326。

> 中國帝國後期，精英階層所崇尚的完美女性形象是，近乎病態的纖細和暗示著性發育不成熟的嬌柔。這種身體外形非常適合做社會意義上的母親，社會所期待的就是她們身上的道德純潔、敏感和文雅的特徵；但對於生物意義上的母親，則需要另一種體形，她們要強健，不會受有礙妊娠的不良情緒的影響。有錢人家的侍女和妾大體都來自於那些身強力壯、生育能力強的低等階層。[142]

是以，曾懿對於女性身心強健的重視，可說是將下層身強力壯的母親形象與精英階層母親的病弱形象結合在一起，所以她期待的良母形象是身心強健的妊婦，如此才能誕育健康的生命。這種對於身心強健的女性健康美的要求，與前此許多傳統才女的病弱形象不同，或與當時西風東漸後對女性擁有健美的身體這一風潮有關，[143]如此看來，曾懿的看法其實有她超前或迎面當下時局的新穎。

在《女學篇》第三章「胎產」裡，她提及女性身體強健的重要性，尤其是妊婦：

> 婦人姙娠雖系天賦之職分，然胎前之運動，心目之感觸，身體之保護，均宜加意攝養，姙婦精神強健，生子亦必茁

[142] 白馥蘭（Francesca Bray）；江湄、鄧京力譯：《技術與性別：晚期帝制中國的權力經緯》第九章〈生育的等級制度〉，頁 271。

[143] 可參考游鑑明〈近代中國女子健美論述（1920-1940 年代）〉，游鑑明主編《無聲之聲：近代中國的婦女與社會（1600-1950）》，頁 141-172。

> 壯，不致滋生疾病。……欲強種族，不得不培其根本，根本堅固，則子孫之康強必矣。[144]

曾懿對於強種強國的概念雖與晚清的主流話語一致，但妊婦之運動、強健身體與精神等觀念，顯然都是身為醫者的她對西醫學觀念的吸納，在在顯示曾懿的識見。其第三章「胎產」第二節「妊婦之衛生」亦提及類似觀點：

> 大凡妊婦之衛生，宜運動肢體，調和飲食，居室宜面東南，日光和煦，空氣流通，時或散步園林，或遐眺山川，呼吸空氣，以娛心目，或縱觀經史，以益神智，其影響皆能郵及胎兒。兒秉母氣，自必聰慧，不止有益於產母也。[145]

可見曾懿對於妊婦之衛生、運動、居室空氣流通等西醫學觀點之重視，甚至強調日照、散步與閱讀等有益身心的活動，都能使產母擁有良好的胎教，以貽子女。不只引用西醫學的觀點，曾懿也引用古代女性傳記對於妊婦之端莊舉止的重視，如第三章「胎產」第一節「妊婦之胎教」即是：

> 胎教者，懷妊十月，胎兒與母同其感動，故身體之舉止，心目之感觸，皆能影響於胎兒。《列女傳》曰：「古者生

---

144 曾懿：〈第三章　胎產〉，《女學篇》，《古歡室集》，頁八上－八下。案：原書用「系」字，然「係」字較合理。

145 曾懿：〈第二節　妊婦之衛生〉，〈第三章　胎產〉，《女學篇》，《古歡室集》，頁九上。

子，寢不側，坐不邊，立不跛，目不視邪色耳，不聽淫聲。」如是則所生子女，自能容貌端正，而才智過人矣。[146]

曾懿引用的是劉向《列女傳》對於胎教的重視，集中於強調母體舉止之端正，並及於目不視邪色與耳不聽淫聲。可見，曾懿不只吸納西醫學對於姙婦身心健康的觀點，也涉獵傳統女性典籍中與姙婦之身心健康與舉止端正的相關文獻。

2、《醫學篇》與《女學篇》：產後坐月子的問題

曾懿在《女學篇》之〈婦科主方・產後氣脫方〉後面，追記自己當年未出閣前自學為醫、救治三妹產後氣脫的成功經驗：

余三妹仲儀，人本瘦弱，生第三胎，產時艱難，小兒下地即暈去，灌以生化湯不效。彼時余為照料藥餌，即查醫書，審係氣脫，非血暈，即私將臨產所用之濃參湯，攙半盞於二煎之生化湯內，當與服之，即甦。屆時，余已廿歲，尚未出閣，亦未告諸一人。誰料吾妹又連生二胎，至第六胎血氣愈虧，仍是小兒生下，氣隨脫而亡矣。噫，時余已歸閫，不復見及，至今思之，深為痛悔。今擬此篇隨筆紀之，以利後世。[147]

曾懿追述自己 20 歲左右未出閣前的救治經驗，其時曾懿未曾有

---

[146] 曾懿：〈第一節　姙婦之胎教〉，〈第三章　胎產〉，《女學篇》，《古歡室集》，頁八下－九上。

[147] 曾懿：〈婦科主方・產後氣脫方〉，《醫學篇》二卷之二，《古歡室集》，頁六下。

過生產經驗，卻已能透過自查醫書救治並照料產後氣脫的三妹，擁有成功的婦科診治經驗，顯見其人在醫學方面確實有一定的穎悟。由此亦可知產後之於女性身體的危險程度不亞於生產。然而，曾懿並未說明她所查的醫書為何，若就中醫學典籍的傳統而言，既包含同行所參考的高度理論性著作，也有針對普通讀者的普及性著作，是以：

> 有關「繁衍後代」的著作，在很大程度上是供外行讀者在家中使用的參考讀物。婦科醫學專家在其著作的序文中可能講到，希望她們的作品可以幫助丈夫為妻子健康生育和從分娩中復原提供建議。有些作者樂於將更多容易理解的婦科、兒科及其他專題的醫學著作列入其書。[148]

就此言之，似乎自行分娩與復原等並非極艱深的婦科醫學，而是一般外行人也可以自行查閱進而自救的技術。簡言之，曾懿並未說明所查醫書為高深的理論性著作或一般性的普及讀物，然其成功救治因生產而氣脫的三妹仍有其意義；由此亦可見生產與產後之危險，在晚清之前的女性身上是普遍的經驗。

是以，由曾懿對婦科的感同身受及她曾成功救治三妹的經驗，這使她對於婦科的關懷有別於一般男性醫者，意即她自救救人的行醫經驗裡，尤其是婦科，尚包含她對於女性身體的實際救治經驗在內。進而言之，曾懿以同為女性的醫者身分，分享自己

---

[148] 白馥蘭（Francesca Bray）著；江湄、鄧京力譯：《技術與性別：晚期帝制中國的權力經緯》第七章〈醫學史和性別史〉，頁 238。

親身經歷過的救治產婦的經驗，並完成專業的《醫學篇》，其具備的意義顯然是多重的，即女性寫作者的多重專業身分（詩人、醫者）與多元的書寫類型（詩詞之外的專業著作），這也是她與許多同時代女詩人／知識女性的書寫成就很不一樣的面相。

職是，曾懿除重視母體之身心健全以有益於胎教外，也注重母體產後坐月子這項攸關終身健康的大事。其第三章「胎產」第六節「產後之利害」即說明之：

> 產後一月，須格外珍攝，避風寒，免勞碌，惟食與睡而已。然以少食多餐為宜，飯後宜多坐一刻方睡，須知產後五臟空虛，百骸受傷，一染微恙，貽累終身，雖有良醫，亦不能治。然有夙恙者，祇須產後調理得宜，反令夙疾永除。故產後之利害，關繫終身，可不慎諸。[149]

曾懿對女性產後坐月子以保養身體的重視，與歷來中醫學的說法一致，西醫學向來不甚注重此事。職是，曾懿重視女性產後的身體之健康衛生問題，應與她婚前善病而婚後卻誕育眾多子女的經歷有關。對照之下，她婚前曾成功救治因產後而氣脫的三妹，最終仍在多次生產後病故，使曾懿感到遺憾。由此可知，女性之生死交關不只來自於生產，亦及於產後。是以，這也正是多產的曾懿與傳統才女因病弱而生育能力不佳或分娩遭受巨大痛苦的嬌弱形象很不一樣的地方。

---

149 曾懿：〈第六節　產後之利害〉，〈第三章　胎產〉，《女學篇》，《古歡室集》，頁十一上－十一下。

是以，曾懿重視女性身體在產後的復原問題。由經期與生育的關係，到身心健全與胎教問題，乃至於產後坐月子與身體保養等，有一套完整的看法，其中大多受到傳統中醫學的影響，但她也適時地吸納了晚清傳入的西醫學的觀念，這就使得曾懿在《醫學篇》與《女學篇》中得以盡展淹通古今、取法中西的婦科關懷。

綜言之，本節主要聚焦於曾懿身為一名傳統才女文化中善病的閨秀女詩人，卻奇妙地通過自學為醫而開展出女醫者的身分，並以一系列病詩與醫書《醫學篇》呈現其雙重身分與話語權。同時，其《醫學篇》與《女學篇》多有涉及女性身體之相關敘述，包括生育與產後照護等貼身議題，更可見其人對於女性自身的身體議題的關注，在在展現才女與醫者的雙重身分與關懷。是以，曾懿沒有因才而早夭，反而突破歷來才女善病的形象乃至於早夭的命運，以「強勢」的女醫身分改寫才女的病弱身分，以自救救人的醫書為女詩人與疾病的關係重新定義，造就一種全新的健康美形象。[150]同時，此一扭轉頗為符合晚清強調強國保種的時代氛圍與政治正確性。

三、女學：對應晚清時局的《女學篇》之女子教育議題

第二節已論及曾懿的才學背景與文學身分的建立，與其母系

[150] 而楊彬彬研究也指出類似的看法，詳參楊彬彬：〈由曾懿（1852-1927）的個案看晚清「疾病的隱喻」與才女身分〉，《近代中國婦女史研究》第16期，2008年12月，頁4。

家族具有相當密切的關係，母系出身之常州左氏才女文化的脈絡清晰地在曾懿身上被雙重地繼承：「母氏姑氏，皆秉才德，博通經史，節孝炳然。母氏所作《冷吟館全集》已久傳於世，今將君姑所作《碧梧紅蕉館詩集》、懿所作《古歡室詩詞集》四卷，均付之棗梨。」[151]曾懿在自謙中頗為自得承襲的才女文化傳統。進而言之，明清才女之母教傳統，即才女承母教與施母教的閨塾師，[152]幾乎是所有才女共同的身分。

然而，曾懿與其母輩所面臨的時代環境已有所不同，近代輸入的新思潮與西學，使得傳統才女的母教系統面臨了新式女學堂的挑戰。因此，曾懿《女學篇》（1907）的內容既有明清才女文學傳統下的母教（閨塾師），也有近代實用的女學維新文本，兩者並行不悖；此外，它還包羅非常豐富的「家政學」知識，明顯受到當時東亞盛行的「賢妻良母」論述的影響，這部分內容與單士釐翻譯的下田歌子《家政學》（1902）[153]頗為接近。職是，整部《女學篇》並非只談論母教與女子教育而已，尚有大篇幅的家政學內容。

因此，為論述之便，本節集中探討《女學篇》的女子教育議題，即第一章「結婚」、第二章「夫婦」兩章、第六章「幼稺教育」第四節〈長成時之女教〉與〈論纏足之損益〉等。其中觸及

151 曾懿：《女學篇・自序》，《古歡室集》，頁五下。

152 可參考高彥頤（Dorothy Ko）；李志生譯：《閨塾師：明末清初江南的才女文化》。

153 可參考拙著：〈翻譯賢妻良母、建構女性文化空間與訴說女性生命故事——單士釐的「女性文學」〉（《漢學研究》第32卷第2期，2014年6月，頁197-230）。

的議題包含：評議「自由結婚」與「男女平權」的問題、傳統母教與女學堂教育、纏足與放足問題等。

而下一節（第四節）則集中於討論《女學篇》第三章「胎產」、第四章「哺育」、第五章「襁褓教育」、第六章「幼稚教育」前三節（以上四章為生育與育兒方法）、第七章「養老」、第八章「家庭經濟學」、第九章「衛生」，附《中饋錄》。

（一）裨於時艱的《女學篇》：實用的家訓與女箴／女教科書

曾懿《女學篇・自序》述及寫作此書的背景：「懿幼承母訓，夙好金石詞章之學與圖畫鍼黹烹飪之術。及笄，攖疾五稔，博覽《內經》、《素問》，講求醫學之理與衛生之法。」[154]可知曾懿自幼承襲的才女教養與儒醫傳統，皆包含實用之學，並非只有詩詞文章。是以，這種兼通文學與實用之學的博學背景，正是奠定她日後撰寫《女學篇》的重要基礎。

其次，曾懿著述《女學篇》應有她想對應時代的動機，並非只是提倡幼承母教的學習價值而已。是以，她自述對於時代氛圍的觀察與感受，與她轉向撰著更能對應時局的實用女學著作有關：

> 迨于歸也，涉大江，越重洋，遨遊東南各行省。值海禁洞開，中原多故，默察中國數十年政權變遷之大勢，與夫列強數十國鯨吞蠶食之陰謀，則又惄焉，憂之汲汲焉，以

154 曾懿：《女學篇・自序》，《古歡室集》，頁四上。

> 蘄所謂自強之計。顧居今日而言，自強亦大難矣，各國通商以來，舟車利便，朝發夕至，虎視狼貪，移戈東向。夷我屬國，據我港灣，攘我主權，干我內政，宵旰憂勤，盈廷太息，將不知兵，民不憂國。此正危急存亡之際，千鈞一髮之秋也。迨庚子一役，世界漸有更變，革舊維新……。[155]

由此可知，婚前安居閨中的曾懿，婚後隨夫宦游各地，對於時局之動盪感受日深。曾懿深刻感受到時局變化，「值海禁洞開，中原多故」指的便是 1840 年中英第一次鴉片戰爭簽訂南京條約後，近代中國逐漸開放海禁，但迎來各種重大衝擊。曾懿觀察中國時局憂心忡忡，而期望國家有自強之計。英法聯軍（第二次鴉片戰爭）之役（1860）後，果然促進自強運動（洋務運動）發生。然而，曾懿認為自強運動（洋務運動）並非全然有效，列強多國鯨吞蠶食之陰謀日盛，陸續仍有中法戰爭（1885）、中日甲午戰爭（1895）等。因此，她認為近代中國正在危急存亡之際。至「庚子一役」即 1900 年八國聯軍後，「革舊維新」方有重大而明顯的轉變。由此可知，曾懿觀察時代變遷，頗與當時維新者觀念相符。必需由此出發，曾懿撰著《女學篇》所呈現之學理與實務兼備、中西兼容的寬廣格局，方有理解的基礎。

是以，曾懿認為近代中國儘管時局艱困，但正值庚子之役後的大轉變，女子應趁此大好良機發展天賦的才學：

---

155 曾懿：《女學篇・自序》，《古歡室集》，頁四下—五上。

> 迨庚子一役，世界漸有更變，革舊維新，駸駸日進，國政日以改良，教育日以普及，民智日以開通，工業日以發達，中國人民稍知合群迪智，優勝劣敗之機矣。我同胞女子有二萬萬之眾，何不亦勉力同心，共起競爭之志，以守其天賦之責任乎？有如教育子女，各盡義務，所以培植國民之基礎也；勤儉勞苦，家給人足，所以籌劃家政之根本也。醫學衛生，以保康強，所以強大種族之原理也。[156]

是以，她認為女子的天賦責任在於教育子女與主持家政，同時又能注重醫學衛生，以保家人與國族的體質康強壯大。是以，出自於對國族的大愛與經世致用的觀念，曾懿將女子天賦的責任和國族命運連結在一起。這促使她更加深刻地思考中國當時當時所面臨的各項重大問題，尤其是她所關心的女界，這是她維新者身分的展現：

> 懿每讀〈小戎〉、〈無衣〉諸詩，而竊歎秦之所以強，固不專恃男子，而在女子也。我中國為聲名文物之邦，無論名姝村媪，莫不兢兢於節孝之中，此我邦之勝於環球各國也。然幼不勤學，孤陋寡聞，社會之團體不知，世界之心理不察，富者驕奢，貧者固陋，內不能修家政，外不能裨時艱，子女之疾病不知保護，種何以強？幼稚之教育不能

156 曾懿：《女學篇・自序》，《古歡室集》，頁四下。

擔任，學何以廣？[157]

曾懿充分感受到時代的變化及外來思潮的刺激，她引用《詩經》篇章證明歷史上的強秦，其國富力強的功勞並非完全歸於男子，反而是女子。同時，中國女子無論階級，都有很好的節孝素質，傲於全球。因此，曾懿認為女子應自小勤學，以免孤陋寡聞，若不知社會團體及世界心理，則不能內修家政，不能外裨時艱；無法保護子女之疾病及擔任幼稚之教育，則無法強種、廣學。是以，曾懿以正面激勵女子的態度，試圖鼓舞中國女子群起團結，發揮天賦的責任，即內修家政，保護兒女的疾病與擔任教育兒女的責任。因此，撰著一部足以回應新時代的女學教科書，便有其必要了。

然而，面對近代西潮的蜂擁而入，曾懿也看到了學習新思想的皮毛所帶來的問題：

> 彼一二稍通新法者，則又摭拾泰西皮毛，或自由結婚，或平權獨立，飲食效之，服御效之，痛哭流涕，高談時事，瓜分豆剖之言，不絕於口。而一己之義務，轉懵懵焉而不力行，是又過猶不及之失也。殊不知為學之道，無論中西各國，各有所長，各有所短，取其所長，棄其所短，我所不及彼者師之；我所勝於彼者仍之，方謂完全教育。[158]

---

[157] 曾懿：《女學篇・自序》，《古歡室集》，頁四下。
[158] 曾懿：《女學篇・自序》，《古歡室集》，頁四下—五下。

是以，曾懿面對西學展現了文化自信心，認為當今許多人只是迷惑於「自由結婚」或「平權獨立」等新思潮表層的時新，未能真正深入它的內涵，反而因此忘失了傳統文化的一己之義務，即女性的天賦職能反而被忽視了。面對這種過猶不及的狀況，曾懿持平地認為中西文化各有長短，應取長棄短，不及者學之，勝者仍之，以這種兼收中西長短的方式進行的，方可稱之完全教育。易言之，曾懿認為應兼學中西之長，這也就是她在《女學篇》裡所擘劃的女學藍圖。

因此，曾懿的撰著動機，很能看出她確實有意識地將此書定位為對應時代的實用之學：

> 懿才不敏，所幸母氏姑氏，皆秉才德，博通經史，節孝炳然。母氏所作《冷吟館全集》已久傳於世，今將君姑所作《碧梧紅蕉館詩集》、懿所作《古歡室詩詞集》四卷，均付之棗梨。因思詞章之學，無裨時艱，今隨宦皖北，端居多暇，乃取昔秉承母與姑之教，為懿所身體力行者，作《女學篇》，外而愛國，內而齊家，精之及教育、衛生之理，淺之在女紅、中饋之方。詞不求深，語不求高，以之為家訓也，可以之為女箴也，可以之為女教科書也，亦無不可。至守舊者，憎其夸誕；維新者，嗤其瑣屑，設有以中立相誚者，懿亦樂而受之。是為序。[159]

因此，曾懿自言秉承兩位才女母輩的教養，已然擁有良好的詞章

159 曾懿：《女學篇・自序》，《古歡室集》，頁四上—六上。

之學。然而面對時局的大變動，恐怕純粹的詞章之學不足以裨時艱，因此將過去秉承兩位才女長輩的閨秀教育且自己身體力行的，撰著《女學篇》。其內容重點在於愛國與齊家，提倡女子教育與注重衛生，女紅與中饋則次之。易言之，曾懿原本受教的傳統才女閨閣教育即包含詞章之學與實用之學，即前述《女學篇．自序》開篇所述之「幼承母訓，夙好金石詞章之學與圖畫鍼黹烹飪之術。……，博覽《內經》、《素問》，講求醫學之理與衛生之法。」是以，《女學篇》以金石詞章圖畫之外的實用知識為主，著眼於「裨於時艱」的用處。因此，它的目的在於啟蒙大眾，詞語不求高深，可將此書視為家訓，也可視為女箴或女教科書。守舊者可能認為此書誇誕，維新者可能認為此書瑣屑，即使中立態度者可能也未必能夠正面看待此書，她皆欣然接受，可見其經世之用心及態度之開放。

職是，曾懿《女學篇》以實用知識為主，乃著眼於「裨於時艱」的用處，尤前對應當前女學發展的憂心，而非認為詞章之學無用或不重要，張百熙《女學篇．序》（1906）也曾提及此點：

> 珏生入直南齋晨夕瑣廬，交誼尤密，為言比年以來，其母曾夫人睠時艱之日，亟恫女學之不興，乃屏棄詩詞書畫，以為無益於世，爰就平日躬行實踐，可以矜式女學者，作《女學篇》二卷。……不獨今之女界無此完人，即求之《列女傳》中，亦不可數數覯。蓋所以詔後學長子孫者，胥本於此矣。[160]

[160] 張百熙：《女學篇．序》，《古歡室集》，頁二上－二下。

張百熙《女學篇・序》轉述曾懿次子玨生（袁勵準）的說法，果然曾懿憂心於當時女學不興，才有詩詞書畫無益於世的看法，可見此說乃是有大時代女學議題為前提的。乃就平日實踐的女學實務，撰著為《女學篇》。此序之轉述說明了曾懿此書的撰著，確實出自憂心女學不興，也有為近代女學立典範之意。因此，端方《女學篇・序》（1907）一樣也看到他對於曾懿此書之裨於時用／實用的認同：

> 近世開敏之士多能知學問之不可已，而家誡閫範之書尚少善本。袁幼菴觀察淑配曾恭人，知多言之不如身教之入人深也。家庭之間，左準繩右規矩，相夫教子均有成績，乃以中饋之暇，著為《女學篇》若干卷、《中饋錄》若干卷，大率本其躬行心得，門分而事別之，反復詳盡，諄諄乎勉行其所易，而不貴苟難，雖廣之天下可也。[161]

可見此書之被定位為「家誡閫範之書」，可以廣泛影響天下的價值。而徐慶坻《女學篇・序》（1907）亦曾提及《女學篇》對於女學、女界的示範作用：

> 蓋養成男子之智識，貴乎高尚遠大；而養成女子之智識，先在日用切近，其當盡之天職，固莫外乎是也。……。洎與陽湖袁幼安觀察定交，得讀其德配華陽曾夫人《女學篇》及《中饋錄》，乃歎其言之有當而足以括中外興學之

161 端方：《女學篇・序》，《古歡室集》，頁一上。

> 旨也。且乎男位乎外，女位乎內，各有所事事也。女學日晦，才智坐槁，而數萬萬女子乃若廢人。矯之已甚者，又陰干乎陽，而馳放以為風尚，結婚而自由，夫婦而平等。一家之中，幼幼老老不問也，而侈言胞與；一身以內，生計衛生不講也，而高語富強，斥米鹽為麦雜，視主刀匕以為賤苦，而謬欲宰天下。昔日之患女子無學，自人人言女學，而女德益於是無極。禮教蕩然，隱憂方大。然則夫人是書，殆有鑑於女界之變局而示之以正軌者歟。[162]

徐慶坻有留日考察教育的背景，對於女子教育特別有心得。由曾懿夫婿袁幼安（學昌）處得覽曾懿《女學篇》及《中饋錄》，發現曾懿的女子教育觀念幾乎已涵括當時中外興學之旨。同時他也認同曾懿對當時女學發展過猶不及的憂心，即有了「女學」反而無「女德」。因此，曾懿《女學篇》及《中饋錄》乃對應女界變局而使之導入正軌所作，具有正面示範作用。

簡言之，儘管三位男性知識分子（端方、張百熙、徐慶坻）的序言不無溢美之嫌，但曾懿此書之有益於世的時用／實用價值，確實是當時諸位主流男性知識分子認同的重點，亦足見《女學篇》所具備的時代精神與特色了。曾懿除了鼓勵人人習醫與自撰醫書以救國救民外，撰著《女學篇》顯然也出自於同樣實際的救國理念。職是，曾懿撰著《女學篇》彰顯她對應時局的積極態度，這也正是她與其他明清才女大多只有詩詞之作很不一樣的特點。

---

[162] 徐慶坻：《女學篇・序》，《古歡室集》，頁一下—二上。

(二) 父母主婚與夫妻之道：《女學篇》對「自由結婚」與「男女平權」的評議

前引曾懿《女學篇．自序》認為當時女學之過猶不及，令人憂心：「彼一二稍通新法者，則又摭拾泰西皮毛，或自由結婚，或平權獨立，……。而一己之義務，轉懵懵焉而不力行，是又過猶不及之失也。殊不知為學之道，無論中西各國，各有所長，各有所短，取其所長，棄其所短，我所不及彼者師之；我所勝於彼者仍之，方謂完全教育。」[163]曾懿批判當時許多人只稍知一二新法的皮毛，卻自以為已了解西學之「自由結婚」或「男女平權」的內涵，但往往過猶不及，乃提倡女子應接受中西兩方學問並截長補短，如此方可謂之完全教育。

鑒於此，曾懿於《女學篇》一開篇即展現她對於西潮「自由結婚」與「男女平權」觀念傳入中國之後的看法。是以此處集中討論第一章「結婚」與第二章「夫婦」兩章對於「自由結婚」與「男女平權」等新知識的態度。

1、父母之言先於兒女意願：對「自由結婚」的反詰

曾懿在第一章「結婚」第一節即以當時晚清最流行的西學名詞之一「自由結婚」做為標題。「自由結婚」為西俗，頗受時人歡迎，但曾懿認為西俗與中國婚俗一樣有流弊：

> 今歐西「自由結婚」之說，漸流行於中國，於是中國女子之好為新奇者，每謂「自由結婚」能如己意，百年偕老，永無後悔，故欲效之。須知歐俗男女群處，互相結交，方

---

163 曾懿：《女學篇．自序》，《古歡室集》，頁五上－五下。

能互相擇配，靡不稱心。然亦有初結褵時兩相契合，久之愛情寖滅因而拒絕者有之，尚有戀其財慕其色輒與結婚，迨至色衰財盡，相與離異者有之，並可以一婦而更數夫者，此西俗之惡習。我國中男女之辨過嚴，故婚姻事，非父母之命，媒妁之言，則又關乎名譽，且女子具有專靜純一之德，而男子無不存憐新棄舊之心，此中國之惡習也。故仍不如父母主婚之為善。蓋天下之為父母者，無不願子得良婦，女得良夫，且父母閱歷較深遠，選擇尤確，倘兒女年齡業已長成，結婚之事，亦須與兒女商酌，盡善盡美，心悅誠服，方可結婚，不貽後悔。惟當今女子，初學維新，游學於外，邂逅相逢，雖有十分莫逆，亦難深信，且人情機詐萬端，豈一女子所能預燭？……但願我同胞女子，萬勿因此受害，致義務名譽，兩難保全，豈不悔哉？[164]

曾懿認為歐西所謂「自由結婚」之說雖令維新之士感到新奇，但純以年輕男女雙方之選擇完成婚配，風險甚高；而中國婚俗純以父母之命為重而罔顧子女的意願，亦時生流弊。曾懿在比較中西婚戀觀念的利弊得失後，認為還是中國式的父母主婚的制度較佳，利大於弊。因為天下父母的閱歷較深，可協助子女正確地選擇良配。但曾懿認為即使以父母主婚為主，仍需與子女商酌，才算盡善盡美，使父母子女雙方皆心悅誠服，方可結婚。同時，曾

---

164 曾懿：〈第一節　自由結婚〉，〈第一章　結婚〉，《女學篇》，《古歡室集》，頁四上－四下。

懿也指出當今許多務維新是尚的女子，多以自由結婚為由而冒然擇配，結果往往陷自己於名譽與義務兩難保全的窘境，可見她的憂心。

簡言之，曾懿認為「自由結婚」的利大於弊，以傳統的父母之言為主仍有其必要，其次再參酌歐西文化對兒女意願的尊重，兩者相合，方可謂真正盡善盡美的結婚。

2、對兒女一視同仁、夫婦愛敬彼此：《女學篇》對「男女平權」的理解

同時，曾懿也在《女學篇》第二章「夫婦」之第一節「愛敬」、第二節「平權」、第三節「職務」提及「男女平權」問題。

她在《女學篇》的〈女學總論〉即已論及達到「男女平權」的先決條件便是女子都能進學堂，能讀書明理：

> 女子不學，智識何由開耶？故男子可學者，女子亦無不可學，歷觀古今女子，具有過人之才學，享淑名，膺賢譽者，何可勝數？懿嘗謂陶融女子之性質，必教以讀書明理為第一義，讀書則明理，理明則萬事發生之原也，推之經史、詞章、圖畫、體育諸學，可以益人神智；算學、針黹、工藝、烹飪諸學，可以供人效用。能秉此學以相夫，則家政以理；能秉此學以訓子，則教育以興。《大學》所謂「不出家而成教於國」，真篤論哉。今之為父母者，每於女子多不知教以文學，又不知擴以智識。[165]

---

165 曾懿：〈女學總論〉，《女學篇》，《古歡室集》，頁一上－二下。

因此，男女欲平權先由女子為學開始，通過讀書可以明理。而讀書科目包含詞章之學與實用之學，並網羅古今中外各門學問，諸如經史、詞章、圖畫、體育等課程，既含括古（經史、詞章、圖畫）今（體育）之學，也兼顧身（體育）心（經史、詞章、圖畫）需要，有益於神智健全；而算學、針黹、工藝、烹飪等也是古（針黹、烹飪）今（算學、工藝）兼備，可提供直接的效用；甚且也顧及中（經史、詞章、圖畫、針黹、烹飪）外（體育、算學、工藝）學問。女子具備以上詞章之學與實用之學的各門學問，便可以相夫訓子，家政與教育皆得以興盛。然而，曾懿發現當時為父母者，每於女子的教育「多不知教以文學，又不知擴以智識」，既偏廢詞章之學，又不懂得開拓女子在其他學科上的智識，過猶不及。是以，可見曾懿認為詞章之學與實用之學皆必須兼顧，方為完整的女子教育。

職是，一旦女子讀書明理，則男女智識相等，則強弱亦將相等，「男女平權」不遠矣：

> ……比者各省女學，漸啟萌芽，女學既興，無論貧富，均能入堂就學，從此剗去錮習，與男子以學相戰。馴至男女智識相等，強弱自能相等，不求平權而自平權矣，此非直為女學界之轉機也。且從此男女智識互相競爭，各求進步，黃種之強，殆將駕環球而上矣。懿願天下之為母者，教育子女、經理家務，務各盡其道，使男子應盡之義務，無不與女子共之；男子應享之權利，亦無不與女子共之。分之一家蒙其慶，合之則一國受其福，影響之捷，速於置郵，一國之中，驟增有用之才，至二萬萬人之多，夫何貧

弱之足患哉？[166]

曾懿指出當時各地女學興盛，無論貧富女子皆可進學堂，如此便能逐漸達到男女智識必然平等的地步，未來自然達到「不求平權而自平權矣」的境界，如此才是女學的轉機。因此，曾懿希望為人母者教育子女，應該男女平權，兒子與女兒的權利義務應當相等，則教育女子成為有用之人，必能使一國之有用人才因此驟增，國家便可更加富強。因此，曾懿強調的男女平權指的是為人母者在家庭內，一視同仁地對待兒子與女兒。

其次，曾懿在《女學篇》第二章「夫婦」前言中提及夫婦間各安其位、互相敬愛對方，也是「男女平權」的表現：

> 蓋聞天地絪氳而萬物生，夫婦同心而家道正。結義自受聘始，懷恩則既嫁後，以匡過為正，以救惡為忠。雞鳴戒旦，黽勉相規，忠孝信義，隨時勸誡。是故女子于歸，以夫為正，正位乎內，大義始成，靜好琴瑟，虔恭中饋，終身相依，豈敢忽哉？[167]

曾懿由倫理角度強調夫婦同心而家道正的道理，夫婦是恩義的結合，彼此有匡正德性的義務，因此女子結婚後以夫為正，大義始成。而第二章「夫婦」第一節「愛敬」又進一步申論夫婦宜相互愛敬的道理：

---

166 曾懿：〈女學總論〉，《女學篇》，《古歡室集》，頁一上－二下。

167 曾懿：〈第二章　夫婦〉，《女學篇》，《古歡室集》，頁六上－六下。

> 夫婦之道，天然和好，愛情互相專注。夫之道，在以學識牖其婦；婦之道，在以敬慎相其夫，如友如賓，如兄如弟，斯夫婦之極則也。《易》曰：「夫夫婦，婦而家道正，家正而天下定矣。」中國之為夫者，每以壓力待其妻，殊失其道，故英人斯賓塞云：「歡愛者，同情也。壓制者，無情也。」歡愛者，溫和也；壓制者，苛酷也。歡愛者，利他也；壓制者，利己也，豈可用之夫婦間耶？即造化生人，既為夫婦，總以相愛相敬為基礎，遇事必互相商酌，處境則同享甘苦，斯不愧為佳耦。[168]

曾懿認為夫婦之道，除天然和好，愛情互相專注外，也應該包含如朋友與兄弟般的情誼（已隱含男女平權概念），方為夫婦之極致，同時引用《易經》對夫婦的看法，以說明婦道之於家國的正面意義。而當時許多中國丈夫多以高壓待其妻子，失卻愛敬之意，曾懿則引用英人斯賓塞[169]之言說明以歡愛相待妻子的人夫，是溫和的、利他的；相對地，以壓制待妻者，則是苛酷的、利己的。因此，夫婦應以相互敬愛為基礎，同甘共苦，這就是曾懿版的男女平權的重要看法。

職是，曾懿在第二節「平權」再度強調男女平權需求智識學

---

[168] 曾懿：〈第一節　愛敬〉，〈第二章　夫婦〉，《女學篇》，《古歡室集》，頁六下－七上。

[169] 斯賓塞（Herbert Spencer, 1820-1903），英國哲學家、社會達爾文主義之父、教育家。他是「個人權利」和「自由主義」的代言者。其著作《社會學研究》（*The Study of Sociology*）由嚴復譯為《群學肄言》（1903）。

問之相等：

> 平權者，男女平等，無強弱之分也。欲使強弱相等，則必智識學問亦相等。故破男尊女卑之說，必以興女學為第一義。髫年授學，即以其才智與男子競爭，兼習各種利益國家之美術。于歸後，為夫補助一家之生計，為子啟牖童蒙之智慧，則男女之間能力相等，自無強弱之分矣。當今之世，女子不自振拔，輒怨男女之間不能平等，試問能謀生計而自主者有幾人？[170]

曾懿強調一旦男女之間智識能力相當，自然達到男女平權，其關鍵為興女學。自童年入學，女子即可以才智和男子競爭；結婚後，可以為丈夫補助一家生計，為子女開啟童蒙智慧，男女能力相等，自無強弱之分。然而，曾懿觀察到當時許多女子不思進取而動輒抱怨男女不平等，但真正能夠自謀生計的女子卻不多，因此曾懿指出欲求得真正的男女平權，還有賴女子的自覺改變，而曾懿的批判性意見也是當時許多推動女子教育的知識女性的共同心聲。

儘管如此大聲疾呼，曾懿也不得不承認男女兩性之專長亦有先天性別上的限制與差異，第三節「職務」便提及男女依天性之不同特質而各從事其專長，較為符合天性稟賦：

---

[170] 曾懿：〈第二節　平權〉，〈第二章　夫婦〉，《女學篇》，《古歡室集》，頁七上－七下。

或謂男女果有平等之說，則男子所有政治上之權，亦將讓之女子乎？殊不知主持家政，乃婦人天賦之責，而最適其性質者也。至若政治上之問題，乃婦人分外之事，即其性質亦決不能擔任者也。如以教兒女、躬勞劇、製衣服、治饔飧，種種之責任畀之男性，恐亦有不能勝任者。蓋天之生人，男女之性質各殊，所秉既異，則各有所謂天賦之能力，男則從事於外，女則執業於內，各保其應盡之職務而已。為婦者，善綜家政，奉養翁姑，教育子女，維持門戶，撙節貨財，一門之內，秩敘井然，則女子之職務，正不在男子以下，為夫者得此內助，俾得盡其應盡之職務，毫無內顧之憂，其裨益豈止一家而已哉？[171]

曾懿指出男女先天稟賦上各有不同的長才，應就不同性別之專長進行分工，女性自有其主持家政的天賦長才，而男子也有他專長而勝任的職分，男外女內，功勞相當。因此，男女各司其職，便是男女平權的表現。可見曾懿能夠理性地認同「性別分工」的理念，適性揚才，並肯定男女各自發展天性稟賦的平權真諦。

綜言之，曾懿在《女學篇》之「結婚」及「夫婦」兩章，針對當時流行的歐西學說「自由結婚」與「男女平權」，提出她自己的看法。曾懿同時明白西方的「自由結婚」與中國傳統父母主婚的優缺點，在理性地分析後，認為仍應以父母之言為主，但需參酌子女的意願，才是良好的婚配。而曾懿對於「男女平權」觀

171 曾懿：〈第三節　職務〉，〈第二章　夫婦〉，《女學篇》，《古歡室集》，頁七下－八上。

念一樣也經過理性的分析，她指出為人母者在家內對兒女一視同仁，夫婦相互愛敬與各司其職，各自發揮天賦才能，這就是曾懿版的「男女平權」之說。因此，她並非全盤挪用西學，而是有所批判，並理性地檢擇適合國情的西學優點，但仍須持守傳統的價值。

若以曾懿自身真實的婚姻狀況言之，其婆婆（即姨母）左錫璇為常州才女，夫婿袁學昌的智識水平亦屬相當，相互愛敬與學習，是以曾懿與夫婿的婚配乃男女平權的知識型伴侶。雖然她在婚後隨夫宦游各地，不脫傳統閨秀隨夫移居旅遊的模式，但由其婚後留下的《鳴鸞集》、《飛鴻集》及《浣月詞》等詩詞可見許多夫妻相和的篇章，足見曾懿《女學篇》之「結婚」及「夫婦」應有相當程度正是她自己親身經歷的實況之反映。

總言之，曾懿面對新時代的「自由結婚」與「男女平權」思潮，能夠肯定傳統價值的優點，適度地參酌西學而未全然挪用，可見曾懿對於男女結婚與夫婦之道的看法，仍以女德之於國族命運的作用為優先考量。

（三）傳統母教與女學堂並重：《女學篇》的女子教育觀念

曾懿身為明清才女傳統承母教與施母教的典範與近代興女學的維新者的雙重身分，她在這兩重具備悖論式意義的身分上，對於傳統的母教仍有所堅持，但也能接受晚清當時已開始流行於各地的女學堂教育。職是，《女學篇》對於女子教育問題的看法，認為傳統母教仍佔有相當重要的分量，但之後可與新式女學堂教育並行，以折衷調合的學習方式，使女孩子讀書明理。

曾懿對於傳統與現代兩種教育模式的女學觀念，充分呈現於《女學篇》第六章「幼稺教育」第四節〈長成時之女教〉中。

1、傳統母教的價值

在《女學篇》的〈長成時之女教〉中，曾懿認為傳統母教與女學堂教育應並行，女子在進學堂之前，應先以良好的母教奠定其學養基礎：

> 女子六七歲時，或秉母教，或延師在家教之，與男子同。至八歲，即可入初等女學堂。……。及至十三歲，有七年程度，一切已有門徑，可以在家隨母教授家政等學，然後博採已學各科之參考書，肆力其中，所學必更有進。如能注重教育學，為將來啟迪幼稚之需，尤覺切進而有用。家中萬不可有淫詞豔曲，以營惑其耳目，感移其心志。[172]

綜觀曾懿理想中的女子教育進程，可分為三個階段，第一階段指六、七歲時，或秉母教或延師在家教之，與男子同；第二階段為八歲至十三歲，進女學堂學習；第三階段為十三歲之後，又可在家隨母教授家政等學，博採已學各科之參考書肆力其中，如能注重教育學更好；同時，家中不可有淫詞豔曲，以免惑人耳目。這些在家承母教的內容，應大致與曾懿本身所秉承的母教雷同，即：「金石詞章之學與圖畫鍼黹烹飪之術。……，講求醫學之理與衛生之法。」[173]是以，曾懿認為母教的重要性在女子入初等

---

[172] 曾懿：〈第四節　長成時之女教〉，〈第六章　幼稺教育〉，《女學篇》，《古歡室集》，頁二十下－二十一上。

[173] 曾懿：《女學篇・自序》，《古歡室集》，頁四上。

學堂前後兩階段，可見她對傳統母教仍相當重視，也可見她並不偏廢新式的女學堂教育，兩者可並行不悖。

其實，曾懿的母教觀念也呈現在她的詩作中，如《飛鴻集》有兩首與母教及課子相關的作品。其一〈題薛夫人萱闈課讀圖〉為傳統才女施母教課子的圖像題詩：

> 撫孤誓志留餘生，畫荻含丸苦高節。紗幔淒涼春復秋，秋聲催到讀書樓。中有賢母勤課子，寸陰是惜古為儔。深宵讀雞鳴起母，殫心力兒飽經史。鎖窗寒瘦孤鐙花，佩蘭曉紉芳蘭茝。夜已央書味長簾，內鐙光爭月光鶩。[174]

曾懿特別採用「畫荻含丸」做為她對薛夫人「萱闈課讀」的讚許，其中「畫荻」是指宋代歐陽修母親畫荻教子識字，而「含丸」則是唐代柳仲郢母親以熊膽製成丸藥，使之夜咀嚥，以助勤學的訓子故事，兩位都是善施母教的典範。而詩中「賢母勤課子」與「深宵讀雞鳴起母，殫心力兒飽經史」正是眾多才女施母教的典型畫面。

然而，落實到曾懿本人的施母教經驗，則可見其詩作〈夏末秋初炎蒸未退，病起無聊，作此以示諸子〉：「願兒志四方，雲程分六翮。」[175]之類的訓誡姿態，其中包含的關愛不言而喻。雖然此詩並非特指訓女，但連結前一小節曾懿曾提及為人母應對

---

[174] 曾懿：〈題薛夫人萱闈課讀圖〉，《飛鴻集》，《古歡室集》，頁二十二下。

[175] 曾懿：〈夏末秋初炎蒸未退，病起無聊，作此以示諸子〉，《飛鴻集》，《古歡室集》，頁二十四下。

子女一視同仁的男女平權之說，其人對於子女的關愛亦應無二致。

是以，曾懿對於母教的看法，承襲的是歷代才女典型的承母教及施母教作法，可說是對傳統的尊崇與延續。

2、女學堂教育之不足應主動自習

曾懿在第六章「幼穉教育」第四節〈長成時之女教〉提出她對於女子八歲後至十三歲時入新式女學堂受教育的看法：

> 女子六七歲時，或秉母教，……。至八歲，即可入初等女學堂。除堂中應習科學外，須擇切近時事、文理通暢者讀之，《詩經》、《春秋》皆不可不讀。蓋《詩經》可以感發性情，《春秋》可攷列強競爭之理。至於史鑑及漢魏六朝唐人之詩，亦宜博覽，以博其趣。裁衣、刺繡、織絨等工科，如學堂無此課者，亦宜擇性之所近而學之。及至十三歲，有七年程度，一切已有門徑，可以在家隨母教授家政等學，……。[176]

曾懿認為女子八歲之後可入初等女學堂，除應學習之科目外，仍需自主學習並選擇切近時事較深的傳統經典加以閱讀，也應博覽史鑑及漢魏六朝唐人詩等。同時，不偏廢女紅等實用的工科之學，如學堂無此學科，也應該選擇與性情接近者加以學習。可見，曾懿在肯定女學堂教育的同時，強調應自主閱讀與時事相關

---

[176] 曾懿：〈第四節　長成時之女教〉，〈第六章　幼穉教育〉，《女學篇》，《古歡室集》，頁二十下－二十一上。

的經典以及學堂未教授的科目。易言之，曾懿認為學堂所學未必足夠，不足部分仍必須仰賴自主學習，此言似乎隱含曾懿對於傳統母教的重視。是以，曾懿對女子受學的看法，雖然秉持傳統母教與新式女學堂並行的概念，但深究其內涵，似乎仍是特別注重家庭母教優先的價值。

簡言之，曾懿認為女子教育，應該兼顧古今中外，且不偏廢詞章之學與實用之家政學等不同性質的學科，以便養成良好的母教典範。可見她對女學的擘畫藍圖，古今與中西兼具，且有意朝向經世致用發展。職是，前述即曾論及曾懿提出具體的學習科目：「推之經史、詞章、圖畫、體育諸學，可以益人神智；算學、針黹、工藝、烹飪諸學，可以供人效用。」[177]這份科目表即包羅古今中外的各種學問，是曾懿心目中婦德／母教的學習範疇，既包含傳統的經史、詞章、圖畫、針黹、烹飪等學問，也包含新式女學堂特別強調的體育、算學、工藝等科目，具備這些教養的女子便可以相夫訓子，成功施展母教，有利於培養良好的女子典範。

職是，將曾懿對母教與女學堂並用的女教觀念與同時期的才女相較，如薛紹徽〈訓女詩十首〉對母教的重視較為近似。而曾懿提倡女子入女學堂學習之外，仍舊十分看重傳統母教的價值，並不偏廢母教的作用。就此言之，曾懿對當時時新的女學觀念既有吸收，也保有傳統才女文化對母教的重視。

177 曾懿：〈女學總論〉，《女學篇》，《古歡室集》，頁一上－二下。

（四）健康的放足觀念：《女學篇》對纏足的醫學思考

而《女學篇》第六章「幼稺教育」第五節〈論纏足之損益〉則有曾懿對於纏足與放足的看法，且能夠看出她以女醫者身分發言的健康取向。

出自於女醫者對於健康的考量，曾懿認同當時流行的反纏足論述，乃由於女子纏足所致之身體禁錮狀態，極易致病，因此破除纏足確實有一定的必要。同時，曾懿由自己切身的纏足經驗以及女醫的角度，表達她對反纏足論述的認同：

> 中國之民，較之歐洲，其自由不啻十倍。中國女子，為國權所不及，其自由尤甚。乃梏二萬萬女子之足，使不得步，是奪其自由之權矣。然則纏足者，女子自由之大阻力，其害殆甚於洪水猛獸也。近年倡「天足會者」，通都大邑，所在有之。然聽者十之三，不聽者十之七，何自苦如斯耶？是真百思而不得其故者矣。憶自幼時，每至日晡放學歸來，見兄等捕蝶尋花，有無限自由樂趣，自覺身負千鈞，足如桎梏，每撫之而泣，此情如在目前，其中苦情，不堪設想。今中國變法維新能使此後女子脫離此難，實萬分心喜。惟已經纏者，務勸速放為是。即纏至真小者，衹要安心放大，每次將鞋襪樣放長大一二分，鞋頭令圓勿尖，則一年可放長一二寸，兩年則放成矣。故不得不嘵音瘏口，為二萬萬女子剴切陳之，知一轉移間，有益於個人者，實非淺鮮也。其益為何？步履便捷，食物易於運化，且免中國女子普通之肝氣病，保身之益也。精神健

> 固，能任操勞，得盡其應盡之義務，治家之益也。生育兒女，血脈強壯，使種族日以繁盛，強國之益也。有此三益，則我同胞二萬萬人，平日為人視若玩具者，一旦盡變為有用之材，此非特吾同胞之幸福，殆亦我中國前途之大幸福也。[178]

曾懿此言，乍看似與主流的知識菁英所提倡的反纏足論述相似，結果也同樣導向放足或天足女子的健康有益於強國保種。然而，不同的是，曾懿乃基於自己幼時曾纏足而不得自由的切身經驗而發此言，因此她認為女子已纏足者應速放足，即使已纏至真小腳者亦可逐漸放大。更重要的是，她也由醫學角度審視纏足問題，認為放足可使中國女子步履便捷，食物易於運化，且可免除「肝氣病」，使身心強健而耐操勞，生育兒女，使血脈強壯，也使國族強盛。是以：

> 纏足已經變成一種具體的疾病，它的治癒與否，成了拯救女性病體的關鍵。這不僅是因為它本身做為一種肉體上的變形需要治療，而且因為它關係到另一種具體的疾病，即「肝氣病」——這種最體現情與病對應關係、又常常被認定為女性特有的疾病。同時，如果「囚於深閨」是女子多病之由，那麼放足帶來的行動自由就是根除這種多病的藥

178 曾懿：〈第五節　論纏足之損益〉，〈第六章　幼穉教育〉，《女學篇》，《古歡室集》，頁二十一上－二十二上。

方。[179]

是以，曾懿乃是有意識地基於醫學健康角度而發此言，乃就實際醫療層面論纏足之治療。雖然她的結論仍舊與強調放足有保身、治家、強國等三種益處的主流話語相符，但放足後的女性身體，便可由病弱的玩物晉升為有用之材，以健康的女性身體促進國家身體的強健，則應當也是曾懿身為女子的自我期許。進而言之，治療纏足這種「病」也隱喻治療女子身體進而治療國家身體的象徵意義，這種看似時新的話語，其實內涵仍是傳統經世致用或修身齊家治國平天下的概念使然：

> 所不同的是，這裡所仰賴的不是儒家的君子，而是一向被視為玩物的女子。在「身」、「家」、「國」的三個層次上，曾懿都體現出她對「身體」的強烈關注：由女性的病弱身體到她們作為主婦的強健身體，再到她們作為母親的強健身體，最後到強健的種族和國民身體。這種對身體的強烈關注不僅落實在《醫學篇》中的病理論述和上百種藥方上，也由《女學篇》作出了具體表述。很明顯，這是時代精神在這位由傳統才女轉變而來的維新思想者身上的具體反映。[180]

---

179 楊彬彬：〈由曾懿（1852-1927）的個案看晚清「疾病的隱喻」與才女身分〉，《近代中國婦女史研究》第16期，2008年12月，頁18。

180 楊彬彬：〈由曾懿（1852-1927）的個案看晚清「疾病的隱喻」與才女身分〉，《近代中國婦女史研究》第16期，2008年12月，頁19。

是以，曾懿的反纏足論述很明確地反映了她對應時局的現實態度。

職是，曾懿〈論纏足之損益〉（1907）基於醫學健康觀點下的放足三益說，看似保守且符合主流話語，對照於同時代稍早薛紹徽（1866-1911）〈覆沈女士書〉（1898）以審美愉悅為主的纏足觀點，[181]發現兩者的差異似可彰顯當時女性對於放足的多元觀點。[182]曾懿與薛紹徽各自展現的纏足觀點雖不同，但均能見證晚清女性有能力論述女體與國體的辯證關係，從而開展出主流男性反纏足論述之外的另一種（女性的）聲音。

綜言之，曾懿《女學篇》女子教育部分的論述，乃對應晚清劇變的時局而作，她希望女子也能夠與男子一樣為國效力，而在隨夫宦游各地的觀察中，發現晚清急需各種切於時用／實用的知識，因此惟恐純粹的詞章之學不足裨補時艱，乃將自身秉受於傳統閨閣教養的所有實用之學撰著《女學篇》一書，以對應晚清當時已然流行的中西方各種女學知識的介入，對於傳統價值的認同仍舊大於外來的西學。易言之，她所稱的裨於時用／實用的內涵，指的是立基於傳統價值的本位上應時而變化的精神和態度，是以：「曾懿希望看到的新的女性是應時而變的傳統才女，或者說傳統才女在時代要求下的轉化，而不是與傳統才女徹底決裂的

---

181 薛紹徽〈覆沈女士書〉主旨在於中國之纏足與時尚、審美有關，無異於外國之束腰與黑齒，是以纏足與否未必與國難有關；其次，女性纏足與否視諸個人自由意願，關心女性身體之纏足，不如轉而關心女性的思想與精神，更有意義。見《薛紹徽集》（北京：方志出版社，2003年6月）。

182 關於晚清對於纏足與放足的多元觀點，可參考高彥頤；苗延威譯：《纏足：金蓮崇拜盛極而衰的演變》。

第『新女性』。」[183]由此可見，曾懿仍然寫作詩詞文學，但也能為了順應時代聲音而撰著實用的作品；同時，注重傳統價值的優點，不盲目迷信於時新的西學。是以其人其作之格局寬廣，為大多數晚清才女所少見者。[184]曾懿在《女學篇》中的表現，幾乎可說是突出於明清以來大多數才女，乃值得重視。

四、家政學：晚清東亞賢妻良母思潮下的《女學篇》（附錄《中饋錄》）之家政知識

本節討論的範圍包括曾懿《女學篇》之家政學部分的論述，除去前已論及之女子教育部分以及與《醫學篇》之「婦科」有部分內容雷同的第三章「胎產」（妊婦之胎教、妊婦之衛生、治惡阻、保小產、產後之衛生、產後之利害等六節）之外，本節所論之家政學章節包括第四章「哺育」（初生之保護、自乳之得宜、自哺之法則、選乳之要素、牛乳之哺育、襁褓之製造、嬰兒之飲食、嬰兒之口齒、種痘之期限、種痘之飲食等十節）、第五章「襁褓教育」（防傾跌、戒恐嚇、教信實、教仁慈、勿拘束、忌偏愛等六節）、第六章「幼穉教育」（前三節：蒙養時之法則、幼稚時之默化、發育時之培養）、第七章「養老」（含養志、甘

183 楊彬彬：〈由曾懿（1852-1927）的個案看晚清「疾病的隱喻」與才女身分〉，《近代中國婦女史研究》第16期，2008年12月，頁21。

184 同代的福州才女薛紹徽也很有見地，其詩文集中確實有若干較知性的篇章，但未曾專門結集出版；而且過於病弱，年壽不永。而單士釐也曾接觸過當時晚清流行的家政學／女學專著，但以翻譯（改寫）為主，亦難與曾懿撰著專書《醫學篇》及《女學篇》的專業相提並論。

旨、衣服、居室）、第八章「家庭經濟學」（生財、節用、公益、明晰、豫蓄、積儲等六節）、第九章「衛生」（眠睡、飲食、居室、衣備等四節），以及附錄《中饋錄》一卷。上述這些章節內容的設立及排序，明顯呼應她在《女學篇・自序》所述之論述重心：「精之及教育、衛生之理，淺之在女紅、中饋之方。」[185]可見曾懿關懷的重點，除前一節已論及之女子教育外，衛生、女紅與飲食等內容即為本節欲討論的重點。

職是，《女學篇》這些看似原屬於傳統女德範圍內主婦的家內事物，卻又是曾懿極欲強調的新式家政學範疇的實用知識，尤其是她藉此強化了女性做為家庭衛生與經濟的守護者，是以《女學篇》展示了她對家事衛生與家庭經濟學等實務之學的重視。進而言之，曾懿認為女性的天賦才能是主持家政，對實務之學的掌握也正是傳統閨秀在詩書畫之外得以確立女性身分的重要方式。是以，家政學自有其意義。

（一）女性做為家庭衛生與經濟的守護者：《女學篇》的新式家政學

細審曾懿《女學篇》的家政學部分的內容，頗類當時盛行的「家政學」讀物或「賢妻良母」論述，尤其是明顯受到日本下田歌子（1854-1936）原著、單士釐翻譯的《家政學》（1902）[186]之影響。

---

[185] 曾懿：《女學篇・自序》，《古歡室集》，頁五下。

[186] 關於單士釐譯著、下田歌子原著《家政學》，可參考拙著：〈翻譯賢妻良母、建構女性文化空間與訴說女性生命故事——單士釐的「女性文學」〉（《漢學研究》第32卷第2期，2014年6月，頁197-230）。

是以，《女學篇》之受到當時日本家政學思潮的影響，可由全書架構窺知。《女學篇》（1905 年）全書計九章，依次為：第一章「結婚」、第二章「夫婦」、第三章「胎產」、第四章「哺育」、第五章「襁褓教育」、第六章「幼穉教育」、第七章「養老」、第八章「家庭經濟學」、第九章「衛生」，附《中饋錄》一卷。由此可知，《女學篇》的內容幾乎遍及所有女性居家主持的家政事務，不只是女子教育問題，也有產育、育兒、扶老、家庭經濟學、家事衛生、烹飪等內容。職是，若以同時期單士釐翻譯的《家政學》對照，可說十分相似。其目錄如下：上卷包含「總論」、「家內衛生」、「家事經濟」、「飲食」、「衣服」、「住居」；下卷包含「小兒教養」、「家庭教育」、「養老」、「看病」、「交際」、「避難」、「婢僕使役」。[187]而曾懿《女學篇》（1907）較晚出，很有可能曾參考較早出現的《家政學》（1902）。其次，就內容言之，曾懿《女學篇》第九章「衛生」前言即曾引用下田歌子的話：「縱令富貴安逸，苟有一人臥病呻吟懊惱，則一家歡樂為之解散，和氣洋洋之家庭，忽變為暗澹悽悽之悲境。」[188]藉此以證明女子為一家主婦應當重視家庭衛生的道理。由以上兩點可知曾懿《女學篇》確實受到日

---

187 下田歌子原著《家政學》目錄如下：上卷包括「緒言」、「家事經濟」、「衣服」、「飲食」、「本邦料理」、「西洋料理」；下卷有「住居」、「禮法」、「粧飾」、「書簡」、「贈品」、「看病法」、「母親の衛生及び小兒教養法」、「婢僕の使役」。單士釐中譯本與原著目錄有若干出入。

188 曾懿：〈第九章　衛生〉，《女學篇》，《古歡室集》，頁二十九上－二十九下。

本家政學的影響。

而曾懿《女學篇》之可以置諸當時流行於東亞的日本家政學脈絡言之，亦可透過徐慶坻《女學篇・序》（1907）瞭解大概：

> 丙午之夏，慶坻既拜提學三湘之命，先游東瀛，攷察學事，竊見彼國現行教育制度，自小學、中學、高等暨師範各學校，蓋無不男女並授，而女子應用之科目，自修身、歷史、地理、數學、理科，更旁及於音樂、圖畫，又無不以家事為主要，家事大別為二部，家事衛生即居室衛生諸事，而養育兒童方法隸之家事；會計即家計，簿記諸事而饗應，烹飪隸之。蓋養成男子之智識，貴乎高尚遠大；而養成女子之智識，先在日用切近，其當盡之天職，固莫外乎是也。……。洎與陽湖袁幼安觀察定交，得讀其德配華陽曾夫人《女學篇》及《中饋錄》，乃歎其言之有當而足以括中外興學之旨也。[189]

由於徐慶坻曾留日考察教育，對於日本的家政學有一定的了解，因此當他看過曾懿《女學篇》及《中饋錄》後，便發現曾懿所述已然與外國興學之旨相合，可能便是指日本。是以，曾懿文本已然具備國際視野，也能藉此看出曾懿《女學篇》對日本家政學的含納。

職是，以下兩節分述的準則，乃大致依照前引徐慶坻《女學篇・序》所述日本家政學之分類為之：「家事大別為二部，家事

---

[189] 徐慶坻：《女學篇・序》，《古歡室集》，頁一下－二上。

衛生即居室衛生諸事，而養育兒童方法隸之家事；會計即家計，簿記諸事而饗應，烹飪隸之。」依其所述，將家事大別為二部，一是家事衛生，即家內空間的照顧及育兒方法；二是家庭經濟學與烹飪之事。

（二）家事衛生：《女學篇》的居室衛生與育兒方法

《女學篇》的家事衛生包含居室衛生與育兒方法兩大部分。居室衛生即第九章「衛生」（眠睡、居室、衣備等三節，飲食衛生另與下一小節「烹飪」合論）。育兒方法則包含第四章「哺育」、第五章「襁褓教育」與第六章「幼穉教育」。整體言之，仍舊皆與醫藥、衛生與健康等議題息息相關，亦可見曾懿《醫學篇》與《女學篇》等實用著作，皆圍繞著她做為一名女醫者的關懷而開展的。

1、家事衛生：居處衛生諸事

家事衛生以《女學篇》第九章「衛生」為主，內容包含「眠睡」、「居室」、「衣被」等。其前言提及欲強種強國，必自家庭之衛生始：

> 女子既嫁為一家之主婦，實一家治安之所繫，故欲強國必自強種始。欲全國之種強，必自家庭之衛生始。然則衛生之關係於國家者亦綦重矣哉。日本女教育家下田歌子云：「縱令富貴安逸，苟有一人臥病呻吟懊惱，則一家歡樂為之解散，和氣洋洋之家庭，忽變為暗澹悽悽之悲境。」旨哉斯言。是以為一家之主婦者，於眠睡、飲食、居室、衣被、寒暑燥溼，種種均須留意，宜綢繆於未雨之先。甚至

> 起居動作、遊玩皆有適宜之法。並迻善於自衛，使身體強固，方能操作稱意。否則身軀孱弱，常罹疾病，輾轉床榻，上不能侍奉舅姑，中不足以佐夫持家，下無力以撫教兒女，不獨釀一身之困苦，且家庭之樂事，悉化為烏有。[190]

曾懿認為女性既為一家主婦，負有強種之任務，尤應注重家居衛生，以打造良好的居家空間，使身體強固，才有精神主持家政，使一家和樂。並引用日本教育家下田歌子的說法，強調主婦為一家之主應注重衛生的道理。而家事衛生的範圍甚廣，凡眠睡、居室、衣被等皆是。主婦正是維繫一家衛生的關鍵人物，使一家健康愉悅，國家種族必強盛。

2、養育兒童的方法

其次，家事衛生的範圍尚且包含育兒方法，即第四章「哺育」（初生之保護、自乳之得宜、自哺之法則、選乳之要素、牛乳之哺育、襁褓之製造、嬰兒之飲食、嬰兒之口齒、種痘之期限、種痘之飲食等十節）、第五章「襁褓教育」（防傾跌、戒恐嚇、教信實、教仁慈、勿拘束、忌偏愛等六節）、第六章「幼穉教育」（前三節：蒙養時之法則、幼稚時之默化、發育時之培養），內容豐富，所佔篇幅亦十分可觀。綜合言之，第四章「哺育」極重視嬰兒的飲食與衛生保健，第五章「襁褓教育」除防傾跌外，幾乎皆與嬰孩的性情與人格培養有關，第六章「幼穉教育」關心的是學齡前孩童的教育法則。凡此皆可見曾懿極為重視

[190] 曾懿：〈第九章　衛生〉，《女學篇》，《古歡室集》，頁二十九上—二十九下。

育兒知識與方法。

前已論及曾懿認為子女的成長教育中，母教佔有相當重要的分量，明清以來大部分才女出身者對子女的教育即十分重視。曾懿在第五章「襁褓教育」前言裡提及幼兒時期的母教尤其重要，影響一生：

> 小兒稍長，甫能學語，自全賴母之提攜，養其中和之氣，保其固有之天真，一舉一動，勿逞其欲，勿縱其驕，隨時教導，使其習為善良，俾成智德兼全之品格，所以子女稟性之賢否，恆視母教為轉移。諺云：「幼時所習，至老不忘。」故幼時失教，貽害終身，教子女之道，不可不慎之於始也。[191]

是以，曾懿認為小兒自學語期即端賴母教提攜，尤其是德行方面的教養；由於此一貴在「慎於始」的母教，對於幼兒的影響乃終生大事，因此歷來對於才女的教養也特別看重其人日後承當母教的責任，是以曾懿乃特別以分量十足的三章闡述育兒方法，可見她比歷代才女更加務實且能對應時代。

綜言之，女性為一家之主，更是家居衛生之主，在家庭空間內，盡力維持一家的衛生清潔，也在此家居空間內完成育兒大事。是以，兩者皆須立基於家事衛生良好的空間，方有所成。

191　曾懿：〈第五章　襁褓教育〉，《女學篇》，《古歡室集》，頁十六上—十六下。

（三）家庭經濟學：《女學篇》的家計觀念與飲食衛生、烹飪知識

其次，家庭經濟學更是主婦應仔細經營的項目，即第八章「家庭經濟學」（生財、節用、公益、明晰、豫蓄、積儲等六節）；而第九章「衛生」（飲食）與附錄《中饋錄》一卷，則以飲食衛生與烹飪知識為主，也是主婦擅長的中饋之學。

1、家計之政：生財節用與公益觀念的重視

《女學篇》論及家計的篇章，以第八章「家庭經濟學」為主，前言如是說道：

> 主婦者，主一家之生計，自以財政為第一問題。故欲富國者，先富家；民富則國富矣。雖然生財有道，亦全賴理財之得法耳。先哲有言曰：「厚人薄己謂之儉，厚己薄人謂之嗇。」旨哉斯言，真家庭經濟之碻論也。又曰：「由儉入奢易，由奢入儉難。」旨哉斯言，真家庭經濟盈虛消長之一大關鍵也。持家政者，果能會計明晰，屯買留心，蓄儲有方，生息蕃富，何患不蒸蒸興旺乎？試觀有等不學無術之婦，奢侈逸豫，蕩檢逾閑，入則鍾鳴鼎食，出則駟馬高車，金玉珠翠，極趨榮華。其布帛米鹽，不知價值，衣裳長短，不知尺寸，似此縱有極等資財亦難持久。更有慳吝之輩，當費而不費，當用而不用，不知大體，不助公益，不明禮義，不顧廉恥，斯人直為世界之守財奴耳，亦不謂之能理家政者。故為主婦者，須於財政斟酌損益，經

> 營得當，然後可與言家庭經濟學。[192]

由此可知，主婦者主一家生計，財政第一。主婦亦生財有道，全賴理財得法，使一家之家庭經濟得以經營得當。主婦也應儲蓄有方，然而應花費者亦無需儉省，當用則用，需知大體，資助公益。簡言之，懂得生財節用，又有公益觀念的主婦，才算是能理家庭經濟學者。是以，可見《女學篇》對於家計之政的生財節用與公益觀念相當重視。

2、家庭飲食衛生的守護：《女學篇》的飲食衛生

曾懿《女學篇》第九章〈衛生〉第二節〈飲食〉中，對於飲食衛生有相當篇幅的論述：

> 飲食者，人之所資以生者也，每日三餐早晚須酌定時刻，勿令過飢過飽，……一飯一麵一粥最為合宜。至供膳之品以肉類菜蔬相輔而進，並須計及每日菜錢之多寡，擬以食單，庶使輪流換製，不致積久生厭。須知肉類之質能增人脂肪，菜蔬多含澱粉質，實為滋養之品，故羸瘦之人宜食肉類，肥壯之人多食肉類，反增痰疾，且腸胃脂膏太重，失其運化之力，易生壅滯之患。菜蔬之物，得天地雨露之精華，最蒙益人之血液。試觀農家者流，常嚼菜根飽餐粗糲，較之食肉類者，力增數倍。故家庭衛生之計，必有肉

192 曾懿：〈第八章　家庭經濟學〉，《女學篇》，《古歡室集》，頁二十五下－二十六上。

> 類菜蔬，兼輔而進，方為合宜耳。……。[193]

綜觀曾懿之言，可見她對飲食之重視，注意肉類與菜蔬的平衡，也由家庭經濟的角度注意每日三餐的菜錢多寡，亦由其醫生角度分析食物的營養成分，且明顯已吸收西方生物學或醫學的專有名詞：

> 至雞蛋一物，最有補益，能養心血，增腦汁。故勞心人，每夜不寐等恙，食之有效，外國人皆推為上品食料。且云宜食嫩不煮老之說，今我國人悞會其說，每將囫圇生蛋，不用鍋煮，置盆內用開水泡，泡竟生吞而食之，頗與衛生有礙。……。豬羊牛有深紅色，有朱紅點者，均勿食。水菓益人且助消化，然未熟及已爛者皆有毒，或生微生物，勿食。又發霉之米麵、已臭之蛋、色變味敗之肉，皆不可食。[194]

曾懿說明雞蛋的營養及食用方法，更引外國說法以證明優點；而國人求雞蛋之嫩而僅用開水泡，未徹底煮食，有礙衛生。又引外來科學名詞「微生物」說明未熟及已爛之水菓皆有毒或生「微生物」。可見曾懿雖為中醫，也能接受西方科學知識，與民初《婦女雜誌》的家政論述「提醒女性運用科學知識處理家事，以便與

---

[193] 曾懿：〈第二節　飲食〉，〈第九章　衛生〉，《女學篇》，《古歡室集》，頁三十一上－三十二上。

[194] 曾懿：〈第二節　飲食〉，〈第九章　衛生〉，《女學篇》，《古歡室集》，頁三十二上－三十二下。

時代潮流接軌」[195]對照，顯然曾懿已然（提前）做到這點。簡言之，她對飲食的講究源自於對家庭衛生的重視。

其實曾懿在《女學篇》第三章〈胎產〉第五節〈產後之衛生〉即曾述及產母之產後飲食的重要性：

> 產母於小兒甫生，氣血僅屬不啻散絲，全賴飲食輔助以補血氣，以堅筋骨。然新產者亦不可驟用濃厚之品，必須由清淡而漸臻濃厚，母雞熬湯最為有益，其次雞蛋、鯽魚、豬肚肺腰，均宜清煨極爛。多食湯少食肉為妙。新產以濃雞湯合粥，或煮湯飯亦妙。產後總以雞與蛋為主，鯽魚、腰肚佐之。宜食淡，勿食鹽。[196]

此處提及女性產後坐月子飲食的重要性，新產者必需由清淡而濃厚、多食湯少吃肉、以雞與蛋為主等飲食宜忌，尤其重要。曾懿對於女性產後飲食的注重，與其醫生身分及對女性主中饋的認同均有關係。

而曾懿《中饋錄》對於飲食的科學知識的吸收更值得注意，尤其是飲食衛生。她在開篇的〈中饋總論〉提及《論語．鄉黨》篇孔子對飲食的態度：

> 〈鄉黨〉記孔子飲食之事，不厭精細，且於沽酒市脯，屏

195 游鑑明：〈《婦女雜誌》（1915-1931）對近代家政知識的建構——以食衣住行為例〉，鮑家麟編：《中國婦女史論集七集》，頁 251。

196 曾懿：〈第五節　產後之衛生〉，《女學篇》，《古歡室集》，頁十下－十一上。

> 之不食，其有合於此義乎？亦節用衛生之一助也。[197]

孔子之飲食觀念，除了講究不厭（饜）精細外，不贊成購買市場上散裝的酒或肉脯，乃因重視食物的「節用衛生」。[198]即使今日已有良好的食物保鮮法，飲食衛生仍舊十分重要，更何況當時食物保鮮之不易遠較今日為甚。是以，曾懿對於食物之節用衛生的重視，充分反映了《論語・鄉黨》篇對於食物衛生的重視，如〈製糟魚法〉：

> 如魚已乾透，至四五月間，則不用甜糟，只用好燒酒浸沾存於甕內封之，亦甚鮮美。且免生蛀生霉等患，夏日佐餐盤，亦頗適於衛生也。[199]

早期一般家庭並無冰箱，貯存食物並不容易，若需延長魚類的食用期限，大多以糟製方式處理，此處所提及之加工法則是以燒酒替代甜糟，曾懿認為如此醃製，可免去生蛀生霉，比較衛生，完全服膺《論語・鄉黨》對食物衛生的要求。

3、烹飪知識：《中饋錄》

曾懿《中饋錄》乃附錄於《女學篇》第九章「衛生」之後，故應視之為該書的部分，尤其是家政學的一部分。而這部食單之

---

197 曾懿：〈中饋總論〉，《中饋錄》，《古歡室集》，頁一上。

198 《論語・鄉黨》：「食不厭精，膾不厭細。食饐而餲，魚餒而肉敗，不食。色惡，不食。臭惡，不食。……。沽酒市脯不食。……。祭肉不出三日。出三日，不食之矣。」可見孔子的飲食觀著重衛生。

199 曾懿：〈製糟魚法〉，《中饋錄》，《古歡室集》，頁四上。

作，也能展現曾懿對於女性主中饋這一身分的認同。

曾懿隨母親左錫嘉遷居四川成都浣花溪畔，除了承母教，結浣花詩社外，她也操持家務，協助指導弟妹們針黹與詩書畫等事物，多年後她的長詩〈憶昔篇八十韻〉裡便曾提及當年家務的回憶：「絳帳鎔經史，紗廚授簡編。」[200]顯見曾懿出閣前即已嫻熟於家務相關才藝，其中自然包含烹飪在內。

是以，曾懿對於烹飪之事亦頗有心得，其《中饋錄》記錄許多食物之烹飪及加工製作法。「中饋」涵義有以下幾種：一指婦女在家中職司飲食之事。如《易經・家人・六二》：「無攸遂，在中饋，貞吉。」二指妻子，如「中饋猶虛」；三指酒食，如曹植〈送應氏詩二首之二〉：「中饋豈獨薄，賓飲不盡觴。」綜合言之，曾懿《中饋錄》的命名突顯的是婦女在家中職司飲食之事，是以曾懿在〈中饋總論〉即提及自古以來閨中女性無不嫻於中饋：

> 昔蘋藻詠於〈國風〉，羹湯調於新婦。古之賢媛淑女，無有不嫻於中饋者。故女子宜練習於于歸之先也。茲將應習食物製造各法筆之於書，庶使學者有所依歸，轉相效倣，實行中饋之職務。[201]

可見曾懿認同女子主中饋的天職，于歸之前練習烹飪乃當然之務，因此《中饋錄》的撰著動機即為提供有心於烹飪之治家者學

200 曾懿：〈憶昔篇八十韻〉，《飛鴻集》，《古歡室集》，頁十一下。

201 曾懿：〈中饋總論〉，《中饋錄》，《古歡室集》，頁一上。

習的依據，顯然指的是已婚女性。是以，曾懿《中饋錄》對於女子職司一家飲食之事，展現她身為女性之自我認同。

《中饋錄》總計二十篇，收錄二十則食物製法，包含肉、魚、蟹、蛋、豆、醬、蔬菜、酒、糕餅等九大類食物的製作方法，一大半為乾製或醃製法。其中，肉類部分有〈製宣威火腿法（附：藏火腿法）〉、〈製香腸法〉、〈製肉鬆法〉等三則；魚類部分有〈製魚鬆法〉、〈製五香燻魚法〉、〈製糟魚法〉、〈製風魚法〉等四則；蟹肉部分有〈製醉蟹法〉、〈藏蟹肉法〉等二則；蛋類部分有〈製皮蛋法〉、〈製糟蛋法〉等二則；豆類部分有〈製辣豆瓣法〉、〈製豆豉法〉、〈製腐乳法〉等三則；醬料部分有〈製醬油法〉、〈製甜醬法（附：製醬菜法）〉等二則；蔬菜部分有〈製泡鹹菜法〉、〈製冬菜法〉等二則；酒類有〈製甜醪酒法〉一則；糕餅部分有〈製酥月餅法〉一則。由此可見曾懿嫻熟於各種食物的製法，這些食物中有一大部分為乾製或醃製等加工食物，利於保存並延長食物使用時間。

歷來食單多見於男性文人記錄飲食烹飪法及菜餚特色，以清初文人袁枚（1716-1797）為例，其《隨園食單》（1792）內容有四卷：卷一「須知單、戒單、海鮮單、江鮮單」、卷二「特牲單、雜牲單、羽族單」、卷三「水族有鱗單、水族無鱗單、雜素菜單、小菜單」、卷四「點心單、飯粥單、茶酒單」等四卷。其中，除〈須知單〉及〈戒單〉為飲食論述外，其餘篇章與曾懿《中饋錄》所論大致一樣遍及各類食材及製法。《隨園食單》的寫法，每篇以「單」為標題詞尾，但每一「單」下羅列數種或數十種該食材的不同製法或特色菜餚。各篇文字長短不一，有些標題為食物原料，有些為菜色名稱，參差變化，如實反映袁枚瀟灑不羈的生活態度。如「特牲單」所論幾乎以豬肉為主：「豬用最多，可稱『廣大教主』。宜古人有特豚饋食之禮，作《特牲單》。」[202]以下羅列多種不同的豬肉製法及特色菜餚之製作要領，如「豬頭二法」、「豬蹄四法」、「豬肚二法」等一般製法外，或是「粉蒸肉」、「荔枝肉」、「尹文端公家風肉」等介紹許多特色菜餚之製作法。

與《隨園食單》記載較多特色菜餚相較，《中饋錄》記載的多為加工食物，其食物製法的紀錄，篇名一致為「製○○○法」，大多一題寫一食材或食物之製法，僅〈製宣威火腿法〉介紹特色菜餚；各篇長短差異亦大致相當，二十則皆如此結構整齊，言簡意賅，可見曾懿平實的風格。如〈製肉鬆法〉：

> 法以豚肩上肉瘦多肥少者，切成長方塊，加好醬油、紹酒，紅燒至爛，加白糖，收滷。再將肥肉檢去，略加水再用小火熬至極爛極化，滷汁全收入肉內。用箸攪融成絲，旋攪旋熬，迨收至極乾至無滷時。再分成數鍋，用文火以鍋鏟揉炒，泥散成絲，焙至乾脆如皮絲煙形式，則得之矣。[203]

這段文字簡潔明瞭地呈現家常食物肉鬆的手工製法，對照清初袁枚《隨園食單》對許多特色菜餚的紀錄，曾懿《中饋錄》的食物顯然較為平實而家常。進而言之，曾懿以乾淨的文字彰顯了女性面

---

202 袁枚：《隨園食單》（南京：江蘇古籍出版社，2000 年 1 月）「特牲單」，頁 18。

203 曾懿：〈製肉鬆法〉，《中饋錄》，《古歡室集》，頁二下。

對飲饌的自信態度，即使是普通而家常的加工食物，飲饌之於女性，絕不是庸碌操煩的表現，而是可以大方記錄下來的文化表現，即使將之與男性美食生活家袁枚的飲饌之作並列，亦不可小覷。

大體言之，女性雖多為一家之主中饋者，但真正提筆撰著食單者極為少見。而做為少數撰寫食單的才女／醫者，曾懿《中饋錄》並非獨立成書，而是附錄於《女學篇》後，此舉突顯曾懿對於女性治家主中饋的認同，且視之為女學的一部分；而曾懿又將食單獨立為一卷，更有突顯飲食的意義。是以，撰著《中饋錄》這類實用的食單，也正好突顯曾懿與其他一般僅有詩詞創作的明清才女之差異。

若對照民初《婦女雜誌》（1915-1931）對家政知識的論述，仍一貫強調治家乃女性天職的主導觀念，即使當時已受五四新文化思潮的洗禮，受過教育的女性漸多，但治理家政仍被視為女性的主要職責所在。茲以「烹飪」為例：

> 早在《婦女雜誌》創刊初期，……，一般人以為烹調是簡單的工作，於是交由僕人處理；但在文明日進、科學昌明的時代裡，女性也應該具備理科知識，並應用在烹飪方面，這對家庭的衛生或經濟應大有裨益。有作者更進一步強調，即使家中傭僕眾多，烹調工作必需由主婦親自指揮監督。如此一來，處理家政不再是輕而易舉或可以假手他人。[204]

---

[204] 游鑑明：〈《婦女雜誌》（1915-1931）對近代家政知識的建構——以食衣住行為例〉，鮑家麟編：《中國婦女史論集七集》，頁 250-251。

是以，對照曾懿《女學篇》及《中饋錄》（1907）的家政學知識，雖較《婦女雜誌》（1915-1931）稍早幾年，曾懿看似保守地回應傳統女性的治家主中饋之職，實則是有意識地認同自己的女性天職，並將製作食物視為女性展現獨立自主人格的表現，因此她談論飲饌的自信態度和談論醫學、女學一樣，已然具備新時代的新觀念，很能展現她做為一名近現代知識女性的表現。

簡言之，曾懿撰著《中饋錄》並附於《女學篇》後，兩者合而觀之，可見曾懿將主中饋視為女學的重要部分，女性與飲饌的關係不是勞碌操煩的象徵，而是女性對於醫藥、衛生與健康等事務的關懷，進而真正認同自我的自覺選擇，是以曾懿《中饋錄》特別能夠彰顯女性自我的聲音。

綜合本節所述，曾懿對於家政學中更為實務的家事衛生及育兒方法以及家庭經濟學與烹飪等知識，均能展現她對於女性主持一家之政的重視態度。而家政學之於近現代女性的意義應該便是在於它能夠建構女性獨立自主的能力，並且以研究科學的態度研究家政學：

> 似乎悖離當時反對新女性成為家庭配角的言論；但從另一角度看，這似又與建立獨立自主人格，不成為他人附屬品的呼籲緊密扣合。就精神上來說，論者多半鼓勵女性能在家事上養成獨立思考的能力，……。就方法上來說，作者提供的治家知識多半有學理根據，不是一般女性能深

> 解，……。而且必須以研究科學的精神去研究。[205]

由此觀之，家政知識只是看似保守，其實它也是新女性建立獨立自主人格的一種表現，尤其必需以研究科學的精神研究家政。由此可見曾懿於 1907 年所作的家政論述已有一定程度的先進與時髦：

> 《婦女雜誌》大力倡導女性投入家政，在形式上與「女主內」的傳統說法並無不同，而精神或方法上卻有革新、突破的一面，也就是女性處理家政不是蕭規曹隨，需要獨立判斷，並運用科學知識去改進家政，提供一個合乎衛生、經濟條件的家庭生活，與日常生活息息相關的食衣住的革新便備受重視。[206]

就此言之，曾懿《女學篇》（附錄《中饋錄》）也很能展現她對家政學的全面關注，尤其是在精神上的革新與突破這一面，也就是女性處理家政需要獨立判斷，並運用科學知識改進家政，提供衛生與經濟條件合宜的家庭生活。據此言之，早在晚清，曾懿即能率先展示具有革新精神的才女身分，也已然具有科學精神的家政觀念，可見其識見不凡。

---

[205] 游鑑明：〈《婦女雜誌》（1915-1931）對近代家政知識的建構——以食衣住行為例〉，鮑家麟編：《中國婦女史論集七集》（臺北：稻鄉出版社，2006 年 1 月），頁 250。

[206] 游鑑明：〈《婦女雜誌》（1915-1931）對近代家政知識的建構——以食衣住行為例〉，鮑家麟編：《中國婦女史論集七集》，頁 251。

五、結語：曾懿跨文類書寫實用文本突顯才女多元書寫的現象之意義

綜合前述，本文以曾懿《醫學篇》與《女學篇》（附錄《中饋錄》）等時用／實用文本為考察對象，以探賾曾懿跨文類書寫的意義與價值，以彰顯明清以來才女書寫的多元現象。

首先，女詩人曾懿以《醫學篇》展示自己的醫者身分，突顯自己因善病經驗而自習為醫並撰寫醫書的獨特性，這使得她與一般明清以來善病才女僅以病詩表述自己有所區別。是以曾懿是一名既有病詩又有醫書的才女醫者。而女醫者曾懿雖被視為邊緣醫者，但她又憑藉自己的力量，廣博地閱讀家藏的歷代醫學經典，而同時具備主流醫者（儒醫）的特質。就此言之，她的女醫者身分可謂突破傳統藩籬的限制而自成一格，極具意義。其次，她在醫書中展現了能夠吸納近代西醫學的知識及論證的開放態度，同時也對於中西醫學的優缺點有所揀擇，能夠建立自己獨到的判斷，展現她對中西醫學既折衷又調和的態度。再者，她也展現了對於婦科的關懷，尤其是女性生產及產後的生死問題，更是她最為注意的部分。職是，《醫學篇》展現了她身為閨閣才女兼女醫者的雙重身分之自我認同，並突破一般明清以來大多數才女所難以達到的多元表現與書寫成就。

其次，曾懿《女學篇》為一部既能展現傳統女子教育的精神，也能容納新時代流行的女學話語。尤其是她對於傳統母教的重視，雖然她也認同女子八歲至十三歲應進入新學堂就學，但六七歲前及十三歲之後，仍以母教為重。是以，她兼採母教與新式女學堂教育的雙重視野，展示明清以來才女對於傳統的賡續與對

於新潮的吸納。其次，《女學篇》也展示了她對於時代風潮影響下的西方觀念的評議，尤其是歐西流行的自由結婚與男女平權等女權話語，她認為父母主婚的優點大於完全的自由結婚；她也認為男女平權應指母親對子女一視同仁與夫婦相互愛敬。而她認同解放纏足的論述，乃出自於親身經驗的痛苦與不自由，是以認為女性應解放纏足，才能強身健體，甚至強國保種。是以，她的觀點乃是一名女醫者出自於醫學健康的考量。質言之，《女學篇》的女子教育部分，既注重傳統中國女子教育中母教的價值，同時也能適度地接納新學堂；既注重女性在知識涵養上的充實，也強調女性的身體健康與衛生，因此這部《女學篇》也是女醫者曾懿的自我認同之書。

第三，曾懿《女學篇》的家政學論述以及附錄的《中饋錄》，很清楚地闡明一家之主婦的天賦職分與才能所在，即主持家政。曾懿認同女性管理家事衛生實務與育兒方法的職分，也注重女性在家庭經濟學上的管理與女性主中饋的烹飪實務，不只展現女性主持一家飲食的認同，也十分注重食物製作的衛生，這也展現女醫者出於健康對飲食健康與衛生觀念的重視。簡言之，曾懿《女學篇》及其附錄之《中饋錄》涉及更為實務層面的家政知識，幾乎也是圍繞著女醫者曾懿對於身體健康及飲食衛生的重視，而更重要的是她對於女性主持家政的自我認同。

綜言之，曾懿《醫學篇》與《女學篇》（附錄《中饋錄》）等時用／實用文本，適度地展現她做為一名才女醫者複雜而豐富的涵養，既能賡續明清以來才女文學的遺緒，也能吸納近代西學知識以開展新的局面，突破明清以來一般才女多以詩詞名世的侷限。她在面向西學的同時，往往強調傳統的價值與涵養。是以，曾懿其人其作之獨特性在此，在看似陳舊保守的傳統中翻新而非推翻，反而是鎔鑄新意於舊有的價值上，因此她撰著跨文類的實用之作並非為了成為「新女性」，而是具有深厚傳統學養的新古典才女。最後藉此研究以提供近現代女性文學研究的參考。

第二章　晚清女詩人的「域外」想像與書寫
——薛紹徽「翻譯」與「編撰」的外國文本

一、前言：未曾出洋的女詩人／翻譯家

晚清是一次大規模西書中譯的高潮階段，最知名譯者是不諳外文卻以好文筆取勝的翻譯家林紓；而近代第一位女性譯者則為林紓福州同鄉女詩人薛紹徽（1866-1911）。薛紹徽出身傳統閨閣、未曾出洋，與林紓同樣不諳外文，卻是凡爾納科幻遊記小說《八十日環游記》的第一位中譯者。她的翻譯模式為夫（陳壽彭）妻雙人合譯，做為筆述者的她與合作的口譯者夫婿陳壽彭，共同展演有別於明清女詩人及其伴侶的閨房共讀之樂，而加入了晚清盛行的譯書活動，這使得薛紹徽具有不同於以往女詩人的域外視野，值得探賾。

是以，本章考察薛紹徽的「域外」想像與書寫活動，並以其「翻譯」和「編撰」的外國文本為主要討論範圍。由於薛紹徽置身於西學涵養深厚的家庭，其夫婿陳壽彭的西學背景（夫兄及嫂亦然）開啟她的域外視野，而「翻譯」和「編撰」外國文本便是她對「域外」想像的重要掌握方式。其作品包含「科學專著」、

「言情小說」與「女性傳記」等文類，包括法國儒勒・凡爾納（Jules Verne）的科幻遊記小說《八十日環游記》（*Le tour du monde en quatre-vingt jours; Round the World in Eighty Days*）（1900）、科學專著《格致正軌》（1902，已佚）、英國厄冷（Ellen Thorneycroft Fowler）言情小說《雙線記》（*The Double Thread*，又作《淡紅金鋼鑽》）（1903）；以及編譯女性傳記《外國列女傳》（1906）等。薛紹徽以上述類型各異的作品，展現她的「域外」想像。

必需說明的是，薛紹徽的「翻譯」文本並非今日嚴格定義下的翻譯，而是晚清流行的「意譯」，即譯作未必與原著完全吻合，多為「譯述」，具體作法包括改述、重寫、縮譯、轉譯和重整文字風格等幾種。是以，原著與譯本間的大量斷裂、外來的與本地的語言、知識等系統間的差異更是一種普遍現象。[1]除《格致正軌》無從討論外，《八十日環游記》與《雙線記》的翻譯雖已較當時其他譯作更嚴謹，仍以「意譯」風格為主。而《外國列女傳》並非域外先有一部同名專書而翻譯的，實為陳壽彭與薛紹徽雜採多部外國典籍之女性傳記資料而編譯的，是以《外國列女傳》只能勉強算是「翻譯」文本，實則「編撰」成分更大。職

---

1 王德威曾論及晚清翻譯的特色：「晚清文人對於何為翻譯工作，並沒有一個嚴謹的定義。當時的翻譯其實包括了改述、重寫、縮譯、轉譯和重整文字風格等作法。……晚清的譯者通過其譯作所欲達到的目標，不論是在感情或在意識型態方面，都不是原著作者所能想像得到的。……這些譯者對原著或有心或無意的誤解，不知不覺間衍生出多個不同版本的『現代』觀念。」王德威：〈翻譯「現代性」〉，《如何現代，怎樣文學？：十九、二十世紀中文小說新論》（臺北：麥田出版社，1998 年 10 月），頁 43-44。

是，本文擬藉由薛紹徽的「翻譯」與「編撰」文本，以探賾她在「意譯」的誤讀或斷裂間所「想像」的域外世界，以及她如何展現對於域外世界的觀點，進而彰顯晚清女詩人多元書寫的豐富面貌。

晚近以來，學界的薛紹徽研究逐漸形成規模。首先，薛紹徽的整體研究，林怡是近 20 年來較早研究的學者之一，除點校薛紹徽《黛韻樓遺集》（以《薛紹徽集》為名出版），亦撰寫〈在舊道德與新知識之間——論晚清著名女文人薛紹徽〉[2]介紹薛紹徽。錢南秀是另一位較早研究薛紹徽的美籍學者，一系列研究論文質量均佳，包括〈中典與西典：薛紹徽之駢文用事〉、〈晚清女詩人薛紹徽與戊戌變法〉、〈薛紹徽及其戊戌詩史〉等均有相當影響。[3]近期出版以薛紹徽為題的專著 *Politics, Poetics, and Gender in Late Qing China: Xue Shaohui and the Era of Reform*，包含兩部分，一是「Making the future reformers（造就未來改革者）」（三章），二是「Revitalizing the Xianyuan tradition in the

---

2 林怡：〈在舊道德與新知識之間——論晚清著名女文人薛紹徽〉，薛紹徽著；林怡點校：《薛紹徽集》（北京：方志出版社，2003 年 6 月），頁 160-188。

3 錢南秀：〈中典與西典：薛紹徽之駢文用事〉，程章燦編：《中國古代文學文獻學國際學術研討會論文集》（南京：鳳凰出版社，2006 年 1 月），頁 592-612。
錢南秀：〈晚清女詩人薛紹徽與戊戌變法〉，陳平原、王德威、商偉編：《晚明與晚清：歷史傳承與文化創新》（武漢：湖北教育出版社，2002 年 3 月），頁 352-374。
錢南秀：〈薛紹徽及其戊戌詩史〉，〔加〕方秀潔、〔美〕魏愛蓮編：《跨越閨門：明清女性作家論》（北京：北京大學出版社，2014 年 2 月），頁 307-330。

late Qing reform era（1897-1911）（在晚清的改革時代重塑賢媛傳統）」（五章）；尚附錄珍貴的參考資料與圖表，尤其是錢南秀於福州實地考察的薛紹徽足跡地圖，相當重要。[4]

其次，薛紹徽的「域外」書寫，專書論文有李國彤《女子之不朽——明清時期的女教觀念》，其中一章〈想像歷史和王朝——福建閨秀之居家與羈旅〉[5]論及薛紹徽；宋清秀《清代江南女性文學史論》第六章〈光宣時期女性文學空間的拓展〉第一節專論〈薛紹徽：書寫域外的傳統閨秀〉[6]。兩文著重於探討傳統閨秀的空間轉移與域外書寫表現，具有參考價值。

再者，薛紹徽的譯事，專書論文有錢南秀〈清季女作家薛紹徽及其《外國列女傳》〉及〈清末女性空間開拓：薛紹徽編譯《外國列女傳》的動機與目的〉兩文，[7]皆以《外國列女傳》為

---

4 NANXIU QIAN (錢南秀), *Politics, Poetics, and Gender in Late Qing China: Xue Shaohui and the Era of Reform* (Stanford University Press, Stanford, California, 2015).

5 李國彤：〈想像歷史和王朝——福建閨秀之居家與羈旅〉，《女子之不朽——明清時期的女教觀念》（桂林：廣西師範大學出版社，2014 年 10 月），頁 135-153。（亦收錄於方秀潔、魏愛蓮編：《跨越閨門：明清女性作家論》（北京：北京大學出版社，2014 年 2 月），頁 287-306。）

6 宋清秀：〈第六章　光宣時期女性文學空間的拓展　第一節　薛紹徽：書寫域外的傳統閨秀〉，《清代江南女性文學史論》（上海：上海古籍出版社，2015 年 5 月），頁 284-294。

7 錢南秀：〈清季女作家薛紹徽及其《外國列女傳》〉，張宏生編：《明清文學與性別研究》（南京：鳳凰出版社，2002 年 1 月），頁 933-956。

錢南秀：〈清末女性空間開拓：薛紹徽編譯《外國列女傳》的動機與目

主題，觸及薛紹徽翻譯此書的意義、動機與目的及其所展現的女性空間。期刊論文有郭延禮〈女性在 20 世紀初期的文學翻譯成就〉論薛紹徽的譯事成就，[8]其他尚有羅列〈女翻譯家薛紹徽與《八十日環游記》中女性形象的重構〉[9]、卓加真〈中國稗官與正史上的女性譯者〉[10]、邱漢平〈在班雅明與德勒茲之間思考翻譯——以清末民初林紓及薛紹徽的文學翻譯活動為引子〉[11]等，議題遍及薛紹徽的女性翻譯者角色及其翻譯《八十日環游記》對女性形象的重構。學位論文有卓加真《「屠龍技」或「雕龍技」？——清末民初女性譯者研究》[12]，部分論及薛紹徽的譯事成就及翻譯的策略等。可見薛紹徽之譯事及她在跨文化交流上的意義，已有一定的研究成果。

的〉，王宏志主編：《翻譯史研究・第一輯（2011）》（上海：復旦大學出版社，2011 年 6 月），頁 170-200。

8　郭延禮：〈女性在 20 世紀初期的文學翻譯成就〉，《中國現代文學研究叢刊》，2010 年 3 月。

9　羅列：〈女翻譯家薛紹徽與《八十日環游記》中女性形象的重構〉，《外國語言文學》（季刊），2008 年第 4 期（總 98 期），2008 年 12 月。

10　卓加真：〈中國稗官與正史上的女性譯者〉，《中國文哲研究通訊》22：2＝86 期，2012 年 6 月，頁 41-54。

11　邱漢平：〈在班雅明與德勒茲之間思考翻譯——以清末民初林紓及薛紹徽的文學翻譯活動為引子〉，《英美文學評論》第 25 期，2014 年 12 月，頁 1-27。

12　卓加真：《「屠龍技」或「雕龍技」？——清末民初女性譯者研究》（*The Slaying-dragon Skill or the Carving-dragon Craftsmanship? A Study of Women Translators in Late Qing and Early Republican China*），臺灣師範大學翻譯研究所博士論文，2010 年（論文語言：英文）。

職是，在前行研究的基礎上，本文擬就傳統才女由舊式閨閣邁向現代世界為視角，以考察薛紹徽如何以她優異的古文涵養編譯域外文本，並藉此以探賾她對「域外」世界的想像與書寫成果。首論其域外學養的淵源與其西化家族之西學背景有關，填補她未曾出洋的局限，使她開眼看世界。次論薛紹徽對域外想像的具體實踐——編譯西籍，由熟諳外文的夫婿口述，薛紹徽筆錄，以雙人合譯模式完成西籍中譯（譯寫、改寫與編撰），因此譯述者薛紹徽的學養與文筆相當程度地影響譯本的水平，而原著與譯本的斷裂正好可見其域外想像為何。再者，依序論述《八十日環游記》、《雙線記》與《外國列女傳》三部存世的編譯文本，考察薛紹徽翻譯的動機與策略、譯筆所透顯的域外世界、譯本的跨文化交流意義等。這些類型各異的編譯文本，不僅擴大薛紹徽自身的眼界，也展現近代女詩人突破詩詞古文的多元書寫現象。

二、古文譯筆與「域外」學養——才女文化與西化家族對薛紹徽翻譯西學的影響

薛紹徽的翻譯成就必須就其學養背景而言，一方面是傳統才女文化所陶養的優異古文根柢，另一方面是西化家族的影響，以就讀西式學堂與曾經留洋的夫婿陳壽彭為主，其次是同樣就讀於西式學堂但留法的夫兄陳季同及法籍妯娌賴媽懿。

（一）古文譯筆：女詩人深厚的古文涵養與自我期許

薛紹徽能夠獲得近代女翻譯家的美名，與其優異的譯筆有絕對的關係。在參與西學翻譯前，其傳統閨閣學養及其對學問的認

真態度，已奠下良好的基礎。

薛紹徽二姐薛嗣徽（英玉）《黛韻樓文集・序》曾論及薛紹徽自小嗜好詞章之學且勤於學。[13]不僅如此，陳壽彭〈亡妻薛恭人傳略〉提及薛紹徽讀書甚勤、文筆優異：

> 癸未，余游東洋，恭人始學填詞。乙酉，余游泰西，恭人始治《史》、《漢》、《文選》。己丑，余歸應鄉試，雖僥幸忝列副車，自視所作古文字弗若恭人遠甚，乃求舊籍讀之，期有補我不足。而恭人亦猛力攻苦，弗少讓。余剛得尺，恭人且越尋丈矣。……。丁酉，余始攜之居滬上。偶以恭人文示儕輩，咸驚嘆弗置。吾鄉林訪西觀察、通州范肯堂先生嘗謂余曰：尊閫微特為君畏友，吾輩見其文，且敬而畏焉。[14]

可見薛紹徽讀書之勤、文筆之佳，早已眾所公認。而且薛紹徽「言論必有根據，於書無弗讀。」[15]涉獵極廣，曾作〈仲秋夜讀史作〉[16]、〈讀宋史〉[17]兩詩，可見她對史書的興趣。陳壽彭也

---

[13] 薛嗣徽（英玉）：《黛韻樓文集・序》，薛紹徽著；林怡點校：《薛紹徽集》，頁 114。

[14] 陳壽彭：〈亡妻薛恭人傳略〉，薛紹徽著；林怡點校：《薛紹徽集》，無頁數。

[15] 陳壽彭：〈亡妻薛恭人傳略〉，薛紹徽著；林怡點校：《薛紹徽集》，無頁數。

[16] 薛紹徽著；林怡點校：《薛紹徽集・黛韻樓詩集・卷二》「戊戌」，頁 12。

提及即使經濟拮据，薛紹徽仍孜孜於讀書一事，「偶有餘剩，即囑購書籍圖畫，不屑屑簪珥服飾。……，蓋雖巾幗不啻儒生也者。」[18]陳壽彭甚至以「儒生」稱之。其兄薛裕昆亦言：「秀妹雖弱女子，其平生為學之心殊強毅，勝余殆十倍。」[19]亦可見她對治學具有極強韌的心志。

不僅如此，1910 年病卒前，薛紹徽曾自言為「巾幗之困人」：「吾生平最惡脂粉氣。三十年詩詞中，欲悉矯而去之，又時時繞入筆端。甚哉，巾幗之困人也！」[20]可見薛紹徽對於讀書治學的自我期許高於只做為一介普通女子，這種不同於凡俗女子的決心與毅力，使她難以斷然棄毀自己的作品。

簡言之，不諳外文的薛紹徽，日後得以其優異的譯筆，成為夫婿陳壽彭口述的合作者，其來有自。而他們雙人合譯的模式，頗似同鄉翻譯家林紓筆述和朋友口述的關係。是以，薛紹徽與林紓同樣都是不諳外文的譯者，卻同樣都藉由優異的譯筆成為外國文學的譯者，全得歸因於他們深厚的國學與古文涵養；對於女譯者薛紹徽而言，她在才女文化教養下所奠定的深厚學養，益發重要。

---

17 薛紹徽著；林怡點校：《薛紹徽集・黛韻樓詩集・卷二》「庚子」，頁13。

18 陳壽彭：〈亡妻薛恭人傳略〉，薛紹徽著；林怡點校：《薛紹徽集》，無頁數。

19 薛裕昆：《黛韻樓詞集・序》，薛紹徽著；林怡點校《薛紹徽集》，頁68。

20 陳鏘、陳瑩、陳莛編：〈先妣年譜〉，薛紹徽著；林怡點校：《薛紹徽集》附錄，頁158。

（二）西學知識的引介者：夫婿陳壽彭的西學涵養

薛紹徽的域外學養與其西化家族有關，其夫婿陳壽彭（1855-1922）提供未曾出洋、不諳外文的薛紹徽對於世界的想像來源。陳壽彭與兄長陳季同（1851-1907）皆為晚清高等學府福州船政學堂畢業生，曾外派至日本、英國留學。留法的陳季同由法國歸國後，曾與陳壽彭合辦《求是報》介紹西學。其後，陳壽彭自己譯介數部西方科技知識專著，逐漸啟發薛紹徽對域外西學的興趣，發展成為陳壽彭口述、薛紹徽筆述的夫妻合譯模式，對於薛紹徽的西學知識系統的建構之影響比較明顯。簡言之，陳壽彭的西學背景與西方經驗，直接影響薛紹徽的域外學養，使其受惠，尤其具體展現在建立西學知識體系及翻譯西籍上。

1、陳壽彭的西學背景：出洋留學及任職

陳壽彭（1855-1922），字逸如，又字逸儒，福建侯官（今福州市）人，通英、日、法文，近代知名外交家。1879 年福州（馬尾）船政學堂畢業。[21] 1880 年與薛紹徽成婚，陳壽彭〈亡妻薛恭人傳略〉曾提及當年因詩結緣及婚後偕讀的情景：「時閩中詩鐘盛行，余好之，或誦恭人句，遂喜而謀定焉。庚辰來歸，勤慎安貧，靜夜一燈，偕讀若賓友。」[22]薛紹徽二姐薛嗣徽（英玉）亦曾於《黛韻樓文集・序》論及薛紹徽與陳壽彭才學相當、

[21] 福州（馬尾）船政學堂現址改立「中國船政文化博物館」。案：筆者曾於 2016 年 2 月初造訪該博物館，館內陳列大量當年福州船政學堂的資料及文物。

[22] 陳壽彭：〈亡妻薛恭人傳略〉，薛紹徽著；林怡點校：《薛紹徽集》，無頁數。

時相偕讀的情景：「及歸逸儒，聞其閨房日夜偕讀，若琴瑟之調和其音，余竊為之喜。」[23]可見這對良配在知識上乃聲息相通的知音。

陳壽彭婚後出洋所帶回的西學物質，直接影響薛紹徽的西學涵養。1883 年 4 月，已婚的陳壽彭單獨游學日本，冬天歸國，為船政學堂畢業生首位留日者。當時薛紹徽曾以詩記錄送別陳壽彭的心情，包括〈送外子之日本〉[24]、〈前調（又一體）——送繹如游學日本，口占集句以當驪歌〉[25]。此外，薛紹徽也有歌詠日本女性文藝作品的詩作〈東海女史草書歌〉[26]及〈題花蹊女士〈富士霽雪圖〉〉[27]，明顯可見受到陳壽彭日本經驗的影響。

然而，薛紹徽起初對於域外事物抱持懷疑的態度，[28]經過陳壽彭耐心地以文字相往來，並贈以外洋物產，薛紹徽乃能愉悅接受。以〈送外子之日本〉為例，薛紹徽對於陳壽彭的出洋有若干不解：「我聞瀛洲地，弱水無浮根。神仙久不作，雕題相併吞。

---

23 薛嗣徽（英玉）：《黛韻樓文集・序》，薛紹徽著；林怡點校：《薛紹徽集》，頁 114。

24 薛紹徽著；林怡點校：《薛紹徽集・黛韻樓詩集・卷一》「辛巳至丙申」，頁 3。

25 薛紹徽著；林怡點校：《薛紹徽集・黛韻樓詞集・卷上》，頁 71-72。

26 薛紹徽著；林怡點校：《薛紹徽集・黛韻樓詩集・卷二》「甲辰」，頁 25。

27 薛紹徽著；林怡點校：《薛紹徽集・黛韻樓詩集・卷二》「甲辰」，頁 26。

28 參考錢南秀：〈中典與西典：薛紹徽之駢文用事〉，程章燦編：《中國古代文學文獻學國際學術研討會論文集》（南京：鳳凰出版社，2006 年 1 月），頁 583-584。

秦人誤男女，徐市遺子孫。已乏藥餌靈，安有典墳存？」[29]薛紹徽對東瀛的了解與秦皇求取長生不老藥有關，但對於它的現狀明顯有隔閡，更不認為日本文化有超過中國之處。

其後，1885 年陳壽彭被選派留英，再度出洋，赴倫敦格林威治皇家海軍學院，[30]學習專業水師知識、海軍公法、捕盜公法、英國法律及拉丁語、英國語言文學等。薛紹徽以〈蘭陵王——繹如游學泰西，為畫〈長亭折柳圖〉并題〉[31]送別陳壽彭。然而薛紹徽也曾質疑夫婿出洋，其〈寄外，用顏延年〈秋胡〉韻〉即是：「側聞大秦國，已越白狼河。胡兒吹葦筴，羌女戴蠻華。射生牧馬出，毳幕時相過。八月見積雪，凍柳殭枝柯。習俗與世異，文翰非吾阿。」[32]可知未曾出洋的薛紹徽對於歐洲的隔膜頗深，詩中使用的中國語彙及「習俗與世異」便是薛紹徽對域外的（不）理解。[33]據錢南秀研究指出：

鴉片戰爭後，雖西學東漸，薛氏做為深閨少婦對其仍甚隔

---

29 薛紹徽：〈送外子之日本〉，薛紹徽著；林怡點校：《薛紹徽集・黛韻樓詩集・卷一》「辛巳至丙申」，頁 3。

30 倫敦格林威治皇家海軍學院（Royal Naval College, Greenwich, 1873-1998）栽培中高級海軍軍官，也包含近代中國選派至此的留學生，如陳壽彭、嚴復等人。它與福州船政學堂一樣已走入歷史。案：筆者曾於 2017 年 2 月造訪舊址，親身進入當年陳壽彭與嚴復等留學上課的教室（教堂）。

31 薛紹徽著；林怡點校：《薛紹徽集・黛韻樓詞集・卷上》，頁 76。

32 薛紹徽：〈寄外，用顏延年〈秋胡〉韻〉，薛紹徽著；林怡點校：《薛紹徽集・黛韻樓詩集・卷一》「辛巳至丙申」，頁 5。

33 參考錢南秀：〈中典與西典：薛紹徽之駢文用事〉，程章燦編：《中國古代文學文獻學國際學術研討會論文集》，頁 583-584。

> 膜。是體貼多情的壽彭，將薛氏引入這一新的學術文化領域。[34]

是以陳壽彭正是為薛紹徽引入西學的中介者；有賴於他的引介，薛紹徽的域外想像方得以有落實的機會。

職是，陳壽彭留洋期間常藉由贈與西洋物產向薛紹徽介紹域外文化，薛紹徽〈八寶妝——繹如寄珍飾數事〉提及此事：「繹如以巨貲得此，因與西史有關，寄余品之。」[35]對於陳壽彭寄贈的西洋物產，薛紹徽多以詩詞回應，如敘寫西方飾物與法國建立民主共和制度的〈八寶妝——繹如寄珍飾數事〉[36]、描繪瑞士製錶工業之精進的〈十二時慢——金表〉[37]、敘寫錫蘭佛經的〈繞佛閣——繹如夫子由錫蘭寄貝葉梵字佛經，填此卻寄〉[38]、書寫埃及古碑拓本及人面獅身的〈穆護砂——繹如又寄埃及古碑拓本數種，用題以寄〉[39]等；此外尚有論及中國鐵笛與西洋樂器的〈解連環——與繹如談鐵笛事〉[40]。由薛紹徽這些詩詞可看到

---

[34] 錢南秀：〈中典與西典：薛紹徽之駢文用事〉，程章燦編：《中國古代文學文獻學國際學術研討會論文集》，頁584。

[35] 薛紹徽：〈八寶妝——繹如寄珍飾數事〉，薛紹徽著；林怡點校：《薛紹徽集．黛韻樓詞集．卷上》，頁81-82。案：原詞牌下小序甚長，僅節錄部分，做為詞牌之副標。

[36] 薛紹徽著；林怡點校：《薛紹徽集．黛韻樓詞集．卷上》，頁81-82。案：原詞牌下小序甚長，僅節錄部分。

[37] 薛紹徽著；林怡點校：《薛紹徽集．黛韻樓詞集．卷上》，頁82。案：原詞牌下小序甚長，僅節錄部分。

[38] 薛紹徽著；林怡點校：《薛紹徽集．黛韻樓詞集．卷上》，頁76-77。

[39] 薛紹徽著；林怡點校：《薛紹徽集．黛韻樓詞集．卷上》，頁77。

[40] 薛紹徽著；林怡點校：《薛紹徽集．黛韻樓詞集．卷上》，頁86-87。

「薛氏對世界的了解，進步驚人。」[41]陳壽彭引介域外文化事物，她以詩詞回應並追蹤陳壽彭的行程，西學從此成為她筆下流淌的內容，漸次反映在往後翻譯與編撰西籍的表現上。

1889 年陳壽彭回國，攜回大量西文圖書，但因故遭人劫走部分，薛紹徽〈金縷曲〉小序提及此事：

> 繹如急鴒原之難，北上營救。榕城洪水為災，書窟牆崩，偷兒由缺處入，挾鼎彝數事並西國圖書數十冊去。余固不解西字，欲檢書目，究所失而不得，因致書訊繹如，戲附以詞。[42]

可見薛紹徽由於不解西字，曾發生不知被偷兒盜走的西文書目為何的窘境，只得向在外的陳壽彭求助。後經由陳壽彭的轉介，確實加強她對於域外新知的渴慕，埋下日後合譯西書的契機。

是以，陳壽彭做為福州船政學堂畢業生及留洋日、英的歷練，正好都是未曾出洋的薛紹徽所欠缺的西學經驗。幸而兩人時相唱和，尤其陳壽彭出洋期間，雙方仍筆墨往來，薛紹徽乃能經由陳壽彭的引介建構她對域外世界的想像。

2、陳壽彭譯介西籍與薛紹徽寫序：以中化西的序文

陳壽彭譯介西方科學的表現十分突出，數度將當時先進的西學專著譯為中文。首先是 1897 年與兄長陳季同共同創辦綜合性

案：原詞牌下小序甚長，僅節錄部分。

41 錢南秀：〈中典與西典：薛紹徽之駢文用事〉，程章燦編：《中國古代文學文獻學國際學術研討會論文集》，頁 584。

42 薛紹徽著；林怡點校：《薛紹徽集・黛韻樓詞集・卷下》，頁 94。

旬刊《求是報》(*International Review*)(1897-1998),多譯載西洋各種學說與維新派論述,主要內容包括內編(實事、附錄)和外編(西報譯編、西律新譯、格致新編),內文多譯自法文著述,此與陳季同曾留學及任職法國的專業有關。

1889 年自英返國後,陳壽彭成為兩江總督周馥幕僚,在寧波創辦儲才學堂(1898-1902),此時期有幾部西學譯著值得注意,[43]其中最重要的是 1900 年完成的《新譯中國江海險要圖志》,譯自英國海軍海圖官局(Great Britain Hydrographic Department)編著之 *The China Sea Directory*,[44]隔年(1901)由上海經世文社出版。

陳壽彭於譯書完成後,邀請薛紹徽撰寫序文。序文首論輿地之學的重要性以及歷代輿地圖書的得失存佚,因此需要因應新的時代變遷而選譯此書,以切實用:

> 是書但切實用,不敘煩文。言質法精,意明事確。窮島嶼之縈迴,濟樓航之方軌。凜載舟覆舟之戒,紀上展下展之殊。度以絲繩,弗差累黍;合之勾股,如示周行。……借茲考鏡,指我迷津。繫鈴解鈴,知己知彼。倘能反燭相觀,恰若天與晉塊;果克劃疆自守,居然江斷貍年。原書

[43] 包括 1900 年出版譯自美國農業部書記官厄斯宅士藏原著《淡芭菰栽製法》(北洋官報局出版),系統性介紹西方煙葉種植情況。而其譯著《南洋與東南洋群島志略》遲至 1946 年由正中書局出版。此外尚有《格土星》、《英國十學校說》、《火器考》等西學論著。

[44] *The China Sea Directory* 四卷,由倫敦 Hydrographic Office, Admiralty 出版於 1879 至 1886 年。

之功，不已偉哉！惟是循其舊例，出以譯文。[45]

可見選譯此書乃出於實用，以知己知彼，不再劃地自限。值得注意的是，薛紹徽認為此書所涉及的天文地學等知識，中國古已有之；行文時多以中國典籍的名詞術語介紹西方知識。如：

昔《漢書》志地理，猶補天文；馬、彪言郡國，不忘冠述。乾坤本橐籥之交，天地含清寧之氣。覆槃蓋笠，「周髀」道其形；望景立竿，墨子創其說。三百六十度，天象一周；五億七萬步，積塊四極。合蠡測於管窺，准高卑以定位。遂使海山兀兀，海水湯湯。如探俎上蒸豚，如計壁中鹿肉。窺島之法既精，青邱之數自得。於是乎定經緯。[46]

可見薛氏對於中國科學技術瞭解深刻，乃能藉此以測定類似西學的知識內涵，這種「以中化西」的寫作策略，可說是薛紹徽一貫的表現手法，如寫於 1907 年的〈火車〉也是：「別具椎輪手，連鈎接軫長。蟄雷喧轍迹，平野劃煙光。列子御風術，壺公縮地方。憑軒看景物，奔走為誰忙？」[47]對西方交通工具火車的介紹，一樣採用中國語彙與風格，可見薛紹徽對於新事物新科技的

---

[45] 薛紹徽：《中國江海險要圖志・後序》，薛紹徽著；林怡點校：《薛紹徽集・黛韻樓文集・卷下》，頁 130。

[46] 薛紹徽：《中國江海險要圖志・後序》，薛紹徽著；林怡點校：《薛紹徽集・黛韻樓文集・卷下》，頁 130。

[47] 薛紹徽：〈火車〉，薛紹徽著；林怡點校：《薛紹徽集・黛韻樓詩集・卷三》「丁未」，頁 44。

接受程度，並不遜於同時期有西學背景的知識分子。而這種「以中化西」的寫作策略也展現在兩人的譯書上。

當然，序文的功能不只是介紹中國與西方的地學知識，推介夫婿的翻譯學養與成就更是重點之一：

> 繹如夫子，學於古訓，優抱時艱，搜佉盧梵書，作緇緝疏錄。坐擁書城百雉，能從學海探珠。胸羅武庫五兵，誓欲中流擊楫。請纓未遂，磨鐵尤堅。梁伯鸞熱灶因人，歌悲五噫；張茂先潛心博物，劍秘二龍。其譯是志也，計功二年，易稿三次。弗逞己說，但具原編。塞漏補罅，不辭筆禿舌枯；繼軌焚膏，渾忘風瀟雨晦。成書三十二卷，為圖二百八軸，較之鄭詳方略、賈奏道理、劉記古今、李略六代，別開生面，有加精焉；亦自名家，復何愧哉？紹徽賢遜萊妻，學慚班妹。匪賃舂之德耀，聊伴齊眉；學寫韻之吳鸞，嘗為洗硯。才如袜線，敢繡列國圖？[48]

據此，陳壽彭因應時局而翻譯此書，總計二年三度易稿；忠實地翻譯原書，較少己說，但勝過許多類似古籍，別開生面且更加精確。相較之下，薛紹徽自認才學不如古代才女，但尚能與陳壽彭共享舉案齊眉之樂。是以，陳壽彭引介認識西學，由薛紹徽寫序，既能展現她對中國科學技術瞭解之深，也能藉此展現她對域外／西方科學文明的想像及西學內涵，對於兩人的西書合譯也有

---

48 薛紹徽：《中國江海險要圖志・後序》，薛紹徽著；林怡點校：《薛紹徽集・黛韻樓文集・卷下》，頁 132。

助益。

簡言之，陳壽彭的西方科技專著的翻譯經驗對於日後與薛紹徽合譯有直接影響。可想見，時常與陳壽彭切磋論學的薛紹徽，對翻譯西籍也逐漸產生興趣，乃由此展開夫妻合譯四部西書，包括轉譯法國科幻小說《八十日環游記》的英譯本（1900）、《格致正軌》（1902，已佚）、英國言情小說《雙線記》（1903）、編譯女性傳記《外國列女傳》（1906），這些不同類型的編譯著作，可見薛紹徽譯介西學的成果。

（三）西化家族的重要成員：游法的夫兄陳季同及法籍妯娌

對薛紹徽的西學涵養可能產生部分影響的是夫兄陳季同（1851-1907）及其法籍妻子賴媽懿（Maria-Adéle Lardanchet）。陳季同，字敬如，號三乘槎客，陳壽彭二兄，晚清新政的參與者、知名的外交家，也是作家及中法文學、思想的譯介者。而其法籍妻子賴媽懿則為上海女學堂的洋提調（管理機構內負責指揮調度的人）。

1、陳季同：中法文學的譯介者

1867 年陳季同進入福州船政學堂學習，教員多為法國人，以法語授課，教材也是法文，所以陳季同打下紮實的法文基礎。1873 年因成績優異提前畢業，獲船政局錄用兼翻譯。1875 年隨福州船政局前船政監督法人日意格（Prosper Giguel, 1835-1886）游歷英、法、德、奧各國，寫成《西行日記》。1876 年回國擔任教師。1877 年陳季同隨官派留歐學生赴法、英，擔任留學肄業局文案，專譯法文函牘；也進入巴黎政治學堂（Ecole des

Sciences Politiques）[49]及法律學堂，修習公法律例，兼習英語、德語、拉丁文等。1878 年始兼任駐法使館翻譯，負責翻譯外交文書或擔任社交場合口譯等。其胞弟陳壽彭在他的引導下也留學歐洲，亦成為晚清出色的外交家及翻譯家；弟媳薛紹徽亦因此成為少見的女性譯者，是以陳季同對於薛紹徽至少有間接的影響，應視為薛紹徽西學涵養來源之一。

1882 年陳季同請假半年回國，1883 年中再回法國。這趟回國，陳季同才首次見到已于歸陳家三年的弟婦薛紹徽，陳季同對其弟壽彭說道：「新婦態度雍穆，殆所謂林下風歟？」[50]林下風氣出自《世說新語・賢媛》，意指女子態度嫻雅、舉止大方，由此可見陳季同對於薛紹徽的好印象。其後，陳季同陸續擔任駐德、法使館參贊，並曾代理駐法公使兼比利時、奧地利、丹麥和荷蘭四國參贊，也藉此游歷諸國，自此眼界大開。1888 年夏天，陳季同髮妻劉氏暴病卒，親屬議論紛紛。陳鏘等子女所編〈先妣年譜〉曾提及當時陳季同遠隔重洋，此事無以決；後接獲薛紹徽的書信稱此事已持平而斷，親戚和好如初。[51]

陳季同後因私債問題於 1891 年告假離法，回到福州，總計去國 16 年之久。由於長期在歐洲工作和生活，陳季同通曉法文、英文、德文和拉丁文，特別是法文造詣之高，對於西方文化

---

[49] 即巴黎政治學院，位於巴黎左岸。案：筆者曾於 2017 年 8 月 2 日赴巴黎旅遊時造訪。

[50] 陳鏘、陳瑩、陳莛編：〈先妣年譜〉，薛紹徽著；林怡點校：《薛紹徽集》附錄，頁 153。

[51] 陳鏘、陳瑩、陳莛編：〈先妣年譜〉，薛紹徽著；林怡點校：《薛紹徽集》附錄，頁 154。

了解之深，加以深厚的國學素養，使得陳季同在翻譯之外，也成為一名跨文化的雙語寫作者。為了讓西方人更認識中國人及中國文化，他以法文寫作介紹中國人及中國文化，[52]也將中國文學翻譯為法文，[53]在當時的西方很有影響力。其後，陳季同也譯介法國文學作品[54]和法律文獻[55]，以幫助國人瞭解西方法制，效法西

---

52 陳季同以法文撰寫的著作分為兩大類，一是以法文介紹中國人及文化，一是以法文進行小說創作。前者包括 1884 年《中國人自畫像》（*Les Chinois Peints par Eux-Memes*）、1886 年《中國戲劇》（*Le Theatre des Chinois*）、1890 年《中國人的快樂》（*Les Plaisirs en Chine*）、1891 年《巴黎印象記》（*Les parisiens peints par un Chinois*）、1892 年《我的祖國》（又譯《吾國》）（*Mon Pays*）、1904 年「中國獨幕輕喜劇」《英勇的愛》（*L'amour héroique*），共六部。後者指的是 1890 年出版的《黃衫客傳奇》（*Le roman del' homme jaune*）取材自〈霍小玉傳〉而有較大幅度改寫。

53 即譯作《中國故事》（*Les Contes Chinois*），包括《聊齋志異》的〈王桂庵〉、〈白秋練〉、〈青梅〉、〈香玉〉、〈辛十四娘〉等 26 篇故事。1889 年 7 月出版，年內至少三次重印。

54 將法國文學譯為中文，包括翻譯莫里哀（Moliere, 1622-1673）1662 年的喜劇《夫人學堂》（*L'école des femmes*）；雨果 1830 年《歐那尼》（*Hernani*）、1835 年《銀瓶怨》（*Angelo*，今譯《安日樂》）、1838 年《呂伯蘭》（*Ruy Blas*）、1874 年發表的《九三年》（*Quatrevingt-treize*）；左拉（Émile Zola, 1840-1902）於 1864 年發表的《奈儂夫人》（*Contes à Ninon*，即《內戎夫人》）與 1878 年發表的《南丹》（*Nantas*，即《南塔斯》）兩篇小說。回國後，陳季同的翻譯大多發表於《求是報》，包括 1897 年翻譯法國小說家賈雨（Theodore Cahu, 1854-1928）《卓舒及馬格利小說》（*Georges et Marguerite*）；但未譯完（賈雨亦非法國文壇知名人物）。

55 陳季同發表於《求是報》的翻譯，尚有許多法國法律專著，包括 1897 年發表的《拿破崙法典》、《拿布侖齊家律》、《法蘭西報館律》等 12 篇法國法律專著。

方民主國家以法治國的精神。由此，陳季同乃奠立他做為近代中國譯介法國文學的先驅者。

回國後，陳季同定居上海（1894-1901）。前已述及 1897 年 7 月他與胞弟陳壽彭合辦《求是報》，自任翻譯主筆，譯介西學，宣傳維新思想，頗具影響。同年 11 月，與經元善、梁啟超等倡議女學，成立女學會、女學堂並出版《女學報》。當時陳季同的法籍夫人賴媽懿與弟婦薛紹徽皆參與。1897 年 11 月，陳季同以創設女學堂章程為由，與弟婦薛紹徽會商，〈寓滬晉安薛女士上女學堂董條議並敘〉[56]即可見薛紹徽對女學堂的課程規畫的意見，陳季同對薛紹徽才學的重視可見一斑。[57]

1901 年陳季同五十壽辰，薛紹徽作〈敬如兄公五十壽辰徵詩啟〉表達對夫兄的敬意：「惟我敬如兄公，太邱望族，胡海羈人。奉使丁年，先荀卿之游學；談兵甲帳，有祭遵之雅歌。班定遠飛能食肉，聲名洋溢乎寰中；李北平老不逢時，踪跡逍遙於海上。」[58]

---

56 見〈寓滬晉安薛女士上女學堂董條議並敘（摘錄）〉，《女學集議初編》，頁三十三下。案：薛紹徽〈創設女學堂條議並序〉原刊於陳季同、陳壽彭合辦之《求是報》第九冊（1897 年 12 月 18 日）頁 6 上－7 下、第十冊（1897 年 12 月 28 日）頁 8 上－8 下。後經修訂為〈寓滬晉安薛女士上女學堂董條議並敘〉刊於《新聞報》1898 年 1 月 14-17 日。又，節選本〈寓滬晉安薛女士上女學堂董條議並敘（摘錄）〉收錄於經元善編《女學集議初編》頁三十三上－三十五下。

57 同時，薛紹徽〈題吳芝瑛草書橫幅〉曾提及陳季同於 1900 年（庚子）在上海設救濟會賑濟北方難民一事。1907 年陳季同病逝後，薛紹徽於同年作詩〈上海過敬如兄公故宅〉敘及陳季同當年的上海故宅兼追懷往事。

58 薛紹徽：〈敬如兄公五十壽辰徵詩啟〉，薛紹徽著；林怡點校：《薛紹徽集・黛韻樓文集・卷下》，頁 141。

傳述陳季同游學、出使等平生經歷及其享譽中外的聲名；同時也對陳季同的詩文成就多所讚揚：

> 兄公生具岐嶷，少多穎悟。就傅之年，已通三禮；舞勺而後，自講一經。必及馳騁四國，游覽五洲，拓詩思於大荒，煉文心於窮海。周羅睽執筆，常居文士之先；虞仲翔馳書，別有春榮之秀。又不僅旁通梵字，解三十六國語言；繙緝異書，成六百餘部經典。此文學之可述，一也。[59]

特別提及陳季同游歷歐西多國、通曉多種語文及翻譯成就。同年 9 月，陳季同受聘主持南京江楚編譯官書總局，擔任主譯；自此定居南京，直至 1907 年 1 月病逝。1906 年陳壽彭與薛紹徽編譯的《外國列女傳》即由此書局出版，書名由陳季同親題並落款「三乘槎客題」，可見夫兄與弟婦間相互敬重。

1904 年，陳季同在南洋大臣、兩江總督周馥（1837-1920）幕下主辦《南洋日日官報》，薛紹徽也受邀擬敘例，[60]她提及：「夫報者，於英號數新聞，在法譯言日錄。雖非古制，實合時宜。」[61]由此可知薛紹徽對域外新聞具有一定的概念，顯見陳壽彭及陳季同之出洋英法對於薛紹徽的影響。

---

59 薛紹徽：〈敬如兄公五十壽辰徵詩啟〉，薛紹徽著；林怡點校：《薛紹徽集．黛韻樓文集．卷下》，頁 141-142。

60 薛紹徽：〈代擬《南洋日日官報》敘例〉，薛紹徽著；林怡點校：《薛紹徽集．黛韻樓文集．卷下》，頁 133-134。

61 薛紹徽：〈代擬《南洋日日官報》敘例〉，薛紹徽著；林怡點校：《薛紹徽集．黛韻樓文集．卷下》，頁 133。

簡言之，薛紹徽才學受到夫兄陳季同的認同，而薛紹徽也藉由交流習得西學知識，可見陳季同對薛紹徽之西學涵養具有部分影響。

2、薛紹徽參與陳季同的《女學報》、與法籍妯娌賴媽懿共事於女學堂

薛紹徽和夫兄陳季同法籍妻子賴媽懿（Maria-Adéle Lardanchet）[62]曾共事於上海女學堂。據聞陳季同游法期間常至各處演講，由於氣度非凡、才華洋溢，因此迎來兩位法籍夫人。[63]

---

[62] 賴媽懿的法文名字，錢南秀 2006 年發表的論文表示可能是 Marie Talabot，根據陳季同（Tcheng Ki Tong）法文著作《中國戲劇》（*Le Theatre des Chinois: Étude de mœurs compare*）書首註明："A Madame Marie Talabot"，認為這是賴媽懿的法文名字，見錢南秀〈中典與西典：薛紹徽之駢文用事〉（程章燦編：《中國古代文學文獻學國際學術研討會論文集》，南京：鳳凰出版社，2006 年 1 月），頁 582-612。其後，李華川 2010 年出版陳季同法文著作的《黃衫客傳奇》中譯本之〈譯後記〉註 1 表示，馬驥考證出賴媽懿法文名字為 Maria-Adéle Lardanchet，但未說明出處或根據，見陳季同著、李華川譯《黃衫客傳奇》（*Le roman del' homme jaune*）（北京：人民文學出版社，2010 年 6 月），頁 289。再者，錢南秀 2014 年發表〈薛紹徽及其戊戌詩史〉將賴媽懿的法文名字註明為 Maria-Adéle Lardanchet，見錢南秀〈薛紹徽及其戊戌詩史〉（〔加〕方秀潔、〔美〕魏愛蓮編：《跨越閨門：明清女性作家論》，北京：北京大學出版社，2014 年 2 月），頁 307-330）。2015 年，錢南秀於專書 *Politics, Poetics, and Gender in Late Qing China: Xue Shaohui and the Era of Reform* (CA: Standford University Press, 2015) 第三章 "A Marriage Between The Two Culture" 以 Maria-Adéle Lardanchet 稱賴媽懿（p.103），證據為陳季同正式婚禮的法文報導。綜合前述，賴媽懿的法文名字應為 Maria-Adéle Lardanchet。

[63] 陳季同一生五娶，除無所出的原配劉氏（1888 年過世）外，尚有兩位法籍夫人，一為女博士葯爽（生一男一女），1891 年與另一法籍夫人

陳季同去國 16 年後，約於 1891 年與法籍女子賴媽懿成婚，[64]其人出身於法國女子學堂。[65]同年 4 月 17 日隨陳季同及其另一位法籍妻子女博士葯爽（Dishung Feiren or Fanny Duchamp?）及他們的孩子一同離開巴黎，[66]坐郵輪回國。[67]其後賴媽懿也參與了 1897 年陳季同等人在上海籌辦的女學堂事務。[68]

1898 年 11 月，陳季同與經元善、梁啟超等倡議女學，成立女學會、女學堂並出版會刊兼校刊《女學報》。[69]當時陳季同的法籍夫人賴媽懿與弟婦薛紹徽皆參與其事，賴氏主要負責女學堂

賴媽懿（生二女陳騫、陳超）結婚。1891 年，陳季同與兩位法籍妻子一同回國後，復於 1898 年納李氏姐妹為妾（少李氏有遺腹子陳瑋，1907 年陳季同歿後出生）。相較之下，弟弟陳壽彭一生無妾，據說薛紹徽訓練下女，使陳壽彭無法外出喝酒交際之故。然做為弟媳的薛紹徽未見她對陳季同五娶有所批評，可能基於倫理不便批判之故。

64 參考李華川：《晚清一個外交官的文化歷程》（北京：北京大學出版社，2004 年 8 月）「附錄一：陳季同編年事輯」，頁 197。

65 參考李華川：《晚清一個外交官的文化歷程》「附錄一：陳季同編年事輯」，頁 197。

66 錢南秀：*Politics, Poetics, and Gender in Late Qing China: Xue Shaohui and the Era of Reform* 第三章 “A Marriage Between The Two Culture” (Standford University Press, 2015), p.103.

67 參考李華川：《晚清一個外交官的文化歷程》，頁 39。

68 上海女學堂的創設過程，參考夏曉虹：〈中西合璧的教育理想——上海「中國女學堂」考述〉，《晚清女性與近代中國》（北京：北京大學出版社，2004 年 8 月）。

69 上海女學堂於 1898 年 5 月 31 日開學，同年 6 月 11 日發生戊戌變法（百日維新），7 月 24 日創立《女學報》，同年 9 月 21 日戊戌變法失敗。此後，《女學報》在 1898 年 10 月 29 日出版第 12 期後，被迫停刊；女學堂辦到 1900 年秋天為止。

教務，[70]而薛紹徽主要擔任《女學報》[71]第一主筆，負責言論撰寫與發布，兩人各在不同面相合作推動女學會的工作。

1897 年 10 月 27 日女學堂的第二次籌備會議，陳季同推薦一同前往與會的法籍妻子賴氏撰寫〈中國女學會書塾章程〉，但經元善不以為然，認為賴媽懿所擬章程必以西學為主，而今創設中國女學應中西合參為是。[72] 11 月 8 日第三次會議，賴媽懿允諾擔任洋提調（教務主任），當時她帶領兩女陳騫（槎仙）、陳超（班仙）一同參加，由兩位中法混血女兒代為操華文筆談：「賴夫人命女槎仙小姐操華文筆談，云：家母敬允承乏洋提調之席，十三准赴張園陪座，先會同魏太太布置一切請客事宜。」[73]此時賴媽懿已受聘擔任女學堂的洋提調，後與另一華提調沈瑛共襄校務。11 月 13 日第四次集會上，「洋提調侯官陳太太賴夫人亦操西語誦答之」[74]可見賴媽懿的中文能力尚未運用自如，有時仍需直接以西語溝通。

1897 年 11 月，陳季同以創設女學堂章程為由，與弟婦薛紹徽會商，依〈寓滬晉安薛女士上女學堂董條議並敘〉（原〈創設

---

[70] 上海女學堂的創設過程，參考夏曉虹：〈中西合璧的教育理想——上海「中國女學堂」考述〉，《晚清女性與近代中國》（北京：北京大學出版社，2004 年 8 月）。

[71] 《女學報》發刊，薛紹徽擔任該報眾多女性主筆之一，名列第一。

[72] 見〈滬南桂墅里池上草堂會議第二集〉，《女學集議初編》，頁七上。

[73] 見〈內董事桂墅里會商公讌駐滬中西官紳女客第三集〉，《女學集議初編》，頁九下。

[74] 見〈內董事張園安塏第公讌中西官紳女客會議第四集〉，《女學集議初編》，頁十二下。

女學堂條議並序〉）[75]所載，可知薛紹徽對女學堂的課程規畫意見：

> 堂中課程，西國最好，既有西學，女教習必能選擇精善，勿容參喙。惟為中國婦女計，所學良非一端，四子六經乃相夫課子張本，已屬不得不學。此外，若班氏之《女誡》、《女訓》，劉更生之《列女傳》，藍鹿洲之《女學》，皆為婦女啟蒙入門，庶可畢生率循婦道，無忝婦功也。[76]

可見薛紹徽對西學課程並無意見，但她提出中國婦學經典，包括漢代班氏（班昭）《女誡》與《女訓》、劉更生（劉向）《列女傳》和福建同鄉藍鹿洲（鼎元）《女學》，以達到婦學課程中西、古今並舉的原則；其中《列女傳》更是她後來編譯《外國列女傳》的重要參考書。陳壽彭〈亡妻薛恭人傳略〉曾提及：「滬上諸君亦欲聘恭人主《女學報》。恭人曰：『女學與男學異。若寬禮法，專尚新學，則中國女較從此而驟。為做〈德〉、

---

[75] 見〈寓滬晉安薛女士上女學堂董條議並敘（摘錄）〉，《女學集議初編》，頁三十三下。此文即薛紹徽〈創設女學堂條議並序〉，原刊於陳季同、陳壽彭合辦之《求是報》第九冊（1897 年 12 月 18 日）頁 6 上－7 下、第十冊（1897 年 12 月 28 日）頁 8 上－8 下。後經修訂易名為〈寓滬晉安薛女士上女學堂董條議並敘〉刊於《新聞報》1898 年 1 月 14-17 日。又，節選本〈寓滬晉安薛女士上女學堂董條議並敘（摘錄）〉收錄於經元善編《女學集議初編》頁三十三上－三十五下。

[76] 〈寓滬晉安薛女士上女學堂董條議並敘（摘錄）〉，《女學集議初編》，頁三十五上。

〈言〉、〈容〉、〈工〉四頌。」[77]此外也提及女學堂應效法西國女子學習法律與醫學，可見薛紹徽理想中的課程是跨越中西／並陳古今的安排。是以，上海女學堂之中西、古今並舉的日課章程，應是由陳季同主導，實際由不諳中文的賴媽懿與不諳西文的薛紹徽共同完成。

職是，薛紹徽對西學的理解較為理性，尤其表現在她對中西文化調合的態度上：

> 薛紹徽接觸西學，……知識面寬，舉凡文化歷史、科學經濟，均有涉獵，故對西方認識相對全面。正因為此，薛氏在處理中西學關係時，不致落入體用困境。事實上，薛氏及陳氏兄弟，從未涉及體用之辨。對他們來說，中西學各有淵源傳統，無論以何方為體，何方為用，都將失之偏頗。只有通過雙方的長期協調，方能逐漸摸索二者結合的

---

77 陳壽彭：〈亡妻薛恭人傳略〉，薛紹徽著；林怡點校：《薛紹徽集》，無頁數。此外，陳鏘、陳瑩、陳莊編〈先妣年譜〉亦提及 1897 年薛紹徽隨陳壽彭居滬譯書賣文為生，時滬上紳商議設女學堂，祀禮聖。薛紹徽：「聖人之道，雖造端於夫婦，而其言非僅為婦女發也，尊之轉褻。何若祀曹大家？以宣文、韓公分東、西廡，明女教與男教異者，別乾坤之位耳。非然者，則男女之防潰矣。」又提及：「是年，滬上諸女士創《女學報》，招先妣主其事。先妣為撰一序，並〈德〉、〈言〉、〈工〉、〈容〉四頌。」此外，陳壽彭〈亡妻薛恭人傳略〉提及曾有人欲延請薛紹徽入蘇州主講女學：「蘇紳議設女學堂，託余致書恭人，欲以皋比處之，恭人為辭。」但薛紹徽推辭，薛紹徽曾作〈外子書言，有人欲延余入蘇州主講女學，走筆答之〉記此事。

最佳方案。[78]

誠如此說，由於薛紹徽深厚的國學涵養，其接觸的西學知識面相寬廣，因此西方知識與文化於她並非「中學為體，西學為用」的二分概念，而是適度地調和中西文化的優點，這就是薛紹徽規劃女學堂課程的思維，也是她往後編譯西學的一貫態度。

簡言之，薛紹徽對西學的介紹與域外世界的認識，除了倚仗傳統才女文化教養之優異譯筆，以表達她所認識的西學與西方世界外，主要透過夫婿陳壽彭的西學經驗而建構的，其次則是曾經參與夫兄陳季同發起的女學活動，擔任《女學報》主筆與女學堂教務，並與法籍妯娌共事於女學堂，這些經歷也是開啟薛紹徽認識與編譯西學的重要契機。職是，薛紹徽逐漸建立女性自我對於新知識的渴求與孺慕，誠如錢南秀所言：

> 薛氏對西學由懷疑到接納，雖不排斥富國強兵的實際考慮，更多是出於中國知識婦女對自我建構的渴望。百日維新失敗，男性變法領袖或慷慨就義，或倉皇辭廟；婦女主持的上海女學女報，仍「苦心堅守」，雖然最終「力乏難支」，女學運動畢竟為婦女的自我轉型指出方向。[79]

是以，經由對西學的認識與接觸，啟發薛紹徽做為近代知識女性

---

[78] 錢南秀：〈中典與西典：薛紹徽之駢文用事〉，程章燦編：《中國古代文學文獻學國際學術研討會論文集》，頁611。

[79] 錢南秀：〈中典與西典：薛紹徽之駢文用事〉，程章燦編：《中國古代文學文獻學國際學術研討會論文集》，頁590。

的自我轉型與建構的方向。她的高度追求便是藉由「翻譯」表達她對「域外」想像的具體實踐，以便為中國婦女建立更新穎的知識系統：

> 對於薛氏，變法並未因此結束，而是進入更為深入的階段，即求索如何借鑑各國新學，為「新民」建立知識道德架構，表現在她和壽彭合作，通過譯著向中國讀者——尤其是婦女——系統介紹西方歷史科技文化。[80]

是以，做為近代第一位女性譯者的薛紹徽，以譯介域外世界的作品，更深入地認識女性建構自我主體的渴求。因此，1900 年《八十日環游記》、1902 年《格致正軌》、1903 年《雙線記》、1906 年《外國列女傳》等四部譯著，可說是薛紹徽曾經參與西學與女學活動的衍生產物，以譯介域外知識遂行她持續啟蒙大眾與女界的作為。由此可知，薛紹徽對於西學的接受顯然非常多元，遠邁同時期的女詩人。

簡言之，薛紹徽與陳壽彭於 1898 年戊戌變法失敗後，「通過譯著，更為系統全面地介紹西方文化傳統與科技新知。」[81]可見他們乃有感於國族啟蒙進步之需，而積極投入引介域外知識的行列。

---

80 錢南秀：〈中典與西典：薛紹徽之駢文用事〉，程章燦編：《中國古代文學文獻學國際學術研討會論文集》，頁 590-591。

81 錢南秀：〈晚清女詩人薛紹徽與戊戌變法〉，陳平原、王德威、商偉編：《晚明與晚清：歷史傳承與文化創新》，頁 360。

三、對「域外」文化傳統與文明知識的想像——「翻譯」法國科幻旅行小說

薛紹徽對域外文明知識的想像，展現在她翻譯法國科幻旅行小說《八十日環游記》及科學專著《格致正軌》（已佚）上。

1889 年陳壽彭歸國攜回大量西文圖書，至遲至 1890 年薛紹徽仍自承不解西文，但好學的薛紹徽對於這批西文圖書自然相當好奇。1897 年陳壽彭攜眷居滬（上海），以賣文譯書治家計。其後，兩人合譯法國科幻小說家凡爾納《八十日環游記》（1900），頗受歡迎，重印數次，奠定薛紹徽做為近代第一位女性譯者的文學史地位。由於《格致正軌》文本已佚，無法討論，此小節僅討論大受歡迎的科幻遊記小說《八十日環游記》。

（一）對西學的好奇：雙人合譯法國凡爾納科幻旅行小說《八十日環游記》

1898 年，攜眷入甬（寧波），講中、西學於儲才學堂；1899 年，陳壽彭與薛紹徽合譯《八十日環游記》，其子陳鏘等人曾記錄父母的居家譯事：「二十五年己亥（1899 年）　三十四歲　家嚴譯《江海圖志》，夜則與先妣談外國列女事略并《八十日環游記》，先妣以筆記之。」[82]而陳壽彭也曾自述：「壬寅，余辭館，復居滬譯書，恭人賣畫，謀歸閩貲斧。入秋，恭人佐余合譯成《格致正軌》十卷、《八十日環游記》四卷，乃歸鄉

82 陳鏘、陳瑩、陳葒編：〈先妣年譜〉，薛紹徽著；林怡點校：《薛紹徽集》附錄，頁 156-157。

應試。」[83]可見 1899 年他們是在寧波期間翻譯《八十日環游記》的，隔年（1900 年）出版。

1902 年他們離開寧波，回到上海，準備返回福州家鄉，子女陳鏘等人之年譜亦提及此時的生計來源：「二十八年壬寅（1902 年）　三十七歲　家嚴辭甬上館，攜眷出滬。家嚴譯書，先妣賣畫，籌貲斧，作歸計。」[84]同年，薛紹徽也有詩作〈外子居滬，閉戶譯書，囑余作畫易薪米，戲題筆單後（四首）〉[85]記載這段夫婿譯書、自己賣畫為生的日子。可見這段稍嫌困頓的歲月，正是提供陳壽彭與薛紹徽共享閨房譯述之樂的契機，也可見陳壽彭講述／口譯與薛紹徽筆述，乃居家常見風景。

《八十日環游記》原作者儒勒・凡爾納（Jules Gabriel Verne, 1828-1905）乃法國現代科幻小說的重要開創者，有「法國近代科幻小說之父」美稱。其作品展現的知識及描述多有科學根據，許多幻想情節往往成為後來真實世界的預言。其中，1873 年出版的 *Le tour du monde en quatre-vingts jours*（《八十日環游記》）是最受歡迎的小說之一，在他生前即已銷售十萬八千冊法文本，其後改編劇本更大獲成功，收入豐厚；當時即有人親身實

---

83 陳壽彭：〈亡妻薛恭人傳略〉，薛紹徽著；林怡點校：《薛紹徽集》，無頁數。案：然陳壽彭此處提及壬寅（1902）翻譯《八十日環游記》，與該書早於 1900 年即印行初版的事實有出入，前述子女陳鏗等人所記之己亥（1899）較為準確。

84 陳鏘、陳瑩、陳莊編：〈先妣年譜〉，薛紹徽著；林怡點校：《薛紹徽集》附錄，頁 157。

85 薛紹徽著；林怡點校：《薛紹徽集・黛韻樓詩集・卷二》「壬寅」，頁 15。

踐旅行路線。[86]它的第一個中譯本便是薛紹徽和陳壽彭翻譯的，也是近代中國最早被翻譯為中文的西方科幻小說。

薛紹徽在陳壽彭的建議下，成為這部科幻小說的合譯者。陳壽彭選書的動機很可能出於滿足薛紹徽對最新科學文明與域外地理知識的好奇，他在《八十日環游記・序一》提及薛紹徽的起心動念：

> 秀玉宜人，歸余二十年，井臼餘暇，惟以經史自娛，意謂九州以外，無文字也。迺來攜之游吳越，始知舟車利用。及見汽輪電燈，又駭然欲窮其奧，覓譯本讀之，嘆曰：「今而知天地之大，學力各有所精，我向者硜硜自信，失之固矣。」乃從余求四裔史志。余以為欲讀西書，須從淺近入手，又須取足以感受者，庶易記憶，遂為述《八十日環游記》一書。[87]

由於對舟車與汽輪電燈等域外事物的好奇，薛紹徽乃急於尋覓譯本以了解西學，並快速改變之前對域外事物的輕視。因此，淺近有趣的科幻旅行小說《八十日環游記》，便成為夫妻合譯的西書首選。

然而《八十日環游記》既為科學幻想旅行小說，其所展示的

---

86 參考劉小剛：《清末民初翻譯文學中的西方形象》（杭州：浙江大學出版社，2017 年 1 月），頁 97。

87 陳壽彭：《八十日環游記・序一》，施蟄存編：《中國近代文學大系（1840-1919）：翻譯文學集二）》（上海：上海書店，1991 年 4 月），頁 5。

域外科學文明究竟有何值得稱道之處？據陳壽彭所述，此書的知識包羅萬象：

> 中括全球各海埠名目，而印度美利堅兩鐵路尤其精詳。舉凡山川風土、勝跡教門，莫不言之歷歷，且隱合天算及駕駛法程等。著者自稱，此書羅有專門學問字二萬。[88]

據此而言，此書包含風土、勝跡教門等地理知識，也有天算及駕駛法程、鐵路等科學文明，非常適合追求西學的晚清知識分子的口味；薛紹徽也認為此書的科學知識甚為豐富：

> 夫大塊三千六百軸，計窮縮地長房；測景七十有二台，力竭追日夸父。星馳電發，舟車別創南針；鑿險縋幽，道路特開方軌。陳元龍氣涵湖海，不妨賭博縱場；司馬遷文托山川，方許光陰逆旅。若福格者，天驕遺裔，島國儒生，居鄰青葉小兒，地有人言獅子，受摩醯十誡，縱橫則經緯羅胸，通臘頂一書，游覽以瀛虛布蒜，如月繞地，如星經天，蟻磨玄周，無慮鑿空博望，烏輪返舍，奚翅揮戈魯陽，游之可記，此其一也。[89]

---

88 陳壽彭：〈八十日環游記．序一〉，施蟄存編：《中國近代文學大系（1840-1919）：翻譯文學集二）》，頁 5。

89 薛紹徽：《八十日環游記．序二》，施蟄存編：《中國近代文學大系（1840-1919）：翻譯文學集二）》，頁 6。亦收錄於薛紹徽著；林怡點校：《薛紹徽集．黛韻樓文集．卷上》，頁 124-126。

可見此書盡是新奇的科技事物，而薛紹徽使用的中國典故也展示她以中學同化西學的態度，如「縮地長房」、「追日夸父」、「揮戈魯陽」等都是中國讀者熟悉的神話傳說；而南針、司馬遷等中國文化知識也眾所周知。這種「以中化西」的解讀方式，可說是薛紹徽看待域外世界及西學的普遍態度。

（二）「被隱形」的女性／譯者？——夫妻合譯的性別問題

其後，陳壽彭口譯與薛紹徽筆述的《八十日環游記》第一個中譯本於 1900 年由上海經世文社出版，共三十七回；凡爾納（Jules Gabriel Verne）的中文譯名署為「房朱力士」，編譯者署名「薛紹徽」。1906 年上海小說林社再刊，改名《寰球旅行記》，實為《八十日環游記》的翻刻本，[90]署名「房朱力士著、陳繹如翻譯」，未見薛紹徽署名。同年，湖南寶慶務本書局亦出版署名「房朱力士著、陳繹如譯」的《環球旅行記》，亦未見薛紹徽的署名。[91]三個版本的書名略有異同，今統一譯為《八十日環游記》。自 1900 至 1906 年接連再版，可知受到不少讀者歡迎。

---

[90] 施蟄存編：《中國近代文學大系（1840-1919）：翻譯文學集二）》收錄的《八十日環游記》文末註明係採用上海小說林社 1906 年 2 月版，應為上海小說林社於 1906 年出版的署名房朱力士著、陳繹如翻譯的版本。當時雖改名為《寰球旅行記》，其實是《八十日環游記》的翻刻本。

[91] 同年，尚有有正書局刊本，改三十七回為三十七節，書名為《環球旅行記》，署名雨澤譯。

然而，上述三個版本的譯者名字，僅第一個版本署名薛紹徽，第二與第三個則署名陳繹如（壽彭）譯。這種現象似乎隱含性別差異的意味，即使夫妻合譯、一口譯一筆述，且薛紹徽的筆述角色與林紓雷同，但出版社的署名策略似仍偏重「讓男性譯者被看見」，薛紹徽的筆述角色則被遮蔽了，是以薛紹徽的筆述角色正如林紓以文筆取勝，且文筆之佳讓陳壽彭自嘆不如，[92]其友人亦多所稱頌。[93]但林紓的譯本多署其名，同為筆述的薛紹徽卻在其後消失了名字，此現象可視為一種「雙重的隱形」，即譯者原本即容易被視為原作者之外的隱形中介者，其次薛紹徽的筆述角色似乎是被口譯者主導的次要作者；再者，薛紹徽本身又是容易被邊緣化的女性身分。

考察陳壽彭的序言，可略知原委：

> 宜人既聞崖略，急筆記之，久而成帙。笑曰：「是記文脈開合起伏，辭旨曲折變幻，與中文實相表裡。且不務纖巧，不病空疏，吾不敢以說部視之。」雖然，宜人一婦人耳，遽舍所學而從我，其願雖奢，其志良可喜，爰取其稿，略加刪潤，間有意義難明者，並繫以注，至注無可

92 陳壽彭：〈亡妻薛恭人傳略〉：「己丑，余歸鄉應試，雖僥倖忝列副車，自視所作古文字弗若恭人遠甚，乃求舊籍讀之，期有補我不足。而恭人亦猛力攻苦，弗少讓。余剛得尺，恭人且越尋丈矣。」見薛紹徽著；林怡點校：《薛紹徽集》，無頁數。

93 陳壽彭：〈亡妻薛恭人傳略〉：「丁酉，余始攜之居滬上，偶以恭人文示儕輩，咸驚嘆弗置。吾鄉林訪西觀察，通州范肯堂先生嘗謂余曰：『尊閫微特為君畏友，吾輩見其文，且敬而畏焉。』。」見薛紹徽著；林怡點校：《薛紹徽集》，無頁數。

注，故付缺如。觸類會心，是在閱者。[94]

由此可知，薛紹徽對這部科幻小說之不務纖巧與不病空疏，顯然是肯定的。而陳壽彭雖為口譯者，也同時扮演薛紹徽筆述文稿的潤稿者與加注者。薛紹徽的自序亦頗見自謙：

逸儒夫子，窮經卅載，游屐半環。扶桑東經，佛蘭西渡。薄六百餘部經典，收圖籍於舊裝；運三十六國語言，入淋灕之健筆。獨以此雕蟲小技，鄙而不為；挽鹿餘閒，言之有味。紹徽文慚香茗，頌乏椒花，生長閨闈，未知里閈。伴賃舂於廡下，耕後鋤前；隨游學於遐方，唱予和汝。客窗闌月，綺閣涼燈，耳提面命，展紙濡毫，如聆海客奇談，詮寫寰瀛稗乘。歷年僅半，閱月者五，劃然脫稿，裒然成帙。逸儒又從潤色之，箋注之，而原書之精華奧窔，於是乎著。[95]

薛紹徽提及陳壽彭深厚的學經歷與涵養，卻視通俗小說為小道而不十分熱心於此，然而薛紹徽卻認為此書「以驚心駭目之談，通格物致知之理」[96]，可見她對於小說呈現的科學知識甚為肯定。

94　陳壽彭：《八十日環游記・序一〉，施蟄存編：《中國近代文學大系（1840-1919）：翻譯文學集二）》，頁 5。

95　薛紹徽：《八十日環游記・序二》，施蟄存編：《中國近代文學大系（1840-1919）：翻譯文學集二）》，頁 7。案：原引文之「窮經世載」疑為「窮經卅載」之誤；「褎然成帙」疑為「裒然成帙」之誤。

96　薛紹徽：《八十日環游記・序二》，施蟄存編：《中國近代文學大系其後即以陳壽彭口譯而薛紹徽筆述的模式完成譯稿，再經陳壽彭潤色與箋注而成書。是以，陳壽彭做為男性譯者的主導性確實高過薛紹徽這一女性譯者（筆述者）的從屬角色，這或許也是其後版本署名皆「修正」為陳繹如（壽彭）之故。

是以，當夫妻的私密關係與翻譯工作結合，可以想見精通外文的陳壽彭應該會是這個翻譯組合的主導者，不只選書也擔任主導的口譯工作，而精通古文的薛紹徽理應為配合陳壽彭口譯的忠實筆錄者。是以，薛紹徽的女性與譯者的雙重身分，顯示她的女性譯者聲音很可能是從屬的：

> 以男性為中心的文化機制規定了女性在人類社會中的從屬身分。在翻譯活動中，譯者和原作者的關係也一直用「忠實」、「信」的倫理標準在言說。「在歷史上，譯者和女性在他們各自的等級秩序上都居於弱者地位：譯者是作者的侍女，女性則比男性低下」（Simon, 1996:1）。女性和譯者被邊緣化的處境，讓女譯者更是處於被雙重貶抑之中，她們的譯作，她們的聲音很容易被男性書寫的歷史所淹沒。[97]

是以，薛紹徽與陳壽彭的合譯，確實容易淹沒在男性中心的父權文化中。這種雙重的隱形現象，不僅是對譯者的不夠尊重，也反

(1840-1919)：翻譯文學集二)》，頁6。

[97] 羅列：〈女翻譯家薛紹徽與《八十日環游記》中女性形象的重構〉，《外國語言文學》（季刊），2008年第4期（總98期），2008年12月。

映女性譯者容易被雙重邊緣化的事實。

簡言之，薛紹徽對域外想像的具體實踐在於夫妻合譯西書，且建立陳壽彭口譯／薛紹徽筆述的「林（紓）譯」雙人合作模式，且將夫妻關係帶進這種特別的翻譯活動裡（如林紓將朋友關係帶進譯事中）。然而夫妻合譯模式中的性別強弱問題又遠較林紓與朋友的關係更加複雜。就精通外文而言，薛紹徽弱勢；就古文文筆而言，薛紹徽強勢，是以她和陳壽彭的合譯關係既弱勢又強勢，頗堪玩味。[98]其次，由於薛紹徽的知識水平與古文涵養相當優異，做為筆述者的她既是丈夫陳壽彭的口譯協助者，同時也是陳壽彭的「競爭者」，薛紹徽有時並非只是單純的口譯抄錄者，她也有自己的堅持，因此夫妻合譯的關係中也有「協助者」與「競爭者」的關係，[99]尤其在其後兩部合譯編著的專書（《雙線記》、《外國列女傳》）中，他們會有更多歧見的討論（參見第四、五節）。此外，傳統才女的婚配裡幾乎未見夫妻共同翻譯西書者，是以這項創舉之於明清以來的女性文學算是開展相當別致的視野。

---

[98] 合譯者的弱勢與強勢，參考單德興：〈重估林紓的文學翻譯——以《海外軒渠錄》為例〉，《翻譯與脈絡》（臺北：書林出版社，2009 年 9 月），頁 73。

[99] 「協助者」與「競爭者」的關係，參考邱漢平：〈在班雅明與德勒茲之間思考翻譯——以清末民初林紓及薛紹徽的文學翻譯活動為引子〉，《英美文學評論》第 25 期，2014 年 12 月，頁 21-22。

（三）對西學的傳達與啟蒙的理想化：薛紹徽譯筆的忠實與誤譯問題

薛紹徽與陳壽彭的中譯本所選取的原文版本，並非法文原版，而是轉譯的英譯本。陳壽彭在中譯本〈序〉提及採用「英人興地家桃爾、鄧浮士二人」[100]的英譯本，然並未說明確切的出版年代。究其實，「英人輿地家桃爾」實為美國律師、政治家和作家桃爾 George Makepeace Towle（1841-1893，簡寫 G. M. Towel，今譯陶爾），最知名的作品便是與鄧浮士（N. D'Anvers，今譯安佛思）合譯的凡爾納《八十日環游記》（*Around the World in Eighty Days*，今譯《環遊世界八十天》）英譯本，[101]共 37 回，於 1873 年 7 月出版，僅晚於法文原版 5 個月左右；很快又重印。[102]然據研究指出，這個英譯本的品質

---

100 陳壽彭：《八十日環游記・序一》，施蟄存編：《中國近代文學大系（1840-1919）：翻譯文學集二）》，頁 5。

101 此書年代久遠，遍查臺灣的圖書館，皆無所獲；然有電子版可供參閱：http://jv.gilead.org.il/pg/80day/（2019 年 1 月 19 日查詢）。

102 薛紹徽與陳壽彭採用的是陶爾（G. M. Towel）和安佛思（N. D'Anvers）於 1873 年出版的英譯本。根據卓加真《「屠龍技」或「雕龍技」？——清末民初女性譯者研究》（臺灣師範大學翻譯研究所博士論文，2011 年；英文撰寫）第二章提及此書第一個英譯本初版於 1873 年，僅晚於法文原版五個月左右（p.54）；邱漢平〈在班雅明與德勒茲之間思考翻譯——以清末民初林紓及薛紹徽的文學翻譯活動為引子〉（《英美文學評論》第 25 期，2014 年 12 月，頁 6）則指出他們根據的是陶爾（G. M. Towel）和安佛思（N. D'Anvers）於 1906 年出版的英譯本。綜上所述，薛紹徽與陳壽彭合譯的《八十日環游記》早於 1900 年即出版，不可能使用 1906 年英譯本做為翻譯的根據，因此採用 1873 年出版的英譯本較為合理。

不佳，省略或漏譯之處甚多，雖然此書其他大部分英譯本的水平也只有中等而已，且這些英譯本會更動內容與架構以便取悅讀者，甚至放任某些攻擊大英帝國尊嚴的段落出現在英譯本中，這種狀況在 Towle（陶爾）這個英譯本也有。[103]

而陳壽彭和薛紹徽乃據此英譯本翻譯這部法文小說的中文版，書名譯為《八十日環游記》，也是三十七回，每回標題及內容大致與英譯本相仿，較完整地保留原英譯本的面貌，然內容也有不少改寫或誤譯，頗符合當時盛行的「意譯」。[104]由於他們選擇這部評價不高的英譯本做為翻譯的原文，甚至也不清楚譯者的真實背景，這些重要的疏忽，就如今嚴謹的學術角度言之，確實不利於衡定他們的翻譯價值。然而，回到晚清的語境而言，似無可厚非：

> 在當時，小說猶被視為小道，不值得研究，因此不重視版本問題，遑論外國文學作品版本的這種「涉外」「小道」了。再者，當時出國留學者多為清廷派出，目的在於學習

---

103 參考卓加真《「屠龍技」或「雕龍技」？——清末民初女性譯者研究》（臺灣師範大學翻譯研究所博士論文，2011 年）第二章對於凡爾納小說之英譯本的討論，p.54-55。

104 羅列〈女翻譯家薛紹徽與《八十日環游記》中女性形象的重構〉（《外國語言文學》（季刊），2008 年第 4 期（總 98 期），2008 年 12 月）指出郭延禮稱陳壽彭與薛紹徽這個最早的中譯本「相當忠實於原文」、「幾乎沒有刪節和隨意的增添」的說法，值得再商榷，仔細比對英譯本與中譯本，發現並非如此。劉小剛《清末民初的翻譯文學中的西方形象》（杭州：浙江大學出版社，2017 年 1 月，頁 100）也提出類似意見。

> 富國強兵之道，文學固有潛移默化之功，但在這些亟亟於救亡圖存的有志之士眼中，效果可能不如其所學的專長更直接、顯著。然而，出國之人既為知識分子中的菁英，有人在正事之餘從事自身的文學興趣，也是可以理解的。但若說對於文學，尤其涉及版本這種學術，有任何「鑽研」，則屬奢言。由於他們對原著相關資料的輕忽，以致後人有時甚至連原作者及書名都難以確定。[105]

是以，他們選擇這部法文小說的英譯本，緣於當時語境下對於救國之實際需要，至於版本與作者等學術課題自然並非首要之務。其次，陳壽彭做為晚清曾被派至英國留學的知識菁英，可能較為熟悉英文；再者，凡爾納這部法文小說的主場景設定在英國倫敦，合理推測容易使當時晚清的譯者「誤以為這部小說是英國的作品」，而忽略它原本是法文小說的事實。綜言之，之所以選擇英譯本而非直接採取法文本，與時代語境有關。

1、「忠實」的中介者？——「以中化西」的譯筆

雖然小說的英譯本評價並不高，但就薛紹徽與陳壽彭依英譯本翻譯的中文本而言，大致上算是忠實地完成「中介者」的譯者角色，[106]同時也展現「以中化西」的文言譯筆，可見薛紹徽的

---

105 單德興：〈重估林紓的文學翻譯——以《海外軒渠錄》為例〉，《翻譯與脈絡》，頁 73。

106 單德興〈譯者的角色〉提到四種譯者角色，第一種是中介者、介入者、操控者；第二種是背叛者、顛覆者、揭露者／掩蓋者、能動者／反間者；第三種是重置者與取代者；第四種是脈絡化者、雙重脈絡化者的角色。（《翻譯與脈絡》，頁 21-27。）

譯筆值得探討。

首先，這部小說的法文版、英文版、中文版等三種版本皆為 37 章（回）；然而內容未必全然一致。以下就第一章（回）標題與前三段內容為例加以討論。

以第一章標題而言，法文版標題：「Dans Lequel Phileas Fogg Et Passepartout S’acceptent Reciproquement L’un Comme Maitre, L’autre Comme Domestique」，英譯本標題：「In which Phileas Fogg and Passepartout accept each other, the one as master, the other as man」（白話直譯：「非利士・福格和巴斯怕透得彼此接受，一個是主人，另一個是男（僕）人」），英譯本對法文原版的翻譯大致忠實。薛紹徽依英譯本筆述的第一回回目如下：「引子開篇談福格，健樸入侍得阿榮」，也算忠實地擔任異文化的溝通者角色；其中「阿榮」即原標題中「Passepartout / Passepartout」的名字「Jean」的中文譯名。比較特別的是，薛紹徽筆述的章節標題以傳統章回小說的對句形式呈現，且是她深厚國學涵養下一貫「以中化西」的譯筆。薛紹徽的做法可說是相當程度的「介入者」或「操控者」，使譯文大致忠實於原英譯本。職是，薛紹徽的譯筆彰顯她做為譯者的自我再現。[107]

其次，對照法文原版、英譯本、中譯本第一回開篇的內容，法文原版前三段，在英譯本被合為一段，中譯本依此也合為同一段。法文原版第一段：「En l’année 1872, la maison portant le numéro 7 de Saville-row, Burlington Gardens – maison dans laquelle

[107] 譯者角色的變化，參考單德興：〈譯者的角色〉，《翻譯與脈絡》，頁 21。

Sheridan mourut en 1814 –, était habitée par Phileas Fogg, esq., l'un des membres les plus singuliers et les plus remarqués du Reform-Club de Londres, bien qu'il semblât prendre à tâche de ne rien faire qui pût attirer l'attention.」、第二段：「A l'un des plus grands orateurs qui honorent l'Angleterre, succédait donc ce Phileas Fogg, personnage énigmatique, dont on ne savait rien, sinon que c'était un fort galant homme et l'un des plus beaux gentlemen de la haute société anglaise.」、第三段：「On disait qu'il ressemblait à Byron – par la tête, car il était irréprochable quant aux pieds moustaches et à favoris, un Byron impassible, qui aurait vécu mille ans sans vieillir.」[108]英譯本將上述三段合為一段：「Mr. Phileas Fogg lived, in 1872, at No. 7, Saville Row, Burlington Gardens, the house in which Sheridan died in 1814. He was one of the most noticeable members of the Reform Club, though he seemed always to avoid attracting attention; an enigmatical personage, about whom little was known, except that he was a polished man of the world. People said that he resembled Byron – at least that his head was Byronic; but he was a bearded, tranquil Byron, who might live on a thousand years without growing old.」[109]薛紹徽依英譯本翻譯如下：「一千八百

[108] 以上三段皆出自儒勒・凡爾納 (Jules Verne), *Le tour du monde en quatre-vingts jours* (八十日環游世界) (Paris: Pierre-Jules Hetzel, 1873) 第一章（免費公版電子書 https://www.amazon.cn/dp/B00A72VT0G，2020 年 9 月 4 日查詢）。

[109] 儒勒・凡爾納（Jules Gabriel Verne）著；陶爾（G. M. Towel）和安佛思（N. D'Anvers）譯：*Around the World in Eighty Days*，電子版：

七十二年（同治壬申），有非利士（名）福格（姓）者，居于擺林花園沙菲爾路（在倫敦城內）第七號門牌。是屋，乃一千八百十四年（嘉慶甲戌），許兒母利登（福格先代祖父之名）所遺。許兒母利登，為當時新黨名人之一，常自遜抑，以避吸力之大，而時望所歸，有識者咸欽仰之，誠濁世一守禮君子也。論者譬之卑母郎（英之詩人，有世爵者），其貌與鬢，亦與卑母郎相彷彿，故咸謂為卑母郎，迄今未老云。」[110]以上三種語文的內容不大一致。

就薛紹徽典雅而精練的文言譯筆而言，特點之一是明顯地將英國文化「中國化」地處理，如兩處西元年代的譯文後皆加注清代紀年，在晚清的諸多同類中譯本往往出現此類不合英語情境的參照物，這種「對中國文化參照的傳播」[111]方式有助於中國讀者的理解。二是以括弧方式解釋英國地名與文學家背景，如「卑母郎」後加註「（英之詩人，有世爵者）」即是；「卑母郎」即英國浪漫主義詩人拜倫（George Gordon Byron, 1788-1824），人稱「拜倫勳爵」（Lord Byron）。職是，無論是將異文化「中國化」地處理或是加註介紹異文化的背景知識，顯然譯者薛紹徽有意藉由「中西會通」的模式，轉化地啟蒙或教育中國讀者，冀透過其譯筆認識域外文學及文化，而「這類翻譯往往發生於啟蒙初期或資訊相對欠缺的年代，在一般人不易取得相關資訊的情況

---

http://jv.gilead.org.il/pg/80day/01.html/（2019 年 1 月 19 日查詢）。

[110] 房朱力士著；陳繹如譯：《八十日環游記》，收錄於施蟄存編：《中國近代文學大系（1840-1919）：翻譯文學集二）》，頁 10。

[111] 韓南（Patrick Hanan）著；徐俠譯：〈論第一部漢譯小說〉，《中國近代小說的興起》（上海：上海世紀出版公司，2010 年 12 月），頁 107。

下，譯者的使命感或教育的意願駸駸然有凌駕之勢。」[112]是以，譯者薛紹徽的再現策略可說符應晚清當時社會文化的脈絡，即啟蒙與教育的必要。是以，薛紹徽的譯筆具備基本的溝通異文化的中介者角色，同時也以其積極介入的態度，再現譯者自我。

2、出於啓蒙的「理想化」譯筆：誤譯之必要？

前述三種語文的內容未必完全相同，以下依法文原版三段內容為序，探討譯筆忠實與否的問題。大致而言，英譯本對法文原本的翻譯有誤譯或漏譯之處，評價不高。而中譯本對英譯本的翻譯並未偏離太多，而正面評價多出自薛紹徽優異的文筆；然細讀之，也有部分翻譯並未完全忠於英譯本。

以法文原版第一段後半文字為例：「l'un des membres les plus singuliers et les plus remarqués du Reform-Club de Londres, bien qu'il semblât prendre à tâche de ne rien faire qui pût attirer l'attention.」（直譯：「他是倫敦改革俱樂部最獨特最引人注目的成員之一，儘管他似乎盡量不做任何可能引起注意的事情」）、英譯版：「He was one of the most noticeable members of the Reform Club, though he seemed always to avoid attracting attention;」（直譯：「他是改革俱樂部最引人注目的成員之一，儘管他似乎總是避免引起注意」），英譯本對法文版的翻譯尚稱忠實。而薛紹徽的中譯：「許兒母利登，為當時新黨名人之一，常自遜抑，以避吸力之大。」則較值得商榷。首先，他們誤以為此句的主詞是指男主角福格的先祖「許兒母利登」的樣貌，其實是對男主角福格的描述，這種誤譯很可能由於英文文法不熟悉。

[112] 單德興：〈譯者的角色〉，《翻譯與脈絡》，頁23。

其次，他們將「avoid attracting attention」（避免引起注意）譯為「常自遜抑，以避吸力之大」，譯文自動增加原法文及英文版沒有的「常自遜抑」以補充說明人物的性格，積極展現譯者積極介入譯文的權威；同時他們將「attracting attention」誤譯為「吸力之大」，似乎不明就裡，未能掌握真正意涵。這種誤譯，正是「背叛者」、「顛覆者」譯者的典型表現。

其次，法文版第二段：「A l'un des plus grands orateurs qui honorent l'Angleterre, succédait donc ce Phileas Fogg, personnage énigmatique, dont on ne savait rien, sinon que c'était un fort galant homme et l'un des plus beaux gentlemen de la haute société anglaise.」（直譯：「致敬一位榮耀英格蘭的最偉大的演說家，他成功實現了福格（Phileas Fogg）這個神秘人物，除了他是一個非常勇敢的人和上流社會最美麗的紳士之一外，我們一無所知」）、英譯本：「an enigmatical personage, about whom little was known, except that he was a polished man of the world.」（直譯：「一個神秘的人物，除了他是世界上最優雅的人之外，鮮為人知。」）英譯本直接省略／漏譯法文原版前面這句話：「A l'un des plus grands orateurs qui honorent l'Angleterre, succédait donc ce Phileas Fogg, personnage énigmatique」，只翻譯後半句；但就譯筆的忠實而言，並未偏離太多。但薛紹徽循此英譯本省略／漏譯的狀況而中譯如下：「而時望所歸，有識者咸欽仰之，誠濁世一守禮君子也。」薛紹徽的譯筆確實也有值得商榷的問題，即在法文原本與英譯本中優雅的、鮮為人知的神祕人物，卻在中譯本變成時人仰望、識者敬佩的守禮君子，中譯本明顯誤譯原意。但就譯者的角色及意圖而言，薛紹徽的翻譯其實帶有譯作者主觀的期望視野，因此有意的違逆與改寫便產生了：

> 這一改寫受到主流話語的影響，翻譯科學小說的目的是啟蒙，而承擔啟蒙任務的主人公如果不為人所知，如何能讓譯文接受者信服，並進而達到傳播知識的目的？因此，福格的形象被賦予了感召力和與威望度。[113]

可能由於譯作者出於啟蒙與救國使命的需要而刻意將男主角福格的形象理想化。這種刻意將自己的見解置入文本中的作法，使譯者角色展現「重置者」與「取代者」[114]的特色，甚至達到重新「脈絡化者」[115]的地步，主動將原意移轉至譯者基於啟蒙之必要所要塑造的新的文化脈絡中，藉此以達成翻譯小說所承擔的啟蒙與教化任務。

再者，原法文版第三段：「On disait qu'il ressemblait à Byron – par la tête, car il était irréprochable quant aux pieds –, mais un Byron à moustaches et à favoris, un Byron impassible, qui aurait vécu mille ans sans vieillir.」（直譯：「據說他長得像拜倫——就是頭（面貌）像而已，至於他的腳可就無可挑剔，他是一個兩頰和嘴上有鬍子的拜倫，比較冷漠的拜倫，就算活一千年也不會變樣。」）英譯本：「People said that he resembled Byron – at least that his head was Byronic; but he was a bearded, tranquil Byron, who might live on a thousand years without growing old.」（直譯：「人

---

[113] 劉小剛：《清末民初翻譯文學中的西方形象》，頁 106。

[114] 譯者角色，參考單德興：〈譯者的角色〉，《翻譯與脈絡》，頁 25。

[115] 譯者角色，參考單德興：〈譯者的角色〉，《翻譯與脈絡》，頁 26。

們說他很像拜倫——至少他的頭（面貌）是拜倫式的；但他是一個大鬍子、安靜的拜倫，可能活一千年而不會變老。」）對照法文原文，凡爾納似有意取笑卑母郎（拜倫）的跛足，但英譯本完全忽略／漏譯這令人困窘的句子：「car il était irréprochable quant aux pieds –,」但其他句子的翻譯大致與原法文版差不多。[116]而薛紹徽則依此英譯本中譯如下：「論者譬之卑母郎（英之詩人，有世爵者），其貌與鬚，亦與卑母郎相彷彿，故咸謂為卑母郎，迄今未老云。」亦有誤譯現象，將英譯本中的「his head was Byronic」與「but he was a bearded」合併並簡化為「其貌與鬚，亦與卑母郎相彷彿」，其實原文是指男主角福格長得像美貌的卑母郎（拜倫），但他有鬍子，而卑母郎（拜倫）並無鬍子。簡言之，此處中譯明顯誤譯英譯本的意思，而英譯本原本即漏譯法文原本要表達的取笑之意。是以，透過英譯本轉譯這本法國小說，確實有不少問題。

職是，薛紹徽和陳壽彭透過英譯本轉譯法國科幻小說，可說是雙重誤譯。這和當時域外知識傳播管道不夠通暢有關，所以他們「隨意」選擇英譯本而非法文原本；其次，曾留英的陳壽彭對英國文學的掌握有一定的局限。然而，就筆述者薛紹徽的譯筆而言，文字相當精練，顯示其古文涵養深厚。只能說這種大而化之的不精確翻譯，就是大部分晚清翻譯小說的特色。

然而，翻譯精確本來就不容易，翻譯「有其可譯性與不可譯性，也有其衍義／衍異性，既要在可能範圍內致力於忠實，也要

116 卓加真《「屠龍技」或「雕龍技」？——清末民初女性譯者研究》（臺灣師範大學翻譯研究所博士論文，2011 年）第二章對於凡爾納小說英譯本的討論 p.55 也有提到這點。

將翻譯予以脈絡化，從文化生產與歷史脈絡的角度加以深入觀察，剖析其中可能蘊含的多重意義。」[117]以今日標準言之已屬不易，何況百餘年前的晚清。其次，涉及口譯與筆述者的雙人合譯比獨立翻譯更加困難而複雜，尚須考量兩人的文學品味與中外文程度等問題。再者，雙人合作的翻譯可能較為倉促，[118]口譯的時間與筆述的速度，往往遠高於一般獨立翻譯，出錯機率自然較高。[119]

綜言之，無論是有意或無意的誤譯，中譯本之於英譯本（英譯本之於法文原本也是）明顯存在若干意義上的斷裂與誤解，由此可窺見陳壽彭與薛紹徽的譯本「以中化西」的風格及薛紹徽在譯筆的斷裂與誤解處所「想像」的域外世界，往往出自於啟蒙與救國使命之必要而產生理想化的譯筆。

---

117 單德興：〈重估林紓的文學翻譯——以《海外軒渠錄》為例〉，《翻譯與脈絡》，頁 107。

118 薛紹徽《八十日環游記・序二》：「歷年僅半，閱月者五，劃然脫稿，裒然成帙。」（施蟄存編：《中國近代文學大系（1840-1919）：翻譯文學集二）》，頁 7），僅五個月即已翻譯完成。下一部《雙線記》的翻譯時間更倉促：「壬寅七月，……余笑而問之，則以《雙線記》對。……十月既望，是書告成矣。」（薛紹徽：《雙線記・序》，英儒厄冷（Ellen Thorneycroft Fowler）著；逸儒口譯、秀玉筆述：《雙線記》（*A Double Thread*），頁一上）約僅三個月左右。

119 參考單德興：〈重估林紓的文學翻譯——以《海外軒渠錄》為例〉，《翻譯與脈絡》，頁 108-109。

（四）「纖趺菡萏尤妍妙」：對於「小腳」的世界性想像

再者，小說的中譯與英譯本之斷裂處，還能看到薛紹徽對於女性身體議題的看法。如第十四章形容女主角阿黛（Aouda）的美貌，引用詩王侑加符狎打爾（the poet-king, Ucaf Uddaul）對亞麥那加毋拉皇后（the queen of Ahmehnagara）讚美的詩作，其中一句值得注意：「Her delicately formed ears, her vermilion hands, her little feet, curved and tender as the lotus-bud.」（直譯：「在她那精緻的雙耳上，在她紅潤的雙手上，在她那雙曲而像蓮芽一樣柔嫩的小腳上」）[120]，中譯本譯為：「耳容聰穎手渥丹，纖趺菡萏尤妍妙（西國婦女雖不裹足，而貴家妝束亦鞋底高蹻鞋頭束削以為輕雅。此詩竟以菡萏為比，則印度之俗亦復爾爾然。錙尺裁量之習，奚怪於中國哉）。」[121]薛紹徽以典雅的古文呈現皇后美貌，並於第二句描寫足部之美的詩句後加註看法。對照薛紹徽同時期（1898）的〈覆沈女士書〉對纏足的觀點，正好可藉此理解「纖趺菡萏尤妍妙」這句譯文之註腳的內涵。

〈覆沈女士書〉緣起薛紹徽擔任《女學報》主筆時的一封讀者投書，薛氏的回應展示她對中國纏足與西方束腰等類似的女性惡俗的辯證態度。首先她指出：「夫所謂纏足非古者，非

---

[120] 儒勒・凡爾納（Jules Gabriel Verne）著；陶爾（G. M. Towel）和安佛思（N. D'Anvers）譯：*Around the World in Eighty Days*，電子版：http://jv.gilead.org.il/pg/80day/14.html（2019 年 1 月 20 日查詢）。

[121] 房朱力士著；陳繹如譯：《八十日環游記》，施蟄存編：《中國近代文學大系（1840-1919）：翻譯文學集二）》，頁 54。

也。……又所謂纏足為亡國遺制者，亦非也。」[122]她從歷史脈絡爬梳纏足的相關歷史，進而破除晚清關於纏足的兩個刻板印象，其一是她認為纏足具有長遠的歷史，與亡國無關；其二是中國纏足與西方束腰、東瀛黑齒相互比較，並無優劣之分：

> 彼異端之女與邪說之徒，胡不思西國細腰是好，餓死幾希；東瀛黑齒猶存，養生奚礙乎？有舉莫廢，免俗未能。如纏足者，雖異截鶴以續鳧，無殊削趾以適履。且雙鉤蓮瓣，縱教細小可憐；而幾寸弓彎，誠見踽跚不進。升沉嗜好，似別鹹酸。宛轉時趨，各隨妝束。是纏之固屬無妨，即不纏亦何不可耶！如謂既纏者俱宜一齊放卻，換骨無丹，斷頭莫續。必欲矯情鎮物，勢成非馬非驢，安能易俗移風？轉作不衫不履。[123]

薛紹徽很明確地指出西國細腰與東瀛黑齒都是該國特殊的女性審美觀念與風俗，無關國運，中國女子的纏足亦應作如是觀。可見薛氏已有相當開通的世界觀，懂得通過並時的西方文化以對比中國文化的特色。因此，中國纏足是審美文化的表現，纏與不纏實為個人之身體自由，與易俗移風或家國大事實無太大關係。薛紹徽此說對於當時流行的纏足禍國說形成反撥作用。她又進一步說明無需過度關注女性纏足與否，而應關注她們的精神內涵：「嗚

---

[122] 薛紹徽：〈覆沈女士書〉，薛紹徽著；林怡點校：《薛紹徽集‧黛韻樓文集‧卷下》，頁 144。

[123] 薛紹徽：〈覆沈女士書〉，薛紹徽著；林怡點校：《薛紹徽集‧黛韻樓文集‧卷下》，頁 144-145。

呼！淑德以有閑為貴，須知女子有行，立言與義理相關，莫作小人下達。」[124]此說顛覆一般晚清主流論述對女子纏足的負面觀感，反而向上提升並超越一般的纏足論述，直陳主流社會應當關注女性的精神內涵與知識水平，而非身體纏足與否。[125]簡言之，既顛覆又超越。

再回到薛紹徽對「纖趺菡萏尤妍妙」這句譯文的註解，可見薛紹徽明白域外女子雖無中國纏足的習俗，但也一樣崇尚小腳柔弱之美，並指出貴婦人多以「鞋底高蹻、鞋頭束削」（即「高跟鞋」）為輕雅。又由原詩以「lotus-bud」（蓮芽）譬喻女子小腳之彎曲與柔弱，可知「鈿尺裁量」[126]之習並非中國獨有，西俗之「高跟鞋」未必更進步或人道，不必以中國之纏足為怪。然英譯本使用「lotus-bud」（蓮芽）和中國纏足文化使用「金蓮」（菡萏）美稱小腳，卻高度雷同，是以薛紹徽以「纖趺菡萏」譯之，益發典雅。由此註腳可知薛紹徽思考中國女子纏足的問題具有世界性眼光，以理性進行獨立判斷，而非完全以男性知識分子所建構的主流（纏足即禍水）觀點為依歸。

綜合前述，薛紹徽與陳壽彭翻譯《八十日環游記》，主要出自於對啟蒙與教化的需要，而採取理想化的、「以中化西」的譯

---

124 薛紹徽：〈覆沈女士書〉，薛紹徽著；林怡點校：《薛紹徽集・黛韻樓文集・卷下》，頁 145。

125 參考高彥頤（Dorothy Ko）；苗延威譯：《纏足：金蓮崇拜盛極而衰的演變》（臺北：左岸文化公司，2007 年 5 月）第二章「被掀露的身體：放足運動的實行，一九〇〇至一九三〇年代」所述。

126 「鈿尺裁量」出自唐詩人杜牧〈詠襪〉：「鈿尺裁量減四分，纖纖玉筍裹輕雲。」刻畫婦女用布帶纏足的實況，也讚美女子的纖足。

筆，以消彌中國讀者對西籍的陌生感。是以，就翻譯的精確而言，確實展現了晚清意譯的特色，甚至轉譯自英譯本而非法文原版。然而這樣的翻譯未必符合真正嚴格定義下的翻譯，「若按班雅明在〈譯者的天職〉裡的觀點，其實口述者已完成翻譯的程序，相較於譯者在原文與譯文之間突然領悟如何克服語言間的異質性（foreignness），再將領悟（enlightenment）轉為譯文，林紓與薛紹徽筆錄、整理、美化文字，可說絲毫沾不上翻譯的邊。」[127] 而晚清的西書中譯畢竟有其特定的時代背景，以意譯為主且近乎改寫的模式正是當時的翻譯常態。是以，薛紹徽做為近代第一位女性譯者，其譯者的意義必需回到她身處的時代脈絡，方能理解她的獨特價值。

四、對「外國《紅樓夢》」的「中國式」想像——「翻譯」英國女作家的言情小說

薛紹徽不止展現她對科學幻想小說的興趣（及科學知識的求知欲），也對西方言情小說好奇，具體的實踐即是翻譯英國女作家厄冷《雙線記》（又作《淡紅金剛鑽》）。這部言情小說的翻譯，可說是見證了薛紹徽之前參與女學堂與《女學報》的女學經歷，由此觀看薛紹徽翻譯這部英國女作家的言情小說，饒富意味。

1903 年，薛紹徽與陳壽彭出版譯自英國女作家厄冷（Ellen

[127] 邱漢平：〈在班雅明與德勒茲之間思考翻譯——以清末民初林紓及薛紹徽的文學翻譯活動為引子〉，《英美文學評論》第 25 期，2014 年 12 月，頁 5-6。

Thorneycroft Fowler）的《雙線記》（*A Double Thread*）。這部翻譯言情小說與之前合譯的科幻小說一樣，皆屬晚清當時受讀者歡迎的文類。可見陳壽彭有意選擇非科學的流行文本，意在開拓薛紹徽對域外世界的認識與想像。然而這部英國小說（及譯作）卻被喻為「外國《紅樓夢》」，藉以抬高其價值；而薛紹徽的譯筆較諸前一部《八十日環游記》更加中國化，甚至直接改變原文的表達模式。

（一）偶遇「維多利亞《紅樓夢》」[128]：翻譯英國女作家厄冷言情小說《雙線記》

1902 年，薛紹徽隨陳壽彭寄居上海時，合譯英儒厄冷（Ellen Thorneycroft Fowler, 1860-1929）《雙線記》（*A Double Thread*），陳壽彭書序稱此書「又名《淡紅金剛鑽記》」[129]；中譯本於 1903 年由上海中外日報館出版。

原著作者英儒厄冷（Ellen Thorneycroft Fowler, 1860-1929，今譯艾倫・福勒）為 19 世紀英國維多利亞時代（1837-1901）的女性言情小說家和兒童文學作家，一生出版多部小說，在當時頗受歡迎。1899 年出版的《雙線記》（*A Double Thread*）講述英國貴族少女厄爾符利打・夏蘭（Elfrida Harland）與男友則克・

[128] 借用潘少瑜〈維多利亞《紅樓夢》——晚清翻譯小說《紅淚影》的文學系譜與文化譯寫〉（《臺大中文學報》第 39 期，2012 年 12 月）標題。

[129] 陳壽彭：《雙線記・敘》，英儒厄冷（Ellen Thorneycroft Fowler）著；逸儒口譯、秀玉筆述：《雙線記》（*A Double Thread*）（上海：中外日報館，1903 年），頁一上。

李麥齊（Jack Le Mesurier）的愛情故事，由陳壽彭《雙線記・敘》可知此書當時在倫敦出版後，十分受歡迎：「聞是書剞劂成時五日內，倫敦一城銷售二萬餘部，遠道信電爭購及販運分售且不計，是其有得於人心者。」[130]如同其他晚清時期被翻譯成中文的其他維多利亞時期言情小說一樣，此書隨著大英帝國在全球的殖民地逐漸擴散至各國（晚清許多域外翻譯言情小說多來自於英國）。[131]

1、「接受中的誤解」：偶得贈書、夫妻對言情小說看法歧異

然而此書如今似乎並未被重視，這也反映晚清翻譯小說往往隨意選譯域外作品，未必能真正掌握它們的典範價值，此即陳平原所說的「接受中的誤解」[132]，此現象在晚清很普遍：

> 小說的翻譯和論者的推薦，跟廣大讀者的欣然接受並不總是同步進行，有時候甚至是風馬牛不相及。外國作家在中國的聲譽以及小說譯本的出版，取決於許多偶然因素，跟其自身藝術價值實在關係不是太大。[133]

---

130 陳壽彭：《雙線記・敘》，英儒厄冷（Ellen Thorneycroft Fowler）著；逸儒口譯、秀玉筆述：《雙線記》（*A Double Thread*），頁一上。

131 潘少瑜：〈維多利亞《紅樓夢》——晚清翻譯小說《紅淚影》的文學系譜與文化譯寫〉，《臺大中文學報》第 39 期，2012 年 12 月。

132 陳平原：〈第二章　域外小說的刺激與啟迪〉，《中國現代小說的起點——清末民初小說研究》（北京：北京大學出版社，2005 年 9 月），頁 54。

133 陳平原：〈第二章　域外小說的刺激與啟迪〉，《中國現代小說的起點——清末民初小說研究》，頁 54。

此書的翻譯也是出於偶然，陳壽彭《雙線記・敘》即提及翻譯此書乃因友人相贈：「羅緝師京卿歸國過滬時所贈，秀玉宜人特為筆述也。」[134]而薛紹徽《雙線記・序》亦提及翻譯此書的背景：

> 壬寅七月，余隨繹如夫子寄居海上，……。一日，繹如自外歸，手攜丹篆，字露金題。佉盧之梵體尤新，貝葉之芸香欲挹。余笑而問之，則以《雙線記》對。且曰：「神光離合，無非兒女私情；雲雨荒唐，別出溫柔佳話。雖其新來海外，只宜棄置篋中。」余曰：「不然。維摩法喜，內典猶存；伽女阿難，佛經具在。君能講學，依喜言情。不搜漢苑稗官，安見〈國風〉好色乎？倘蒙出口成章，謹自濡毫待潤。」繹如曰：「可。」於是旅燈相對，書案雙憑。調言語之侏離，佐帷房之歡謔。繼而棘闈奪錦，天際歸舟，余亦橐筆隨之。簪故里之黃花，代寫銀紅新句；忽月中之桂子，來薰硯席濃香。美矣備矣！十月既望，是書告成矣。余乃有感焉。[135]

薛紹徽述及此書由陳壽彭自外攜回，純為偶然事件。而陳壽彭雖推介此書，但對於此書之兒女私情、雲雨荒唐，頗不以為然，認

134 陳壽彭：《雙線記・敘》，英儒厄冷（Ellen Thorneycroft Fowler）著；逸儒口譯、秀玉筆述：《雙線記》（*A Double Thread*），頁一上。

135 薛紹徽：《雙線記・序》，英儒厄冷（Ellen Thorneycroft Fowler）著；逸儒口譯、秀玉筆述：《雙線記》（*A Double Thread*），頁一上。亦收錄於薛紹徽著；林怡點校：《薛紹徽集・黛韻樓文集・卷上》，頁 123。

為它並無任何高尚價值或實用功能。薛紹徽則抱持開放的態度，認為兒女私情無礙經典的價值，並希望陳壽彭可以擔任口譯及潤稿者。可見薛紹徽夫妻合譯此書一開始便對於言情小說有不同的態度，薛紹徽有自己的堅持，陳壽彭也願意接受她的觀點，彼此妥協以成就譯事。

於是夫妻二人再度書案雙憑，共享閨房合譯之樂，即使在旅途中也持續翻譯。在陳壽彭協助下，約三個月左右即已譯畢，相較於早已開始編譯卻遲至 1906 年出版的《外國列女傳》，此書之譯就可謂迅捷。

2、「外國紅樓夢」《雙線記》的經典價值：薛紹徽對言情小說的包容

待此書譯完後，陳壽彭《雙線記・敘》論及此書特色，似乎已不再如前述剛攜回此書分享時那般不認同：

> 歐洲十九世紀，號稱稗官世界。凡著述家人有數種行世，其體不一，是記乃談說辯論體，絕無纖巧高深語，尤宜於街談巷議，膾炙庸夫愚婦之口。西國之梨園演法亦不一，有專演口白，無須樂部，蓋即亂談也。故其說部具談論體者，尤易盛行。雖其間夾有名學、教理、性理等學，於吾人不大了徹，而西人則無不知也。然於倫理之際彬彬有禮，又可想見其俗之大端，固無異於我矣。……可知書中所言上半確有其事，而真姓名則露於第十九回中。佳人黃土所歡，遁入空門，誠為情天一大缺恨，無異於我之《紅樓夢》。十九回以下雖似衍文，猶之《紅樓夢》補以彌其缺，亦作者欲表其補天手段耳，章節有數次故作反對，似

> 作者有意迷人，亦西國文法本有之例，存之以見其真。[136]

陳壽彭此言明顯已與前述不認同的態度有別，可能受到薛紹徽的影響或是譯完此書後改變看法有關。他認為《雙線記》有幾項正面特色，一是其內容多有議論，多展現實用學問；二是由小說可見西人倫理之彬彬，與中國習俗類同；三是此書類似《紅樓夢》具有補天遺恨的特點，十九回以下亦頗似《紅樓夢》續書的面貌。這種「對中國文化參照的傳播」[137]正是當時譯者對域外翻譯小說常見的解讀方式，以中國讀者熟悉的文本解讀西方小說，以「以中化西」提高讀者閱讀的親切感。亦可知晚清翻譯言情小說之「情」的觀念，多借用《紅樓夢》作為理解的參照文本。

循此，可知晚清譯界的特殊現象，即以《紅樓夢》抬高域外言情小說的價值。潘少瑜的研究即指出《紅樓夢》在晚清翻譯實踐中的作用：

> 晚清時期的中國譯者對於「翻譯」的定義相當寬鬆，多數的譯文與其說是翻譯，不如說是半翻譯半創作，被譯者烙上了鮮明的自我印記。文本「歸化」（domestication）的現象在通俗小說的翻譯過程裡尤其明顯，充分展現了譯者的主動性：為了讓域外小說適應中國的風土民情，幫助本國讀者理解與接受，譯者們往往費盡心思，讓它們穿上中

---

[136] 陳壽彭：《雙線記・敘》，英儒厄冷（Ellen Thorneycroft Fowler）著；逸儒口譯、秀玉筆述：《雙線記》（*A Double Thread*），頁一上。

[137] 韓南（Patrick Hanan）著；徐俠譯：〈論第一部漢譯小說〉，《中國近代小說的興起》，頁 107。

> 國式的新裝，而這類新裝又經常是由古典文學傳統轉化而出。其中最值得注意的現象之一，便是古典小說《紅樓夢》在近代翻譯實踐中的所起的作用。[138]

可見晚清譯界多以熟悉的《紅樓夢》做為「歸化」或「轉化」域外文本的參照，以消弭陌異感。不僅如此，域外言情小說的情節與人物，往往也被翻譯概念過於寬鬆的晚清譯界所借用：

> 對域外小說的譯寫者而言，《紅樓夢》還提供了故事情節的原型和鮮明的人物形象，方便他們在譯寫小說（尤其是言情小說）時加以套用或對照。《紅樓夢》細膩深刻的寫作技巧與內涵被視為中西文學藝術比較的一個基準點，它的故事架構和人物關係甚至被大膽地「植入」西方世界，創造出別開生面的「外國《紅樓夢》」。[139]

由此不難理解陳壽彭之所以將《雙線記》比擬為《紅樓夢》，正表示讚賞之意。

相對地，薛紹徽起初並不認同陳壽彭認為《雙線記》價值太低，或許與她一貫對中西知識或文化抱持融合的態度有關。在《雙線記・序》的後半部，她闡述這部言情小說的價值所在：

---

[138] 潘少瑜：〈維多利亞《紅樓夢》——晚清翻譯小說《紅淚影》的文學系譜與文化譯寫〉，《臺大中文學報》第 39 期，2012 年 12 月。

[139] 潘少瑜：〈維多利亞《紅樓夢》——晚清翻譯小說《紅淚影》的文學系譜與文化譯寫〉，《臺大中文學報》第 39 期，2012 年 12 月。

> 道其道而言其言，不外貪嗔癡愛；色是空而空是色，別成開合文章。姑存一說，亦足千秋。故准風俗於禮經，觀樂於譏鄶下；通人情以王道，刪詩何礙鄭音哉？[140]

由此觀之，薛紹徽認為人性不外貪嗔癡愛，言情小說正是傳達這些情的內容，同時她也以中國經典《禮記》與《詩經》能夠正視情愛的內容，亦無礙其為經典（即使孔子刪詩亦未刪除鄭衛之音），以提高這部言情小說的價值，可見她對言情小說是寬容的。是以，薛紹徽在吸收西學的同時，也肯定中國傳統文學的優點，並且適度地以中國傳統文學的概念解讀西學。是以，薛紹徽藉此言情小說向中國讀者展示西方的男女平權與情愛觀念。

（二）「以中化西」的理想譯筆：中譯本對原典的顛覆或重置？

職是，薛紹徽此書的譯筆仍舊一貫地「以中化西」，一方面正面地以大眾熟知的中國經典，化解西方文學的陌異感；另一方面也因為對西方語法的不熟悉，導致「過度」地「以中化西」，展現不自然的「被中國化」的譯筆。

1、借用彈詞小說的回目編排以消解西方言情小說的陌異感

薛紹徽譯述《雙線記》（*A Double Thread*）很能看出她融合中西文化的功力，除了藉由《紅樓夢》、《禮記》、《詩經》等經典以提高《雙線記》的價值外，她在章節回目形式的安排上，

---

[140] 薛紹徽：《雙線記・序》，英儒厄冷（Ellen Thorneycroft Fowler）著；逸儒口譯、秀玉筆述：《雙線記》（*A Double Thread*），頁一下－二上。

也很能展現自己的文化特色。

《雙線記》（*A Double Thread*）原著 24 章，中譯本也是 24 回，但中譯本對目錄、章節的編排方式卻別有用心。薛紹徽將全書 24 回分拆為六卷，每一卷有四回，回目皆採七言對句，編排方式與明清流行的女性彈詞小說的回目類似，即一「卷」其實相當於一「回」；卷之下的回目，近似每一部分情節的提要，是以六卷即六回。[141]

因此，就目錄言之，薛紹徽能夠挪用彈詞小說獨特的回目編排方式以消解西方言情小說的陌異感，展現她對傳統中國女性文學的深厚學養，尤其是極具女性之性別化特徵的彈詞小說；同時，其融合中西文化的功力，也提升了《雙線記》及其中譯本的價值。

2、漏譯與改寫

薛紹徽的筆述有許多明顯斷裂之處，包括漏譯與改寫。如《雙線記》原著第一回正文前有這樣一段文字：「For you were poor, you will allow, And I was not, that dull December When first we met. I wonder now If you remember.」[142]（直譯：「因為你是窮人，你會允許，而我不是。那個沉悶的十二月，當我們第一次

---

[141] 以彈詞知名作品《再生緣》為例，總計 74 回，分為八卷，每一卷的章回在 8 至 11 回左右，分別是 8 回、9 回、9 回、11 回、9 回、9 回、9 回、10 回不等。

[142] 厄冷（Ellen Thorneycroft Fowler）著：*A Double Thread*, New York D. Appleton and Company, 1899；電子版：http://www.ebooksread.com/authors-eng/ellen-thorneycroft-fowler/a-double-thread-ala/1-a-double-thread-ala.shtml（2019 年 1 月 23 日查詢）。

見面時。我現在想知道是否你還記得。」）但完全未翻譯，直接漏譯。

此外，第一段開場文字，中譯本整段譯文與原文意涵有明顯出入，幾乎未能準確地傳達原文的真正意義。原文如下：

> "DON'T be so cynical, my dear Elfrida," said Lady Silverhampton; "it is a fatal mistake for a woman not to believe in things."
> "But if I don't believe in things it is no use pretending that I do," replied Miss Harland.
> "Oh yes, it is, the greatest use in the world. Pretending that you've got a virtue is as good as having a virtue at least so Shakespeare said, and he was supposed to be a very clever person."[143]

直譯應如下：

> 「不要那麼憤世嫉俗，親愛的厄爾符利打，」色爾裴衡伯唐夫人說：「對於一個不相信事物的女人來說，這是一個致命的錯誤。」
> 「但是，如果我不相信事情，我假裝這樣做是沒有用

---

[143] Ellen Thorneycroft Fowler（英儒厄冷）著：*A Double Thread*, New York D. Appleton and Company, 1899；電子版：http://www.ebooksread.com/authors-eng/ellen-thorneycroft-fowler/a-double-thread-ala/1-a-double-thread-ala.shtml（2019 年 1 月 23 日查詢）。

的，」夏蘭小姐回答。

「哦，是的，它是世界上最大的用途。假裝你獲得一種美德至少就和擁有一種美德一樣好，莎士比亞這樣說道，他應該是一個非常聰明的人。」

薛紹徽筆述如下：

色爾裴衡伯唐太太 Lady Silverhampton 曰：「吾友厄爾符利打 Elfrida，即夏蘭也，見下。勿偏執一見，世之甘為婦人死者，皆不可信也。」

夏蘭姑娘 Miss Harland 即厄爾符利打也。對曰：「子若不信我，亦毋庸冒昧也。」

色爾裴衡伯唐曰：「噫！子能盡子之所說，固大有益於世也。即如夏克士皮兒 Shakespeare 所言，殆亦絕大智巧之人歟！」[144]

僅就此段而言，薛紹徽的譯文幾乎了無相同。如此不準確的翻譯，幾乎已達到刻意「改寫」或「重寫」的地步，可說是標準的顛覆／背叛或重置／取代的狀況。

3、過度「以中化西」：改寫對話式懸疑開場為開門見山的介紹

由於薛紹徽不諳外文，可能也不瞭解西方小說的寫作手法，若干譯文的「改寫」過度「中國化」。如《雙線記》原著第一回

[144] 英儒厄冷（Ellen Thorneycroft Fowler）著；逸儒口譯、秀玉筆述：《雙線記》（*A Double Thread*），頁一上。

「The Beautiful Miss Harland」（直譯：「美麗的夏蘭小姐」）標題，中譯本譯為：「第一卷第一回　美夏蘭茶會聽閨箴　李麥齊直言拒淑女」，以常見於中國章回小說的回目，揭露不少情節，在原來簡單的標題「美麗的夏蘭」外，尚加入「茶會聽閨箴　李麥齊直言拒淑女」等直接透露男女主角動態的訊息，讓讀者能更快速地進入小說情節。然而，原有題目欲製造的懸疑效果可能也變得太開門見山而失去懸疑的效果了。

尤有甚者，中譯本第一卷第一回內容，明顯地將原小說欲製造的懸疑效果，改寫為開門見山式的介紹。原文如下：

> "DON'T be so cynical, my dear Elfrida," said Lady Silverhampton; "it is a fatal mistake for a woman not to believe in things."
> "But if I don't believe in things it is no use pretending that I do," replied Miss Harland.
> "Oh yes, it is, the greatest use in the world. Pretending that you've got a virtue is as good as having a virtue at least so Shakespeare said, and he was supposed to be a very clever person."[145]

薛紹徽筆述如下：

[145] Ellen Thorneycroft Fowler（英儒厄冷）著：*A Double Thread*, New York D. Appleton and Company, 1899；電子版：http://www.ebooksread.com/authors-eng/ellen-thorneycroft-fowler/a-double-thread-ala/1-a-double-thread-ala.shtml（2019 年 1 月 23 日查詢）。

> 色爾裴衡伯唐太太 Lady Silverhampton 曰：「吾友厄爾符利打 Elfrida，即夏蘭也，見下。勿偏執一見，世之甘為婦人死者，皆不可信也。」
> 夏蘭姑娘 Miss Harland 即厄爾符利打也。對曰：「子若不信我，亦毋庸冒昧也。」
> 色爾裴衡伯唐曰：「噫！子能盡子之所說，固大有益於世也。即如夏克士皮兒 Shakespeare 所言，殆亦絕大智巧之人歟！」[146]

這段譯文的特色，如前述翻譯《八十日環游記》在外國人名後加註說明人物背景（但加註英文原文卻是之前譯本沒有的）。但這部中譯本另有一項特色，直接改變原小說不打算直接交代人物關係或背景的開場寫法，反而一開場就先把人物姓名或關係介紹清楚，如：「吾友厄爾符利打 Elfrida，即夏蘭也」、「夏蘭姑娘 Miss Harland 即厄爾符利打也」，使讀者在小說一開始就知道主要角色的姓名及關係。然而 18 及 19 世紀英文小說的寫作手法，多刻意不在一開始就先說清楚人物名字及背景，往往到後面才慢慢顯露相關訊息，增加閱讀的樂趣，有別於中國傳統小說的寫作習慣。[147]這部小說便是如此，它不像《八十日環游記》一開始就交代清楚時間、人物、地點、背景等明確訊息，而是採取對話以展開情節的，很明顯地是在追求一種戲劇效果。但原書刻意製造的懸

---

146 英儒厄冷（Ellen Thorneycroft Fowler）著；逸儒口譯、秀玉筆述：《雙線記》（*A Double Thread*），頁一上。

147 參考韓南（Patrick Hanan）著；徐俠譯：〈論第一部漢譯小說〉，《中國近代小說的興起》，頁 97。

念卻完全被中譯本改變。[148]可惜的是，薛紹徽未能理解這種懸疑的寫作手法，逕以她熟知的中國小說開門見山式筆法翻譯這段文字，是以懸疑效果大為失色。簡言之，薛紹徽的古文根柢佳而不諳外文語法及小說寫作手法的局限，在此一覽無遺。

（三）夫妻合譯之樂：互為翻譯與寫作助手

是以，再對照陳壽彭《雙線記・敘》對妻子譯筆的看法，饒富意味。結尾述及夫妻合譯《雙線記》及陳壽彭負責潤稿，即使客居在外亦隨身攜帶：

> 宜人脫稿時，適余大笑出門，宜人囑帶客中刪潤。今展讀數四，似無須刪潤。刪潤之微，特有負作者之心，亦無見宜人之樸質也。第有數字，應宜註腳，而一時匆匆未能及此，願讀者諒之。[149]

可見陳壽彭對妻子譯筆的肯定，認真展讀四次，認為薛紹徽的譯文無須刪潤，反而比較擔心辜負妻子翻譯的用心。而薛紹徽《雙線記・序》結尾亦提及陳壽彭於征途中攜此書稿為行裝：

> 日者，繹如省兄滬瀆，上計公車。行色匆匆，征塵黯黯。

---

[148] 參考韓南（Patrick Hanan）著；徐俠譯：〈論第一部漢譯小說〉，《中國近代小說的興起》，頁98。

[149] 陳壽彭：《雙線記・敘》，英儒厄冷（Ellen Thorneycroft Fowler）著；逸儒口譯、秀玉筆述：《雙線記》（*A Double Thread*），頁一上—一下。

取儂拙稿，壓君行裝。算今朝閨序鶯啼，即當驪歌楊柳；願明歲宮花馬策，並看鸞鏡芙蓉。[150]

薛紹徽在此傳達他對陳壽彭在外奔波仍不忘隨身攜帶妻子書稿的情深義重及盼望歸來的心情。合看夫妻兩篇敘／序文，可知陳壽彭對於薛紹徽的譯筆幾乎完全認同。這部言情小說的中譯見證當時夫妻合作愉快的情景。

更重要的是，他們翻譯這部域外小說時，譯筆較諸前作《八十日環游記》更加「中國化」，對翻譯的看法及文學品味亦較諸前作更加分歧。然而這種觀點及品味的分歧正是薛紹徽更有自信的表現，她與陳壽彭協商兩人分歧的翻譯觀點及文學品味，在下一部合譯之作《外國列女傳》將更加顯著。

五、對「域外」理想的新女性典範之想像藍圖——「譯介」與「編撰」《外國列女傳》

其後，他們又編譯《外國列女傳》，此書並非先有一部名為《外國列女傳》的西方專著在先而後再翻為中文，而是陳壽彭雜譯許多西方女性的傳記故事，再經薛紹徽編輯成書。是以，以「譯介」與「編撰」定義此書的生產模式更貼切。

由於薛紹徽之前已參與上海女學堂的創設及《女學報》的筆政，她更能理解「西方女傑傳記對於塑造晚清新女性能起到的作

150 薛紹徽：《雙線記・序》，薛紹徽著；林怡點校：《薛紹徽集・黛韻樓文集・卷上》，頁 123。

用非同尋常。」[151]而在晚清興辦女學的風潮中，當時西方女傑的傳記很受重視，其中譯介最早也最獨特的就是薛紹徽與陳壽彭的《外國列女傳》。

（一）譯介外國女傑傳記以「觀西國女教」：漢代《列女傳》的晚清域外版

薛紹徽夫妻合作編譯《外國列女傳》的背景，可見於陳壽彭自述：「在甬時，嘗就余求各國女事，余雜譯二百餘條與之。癸卯，恭人輯為《外國列女傳》八卷。」癸卯即 1903 年。[152]也可見於薛紹徽自述：「紹徽仰承母訓，深守女箴。頌好椒花，集無香茗。雖偕楚娟嫂氏編《宮閨詞綜》，又佐繹如夫子輯《外國女傳》。然皆搜羅往古，摭拾窮荒。未能免乖訛之誚，奚足為里閭之光哉？」[153]薛紹徽謙虛的說明自己輔佐夫子編輯《外國列女傳》，雖已儘量搜羅，但疏漏在所難免。與前述合譯《雙線記》一樣，陳壽彭除口譯外，也參與書稿的刪潤，他在《外國列女傳》之〈譯例〉提及：「是書陸續譯成，經宜人刪潤無數次，至編定後，余復略加刪潤者兩次，大意在簡括之中，求合西文之典要為宗旨。」[154]由兩人刪潤多次可見他們對此書的重視。

---

[151] 唐欣玉：《被建構的西方女傑——《世界十女傑》在晚清》（成都：四川大學出版社，2013 年 1 月），頁 33。

[152] 陳壽彭：〈亡妻薛恭人傳略〉，薛紹徽著；林怡點校：《薛紹徽集》，無頁數。

[153] 薛紹徽：〈丁耕鄰先生《閩川閨秀詩話續》序〉，薛紹徽著；林怡點校：《薛紹徽集・黛韻樓文集・卷上》，頁 127-128。

[154] 陳壽彭：《外國列女傳・譯例》，陳壽彭譯、薛紹徽編譯：《外國列女傳》（金陵：江楚編譯官書總局，1906 年），無頁數。

1、他山之石：以西方男女平權觀調和傳統的閨範閫儀

薛紹徽在《外國列女傳・序》自述翻譯《外國列女傳》的動機，與當時流行的男女平權說有關：

> 邇來吾國士大夫，慨念時艱，振興新學。本夫婦敵體之說，演男女平權之文，紹徽聞而疑焉。夫遐荒遠服，道不相侔；閨範閫儀，事尤難見。登泰山而迷白馬，奚翅撰槃；游赤水而失玄珠，有如買櫝。適繹如夫子載搜秘籍，博考史書，因囑凡涉女史記載，遞及里巷傳聞，代為羅織，以備輯錄。計工七百餘日，綜得二百餘條。紹徽為分十端，釐成七卷。既而又將刈薙兩目，列作附錄一冊。外國女事於焉備矣。[155]

由此可知薛紹徽已然接觸西學的男女平權說，但仍存有疑義；同時，薛紹徽在 1897 年參與上海女學堂的課程安排時曾留意不偏廢中西，也曾論及西國女子成才成藝者，但僅提及「若安」（Jeanne d'Arc；今譯聖女貞德）[156]一位。可能因此想要收集更多西國女子的故事，以便深入了解西方男女平權觀念的內涵，乃主動要求陳壽彭代為留意相關資料。此與陳壽彭〈譯例〉提及的

---

[155] 薛紹徽：《外國列女傳・敘》，陳壽彭譯、薛紹徽編譯：《外國列女傳》，無頁數。亦收錄於薛紹徽著；林怡點校：《薛紹徽集・黛韻樓文集・卷上》，頁 121-123。

[156] 〈寓滬晉安薛女士上女學堂董條議並敘（摘錄）〉，《女學集議初編》，頁三十三下。

譯介動機：「是書原係秀玉宜人欲觀西國女教而作」[157]相符。

然而，錢南秀的研究指出此動機仍有性別觀點上的差異，男性受到近代國家戰敗的刺激，提倡女學多源自於西方男女平權思想的影響，但知識女性的看法可能遠較一般男性士大夫的更為複雜：

> 婦女則因長期被排斥在權力中心之外，反而較為客觀全面，更多從孳養長育、伸展婦女抱負才能等等正面因素考慮問題。又因推行女教，婦女有直接責任，故態度審慎。男性改革者要求婦女借鑑西方，薛則提出首先應考察西方的「閨範閫儀」，以免「買櫝還珠」。因此她要求陳壽彭搜集有關資料，以備她輯錄參考，對西方傳統進行周密的研究。《外國列女傳》之作，便是這樣的一種學術成果。薛在聽從男性改革者勸告的同時，也向他們提出挑戰，要求他們以翔實的材料驗證和調整自身對西方的盲目崇拜。[158]

由是，考察編譯《外國列女傳》的目的，在於更深度地瞭解西方的男女平權觀及女學發展，而非只是一味地接受主流觀點對西方男女平權思想的輸入；她更傾向於根據翔實的資料進行學術考察，以便認識真正的西學並適度地調和中西學而不偏舉。易言

---

157 陳壽彭：《外國列女傳・譯例》，陳壽彭譯、薛紹徽編譯：《外國列女傳》，無頁數。

158 錢南秀：〈清季女作家薛紹徽及其《外國列女傳》〉，張宏生編：《明清文學與性別研究》，頁 936。

之，陳壽彭對西學的接受較接近正面地肯定西學，而薛紹徽則是在接受西學的同時，不忘參照中國傳統文化，適度地接受西學。

2、大中國視角下的「域外」世界：單一觀點下的「外國」概念

由於《外國列女傳》並非原來真有此一外文原著，據〈譯例〉第一條即可知此書係雜取英文各史傳及譜錄類書籍而來的：

> 是書雖譯從西文，而西國無此專集。爰取英文各史傳以及譜錄之類，採摘成之。自開闢以來迄於一千八百八十五年，凡歐默非亞宮闈之有名者，皆為著錄。惟採譯較專譯為尤難，故費功至二年有奇，所得不過二百餘條而已。[159]

文中所指譯書來源，據考證選譯的西書有多種，包括《萬國史略》、《大英百科全書》、《希臘羅馬事典》、《聖經》、《英后列傳》、《英國文媛實錄》、婦女著作本身及其所附之傳記，可能還包括陳壽彭攜回的六百餘部經典，[160]可見此書選譯範圍極廣。而書中女性的生存年代自開天闢地以來至 1885 年止，空間則遍及歐、默（美）、非、亞等世界各大洲。究其實，所收人物仍以歐洲女性為主，其次美國，再其次則為少數非洲與亞洲女性。由於雜採各國各式書刊編譯而成，因此《外國列女傳》花費較長時間方才完成（1899 年始作，1906 年出版）。

[159] 陳壽彭：《外國列女傳・譯例》，陳壽彭譯、薛紹徽編譯：《外國列女傳》，無頁數。

[160] 錢南秀：〈清末女性空間開拓：薛紹徽編譯《外國列女傳》的動機與目的〉，王宏志主編：《翻譯史研究・第一輯（2011）》，頁 177-178。

值得留意的是，由譯著的素材來源亦可見《外國列女傳》所謂「外國」的概念，實際上幾乎等同於「歐、默（美）」，且「假設西方跟中國一樣，在地理上、語言上都是一個統一的整體」[161]，將「外國」與「中國」視為直接相對的整體概念。因此所有「外國」女性皆置於一個線性的西元時間中排序，不分國籍。實際上，「西方的眾多語言參差不一，其實暗示出西方的科學、風俗和價值系統也是多元和駁雜的。」[162]這樣的編排方式，除顯見薛紹徽與陳壽彭對於自身中國文化的自信和優越感，也和當時晚清對於「外國」的認知不夠全面且有相當盲點有關。

（二）夫妻切磋之樂：對女性道德／才藝的歧見與調和

薛紹徽與陳壽彭對於《外國列女傳》的編選標準與分目問題意見分歧，尤其聚焦於女性道德與才藝的展示上。

1、以貞潔、節烈或職業事實做為女性分類的討論

陳壽彭對於薛紹徽起初編選《外國列女傳》的分類原則頗不以為然，他在〈譯例〉第三條曾提及夫妻雙方看法的差異：

> 其初意欲以貞潔、節烈等類為分目，余以為不然，故以職業事實分為十端，尚餘若干條艱於附麗，將悉棄之，余以為雜入諸類，勢固不宜，如作異聞雜錄，又何不可？宜人

[161] 王德威：《被壓抑的現代性：晚清小說新論》第四章「荒涼的狂歡——醜怪譴責小說」（臺北：麥田出版社，2003 年 8 月），頁 297。

[162] 王德威：《被壓抑的現代性：晚清小說新論》第四章「荒涼的狂歡——醜怪譴責小說」，頁 298。

於是乃編作附錄兩目，不敢謂之傳也。[163]

夫妻對分類的見解分歧，薛紹徽原擬以德性分類，可能受到傳統女性傳記以德性分類的影響，如漢代劉向《列女傳》與清代惲珠《蘭閨寶錄》這兩部具代表性的女性傳記，大多以正面的女德為優先選取的標準。[164]再者，可能也與薛紹徽一貫認同中國文化的優越性有關，認為應適度地以中國觀點考察西國女子。但陳壽彭認為應以其職業身分為分類標準，他在〈譯例〉第四條再度強調這點：「西國所以強盛者，在於職業事實，非在於煩文禮節也。編目由此而分用，符西書體例耳」[165]，認為使用西方觀點論列西國女子較為適當，可見兩人見解不同。

由此可知，他們的爭論不僅是口譯與筆述之別，譯介此書的意見相左也透顯他們對於中西文化見解之差異。古文涵養明顯較佳的薛紹徽，對於西學也有相當良好的吸收能力，因此她往往嘗試以中學調和西學，使中國讀者容易接受。因此在她與陳壽彭合作的翻譯情境裡，薛紹徽未必只是陳壽彭的從屬者，她也會提出自己的見解，並適度地堅持，而這也正是薛紹徽的才情所在。

2、展示女性道德與才藝空間：夫妻協商後兼顧中西觀點的分目

---

163 陳壽彭：《外國列女傳・譯例》，陳壽彭譯、薛紹徽編譯：《外國列女傳》，無頁數。

164 劉向《列女傳》的分類包括母儀、賢明、仁智、貞順、節義、辯通、孽嬖等正面德行為主；清代惲珠《蘭閨寶錄》的分類則是孝行、賢德、慈範、節烈、智略、才華。

165 陳壽彭：《外國列女傳・譯例》，陳壽彭譯、薛紹徽編譯：《外國列女傳》，無頁數。

是以，夫妻經過協商後，分類標準兼採薛紹徽與陳壽彭各自持守的中西文化觀點。全書計分七卷十類，兩項附錄，目次如下：「卷之一：女主列傳第一」，「卷之二：后妃列傳第二」，「卷之三：女官列傳第三、閨媛列傳第四」，「卷之四：文苑列傳第五」，「卷之五：藝林列傳第六、義烈列傳第七」，「卷之六：教門列傳第八、私寵列傳第九」，「卷之七：優伎列傳第十」，「卷之八：附錄一妖妄、附錄二神異」，總計 252 則傳記，部分為合傳，總人數應為 300 位左右。

綜觀全書大致以其職業身分為分類標準，如「女主」、「后妃」、「女官」、「閨媛」、「文苑」、「藝林」、「義烈」（從軍）、「教門」、「優伎」等。其中「文苑」、「藝林」與惲珠《蘭閨寶錄》的「才華」類近似，而劉向《列女傳》則無此卷。此外，《外國列女傳》也容納「私寵」、「妖妄」、「神異」等反面或特異的女子，與劉向《列女傳》類似，薛紹徽《外國列女傳・敘》曾提及師法劉向（復生）之意：「劉復生不避孽嬖，能為傳記之先」[166]；而惲珠《蘭閨寶錄》則未收此類女子。[167]簡言之，全書包含男性編著者劉向《列女傳》注重德行且不避負面女性與惲珠《蘭閨寶錄》注重女性德行與才華的雙重

166 薛紹徽：《外國列女傳・敘》，陳壽彭譯、薛紹徽編譯：《外國列女傳》，無頁數。

167 可參考錢南秀：〈「列女」與「賢媛」：中國婦女傳記書寫的兩種傳統〉，游鑑明、胡纓、季家珍主編：《重讀中國女性生命故事》（臺北：五南圖書公司，2011 年 7 月，頁 83）、拙著：〈翻譯賢妻良母、建構女性文化空間與訴說女性生命故事——單士釐的「女性文學」〉（《漢學研究》第 32 卷第 2 期，2014 年 6 月）。

特點。可見此書分類既滿足陳壽彭依西方職業分類的想法，也兼顧薛紹徽欲保留對女性道德褒貶的初衷。是以，此書的分類融合夫妻雙方各自堅持的中西文化觀點而又有所揚棄。錢南秀的研究亦指出這點：

> 二人合作，壽彭翻譯，薛氏操觚。她嘗試以中國文化解析西方文化，使陌生的知識為中國讀者接受，而結果對二者均有揚棄，形成自身獨特價值系統。《外國列女傳》便是這一時期的代表作。[168]

誠然，薛紹徽一貫強調「以中化西」的譯筆亦落實在此書譯介上；但同時，她也適度展現揚棄中國文化優越性的務實，接受陳壽彭的西學觀點。因此，薛紹徽與陳壽彭的編譯雖有男主女從之別，然而薛紹徽在編譯這部《外國列女傳》時，也適度地堅持自己的看法，有意強調以中國標準論列西方事物，但又能適度地調和中西文化，是以此書乃得以形成獨特的中西兼備的面貌。

同時，透過上述分類選取標準後的分卷，更可見《外國列女傳》同時重視女性道德與才學兩方面的特色。錢南秀的研究指出薛紹徽藉由此書希望展示女性的道德與才藝空間，並以此做為中國女學的參考。首先在「開拓女性道德空間」部分，可就「辨正女主」、「張大閨媛」、「重訂妖妄」等三個面相，理解薛紹徽在〈女主列傳〉、〈閨媛列傳〉、〈妖妄〉對女性主體價值的彰

---

168 錢南秀：〈晚清女詩人薛紹徽與戊戌變法〉，陳平原、王德威、商偉編：《晚明與晚清：歷史傳承與文化創新》，頁360。

顯；其次是「開拓女性才藝空間」部分，可由「享有空間」、「擴展空間」、「空間危機」、「理想空間」等四個面相理解薛紹徽對女性的知識精神空間及廣泛事業的肯定，「享有空間」指的是〈文苑列傳〉、〈藝林列傳〉、〈優伎列傳〉、〈女官列傳〉中的女性；「擴展空間」指的是擴展女性的傳統空間至沙龍與舞台，即〈優伎列傳〉；然而女性雖享有與擴展空間，仍不免受到父權、夫權、王權、神權的威脅，此即「空間危機」所述，指的亞歷山大女數學家懿巴他、法國羅蘭夫人及亞寧等人；同時鑑於婦女在現實世界中所受到的傷害，以女神世界為婦女建構理想空間，此即「理想空間」，指的是希臘羅馬神話中的女神。[169]由此觀之，薛紹徽似有意藉此為西方女性立傳入史，與惲珠《蘭閨寶錄》廣收道德與才藝突出的女性並為其立傳，異曲同工。是以，「將西方婦女史納入中國男性正史敘事框架，而給予女性與男性並列的社會歷史地位，為其後薛氏借西方婦女故事拓展中國女性道德才藝空間作了有力鋪墊。」[170]誠然。

是以，薛紹徽編譯外國列女傳記的意圖，除滿足自己對西方女學及男女平權說之好奇外，其有系統地以中國正史傳記的體例編譯西方女性故事，確實也與她一貫「以中化西」的論述態度相符。

---

169 參考錢南秀：〈清末女性空間開拓：薛紹徽編譯《外國列女傳》的動機與目的〉，王宏志主編：《翻譯史研究‧第一輯（2011）》，頁 180-200。

170 錢南秀：〈清末女性空間開拓：薛紹徽編譯《外國列女傳》的動機與目的〉，王宏志主編：《翻譯史研究‧第一輯（2011）》，頁 180。

（三）客觀呈現傳主故事的詞條式小傳：原筆述者主觀評論的「副文本」隱退

而在譯寫體例部分，陳壽彭與薛紹徽也有觀念上的不同。陳壽彭〈譯例〉第八條提及他對於薛紹徽的編寫體例的看法：

> 宜人原編，每編之前有駢文一首，每傳之後或附論贊，或附詩歌，成為十二卷。余則以為此係傳人傳事，起見公論，聽之天下，何必一己拘墟之意，強評與國人物哉？故刪抹之，實存為八卷，而留宜人總序一編為弁首。[171]

由此可見，薛紹徽編譯的書稿，最初於每一編（卷）前有一首駢文，每一傳記後也加註許多評論文字或附詩歌，運用中國史書的論贊功能，呈現編譯者的識見，可說是一種「副文本」。但陳壽彭卻認為據實而客觀的呈現傳主故事即可，編譯者不應提供太多個人見解，應開放讀者自行判斷。因此陳壽彭乃主動刪潤全書，篇幅由 12 卷變為 8 卷，形成目前所見近似百科全書或辭典「詞條」式樣貌。

是以，其「詞條」式小傳體例及書寫模式大多非常固定，往往以姓名（大多只呈現夫家姓氏）為首，加註手寫體羅馬字姓名原文，再呈現其國籍與生年；接著便是傳主生平經歷；最後於文末說明卒年。

然而，由於女性的名字多只呈現夫姓，且大多與今日習見之

---

171 陳壽彭：《外國列女傳．譯例》，陳壽彭、薛紹徽編譯：《外國列女傳》，無頁數。

譯名有別，往往難以立即辨認身分，如「朱稚馨」指的是筆名喬治·桑（George Sand）的女作家 Amantine Lucile Aurore Dupin（但原名未翻成中文），編譯者逕以其婚後夫姓 Dudevant 為名，乃有「朱稚馨」譯名。而同樣以筆名聞名於世的女作家喬治·艾略特（George Eliot）卻被編譯者以其原姓名 Marian Evans 譯為「伊馨」。也有只呈現女作家婚前娘家姓氏而令人難以辨識身分的，如「國德引」指的是瑪麗·雪萊（Mary Shelley），此名實為其婚前姓名 Mary Wollstonecraft Godwin 的娘家姓氏 Godwin 之譯音，卻未以一般稱呼已婚婦女的慣例稱之為「雪萊（Shelley）夫人」。此外，尚有許多今日讀者難以辨識的西方女性姓名，如白朗寧夫人（Barrett Browning）被譯為「蒲羅盜」；夏綠蒂·勃朗特（Charlotte Brontë）被譯為「保郎地」等。綜合前述，可見姓名的翻譯原則並非全然一致，且譯名拗口，可能與薛紹徽及陳壽彭皆以福州話譯寫外文有關。而姓名原文以手寫體羅馬字呈現且橫向置於直行的中文版面中，閱讀頗為不便；而不易辨認的手寫體原名更不時會有若干字母書寫錯誤的問題。

綜合言之，薛紹徽與陳壽彭兩人對於《外國列女傳》的編寫體例意見分歧，但這次薛紹徽似乎沒有堅持己見，任由原稿中的駢文、論贊或詩歌等很能突顯自己才華與見解的文字，被陳壽彭刪減篇幅。職是，在此書能更客觀地呈現西方女性故事的同時，原來專屬於薛紹徽個人的許多見解想必大有可觀，但已無緣面世。是以，在他們雙人合譯的關係中，雖然有許多協商後的妥協做法，有時也會有此類以陳壽彭意見為主的狀況。

（四）西國「女文苑」中的作家、教師與學者：彰顯西國女教之發達

薛紹徽在這部特別的「譯作」中，收錄最多西國女子的乃卷四〈文苑列傳〉，多達 67 位，可見薛紹徽與陳壽彭對於女子文藝與著述的重視。是以，本小節以〈文苑列傳〉做為考察重點，以了解薛紹徽的用心之處。

陳壽彭曾在〈譯例〉第六條提及此傳女子收錄特多之緣由：

> 西國女教以文字之學為重，文字之中又以詩歌為上品，更有所謂駢體者，強半聲韻之文，如《文選》所錄是已。遞如傳奇、院本，則如詞曲之類，西人視此，綜謂之國文，未嘗或廢，文明煥發，蓋在此也。計自十八世紀而後，各國女學校興，人才輩出，故文苑所錄為尤多。[172]

陳壽彭認為西國女教發達，乃因重視文字之學（文學）之故，尤首重詩歌，其次是有韻的散文，甚至小說（傳奇）、院本（戲曲）等，都是西洋國文的範圍。因為懂得發揚國文，所以西國文明煥發，女校興盛，女性受教育人才特多。因此〈文苑列傳〉收錄的典範女性之職業身分多為作家、教師，且最能彰顯西國女學於文苑上的成就。其中西元前 2 位，西元十一世紀者 1 位，十五世紀者 1 位，十七世紀者 4 位，十八世紀與十九世紀者合計 59 位。簡言之，仍以年代較近的人物為主。

---

[172] 陳壽彭：《外國列女傳‧譯例》，陳壽彭譯、薛紹徽編譯：《外國列女傳》，無頁數。

〈文苑列傳〉的女性小傳，必儘量列舉其全部著作及出版年代，尤其知名作品一定提及，如介紹英國小說家「國德引」（Mary Shelley，今譯瑪麗・雪萊；1797-1851）[173]名著《符連堅田（Frankenstein）》（今譯《科學怪人》）：

> 是年成說部，曰《符連堅田（Frankenstein）》，言一豪士天性幽僻，啟其私意成一怪史，其間可驚可駭，出人意外之事良多。蓋國自寫胸臆，欲有益於生人耳。書出，大覺盛行，國之文名於是乎著。[174]

大略介紹這部 1818 年出版的科幻小說，指出作者「國德引」（瑪麗・雪萊）此書自寫胸臆，欲有益於世，其文名即因此書大盛，被稱為科幻小說之母。又如介紹美國小說家「斯多」（Beecher Stowe；今譯史托夫人；1811-1896）名著《叔父艙房》（Uncle Tom's Cabin，直譯《湯姆叔叔的小屋》；晚清多譯為《黑奴籲天錄》）：

> 五十一年……又著一說部曰《叔父艙房》，五十二年刊於博斯唐 Boston，人心大悅，翻本四次，售至四十萬部；

---

[173] 其夫雪萊（Percy Bysshe Shelley, 1792-1822）為英國浪漫主義詩人。母親即女性主義者瑪麗・吳爾史東克拉芙特（Mary Wollstonecraft, 1759-1797），其《女權辯護》（*A Vindication of the Rights of Woman*）（1792 年）為近代女權主義的重要篇章。

[174] 薛紹徽譯寫：〈國德引〉，《外國列女傳・卷四・文苑列傳》，頁十四上。

> 英國亦翻印五十萬部；歐亞各埠又各以其語譯之，至有演於梨園，加以註解者。五十三之歐洲，又刊《叔父艙房解鑰說》，品望於是益隆。[175]

文中說明《叔父艙房》（Uncle Tom's Cabin）於 1851 年完成，1852 年出版，大受歡迎，海外亦有銷路，也有各國語言譯本，甚至改編為戲劇（梨園）演出者。不只如此，1853 年她前往歐洲，還出版此書的註解本，可見此書在當時的轟動狀況。又如英國小說家「保郎地」（Charlotte Brontë；今譯夏綠蒂・勃朗特；1816-1855）名作《專門師》（Jane Eyre，今譯《簡・愛》）：

> 四十六年……曰《專門師》，書賈不願承板，遲至次年八月斯密司 Smith, Elder 英國大書賈始為刊行，兩月之間出售數萬部，保之名乃著。[176]

薛紹徽指出此書原先不受重視，直到次年（1847）出版才大受歡迎，一時名聲大噪。綜言之，上述介紹三位女作家的書寫模式，簡單地集中於她們的成名代表作之介紹，以及作品之大受歡迎，在通訊十分不發達、查閱資料亦不易的晚清，能夠清楚掌握域外文本的出刊資訊，實屬不易。

雖然原本薛紹徽自行發揮的駢文、論贊及詩歌大都已被刪

---

[175] 薛紹徽譯寫：〈斯多〉，《外國列女傳・卷四・文苑列傳》，頁二十二上。

[176] 薛紹徽譯寫：〈保郎地〉，《外國列女傳・卷四・文苑列傳》，頁二十三下。

減，目前所見較近似百科全書詞條式的樣貌，真正能見出薛紹徽個人看法之處不很多，然而並非完全沒有譯作者薛紹徽的個人意見，如卷四「文苑列傳」對英國詩人「蒲羅盜」（Barrett Browning；今譯白朗寧夫人；1806-1861）的詩作評價：

> 其詩在於立意遙深，取徑獨別，使人讀之，又易了徹，是深入而顯出者也。[177]

「蒲羅盜」（Barrett Browning；今譯白朗寧夫人）為 19 世紀英國知名詩人，其博學深思的特質，反映在詩歌創作上，呈現立意深刻、取徑特別的特點。可見薛紹徽對於女詩人作品也有一定的瞭解。又如她在英國小說家「伊礬」（筆名 George Eliot，今譯：喬治・艾略特；1818-1880）小傳最後說道：

> 伊礬之詩，調高意遠，可入大家之列。其說部則隨意指揮，自然開合，論者謂其呼吸之間，別饒香味，世界得聞餘氣，都覺沁脾，其為世之推重若此。[178]

「伊礬」（Marian Evans；筆名 George Eliot，今譯喬治・艾略特；1819-1880）為 19 世紀英國知名作家，詩歌頗佳，其小說評價更高，是位擅長描寫人物外貌與內心的高手，薛紹徽便以生動

---

177 薛紹徽譯寫：〈蒲羅盜〉，《外國列女傳・卷四・文苑列傳》，頁二十一上。

178 薛紹徽譯寫：〈伊礬〉，《外國列女傳・卷四・文苑列傳》，頁二十五上。

的文字描述其小說使讀者感到真實親切的特點，由此可知薛紹徽對域外女作家文學的評論功力。

而薛紹徽肯定西國女子的才華時，往往以「才女」或「女人本色」、「巾幗之表表者」等贊語，如評論德國女作家「胡爾素符」（Annette von Droste-Hülshoff，今譯安內特・馮・德羅斯特－徽爾斯霍夫；1797-1848）時說道：「計其一生所習，文采炳然，無愧才女。筆力雖微弱，猶是女人本色。」[179]又如評論英國翻譯家「阿斯丁」（Sarah Austin，今譯莎拉・奧斯丁；1793-1867）：「然婦女之才克至若是，固以為巾幗之表表者。」[180]再者如評論蘇格蘭小說家「阿利凡得」（Margaret Oliphant，今譯瑪格麗特・歐利凡得；1828-1897）：「阿雖女人之心，而玲瓏巧妙，筆墨尤變化無窮，種種意義不同，文法亦復互異，讀者心曠神怡，莫知其密。」[181]由此可見薛紹徽譯寫女性傳記雖近似詞條，也有部分論贊文字，可見才女出身的薛紹徽之用心。

此外，前述陳壽彭與薛紹徽合譯之《雙線記》作者厄冷（Ellen Thorneycroft Fowler）雖也是近代英國女作家，但並未出現於此書，可能由於他們參考的西籍未介紹或只是單純遺漏，原因不明；但可確定的是，當時翻譯西籍的原則大多純屬偶然且隨性而為，未必與其人其作之典範價值相稱。

---

179 薛紹徽譯寫：〈胡爾素符〉，《外國列女傳・卷四・文苑列傳》，頁十四下。

180 薛紹徽譯寫：〈阿斯丁〉，《外國列女傳・卷四・文苑列傳》，頁十九上。

181 薛紹徽譯寫：〈阿利凡得〉，《外國列女傳・卷四・文苑列傳》，頁二十三下。

此外，「義烈列傳」雖僅收錄 8 位女性，但其中「若安」（Jeanne d'Arc; Saint Joan of Arc，今譯聖女貞德；1412-1431）在晚清具有相當高的知名度，前已述及 1897 年薛紹徽參與上海女學堂教務，當時曾提及的西國女子成才成藝者僅「若安」一位，是以《外國列女傳》收錄此人並不意外，且篇幅接近二頁之多，超過大部分外國女傑。可見此書有意載錄更多「若安」的介紹，以增加人們對於西國義烈女子典範的了解。

而對於西國女子生平事蹟較為特別者應如何展現，陳壽彭與薛紹徽也曾討論過。如西國女子的離婚再醮經驗應如何呈現，薛紹徽認為應「據事直書，適從其類；鈎玄索要，悉如所言。」[182]然需「借其鏡燭，顯我文明。」[183]而陳壽彭認為：「西俗婦女離異再醮，皆律例所許，未可厚非。吾國古風，亦常有之。然其俗雖若此，而婦女中能以貞節自見者，亦復有人，惟讀者識之可矣。」[184]顯示陳壽彭能理解中西婚俗之不同，持平地認為即使西俗較為開放，貞潔自見者也不少，因此並不反對據事直書西國女子的離婚再醮，留待讀者判斷即可。如介紹英國小說家「娜桐」（Caroline Elizabeth Sarah Norton，今譯卡洛琳．諾頓夫人；1808-1877）即提及她婚後認識麥爾邦世爵，「麥實為首揆，與娜親切，醜聲外揚，其夫令與麥絕交，以保名節。晚

182 薛紹徽：《外國列女傳．敘》，陳壽彭譯、薛紹徽編譯：《外國列女傳》，無頁數。

183 薛紹徽：《外國列女傳．敘》，陳壽彭譯、薛紹徽編譯：《外國列女傳》，無頁數。

184 陳壽彭：《外國列女傳．譯例》，陳壽彭譯、薛紹徽編譯：《外國列女傳》，無頁數。

年又嫁馬斯孟爾，數月卒」[185]由此可知，薛紹徽秉筆直書西國女子的離婚再嫁，甚至婚外交友引發的醜聞也不避諱地直陳其事。可見薛紹徽確實對西方愛情與婚姻自由有一定了解，這使她不那麼刻意強調女子的貞節觀，對於女性的婚戀等切身問題採取比較包容的態度。職是，薛紹徽編譯此書時對貞節觀的淡化，也表現在她當時寫的〈老妓行〉詩中對賽金花（傅彩雲）的婦道具有更寬泛的包容。錢南秀也具體指出：

> 彩雲在外交場合舉止合宜，是為婦容；百姓有難時能挺身救助，是為婦德。儘管她遠非傳統的烈婦淑女，也應給她公道的評價。薛氏平實公允的態度，與她當時正在撰寫的《外國列女傳》密切相關。異俗殊風，貞操已遠不能成為評價婦女的最重要標準，遑論唯一標準。西方婦女道德標準、人格理想的省察，也促使薛氏重新審視中國傳統，而建立起更為適宜的女性價值體系。[186]

因此，編譯《外國列女傳》對於薛紹徽解讀所有女性的生命史，相當具有意義，尤其是使她得以在中西兩種價值觀的調和中，找到適切的中國女性價值體系及女學典範。誠如錢南秀所言：

> 薛氏是借這些西方「閨範閫儀」，來表述她對婦道四德的

[185] 薛紹徽譯寫：〈娜桐〉，《外國列女傳・卷四・文苑列傳》，頁二十上至二十下。

[186] 錢南秀：〈晚清女詩人薛紹徽與戊戌變法〉，陳平原、王德威、商偉編：《晚明與晚清：歷史傳承與文化創新》，頁 364。

> 新定義。……，更有意味者，借西方較為自由的兩性關係，薛氏宣揚了婚姻自主、婦女獨立。長期統制中國婦女的貞節觀，在薛氏筆下亦相應淡化。[187]

是以，由薛紹徽的用心，可知她並非故步自封的傳統女子，而是懂得藉他山之石以重新定義中國女學觀念的知識分子。[188]

綜言之，編譯《外國列女傳》展示她一邊接收域外新知，一邊持守中國傳統文化的融合態度。其次，展現她對西方理想情愛與女性典範的看法，不只對女子的特殊婚戀及貞節觀採取較包容的態度，也能肯定她們的職業身分與才華等更自由開放的特質。質言之，編譯《外國列女傳》對曾經投身女學堂並且對西學有定見的薛紹徽而言，是她推廣女學、建構女性為新民的重要利器。是以，薛紹徽編譯西國女子典範，有其必然。

六、結語：薛紹徽以翻譯文學認識域外世界的意義

本文探賾薛紹徽對域外世界的想像與書寫，並以她的翻譯文本做為考察對象，以探討她對西學的接受情形及開闊的世界性眼光。

首先，薛紹徽雖未曾出洋卻擁有相當不錯的西學涵養，雖不

---

[187] 錢南秀：〈中典與西典：薛紹徽之駢文用事〉，程章燦編：《中國古代文學文獻學國際學術研討會論文集》，頁 592-593。

[188] 參考錢南秀：〈「列女」與「賢媛」：中國婦女傳記書寫的兩種傳統〉，游鑑明、胡纓、季家珍主編：《重讀中國女性生命故事》。

諳外文卻能夠翻譯西書，並博得近代第一位女譯者的美名。究其實，她在翻譯西書時對中西文化展現的取捨與融合，才是她真正展現個人才學的價值所在。易言之，薛紹徽嫁接兩種文化，一邊接收西學，一邊以中國傳統文化的涵養適度地解讀西學，反而更見開闊的視野。因此薛紹徽做為一名晚清才女，其女性觀點下的西學接受情形，反而極具開放特質。

其次，未曾出洋的薛紹徽對域外世界的想像，主要受到夫婿陳壽彭的域外／西學經驗影響，其次是創辦上海女學堂及《女學報》的夫兄及法籍妯娌。這使薛紹徽原本持守的中國文化觀念與西洋事物發生碰撞時，得以適時地「以中化西」，融合中西方觀點。是以，無論合譯西書或制定女學堂課程、擔任《女學報》主筆，薛紹徽都受到其夫婿與夫兄的器重，一再大展長才。即使她未曾出洋、並無任何域外經驗，仍具有較諸當時其他才女更加開闊的眼光與不凡的識見。

再者，她對域外世界的具體想像，落實在翻譯西書的成績上，而且是少見的夫妻合譯。由熟諳外文的丈夫口譯、古文涵養深厚的妻子筆述，如此夫／口譯／主導、妻／筆述／配合的雙人翻譯模式，似為上下從屬的關係，但薛紹徽並非一味被動的筆述者，某些時候她也會發表自己獨特的看法，未必完全配合陳壽彭的口譯或主導。由於譯筆質佳，即使不諳外文，敏慧的薛紹徽仍然成功地以翻譯西書奠定她在近代文學史上譯介西學的地位。

第四，夫妻陸續合作編譯四部西書，包括《八十日環游記》、《格致正軌》（已佚）、《雙線記》及《外國列女傳》，彰顯他們與域外文學的接軌。進而言之，陳壽彭與薛紹徽合譯《八十日環游記》是該書第一個中譯本，頗受歡迎；薛紹徽出於對西學的好奇而翻譯該書，但仍不乏「以中化西」的譯筆，以降低中國讀者對於域外文學的陌生感。翻譯言情小說《雙線記》，則展現他們以更「中國化」的觀點想像這部「外國《紅樓夢》」，也藉此深化他們對西方男女平權與自由戀愛觀念的認識；而薛紹徽認為《詩經》不避鄭衛之音亦無礙其為經典，認為言情小說也有其價值，大體言之仍是「以中化西」的態度。而編譯《外國列女傳》則藉由各類西國女子傳記，提供中國關於女姓職業、婚戀自由、男女平權觀念的參考；薛紹徽與陳壽彭在此書有更多協商，比較像合譯的競爭者關係；尤其是分類上對於女性德與才的討論，兩人各有堅持，陳壽彭認為應以西國注重之職業身分為主，薛紹徽大體仍是「以中化西」地認為可依《列女傳》分類；經協商後乃綜合雙方的中西觀點而並舉；而女性傳記的編寫上，薛紹徽原附加的駢文、論贊與詩歌等可以發揮自己才學的意見，大多在陳壽彭認為譯作者不應發表太多己見、留待讀者評判的觀點下，被大量刪減，稍顯可惜。綜言之，薛紹徽與陳壽彭的西書翻譯類型遍及科幻小說、科技專書、言情小說、女性傳記等；而翻譯小說於晚清原本即為暢銷文類，其中又以科幻和言情小說為大宗；而外國女性傳記也是晚清當時流行的讀物。是以，透過這些編譯之作的多樣性，正可顯示薛紹徽與陳壽彭觀看世界的寬闊視野，同時也彰顯他們的觀看方式仍不脫「以中化西」的模式，面對西學時適度地展現他們對於自己文化的自信與優越感，而非全然地盲目崇洋。

綜言之，薛紹徽透過幾部西書編譯，落實她的域外想像與書寫，同時也能達到啟瀹新民與深化女學的作用，於己於公皆有相當意義。是以，明清以來的女性文學發展至近代，已逐漸形成作者身分多重而作品文類多元的豐富面貌。女詩人的職業有更多的可能性，書寫的文類也不再局限傳統的詩詞古文，也能以譯筆開眼看世界，並將眼光投注於更為新奇的科幻或言情或女性傳記。是以，薛紹徽以其譯筆觀看域外世界，實為近代女性文學史上值得大書特書的一頁。

第三章　自我、空間與文化主體的流動／認同
——呂碧城的古典散文

一、前言：民國才女的古典散文

晚清民初是中國文學轉型的重要階段，傳統閨閣女詩（詞）人群體的文學表現，也因應這樣的世變而有所轉變，其文學話語的流動與其身分認同的關係，特別值得探究。其中，向有「近代女詞人第一」（錢仲聯《近百年詞壇點將錄》）美稱的呂碧城，便是一位文學話語多樣流動的女作家，在詩詞、散文、翻譯[1]上都有相關表現，值得探賾。

[1] 呂碧城之翻譯作品，其評價猶待商榷，亦缺乏有系統的相關研究。其中，《歐美之光》應為譯著中最知名者，惟該書之編、譯、寫界限模糊，頗費考察。其他譯作尚有英譯中《美利堅建國史綱》；中譯英的作品《法華經普門品》、《華嚴經普賢行願品》、《阿彌陀佛》等佛學專著。其中，《法華經普門品》（中英對照本）乃比對當時通行的三種英譯本，選擇克爾恩（H. Kern）直接由梵文翻譯的版本，補充了其他中譯本缺漏的部分偈言。此書既有 1933 年上海佛學書局版本，亦有在星洲由僧人及信眾發心助印的版本。上述《法華經普門品》的翻譯情形，感謝匿名審查委員提供的詳盡資料。

然而，由於呂碧城的詞作極受佳評，相關研究亦有相當成果。相對而言，其散文成就多被遮蔽。其實她的散文已編入《呂碧城詩文箋注》卷三與卷四中，[2]包含以下幾類主題，一是女學論述，二是行旅游蹤，三是戒殺護生／蔬食因緣，四是夢境與靈異等四大類主題，內容豐富，頗值得探究，本文即以此為研究範圍。

綜觀呂碧城散文的相關研究，仍有深化空間，系統性亦有待建立。其散文大多被分類或單篇研究。首先，以呂碧城的女學論述為研究對象的大多以其在女子教育上的成就為主，較少深入探賾其女學散文內涵。其中，黃嫣梨〈呂碧城與清末民初婦女教育〉[3]為較早注意呂碧城女學成就的專論，然此文以史學角度研究呂碧城的女學成就，較未細讀其女學散文。其次，以行旅為主題的研究，方秀潔〈重塑時空與主體：呂碧城的《游廬瑣記》〉[4]值得注意，她對於〈游廬瑣記〉所呈現的異國情調有獨到見解，指出此文迥異於傳統詩詞的賞景感懷，轉而重塑一嶄新的時、空與主體性。上述兩類散文——（女學）論述與遊記，在文

---

2 《呂碧城詩文箋注》卷三「文」，包含部分呂碧城編譯《歐美之光》的篇章。又，卷四完整收錄《歐美漫遊錄》（又名《鴻雪因緣》），然而各篇散文皆未繫年，僅知著作年代自 1926 年秋至 1927 年秋，終篇為 1929 年 5 月所寫。以下引文，凡提及卷四《歐美漫遊錄》（又名《鴻雪因緣》）的篇章，皆無法標出正確的著作年代，特此識之。

3 黃嫣梨：〈呂碧城與清末民初婦女教育〉，《妝臺與妝臺以外——中國婦女史研究論集》（香港：牛津大學出版社，1999 年 5 月）。

4 方秀潔：〈重塑時空與主體：呂碧城的《遊廬瑣記》〉，張宏生、錢南秀編：《中國文學：傳統與現代的對話》（上海：上海古籍出版社，2007 年 12 月）。

類與性別的符碼界定中，多半歸屬男性創作的文類。因此，當近代女子開始投入此兩類創作後，最能彰顯女子藉文類跨越性別疆界的意義。再者，以戒殺護生／蔬食因緣為主題的研究成果，如賴淑卿〈呂碧城對西方保護動物運動的媒介——以《歐美之光》為中心的探討〉即以《歐美之光》做為考察呂碧城中年向佛，進而戒殺護生及提倡蔬食的文本。最後，討論其夢境與靈異主題的研究，似乎未見專篇論文。[5]

相對言之，全面研究呂碧城散文的較少，僅見趙慧芳〈浮出歷史地表——呂碧城散文創作論〉及王忠祿〈呂碧城散文芻議〉[6]兩文。前者提出呂碧城散文的兩項特色，一是「夢幻的心理化」，一是「確立女性敘事的權威」；後者仍有持續挖深的空間。此外，郭延禮〈南社作家呂碧城的文學創作及其詩學觀——紀念南社成立一百周年〉[7]僅部分論及其散文。

職是，本文擬全面研究呂碧城的「散文」，以補呂碧城文學研究之闕。主要藉其散文表現，以探討呂碧城的女性自我在不同

5　潘宜芝《空間・行旅・新女性——呂碧城作品研究》（東海大學中文系碩士論文，2011 年）曾部分論及其散文中的夢境主題。王麗麗〈試析呂碧城《曉珠詞》的夢〉（《文藻學報》11 期，1997 年 3 月）則論其詞作中的「夢」，未及於散文。

6　趙慧芳：〈浮出歷史地表——呂碧城散文創作論〉，《淮北煤炭師範學院學報（哲學社會科學版）》，2010 年 3 期，2010 年 6 月，頁 17-20（雙月刊）。王忠祿：〈呂碧城散文芻議〉，《河西學院學報》，2007 年 4 期，2007 年 8 月，頁 40-42。

7　郭延禮：〈南社作家呂碧城的文學創作及其詩學觀——紀念南社成立一百周年〉，《文學遺產》，2010 年第 3 期，2010 年 7 月，頁 127-137（季刊）。

空間的流動與身分認同，以及論證她對中、西兩種文化主體的確認／游移的狀況，進而證成她做為一名晚清民初知識女性的典範意義。是以，本文想提出的問題在於欲理解晚清閨秀詩（詞）人向現代知識女性轉型的意義，是否可能藉由多方觀察她們的所有文類，尤其是已被定評的傳統詩、詞之外的其他文類／文本，以理解／建構她們做為新式知識女性的意義與價值？進而言之，以傳統閨閣女性較少書寫的政（議）論或遊記類散文而言，其文類屬性原本較偏向專屬男性；然而，晚清已開始出現女性書寫此類散文的現象，特別是女性自己發表的女權論述及旅遊見聞，不再只有單一的屬於男性的話語／聲音而已。而呂碧城的散文表現正是此一現象中值得注目的個案，是以呂碧城以女性自我所發聲的政（議）論與遊記類散文，自有其值得探賾之價值。這是本文所提出的第一個問題。

其次，呂碧城早年雖有提倡女學／女權的新觀念，以及周遊世界的新經驗，但由於她一生始終堅持文言文書寫的立場（特別是五四新文化運動後依然），以及「近代女詞人第一」的稱譽，這些表現都使得其文學史定位很自然地被定錨於舊文學傳統的尾聲／殿軍。不只如此，呂碧城中晚年倡導佛教為國教與推廣戒殺護生的觀念，以及科學與玄學之爭中對玄學（靈異與夢境等）的支持，在在證成了她舊文學遺老的樣貌。然而，似舊實新／似新實舊，正是晚清民初文學的弔詭之處。易言之，呂碧城此類看似舊式的遺老的表現，果真從裡到外皆舊乎？是否有可能另眼看待，以考掘其中之「新」意？正所謂「以新眼觀舊書，舊書皆新。」（晚清孫寶瑄《忘山廬日記》），同理亦然。是以，本文擬以新眼觀察看似舊文學遺老的呂碧城，其散文中所透顯的新意究竟為何？這是本文提出的第二個問題。

以下說明本文的論述脈絡。首先論其「變換的身分」，從投身報界以倡女學乃至中年皈依佛教；其人生由亢奮的革命激情到慈悲的護生戒殺，展現多樣化的流動／認同。其中，女性政論散文，不只突破男性專擅的侷限，也標識了知識女性接受新學的豐沛能量與創作力。而呂碧城後期投入佛教戒殺護生的活動，使其身分認同看似守舊而退後，然而其尊重生命的積極態度，卻很有可能是種極難能可貴的現代性態度。二是「流動的主體」，移動於不同空間／文化的女遊經驗，一方面漫遊於不同國度，另一方面出入夢境／靈異的邊緣；移動於虛實空間，在在展現其無限寬廣的生命樣貌。其中，女性遊記散文的寫作，更是突破傳統閨閣書寫的一項新發展，此文類不只突破了傳統記遊詩詞的習套（觸景懷古兼寓己懷）而開展女性自我敘述見聞感懷的可能性，更彰顯了新時代女性主體對自我身分的認同。而呂碧城對靈異／夢境的書寫，與其在科學與玄學之爭中對玄學的認同有關，此一看似「不科學」的態度，是否果真守舊／退後，亦有值得商榷的空間。三是「對文化主體的確認與游移」，呂碧城對自身文化既有一定的堅持，對西方價值的認識亦有所選擇。這種有所選擇，既表現在其人對五四後全面改用白話文的反對立場上，也表現在其人對國人過度崇尚英文的批判上。然而，堅守文言的同時，卻又留下唯一一篇白話創作；雖批判過度使用英文的媚外風氣，但能口操流利英語的優勢，卻又讓她得以享有西式生活的便利。簡言之，呂碧城與同時代已逐漸走向白話書寫的五四女作家大異其趣，在文化主體性及價值的選取上，呈現的是多方流動／認同的面貌。其堅守文言書寫，使她匿跡於現代文學史；而其極具現代意義的單身／獨遊以及護生／蔬食的提倡，則又顯出其與同時代五四女作家非常不一樣的「現代性」。

綜合以上，由呂碧城的散文，足以探勘其人流動的自我如何在不同空間與文化當中自在流轉／認同，不僅多方呈露她自閨閣出走後的自我轉化歷程，且為自我主體賦予了現代性意義。其中若干論述性較強的散文，頗能見出呂碧城的識見；而其他遊記類散文亦表現不俗。簡言之，呂碧城雖堅持使用文言文，但她對散文這一文類的掌握，使其既能議論，又兼具寫景、敘述，擴大了散文在晚清民初女性書寫上的寬廣空間。就此而言，她已遠較其他同時代女性走得更遠、更穩健了。是以，其特立獨行的各式人生圖景，以及急欲建構的各式身分認同，在在顯示了一代才女叛離傳統閨閣的新世代姿態。其人因此堪稱晚清民初知識女性的典範人物，值得深入探賾。

二、變換的身分・外出的女人：閨閣主體轉化後的各種流動履歷

呂碧城（1883-1943），一名蘭清，字遁天，號聖因，晚年法號寶蓮。父呂鳳岐為清光緒三年（1877）翰林，曾任山西學政。呂碧城與長姐清揚、次姐美蓀，皆以詩文著稱，有「淮西三呂，天下知名」之稱（英斂之曾為之刊行《呂氏三姐妹集》）。而呂碧城於三姊妹中尤為慧秀，特以詞著稱；詩文外亦工畫、善治印，並嫻聲律。十二歲喪父後，依母命往依舅父，冀得較優教

育；年十五六所作詩文，為樊樊山、易實甫等前輩所稱頌。[8]可見呂碧城所接受的傳統閨閣涵養，與同時代女性如秋瑾、單士釐、薛紹徽等大致相同。然而，這樣一個舊學家庭出身的呂碧城，卻於成年後因故叛離傳統閨閣與家庭，並走出一條非常不同的路。

其逃家伊始為的是尋訪與己切身的「女學」議題。1904年，22 歲的呂碧城為探訪女學而與舅父決裂離家，[9]此後的人生注定以「無家可歸」（homeless）[10]、「居無定所」（placeless），甚至「不得其所」（dis-placed）[11]的姿態，輾轉流離於各種身分之間。尤其是她絕然叛離和摒棄傳統父權體制的權威與規範，更使她終生為了自己的身分認同而努力。是以，輾轉流徙於各種自我轉化的歷程，便成為呂碧城一生引人注目的標識所在。

呂碧城出走後自我轉化的身分，最早擔任報館的助理編輯（呂氏自稱「記者」，以下皆以此稱為準）兼教育家。民初成為

8　參考方豪〈呂碧城傳略〉，《呂碧城詩文箋注》附錄一〔傳記題跋〕，頁 498-499。

9　關於逃離家庭的經過，可參考呂碧城〈予之宗教觀〉，《呂碧城詩文箋注》卷四（上海：上海古籍出版社，2007 年 8 月），頁 480-481。另，方豪〈呂碧城傳略〉中亦提及此事，見《呂碧城詩文箋注》附錄一〔傳記題跋〕，頁 499。

10　「無家可歸」，可見〈予之宗教觀〉，《呂碧城詩文箋注》卷四，頁 480-481。此外，〈續編　獨遊之辦法及經驗〉亦曾述及「無家」狀態，《呂碧城詩文箋注》卷四，頁 371。

11　「居無定所」（placeless）與「不得其所」（dis-placed），出自琳達．麥道威爾（Linda McDowell）著；徐苔玲、王志弘合譯：《性別、認同與地方——女性主義地理學概說》第一章「導論：地方與性別」（臺北：群學出版社，2006 年 5 月），頁 2。

袁世凱的秘書。中年時期遷居上海的呂碧城，既成為一名致富的女商人，也是「南社」的女詞人。此期她雖已屆中年，卻身體力行地成為真正的女（留／遊）學生，出洋赴美哥倫比亞大學習美術。中晚年的呂碧城漫遊歐美，成為佛教徒，終生為護生戒殺而奔走。簡言之，呂碧城由早年亢奮的女界革命者，轉型為中晚年慈悲的佛教徒，其不斷流轉的身分、多樣化流動的履歷，其實都是她自我認同的表現。特別需要指出的是，其早年提倡女權女學是性別自我的認同，而後期成為倡導戒殺護生的佛教徒，不只是出自對生命的尊重，也是她一生的自我（身分）流動中，最被自己、也最為後人所認同的身分（其號「聖因」與「寶蓮」由此可見）。是以，本文仍將其後期的佛教徒身分置於此處討論之，以便理出呂碧城於不同的生命空間裡所歷經的各式身分流動，乃至認同。

（一）亢奮的女界革命：以女學時論介入晚清的女記者與教育家

呂碧城的女學時論，多關注女界革命，可說是女性政論文的典範。郭延禮對此評價甚高：

> 女性政論是 20 世紀初伴隨著中國女權運動和女性報刊而誕生的女性文學中的一個新品種。呂碧城正是這個女性政論文學群體中有代表性的作家之一。她在天津的《大公報》和秋瑾辦的《中國女報》等報刊上發表了若干政論，在當時有很大影響。……碧城政論，長於論辯，條理清晰，邏輯性強，很有折服人的力量。她在文中又常引用西

> 方故實和西哲名言，作為論辯的理論根據，即梁啟超所說的「以歐西文思入文」，我們將此視為呂碧城散文文體革新的一個方面，稱為「女界新文體」，當不為無據。[12]

據此，郭延禮認為呂碧城乃近代女性政論散文的代表作家之一，並以「女界新文體」為之定位。本文則以「女學時論」稱之。

1、「北洋女學界之哥倫布」

逃家的呂碧城，於 1904 年幸得天津《大公報》創辦人英斂之賞愛，擔任助理編輯，[13]進入報界。同年，呂碧城復經英斂之引薦，得到時任直隸總督袁世凱、天津道唐紹儀及其他仕紳襄助，創設北洋女子公學，呂碧城更出任總教習兼國文教習，後任監督，成為女教育家。直至 1912 年北洋女子公學停辦（一度停辦，後改為天津女子師範學校），呂碧城轉職任袁世凱總統府秘

---

[12] 郭延禮：〈南社作家呂碧城的文學創作及其詩學觀——紀念南社成立一百周年〉（《文學遺產》，2010 年第 3 期，2010 年 7 月，頁 127-137），頁 132。

[13] 然而，1908 年，英斂之與呂碧城關係決裂。當時，《大公報》上刊載一篇題為〈師表有虧〉的短文，批評幾位北洋女子公學的教習打扮妖艷，不中不西，有損師德。由於呂碧城性格較孤傲，性喜奢華裝扮，兼以當時女教習並不多，打扮妖艷者更少，而英斂之亦曾對自己的裝扮發過微詞，呂碧城乃以為該文刻意譏刺自己，於是在《津報》上為文反擊。英斂之在該年九月十三日日記中記載：「碧城因《大公報》白話登有『勸女教習不當妖艷招搖』一段，疑為譏彼；旋於《津報》登有駁文，強詞奪理，極為可笑。數日後復來信，洋洋千言分辯，予乃答書，亦千餘言，此後遂不來館。」以上參考方豪〈呂碧城傳略〉，《呂碧城詩文箋注》附錄一〔傳記題跋〕，頁 500。

書。[14]因此，22 至 30 歲左右的呂碧城，年紀尚輕，即已身兼記者與教育家這類性別分工裡較男性化的職業角色，並進入以男性為主的公共空間中任職，時人稱之「北洋女學界之哥倫布」。藉由兩種職業身分的便利，呂碧城遂得以將她對女界革命的關懷發表於報刊。

呂碧城疾呼女界革命的散文多發表於《大公報》。女界革命最要緊的是提倡女學，以〈論提倡女學之宗旨〉（1904）為例，呂碧城直言女學之有益於國家公益的重要性：

> 女學之倡，其宗旨總不外普助國家之公益，激發個人之權利二端。國家之公益者，合群也；個人之權利者，獨立也。然非具獨立之氣，無以收合群之效；非藉合群之力，無以保獨立之權。[15]

可知，呂碧城提倡女學，既為國家（合群），也為個體（獨立），兩者互為表裡，其思想之開闊可見一斑。就「合群」言之：

> 自強之道，須以開女智興女權為根本。蓋欲強國者，必以教育人材為首務。豈知生材之權，實握乎女子之手乎？緣兒童教育之入手，必以母教為基。若女學不興，雖通國遍

14　此處主述呂碧城天津時期的人生履歷；其後本節（二），將呈現 1912 年後呂碧城離開天津南下上海發展的生平履歷。

15　呂碧城：〈論提倡女學之宗旨〉（本文初載於 1904 年 5 月 20、21 日，天津《大公報》），《呂碧城詩文箋注》卷三，頁 125。

> 立學堂，如無根之木，卒鮮實效。……。由是觀之，女學之興，有協力合群之效，有強國強種之益，有助於國家，無損於男子。[16]

可見呂碧城認為母教是培育人才的重要基石，女學不興，便無法強種強國。就「獨立」而言，女子亦為完全自由之身，其獨立之權不可忽視：

> 權者，人身運動之大機關也。無權，則身為木偶，雖有支體以資運動，然壓制之，排叱之，即不得運動；雖有耳目以資見聞，然幽閉之，不許出戶，即不得見聞；雖有精神以利思想，然不許讀書以開心智，即難發思想。是天賦之形體，已不能為己有焉。[17]

因此女權之興，對女學之推動有絕對之功效。呂碧城的結論是「欲固其本，宜先樹個人獨立之權，然後振合群之力。」[18]既獨立者，必能合群。

呂碧城對女學的體認，也展現在〈教育為立國之本〉（1904）一文中。她認為中國之弱與西方之強，全在學校之盛的差別上：「凡國家欲求存立，必以興學校、隆教育為根本。」[19]

16　呂碧城：〈論提倡女學之宗旨〉，《呂碧城詩文箋注》卷三，頁127。

17　呂碧城：〈論提倡女學之宗旨〉，《呂碧城詩文箋注》卷三，頁128。

18　呂碧城：〈論提倡女學之宗旨〉，《呂碧城詩文箋注》卷三，頁129。

19　呂碧城：〈教育為立國之本〉（本文初載1904年6月18日，天津《大公報》），《呂碧城詩文箋注》卷三，頁144。

呂碧城認為教育具有強國之效，更能激發女子的自立。由此可知，呂碧城對女子教育的投入，日後於此有成，其來有自。

上述女學時論，證諸前引郭延禮以「女界新文體」稱述呂碧城的政論文成就，並未過譽。整體言之，呂碧城之政論散文確有長於論辯、條理清晰、邏輯性強的特點，其折服人的力量，不僅超越當時諸多女性同好，如秋瑾的女學專文；較諸當時諸多男性視野為主的女學論述，如梁啟超等，亦不遑多讓。

以秋瑾（曾以「碧城」為號）為例，其《中國女報》曾刊有〈創辦中國女報之草章及意旨廣告〉、〈中國女報發刊辭〉（一說此發刊詞出於呂碧城之手）、〈敬告姊妹們〉（以上皆 1907 年）等知名散文，旨在提倡女權。其〈敬告姐妹們〉提及辦女報的緣由：

> 難道我諸姊妹，真個安於牛馬奴隸的生涯，不思自拔麼？無非僻處深閨，不能知道外事，又沒有書報，足以開化智識思想的。就是有個《女學報》，只出了三、四期，就因事停止了。如今雖然有個《女子世界》，然而文法又太深了。我姊妹不懂文字又十居八九，若是粗淺的報，尚可同白話的念念；若太深了，簡直不能明白呢。所以我辦這個《中國女報》，就是有鑑於此。內中文字都是文俗並用的，以便姊妹的瀏覽，卻也就算為同胞的一片苦心了。[20]

---

[20] 秋瑾：〈敬告姐妹們〉，《秋瑾集》（上海：上海古籍出版社，1979 年 9 月），頁 14。關於秋瑾的女學散文，詳參拙著：〈游移的身體・重層的鏡像——由秋瑾的藝文生命觀看其身分認同問題〉，《從秋瑾到

可知，秋瑾為使一般深閨中不識之無的女性得覽天下事，選擇淺俗白話「宣講」，與前此呂碧城散文之清晰條理、邏輯性強的特點明顯不同。

再以梁啟超〈變法通義・論女學〉為例：

> 西方全盛之國，莫美若；東方新興之國，莫日本若。男女平權之論，大倡於美，而漸行於日本。……彼西人之立國，猶未能至太平世也。……國人無男無女，皆可各執一業以自養，而無或能或不能之別。故女學與男學必相合。今之美國，殆將近之矣。是故女學最盛者，其國最強；不戰而屈人之兵，美是也。女學次盛者，其國次強，英、法、德、日本是也。女學衰，母教失，無業眾，智民少，國之所存者幸矣，印度、波斯、土耳其是也。[21]

可見，梁啟超提倡女學的政論散文亦具備條理清晰、邏輯性強的特點，也符合梁啟超自己對散文革新所提出的「以歐西文思入文」的要求。證諸呂碧城的政論散文，確乎已有相當程度達到梁啟超所謂文體革新的表現了。是以，郭延禮推崇呂碧城之女性政論文，並以「女界新文體」稱之，確乎洞見。

值得注意的是，梁啟超與呂碧城皆以傳統的文言文書寫最時新的女學／女權議題，此由於晚清知識分子皆出身傳統國學涵

蔡珠兒——近現代知識女性的文學表現》（臺北：臺灣學生書局，2010年1月，頁120-127）。

21 梁啟超：〈變法通義・論女學〉，《飲冰室文集》第一冊（臺北：臺灣中華書局，1960年），頁43。

養，文言文向來是他們擅用的文體。當時雖已倡導白話文，但知識分子的書寫習慣仍以文言文為主，尤其是論述；白話多運用於啟蒙一般大眾。因此，與呂碧城一樣傳統國學出身的知識分子，仍大多以其熟習的文言文，書寫他們對西學／新學的見解。[22]

2、德、智、體育兼備的女學內涵，體育尤具健康美

擔任北洋女子公學教習的歷練，更讓呂碧城得以將理念付諸實行。她在〈興女學議〉（1906）裡闡述辦學宗旨：

> 吾國女子之教育為驅策服役而設，小之起於威儀容止，大之極於心身性命，充其量之所極，不過由個人而進為家族主義，絕無對群體之觀念，故其所及也狹。歐美女子之教育，為生存競爭而設，凡一切道德知識，無不使與男子受同等之學業。故其思想之發達，亦與男子齊驅競進，是由個人主義而進為國家主義，故其所及也廣。……故以為今日女子之教育，必授以世界普通知識，使對於家不失為完全之個人，對於國不失為完全之國民也。[23]

可知，呂碧城興辦女學，務使女子與男子受同等教育，得與男子

---

[22] 當時，即使是鼓吹使用白話文的議論文，仍使用文言文書寫，如 1898 年裘廷梁發表於《蘇報》的〈論白話為維新之本〉，即以文言文書寫。在五四新文化運動之前，白話多用於啟蒙大眾，文言則以保存國粹為主，遂漸形成功能分殊的現象。進一步可參考拙著：《近代白話書寫現象研究》（中央大學中文所博士論文，2004 年 1 月。修改後，於 2005 年 3 月由臺北萬卷樓圖書公司出版）。

[23] 呂碧城：〈興女學議〉（本文初載 1906 年 1 月 25 至 28 日、2 月 1 至 5 日，天津《大公報》），《呂碧城詩文箋注》卷三，頁 147。

並駕齊驅；因此，授其世界普通知識，使成器量宏大的女子，乃為要務。

接著，呂碧城闡述「德育」、「智育」與「體育」三方面課程內涵。「德育」指的是修身、文學、哲學、歷史傳記、音樂、詩歌等學科。[24]「智育」，一指「普通學」，包括算數、理科、美術、地理、方言，二是「實業」，指的是專門的工商知識。[25]「體育」學科有二，一是「衛生」，含飲食與精神之衛生；二是「體操」。[26]以上諸學科的終極目標，以養成女子之知識及身心健康為目標，以便培養有獨立性質的現代女性。

其中，「體操」課程與近代反女性纏足運動有關，在普遍救亡圖存的呼聲中，強國必先強種的概念導引著女子體育課程的發展。具備健康美的女性，不僅具有男女平權的意義，也將體育運動由專屬男性的活動，拆散其性別編碼並重組為女性也能參與的活動。同時也呈現了近代社會力量與局勢移轉中的各種期望，亦即對女性健康美之期待，以便她們能夠報效父權國家，培育優秀的下一代。[27]呂碧城對女子「體操」課的期待亦然：

> 吾國閨秀……若與彼白色人種挺胸直幹相較，無不自慚形

---

[24] 呂碧城：〈興女學議〉，《呂碧城詩文箋注》卷三，頁 154。

[25] 呂碧城：〈興女學議〉，《呂碧城詩文箋注》卷三，頁 156-159。

[26] 呂碧城：〈興女學議〉，《呂碧城詩文箋注》卷三，頁 160-161。

[27] 參考王志弘：《性別化流動的政治與詩學》（臺北：田園城市文化公司，2000 年 5 月）「第四章　流動的詩學——性別再現的文化政治」，頁 116-117。游鑑明：〈近代中國女子體育觀初探〉，鮑家麟編：《中國婦女史論集．五集》（臺北：稻鄉出版社，2001 年 7 月），頁 257-304。

> 穢，豈昔所謂女德中之婦容者，必須此文弱之態歟？今欲矯正其體態，則非體操不為功。體操者，矯正其體態，使之活潑健全也。……。歐美體操，多先由醫師驗其體格，查其年齒，分類編列，以適宜者教之。吾國女學初學體操，正宜仿此，不得為過激之運動而轉以致傷也。美國女子有習兵操者，上海某女校亦曾效之，雖取尚武之精神而究為躐等。[28]

由此可知，呂碧城心目中的體操課程，在於矯正傳統女德中文弱之婦容，使其健康活潑，進而成為合群而守公德的好國民，因此體操不宜過激。是以，呂碧城對於當時流行的女子體操率皆教授兵式體操甚不以為然，認為此舉稍嫌超過。[29]然而近代女子體育課程，最終仍是延續了傳統女性傳宗接代的性別編碼功能，即使孤高自標的呂碧城亦曾自言：「女子為國民之母，對國家有傳種改良之義務。」[30]可見女子體育最初發展時所秉持的男女平權概念，仍舊被收編／淹沒在復興國族命脈的政治論述中了。

然而，理想如此，實際能結業的女學生並不多，呂碧城自

---

[28] 呂碧城：〈興女學議〉，《呂碧城詩文箋注》卷三，頁 160-161。

[29] 早期體育課皆稱「體操」，女子體操基本教導三種內容：普通體操、兵式體操和遊戲。不少學校教授兵式體操，女學校可酌減內容，但尚武精神仍滲透到女子體操課裡。參考游鑑明：《近代中國女子的運動圖像——1937 年前的歷史照片和漫畫》「第二章　學校的女子體育活動」（臺北：博雅書屋，2008 年 8 月），頁 20。

[30] 呂碧城：〈興女學議〉，《呂碧城詩文箋注》卷三，頁 159。

述：「七學期間培植成材者，僅有十人」[31]，中途輟學者眾。雖如此，並無礙其教育家的表現。呂碧城〈敬告中國女同胞〉、〈興女權貴有堅忍之志〉亦同樣闡發了女學之必要。無論如何，藉由這些發表於《大公報》的女學時論，不難看出呂碧城身為報界女記者的前瞻性，這使她面對切身的女子教育問題，能夠富於開闊的氣象。

自 1904 至 1912 年止，除了女記者，做為女教育家正是年輕呂碧城最重要的職場身分。1920 年冬，已 38 歲的呂碧城自己也成為女留／遊學生（旁聽生），遠赴美國哥倫比亞大學習美術，[32]直至 1922 年回國。這項因就學而遠赴海外的移動，不僅已跳脫傳統閨閣女子限於家內空間的閉鎖狀態，更大大超前當時大部分男性所能達到的求知範圍。[33]

1926 年後，已年逾四旬的她撰述〈女界近況雜談〉，可見這是她一生很重要的關懷所在。同時她也曾在〈予之宗教觀〉追憶當年因興辦女學而未與秋瑾同渡日本的因緣，[34]兩位晚清的新女性，見解雖同，作法不一，秋瑾出國為女學效命，呂碧城則留在國內繼續在報刊撰述女學時論。呂碧城之參與報界為女記者兼

[31] 呂碧城：〈北洋女子公學同學錄序〉（初載時間不詳，推測應在 1911 年之後），《呂碧城詩文箋注》卷三，頁 207。

[32] 一說呂碧城於 1918 年出國赴美（凌楫民《歐美之光．序》），一說 1920 年冬（李保民：〈呂碧城年譜〉，《呂碧城詞箋注》（上海：上海古籍出版社，2001 年 6 月），頁 578。今從後者，以 1920 年為準。

[33] 參看王志弘：《性別化流動的政治與詩學》「第三章　流動的政治經濟學——移動能力與性別權利關係」，頁 63-65。

[34] 呂碧城：〈予之宗教觀〉，《呂碧城詩文箋注》卷四「《歐美漫遊錄》（又名《鴻雪因緣》）」，頁 481。

教育家，與同樣辦報、辦女學的秋瑾一樣，她們所從事的新穎工作，皆具有模糊性別分工之意涵在內，[35]這也是晚清閨閣向現代新女性轉型的重要一頁。

簡言之，逃家而無家的呂碧城，最終在報刊與女學堂裡找到自己的「家」。同時，也在職場中掙脫刻板的性別劃分概念，盡情施展其多樣性的才華。

（二）奢華之後的反撥：為護生戒殺與蔬食因緣奔走的佛教徒

1912 年民國肇建後，呂碧城曾短暫為袁世凱公府秘書。之後，於 1915 年辭職，南下上海寓居，並兼任上海《時報》特約記者。其後，因緣際會經商致富，又成為一名跨越職場性別藩籬的女商人。1920 年，呂碧城離開上海，遠赴美國留／遊學，其後甚且悠遊歐美各國。自此，經濟不虞匱乏的呂碧城，已非當年逃離舅家、一無依傍的女子，更奠下往後留美乃至漫遊歐美所需之資。是以，自 1904 年進入報界至 1920 年離開上海，十餘年間，呂碧城（22 歲至 38 歲）以其才華風采，成為各界名流爭相追慕的對象，也成就了她得以兼跨報界、教育界、政界、商界等多重職業角色及豐厚人脈的身分。

經商有成後，呂碧城不再受限於經濟問題，豪奢度日。其奢華或可由 1921 年〈紐約病中七日記〉一窺究竟。文中述及她在紐約的世界第一豪華飯店裡養病，一住七日；且病中仍得與紐約

---

[35] 琳達・麥道威爾（Linda McDowell）著；徐苔玲、王志弘合譯：《性別、認同與地方——女性主義地理學概說》第五章「工作／工作場所」所述，頁 167-199。

的上流社會人士交際。經常與她一起跳舞的湯姆便認為她是富豪，呂碧城回以「我是經濟獨立的，不靠別人為生活。」[36]其《歐美之光》（1930）亦云：「予昔年寓紐約 Hotel Pennsylvania，乃世界最大之旅館，廣廳坐客盈千。」[37]證諸實際生活可知，呂碧城抵美，「住紐約住最豪華之旅舍；外國旅客，往往留數日即有難色，女士則寄居六月以上；乃盡交彼邦名媛命婦，一日數宴，而衣不一式，其揮霍又如此。」[38]可見其經濟不虞匱乏，方能悠閒漫遊歐美。

此外，方豪〈呂碧城傳略〉也提及呂碧城在民國初年赴上海後，即因與西商交易，所獲頗豐，遂為西商所忌，乃潛心佛學，以求解脫。[39]由此可見，呂碧城之為解脫痛苦而學佛，與她致富後的豪奢生活有關。此為其學佛可能之一說。

然而，呂碧城之學佛，據其〈蓮邦之路〉（1939）所載，純為一獨特機遇：

約十載前，予寓英京倫敦，常往使署，與其秘書孫君夫婦

---

36 呂碧城：〈紐約病中七日記〉（作於 1921 年夏秋之際，連載於 1923 年 3 至 4 月上海出版的《半月》雜誌（周瘦鵑主編）第二卷第十二號至第十五號），《呂碧城詩文箋注》卷三，頁 222。

37 呂碧城譯〈動物之福音〉文後附記，《歐美之光》（1932 年 6 月上海開明書店初刊；新竹：獅頭山無量壽長期放生會，1964 年 7 月），頁 103。

38 方豪：〈呂碧城傳略〉，《呂碧城詩文箋注》〔附錄一〕傳記題跋，頁 501。

39 方豪：〈呂碧城傳略〉，《呂碧城詩文箋注》〔附錄一〕傳記題跋，頁 501。

> 等作樗蒲之戲（俗名嘸麻雀）。某日，孫夫人撿得印光法師之傳單，及聶雲台君之佛小冊，作鄙夷之色曰：「當這時代，誰還要這東西！」予立應聲曰：「我要。」遂取而藏之，遵印光法師之教，每晨持誦彌尊聖號十聲，即所謂十念法。此為學佛之始。遇佛法於海外，已屬難事，況此種華文刊品，何得流入英倫，迄今猶以為異。然儻不遇者，恐終身不皈大法，險哉！[40]

可知，呂碧城之學佛純因巧遇，其亦自認「似有定數存焉」，[41]由此或可推知呂碧城之學佛，由參與博戲進而逆轉至學佛道路上，似有繁華落盡見真淳的大反差。此其學佛之始的第二說。

簡言之，呂碧城之學佛機緣，方豪〈呂碧城傳略〉與呂碧城〈蓮邦之路〉說法不一。亦有另一說，民初呂碧城於北京見過天台宗高僧諦聞，頓悟佛法。[42]然而，無論其學佛因緣為何，此後，呂碧城便以佛教徒的身分，為護生與蔬食運動而奔走。

1、護生戒殺觀念為普世的文明價值

護生戒殺觀念至今已成普世的文明價值，呂碧城卻早於1920年代便已關注於此，可見其引領潮流之功。

以〈謀創中國保護動物會之緣起〉（約 1928 年間）為例，

---

40 呂碧城：〈蓮邦之路〉，《香光小錄》（1939 年）。文本難尋，轉引自李又寧〈序：呂碧城是怎樣開始信佛的〉，呂碧城：《觀無量壽佛經釋論》（臺北：天華出版社，1979 年 11 月），頁 2-3。

41 轉引李又寧：〈序：呂碧城是怎樣開始信佛的〉，呂碧城：《觀無量壽佛經釋論》，頁 3。

42 此呂碧城學佛之第三說，感謝匿名審察委員的指正以及提供寶貴資料。

呂碧城見歐美各地皆有禁止虐待牲畜的保護動物會等組織，乃亟思中國也該設置類似機構：

> 予今謀創之會，則更進一步，以禁止虐待及鼓吹戒殺同時並行，倡言無諱，為根本之挽救。……惟以佛教集戒殺之大成，闡文明之真義，心實服膺。……禽獸天賦缺憾，無力自救，而釋迦牟尼悲之。予內省良知，遠契諸先覺微旨，為彼喑啞無告之動物呼籲。……善哉！英國禁止虐待牲畜會之宣言，謂欲造成公眾之新觀念（to create a new public opinion）。[43]

可知呂碧城創會的積極目的在推廣「護生戒殺」觀念，以慈悲心為無法言說的動物代言，以便創造公眾的新觀念。

此外，她也在《歐美之光・自序》（1930）提出類似看法：

> 吾國護生愛物之旨，濫觴最早，迭見經傳，此固文明之極詣，大同之歸宿，終遍圜輿，無間蠻陌，矧學術孟晉之歐美乎？海通以來。士風丕變，競乞鄰醯，弁髦國粹。凡茹素之說，輒鄙為迂腐，不值時賢之一笑。庸知其為仁術，正歐美所殫精竭慮，為嶄然有綱目之大舉進行。[44]

43　呂碧城：〈謀創中國保護動物會之緣起〉（著作年代不詳，據推測或為 1928 年間；原收錄於《歐美之光》），《呂碧城詩文箋注》卷三，頁 238-239。

44　呂碧城：《歐美之光・自序》（作於 1930 年 9 月，時居瑞士；原收錄於《歐美之光》），《呂碧城詩文箋注》卷三，頁 289。

可見中國向有護生愛物之旨，然而近世以來因過度媚外，反以茹素為迂腐；反而歐美各國對於中國的護生概念高度關懷。是以，呂碧城以其身為佛教徒的慈悲，本於一切眾生平等的觀念，突出佛教「戒殺」之旨，以推展保護動物會。

此外，呂碧城尚有〈致倫敦禁止虐待牲畜會函〉（1928 年 12 月 11 日）與〈致美國芝加哥屠生公會函〉（1928 年 12 月 21 日）等文。其後，1929 年 5 月呂碧城接受國際保護動物會之邀，赴奧京維也納演講，〈赴維也納瑣記〉[45]一文即記載甚詳。由此可見，呂碧城對護生運動的積極付出。

2、自甘蔬食的大慈悲

呂碧城曾於〈海外蔬食談〉（1931）提及茹素的心得：「客冬於日內瓦赴美國人午宴，（一九二八年十二月二十五日）完全蔬食，因念既符仁恕戒殺之旨，而又適口。」[46]她也在〈赴維也納瑣記〉中述及日日就餐於素菜館，剛斷肉食五個月。[47] 1938 年，她自述：「自甘蔬果，從不思食腥羶，絕無所苦。君等盍試之，於經濟道德皆大有裨益，尤為學佛人之根本要義。蓋佛以大慈悲為心，若殺生食肉，則與佛心相反也。」[48]可見呂碧城認為茹素於經濟道德大有幫助，也是身為佛教徒本應有的慈悲心懷。

45　呂碧城：〈赴維也納瑣記〉（作於 1929 年 5 月；原收錄於《歐美之光》），《呂碧城詩文箋注》卷三，頁 289。

46　呂碧城：〈海外蔬食談〉，《歐美之光》，頁 121。

47　呂碧城：〈赴維也納瑣記〉，《呂碧城詩文箋注》卷四「《歐美漫遊錄》（又名《鴻雪因緣》）」，頁 491。

48　呂碧城：〈致龍榆生書——其四〉（本文作於 1938 年 11 月 16 日，時居瑞士），《呂碧城詩文箋注》卷三，頁 329-330。

在〈醫生殺貓案〉裡，呂碧城述及食用蔬食的爭議，提出她的獨到看法：

> 歐美亦有所謂 Vegetarian，即蔬食之人，而饕餮者飾詞詆之。前見西報有投函論蔬食者之殘忍，謂草木亦為生物，何忍相殺？此等佞詞曲解，宣尼所謂詖遁淫邪，應予明辨者也。夫仁恕之道，由近及遠，前既言之矣。草木非血肉之軀，與人類氣稟迥殊，雖應愛惜，衡其親疏遠近，自應食植物以代動物，猶文明民族食獸肉以代人肉，其義甚明。且天生吾人本非食肉之體質，試觀貓犬尖牙而食肉，牛馬方齒而食草。吾人未生獠牙，奈何食肉？只以人類多智，異想反常，臠割而烹飪之，違其本質，以致疾病叢生，損減年壽，此伍廷芳氏有「蔬食可活二百年」之說也。[49]

西報以草木與動物皆為生物，人類食用草木亦顯殘忍，因而不贊同茹素。然呂碧城認為草木非血肉之軀，雖與動物一般應當為人所愛惜；但人之愛有親疏遠近之別，與動物關係較近，故無食動物之理；與蔬食關係較遠，必食蔬食較顯文明，且可延年益壽。是以，呂碧城極力申說茹素之益處，其實仍是前述護生概念之延伸。

3、護生戒殺與毛皮時尚的頡頏

---

[49] 呂碧城：〈醫生殺貓案〉，《呂碧城詩文箋注》卷四「《歐美漫遊錄》（又名《鴻雪因緣》）」，頁 449。

呂碧城是喜愛華服的女子，投入護生戒殺與茹素，對於毛皮時尚的喜好似未曾稍減，但仍有一定的自覺。如〈赴維也納瑣記〉（1929）裡呂碧城述及當時有婦女穿戴貂狐皮衣者，被演說家諷戒而不敢反唇，呂碧城自述：「予有豹皮領袖之大衣，乃昔年所購，每赴會則置而不御，蓋早料及。」[50]可見，呂碧城亦有毛皮大衣，但她顯然對於護生與時尚的衝突具有一定敏感度，懂得適時將華服擱置，免遭爭議。其後，她也在翻譯〈動物之福音〉文後附記自己曾於紐約購買動物皮毛大衣之事，自述當時因未有護生概念而未注意製造經過之慘酷，可見護生宣傳之必要性；乃藉此機會奉勸大眾已有之絲皮衣服不必拋棄，但勿再購買。[51]另一篇呂碧城翻譯的〈女界須知〉則亦指出女士穿戴動物皮毛大衣的不仁道行為，並有獎勵殺生之嫌，奉勸大眾勿再使用皮貨，亦勸戒他人勿用。[52]可見，呂碧城在接觸護生戒殺運動後對皮毛時尚的態度，已有了明顯的轉變。

然而，呂碧城注重護生戒殺的同時，似並未曾稍改其對華服之喜愛。她曾述及接受國際保護動物會之邀演說，特別裝扮：「予戴珠抹額，著拼金孔雀大衣，皆中國物也。」[53]可見呂碧城極重視裝扮。其後，她也特別注意報紙如何登載自己演說時的華服，並特別轉錄之：「會中最有興味、聳人視聽之事，為中國呂

---

50 呂碧城：〈赴維也納瑣記〉，《呂碧城詩文箋注》卷四「《歐美漫遊錄》（又名《鴻雪因緣》）」，頁 485。

51 呂碧城譯〈動物之福音〉文後附記，《歐美之光》，頁 102。

52 呂碧城譯：〈女界須知〉，《歐美之光》，頁 103-104。

53 呂碧城：〈赴維也納瑣記〉，《呂碧城詩文箋注》卷四「《歐美漫遊錄》（又名《鴻雪因緣》）」，頁 485。

女士之現身講臺（演詞另錄），其所著之中國繡服裔皇矜麗，尤為群眾目光集注之點。」[54]據現存照片可知，呂碧城當時穿著飾有孔雀羽的華服，確屬特出。可見在國際場合宣揚護生的呂碧城，極注重華美奪目的裝扮。

其實，呂碧城之以華服登場，或與為國爭光之榮譽感有關，如〈續篇　獨遊之辦法與體驗〉裡，呂碧城曾提及：

> 瑞士通用法語，凡局面較優之所，如旅館、輪船等，晚餐多御禮服。不可草率貽羞公眾場所間。有不修邊幅、不慎儀表者，應鑑戒而弗效尤，不惟須合本人之身分，亦以保持大國之風度。[55]

可見漫遊多國，使她對於裝扮與場合的關係極為重視。

無論如何，毛皮大衣這項「豪奢」的時尚品味，不止代表了呂碧城對女性時尚的充分認同；也看到她在護生戒殺與穿著毛皮大衣之間的頡頏。

綜言之，呂碧城人生圖景的流動，自專業女記者與教育家、女秘書、女商人，乃至成為佛教徒，並為護生而積極奔走。其人生之各式流動履歷極其多樣，但積極入世的關懷並無二致，都是由確立自身的主體性出發的。是以，黃嫣梨認為：

54　呂碧城：〈赴維也納瑣記〉，《呂碧城詩文箋注》卷四「《歐美漫遊錄》（又名《鴻雪因緣》）」，頁490。

55　呂碧城：〈續編　獨遊之辦法與體驗〉，《呂碧城詩文箋注》卷四「《歐美漫遊錄》（又名《鴻雪因緣》）」，頁372。

> 呂碧城一生沒有參加任何革命組織。基本上，她不是一個衝鋒陷陣的革命英烈，她的文字和活動，始終未脫「名媛」的派頭。但她是一位女權運動的先驅，一位具有獨立革新精神的新中國女性，則無庸置疑。綜觀她的一生，她一貫地表現了新女性的獨立人格，她從未結婚，把一生精力貢獻於興辦學校、新聞事業、研習西方文化及弘揚佛教的愛心上。碧城又十分關心動物的保護，積極鼓吹戒殺護生。遇有國際性提倡保護動物的會議，她必定鼎力支持，可見她的愛心，廣及動物；而對社會福利的參與，也是全面性的，今日的環保與動物保護運動者也必引碧城為先路者矣。[56]

可知，呂碧城以「名媛」派頭，展現「新女性」的獨立人格，不僅任職於公共空間，尤具意義的是她澤及動物的護生事業，足為後人先驅。

簡言之，呂碧城自離家後，便以無家姿態遊走於各種空間；做為一名出門在外的近代新女性，呂碧城大幅度流動的履歷，皆可圈可點。倔強的呂碧城，年逾四十之際曾自言：「予之激成自立以迄今日者，皆舅氏一罵之功也。」[57]可見她對於當年逃家，以至有後來（今日）的成就，相當自負。

---

56 黃嫣梨：〈從徐燦到呂碧城——清代婦女思想與地位的轉變〉，《妝臺與妝臺以外——中國婦女史研究論集》，頁119。

57 呂碧城：〈予之宗教觀〉，《呂碧城詩文箋注》卷四「《歐美漫遊錄》（又名《鴻雪因緣》）」，頁480。

三、流動的主體．單飛的女人：悠／幽遊於虛實空間的體驗

呂碧城自逃家開始，便註定終生游移於各種空間，尋求「家」的歸屬。因此，一生幾乎都在移動的呂碧城，其主體往往流動於不同空間，既漫遊於不同國度，也出入夢境／靈異的邊緣。此兩者移動，都是與「身體」有關的「體」驗。前者是在實際的空間裡以身體移動的女性自助旅行；後者是在虛幻的空間裡、任意識流轉的超現實體驗。其人移動於虛實空間中的不同體認與反思，在在展現其無限寬廣的生命之可能。

進而言之，前者移動於現實空間所記錄的文本，即「遊記」。傳統閨閣女子多被限制於家內，缺乏旅遊所需的移動能力；近代開始有女子走出閨房，並付諸遊記書寫，其女性主體方得以被樹立。而女性遊記中的見聞感懷，往往跳脫傳統記遊詩詞的習套（如觸景懷古兼寓己懷），更能彰顯新時代女性的主體性與自我身分的認同。而呂碧城的遊記便值得特別重視，[58]可見透過其遊記以掘發其空間移動的經驗及透顯的女性主體意識，顯然極有意義。

此外，呂碧城幽遊於夢境與靈異的書寫，並非傳統筆記文學的怪力亂神，而是一顆敏感的文學心靈對深層的潛意識感到特別

58　郭延禮：「呂碧城的遊記很有特色，成就亦高，在近現代女性文學史上應占有重要的地位；但碧城向以詞人著稱，詩詞創作的成就，遮蔽了她對游記文學的貢獻，這是應予指出並希望引起文學史家關注的。」〈南社作家呂碧城的文學創作及其詩學觀——紀念南社成立一百周年〉，頁133。

的興趣，亦值得探究。

（一）悠遊於異國空間的獨遊與定居

呂碧城自 1920 至 1922 年遊學美國，短暫回滬後，44 歲的呂碧城復自 1926 至 1927 年間漫游歐美，以「鴻雪因緣」為題寫下旅遊見聞，刊於《順天時報》及周瘦鵑《半月》（後更名《紫羅蘭》）雜誌等，後結集為《歐美漫遊錄》（又名《鴻雪因緣》）。其後，呂碧城甚至於 1927 年開始定居於瑞士日內瓦湖畔蒙特魯（Mountrex），至 1933 年冬回上海止。1935 年，赴香港購屋定居，[59]至 1943 年卒於香港東蓮覺苑，終年 61 歲。其中，1938 年 3 月至 1940 年秋天，呂碧城曾重返瑞士。簡言之，呂碧城 38 歲自上海出國後至 61 歲卒於香港，其間遍歷諸國，並曾定居瑞士，這是她一生裡大幅度跨越異國空間的重要階段。

中年以後呂碧城所從事的空間移動，亦即自助旅行（乃至獨身定居），這種「遠離自身與本國的海外旅行，尤其是自助或半自助旅行，最能夠彰顯女人移動能力的提升，鬆動性別權利關係的效果。」[60]可見自助旅行特能彰顯女性獨立自主的形象，所以「自助旅行是展現女性經濟自主能力和晚婚趨勢的重大移動事

---

[59] 一說謂其民國二十九年（1940）始寄居香港（張次溪〈嗚呼呂碧城女士〉，《呂碧城詩文箋注》〔附錄三〕輓辭悼文，頁 516），其實，1935（民國廿四）年，呂碧城即在香港購屋居住（陸丹林〈記呂碧城女士〉謂其《呂碧城詩文箋注》〔附錄一〕傳記題跋，頁 494-495）；李保民〈呂碧城年譜〉亦持此說（《呂碧城詞箋注》，頁 587）。以後者所言 1935 年為是。

[60] 王志弘：《性別化流動的政治與詩學》「第三章　流動的政治經濟學——移動能力與性別權利關係」，頁 78。

件，並以提高了的移動能力確認了女性在公共空間的現身。」[61]是以，自助旅行對女性的意義特別重大。易言之，自助旅行之於呂碧城，既是她不虞匱乏的經濟能力的展示，也是她獨身享有充分自由的一種表現。因此，幾乎一生都在路上的呂碧城，大多將自己暴露於公共空間裡，既觀看也被觀看。

然而，與一般民初女子不同的是，她不只自助獨遊，更有定點定居（瑞士）的事實。此外，她之所以能夠於異國獨遊與定居，尚需仰賴她非凡的移動能力。

1、公共空間的性別藩籬：女性獨遊／啞旅行的敵意／挑戰

終生未婚[62]的呂碧城是一位單飛獨遊的女子，《歐美漫遊錄》小序即說明：「予此行隻身重洋」[63]；她也在〈雪山〉裡提及獨遊之趣：「是日，遊人甚眾，予亦於無意中得伴侶，惟轉多周旋，不若獨遊默賞之安逸。」[64]可見，呂碧城之喜於獨遊之趣。〈續篇　獨遊之辦法與經驗〉則是提供獨遊經驗給志同道合

61　王志弘：《性別化流動的政治與詩學》「第三章　流動的政治經濟學——移動能力與性別權利關係」，頁 82。

62　呂碧城從未結婚，終生獨身，悖離當時大多數女性的共同生命基調。此一叛離傳統的姿態，使她得以自由地游走於各個國度，自成一特立獨行的形象。其不婚的原因，多數以為她早年被退婚的經驗以及〈予之宗教觀〉所述之占卜結果。進一步可參考游鑑明：〈千山我獨行？——二十世紀前半期中國有關女性獨身的言論〉（李貞德、梁其姿主編：《婦女與社會》，北京：中國大百科全書出版社，2005 年 4 月）。

63　呂碧城：《歐美漫遊錄》（又名《鴻雪因緣》）小序，《呂碧城詩文箋注》卷四「《歐美漫遊錄》（又名《鴻雪因緣》）」，頁 355。

64　呂碧城：〈雪山〉，《呂碧城詩文箋注》卷四「《歐美漫遊錄》（又名《鴻雪因緣》）」，頁 399。

者參考：「以經歷所得，為隻身遠游且不諳方言者之向導」[65]，凡此皆可見呂碧城之樂於單身獨遊，且極平常。

獨身自助旅行，往往需要相當的語言能力，以應付移動之所需。尤其是漫遊歐美所需的語言，不止英文，還有法、德、義諸語言的考驗。呂碧城雖嫻於英文，畢竟於其他語言僅能略知一二，但仍隻身勇闖天涯，其膽識可見一斑。在〈續篇　獨遊之辦法與經驗〉裡，呂碧城即自認不諳法語，此行有如「啞旅行」：「蓋不諳法語，幾如聾瞶，……故第一計畫即學法語。詎習未匝月，愈進愈艱，臨渴掘井，時不我與，乃慨然拋棄，為啞旅行之嘗試，或轉得奇趣。」[66]由此可知，呂碧城未因語言不通而率爾放棄獨遊天涯之樂。她也提及在瑞士旅館操不完全法語仍能溝通：「予操不完全之法語，竟能達意，可知習一言即有一用。」[67]在〈義人之親善〉裡，呂碧城以義人不諳英語，亦不解法語，只得以紙片畫圖始解其意，以說明歐洲之旅「作手勢以代言語，其用較廣，真所謂啞旅行也。」[68]然而，啞旅行雖可得奇趣，但也使她嘗到苦果，呂碧城在〈斯特瑞撒　密蘭〉即述及前往密蘭

65 呂碧城：〈續篇　獨遊之辦法與經驗〉，《呂碧城詩文箋注》卷四「《歐美漫遊錄》（又名《鴻雪因緣》）」，頁369。

66 呂碧城：〈續篇　獨遊之辦法與經驗〉，《呂碧城詩文箋注》卷四「《歐美漫遊錄》（又名《鴻雪因緣》）」，頁369。

67 呂碧城：〈續篇　獨遊之辦法與經驗〉，《呂碧城詩文箋注》卷四「《歐美漫遊錄》（又名《鴻雪因緣》）」，頁371-372。

68 呂碧城：〈義人之親善〉，《呂碧城詩文箋注》卷四「《歐美漫遊錄》（又名《鴻雪因緣》）」，頁378。

（米蘭）時，曾因不諳義語而陷入幾無旅館可宿之窘境。[69]可見不諳（熟）各國語言，對於獨遊女子而言，雖有奇趣，其風險亦相對提高。

進而言之，獨身女性置身於國內外各個不同的公共空間裡旅行，必遭遇由男性所建構的社會空間的異樣眼光，或者不懷好意。此因旅遊探險活動自古便是隸屬男性的活動，而女性多以室內的靜態活動為主要的休閒內容。因此，旅遊活動的環境，普遍皆是男性支配且以男性價值和需要為主軸的空間，意即「男性化的旅遊空間；女人在男性佔優勢的公共世界裡，是作為一個『異類』而存在，因而有種種的不便、約束、敵意，以及安全顧慮。」[70]同時也有所謂「男性化的旅遊觀點；例如各旅遊景點、紀念物等多是男性歷史的記錄，以及由男性解釋的歷史，而缺乏女性的事蹟和觀點。」[71]甚至限制女性進入某些景點或空間。是以，旅遊空間所展現的性別藩籬及規範所在多有，尤其父權價值規範對單身獨遊的女子，更是充斥負面的限制與批評：

> 女性被框限在家庭、家務和相夫教子的傳統角色裡，單身旅遊者被視為違背傳統「好女人」的形象，甚而受到指責；此外，旅遊所附帶的休閒意涵，有時也會被賦予奢

69　呂碧城：〈斯特瑞撒　密蘭〉，《呂碧城詩文箋注》卷四「《歐美漫遊錄》（又名《鴻雪因緣》）」，頁 374-376。

70　王志弘：《性別化流動的政治與詩學》「第三章　流動的政治經濟學——移動能力與性別權利關係」，頁 81。

71　王志弘：《性別化流動的政治與詩學》「第三章　流動的政治經濟學——移動能力與性別權利關係」，頁 82。

> 侈、不務正業和不負擔家庭責任的負面標籤。但是，這種種限制與自助旅行的解放潛能，正好相互碰撞，而激引出性別意識的火花，或許因而爆裂出對抗與轉變既有性別權利關係的能量。[72]

可知單身自助旅行的女性，在男性化的旅遊空間裡，往往形同「異類」，且大多得面對敵意與安全顧慮。再者，在父權規範的框限下，單身遠遊的女性往往被視為不務正業的「壞女人」，而呂碧城所展示的奢華休閒姿態，更引人側目。可見其單身自助旅行，全然顛覆一般性別分工概念下對女性生涯的期待視野。

是以，呂碧城遊記裡可見她在旅途中所遭遇的不懷好意，如〈建尼瓦湖之蕩舟〉提及一操英語之少年主動邀約泛舟，事後呂碧城卻自認此舉謬妄，不值讀者效法：「蓋予為孤客，不惟人地生疏，且不諳方言，不善搖槳，乃隨陌路之人捨陸登舟以去，不啻以生命付彼掌握，其不遇險者儌倖耳。」[73]〈義人之親善〉裡，呂碧城搭火車往佛勞蘭斯（佛羅倫斯），同車陌生人分享食物，勉強食取少許，蓋擔心暗置悶藥被盜財物。[74]在〈中途回巴黎車中瑣事〉則述及同車廂外籍女子於坐中食用自備食物，以致

---

72 王志弘：《性別化流動的政治與詩學》「第三章　流動的政治經濟學——移動能力與性別權利關係」，頁 82。

73 呂碧城：〈建尼瓦湖之蕩舟〉，《呂碧城詩文箋注》卷四「《歐美漫遊錄》（又名《鴻雪因緣》）」，頁 396。

74 呂碧城：〈義人之親善〉，《呂碧城詩文箋注》卷四「《歐美漫遊錄》（又名《鴻雪因緣》）」，頁 377。

油污狼籍，呂碧城乃吸煙反制，最終「戰勝」對方。[75]凡此皆可見女子獨遊搭火車之可能危險與各種挑戰。

此外，〈古城〉裡，呂碧城也述及龐貝古城對性別所施行的差別待遇：「惟有一處，據云不許婦女參觀，同遊者只二客及予共三人而已。」[76]然不知何故，呂碧城仍得以遊觀。凡此種種，皆為單身女性獨遊必得面對的不安與恐懼等不利狀況。

簡言之，單身獨遊的女性行走於公共空間，大多面臨性別規範下的不便與限制。但是，這也激發了對抗與轉變既有性別權利關係的能量，女性終究得以參與男性建構的公共空間並悠遊自在。

2、異國空間裡的日常生活：女性獨身「定居」瑞士日內瓦湖畔的體驗

呂碧城不只獨身自助旅行，更有甚者，她曾於 1927 至 1933 年間隻身定居瑞士日內瓦湖（呂碧城譯作「建尼瓦湖」）畔蒙特魯市（Montreux；呂譯作「芒特儒」）。此一長時間的旅居經驗，已有「定居」意味。旅居乃至定居異國空間某一地的經驗，對於呂碧城而言，顯然與單純旅人身分所進行的自助旅行，有著很不一樣的心態及視野。

集中多篇涉及呂碧城與瑞士日內瓦湖畔的聯結，起初只是旅人，後來才是「定居者」[77]。尤其是呂碧城後來長時間定居的蒙

---

[75] 呂碧城：〈中途回巴黎車中瑣事〉，《呂碧城詩文箋注》卷四「《歐美漫遊錄》（又名《鴻雪因緣》）」，頁 391-392。

[76] 呂碧城：〈古城〉，《呂碧城詩文箋注》卷四「《歐美漫遊錄》（又名《鴻雪因緣》）」，頁 404。

[77] 由於此類與瑞士相關的散文皆收錄於卷四《歐美漫遊錄》（又名《鴻雪

特魯與她之間的互動，特能產生親切的空間認同感。1927 年 4 月 20 日，呂碧城由法國巴黎往訪瑞士蒙特魯，〈續篇 獨遊之辦法與經驗〉，文中述及其投宿之瑞士旅館精潔甚於巴黎，及入餐堂用膳之事。[78]〈芒特儒之風景〉即述及呂碧城於蒙特魯的見聞，其所居旅館正位於湖畔，但見美妙的湖光山色；文末提及未登阿爾卑斯山，「勾留三日而去」[79]，轉赴義大利米蘭等地遊覽，再轉回巴黎。簡言之，初遊蒙特魯的呂碧城，對此陌生異地興發美好他者的感受。

是年 5 月下旬，呂碧城由巴黎再赴瑞士日內瓦湖西岸之日內瓦，〈建尼瓦〉即述及呂碧城前往日內瓦遊覽所見聞；〈建尼瓦湖之蕩舟〉則記錄日內瓦遊湖之事，開篇即言：「旅居無俚，每晚往隔壁之劇場聽歌，晝則常坐磯頭觀釣，或附汽艇渡湖，但不登岸，仍坐原艇歸來，藉以消遣而已。」[80]計消磨日內瓦期間約七日，其悠閒情狀，深得定點深度旅行之妙趣。

6 月 4 日，又由日內瓦往蒙特魯，〈雪山〉開篇即寫道：

因緣》）裡，原散文大多未標識確切寫作年代，僅知為 1926-1927 間所作，最遲則至 1929 年 5 月。因此，以下與呂碧城瑞士旅／定居相關的散文，其年代多參考李保民〈呂碧城年譜〉（《呂碧城詞箋注》，頁 581-586 所示）。

78 呂碧城：〈續篇 獨遊之辦法與經驗〉，《呂碧城詩文箋注》卷四「《歐美漫遊錄》（又名《鴻雪因緣》）」，頁 371-372。

79 呂碧城：〈芒特儒之風景〉，《呂碧城詩文箋注》卷四「《歐美漫遊錄》（又名《鴻雪因緣》）」，頁 373。

80 呂碧城：〈建尼瓦湖之蕩舟〉，《呂碧城詩文箋注》卷四「《歐美漫遊錄》（又名《鴻雪因緣》）」，頁 396。

> 兩月前曾游芒特儒，別時以為不再到矣。今舊境重臨，悲喜交集，山水因緣益以自身環境之特異，故多感慨。且前次未得登山，今償夙願，亦山靈之默契耶！[81]

可見呂碧城此次重遊蒙特魯，對此地似已無異地之陌生感，取而代之的是舊地重遊之熟悉，似已預示她今後與此地深厚的緣分。這次她也首次登上阿爾卑斯雪山，以補前次未登山之憾。同篇文末，呂碧城更述及遊山歸途之獨遊經驗：「歸時，眾皆逕返芒特儒，予獨於山半之蔻下車，小坐品茗，復繞行巖腰盤旋一周，始附車返寓，日已夕矣。」[82]文中指出「返寓」，可見此時呂碧城已「定居」於蒙特魯一段時日，故得以悠閒自得地晃盪至夕。實際上，呂碧城果真在蒙特魯一直待到當年 7 月重赴義大利米蘭等地，並回返巴黎。

迨至 1928 年 4 月初，呂碧城又由巴黎往瑞士，寓居蒙特魯。〈重遊瑞士〉便述及：「寓建尼瓦湖畔，斗室精研，靜無人到，逐日購花供几，自成欣賞。」[83]此「寓」於湖畔且「逐日」購花的悠閒生活，可見呂碧城已有定居之計，再遊蒙特魯的她已將此地視為海外的「家」了，是以正過著一種甚具日常氛圍的生活，至此，蒙特魯於她已非一般旅人居於旅館之浮光掠影式的感

---

81 呂碧城：〈雪山〉，《呂碧城詩文箋注》卷四「《歐美漫遊錄》（又名《鴻雪因緣》）」，頁 398。

82 呂碧城：〈雪山〉，《呂碧城詩文箋注》卷四「《歐美漫遊錄》（又名《鴻雪因緣》）」，頁 399。

83 呂碧城：〈重遊瑞士〉，《呂碧城詩文箋注》卷四「《歐美漫遊錄》（又名《鴻雪因緣》）」，頁 457。

受，而是一種悠閒自得的平常生活。

是年 6 月 4 日，又重登阿爾卑斯山，很巧地與去年的日子相同。呂碧城又因事由蒙特魯前往日內瓦，仍寓舊時旅舍。偶然路過國際聯盟會，有感於本年裁軍會議純屬滑稽鬧劇，這些都記載於〈重返建尼瓦〉裡。同月 23 日，呂碧城參與日內瓦一年一度的百花會夜游，〈百花會之夜遊〉即述及每年春夏間皆有花會二次，一在東岸之蒙特魯五月所舉行的水仙會；一在西岸之日內瓦六月所舉行的「百花會」。呂碧城在日內瓦參與了夜游：

> 予寓適居賽會界內，前由平臺，高坐俯觀最稱便利。觀畢晚餐，玄即就寢，窗外鼓樂喧闐，至為不耐。蓋孤客而處繁鬧之場，則愈多感慨，況百憂駢集之身乎！[84]

此「寓」於湖畔居所之心情，既有來自定點深度旅遊之日常生活感，又有孤客處異國異地之慨。

簡言之，呂碧城與瑞士的互動，由陌生漸至產生熟悉感，乃至於「家」的認同感。這是她旅遊其他歐美國家所沒有的感受。是以，獨遊天涯與定居瑞士，遂有心態與心情上的差異。隨著呂碧城在瑞士的居住時間愈久，其心態亦逐漸由單純過境旅遊的旅人，漸有日常生活的居家心情；雖然仍不免有天涯孤客之感。

3、掌握方向盤：不同凡響的移動能力

而呂碧城的獨遊或旅居（定居），除了獨立的性格外，其不

[84] 呂碧城：〈百花會之夜遊〉，《呂碧城詩文箋注》卷四「《歐美漫遊錄》（又名《鴻雪因緣》）」，頁 466-467。

同凡響的移動能力亦有相當助益。呂碧城的移動能力，大多有賴近代以來時髦的大眾運輸工具，如當年逃家成功正是搭乘火車。搭火車的經驗也出現在〈紐約病中七日記〉中，此外尚有大客車（〈三千年之古樹〉）、輪船（〈橫濱夢影錄〉）與飛機（〈天空之飛行〉）等移動經驗。這些見諸其散文中的時髦工具，所代表的動能與現代性意義極為顯著，尤其後兩者更是跨國移動之最佳運輸工具。這些都是當時婦女少見的移動經驗。

真正能夠彰顯呂碧城之突出於同時代女性的移動能力者，應在於她有能力自己掌握「方向盤」。本文所指方向盤之掌握，不僅指開車，也討論騎驢這類可獨自操控的移動方式。當時能掌握汽車方向盤本屬罕見之事，何況女子。

〈北戴河游記〉（1911）裡記載她到北戴河海濱養病，不聽勸而獨自觀海，果然狼狽不堪，聽從村人建議「策蹇歸」。[85]次日呂碧城亦以蹇驢出遊：

> 復折行而西，賃得一蹇驢，揚鞭策進，較昨初乘時，頗馳騁自如。……有西國軍士數人，憩息其間，睹余揚鞭而過，頗嘖嘖稱異，蓋其地絕少中國婦女行蹤也。[86]

騎驢之舉，顯然以方便與自主性取勝。而西國軍士見呂碧城此類絕少出現於北戴河海濱的中國婦女，則嘖嘖稱異。女子單身騎驢

85 呂碧城：〈北戴河遊記〉（作於1910年夏北戴河療養歸來；刊於1911年6月《婦女時報》第1號；後收錄於1921年5月上海中華書局刊行《新遊記彙刊》卷六），《呂碧城詩文箋注》卷三，頁199。

86 呂碧城：〈北戴河遊記〉，《呂碧城詩文箋注》卷三，頁199-200。

的行徑，在異國他者看來，顯有「驚異」之感，亦可見呂碧城之特立獨行。

其實，呂碧城真有開車之本事，1926 年的歐美漫遊裡，呂碧城曾於〈三千年之古樹〉裡記錄她在美國舊金山乘坐游（覽）車，剛巧坐於司機旁而被邀請擔助手，呂碧城乃提及自己曾開車肇禍：「予曩曾開車肇禍，今何敢以此巨車輕試。該御者少不更事，實可譴責，然亦可見彼邦女子皆有開車之技矣。」[87]可知呂碧城早已具備超出當時許多人的移動能力——掌握汽車方向盤的技術。何止婦女，一般男子能駕駛新式汽車的亦極罕見。

據此，女性掌握方向盤，與女人的自信、自主與自由有密切關係，如增進自己的形象定位、顯示自信與獨立、對自己的外表有較好的意識、思考清晰有能力自己做決定等諸多傳統女性較缺少的特點，甚至已有跨越性別與技術界線的意味。[88]因此：

> 掌握了駕駛技能與交通工具，不僅直接提高了女人的移動能力，還有鬆動性別刻板印象，改變性別權力關係之既有狀態的效果。女人在操控速度機器的過程裡，在自行開車穿梭於市街鄉野的歷程裡，進入了原本專屬於男性的世界和技能，擴大了生存空間和掌握了生涯機會，而有進一步改變原本由父權體制所規範之生命軌跡的可能。「掌握方向盤」的實際行動與象徵意涵，不僅展現了女人的移動能

87 呂碧城：〈三千年之古樹〉，《呂碧城詩文箋注》卷四「《歐美漫遊錄》（又名《鴻雪因緣》）」，頁 355。

88 王志弘：《性別化流動的政治與詩學》「第三章　流動的政治經濟學——移動能力與性別權利關係」，頁 77。

> 力提升，也促進了性別權利關係的邁向平等。[89]

是以，掌握方向盤的移動能力，對於終生在行旅中的單身呂碧城而言甚具意義。不僅使她行止自由，更進入了男性的技能世界，改變女性被父權體制所規範的生命軌跡；更使她在單身的女性行旅中，呈現一極富跨性別意味的衝突對照之美。

（二）幽遊於夢境與靈異空間的邊緣

呂碧城也幽遊於夢境與靈異空間的邊緣。文集中類此奇特經歷的描寫不在少數，顯然這也是她感到興趣的生命經歷與寫作題材。呂碧城穿梭於各種虛實空間的表現，多與她的重要生命歷程有密切關聯，無法忽視。

1、夢境是學佛道路的確認與自我認同

呂碧城喜談夢境，不止頻頻出現於她的詩詞中，散文中亦所在多有。首先，她的學佛道路之確認，與夢境即有密切關聯。

呂碧城曾自言，其學佛信仰之確認，乃由於夢境所示：

> 顧予雖習淨諦，尚未能深信不疑。期年（即西曆一九三〇年），值十一月十七日，俗所謂彌尊聖誕，予購菊三朵，供於聖像而祝曰：「若我得生淨土者，懇佛賜以徵兆。」是夜睡時，初亦亂夢紛紜，但於雜亂夢境中，忽似影片之展。清景現前，為平闊之水，水面茸茸有物，趨近諦視，

89　王志弘：《性別化流動的政治與詩學》「第三章　流動的政治經濟學——移動能力與性別權利關係」，頁78。

> 則皆蓮芽，……。微露其端，如電車軌路，蓮葉已展大於此路式之中。予夢中自語曰：「此是誰種蓮於路中？」而於「路」字之語音，特別高重遂醒。猛憶晝間所禱，此不啻佛告我曰：汝蓮邦有路，今始萌芽耳。具此夢結構巧妙，蓋蓮為水中植物，而路皆土石所築，故按理蓮不能生於路中。唯予所夢之路，乃在水中，由籬柵劃分水面而成路形，故蓮得生其中也。不唯夢境巧妙，而且意義切合，又為即日所得之答辭。予於淨土，自此遂深信不疑矣！[90]

由此可知，呂碧城學佛信仰之堅定與夢境自我（dream-ego）對現實自我的認同有關，[91]亦即呂碧城現實中之學佛願望，正是經由夢境得以證成。以榮格心理學派而言，夢是自然的、具調節性的心靈歷程，類似身體上的互補機制。做夢這種普遍經驗，其對現實自我最激烈的變化是自我認同（ego-identity），由夢對自我發出信息，以呈現心靈自身當時還不十分確定的生命狀態。[92]

---

90 呂碧城：〈蓮邦之路〉，《香光小錄》，轉引李又寧：〈呂碧城是怎樣開始信佛的〉，呂碧城：《觀無量壽佛經釋論》序，頁 3-4。

91 案：承蒙匿名審查委員的不吝指正，其指出佛洛伊德釋夢帶有極大的主觀臆測性，不具太多科學根據，若將之運用於解讀文學恐有疑慮。以佛洛伊德之見，英雄故事的主人翁都是白日夢的主角，他自己亦承認這方面所掌握的知識還很有限。是以，佛洛伊德以夢是願望的實現與夢是睡眠的護衛者為主的釋夢學說，一般並不認為能得到當代夢的研究的支持。相反地，榮格學派認為夢是對清醒自我有所侷限的視野做出補償的論點，較受到當代學界的接受。是以，修正原以佛氏學說釋夢的論述，改以榮格學派的為依據。

92 參考詹姆斯・霍爾（James A. Hall, M. D.）著；廖婉如譯：《榮格解夢書——夢的理論與解析》第二章「作夢的本質」（臺北：心靈工坊文化其後，呂碧城在〈夢境質疑〉（約 1942 年）裡提及另一個與其學佛相關的夢境：

> 予修淨業，惟自期精進，不敢希求靈感……。末次惟得一夢，夢在一巨宅門外，心知宅為己有，但門加雙鍵。予手中攜有巨大鑰匙二具，……。予以匙啟鍵，門遂得開。……。啟門時，未覺費力，但啟後，予坐其旁，喘息不已。大喘特喘，若勞力過度者。醒覺後，綜思此夢之大旨，似謂汝欲開此門，須自己努力，行大乘波羅蜜，鑰匙巨大者大乘也，但何用雙匙，此予自識所變之妄夢耶，抑佛所啟示耶？特記之，求當世高明指教。然無論此夢之因緣如何，其意義皆足以勉勖行人也。[93]

呂碧城夢裡所出現的巨宅是自己的，但進入家門所使用的巨型鑰匙，卻使她進得自己家門後，頗有費力之感。此夢境似乎暗示進入佛法之門，必需真下工夫，方得妙境。是以，可見呂碧城由此夢境得到堅定學佛的激勵。

上述兩個夢境，可說是呂碧城學佛道路上的重要確認。以榮格學派觀點言之：

> 夢作為心靈呈現自身的方式，照映出運作中的自我結構需

公司，2006 年 5 月），頁 36-39。

93 呂碧城：〈夢境質疑〉（約作於 1942 年夏秋間，時居香港；原刊於《覺有情》第四卷第 87、88 合刊），《呂碧城詩文箋注》卷三，頁 349-350。

> 要更密切地調整步伐以跟上個體化歷程。……個體化的目標從來不光是適應現狀而已；不管適應得多好，總有進一步的任務等著。……緩緩開拓出作夢者當時並不清晰的生命視野。[94]

是以，呂碧城的現實自我或許尚有對學佛之事的不確定感，卻得以藉由夢境自我確認了自我對學佛的認同。無論如何，夢境此一非現實的意識空間，對其學佛之路的認證效果，如斯堅定。

2、夢境自我對清醒／現實自我的補償

就榮格學派對夢的理解而言，夢既做為心靈呈現自身的方式，其以補償功能為核心的論點，使得夢境往往提供了最精細的場景，讓我們得以觀察自我情結的微妙結構。並可藉由夢境自我與清醒／現實自我的相對性，以觀照夢境如何牽動了清醒自我在現實的表現。表現的方式可能是清醒自我在現實的情緒狀態起了變化。[95]

在〈遊廬瑣記〉（1917）裡，呂碧城獨遊廬山迷路，幸得德國人威而思相助而脫困。次日午後，威而思前來求見，並觀落日。但其後威而思再約，呂辭謝之。或許為壓抑她與威而思可能萌發的浪漫情思，次日她刻意偕同俄國茶商高力考甫遊鹿嶺。之後計畫遊三疊泉，卻因不適而入佛堂假寐，乃得怪夢：

---

94 詹姆斯・霍爾（James A. Hall, M. D.）著；廖婉如譯：《榮格解夢書——夢的理論與解析》第二章「作夢的本質」，頁 39。

95 詹姆斯・霍爾（James A. Hall, M. D.）著；廖婉如譯：《榮格解夢書——夢的理論與解析》第十章「夢與個體化」，頁 181-183。

> 已而僧來禮佛，膜拜誦經，且擊磬焉。因室小，相距咫尺，梵音直貫耳膜，因自訝曰：吾身何為在此？詎夢境耶？四顧亂山積礪，荒渺無垠。一西人面白皙，微有短髯，因兵敗國破憤而自戕，由巨石躍下，頭顱直抵於地，有聲砰然，即委身不動，蓋已暈矣。須臾，勉自起立，予視其顱凹陷，蓋骨已內碎而皮膚未破。予知其已無生理，欽其為殉國烈士也，乘其一息尚存之際，遽前與握手為禮。其人精神立煥，且久立不仆。予訝之，因問曰：「汝將何如者？」意蓋謂生乎，死乎。其人答曰：「我為汝忍死須臾。」言甫竟，血從顱頂泛出，鮮如沃丹。予大駭，立時驚醒，則一夢耳。[96]

呂碧城夢裡所出現之西國烈士，是為她而亡，為她而回生的。雖未言明即威而思，但仍呼之欲出。呂碧城此夢境似正暗示她與異性交往，因注重個人自由與獨立性，不願固著於同一對象。然而，注意與異性保持浪漫距離以維持自我獨立性的呂碧城，仍在夢中透露了情愛心事，顯然她對於欲望客體（威而思）亦有所感。關於呂碧城於廬山所顯示的欲望與主體性之關係，方秀潔曾有極精闢的論述：

> 壓抑的欲望在夢中迸發出來。在這一愛國「烈士」身上，不難看出威爾（而）思的影子，他不是為國家而死，而是

[96] 呂碧城：〈遊廬瑣記〉（作於 1917 年 9 月遊廬回滬後不久），《呂碧城詩文箋注》卷三，頁 195。

> 為無法滿足愛情的追求。也許，呂碧城是害怕親密的感情而不得不殺死那個愛情幽靈？因為它可能會奪走或者刺穿她的主體性，那個她好不容易才爭得自由與獨立的女性自我？在另一個層面，她用中國的概念「忠」，對國家的忠誠及其終極表現——殉國——同化了他。這裡我們也許看到了「內在的」世界主義在發揮作用，把一個「夷人」用中國的文化價值文明化了。這個在夢中同化欲望客體的企圖並沒有轉化成可接受的現實。[97]

由此可推知，透過夢境的演示，呂碧城展現她內心對異性或情愛的渴求，以及害怕被支配因而失去主體自由的潛意識心理。此外，文中的西方人顯然也被中國文化價值加以同化了。然而，這位在中國空間裡引領呂碧城走出廬山迷途的西方人，在此文中既呈現了西方價值對呂碧城（中國人）所帶來的明確方向感，也在呂碧城的夢境中成為極欲被同化的欲望客體。

然而，夢醒後的呂碧城卻悵然不知所以，放棄原欲探訪的三疊泉，次日即回上海。呂碧城夢醒的「情緒」反應，以結束旅程作終，似乎為她現實中的行為找到了「正確答案」。就此而言，夢境呈現了更神秘的補償功能，意即「把夢看成是直接改變情結結構的一種努力」[98]，是以作夢者的態度與心情皆於夢醒後有了變化：

---

[97] 方秀潔：〈重塑時空與主體：呂碧城的《遊廬瑣記》〉，張宏生、錢南秀編：《中國文學：傳統與現代的對話》，頁 407-408。

[98] 詹姆斯・霍爾（James A. Hall, M. D.）著；廖婉如譯：《榮格解夢書——夢的理論與解析》第二章「作夢的本質」，頁 39。

> 許多夢似乎對夢境自我設下了任務，任務一旦達成，清醒自我的結構也隨之改變，之所以如此，是因為夢境自我的認同往往是清醒自我認同的一部分。夢境自我以為在夢的框架內所經歷的事，是自身與「外部」情境的互動；不過，夢中這些外部事件可能直接反映的是，和清醒自我的日常運作與結構有關的情結。夢境自我與這些夢中情境的關係改變，清醒自我會感覺到自身態度或心情有所變化。[99]

由此可知，此夢境使呂碧城現實的女性自我之主體性順利浮出地表，也隱含了國族文化與西方價值之折衝的辯證意義。

而〈橫濱夢影錄〉（1924）裡，呂碧城述及二年前由美國學成，取道加拿大回國途經日本橫濱上岸遊訪之事。一日籍少年欲與呂碧城交好，呂碧城以中日國仇為前題而婉拒。二年後得一夢境，夢中但見二年前橫濱所遇少年寄贈一箱美術用品至呂家，家人對於呂碧城濫交日人為友，甚不諒解；正窘迫間突然夢醒。但文末，呂碧城有感於橫濱地震災情之慘，想及斯人亦恐罹難而有所感，認為自己當年以國仇為交友之芥蒂，恐怕是還未參悟佛家所謂戒嗔所致。[100]此夢境顯示呂碧城未必即對該少年無任何好感，其後夢境顯示的正是她對此人心意之補償，意即呂碧城對此欲望客體的壓抑，主要來自於她在國族與個人主體價值間的抉擇，仍以國族利益為優先考量所致。

99　詹姆斯・霍爾（James A. Hall, M. D.）著；廖婉如譯：《榮格解夢書——夢的理論與解析》第二章「作夢的本質」，頁 39-40。

100　呂碧城：〈橫濱夢影錄〉（初刊於 1924 年《社會之花》雜誌第一卷第十期），《呂碧城詩文箋注》卷三，頁 225-227。

再者，〈舟渡大西洋　范倫鐵瑙之夢謁〉（約 1926-1927 年）述及夢見於荷萊塢（好萊塢）所見明星宅墅主人之一的范倫鐵瑙（Rudolph Valentino 范倫鐵諾）[101]之幽靈。其幽靈前來求見呂碧城，且是日為范倫太音節（Valentine 西洋情人節）。呂碧城於「情人節」夢見甫於同年去世之「范倫鐵瑙」，兩字實為一字，而有「范氏其猶未忘人間令節耶？」[102]的想法。由此不難看出呂碧城對范倫鐵瑙的愛慕，正好也透顯她對情愛或異性的想望。可見，此夢境於呂碧城而言，是對現實的有意識的自我的心理補償，可知呂碧城對於欲望客體（異性）並非全然無感。

此外，〈紐約病中七日記〉（1921）開篇即述及做夢：「七月九日，病了。……疲倦了，丟了書，模模糊糊的漸入了夢境。」[103]同篇文中另敘及一場較具體的夢境，直接呈露了呂碧城獨身游子的存在：

> 晚間睡的很早，彷彿身體在空中游行，有幾株很高大樹，開著細小的白花，我的身體，就擦拂著過去，看見這花已經半謝了。又走過一株小些樹，白花盛開，極其芬芳細膩，我不知不覺地抱著這樹哭起來，並且誦程芙亭女士〈落花賦〉「莫待西風古塞，青冢蕭條；休教落日飛燐，紅顏拌棄」的句子。但是我沉痛極了，哭不出聲來，久而

101 呂碧城：〈荷萊塢諸星之宅墅〉，《呂碧城詩文箋注》卷四「《歐美漫遊錄》（又名《鴻雪因緣》）」，頁 360。

102 呂碧城：〈舟渡大西洋　范倫鐵瑙之夢謁〉，《呂碧城詩文箋注》卷四「《歐美漫遊錄》（又名《鴻雪因緣》）」，頁 366。

103 呂碧城：〈紐約病中七日記〉，《呂碧城詩文箋注》卷三，頁 212。

久之，纔由心房裡抽出一股酸勁的氣，就一慟而絕。當時驚醒了，……。[104]

此夢境是病中休養的呂碧城，對於自己如滄海一粟的飄流人生的反映。這種心境以視覺意象反映在夢中，呂碧城看到高大的樹與半謝的花，不覺抱樹痛哭。夢境直率地將日常裡看似安於獨身的呂碧城之孤單，於養病之夢境中毫無保留地呈露。可見此夢境對呂碧城的現實人生之反映，值得玩味。

3、靈異是不可思議人生的預言／反照

呂碧城也對不可思議之靈魂與怪異感到興味。如〈鬼打電話〉、〈因果〉、〈瀛洲鬼趣〉、〈三十年不言之人〉等俱為呂碧城於歐洲所見之新聞報導，內容多為幽靈顯靈、預知死期、因果報應之類現實世界發生的故事，在在展現她對靈異的好奇。而〈與 *The Chronicle* 報談靈魂之函〉則述及自身與家族遭遇的三件靈異。

呂碧城認為幽明間之能溝通與否，與精神之強弱有關：「或謂此皆偶然之事，否則何以人死後大抵杳無音訊？然予以為精神各有強弱，必特強者方能有所表示，否則幽明間不易溝通也。」[105]可知呂碧城認為幽靈之出現，是陰陽溝通的一種方式；並且需是精神特強者方能有所表示。〈醫生殺貓案〉裡，提及她對靈魂與因果報應的看法：

---

[104] 呂碧城：〈紐約病中七日記〉，《呂碧城詩文箋注》卷三，頁 214-215。

[105] 呂碧城：〈與 *The Chronicle* 報談靈魂之函〉，《呂碧城詩文箋注》卷四「《歐美漫遊錄》（又名《鴻雪因緣》）」，頁 445。

> 或曰：「子何所見，而知人有靈魂？」答曰：「人為萬物之靈，而謂無魂，是自儕於冥頑之動物也。謂地球外無他星球，謂物質外無靈界，真宰造物詎能如是簡單？英儒斯賓塞爾有言：『科學愈發明，令人愈驚造物之巧，而知神閟之不可誣。』」或曰：「假定人有靈魂，又何知善者超度，惡者沉淪？」答曰：「無他，此因果自然之律耳。善者身泰心安，死後靈魂清輕；惡者行醜德穢，死後靈魂重滯。靈界安能無涇渭之分而同流合污哉？」南海康同璧女士詩云：「與世日離天日近，冰心清淨不沾埃。」予今已臻此境，非淺俗者所能喻也。[106]

可知，呂碧城認為人必有靈魂是有科學根據的；且科學愈昌明，更可知神秘之事確有可信之處。此外，靈魂之善惡，亦自然因果報應之律使然，善靈與惡靈之質性涇渭分明。此應與呂碧城學佛有關，對於因果善惡報應，她是信之不疑的。難能可貴的是，呂碧城能夠提出大儒斯賓塞爾的可靠說法，以佐證己說；也引康同璧詩，以證明自己之觀點超越流俗，此皆可見呂碧城的識見。

〈玄學與科學將溝通乎〉（1930）裡顯示她對不可思議之事雖不欲研究，但亦無反對意見：

> 倫敦自一八八二年即有靈學會……，承其邀請入會，惟記者旋皈佛法，只欲明心見性，勉持戒律，其他詭異之事則不

106 呂碧城：〈醫生殺貓案〉，《呂碧城詩文箋注》卷四「《歐美漫遊錄》（又名《鴻雪因緣》）」，頁 450。

欲研究，故未與該會續有接洽，然亦無反對之意見也。[107]

「記者」即呂碧城本人自稱。此文記錄歐洲對科學與靈異的看法，指出歐洲靈學家的說法並未被科學家發現有任何詐偽之處。而科學家更與靈學家一同開會，以研討人類靈魂的真相，並確認確有不可思議之原質存在。因此，晚近科學家多能虛心研究不可思議之事。可見呂碧城對靈異的態度是「科學的」：

> 今人每不信因果輪迴之說，然五千年之正史迭有記載，家族親友間確有傳說，豈彼等皆不肖之徒，專門造謠乎？學者之正當態度，對於任何事務，苟欲堅決否認之，須指出確實之反證，否則寧保留（Reservation）以待研究，若輕率武斷，則淺陋不智之人耳。[108]

是以，呂碧城對於靈異採取科學求知的態度，若無法反證，則保留以待研究。而歐洲人不滿於肉體生命之短促，而欲研究靈魂之將往何處，亦為一種覺悟。而最能解決此問題的仍以佛說最為圓滿精密。[109]

---

107 呂碧城：〈玄學與科學將溝通乎〉（初刊於 1930 年 12 月 29 日上海《時報》），《呂碧城詩文箋注》卷三，頁 294。

108 呂碧城：〈玄學與科學將溝通乎〉，《呂碧城詩文箋注》卷三，頁 299。

109 案：十九世紀中期，約 1850-1860 年代，歐美對靈學研究掀起一股熱潮，1882 年英國倫敦正式成立「靈學研究會」，由許多知名學者參與、領導，形成廣泛的影響。1870 年代，日本受此熱潮，也開始研究催眠術與傳氣術（動物磁氣說）等。1905 年，陶成章於上海成立催眠呂碧城亦曾於〈予之宗教觀〉論及此類具備「科學的」識見：

> 世人多斥神道為迷信，然不信者何嘗不迷？何謂之「迷」？湮沒理想是也。捨理想而專務實利，知物質而不知何以成為物質之理，致社會偏枯無情，世道日趨於衰亂，皆此輩自稱不迷信者武斷愚頑之咎也。予習聞中西人言及神道，輒曰必有所徵而後能信，此固當然之理，然可徵信之處，即在吾人日常接觸之事物，不必求諸高渺。聖經靈跡，種種詭異之說，徒以炫惑庸流，惟自然物理方足啟迪哲士。昧者不察，捨近求遠，此所謂「迷」也。[110]

可知，呂碧城對於神秘不可思議所抱持的態度是較科學的。她認為自以為絕不迷信者，往往才是專斷愚頑之人。而神驗之事，無須故作神跡，只在日常自然之理中，不必捨近求遠。因此，她親身驗證此說，其單身／游子狀態其實是早年即已卜知的結果，或謂命中註定。〈予之宗教觀〉裡敘及母親曾為呂碧城卜算，所得籤示恰有勗勉游子之詞。後以婚事占得一讖，暗示日後被退婚而畢生無愜意之對象可成婚[111]之經歷，與此二回占卜結果若合符

講習會。詳參黃克武：《惟適之安——嚴復與近代中國的文化轉型》第五章「靈學濟世：上海靈學會與嚴復」（臺北：聯經出版公司，2010年11月）。

110 呂碧城：〈予之宗教觀〉，《呂碧城詩文箋注》卷四「《歐美漫遊錄》（又名《鴻雪因緣》）」，頁478。

111 呂碧城：〈予之宗教觀〉，《呂碧城詩文箋注》卷四「《歐美漫遊錄》（又名《鴻雪因緣》）」，頁480。

節，可見神驗之不誣。

綜合以上，呂碧城悠／幽於虛實不同空間裡的體驗，特能彰顯她居無定所或不得其所的流動人生。特別是她單身悠遊於各種空間所呈露的獨立性，以及特出的移動能力，呈露了新女性「不安於室」的面貌，在在突出於同時代女子之上。此外，幽遊於靈異空間與神秘之事的體驗，呂碧城以較「科學的」態度視之；她也以自身對佛說的體會加以驗證，確知人類在實存世界之外，仍有一極待深入研究的屬於靈魂所在的空間，值得吾人正視。

四、文化主體的確認與游移：對自身文化與西方價值的選擇

呂碧城對文化主體的價值選擇，既表現在她對五四後全面改用白話文的反對立場上，也反映在她對國人過度崇尚英文的批判上。然而，她也同時留下唯一的白話創作；而且能操英語的優勢，又讓她得享西方價值下的自由生活。是以，呂碧城對中西文化主體的認同既確認又游移。

（一）「五四時期的另類文壇」[112]：堅守文言文與唯一白話創作的對蹠

呂碧城對自身文化價值最顯著的堅持，即是她一生堅守文言寫作的立場。呂碧城出身晚清的舊學家庭，其國學涵養中最擅使

112 借用方秀潔〈重塑時空與主體：呂碧城的《遊廬瑣記》〉的文句，張宏生、錢南秀編：《中國文學：傳統與現代的對話》，頁393。

用的文言文，是她終其一生最為熟習且最不願放下的書寫工具。這不只是她個人的堅持，同時代許多知識分子亦然，如五四後亦堅持文言書寫立場的林紓。這不僅使她以傳統詩詞成為後人接受她的標籤，也使她與同時代五四女作家以白話創作的表現非常不一樣。因之「現代文學史」排除了這位實際上較諸同代女作家更具現代性的呂碧城，而使其匿跡於現代文學史的版圖裡；僅以古典中國最後一位女詞人的聲名，使之居於現代文學史的邊緣。誠如方秀潔的研究顯示，呂碧城堅持文言，使之被現代文學史邊緣化：

> 這一代中的一些人，在中國特有的地緣政治變革的大背景中，成為終生以各種方式為新的身分認同而激進抗爭的先鋒。然而，當後人把這一代成員的文化價值和實踐定位為「傳統」範疇時，呂碧城在生活和文學上的傑出成就，也被模糊在新文化和後「五四」運動對現代文學的敘述以及二十世紀中國史學和文學研究關於民族和現代性的主流話語之外。這些話語給予白話寫作者很高的地位，而將呂碧城這樣堅持用文言文創作的作者的文學作品邊緣化。[113]

可知呂碧城之文學史定位被邊緣化，很大原因在於她與時代的對應問題。晚清之際她以叛離傳統父權之姿，成為新女性。民國以後仍堅持文言文的她，依然選擇以其堅持與時代對話。然而就現代文學史對白話寫作者的認同言之，呂碧城確實容易被邊緣化為

---

[113] 方秀潔：〈重塑時空與主體：呂碧城的《遊廬瑣記》〉，張宏生、錢南秀編：《中國文學：傳統與現代的對話》，頁 393。

傳統文學的遺緒。

因此，她在民國後堅決反對白話文的全面使用，確實是她不被五四以後主流文學話語所接受的主要原因。〈國立機關應禁用英文〉裡曾說明她堅守文言文的立場：

> 抑吾更有進者，國文為立國之精神，決不可廢以白話代之。吾國方言紛雜，由於國土廣袤，……所幸者惟文辭統一耳。……。且文辭之妙，在以簡代繁，以精代粗，意義確定，界限嚴明，字句皆鍛鍊而成，詞藻由雕琢而美，此豈鄉村市井之土語所能代乎？文辭一二字能賅括者，白話則用字數倍之多。所多者，浮泛疵累之字耳。孰優孰便，可瞭然矣。但文辭意義深奧，格律謹嚴，非不學者所能利用，然惟深嚴始成藝術。夫藝術不必盡人皆能也，亦決不可廢，必有專家治之（此指文學而言，非通用之國文），況吾國以特殊情形，賴以統一語言者乎？[114]

可知呂碧城對文言文的堅持，在於方言得以文辭統一，便於溝通。再者，就時間而言，文言可穿透歷史，直至今日仍能被解讀。此外，文言文之簡潔美，絕非一般土語所能比美。最後，文言之美不必人盡皆能，必有專門研究文學之專家治之。

其五四後反對白話文的立場，或與她為南社社員有關，其社員大多排拒白話文的使用。其次，並非由於狹隘的國族主義使

---

[114] 呂碧城：〈國立機關應禁用英文〉，《呂碧城詩文箋注》卷四「《歐美漫遊錄》（又名《鴻雪因緣》）」，頁 459-460。

然，而是她漫遊各國的見識，使她堅持己身文化的價值。再者，1919 年五四白話文運動當年，呂碧城已中年，若從頭接受白話文確實不易。更何況一生恃才傲物的呂碧城，向來不屈同流俗，總以反叛姿態面對世界，其人「標新立異」地反對白話文，其來有自。無論如何，呂碧城堅持使用文言文，使她與五四後的白話創作氛圍，已自動拉開了一段距離，確是不爭的事實。

然而，堅守文言的呂碧城，也曾創作唯一的白話文〈紐約病中七日記〉（1921）[115]。這篇白話創作平實通俗，與當時代的廬隱、冰心相較毫不遜色。如述及七月十二日養病的過程：

> 十二日，……忽然覺得心跳很急，久久不止。嘗聽見說，心臟病很危險的，能頃刻間就死的。……我說：「如有危險，請你明白告訴我，不必隱瞞。」醫生說：「沒有危險。你的心好，和我的心一樣。」我不覺笑出來。我知道，凡是活潑的醫生，每借著諧談，減輕病人的疾苦。……我們又敘談了些閑話，幽寂的斗室裡，當時就融融如有春氣。醫生又很誠懇的勸我喫藥，我也只得佯為應允。他們去後，我覺心身暢適，就酣然睡著了。[116]

可見呂碧城的白話文既平實自然又新鮮，將病中生活描繪得引人入勝。

---

[115] 李保民認為〈紐約病中七日記〉是呂碧城唯一使用白話文創作的日記體寫實小說（李保民：〈前言〉，《呂碧城詩文箋注》，頁 15），然筆者以為仍可視之為廣義的散文。

[116] 呂碧城：〈紐約病中七日記〉，《呂碧城詩文箋注》卷三，頁 215。

然而，它畢竟只是呂碧城偶一為之的白話文，其大部分散文仍舊以半文言或文言為主。〈紐約病中七日記〉與她對白話文的反對態度形成對蹠。其實就個人的一生而言，一面反白話，一面寫白話，亦並非完全不可能的。呂碧城既反白話又寫白話的矛盾，可如是觀。

（二）媚外或交換文明：嚴拒外國文化的殖民與西式生活的頡頏

呂碧城對於國立機關之過度使用英文的現象大力批判。〈國立機關應禁用英文〉述及她對英文之過度使用的偏差現象：

> 閱滬報有海關改用華文字議，為之稱快。按吾國海關成立迄今七十餘年，向由外人主持，往來文件悉用英字。豈獨海關，即郵政、鐵路、鹽務等機關，亦多用英文。此等怪象，為世界各獨立國家所無。……此等歷史污痕決不容存在者，而社會間英文勢力之普遍，尤屬可驚。……予周遊各國，從未見以他種文字盛行於本境如吾國者，何華人於英文獨優而且普遍？……士夫有不知本國史綱及通用文辭者，而於英文則亟亟求之。苟因溝通學術、交換文明起見，英文固亦必需；若社會間矜為時髦，以不解英文為恥，則所見殊誤。蓋吾人屈於西方勢力之下而解英文，此則應引以為恥而且痛者也。[117]

[117] 呂碧城：〈國立機關應禁用英文〉，《呂碧城詩文箋注》卷四「《歐美漫遊錄》（又名《鴻雪因緣》）」，頁458-459。

可知呂碧城嚴拒英文對中國所進行的文化殖民。雖有不得已的歷史背景，但國立機關多用英文的偏差現象，仍屬世界各國所無的怪象。呂碧城以其周遊各國的經驗，認為全世界恐怕並無任何國家讓他國文字盛行至如此普遍的境地。愈是不懂本國文化文學之人，愈容易以英文為獨優。然而，呂碧城並非全面主張嚴禁英文，若因溝通學術與交換文明之需，英文仍為必需；但若以此為矜耀則是可恥之事。由此可見，呂碧城對於整個社會過度重視英文，已幾近被英文殖民，期期以為不可。

1、構築中國空間裡的「異國情調」

矛盾的是，呂碧城雖嚴拒英文在中國的文化殖民現象，但呂碧城早年兩篇遊記〈北戴河遊記〉（1911）與〈遊廬瑣記〉（1917），描寫的空間雖在中國，卻都聚焦於形同外國殖民地的北戴河與廬山牯嶺仙谷（Fairy Glen）旅館附近；描繪的人物亦多為操英語之西人。透過這兩篇遊記裡標「新」又立「異」的異國情調，不難想像呂碧城曾經如何醉心於西洋文化的浪漫氛圍中。

〈北戴河遊記〉（1911）裡，呂碧城述及赴北戴河養病之事。晚清的北戴河為旅居中國之西人的避暑地。呂碧城出遊所見，多屈臣、良濟、利亞諸藥房及照像館；以及販賣加非（咖啡）、汽水、啤酒等，所見皆西洋事物。途中亦遇西國軍士，對方以少見中國婦女而嘖嘖稱異。其後又一位《益聞西報》的英人來訪，相偕出遊。隔日又與友人一家往海濱沐浴（游泳），呂碧城此時尚未學得游泳，只能以裙裝於海濱觀看。呂碧城嘆道：「吾國人當炎夏之際，褦襶汗喘於市井之間，國有勝境，不知闢而游之，乃為他人捷足先登，反賓為主。」[118]本應為中國人享用之避暑地，卻為西人所登，令人感嘆。而在全文中，在幾乎形同中國之西人殖民地的北戴河海濱，僅見呂碧城這位做為敘述者的中國人，更顯濃重的異國情調。

〈遊廬瑣記〉（1917）亦幾乎以異國情調取勝。廬山原為極富中國文化傳統的名山，然而呂碧城當時遊廬山所居之牯嶺與仙谷（Fairy Glen）旅館附近，其實是一個極富殖民特色之地，當時已形成極興旺的西人聚集社區。牯嶺原名牯牛嶺，1885 年英國發展商以 500 美金永久租賃該山頂，並簡化為牯嶺，並將牯嶺與 cooling 諧音，表明此地有降溫避暑之效，因此重起英文地名 Kuling。後來此地賣給西方傳教士與富有歐美居民建造別墅之用。從 1880 年代晚期，此地成為廬山突出的旅游勝地，直到 1935 年被國民政府收回契約止。這個西人社區裡，建有郵局、警察局、醫院、學校、教堂以及仙谷（Fairy Glen）旅館等西式建築。而弔詭的是，此西式風格勝地只能以中國轎子上去。[119]

在此極富西洋情調的廬山裡，呂碧城所往來交接之人，除首次迷路為之引路的樵夫外，皆為西人，如嘻鬧之西童、第二次迷路時引路之德籍威而思、餐堂之西方美婦、俄茶商高力考甫、俄國傳教士、旅館司賬愛格德夫人等。更有甚者，文中出現英語，此由德籍威而思以英語為呂碧城引路可知。本應極富中國情調的廬山遊記，在呂碧城寫來卻全然不見與廬山相關的傳統文化印記；反而脫離了中國傳統對廬山景致之美的讚嘆，盡顯西式的異

118 呂碧城：〈北戴河遊記〉，《呂碧城詩文箋注》卷三，頁 203。

119 參考方秀潔：〈重塑時空與主體：呂碧城的《遊廬瑣記》〉，張宏生、錢南秀編：《中國文學：傳統與現代的對話》，頁 397。

國情調。

是以，中國時空裡應該出現的刻板的歷史文化印記，在〈遊廬瑣記〉裡全然被西式空間所遮蔽，如〈北戴河遊記〉般僅見異國情調。進而言之，當呂碧城與這些具備異國情調的中國空間互動後所產生的空間認同感，既有對故國山川的熟悉，亦有對構築其上的異國／西式情調所產生的一種彷彿「他者」的陌生感，其人主體認同之微妙處，於此可見。因此，呂碧城中國遊記裡既標「新」又立「異」，也呈露了她與生俱來特立獨行的一面。

2、以英文漫遊歐美，反思己身文化

雖然呂碧城對過度使用英文有異議，但英文畢竟仍是她通向廣闊世界的重要路徑。若非習得英文，漫遊歐美便無適當的交際工具；而她也通過英文這一路徑，得以赴美學習，建構了立體的世界觀。

英文在她漫遊歐美時極重要，如〈續篇　獨遊之辦法與經驗〉敘及赴瑞士途中，得遇四位同室之操英語者，聞之竊喜。〈斯特瑞撒　密蘭〉述及同車美國人聽聞她的英語，特地詢其何處習得。除英文外，赴歐之初所習不完全之法語，亦能發揮達意的作用。[120]然不懂義大語仍使她吃了不少悶虧。[121]可知呂碧城外語能力之養成，或與她中年漫遊歐美的西式生活經驗有關。

然而，她在漫遊旅途中，仍富於家國關懷。家國印記一旦出現於旅途中，呂碧城的感受即十分複雜。如〈紐約病中七日記〉

---

120 呂碧城：〈續篇　獨遊之辦法與經驗〉，《呂碧城詩文箋注》卷四「《歐美漫遊錄》（又名《鴻雪因緣》）」，頁 371-372。

121 呂碧城：〈斯特瑞撒　密蘭〉，《呂碧城詩文箋注》卷四「《歐美漫遊錄》（又名《鴻雪因緣》）」，頁 375。

（1921）中，養病期間日日遊逛飯店的她，也不曾忘懷對國事的關懷：

> 接到由中國寄來的報紙，拆開看看，國事幾乎糟的不可救藥，紛亂如麻。……我年來旅居繁華世界，別人猜我酒綠燈紅，樂不思蜀了，誰能知道我家國的隱痛，已是痗心刻骨呢？……我在中國時，曾寫過一封信給一個最有權力的人，說當代政界諸公不解西語，不與外人交際，所以沒有國際的感觸，世界的眼光，只知道在家裡關起門與同胞互爭雄長。他日出門一步，遇見外人，纔知道我國的地位，在世界上卑微到何等！感觸有多深！諸公固然自己身受不到的，但是既有了錢，諸公的子孫，必然讀西文，出洋留學，必有與外人相處的時候。就是不出洋，世界交通，西力東漸，華洋的交涉，逐日的繁密，也無可避免。[122]

顯然呂碧城對國事的憂心，使她無法平心靜氣的看待國內的亂局。她也提及當年在國內時，曾批判過當代政界諸公不解西語，沒有國際觀等。可見她以世界性眼光回眸祖國時，對於同胞不知世界大勢之短淺，益有恨鐵不成鋼之慨。

〈佛教在歐洲之發展〉（1930）述及歐洲人對中國佛教之接受情形，並反思中國前途之不安，宜藉佛教以振作自救，亦有類似恨鐵不成鋼之感：

---

[122] 呂碧城：〈紐約病中七日記〉，《呂碧城詩文箋注》卷三，頁 216-217。

> 中國丁世運之劇變，民生塗炭久矣，亟應定佛法為國教，而以孔教輔之。……儒釋二教，體用皆極契合，中外時賢，早有論列，惟佛法更為貫徹圓滿耳。歐族尚欲借此自救，吾人亟應返納故軌，否則前途杌隉，雖再閱百年，亦不能定。[123]

可知呂碧城於旅歐時發現他國對中國文化的重視，由此反思自身文化中的問題。〈赴維也納瑣記〉（1929）也提及中國對佛教不尊崇，反由歐人為之發揚光大，因此有所感：

> 予於此夕之會甚為感嘆，緣歐美多耶教國，竟能旁採他教主義，鄭重闡揚如此。返觀吾國本佛教之國也，而年來摧毀佛像，霸佔廟產之聲，囂然宇內，倫敦《太穆士報》登有 The Iconoclasm in China 一篇，頗含微詞。又如故國青年有發誓不看線裝書之說，而紐約學士會（The American Council of Learned Societies）方取吾國周秦諸子學說迻譯而公佈之。他國之所尊崇我者，即吾國所自鄙棄者，轉拾他國餘唾，乞鄰醯以驕儕輩，循是以往，則將來國人欲考查其自有之文獻者，須往異國求之，真有就胡僧而話劫灰之感。[124]

---

[123] 呂碧城：〈佛教在歐洲之發展〉（原載 1930 年 2 月《海潮音》第十一卷第二期；後收錄於《歐美之光》），《呂碧城詩文箋注》卷三，頁 249-250。

[124] 呂碧城：〈赴維也納瑣記〉，《呂碧城詩文箋注》卷四「《歐美漫遊錄》（又名《鴻雪因緣》）」，頁 484。

可知，呂碧城看到歐人對佛教的重視超過己國，也舉出吾國青年不看線裝書，以說明將來恐有「禮失求諸野」的疑慮。

〈歐美之光自序〉提及去國十年，往往以他國風化之轉移為觀察重點。並多將見聞郵寄回國以饗國人。尤其故邦局勢不安，實由民德淪喪之故。革命需革心，應提倡仁民愛物的護生概念。然她的憂心卻招來異議，謂其護生先於救人。[125]無論如何，她仍保持對國事的關懷。

是以由呂碧城對家國的反思，當她以遊子身分回觀時，她表現的是對中國的特別關懷，與她在中國空間裡寫異國情調正好形成對照。借用方秀潔的研究，呂碧城反而是以另一種極其開闊的「世界主義」觀念，以支持她自己如此的：

> 世界主義支持一個人與自己的文化保持反思的距離，對其他文化和習俗的廣泛理解，以及對普遍人性的信賴。從歷史上來看，世界主義的超然是在各種文化認同的背景中被定義的……，在二十世紀則是對極端忠誠於國家（nation）、種族（race）和民族精神（ethos）等的反對。[126]

是以，呂碧城是世界主義者，她對己身文化的態度是在國內的異國空間裡，與己國保持一定的距離，著力描繪其中異國人士之活動。當她在國外時，她更能與己身文化保持反思的距離，並且基於她對其他文化和習俗的廣泛理解，她反而能夠好好的觀察己國

125 呂碧城：〈歐美之光自序〉，《呂碧城詩文箋注》卷三，頁289-290。

126 方秀潔：〈重塑時空與主體：呂碧城的《遊廬瑣記》〉，張宏生、錢南秀編：《中國文學：傳統與現代的對話》，頁395。

文化的優缺點。並且，在她借鑑他國經驗時，她也並非極端的忠誠於國族及其所有文化精神，反是有所選擇的。這種時而借他國文化之長、以反證己國文化之短的表現，正顯示她對國族的忠誠是有所為有所不為的。

綜合以上，可見呂碧城對於傳統與現代、中與西兩種文化價值的選取，既確認又游移。既有對傳統文化的肯定，如文言文與立國精神的確認；然而也有白話創作。此一看似矛盾的現象，說明了同時代面臨轉型的一代知識分子共同的文學話語流動的常態。再者，她對於英語加諸己國的文化殖民現象，感到憂心。在堅持這種看似極端忠於國族的文化態度的同時，她也表現出與其對立的矛盾面。如她的中國遊記裡，滿目盡是異國情調，幾乎不見傳統詩詞遊記裡詠物感懷的格套，而是在中國時空裡另創一個西式情調的生活空間。然而，當她身處真正的異國時，享受的又是西式生活的自由，似乎又與她對國人以英文為時髦矜貴的態度有所衝突。其實，出遊之所需正符合她所謂使用英文「以溝通學術、交換文明起見」的原則。是以，當她真正身處異國時，反而能夠回觀己國的文化價值，以做出合於中國文化卻又不悖於世界潮流的價值取向。就此而言，呂碧城對文化主體的態度，與其開闊的世界觀有一定的關聯。

五、結論：呂碧城在民國後堅持以古典散文書寫的意義

總結前述，本文意在梳理晚清閨秀詩（詞）人向現代知識女性轉型的意義。首先，藉由她們在傳統詩、詞之外的散文文本，

以理解／建構她們做為新式知識女性的意義與價值。是以，呂碧城以女性自我所發聲的政（議）論與遊記類散文，特顯出其人其文深刻的價值。此其一。其次，呂碧城一向被文學史定位於舊文學傳統的尾聲，然而，「似舊實新」卻正是我們重新考掘呂碧城其人其文的新眼。是以，藉由其散文文本，適足以證成此點價值。此其二。是以，以呂碧城的散文做為研究對象，自有其意義。

職是，綜觀呂碧城由逃家展開她自我主體價值的轉化歷程。悖離傳統父權社會的價值規範後，其自閨閣出走後的自我轉化歷程，便游離於各種身分之間，以便確認自我主體的價值。就此而言，呂碧城流動的生命履歷具有一定的現代意義。

首先，當她以無家的姿態進入晚清的公共領域後，她為自己找到的身分，首先是女報人與教育家，其所傳達的女學概念，其實仍與強種強國的實用目的勾連一起，具有既新又舊的流動特質。中年皈依佛教並推動護生戒殺與蔬食活動，成為往後的生命重心；然而她同時也是華服的愛好者，即使出席護生大會之演說亦然。看似衝突，仍是她流動人生的一種展現。

其次，呂碧城悠／幽於虛實不同空間裡的體驗，更彰顯了她流動的人生軌跡。而她單身移動的充分自由，使她得以「不安於室」。在民國早期自助旅行仍然罕見的年代裡，她已然由中國北方移動至南方，再橫渡太平洋至美國遊學，更跨越大西洋漫遊歐洲，最後回到香港以迄辭世。如此大跨度的移動，彰顯的是單身女性跨越空間及性別藩籬的意義。此外，她還幽遊於夢境與靈異空間。前者確立她的信仰，以及展現她在現實中被壓抑的欲望；後者則是她對不可思議之事的好奇與探索。然而，呂碧城雖對此類超現實有一定興趣，卻是以較「科學的」態度面對的，這也是她的流動特質之展現。

最後，呂碧城對於傳統與現代、中與西兩種文化價值的選取，是有所選擇的。既有對文言文的堅持，但也有唯一的白話創作。此一矛盾，也是同時代知識分子所共同面對的流動話語。再者，她嚴拒英語造成的過度文化殖民現象，然而她又在看似極端忠於國族文化價值的同時，在中國遊記裡盡顯異國情調。然而當她身處異國時，又十分享受西式生活，並且能夠回觀己國的文化價值並加以選取，以展現她對國族深刻的關懷。

綜言之，透過呂碧城的散文，看到身處晚清民國這一轉型階段的她，如何流動在各種人生履歷裡尋求身分認同。單身的她體驗人生的各種可能性，而非固著於某種價值而不肯稍有流動。總之，呂碧城的散文話語及人生呈現多方流動的面貌；其人雖以堅守文言而被排除在現代文學史外，然其散文話語所透顯的現代意涵，仍不能不令人側目。

卷二

女子有行
——旅行、宗教與自我追尋

第四章　志於「道」，游於「道」
——顧太清的宗教生活與旅行

一、前言：以虔信昇華生命意義的女詞人

清代女詞人顧太清（1799-1877）詩詞表現突出，以詞著名，也是近代以來第一位女性白話小說家，其《紅樓夢影》開啟現代女作家撰寫白話小說的先聲。此外，身為明清才女行列中的一員，顧太清擁有志同道合的婚姻，與奕繪（1799-1838）十五年的神仙眷侶生活是她近八十年生命中最為豐美的一段歲月，夫妻唱和吟詠之餘，也有虔信的宗教生活。他們是全真道教的虔信者，兼修佛教，其詩詞也因此多反映宗教生活的內容。即使顧太清中年喪偶成為寡婦詩人，[1]但宗教信仰及相關實踐活動幾乎貫穿她的一生。是以，顧太清的宗教實踐與認同如何建構她身為才女的自我主體，便是本文擬探討的重要課題。

曼素恩（Susan Mann, 1941-）《蘭閨寶錄：晚明至盛清時的中國婦女》（*Precious Records: Women in China's Long Eighteenth Century*）第三章〈生命歷程〉的「追求永生之道」這一節與第

[1] 孫康宜：〈寡婦詩人的文學「聲音」〉，《古典與現代的女性闡釋》（臺北：聯合文學出版社，1998 年 4 月）。

七章〈虔信〉談到晚明至盛清時期婦女的宗教活動。[2]是以，本文借用曼素恩的研究以探究閨閣女性的宗教生活之於她們的意義，一方面藉由宗信仰指引與庇護女性度過她們生命歷程之可能發生的苦痛與挫折；另一方面，宗教信仰的超越性精神領域也提供婦女一個可在一定程度上逃離規範與要求的獨立自主空間。換言之，宗教信仰具有背反的詮釋可能性，其一輔助女性對規範的順從與調適，另一則指向逃離的可能。正是在這一點上，女性投入宗教信仰後的集體朝聖、進香乃至在寺院中進修的活動，便會帶來女性自家庭或社會規範中「走出」的可能性。因此，女性參與宗教活動，正是女性建構獨立自主之精神空間的一種表現。

晚近以來，對於顧太清的詩詞與白話小說、戲曲創作的研究不在少數，但對於她的宗教實踐與認同部分的研究尚有開拓餘地，尤其是她虔信道教與詩詞中的道教主題值得探賾。相關前行研究可分三個部分：第一部分是「顧太清研究」。首先，顧太清作品集《顧太清集校箋》已由後代子孫金啟孮、金適校箋出版（2015）。[3]其次，在顧太清身世及家庭考究上，劉素芬〈文化與家族——顧太清及其家庭生活〉（1996）[4]及張菊玲〈為人間留取真眉目——論晚清女作家西林春〉（1997）[5]，對於顧太清

---

2 曼素恩（Susan Mann）：《蘭閨寶錄：晚明至盛清時的中國婦女》（臺北：左岸文化公司，2005 年 11 月）第三章「生命歷程」，頁 158-166；第七章〈虔信〉，頁 349-393。

3 顧太清著；金啟孮、金適校箋：《顧太清集校箋》（北京：中華書局，2015 年 8 月）。

4 劉素芬：〈文化與家族——顧太清及其家庭生活〉，《新史學》1996 年 7 卷 1 期，頁 29-67。

5 張菊玲：〈為人間留取真眉目——論晚清女作家西林春〉，《歷史月

的姓名與身世、生平均有詳贍的研究，值得參考。再者，顧太清作品中的佛道主題之研究，包括萬春香〈顧太清詠蓮詞中的佛、道因素〉（2013）[6]及梅莉〈清代中晚期滿族菁英日常生活與道教——以顧太清、奕繪夫婦為中心〉（2016）[7]，前者只論其詠蓮詞作中的佛道主題，後者則討論顧太清與奕繪夫婦的道教生活及相關詩詞，對於本文有一定的參考價值。

前行研究的第二部分是「道教文學、女仙、道教與女性之相關研究」。首先，李豐楙《憂與游：六朝隋唐遊仙詩論集》（1996）[8]研究六朝隋唐的游仙文學，本文借鏡其游仙詩論述；王志忠《明清全真教論稿》（2000）[9]提供了本文對於明清時期全真道教發展的認識；孫武昌《道教文學十講》（2014）[10]全面處理與道教文學有關的議題，其中以第四講「女仙與謫仙傳說」、第六講「游仙詩」最有參考價值。其次，在道教女仙的研究上，法國道教學者戴思博（Catherine Despeux）於 1990 年出版的法文專著《古代中國的女仙許仙——道教與女丹》（尚無中譯本）、戴思博（Catherine Despeux）與孔麗維（Livia Kohn）

刊》115 期，1997 年 8 月，頁 107-116。

6 萬春香：〈顧太清詠蓮詞中的佛、道因素〉，《濮陽職業技術學院學報》第 26 卷第 3 期，2013 年 6 月，頁 101-104。

7 梅莉：〈清代中晚期滿族菁英日常生活與道教——以顧太清、奕繪夫婦為中心〉，《江漢論壇》2016 年 06 期，頁 99-106。

8 李豐楙：《憂與游：六朝隋唐遊仙詩論集》（臺北：臺灣學生書局，1996 年 3 月）。

9 王志忠：《明清全真教論稿》（成都：巴蜀書社，2000 年）。

10 孫武昌：《道教文學十講》（北京：中華書局，2014 年 10 月）。

合寫的〈《道教中的女性》前言〉（2012）[11]頗值得參考，對本文有許多啟發。而李素平《女神・女丹・女道》（2004）[12]、姜守誠與張海瀾合著《道教女仙考》（2019）[13]亦有相當完整的道教女仙研究。而林欣儀的〈道教與性別——二十世紀中葉後歐美重要研究述評〉（2015）[14]對於道教與性別研究的概況進行爬梳與分析；相較於佛教與性別有較多研究成果，道教部分顯然猶有待開發的空間，此文之貢獻在此。此外，美籍學者韓書瑞（Susan Naquin）《北京：寺廟與城市生活》（2014）[15]對於北京的宗教生活，尤其是廟宇道觀與歲時祭儀的研究有獨到的見解。

第三部分是「明清女性文學之相關研究」。首先，趙世瑜〈明清以來婦女的宗教活動、閒暇生活與女性亞文化〉（2003）[16]與趙崔莉《被遮蔽的現代性——明清女性的社會生活與情感體

---

11 戴思博（Catherine Despeux）、孔麗維（Livia Kohn）著；姚平譯：〈《道教中的女性》前言〉，伊沛霞、姚平主編：《當代西方漢學研究集萃：宗教史卷》（上海：上海古籍出版社，2012 年 9 月）。

12 李素平：《女神・女丹・女道》（北京：宗教文化出版社，2004 年 7 月）。

13 姜守誠、張海瀾：《道教女仙考》（鄭州：中州古籍出版社，2019 年 4 月）。

14 林欣儀：〈道教與性別——二十世紀中葉後歐美重要研究述評〉，《新史學》二十六卷二期，2015 年 6 月，頁 191-242。

15 韓書瑞（Susan Naquin）著；朱修春譯：《北京：寺廟與城市生活》（臺北：稻鄉出版社，2014 年 1 月）。

16 趙世瑜：〈明清以來婦女的宗教活動、閒暇生活與女性亞文化〉，鄭振滿、陳春聲主編：《民間信仰與社會空間》（福州：福建人民出版社，2003 年 8 月）。

驗》（2015）[17]第五章，都是與明清女性宗教生活有關的研究，對於本文有助益。其次，孫康宜〈寡婦詩人的文學「聲音」〉（《古典與現代的女性闡釋》，1998）[18]、高彥頤（Dorothy Ko）《閨塾師：明末清初江南的才女文化》（2005）[19]、曼素恩（Susan Mann）《蘭閨寶錄：晚明至盛清時的中國婦女》（2005）[20]及毛文芳《卷中小立亦百年：明清女性畫像文本探討》（2013）[21]第三編關於顧太清的畫像題詠部分，皆可提供重要的參考。王力堅《清代才媛沈善寶研究》（2009）[22]第二章「沈善寶的隨宦行跡與文學交遊」與顧太清相關的秋紅吟社研究，亦極有參考價值。

綜合前述已有的研究文獻，可見學界對於顧太清的宗教實踐與認同之相關研究尚有持續開拓的空間。因此，本文擬探討顧太清的宗教追求之路，其跟隨夫婿崇尚全真道教的意義為何？由於道教與女性的關係特別深遠，其尊崇女性的觀念十分普遍，是以守寡前即已入道的顧太清，其與全真道教的關係便有許多可探討

17　趙崔莉：《被遮蔽的現代性——明清女性的社會生活與情感體驗》（北京：知識產權出版社，2015年9月）。

18　孫康宜：〈寡婦詩人的文學「聲音」〉，《古典與現代的女性闡釋》（臺北：聯合文學出版社，1998年4月）。

19　高彥頤（Dorothy Ko）著；李志生譯：《閨塾師：明末清初江南的才女文化》（南京：江蘇人民出版社，2005年1月）。

20　曼素恩（Susan Mann）著；楊雅婷譯：《蘭閨寶錄：晚明至盛清時的中國婦女》（臺北：左岸文化公司，2005年11月）。

21　毛文芳：《卷中小立亦百年：明清女性畫像文本探討》（臺北：臺灣學生書局，2013年6月）。

22　王力堅：《清代才媛沈善寶研究》（臺北：里仁書局，2009年9月）。

的內涵。首論其生命歷程轉向宗教追求之路，緣起於顧太清與夫婿奕繪志同「道」合的婚姻生活，夫妻著道裝並自取道號，研讀道教典籍並創作游仙詩、與道士往來。（限於篇幅，兼修佛教暫不處理）。次論顧太清的宗教實踐活動的第一種類型，出外至北京城南的道觀朝聖進香或參加道教儀式，不只與家人同行，也有她和詩社閨友集體出遊道觀進香兼看花的活動，是結合文學與宗教雙重信仰的一種「走出」的活動。末論顧太清的宗教實踐活動的第二種類型，即遠足至北京郊外的道觀進行較長途的朝聖之旅，兼及探訪道教的洞天福地。由於顧太清身為滿族才女擁有更多自由騎馬出游的機會，是以其遠行朝聖的經驗不少，就此也展現她對於女性自我主體的認同。職是，本文以顧太清的詩詞為主要文本，探討她如何以宗教召喚主體認同以及建構獨立的精神空間；冀以此擴大近代代女性文學研究的面相，提供相關學界參考。

二、志同「道」合的宗教生活：太清與太素道人對全真道教的信仰

一般明清時期閨閣才女的一生中多有一段虔信生活，且多數發生在晚年或喪偶守寡才有精神寄託之必要，曼素恩即認為：「到了老年，婦女會轉向孤獨而內省式的宗教修行」。[23]然而顧太清的生命歷程朝向宗教追求之路，並非始於她的晚年，也不是

23 曼素恩（Susan Mann）著；楊雅婷譯：《蘭閨寶錄：晚明至盛清時的中國婦女》第三章「生命歷程」，頁 158。

中晚年（1838 年，40 歲）守寡之後；其宗教信仰之路也並非全然孤獨而內省式的。在她與夫婿奕繪共處十五年志同「道」合的宗教生活中，不僅崇奉全真道教，[24]穿道裝並取道號、研讀道教典籍並撰寫游仙詩、參訪道觀並與道士往來頻密（待第三、四節討論），可謂全面地投入道教信仰生活，並且延續至顧太清後半生 40 年寡居生活中。是以，宗教信仰之於她，可說是輔助她安然地調適生命種種哀樂的重要精神空間。

（一）著道裝的太素與太清道人：自取道號乃象徵性的內丹術

顧太清（1799-1877），滿州鑲藍旗人，姓西林覺羅氏，本名春，字梅仙，號太清，常自署太清春、太清西林春，雲槎外史；晚年也署太青老人椿、天游老人。正式名字應為西林春（晚年始用此名）或西林太清。一生近 80 年歲月，前半生由於出身罪人之後，家道中落，父親鄂實豐以游幕、筆耕為生；母親富察氏為香山八旗人。[25]約 1821（道光元年）前後，23 歲的太清入

---

[24] 道教是中國的本土宗教，承襲方仙道、黃老道和民間天神信仰等大部分宗教觀念和修持方法，追求修煉成為神仙。道教派別分立，到了金末元初全真道道士丘處機進行宗教改革，仿照佛教制定五戒、八戒和初真戒、中極戒、天仙戒三壇大戒，且規定清信士必須經受戒儀式、由一名道士主持授戒才能算作道教徒，全真道自此成為佛教化最深的道教派別。

[25] 長久以來，顧太清的生平（包括姓名與身世）謎團，一直有各種說法，近年來已逐漸被研究者清理完成，其中張菊玲〈為人間留取真眉目——論晚清女作家西林春〉（《歷史月刊》，115 期，1997 年 8 月，頁 107-116）頗值得參考。晚近以來，顧太清的後代子孫不乏投入研究顧

榮王府（奕繪生長於此）為郡王諸女之閨塾師（教庭教師），[26]時與諸格格及奕繪詩詞唱和，遂生愛慕之意，已有元配妙華的奕繪欲以太清為側室，因清代婚配制度與罪人之後而為親友勸阻，太清只得回香山家中避嫌。1824 年太清冒榮王府二等侍衛顧文星之女，呈報宗人府，選為奕繪貝勒之側室夫人。1831 年元配妙華夫人去世後，奕繪未另娶，直到 1838 年過世為止，妻子僅太清一人。此後至 1877 年辭世，為顧太清寡居的後半生。

是以，他們擁有十五年志同「道」合的夫妻生活，除了詩詞唱和，道教信仰也是他們的生活重心。而他們知識伴侶的型態，可說是清代版的趙明誠與李清照，太清在〈金縷曲——芸臺相國以宋本趙氏《金石錄》囑題〉詞中提及「易安夫妻皆好古，夏商鼎彝細考」[27]的志同道合，也對於阮元（芸臺相國）為易安再嫁辨誣感到欣慰。是以，顧太清投入宗教信仰，始於她與夫婿志同「道」合的美好生活，並非一般常見的中老年守寡或遇到挫折而必須另尋精神寄託的狀況。因此，顧太清的宗教實踐是精神世界的提昇與純化的功課。

1834 年 12 月，黃雲谷道士為 36 歲的太清夫妻二人畫道裝

太清之行列者，如五世孫金啟孮、六世孫金適，其校箋之《顧太清集校箋》已於 2015 年出版，該書之〈前言〉、附錄二：〈顧太清（西林春）年譜〉、附錄三：金啟孮〈滿洲女詞人顧太清和東海漁歌〉之「詞人的身世」、金適〈後記——顧太清研究中的誤區〉等都是值得參考的資料。

[26] 關於閨塾師，詳參高彥頤（Dorothy Ko）著；李志生譯：《閨塾師：明末清初江南的才女文化》。

[27] 顧太清：〈金縷曲——芸臺相國以宋本趙氏《金石錄》囑題〉，金啟孮、金適校箋：《顧太清集校箋・卷十一・東海漁歌四》，頁 618。

像，奕繪的〈黃冠小照〉與太清的〈道裝像〉，以同樣的裝扮（道教服飾）繪成兩幅畫像，係結婚十周年的紀念，[28]夫妻互題贈詩，這應該是與顧太清宗教生活有關最早的詩詞紀錄。

顧太清以兩首〈自題道裝像〉記之，其一如下：

> 雙峰丫髻道家裝，回首雲山去路長。莫道神仙顏可駐，麻姑兩鬢已呈霜。[29]

在顧太清的自我觀照中，其自述的道教裝束為「雙峰丫髻道家裝」，太素更明確指出顧太清的裝束：「全真裝束古衣冠，結雙鬟，金耳環」[30]，清楚描述顧太清的道裝形象。但「莫道神仙顏可駐，麻姑兩鬢已呈霜」卻顯示顧太清懷疑道教修練可能無用，無論修行如何高妙，人終究難逃衰老的命運，即使是象徵長壽的麻姑也會逐漸衰老。此時顧太清年僅 36 歲，卻已對道教之長生不老說發出反撥的詰問。

而顧太清〈自題道裝像〉其二如下：

> 吾不知其果是誰，天風吹動鬢邊絲。人間未了殘棋局，且

---

[28] 毛文芳：〈一個閨閣的視角：顧太清（1799-1877）的畫像題詠〉，《卷中小立亦百年：明清女性畫像文本探討》，頁 320。

[29] 顧太清：〈自題道裝像〉，金啟孮、金適校箋：《顧太清集校箋・卷一・詩一》，頁 91。

[30] 奕繪：〈江城子——題黃雲谷道士畫太清道裝像〉，附錄於顧太清：〈自題道裝像〉後，金啟孮、金適校箋：《顧太清集校箋・卷一・詩一》，頁 92。

住人間看奕棋。[31]

是以，顧太清面對著自己的道裝像，生發「吾不知其果是誰」的自我陌生感，她所看到的是未來終究會逐漸衰老的事實，對於道教長生不老（死）的修行，其看法似乎比較沉鬱。

同時，顧太清也為奕繪寫詩〈題黃雲谷道士畫夫子黃冠小照〉[32]；奕繪則回贈一闋詞〈江城子——題黃雲谷道士畫太清道裝像〉：

> 全真裝束古衣冠，結雙鬟，金耳環，奈可凌虛歸去洞中天。游遍洞天三十六，九萬里，閬風寒。
> 榮華兒女眼前歡。暫相寬，無百年。不及芒鞋踏破萬山巔。野鶴閑雲無掛礙，生與死，不相干。[33]

奕繪帶著祝福的心情，描寫妻子太清道人的全真道裝像，也想像她凌虛御風、遨遊三十六洞天的仙人神態。[34]然後回到目前美好

---

[31] 顧太清：〈自題道裝像〉，金啟孮、金適校箋：《顧太清集校箋·詩集補遺》，頁 386。

[32] 顧太清：〈題黃雲谷道士畫夫子黃冠小照〉，金啟孮、金適校箋：《顧太清集校箋·詩集補遺》，頁 386。

[33] 奕繪：〈江城子——題黃雲谷道士畫太清道裝像〉，附錄於顧太清：〈自題道裝像〉後，金啟孮、金適校箋：《顧太清集校箋·卷一·詩一》，頁 92。

[34] 「洞天三十六」指道教仙境的 36 個小洞天，此中有神仙居住，道士居此修練或登山請乞，可得道成仙；「閬風」則位於崑崙山山巔，相傳為仙人所居。

的婚姻生活與兒女，但清楚自覺再美好的人間歲月亦無法百年，乃提出「不及芒鞋踏破萬山巔」與「野鶴閑雲無掛礙」的理想生活圖景，逍遙於人間生死之外，可見奕繪心之所嚮的美好生活正是道家式的，而他也真的在 37 歲時自請解職，消閒於山水林泉間。職是，太清與奕繪夫妻二人對於道教修行的感受截然不同，前者沉鬱，後者逍遙。

無論對道教修行的態度如何不同，他們當時的太平湖居所命名為「天游閣」，便是取自《莊子・外物》：「心無天游，則六鑿相攘」之意，可見居所的命題也透露了生活旨趣。

不只如此，顧太清夫妻自取道號為「太素」與「太清」，此後也在許多詩詞中自稱道人，如 1840 年春顧太清所寫的〈春陰無聊適屏山，使童子以素馨、辛夷見贈，附有佳句，謹依來韻申謝〉：「道人短髮羞簪取，辜負冰姿謝玉人。」[35]以及〈自題畫扇寄紉蘭〉：「道人欲報慚無物，空谷幽香寄一枝。」[36]皆是。

由於以儒家為主流的中國社會裡，女性大多在父權為主的家庭內尋得安身立命的依靠，並且確認自我價值。但在道教的理想世界裡，女性是宇宙中「陰」的象徵，她是不可或缺的動力，與男性所代表的「陽」平等，甚至超過。因此道教把宇宙萬物之源的道描述為萬物之母。因此道教對女性的尊崇非常普遍。[37]然而

---

35 顧太清：〈春陰無聊適屏山，使童子以素馨、辛夷見贈，附有佳句，謹依來韻申謝〉，金啟孮、金適校箋：《顧太清集校箋・卷五・詩五》，頁 252。

36 顧太清：〈自題畫扇寄紉蘭〉，金啟孮、金適校箋：《顧太清集校箋・卷五・詩五》，頁 255。

37 戴思博（Catherine Despeux）、孔麗維（Livia Kohn）著；姚平譯：

與女姓的關係特別緊密的道教，為了得到以儒家為主流的中國社會的認同，對女性入道設下了必須得到丈夫允許的規定：

> 遵從儒家的主流思想，賦予母親即女家長極高的榮譽，也讚賞與母性有關的生殖、養育、照料等品質。同時，道教也跟隨儒家學者將已婚婦女置於她們的丈夫的從屬地位，道教不允許婦女擅自入道，她們必須在得到丈夫允許之後才能將她們的名字紀錄在天師名冊中。[38]

是以道教女信徒多已婚，顧太清也不例外，在丈夫奕繪的帶領下入道，並取了道號。因此，顧太清並非老年或守寡後才進入道教信仰的世界。

顧太清夫妻崇信的全真道教以內丹術為主要的修煉方式，「內丹術企求通過以意念方是利用體內器官而達到『成仙』的目的。」[39]因此，以清代流行的《西王母女修正途十則》這本內丹手冊而言，它所傳達的正是西王母本人教誨，其中所提及的九戒即女性熟知的儒家與道家戒律，之後再突兀地轉入另一個問題：

〈《道教中的女性》前言〉，伊沛霞、姚平主編：《當代西方漢學研究集萃：宗教史卷》，頁 120。

38 戴思博（Catherine Despeux）、孔麗維（Livia Kohn）著；姚平譯：〈《道教中的女性》前言〉，伊沛霞、姚平主編：《當代西方漢學研究集萃：宗教史卷》，頁 140。

39 戴思博（Catherine Despeux）、孔麗維（Livia Kohn）著；姚平譯：〈《道教中的女性》前言〉，伊沛霞、姚平主編：《當代西方漢學研究集萃：宗教史卷》，頁 139。

「如何持存並涵養個別婦女的生命？」[40]意即如何在「赤龍（月經）」上下工夫，逐漸減少並最終停經，此過程謂之「斬（赤）龍」。[41]女性在初經來潮前達到「陽」的巔峰狀態，之後「陽質」逐漸流失，唯有透過複雜的修習，才能減緩或逆轉此一過程。因此，她必須學習「止念」以「調心」，專注心智駛「氣」在體內遊走，將體液轉化為血液，再將血轉化為「氣」，如此便算完成「斬（赤）龍」的工夫。在艱難的修習期間，必須壓抑自己的情欲，才能成為成功的內丹修習者。[42]因此，「透過內丹，婦女學會控制肉體的激情，將性欲轉化為追求精神解放的力量。」[43]能夠氣貫全身的女性便會感到極度幸福，達到「超越」的境界，也就是達到西王母所居之陽的角色。[44]是以：

> 「斬赤龍」標志著修煉長生不死過程中的一大進展，它也是煉虛還道中最關鍵的第一步，它使修煉者得以恢復真氣和天賦的宇宙力量。正如女仙、陰的勢力的代表、神聖的

40　曼素恩（Susan Mann）著；楊雅婷譯：《蘭閨寶錄：晚明至盛清時的中國婦女》第三章「生命歷程」，頁 162。

41　戴思博（Catherine Despeux）、孔麗維（Livia Kohn）著；姚平譯：〈《道教中的女性》前言〉，伊沛霞、姚平主編：《當代西方漢學研究集萃：宗教史卷》，頁 139。

42　曼素恩（Susan Mann）著；楊雅婷譯：《蘭閨寶錄：晚明至盛清時的中國婦女》第三章「生命歷程」，頁 162。

43　曼素恩（Susan Mann）著；楊雅婷譯：《蘭閨寶錄：晚明至盛清時的中國婦女》第三章「生命歷程」，頁 162。

44　參考曼素恩（Susan Mann）著；楊雅婷譯：《蘭閨寶錄：晚明至盛清時的中國婦女》第三章「生命歷程」，頁 162-163。

> 教師和超然的女道士那樣，在內丹術中，理想女性是成功的修道者，她們在純化道和激化道方面作出了重要的貢獻。[45]

職是，「斬赤龍」代表成功修煉長生不老死，使修煉者得以恢復真氣和天賦的宇宙力量，女仙、女教師和女道士那樣理想的女性道教信仰者，也都必須是成功的修煉者。

然而，顧太清與奕繪的道教修行生活以及她往後寡居的 40 年中，是否也有這種內丹術的修煉，由於詩詞中未見此類記載，不得而知。但就他們「自取道號」為「太素道人」與「太清道人」而言，其實也是一種象徵性的修習內丹的舉動。[46]此外，「取道號的做法也只意味著當事人認同一些早期女詩人的修行——諸如魚玄機、薛濤等在盛清時代倍受仰慕的女詩人。」[47]是以，顧太清自取道號，不只展現她對道教修煉方式的理解，也是她對於前代修道教的女詩人的認同。

---

[45] 戴思博（Catherine Despeux）、孔麗維（Livia Kohn）著；姚平譯：〈《道教中的女性》前言〉，伊沛霞、姚平主編：《當代西方漢學研究集萃：宗教史卷》，頁 140。

[46] 曼素恩（Susan Mann）著；楊雅婷譯：《蘭閨寶錄：晚明至盛清時的中國婦女》第三章「生命歷程」，頁 163。

[47] 曼素恩（Susan Mann）著；楊雅婷譯：《蘭閨寶錄：晚明至盛清時的中國婦女》第三章「生命歷程」，頁 163。

（二）理想女性就是成功的修煉者：對道教女仙的虔信

法國道教學者戴思博（Catherine Despeux）指出：「在中國儒教、佛教、道教三個基本教義之中，道教在觀念上對女性最抱善意。」[48]由於理想的女性道教信仰者，必須是成功的修煉者。是以道教崇仰許多女神與女仙，[49]為女性提供了另一種人生選擇，「為她們開創了獨立追求自身目標的途徑——或是自行修身，或成為巫師、女冠、女煉師，或追求長生不老之術。」[50]道教信仰之於女性的意義便在於獨立追求自身修行這點，而成為理想的女性則是一場艱難的修煉。[51]因此，「正如女仙、陰的勢力的代表、神聖的教師和超然的女道士那樣，在內丹術中，理想女性是成功的修道者，她們在純化道和激化道方面作出了重要的貢獻。」[52]因此，為了修練身體，追求長生不老的永恆生命，女性

---

[48] 這是出自她的法文專著《古代中國的女仙許仙——道教與女丹》裡的內容，但由於尚無中譯本，乃轉引自孫武昌：《道教文學十講》（北京：中華書局，2014 年 10 月）「第四講　女仙與謫仙傳說」，頁 115。

[49] 關於道教女仙的討論，可參考孫武昌：《道教文學十講》「第四講　女仙與謫仙傳說」，頁 113-147。

[50] 戴思博（Catherine Despeux）、孔麗維（Livia Kohn）著；姚平譯：〈《道教中的女性》前言〉，伊沛霞、姚平主編：《當代西方漢學研究集萃：宗教史卷》，頁 124。

[51] 曼素恩（Susan Mann）著；楊雅婷譯：《蘭閨寶錄：晚明至盛清時的中國婦女》第三章「生命歷程」，頁 160。

[52] 戴思博（Catherine Despeux）、孔麗維（Livia Kohn）著；姚平譯：〈《道教中的女性》前言〉，伊沛霞、姚平主編：《當代西方漢學研究集萃：宗教史卷》，頁 140。

的宗教修行必然會以重要的女神／女仙做為典範。

許多道教的仙姑多獨身而禁欲，除吃齋外，也是孝女。但道教追求永生的教旨更強調修習內丹的技巧，「內丹教本引導婦女歷經一個嚴格的過程，其中包含修練身體和專注心智兩方面，最後達到精神與肉體的同時轉化的至高境界。」[53]為達到這種身心純淨的至高境界，必須仰賴**西王母**的法力；而前述清代流行的《西王母女修正途十則》這本內丹手冊所傳達的正是西王母本人教誨。是以，在道教女性的宗教想像中，**西王母**無疑是最重要的：「代表長生不老的女神。在婦女的宗教想像中，道教的仙姑也如同觀音一般，象徵著永恆的生命。」[54]西王母即民間所稱之「王母娘娘」、「瑤池金母」、「王母」、「金母」。西王母的形象並非一開始即為後來掌人壽夭的雍容面貌，在《山海經・西山經》的西王母是半人半獸的形象：「西王母其狀如人，豹尾虎齒善嘯，蓬髮戴勝，是司天之厲及五殘。」[55]而且是動輒帶來刑殺與災厲的兇神。直到唐代杜光庭《墉城集仙錄》將西王母的形象確立為年輕貌美、儀態萬千的女子：

> 王母乘紫霞之輦，駕九色斑麟，帶天真之策，佩金剛靈璽，黃錦之服，文彩明鮮，金光奕奕，腰分景之劍，結飛

---

53 曼素恩（Susan Mann）著；楊雅婷譯：《蘭閨寶錄：晚明至盛清時的中國婦女》第三章「生命歷程」，頁 160。

54 曼素恩（Susan Mann）著；楊雅婷譯：《蘭閨寶錄：晚明至盛清時的中國婦女》第三章「生命歷程」，頁 158。

55 袁珂校注：《山海經校注・卷二西山經》（臺北：里仁書局，1995 年 4 月），頁 50。

> 雲之大綬，頭上大華髻，戴太真晨纓之冠，躡方瓊鳳文之履，可年二十許，天姿腌藹，靈顏絕世，真靈人也。[56]

至此，西王母才成為道教女仙之首，其正統地位也自此確定。[57]

是以，到了清代中後期，顧太清詩詞中出現的西王母都是尊貴的永生不老（死）的正面意象，如〈錢元昌升恒圖〉：「扇分翠羽朝金母」[58]之「金母」即西王母。而〈水調歌頭——謝古春軒老人見贈竹根仙槎〉的「王母駕靈虬」[59]也是指西王母。而擔任西王母身邊侍女的女仙**蕚綠華**也出現在詩詞中，如〈醉東風——碧桃〉：「蕚綠華來無定，羽衣不耐春寒。」[60]即是。此外，和蕚綠華一樣是西王母侍女的**許飛瓊**，也出現在〈浪淘沙——冰燈〉中：「清涼世界住飛瓊」，[61]其中「飛瓊」即西王母侍女許飛瓊。而〈題陳南樓老人畫扇〉詩的「飛來何處雙青鳥」[62]之

56　〔唐〕杜光庭：〈金母元君〉，《墉城集仙錄》，《四庫全書存目叢書・子部二五八》（濟南：齊魯書社，1995年9月），頁335。

57　西王母形象的演變，可再參考姜守城、張海瀾：《道教女仙考》（鄭州：中州古籍出版社，2019年4月）「二、統御女仙——西王母」，頁25-53。

58　顧太清：〈錢元昌升恒圖〉，金啟孮、金適校箋：《顧太清集校箋・卷一・詩一》，頁80-81。

59　顧太清：〈水調歌頭——謝古春軒老人見贈竹根仙槎〉，金啟孮、金適校箋：《顧太清集校箋・卷八・東海漁歌一》，頁472。

60　顧太清：〈醉東風——碧桃〉，金啟孮、金適校箋：《顧太清集校箋・卷八・東海漁歌一》，頁436。

61　顧太清：〈浪淘沙——冰燈〉，金啟孮、金適校箋：《顧太清集校箋・卷八・東海漁歌一》，頁464。

62　顧太清：〈題陳南樓老人畫扇〉，金啟孮、金適校箋：《顧太清集校

「青鳥」即西王母取食、傳信的神鳥，也多次出現於其他詩詞中，如〈金縷曲——芸臺相國以宋本趙氏《金石錄》囑題〉[63]與〈疊前韻題畫海棠答雲姜三首〉[64]皆有「日暮來青鳥」一句。簡言之，顧太清詩詞中的女仙，包括西王母、蕚綠華、許飛瓊等頻繁出現，可見道教女仙之於修習道教的顧太清的意義。

其次，**麻姑**也是道教重要的女仙，〈題唐寅畫麻姑像〉提及長壽的麻姑親見數度滄海桑田：「滄海回看幾更變，靈臺曠劫自耕耘。玉壺常有金精在，不許人間下士聞。」[65]而前述〈自題道裝像〉的「莫道神仙顏可駐，麻姑兩鬢已呈霜。」[66]也提到麻姑。一般言之，致贈麻姑像乃祝福長壽之意：

> 慶祝五十歲生日的婦女，會收到一幅麻姑（掌管東方的女神）或西王母的畫像。並且接連好幾天地對著這幅圖像行禮、燃香、祈禱。她的朋友將以「麻姑獻壽」的願望來表達祝賀之意。[67]

箋・卷一・詩一》，頁 88。

63 顧太清：〈金縷曲——芸臺相國以宋本趙氏《金石錄》囑題〉，金啟孮、金適校箋：《顧太清集校箋・卷十一・東海漁歌四》，頁 618。

64 顧太清：〈疊前韻題畫海棠答雲姜三首〉，金啟孮、金適校箋：《顧太清集校箋・卷二・詩二》，頁 109。

65 顧太清：〈題唐寅畫麻姑像〉，金啟孮、金適校箋：《顧太清集校箋・卷一・詩一》，頁 45。

66 顧太清：〈自題道裝像〉，金啟孮、金適校箋：《顧太清集校箋・卷一・詩一》，頁 91。

67 曼素恩（Susan Mann）著；楊雅婷譯：《蘭閨寶錄：晚明至盛清時的中國婦女》第三章「生命歷程」，頁 160。

是以民間普遍以麻姑做為象徵永恆生命的女仙，常見於諸多文本中。

再者，「藐姑射仙」也是重要的仙人，如〈浪淘沙——冰燈〉：「藐姑射仙冰雪貌，玉佩琤琤。」[68]即是，「藐姑射仙」典出《莊子・逍遙遊》：「藐姑射之山，有神人居焉。肌膚若冰雪，綽約若處子。」是一名真正的逍遙遊者。而〈題陳南樓老人畫扇〉也以「藐姑射仙冰雪姿」[69]讚賞陳南樓老人的養生狀況之佳。

是以，道教中的理想女性包括西王母、許飛瓊、萼綠華、麻姑等仙姑，皆有長生不老的特色，也都有獨特的仙界姿態，成為道教女性修煉的典範人物，也是一般人期許永生不朽的膜拜對象。

此外，道教仙境也常出現於詩詞中，如〈錢元昌升恒圖〉：「曲宴瑤池添鶴筭」[70]之「**瑤池**」即西王母所居之宮闕。其次，〈醉東風——碧桃〉：「結伴閬苑飛仙，上清淪謫塵寰。」[71]其中「**閬苑**」即閬風苑，傳說是崑崙山之巔西王母居住的地方，後泛指仙人所居之處；「**上清**」指的「三清仙境」之一，即《雲笈七籤》所稱「玉清、上清、太清」之一。〈落花〉的「一

68 顧太清：〈浪淘沙——冰燈〉，金啟孮、金適校箋：《顧太清集校箋・卷八・東海漁歌一》，頁464。

69 顧太清：〈題陳南樓老人畫扇〉，金啟孮、金適校箋：《顧太清集校箋・卷一・詩一》，頁88。

70 顧太清：〈錢元昌升恒圖〉，金啟孮、金適校箋：《顧太清集校箋・卷一・詩一》，頁80-81。

71 顧太清：〈醉東風——碧桃〉，金啟孮、金適校箋：《顧太清集校箋・卷八・東海漁歌一》，頁436。

片朝霞落**碧城**」[72]即出自《上清經》所云「元使居紫雲之闕，碧霞為城。」簡稱為「**碧城**」，即仙人所居之城。而〈水調歌頭——謝古春軒老人見贈竹根仙槎〉也有仙人居所：「蓬萊渺何許」與「泛覽十洲三島」[73]，其中「十洲三島」，戰國時已有「三島」之說，指的是神仙方士構造之海中三神山：蓬萊、方丈、瀛洲，相傳在渤海中，為仙人所居，有長生不死之藥。至漢代東方朔《十洲記》則記載漢武帝從西王母聽聞八方巨海之中有祖洲、瀛洲、玄洲、炎洲、長洲、元洲、流洲、生洲、鳳麟洲、聚窟洲等十洲，乃召見東方朔詢問十洲所在方位和物名，於是東方朔逐一講述。[74]以後乃發展為「十洲三島」之說。可見道教仙境「瑤池」、「閬苑」、「上清」、「碧城」、「十洲三島」等女仙所居之處，在顧太清詩詞中所在多有。

再者，顧太清詩詞中尚有與道教經典或藏書有關的意象，如「**琅嬛福地**」是仙人藏書之處，出現在〈暗香——謝雲姜妹畫梅團扇，次姜白石韻〉中：「寫出疏香冷韻，誰似小琅嬛仙筆。」[75]即是。其次，道家的秘文「**寶籙**」則出現於〈風入松——春燈次夫子韻二首〉之二：「春王寶籙注延年，松柏豈云

---

72 顧太清：〈落花〉，金啟孮、金適校箋：《顧太清集校箋・卷一・詩一》，頁 71。

73 顧太清：〈水調歌頭——謝古春軒老人見贈竹根仙槎〉，金啟孮、金適校箋：《顧太清集校箋・卷八・東海漁歌一》，頁 472。

74 〔漢〕東方朔述；〔明〕吳琯撰：《海內十洲記》，嚴一萍選輯：《百部叢書集成》（臺北：藝文印書館，1968 年）。

75 顧太清：〈浪淘沙——冰燈〉，金啟孮、金適校箋：《顧太清集校箋・卷八・東海漁歌一》，頁 464。

殘。」[76]而「**丹書**」指的是道教煉丹之書或道教經書，如〈題黃慎山水冊次原題詩韻〉：「綠篆青簩護**丹書**」[77]即是。

最後，顧太清以「**道家冠**」描寫臘梅甚具巧思，即〈玉連環影——燈下看臘梅〉：「瑣瑣，三五黃金顆。為愛花香，自起移燈坐。影珊珊，舞仙壇，臘瓣檀心，小樣道家冠。」[78]雖為詠臘梅詩，將臘瓣檀心譬喻為縮小的道家冠，別緻而傳神；對於名為「梅仙」的顧太清而言，似乎也是以梅自況。

（三）遊戲人間的仙女／女仙：研讀經典的永生意象與創作游仙詩

在道教修習中，女性如欲達到前述所論之純化的極高境界，經典的閱讀與寫作也是宗教實踐必要的功課，顧太清自然也不例外，其系列游仙詩便是修習成果的展現。

是以，對於專注道教修習的女性，尤其是精煉內丹者，如果要達到純化的極高境界，必須研習許多經典，以進行知性方面的努力，因此：「藉著專注心智的工夫，內丹的修行可以增進身體按摩功效。」[79]是以研習宗教經典可提供女性進入更高層次的身心靈修煉境界。因此，接受過較高教育的女性，大多閱讀高深的

76　顧太清：〈風入松——春燈次夫子韻二首〉，金啟孮、金適校箋：《顧太清集校箋・卷八・東海漁歌三》，頁553。

77　顧太清：〈題黃慎山水冊次原題詩韻〉，金啟孮、金適校箋：《顧太清集校箋・卷一・詩一》，頁75。

78　顧太清：〈玉連環影——燈下看臘梅〉，金啟孮、金適校箋：《顧太清集校箋・卷八・東海漁歌一》，頁417-418。

79　曼素恩（Susan Mann）著；楊雅婷譯：《蘭閨寶錄：晚明至盛清時的中國婦女》第三章「生命歷程」，頁161。

經典，以達到身心昇華的功效。因此文本的選擇很重要：

> 這方面的文本從佛教經典和道家哲學中援引永生不朽與純淨的意象，顯示修練內丹的人不僅識字，而且大多受過很高的教育。精煉內丹的婦女，被告知可以達到了悟的境界，就像《大佛頂首楞嚴經》、《蓮華經》和《華嚴經》中所描述的一樣。這些教本勸導婦女每天念誦《道德經》和《莊子》中的章節。在道教的宗教實踐中，婦女的權威同時是精神和哲學上的；而這種權威的基礎，則是婦女在教規的創造和傳播上所扮演的鮮明角色。[80]

是以，由於道教早期的經典較少，多採用道家典籍做為誦讀的對象，如《莊子》（其中西王母、藐姑射等仙人，後來皆成為道教重要的女仙）及《道德經》（《老子》）。藉由這類知性（哲學）經典的閱讀與研究，女性在道教的宗教實踐中，才能建立應有的權威，尤其是來自於精神和哲學上的。

是以，顧太清的經典閱讀書單，自然也包括《莊子》與《老子》這類道家典籍。就其詩詞可見者，尚有道教典籍《玉皇心印經》，如〈集先恪王書玉皇心印經零字四首〉第一首云：

> 悟得玄中妙，冥依日月精。金丹能育聖，玉骨合無生。恍

80　曼素恩（Susan Mann）著；楊雅婷譯：《蘭閨寶錄：晚明至盛清時的中國婦女》第三章「生命歷程」，頁 161。

惚三身聚，吸呼一氣成。上昇光照耀，頃刻自神明。[81]

先恪王即奕繪之先父。此書全稱《高上玉皇心印經》，簡稱《心印經》或《心經》，撰者題為無上玉皇，亦即玉皇大帝，顯係依託。此經係道教內丹修煉的重要心法，經文為四言韻語，僅五十句、二百字。內容分為三段，精氣神的重要與修煉成效、吐納呼吸方式與修煉次第、精氣神三者之關係及靈丹妙用，幾乎涵蓋內丹的所有妙用。全真道將它列為內修五經之一，同時也是近代道壇早課的誦本。[82]在論述內丹修煉中精、氣、神三者關係上，《高上玉皇心印妙經》的闡釋最為清晰。按照《心印經》中所講悉心做去，小則可有益身心，大則可證道登真。是以，可見顧太清對於《玉皇心印經》應有一定的體會。

因此，顧太清也藉由研習道教重要經典，進入更深遠的精神世界中，「婦女的博學多聞不僅強化了宗教實踐，也賦予它更高的位置。」[83]是以，顧太清藉此建立自己的冥想空間，使博學女性可在宗教實踐上獲取最高精神境界。因此：

在上流階層，博學多聞的婦女拿宗教主題來作詩。許多這樣的詩篇都是為了兒女或婢女而作，並且刻意「展示」給

81　顧太清：〈集先恪王書玉皇心印經零字四首〉，金啟孮、金適校箋：《顧太清集校箋・卷一・詩一》，頁38。

82　蕭登福：〈《高上玉皇心印經》三經同卷〉，《正統道藏總目提要》（臺北：文津出版社，2011年11月），頁22-23。

83　曼素恩（Susan Mann）著；楊雅婷譯：《蘭閨寶錄：晚明至盛清時的中國婦女》第七章「虔信」，頁350。

> 她們看；其他則小心翼翼地保存起來，以便他日收錄在文學選集之中。[84]

就此而言，顧太清確實也有許多以宗教為主題的詩詞，已如前述；此外，其游仙詩亦值得探討。

由於道教以「探求長生不死」為核心課題，因此期望成仙或游歷仙界便成為信仰者欲探求他界的神祕旅行。而游仙詩起於屈原的〈離騷〉、〈遠遊〉等巫系文學，巫師神遊或升天的經驗，成為世俗化的升登仙界的神游版本。至六朝則演變為文人有所寄託的文類，如嵇康、張華、郭璞等人創作大量以「游仙」為主題的詩作，盛行於當時。至唐代，又有多敘仙人兒女情懷的游仙詩。這些游仙類作品大都展現了神祕的宗教體驗，而人類所探求的終極問題中，仙界、仙人及仙物所象徵的終極真實就是探求不死之夢。因此，一個長壽永生的生命及和諧安寧的樂園，正是游仙詩中的世界，也是許多人共同的心靈世界的象徵表現。[85]

是以，游仙詩多寫仙人遊戲人間，同時也是明清女詩人所鍾愛的一種文學體裁。就女詩人而言，她們寫作游仙詩的意義在於做為一名奉道修行者對於生命永恆性的思考，其中必雜揉著個人情志與生存境遇上的情緒，是以寫作游仙詩必然涉及女詩人的生命觀與世界觀，是一種積極有力的對於生命存在的關懷。[86]顧太

---

84 曼素恩（Susan Mann）著；楊雅婷譯：《蘭閨寶錄：晚明至盛清時的中國婦女》第七章「虔信」，頁 350。

85 游仙詩的脈絡，參考李豐楙：《憂與游：六朝隋唐遊仙詩論集》之〈導論〉，頁 1-24。

86 游仙詩的脈絡，參考李豐楙：《憂與游：六朝隋唐遊仙詩論集》之〈導

清創作的游仙詩包括〈游仙四首〉、〈浣溪紗——游仙體，用「遙知楊柳是門處，似隔芙蓉無路通」，成此小令二闋〉、〈女游仙——社中課題〉、〈小游仙效西崑體〉、〈游仙一首〉等；其閨中文友梁德繩（楚生）《古春軒詩鈔》即有〈小游仙〉。

如 1826 年顧太清新婚那年所做的〈游仙四首〉，其一：「為樂及良時，光景孰云長。」[87]顧太清認為美好的時光並不長久，為樂應及時，在愉悅中透露出一絲憂傷。其三則描寫巫山神女的故事：

> 巫山高巍巍，江水碧深杳。中有陽臺人，清容舒窈窕。翠袖倚朱闌，顏色常美好。我欲往從之，不見三青鳥。[88]

在美好的神仙世界中漫游，顧太清表達了「我欲往從之」的神游想法，但無三青鳥代為傳信予西王母，似乎暗示當時她的道教修行尚處於起步階段。無論如何，其後與奕繪展開的道教修行生活，逐漸使得太清較能輕鬆逍遙地面對複雜的人世。

其次，1838 年後寡居的顧太清也有此類詩作，如 1840 年顧太清 42 歲所作〈女游仙——社中課題〉，這是她與「秋紅吟社」[89]諸位閨中詩友的詩社活動，此詩首先描寫神遊仙界：

論〉，頁 1-24。

[87] 顧太清：〈游仙四首〉，金啟孮、金適校箋：《顧太清集校箋・卷一・詩一》，頁 1。

[88] 顧太清：〈游仙四首〉，金啟孮、金適校箋：《顧太清集校箋・卷一・詩一》，頁 1。

[89] 「秋紅吟社」於 1839 年（清道光 19 年）秋日，由新寡的顧太清與沈善

> 筠籃竹杖泛仙槎，採過蟠桃第幾花。行到中央回首望，水波雲影澹朝霞。鬢影衣香不染塵，雲章一簡墨痕新。臨池細蘸芙蓉露，自寫丹書拜玉真。[90]

「玉真」即唐代玉真公主（690-762），道號「無上真」，號「持盈」。她是武則天孫女、唐睿宗李旦之女，唐玄宗之妹。可能看透宮廷鬥爭的殘酷，很年輕便入道，改號「上清玄都大洞三景師」。[91]因此，顧太清首先以拜玉真公主入道的故事開篇，突顯女游仙詩的主題。接著敘及與詩社閨友相聚的情景，如：「鬥草歸來邀女伴，蓮華峰頂看春潮。」、「瓊漿小飲玉顏酡，笑撚花枝倚樹歌。」、「雲窗霧閣坐吹笙，風送仙音出玉京。」、「紅燈笑剪夜敲棋，玉局彈來故故遲。」[92]等，顯見閨中詩友相與的情景，不只作詩，尚有出游、飲酌、音樂、奕棋等風雅活

寶、項屏山、許雲林、錢伯坊等閨友籌辦的詩社。先後參與詩社活動的還包括滿族才媛鄂武莊、棟鄂珍莊（太清五媳秀塘之母）、富察華萼、霞仙（太清妹）、許雲姜、李紉蘭等。可參考王力堅：《清代才媛沈善寶研究》第二章「沈善寶的隨宦行跡與文學交遊」，頁 34-46。

90 顧太清：〈女游仙——社中課題〉，金啟孮、金適校箋：《顧太清集校箋・卷五・詩五》，頁 256。

91 據說玉真公主入道後，廣游天下名山，結交有識之士，與司馬承禎、元丹丘等道教人士關係密切；也與王維、李白等過從甚密。她曾力薦李白供奉翰林為聖上潛草詔誥，李白也曾為玉真公主寫下〈玉真仙人詞〉。安史之亂後，追隨李白隱居敬亭山至仙逝為止。

92 以上各句皆出自顧太清：〈女游仙——社中課題〉，金啟孮、金適校箋：《顧太清集校箋・卷五・詩五》，頁 256。案：「鬥草」又叫「鬥百草」，是古代一種時興的競技民俗，端午節最為盛行。和鬥蟋蟀、鬥雞一樣，也是一種「鬥戲」，但鬥草是以植物花草相鬥為遊戲。

動。而「不管人間閑甲子，落花飛絮任風吹。」及「惜花不作愁春夢，消受虛無天地寬。」[93]更能看到顧太清對於道教的信仰，使她得以享有消受虛無天地寬的自在境界。

綜言之，顧太清的宗教實踐活動，崇信全真道教，曾著道裝並由道士黃雲谷繪製道裝像；同時，其自取道號可視為修煉內丹的象徵性舉動。此外，由於道教對於女性極為尊崇，一般女性要修煉到至純境界，需要女仙如西王母者的法力，因此顧太清詩詞中有許多女仙出沒。修煉尚需研讀經典，尤其是接受較高教育的女詩人，宗教經典的誦讀與研究是昇華精神世界的有利途徑。由此，許多明清女詩人多寫作游仙詩，表達她們對於仙界的嚮往以及人生觀、世界觀。因此，游仙詩展現的是積極的面對人生、思考人生的態度。簡言之，顧太清的道教生活實踐，在個人修煉部分呈現如上的表現，此外尚有出外實踐的部分，即出游參與重要道觀的活動、與道教人士往來；或是參與宗教朝聖旅行、尋訪道教遺跡等。這些出游，不只可以親身實踐道教神仙之游，也說明了清代女詩人有許多機會可以展現獨立自主的精神世界。

三、在求「道」的路上
——出遊至北京城南的道觀參與祭儀兼賞花

顧太清的道教實踐活動除了前述在閨閣內進行的種種活動之外，尚有投入宗教信仰後的集體朝聖、進香乃至在道觀等宗教公

93　以上各句皆出自顧太清：〈女游仙——社中課題〉，金啟孮、金適校箋：《顧太清集校箋・卷五・詩五》，頁256。

共空間參與祭儀活動。這些自家庭或社會規範中「走出」的宗教旅行，正是女性建構獨立自主的精神空間的一種表現。

而宗教實踐活動很需要藉由眾人參與所形成的宗教狂喜而產生共感，這使得出外朝聖的必要性於焉產生，對道教信仰的女性而言更是必然。誠如曼素恩所言：

> 婦女也會離家到寺廟中去進行公開的參拜，還會旅行到聖地道場去進香。此外，在閱讀宗教經文時，她們經常會尋求外界師父的建議與指導。換句話說，宗教實踐是一項工具，讓婦女和她們的想法跨越那些用來將他們隔離的家庭界限。無論是家裏、或是廟宇和寺院裡的宗教專家，婦女都與他們建立了密切的聯繫。虔信穿過了閨閣的隔牆，並且挑戰那些頌揚婦女深居簡出的儒家道德規範。[94]

是以，在女性求「道」的路上，出外參拜成為一種必須。她們也藉此而認識一些宗教導師，深化她們對於道教經典的研讀。因此，「婦女出外參加宗教性的活動，實際上是家內講經念佛活動的合理延伸。」[95]同時也是女性最正當的出游機會。

因此，顧太清的道教實踐活動中，出外參拜確實也是非常重要的日常生活，如同「在《紅樓夢》裡，賈府的女眷總是在年長婦女的陪同下，造訪家宅附近的道觀（這些道觀或座落在城內，

---

[94] 曼素恩（Susan Mann）著；楊雅婷譯：《蘭閨寶錄：晚明至盛清時的中國婦女》第七章「虔信」，頁 362-363。

[95] 趙世瑜：〈明清以來婦女的宗教活動、閒暇生活與女性亞文化〉，鄭振滿、陳春聲主編：《民間信仰與社會空間》，頁 157。

或是在城門外不遠處），而且總是小心翼翼地保持著莊重的儀態。」[96]因為女性得以自由出游的機會不多，宗教性活動是少數比較被允許的出游活動，至少是出游的正當理由。但為顧及女性的安全，此類出游參拜往往是集體行動的。因此，這種宗教參拜活動看似擴大女性得以自由活動的空間，但也同時突顯了傳統閨範的局限有多麼嚴明。

是以，顧太清的道觀參拜活動也多是集體出遊式的，除家人之外，更多是與閨中女性文友同行，其出游目的多集中於朝聖進香兼看花，是以兼有女性集體出遊的旅遊意義，此與道教對女性的獨立自主的尊崇態度有關，「道教不但認為女性可以獨立成仙，而且認為無論哪個階層的女性都可以成仙。這無疑也給女性信徒提供了獲得幸福的希望。」[97]所幸身為滿族才女的顧太清似乎擁有更多正當旅行的自由，其詩詞可見相當多出游道觀之作。本節僅討論北京城南住家附近的道觀之旅，較遠的郊外朝聖旅行將於第四節處理。

（一）朝聖道教第一叢林：全真道白雲觀

成婚後才入道的顧太清，婚後住在北京城南的太平湖榮王府邸，附近不遠處的白雲觀[98]是她們經常參拜的道觀。白雲觀是全

96　曼素恩（Susan Mann）著；楊雅婷譯：《蘭閨寶錄：晚明至盛清時的中國婦女》第七章「虔信」，頁369。

97　趙崔莉：《被遮蔽的現代性——明清女性的社會生活與情感體驗》「第五章　不像空門何處銷：情迷宗教的緣深緣淺」，頁141。

98　白雲觀位於今北京市西城區西便門外。今中國道教協會、中國道教學院、中國道教文化研究所等機構設於該觀內。

真道教三大祖庭之一，也是全真道龍門派的祖庭。自元朝起即為全真道「第一叢林」，其重要性可想而知。

1、參加道場活動

顧太清早期參與許多白雲觀的活動，幾乎都是與家人同行，尤其是奕繪。顧太清於 1834 年作〈白雲觀乞齋〉，詩云：

> 白雲觀裡放齋期，十擔黃芽一釜炊。乞得一盆真上品，菜根風味古人知。[99]

這是她最早與白雲觀有關的作品。乞齋即乞食，道教與佛教都有此類活動，旨在自利與利他，一方面杜絕世事、方便修道；另一方面也為福利世人，予眾生種福機會。而施主乞齋更是修福得道，因此顧太清說十擔黃芽是一盆真上品。其實黃芽在道教的概念中尚有深刻的涵義，黃芽原為外丹家術語，即煉丹的重要原料鉛，後被內丹家借用，指修煉時所產內丹為黃芽。[100]此外，〈次夫子燕九白雲觀觀放齊原韻〉（？年）也是出遊道觀之作：

> 玉蕊金蓮法座層，飯香羹味氣如蒸。千秋安樂尊丘祖，無限饑寒聚衲僧。黃石赤松何處去，凌霄辟穀幾人曾？年年

---

99 顧太清：〈白雲觀乞齊〉，金啟孮、金適校箋：《顧太清集校箋・卷一・詩一》，頁 90。

100 參考顧太清：〈木蘭花慢——登妙峰題碧霞元君祠〉〔箋注三〕，《顧太清集校箋・卷十・東海漁歌三》，頁 566-567。

此夜懸燈火，傳有神仙跨鶴騰。[101]

其中「燕九」即農曆正月十九日，是全真派丘處機道長的聖誕日。丘處機在元朝成吉思汗時期被拜為國師，掌管天下宗教事務。後歸於燕京太極宮，今白雲觀即由此發展。後丘處機在此坐化，此處也是他升仙之處，民間盛傳他在燕九日會回來，據《帝京景物略》載：

> 今都人正月十九，致漿祠下，游冶紛沓，走馬蒲博，謂之燕九節。（又曰宴丘）。相傳是日，真人必來，或化冠紳，或化游士冶女，或化乞丐。故羽士十百，結圜松下，冀幸一遇之。[102]

眾人在燕九節這天趕來白雲觀會神仙，[103]可見會神仙可收祛病延年之效，是燕九節的重頭戲，此詩描寫的正是典型的燕九節盛況。

---

101 顧太清：〈次夫子燕九白雲觀觀放齋原韻〉，金啟孮、金適校箋：《顧太清集校箋·詩集補遺》，頁 383。

102 〔明〕劉侗、于奕正；孫小力校注：《帝京景物略》卷三〈白雲觀〉（上海：上海世紀出版公司、上海古籍出版社，2009 年 5 月），頁 199。

103 顧太清〈遊城南三官廟晚至白雲觀〉「箋注」引述清代《燕京歲時記》所云：「每至正月，自初一日起，開廟十九日。游人絡繹，車馬奔騰，至十九日為尤盛，謂之會神仙。相傳十八日夜內必有仙真下降，或幻游人，或化乞丐，有緣遇之者，得以卻病延年。故黃冠羽士，三五成群，趺坐廊下，以冀一遇。」《顧太清集校箋·卷一·詩一》，頁 63。

1836 年，顧太清也曾至白雲觀觀看授全真道戒，即〈四月三日白雲觀看道場作〉所述情景：

> 招颭霓旌幡影長，蒼松深護古壇場。全真大道傳中極，太素輕烟發上方。宇宙不關閑甲子，水雲卿可混行藏。冥冥丹竈出開火，紫氣朝元守一陽。[104]

道場就是修行學道的場所。「全真大道傳中極」說明了元朝以後道教以全真派為盛，係王重陽所創；又以其門徒丘處機的龍門派最為興盛，丘處機即羽化於白雲觀。因此明清人稱道士為全真。而「中極」就是中極戒，全真派三壇大戒之一，傳戒次序介於初貞戒、天仙戒之間；奕繪亦有相關作品。

2、與張坤鶴交游

顧太清夫妻與當時白雲觀掌教道士張坤鶴交好。清代宗室多信道教，年高之掌教者因係方外人，雖內眷亦可覲見，並不避忌。因此，顧太清也有機會與張坤鶴老人結識。

首先，顧太清與奕繪至白雲觀參與張坤鶴老人的道教相關儀式，如 1836 年〈臨江仙慢——白雲觀看坤鶴老人受戒〉：

> 閬苑會仙侶，金鐘低度，玉磬初敲。松陰下、仙音一派風飄。笙簫。早人語靜，幢幡繞、壽字香燒。張坤鶴，被霞裾鶴氅，寶髻雲翹。

[104] 顧太清：〈四月三日白雲觀看道場作〉，金啟孮、金適校箋：《顧太清集校箋・卷三・詩三》，頁 161。

> 消搖。同登道籙，看取天外鸞軺。擁無邊滄海，皓月銀濤。相邀。滌除玄覽，瑤池宴，已熟蟠桃。功成後，行不言之教，萬物根苗。[105]

全詩描寫張坤鶴受戒儀式。受戒在道教稱為道戒，清初全真龍門派道士王月常撰《初真戒律》，與《中極戒》、《天仙大戒》合稱三堂大戒，並於白雲觀三次傳戒。顧太清又於 1836 年撰成〈四月十三，聽坤鶴老人說天仙戒，是日雷雨大作，旍旆霑濕，口占一截句紀之〉詩：

> 太乙真人坐玉臺，雲璈聲動眾仙排。電光一掣挾飛雨，應是神龍聽法來。[106]

天仙指的是能升天的仙人，而天仙戒為全真道三壇大戒中的最高者。[107]太乙真人是道教神名，此指張坤鶴。此詩描寫張坤鶴老人說天仙戒時的盛大場面。而 1838 年的詩作〈四月十一日白雲觀聽張坤鶴老人說元都律〉又是另一次盛大的說道場面：

---

105 顧太清：〈臨江仙慢——白雲觀看坤鶴老人受戒〉，金啟孮、金適校箋：《顧太清集校箋・卷八・東海漁歌一》，頁 483-484。

106 顧太清：〈四月十三，聽坤鶴老人說天仙戒，是日雷雨大作，旍旆霑濕，口占一截句紀之〉，金啟孮、金適校箋：《顧太清集校箋・卷三・詩三》，頁 166。

107 據《抱朴子》：「案仙經云上士舉形昇虛，謂之天仙。中士游於名山，謂之地仙。下士先死後蛻，謂之屍解仙。」

白雲深處啟丹扉，羽葆霓旌耀日暉。清境道中元鶴降，步虛聲裡落花飛。諸天護法損之益，八卦成爻妙以微。借問游人何所得？香塵一路澹忘歸。[108]

元都律原為玄都律，避清聖祖玄燁之諱；玄都則是道教上仙所居之處；玄都律指的是道教太上道君所頒之戒律；《玄都律文》是早期天師道的戒律之一。此詩描寫張坤鶴老人說元（玄）都律文的情景，一樣呈現盛大莊嚴的場面。

其次，顧太清曾為張坤鶴老人小照作詞，其〈水龍吟——題張坤鶴老人小照，用白玉蟾《採藥徑》韻〉上半闋先敘仙界事及老人的往事：「芝田採遍，玉顏常駐，何曾落齒。」下半闋則將焦點放在眼前的老人小照上，以「清風兩袖，飄然到處，此生如寄。七十年華，雙眸炯炯，照人姿媚。」描寫老神仙的脫俗外貌，接著描寫「逍遙物外，一瓢雲水。」[109]的人生體悟。其次，也為坤鶴老人寫過祝壽的詞作〈壽張坤鶴五首〉：

白雲深處慶長春，中有仙人老健身。兩鬢何曾點霜雪，一瓢隨意樂天真。

雙眸炯炯射寒光，海上誰傳續命方？七十老人恭則壽，不

---

[108] 顧太清：〈四月十一日白雲觀聽張坤鶴老人說元都律〉，金啟孮、金適校箋：《顧太清集校箋・卷五・詩五》，頁 227。

[109] 以上三段引文皆出自顧太清：〈水龍吟——題張坤鶴老人小照，用白玉蟾《採藥徑》韻〉，金啟孮、金適校箋：《顧太清集校箋・卷八・東海漁歌一》，頁 419。

> 煩龍虎配陰陽。[110]

此詞寫出老人健康、樂天的空靈形象。最後，張坤鶴老人過世時，顧太清為他寫了一首輓詞〈黃鶴引——輓白雲觀主張坤鶴老人〉，其上半闕云：「七十年、算是遊戲人間一夢。」點出道教人物遊戲人間的特質，下半闕則描寫坤鶴老人的修煉成果：

> 從此謝凡塵，大藥存真種。鍊成冰雪肌膚，馴龍調鳳。道高德重，寶籙丹書親奉。一朝歸去，御萬里長風相送。[111]

在道教的成功修煉之下，七十歲老人的辭世，一樣呈現脫俗空靈的氛圍。

簡言之，參與白雲觀的道教儀式以及與張坤鶴老人的交遊，幾乎都是 1838 年 7 月奕繪辭世前，夫妻兩人一同參與的宗教實踐活動，對於他們已然琴瑟和鳴的婚姻生活增添更多知性成長的空間，昇華既定的生命框架。

3、經常造訪或途經白雲觀

此外，顧太清尚有游他廟但路過白雲觀的詩作，如〈遊城南三官廟晚至白雲觀〉（1831）：「晚過白雲觀，仙音出道場。」[112]

---

[110] 顧太清：〈壽張坤鶴五首〉，金啟孮、金適校箋：《顧太清集校箋・詩集補遺》，頁 383。

[111] 顧太清：〈黃鶴引——輓白雲觀主張坤鶴老人〉，金啟孮、金適校箋：《顧太清集校箋・卷十二・東海漁歌五》，頁 645。

[112] 顧太清：〈遊城南三官廟晚至白雲觀〉，金啟孮、金適校箋：《顧太清集校箋・卷一・詩一》，頁 62-63。

僅以最後兩句呈現白雲觀飄出的仙音，而〈上元前一日，同夫子攜載釗、載初兩兒，叔文、以文兩女，游白雲觀過天寧寺看花作〉（1836）也是如此：「清淨道中參妙徼，步虛聲裡靜塵心。」[113]她們一家人出遊白雲觀再至天寧寺看花，但詩中仍描寫由白雲觀傳出的道士誦經聲（「步虛聲裡靜塵心」）。凡此皆可知白雲觀是顧太清一家經常造訪的道觀。

其次，〈廿二日由白雲觀過天寧寺——寺僧善養唐花〉（1835）[114]描寫由白雲觀行至附近不遠處的佛寺天寧寺賞花（唐花是暖房中培育的花朵）的情景。由於天寧寺（佛寺）、三官廟與白雲觀（道觀）皆在北京城南，同時往訪亦屬平常。

而〈上元同過白雲觀，戲贈許雲林〉（1837）則寫給上元（元宵）節同過白雲觀的閨友許雲林：

> 蓬壺閬苑雲中見，熟徑重來未覺遙。雪裏微青山一抹，風前乍綠柳千條。今無丘祖那能見，世有飛瓊竟可邀。誰信神仙纔咫尺，更從何處望鸞軺。[115]

由「熟徑重來未覺遙」說明已數度造訪白雲觀。顧太清說道雖然

---

113 顧太清：〈上元前一日，同夫子攜載釗、載初兩兒，叔文、以文兩女，游白雲觀過天寧寺看花作〉，金啟孮、金適校箋：《顧太清集校箋・卷三・詩三》，頁 144。

114 顧太清：〈廿二由白雲觀過天寧寺——寺僧善養唐花〉，金啟孮、金適校箋：《顧太清集校箋・卷三・詩三》，頁 101。

115 顧太清：〈上元同過白雲觀，戲贈許雲林〉，金啟孮、金適校箋：《顧太清集校箋・卷四・詩四》，頁 192。

已已無丘祖（丘處機）可見，但仍有西王母的侍女飛瓊可邀約，似已女仙飛瓊指閨友許雲林。又，以內丹修煉知名的宋代女詩人曹道沖（1119-1125），在清代以後許多新興的女丹流派中備受推崇，北京白雲觀甚至留有以曹道沖為名、降受內丹修煉方法的扶乩碑文。[116]此外，由於道教知名女神碧霞元君由產育女神，逐漸轉變為上層女性觀想、修煉內丹的對象，北京白雲觀也有碧霞元君圖像可供觀看。[117]這或許也是顧太清（與女性文友）游逛白雲觀感到有意義的重點之一。

簡言之，白雲觀是他們夫妻志同道合生活中的出游重心，同時也是出游三官廟與天寧寺所經之處，可見白雲觀之於他們的重要性。

（二）道觀進香兼看花：與閨友結伴游三官廟

除白雲觀之外，另一座位於城南的重要道觀三官廟，也是顧太清經常出游之地。三官廟始建於清朝，主祀「三官大帝」，即道教中掌管天界（天府）、地界（地府）、水界（水府）三界之神「天官」、「地官」和「水官」，又稱「三元大帝」。三官大帝在道教中的神銜為「天官：上元一品九炁天官賜福曜靈元陽大帝紫微帝君」、「地官：中元二品七炁赦罪地官洞靈清虛大帝青靈帝君」、「水官：下元三品五炁解厄水官金靈洞陰大帝暘谷帝君」，簡稱為「上元一品天官賜福紫微大帝」、「中元二品地官

116 林欣儀：〈道教與性別——二十世紀中葉後歐美重要研究述評〉，《新史學》二十六卷二期，2015 年 6 月，頁 205。

117 林欣儀：〈道教與性別——二十世紀中葉後歐美重要研究述評〉，《新史學》二十六卷二期，2015 年 6 月，頁 210。

赦罪清虛大帝」、「下元三品水官解厄洞陰大帝」。「三官大帝」是道教極為崇高的神祇，僅次於玉皇上帝。因此，民間寺廟常配祀於玉帝殿前，同受敬仰。顧太清常出游的三官廟距白雲觀甚近。

而顧太清較常同游三官廟進香兼看花的，往往是她的女性文友。此類同游始於她在 1838 年成為寡婦之前，並延續於此後 40 年人生。1839 年她們更成立「秋紅吟社」，除社課作詩外，出游寺觀兼賞花更是她們以文學為信仰的一種生活方式。其中，三官廟便是她們經常出遊兼賞花之地，因此三官廟也稱「花之寺」。

顧太清在 1831 年〈遊城南三官廟晚至白雲觀〉寫道：

> 駕言游南郭，十里菜花香。蔡光相。水抱城隅曲，塍分麥隴長。桔槔堤柳罐，精舍就村莊。[118]

可見出游城南三官廟附近一派美好的田園風光。這種出游既是原有生活空間的逃離，也是閨範的暫時出走，對於既定生活的調適有相當正面的意義。

顧太清在京城的文人交遊圈裡，有一群經常結伴出遊的女性文友，尤其是秋紅吟社的文友。其詩詞中多次紀錄與女性文友朝山進香，尤其是赴道觀進香兼看花，更顯出清代中後期的女性有極大自由度可結伴出游。如前引〈上元同過白雲觀，戲贈許雲

---

[118] 顧太清：〈遊城南三官廟晚至白雲觀〉，金啟孮、金適校箋：《顧太清集校箋・卷一・詩一》，頁 62-63。

林〉（1837）、〈碧芙蓉——雨後由三官廟同雲林、紉蘭過尺五莊看荷花作〉（1837）[119]等皆是閨中文友出游道觀的記事。

出游三官廟在顧太清的詩詞中，幾乎皆以「看花」為主題，如 1837 年〈碧芙蓉——雨後由三官廟同雲林、紉蘭過尺五莊看荷花作〉寫出一行人由三官廟過尺五莊看荷花的美好情景：

> 一帶小紅橋，同倚畫欄，池面荷靚。颭颭蘆梢，立蜻蜓不定。新雨過、璚珠萬點，蕩流霞、妙蓮香冷。聽垂楊岸，幾樹鳴蟬，催起游人興。[120]

觀荷雖非三官廟的盛事，但此闋詞寫出游所見美好的觀荷景象，仍令人神往。又如 1838 年盛夏三伏日，顧太清與雲林、湘佩（沈善寶）同游尺五莊看荷花，經過三官廟看到桂花已開，亦有詩紀之，即〈伏日，同雲林、湘佩尺五莊看荷花，過三官廟，見桂花已開，冷暖相催，氣候無準，向來北方此二種多不能同時，正所謂十里荷花，三秋桂子者也。歸來賦詩紀之〉：

> 細路通蕭寺，同人載酒來。交深忘檢束，詩好費徘徊。金粟先秋吐，紅蓮冒日開。炎涼隨氣候，何必更疑猜。[121]

---

[119] 顧太清：〈碧芙蓉——雨後三官廟同雲林、紉蘭過尺五莊看荷花作〉，金啟孮、金適校箋：《顧太清集校箋・卷十・東海漁歌三》，頁 578。

[120] 顧太清：〈碧芙蓉——雨後三官廟同雲林、紉蘭過尺五莊看荷花作〉，金啟孮、金適校箋：《顧太清集校箋・卷十・東海漁歌三》，頁 578。

[121] 顧太清：〈伏日，同雲林、湘佩尺五莊看荷花，過三官廟，見桂花已

雖然有感於三官廟的桂花過早開放，仍舊為尺五莊的十里荷花與三官廟的三秋桂子合寫一詞，以紀念這趟文友出游三官廟看桂花之事。

其次，三官廟也是看海棠之處，1838 年顧太清曾寫一詞〈南鄉子——雲林招游三官廟看海棠，不果行，用來韻答之〉記錄雲林招游三官廟看海棠而未成行之事，其一云：

> 正好看花天，漠漠輕陰揚柳煙。最是海棠嬌太甚，蹮翩。半要人憐半自憐。[122]

由詞中可知春天正是最好的看海棠時節。因此，其三云：

> 恨不共君同一醉，如泉。飽聽飛瓊綠綺絃。（雲林善鼓琴）[123]

顯然顧太清非常想和閨中文友雲林共賞海棠，可惜「人事不清閒，再到花時又一年。」[124]因此顧太清乃「樂事記城南，古寺

開，冷暖相催，氣候無準，向來北方此二種多不能同時，正所謂十里荷花，三秋桂子者也。歸來賦詩紀之〉，金啟孮、金適校箋：《顧太清集校箋．卷五．詩五》，頁 232。

[122] 顧太清：〈南鄉子——雲林招游三官廟看海棠，不果行，用來韻答之〉，金啟孮、金適校箋：《顧太清集校箋．卷十一．東海漁歌四》，頁 609。

[123] 顧太清：〈南鄉子——雲林招游三官廟看海棠，不果行，用來韻答之〉，金啟孮、金適校箋：《顧太清集校箋．卷十一．東海漁歌四》，頁 609。

[124] 顧太清：〈南鄉子——雲林招游三官廟看海棠，不果行，用來韻答

花光客意涵。」[125]顧太清除說明未能與文友同賞海棠的遺憾，也清楚記錄曾經賞海棠的經驗，可見三官廟賞海棠應為年度例行大事。

到了 1844 年，顧太清記錄了一次與雲林、湘佩同游花之寺（即三官廟）看海棠之事，即〈同雲林、湘佩游花之寺看海棠，即席次湘佩韻〉：

> 春滿芳郊水繞城，綠楊深處曉風輕。鞭絲細颺搖搖影，蛙鼓初鳴閣閣聲。媚日花光含宿雨，隔牆山色送新晴。自慚老筆無佳句，勉向尊前七字成。[126]

花之寺（三官廟）以八、九十棵高大的海棠樹聞名，顧太清寫出春日賞海棠所見佳景，其中「媚日花光含宿雨」更寫出海棠之美。

是以，顧太清游三官廟的作品集中於出游賞花此類彰顯女性獨立出遊的自主性活動，似乎未見顧太清有特別提及「為家人還願」之類家庭照顧責任的延伸活動。[127]可見顧太清與女性文友

之〉，金啟孮、金適校箋：《顧太清集校箋・卷十一・東海漁歌四》，頁 609。

125 顧太清：〈南鄉子——雲林招游三官廟看海棠，不果行，用來韻答之〉，金啟孮、金適校箋：《顧太清集校箋・卷十一・東海漁歌四》，頁 609。

126 顧太清：〈同雲林、湘佩游花之寺看海棠，即席次湘佩韻〉，金啟孮、金適校箋：《顧太清集校箋・卷六・詩六》，頁 325。

127 可參考趙世瑜：〈明清以來婦女的宗教活動、閒暇生活與女性亞文化〉，鄭振滿、陳春聲主編：《民間信仰與社會空間》，頁 158。

結伴同游道觀兼賞花，似乎比較偏向延續明清以來閨閣女詩人結伴出游的風雅活動。[128]

（三）廢址巡禮：祭拜真武大帝的天禧昌運宮

除了白雲觀及三官廟這兩座城內的道觀之外，1828 年顧太清也曾經在城內游賞天禧昌運宮廢址，即〈戊子八月雨中游城西天禧昌運宮廢趾〉：

> 烟葉青青豆葉黃，雨中蕎麥凝雪霜。野水蘋花自采采，虛亭老樹更蒼蒼。隔岸依稀露碧瓦，過橋斷續堆紅牆。諸天法象認不出，荒草深埋真武堂。[129]

詩的「真武堂」所恭奉的真武大帝，即玄天大帝。天禧昌運宮原為一座極大的道觀，明朝正德六年由司禮太監張永奉聖旨修建，初名為混元靈應宮，後於萬曆 44 年重修並更名「天禧昌運宮」。自建成後，一直受到篤信道教的明代皇帝重視，包括萬曆、崇禎及清朝康熙、乾隆、咸豐，多次委派朝中重臣攜帶香燭至天禧昌運宮替天子祭祀，因此大臣們也經常攜家帶眷祭拜祈

---

[128] 可參考高彥頤（Dorothy Ko）著；李志生譯：《閨塾師：明末清初江南的才女文化》「第六章　書寫女性傳統：交際式及公眾式結社」。

[129] 顧太清：〈戊子八月雨中游城西天禧昌運宮廢趾〉，金啟孮、金適校箋：《顧太清集校箋・卷一・詩一》，頁 7。案：「廢趾」疑誤植，「廢址」較合理。覆按《天游閣詩集》（二卷，清宣統元年（1909）刻本）作「廢址」；而《天游閣集》（五卷，詩補一卷；宣統二年（1910）順德鄧氏刊本）即作「廢趾」。

福。然此道觀傾圮荒廢許久，至少在 1828 年顧太清游覽時即已成廢墟了。

綜言之，顧太清的求道之路，出外至道觀參訪、進香或看花，皆為其宗教實踐活動的重要內容。而其所游道觀則集中於白雲觀，次為三官廟，曾經走訪天禧昌運宮廢址。是以，透過實際出游，不只能夠印證閨閣誦讀的經典，也能向道觀中的大師求教；或者與閨中文友同遊道觀，進香兼賞花，不只展現清代中晚期滿漢不同族群女詩人的獨立自主，也能彰顯道教對於女性主體的尊崇與敬意。

四、上山求「道」的宗教聖地之旅——朝山進香兼訪洞天福地

除了北京城內，較遠郊外的道觀之旅，更能彰顯身為道教虔信者的誠意。且由於信眾的口傳，逐漸形成重要的朝聖路線。此外，顧太清滿族女性的身分，使她在朝拜重要道觀之外，尚有許多其他尋幽訪勝，如道教洞天福地的巡禮。是以，她上山求「道」的宗教聖地之旅，顯得豐富而多采。

此外，顧太清的出游，除了比一般漢族婦女更多自由出外朝聖的機會外，其出游方式也不同。滿族年輕婦女在咸豐、同治年之前出游，向來以騎馬為主，只有老年婦女才坐車轎。[130]因此顧太清也不例外，詩中可見許多騎馬出游的記載。這種出游工具

---

[130] 金啟孮：〈滿洲女詞人顧太清和東海漁歌〉之「詞人的身世」，金啟孮、金適校箋：《顧太清集校箋》附錄三，頁 780。

的便捷，對於女性建構獨立自主的精神空間也有相當重要的意義；再加上所訪之地皆為尊崇女性的道教聖地或洞窟，是以顧太清的宗教宗實踐所彰顯的是更為獨立自主的女性意識。

（一）道教女仙的聖地之旅：妙峰山碧霞元君廟

在顧太清的遠途朝聖之路裡，妙峰山碧霞元君廟的進香是最有代表性的朝聖之旅。清代的北京共有 102 座碧霞元君廟。[131] 但十八世紀中葉，大部分的香客主要去北京妙峰山新建的碧霞元君廟朝聖。[132]其主祀神碧霞元君即「東嶽泰山天仙玉女碧霞元君」，民間俗稱「泰山奶奶」。「碧霞」意指東方的日光之霞，「元君」則是道教女神的尊稱。素有「庇佑眾生，靈應九州」與「統攝嶽府神兵，照察人間善惡」的說法。自宋代開始成為皇室封賞的對象，一直以來都是道教崇拜的重要女神；自元代開始正式納入道教神祇體系，至明代受到各界更廣泛的推崇，至今不衰。[133]

1835 年，顧太清〈次雲姜韻——來書問予近日出游否？〉一詩回應女詩人許雲姜的出游邀約，其中末句「三月花開看進

---

131 韓書瑞（Susan Naquin）著；朱修春譯：《北京：寺廟與城市生活》「第十四章　聖會」，頁 209。

132 韓書瑞（Susan Naquin）著；朱修春譯：《北京：寺廟與城市生活》「第十四章　聖會：朝聖和泰山娘娘」，頁 223。

133 可參考：姜守誠、張海瀾：《道教女仙考》「五、泰山女神——碧霞元君」，頁 108-134；韓書瑞（Susan Naquin）著；朱修春譯：《北京：寺廟與城市生活》「第十四章　聖會：朝聖和泰山娘娘」，頁 223-231、「第十四章　聖會：妙峰山」，231-247。

香」[134]指的便是妙峰山開廟。依《燕京歲時記》所述：「妙峰山碧霞元君廟，在京城西北八十餘里，山路四十餘里，共一百三十餘哩，地屬昌平。每屆四月，自初一日開廟半月。香火極盛。」[135]又云：「自始迄終，繼晝以夜，人無停趾，香無斷烟，奇觀哉。」[136]此盛況就是碧霞元君廟每年四月十八日的誕辰慶祝活動。[137]

1837 年春天，顧太清〈木蘭花慢——登妙峰題碧霞元君祠〉又寫另一次妙峰山朝聖之旅：

> 妙峰高不極，望絕頂，碧霞祠。正芳草籠烟，黎花飛雪，美景良期。登攀紆回千仞，杳冥冥翠幃接天陲。深谷時聞鳥語，陰崖尚掛冰絲。
>
> 朱冠瓔珞好威儀，端坐證無為。想白雪黃芽，三回九轉，熟矣多時。不知人間甲子，任靈風盡日滿星旗。寂寂空山流水，茫茫雨夢雲思。[138]

全詩第一首以寫景為主，描寫碧霞元君廟的高聳挺拔，登山朝聖

---

134 顧太清：〈次雲姜韻——來書問予近日出游否？〉，金啟孮、金適校箋：《顧太清集校箋・卷二・詩二》，頁 132。

135 〔清〕富察敦崇：〈妙峰山〉，《燕京歲時記》（臺北：廣文書局，1969 年 9 月），頁 56。

136 〔清〕富察敦崇：〈妙峰山〉，《燕京歲時記》，頁 56。

137 姜守誠、張海瀾：《道教女仙考》「五、泰山女神——碧霞元君」，頁 119。

138 顧太清：〈木蘭花慢——登妙峰題碧霞元君祠〉，金啟孮、金適校箋：《顧太清集校箋・卷十・東海漁歌三》，頁 565-566。

所見的美景。由「黎花飛雪」可知朝山進香時節在春天，剛好是碧霞元君誕辰慶祝活動。下闋集中於描寫碧霞元君的修煉臻於化境，已達到清靜虛無、順應自然的境界。其中「白雪黃芽」指的是碧霞元君的修行已經到達超凡入聖的成熟境界，或指其仙丹已煉熟。道教有煉藥以求金丹的外丹派，亦有修煉精氣神以求成內丹的內丹派。白雪、黃芽原為外丹家術語，即煉丹的重要原料汞和鉛，後被內丹家借用，一指修煉時眼前所見白光為白雪，所產內丹為黃芽。另一說指白雪為神室水，黃芽是氣樞花。[139]而「三回九轉」原指外丹提煉中從丹砂到水銀的反復變化，內丹家認為自然順序是從先天到後天，而丹法藥逆煉，謂之「回轉」、「返還」。三回九轉即指內丹修煉過程中從後天到先天的變化。由此可見妙峰山碧霞元君法力無邊。

1846 年春天，已然寡居多年的顧太清，逐漸進入老境，又有妙峰山朝聖之行，〈朝妙峰六截句〉以六首截句分段描寫登妙峰山朝聖進香的過程。這是一條自古知名的香道，沿路經過的景點一一呈現，最後才專寫碧霞宮進香：

> 夾道清烟柳萬條，楊花如雪任風飄。驅車一路香塵軟，行盡清溪十二橋。（自屯店至三星莊五里，有十二連橋。）
>
> 涉水登山無數層，清涼蘭若喜初登。山僧搖指星星火，告是雙龍嶺上燈。（晚宿石佛殿，望雙龍嶺。）

---

139 參考顧太清：〈木蘭花慢——登妙峰題碧霞元君祠〉〔箋注三〕，《顧太清集校箋・卷十・東海漁歌三》，頁 566-567。

石渠宛轉出禪房，老樹朦朧隱月光。一盞琉璃燈火暗，山泉流過枕函旁。（寺僧引水自床下穿出，流入池中，晝夜不斷。）

仙花古洞隱山崖，流水淙淙漱玉沙。望去不知深幾許，澗邊開滿碧桃花。（曉登仙花洞）

肩輿款款背東風，幾點山頭曉日紅。忽見西南峰勢峻，妙蓮高擁碧霞宮。（十八盤望妙峰）

畫棟朱楹殿閣開，紛紛男女進香來。村民不解迎神曲，社鼓聲傳法駕回。（碧霞宮進香）[140]

由「夾道清烟柳萬條，楊花如雪任風飄」可知此行是春天朝山進香，參與碧霞元君誕辰的慶祝活動。妙峰山的進香道，自古以來有數條，均極有名。顧太清便循著其中一條妙峰山的經典朝聖路線，即古香道之老北道前行。[141]顧太清此次登山的路線，自住所經海淀，循溫泉鎮，經鳳凰嶺、雙龍嶺，入妙峰山。因此這首六截句，不只呈現碧霞元君廟的進香盛況，也將整條朝聖路線完全展開，也可見當時北京郊外道教朝聖之旅的盛況。

北京一帶原不只一座碧霞元君廟，但清朝康熙帝封妙峰山娘

[140] 顧太清：〈朝妙峰六截句〉，金啟孮、金適校箋：《顧太清集校箋・卷六・詩六》，頁 330-331。

[141] 妙峰山的朝山路線好幾條，最重要的三條是南道、北道和中道。韓書瑞（Susan Naquin）著；朱修春譯：《北京：寺廟與城市生活》「聖會：妙峰山」，頁 233。

娘廟為「金頂妙峰山」娘娘廟，自此妙峰山碧霞元君廟會成為京城及鄰近各省香火極盛之道觀，至少「到了 1703 年，信徒們可能已經把它看成是最重要的碧霞廟之一。」[142]因此，顧太清選擇來妙峰山朝聖其來有自。由於廟峰山離北京城 40 公里，高達 1330 公尺，從北京至山腳便需要一天，爬山又要一整天；路途之遙遠，山勢之陡峭，更添朝聖的辛苦與神聖性，「信徒們都願意走上三天到那裏表達忠誠。這些自命為弟子的信徒來到妙峰山虔誠地進香、朝善朝頂和拜聖母。」[143]由〈朝妙峰六截句〉中提及必須住宿石佛殿即可知路途之遙遠。簡言之，朝山路途的辛苦，更能彰顯廟峰山碧霞元君廟真的是頂廟。[144]

此外，由於妙峰山的盛會皆在春天舉行，同時廟會又是任何人皆可涉足之地，是以社會對女性出游至此產生疑慮：

> 「男女混雜」本身就有與禮教規範相衝決的意味，女性可以在男女混雜的廟會中體驗著反規範的刺激、新鮮與興奮，獲得與異性接觸的片刻滿足。所以，春季的廟會活動本身帶有一種衝決規範的意味，帶有濃厚的狂歡特點。[145]

---

142 韓書瑞（Susan Naquin）著；朱修春譯：《北京：寺廟與城市生活》「聖會：妙峰山」，頁 231。

143 韓書瑞（Susan Naquin）著；朱修春譯：《北京：寺廟與城市生活》「聖會：妙峰山」，頁 231。

144 韓書瑞（Susan Naquin）著；朱修春譯：《北京：寺廟與城市生活》「聖會：妙峰山」，頁 232。

145 趙崔莉：《被遮蔽的現代性——明清女性的社會生活與情感體驗》「第五章　不像空門何處銷：情迷宗教的緣深緣淺」，頁 142。

是以女性參與朝聖或廟會之旅，既娛神也自娛，是合理的精神放鬆的活動，身心因此得到療癒。因此道教的女性信仰者很多，而碧霞元君又是道教的重要女神，其神力之一是可以保護弱小的女性，主持公正，使女性得到精神上的安慰；其次則是她具有賜子保子的神祇職能，而這也是一般家庭或女性最基本的願望，因此她的「主生」職能，也使女性得到被庇護之感。[146]對於女性朝聖者而言，由於碧霞元君信仰和陰性力量的關聯，朝聖碧霞元君自然會產生性別認同感：

> 這位「泰山娘娘」常以風姿綽約的年輕女性或少婦形象示人，體現女性的慾望或產孕能力，也因此不時招來儒家文人的道德批判，進香過程更引發敗壞婦女道德的疑慮。然而，弔詭的是，由於父系家族的求子之需，該信仰儘管爭議不絕，卻始終未遭徹底禁斷。表面來看，元君信仰似在服務父系家族的繼嗣需求、深化既有社會框架下女性為妻、為母的自我定位；但實際上，其女性形象在女兒、妻子、母親間游移不定，其職掌則部分取代原有泰山神信仰，其宗教實踐亦偷渡為一種婦女信徒表達自身需求、凝聚社群的管道。其中相關傳說不斷衍生、變異，甚或嘲弄批判其信仰的文人，更使元君信仰搖身一變，成為婦女信徒發聲的徒徑。[147]

---

146 姜守誠、張海瀾：《道教女仙考》「五、泰山女神——碧霞元君」，頁125-126。

147 林欣儀：〈道教與性別——二十世紀中葉後歐美重要研究述評〉，《新史學》二十六卷二期，2015 年 6 月，頁 209-210。

是以，參拜碧霞元君是女性表達自我、尋求認同的最好管道。但由於碧霞元君的女性形象在女兒、妻子與母親間游移不定，因此一般婦女求子祈福多聚焦於產孕能力的提升上；但上層女性則是比較傾向於以之為觀想、修煉內丹的對象，未必以求子為主，尤其對寡居多年的顧太清而言，應無此需求，而是希冀祈求精神世界得到庇護與調適，是以顧太清乃多次不辭辛苦地前往朝聖。

簡言之，女性朝聖妙峰山碧霞元君廟，除了道教信仰之必需外，還能彰顯女性主體崇拜碧霞元君的性別認同上的意義，由女仙身上得到被護持的慰安以及暫時逃離家務的精神性滿足。對於寡婦詩人顧太清而言，一年一趟長途朝聖碧霞元君之旅，應當更有精神依託上的超然意義。

（二）與全真道人相遇：清東陵附近之棲雲道院與東山道觀

顧太清晚年（約 1866-1876 年間）曾有一詩描寫出游棲雲道院，即〈秋日游鲇魚關，晚過棲雲道院，四十年風景變遷，得不有感〉：

> 鸕鷀灣頭秋水，鲇魚關外西風。崇山峻嶺幾多重，歸路斜陽相送。
> 宛轉長城如帶，崎嶇樵徑斜通。棲雲道院扣仙宮，四十年來一夢。[148]

---

[148] 顧太清：〈秋日游鲇魚關，晚過棲雲道院，四十年風景變遷，得不有感〉，金啟孮、金適校箋：《顧太清集校箋・卷十三・東海漁歌六》，頁 749。

鲇（鯰）魚關為長城要隘，在遵化西北五十里，鳳凰山東十里，為馬蘭峪東之第二關口，清設把總鎮守。[149]這段被稱作「遵化長城」的古長城原為燕國所築，經歷代修葺，現存多為明代長城。而鲇（鯰）魚關距清東陵頗近。東陵是順治、康熙、乾隆、慈禧等清朝帝后陵墓所在，清朝三大陵園中最大的一座，距離北京市區 125 公里。據說是當年順治到此打獵時選定的，康熙二年（1663）開始修建。是以，顧太清秋游此地，興起歷史興衰與人事更迭之感。

而棲雲道院就在鲇（鯰）魚關、東陵附近。此道院應與元代全真道士王棲雲（1177-1263）有關。王棲雲原名王志謹，法號誌謹，又稱棲雲真人。年十九因逃婚至山東，時太古廣寧真人傳教於寧海，遂收為門徒。不數年，學業大進。廣寧真人逝世後，西遊陝甘，平素壞衲破瓢、蓬首垢面。後侍從長春真人北遊燕薊、盤山一帶。金宣宗貞祐年間（1213-1216）志謹於盤山開門授度，講論經義，四方從學者甚眾。志謹論道以《清靜經》為宗旨，兼融佛教禪宗心性本淨、輪迴報應學說，要求修行者安貧守樸。[150]是以，顧太清游此，展現她對於前代全真道教的敬仰之意。

此外，早在 1831 年顧太清與奕繪自東陵歸京，即曾收到東陵東山道觀的道士苗老道的贈禮，即〈六月十五，東山苗老道寄來七寸許小猴一雙，每當飼果，必分食之，似有相愛意，詩以紀

149　鲇（鯰）魚關已隨 1974 年建設的水壩而沒於壩底，後又依原樣重修。

150　王棲雲生平行跡，參考「道教文化資料庫」http://zh.daoinfo.org/w/index.php?title=%E7%8E%8B%E5%BF%97%E8%AC%B9&redirect=no（2019 年 10 月 12 日查詢）。

之〉所述之事：

> 東山苗道士，遠寄一雙猴。拊背憐同類，牽繩喜並游。雄雌各有讓，搏擊不相讐。殊勝豺狼輩，奸心蓄暗謀。[151]

可見，顧太清夫妻必然常游東陵，方有機會與附近東山道觀道士苗老道建立交誼。這一趟自東陵回京城後，甚至受贈一雙猴子，可見他們夫妻與東山道觀道士苗老道有一定的交誼。

(三) 洞天福地：尋訪道教與道士遺跡

顧太清的道教相關遺跡巡禮，尚拜訪若干「洞天福地」，包括「背陰洞」、「王仙洞（王禪洞）」、「玉室洞天（張良洞）」、「藏真洞」等知名的道教洞天福地。

1、背陰洞

1836 年，顧太清有詩〈二十訪背陰洞道士，他出，留題壁上〉記其訪背陰洞道士不遇：

> 山窮忽有路，騎馬入天台。先犬迎人吠，幽花背日開。風吹雙翠袖，霧冷古蒼苔。不見元都客，留題擬再來。[152]

---

151 顧太清：〈六月十五，東山苗老道寄來七寸許小猴一雙，每當飼果，必分食之，似有相愛意，詩以紀之〉，金啟孮、金適校箋：《顧太清集校箋・卷一・詩一》，頁 47。

152 顧太清：〈二十訪背陰洞道士，他出，留題壁上〉，金啟孮、金適校箋：《顧太清集校箋・卷三・詩三》，頁 176。

此洞約在今日北京市房山區磁家務村一帶。「元都」即玄都，為神話中神仙居住的地方。也可能是指太上老君唯一弟子，其人內外丹道都悟性極高；也可能是玄微真人鬼谷子。總之，顧太清以此指稱欲訪而未遇之道士，顯示她的道教信仰。此外，此詩透露顧太清「騎馬入天台」的出游方式，顯示滿族女性所擁有的獨立自主空間及其所彰顯的女性主體意識。

2、王仙洞（王禪洞）

1837 年，顧太清出游王仙洞，有〈登王仙洞望寶泉〉一詩：

> 傳有神仙窟，清晨特一游。桃花迷洞口，雪瀑掛山頭。磴道生春草，高峰豁遠眸。疎鐘風外度，心為白雲留。[153]

此王仙洞位城北二十餘里，相傳王禪隱居於此，是以又稱王禪洞。王禪即鬼谷子，道教將他與老子同列，尊為王禪老祖。鬼谷子更是道教的洞府真仙，位居第四座左位第十三人，被尊為玄微真人，自號玄微子。[154]相傳鬼谷子有隱形藏體之術，有混天移地之法，還會脫胎換骨，超脫生死，撒豆成兵，斬草為馬；並且善於揣情摩意，縱橫捭闔。據說秦始皇都有求於鬼谷先生，向他討求長生不老草。因此王仙洞可謂真正的「神仙窟」。

---

153 顧太清：〈登王仙洞望寶泉〉，金啟孮、金適校箋：《顧太清集校箋．卷四．詩四》，頁 201。

154 在道教中，真仙又稱為真人，只有得道成仙方可稱為真人，比如莊子稱老子為「博大真人」，唐玄宗稱莊子為「南華真人」，稱列子為「沖虛真人」，元太祖封丘處機為「長春真人」。

3、玉室洞天（張良洞）

1837 年，顧太清同時尚有〈探玉室洞天〉一詩：

> 緩步上層顛，岩花加倍鮮。懸崖開洞戶，玉竇飲清泉。雲近衣裳冷，風吹鬢髮偏。紫繮歸路急，溪水晚生烟。[155]

此處相傳為張良隱居也是辟穀[156]之所，因此又稱張良洞。張良，字子房，乃道教創始者，五斗米道領導人張道陵相傳也是他的後代。張良死後諡文成侯，此後世人也尊稱他為謀聖，《史記・留侯世家》即記錄他的生平。是以，顧太清尋訪此地亦有特別意義。

4、七斗泉藏真洞

1837 年尋訪洞天福地之旅，尚有藏真洞，即〈尋七斗泉藏真洞〉：

> 轉上芙蓉頂，初來眼界新。山花爭豔日，野雉暗窺人。紫氣凝幽府，春風拜玉真。殷勤雙不借，隨意踏芳塵。[157]

---

155 顧太清：〈探玉室洞天〉，金啟孮、金適校箋：《顧太清集校箋・卷四・詩四》，頁 202。

156 辟穀意為「吸食空氣」，是道教中的道士用飲食修身的一種方法。在辟穀期間，不吃任何食物，只喝水，但是要搭配調節氣脈，須做太極、瑜伽、禪定，才能保證身體沒有飢餓感。

157 顧太清：〈尋七斗泉藏真洞〉，金啟孮、金適校箋：《顧太清集校箋・卷四・詩四》，頁 203。

七斗泉原為如斗大的七處泉眼，也有一說因分布似北斗七星而得名。藏真洞的來龍去脈則不詳。

綜言之，顧太清的郊外遠途朝聖之路，尚有道教洞天福地的尋幽訪勝，相較於前者妙峰山碧霞元君廟的開廟盛況及艱辛的朝山之路，洞天福地的尋訪又顯出另一種清幽之美。

（四）佛道合一的宗教聖地：天台寺（慈善寺）

顧太清一生所游北京城內外的寺觀十分眾多，相關詩詞也呈現不少，其中天台寺（慈善寺）是極少數佛道合一者。[158]天台寺（慈善寺）大悲殿正中供奉金漆木雕觀音像，兩旁有碧霞元君等八尊塑像。大悲殿後的藏經樓（魔王老爺殿）供奉清順治坐像，面南頭東地望著京城方向，有念念不忘京城之意。殿內西牆懸有七言 308 字〈順治歸山詩〉，據傳為順治所作。是以，天台寺（慈善寺）的佛道合一，顯示它與清代帝王宗室的關係密切，清朝宗室對於佛道皆有一定的信仰，因此這也是顧太清夫婦經常造訪的主因。

1834 年，顧太清夫婦游大南峪（河北房山縣）天台寺，顧太清有〈游南峪天台寺兩首〉詩記之：

> 三月三日天台寺，日午靈風入法堂。一段殘碑哀社稷，滿山春草牧牛羊。庭前柏子參真諦，洞口桃花發妙香。笑指他年從葬處，白雲堆裡是吾鄉。（寺為明慈聖李太后所建，夫子擬葬夫人於此谷中。）

158 天台寺（慈善寺）位於北京市石景山區。

大南峪裡天台寺，樓閣參差雲霧重。野鳥山峰皆法象，蒼松古柏宛游龍。大圓寶鏡舒千手，（寺有大圓鏡鑄千眼觀音像）尺五青天壓亂峰。立馬東岡新雨後，西南高插紫芙蓉。[159]

其中「笑指他年從葬處」指顧太清夫婦先在此修建別墅，先將妙華夫人遷葬於此，日後顧太清夫婦歿後亦歸葬於此。對於一生修習全真道教兼修佛教的顧太清夫婦而言，也算是對他們一生宗教實踐及認同的最佳註腳。

天台寺建於明萬曆年間，慈聖李太后為寶珠禪師王能貴所建。奕繪及太清郊游至此時，距離此寺建成已有 260 餘年，當時天台寺為北京法源寺的下院。[160]天台寺在大南峪山環內北端，坐北朝南。西邊有大悲閣，閣旁即寶珠禪師之塔，大南峪東有影壁山橫亙，即詩中所稱「立馬東岡新雨後」；西南有高峰矗立，名稱大寨，即詩中稱「西南高插紫芙蓉」。當時天台寺已殘破，然景緻仍佳，日後即修繕為一座山林別墅，也是後來奕繪貝勒園寢所在地。

此後，大南峪別墅興建完成後，奕繪與太清也遍游北京房山一帶名勝，往往夜宿此別墅之清風閣，直如神仙世界般的美好，是以顧太清詩詞中常見以「南谷」（大南峪別墅）或「大南峪」為主題的作品。如 1835 年 3 月〈春日憶南谷〉：

159 顧太清：〈游南峪天台寺兩首〉，金啟孮、金適校箋：《顧太清集校箋・卷一・詩一》，頁 72-73。

160 天台寺之所以歸屬法源寺，乃因地界與皇糧莊頭為鄰，屢遭侵占土地，寺僧無能抗拒之故。

> 去年三月游南谷，滿澗夭桃散綺霞。今日山中春幾許，料應開到野棠花。微陰小閣凝青靄，細溜仙源漱白沙。擬欲藏書南北洞，洞庭禹穴不須誇。[161]

據傳南洞確曾藏奕繪、太清文集副本。又如 1835 年 5 月尚有〈題南谷清風閣次夫子韻〉[162]。1836 年〈春游十首——廿一清風閣曉望〉（第四、五、八、九首）[163]及〈中秋後一日同夫子往南谷宿清風閣〉[164]皆以南谷為題。1837 年有〈春日憶南谷次夫子韻〉[165]及〈清風閣〉[166]兩詩，詩中多記美好的事物與景致。

然而，1838 年七月七日奕繪辭世，顧太清迎來生命中最大的創痛。奕繪歿於宣武門太平湖邸中，後果歸葬南谷，因此顧太清後來的「南谷」（大南峪別墅）或「大南峪」主題詩作，盡皆哀傷。如 1839 年 3 月〈己亥清明率載釗恭謁先夫子園寢，痛成

161 顧太清：〈春日憶南谷〉，金啟孮、金適校箋：《顧太清集校箋・卷二・詩二》，頁 104。

162 顧太清：〈題南谷清風閣次夫子韻〉，《顧太清集校箋・卷二・詩二》，頁 117-118。

163 顧太清：〈春游十首——二十游戒臺晚宿南谷〉，《顧太清集校箋・卷三・詩三》，頁 149；〈春游十首——廿一清風閣曉望〉，《顧太清集校箋・卷三・詩三》，頁 150；〈春游十首——廿七登清風閣後西北最高峰頂〉，《顧太清集校箋・卷三・詩三》，頁 153；〈春游十首——廿八午發南谷晚宿雲岡〉，頁 154。

164 顧太清：〈中秋後一日同夫子往南谷宿清風閣〉，《顧太清集校箋・卷三・詩三》，頁 174。

165 顧太清：〈春日憶南谷次夫子韻〉，《顧太清集校箋・卷四・詩四》，頁 194-195。

166 顧太清：〈清風閣〉，《顧太清集校箋・卷四・詩四》，頁 201。

一律〉：「林泉已遂高人志，俎豆難陳寡婦情。近日憂勞成疾病，經年魂夢卻分明。」[167]及〈七月七日先夫子小祥，率四兒女恭謁南谷，痛成二律〉：「繞墓諸雛啼血淚，斷腸寡婦奠椒漿。」[168]兩詩皆透露寡婦的難為處境，包括被迫移家府外獨立門戶之苦、撫育幼兒與維持家計的辛酸，當然也有寡婦頓失依靠難以排遣的傷痛。這種傷痛與前面十五年志同道合的美好婚姻顯然有天淵之別，是以傷痛難以平復，字裡行間血淚斑斑。

此後幾年的詩作亦然，包括 1840 年 7 月〈先夫子大祥，率釗初兩兒、叔文以文兩女恭謁南谷〉[169]、〈七月廿一日，南谷守兵來報寶頂為山水傾陷縣……〉[170]寫出顧太清率兒女致南谷祭拜，也對園寢的狀況感到憂心。1840 年 10 月又有〈庚子十月初七，先夫子服闋，因太夫人抱病，未果親往，謹遣載釗恭詣南谷，痛成六絕句〉[171]，守喪期滿除服（服闋），因未能親往祭

---

[167] 顧太清：〈己亥清明率載釗恭謁先夫子園寢，痛成一律〉，金啟孮、金適校箋：《顧太清集校箋‧卷五‧詩五》，頁 237。

[168] 顧太清：〈七月七日先夫子小祥，率四兒女恭謁南谷，痛成二律〉，金啟孮、金適校箋：《顧太清集校箋‧卷五‧詩五》，頁 240。案：小祥指周年祭祀。

[169] 顧太清：〈先夫子大祥，率釗初兩兒、叔文以文兩女恭謁南谷〉，金啟孮、金適校箋：《顧太清集校箋‧卷五‧詩五》，頁 260-261。案：大祥指二周年祭祀。

[170] 顧太清：〈七月廿一日，南谷守兵來報寶頂為山水傾陷縣，……〉，金啟孮、金適校箋：《顧太清集校箋‧卷五‧詩五》，頁 262。案：原詩題太長，省略。

[171] 顧太清：〈庚子十月初七，先夫子服闋，因太夫人抱病，未果親往，謹遣載釗恭詣南谷，痛成六絕句〉，《顧太清集校箋‧卷五‧詩五》，頁 268。

拜引以為憾。1841 年尚有〈辛丑七夕，先夫子下世三周年矣，率六女載通、七女載道、八兒載初恭謁南谷，因五兒載釗有差，未克同來。初七同通兒清風閣看初日有感〉[172]以及 1842 年 7 月〈壬寅中元，攜釗初兩兒致祭先夫子園寢〉[173]兩詩。凡此皆可見 1838 年 7 月 7 日以後，「南谷」（大南峪別墅）或「大南峪」，已不再是美好生活的象徵，而是寡婦詩人的傷心之地。

簡言之，顧太清夫婦由出游「南谷」（「大南峪」）天台寺開始，後來在此地興建別墅，讓它成為城南太平湖榮王府之外的另一個家，最終變成生命最後的家園（墓地）。是以，這座佛道合一的天台寺之於他們實具有獨特的意義。

綜言之，顧太清遠游郊外的朝聖之旅的第二類型，既有妙峰山碧霞元君廟的朝聖之旅、洞天福地的尋幽訪勝，尚有佛道合一的天台寺。而後者也成為往後顧太清夫妻的人生歸鄉之處。這些道觀與道教地景的出游，既呈現顧太清夫婦志同道合的美好歲月，也有傷痛的寡婦詩人的聲音。然而，道教信仰畢竟提供並庇護了顧太清一個調適生命的空間，仍舊意義非凡。

---

172 顧太清：〈辛丑七夕，先夫子下世三周年矣，率六女載通、七女載道、八兒載初恭謁南谷，因五兒載釗有差，未克同來。初七同通兒清風閣看初日有感〉，《顧太清集校箋・卷五・詩五》，頁 283。

173 顧太清：〈壬寅中元，攜釗初兩兒致祭仙夫子園寢〉，《顧太清集校箋・卷六・詩六》，頁 312。

五、結語：顧太清以宗教昇華獨立自主的女性精神空間之意義

綜言之，顧太清一生的宗教實踐活動，以修習全真道教主，兼修佛教；其出游之寺觀數量及次數非常繁多。限於篇幅，本文僅聚焦於其「志於『道』」及「游於『道』」的道教信仰部分為討論重心，以一窺清代中後滿族女詩人的宗教實踐及認同，以及宗教實踐之於她的人生意義為何，她如何以宗教召喚主體的認同，建構獨立自主的精神空間。

是以，本文認為顧太清的宗教實踐與認同有幾個特點：一、她與奕繪志同「道」合的全真道教生活，是令人艷羨的知識伴侶型態，可謂清代版的趙明誠與李清照。二、顧太清與奕繪夫妻的內丹修煉如何，因未見於其詩詞中，無法置評；然就其人自取道號而言，可說是內丹修煉的象徵舉動；而由道士為他們繪製著道裝畫像，亦可見她們對於道教的實踐與認同。第三、顧太清對道教的實踐與認同還表現在她對於道教女仙的崇仰以及研讀經典與創作游仙詩。第四，除前述家內的研修活動外，身為滿族才女的顧太清擁有許多出游朝聖的機會，除了與家人走訪北京城內的知名道觀，參觀道教儀式與法會，也與閨中女性文友往游道觀兼賞花，這是她與女性文友籌組秋紅詩社以文學為信仰的一種生活方式。第五，除了城內走訪道觀之外，顧太清也以騎馬出游的型態，拜訪北京郊外重要道觀，進行遠途的朝聖之旅，或是探訪與道教相關的洞天福地。第六，最後，顧太清與奕繪志同「道」合的宗教生活，貫串兩人的一生，即使奕繪提早離開 40 年，但最後兩人皆同葬於南谷附近那座佛道合一的天台寺附近，這對於她

們一生的宗教實踐與認同也算是畫下完美的句點。

因此，顧太清一生以文學為信仰，也在生活中實踐其道教信仰，無論閨閣內外。然而，顧太清生活在道教中的意義，並非全然只是為了逃離生命中的苦痛與不安，也並非純然只為了自閨範局限中走出；更多的應該是她在道教信仰中昇華既定的生命框架，使得已然志同「道」合的婚姻生活更添加了知性的追求。同時，也因為道教對女性的極度尊崇，而使她得以放懷馳騁更多身為女性的獨立自主之可能，大大地擴展一名女詩人一生的知性追求所能夠到達的最遠的地方，包括精神與身體的雙重走出，以及回歸。是以，顧太清在不斷地走出與回歸中較為自在地穿行，宗教信仰於她不是刻意追求的知性姿態，更不是苦痛生命的唯一救贖，其宗教實踐與認同的意義，在於道教信仰更加彰顯她身為女詩人的獨立自主之主體價值與意義。

第五章　跨越閨門／走出國門
——康同璧的世界行旅之考述
及其女性主體之呈現

一、前言：康同璧的世界行旅與女權活動

筆者於 2018 年 7 月進行一場美東訪學之旅，期間曾拜訪哥倫比亞大學東亞圖書館，幸獲哥大巴納德學院圖書館一批康同璧（1881-1969，字文珮，號華鬘，康有為次女）[1]當年在美東的資

[1] 康同璧生年有多種說法（1881、1883、1886）：

（一）1881 年：康有為自編〈康南海自編年譜〉光緒六年（1880）條提及：「冬十二月二十四日，次女同璧生。」此紀年為陰曆，換算康同璧的生年應為西元 1881 年 1 月。見樓宇烈整理：《康南海自編年譜（外二種）》，頁 11。

（二）1883 年：瑞典籍知名漢學家馬悅然在主編的《瑞典遊記》之〈前言〉提及康同璧生卒年為 1883-1969。見康有為著；馬悅然主編：《瑞典遊記》（香港：商務印書館，2007 年 10 月），頁 5。

（三）1886 年：筆者於 2018 年 7 月 20 日造訪美國哥倫比亞大學巴納德女子學院圖書館，特藏部副主任 Martha Tenney 提供該院典藏之「康同璧檔案」電子檔，其中包含她當年的「College Entrance Examination Board」（入學申請及考試成績報告表），在個人資料欄裡的年紀，康同璧填寫的是：「Candidate's age on July 1, 1905, will be [19] years [8]

料（以下簡稱「巴納德康同璧檔案」），包含入學申請表及成績單、入學推薦信、特別生選課表、發表在校刊的文章、美國報刊對康同璧的報導等，多為 100 多年前的珍貴史料。[2]由此，筆者乃持續尋找康同璧僅存的詩詞集《華鬘集》（未曾付梓），以擴大對康同璧晚清時期的詩文創作及生命行旅等相關歷程的瞭解，然僅尋得收錄於《綴英集——中央文史研究館館員詩選》的 30 首詩詞，內容多與其域外行旅有關。是以，本文擬由這些文獻資料，以爬梳並再現晚清時期康同璧遠邁同輩人士的域外行旅，以瞭解她在這段年輕歲月中如何於域外行旅中建構自己對世界的看法，尤其是她在此行旅中的女性自我主體的呈現。

近現代文學史上曾有許多中國文人與留學生出走域外，除大量男性知識分子外，女性文人的出游相對稀少，少數得以行走域外者如單士釐（1863-1945）於 1899 年以外交使節夫人身分旅居日本，1903 年離日赴俄，又遍歷德、法、英、意大利、比利時、希臘、埃及等國，直到 1909 年回國，十年域外生活留下兩

---

months」，推算其出生年月應為 1886 年 12 月。

同時，中央文史研究館編，啟功主編《中央文史研究館館員傳略》（北京：中華書局，2001 年 9 月）之「康同璧」生卒年是 1886-1969 年（頁 22）、啟功與袁行霈合編之《綴英集——中央文史研究館館員詩選》（北京：線裝書局，2008 年）之康同璧小傳，其生卒年也是 1886-1969 年（頁 277）。

綜合前述，莫衷一是，暫以〈康南海自編年譜〉之 1881 年為準。

2 筆者於 2018 年 7 月 20 日前往美國蒐集相關研究資料，感謝哥倫比亞大學東亞圖書館王成志博士、蔡素娥主任的指引，讓筆者可以直接到哥倫比亞大學巴納德女子學院圖書館找尋研究資料，感謝該館館員 Martha Tenney 女士慷慨提供「康同璧檔案」。

部旅行文本《癸卯旅行記》（1903）與《歸潛記》（1910）；此為女子「隨宦游」的近代域外版。[3]而呂碧城（1883-1943）則以單身之姿漫遊歐美近二十年，自 1920 年赴美游學至 1940 年自瑞士歸國（期間偶有短暫回國），留下一批以古典詩詞文撰寫的域外文本，包括《歐美漫遊錄》（1924）及古典詩詞；此為女子「獨身游」的現代早期典範。[4]而康同璧則於 1901 年隻身遠下南洋尋父康有為，並隨之遠赴印度療養。其後又應父命而遠渡新大陸留學並從事女權運動，同時做為父親政治活動的代言人，期間亦隨父周遊列國，至 1911 年始回國；1920-1923 年間又她出國參與世界女權運動及隨夫駐外，終其一生的域外行旅與女權成就，大多與父親康有為密切相關，此為「隨父游」的近代典範。[5]簡言之，近代女性的域外行旅模式約有上述三類。近年來，近

3　可參考二篇拙著：〈流動的風景與凝視的文本——談單士釐（1856-1943）的旅行散文以及她對女性文學的傳播與接受〉，《淡江中文學報》第 15 期，2006 年 12 月，頁 41-94。（收錄於羅秀美：《從秋瑾到蔡珠兒——近現代知識女性的文學表現》，臺北：臺灣學生書局，2010 年 1 月）；〈翻譯賢妻良母、建構女性文化空間與訴說女性生命故事——單士釐的「女性文學」〉，《漢學研究》第 32 卷第 2 期，2014 年 6 月，頁 197-230。

4　可參考二篇拙著：〈自我、空間與文化主體的流動／認同——以女詞人呂碧城（1883-1943）的散文為範圍〉，《興大中文學報》第 32 期，2012 年 12 月，頁 167-211；〈呂碧城英倫之旅的文化景觀——兼及靈異／靈學敘事與宗教修行的因緣〉，《興大中文學報》第 47 期，2020 年 6 月，頁 159-202。（案：兩文皆於修改後收錄於本書，分別成為第三、第七章。）

5　康同璧後來成婚後也有「隨夫遊」，但此部分的自述文本較「隨父遊」更少。

代女性旅行文學逐漸受到學界的重視，且已有相當可觀的研究成果，其中以康同璧的相關研究較少受到注意，主因可能是康同璧的文本未曾正式刊印及其域外行旅的相關資料不夠完備之故。

康同璧的世界行旅包括三部分，一是 1901 至 1902 年間下南洋（馬來亞檳榔嶼）與印度、錫金；二是 1902 至 1911 年美東留學（新英格蘭地區之麻州與康州、紐約等）；三是 1904 至 1909 年間數度隨父周游歐亞美非，1920 至 1923 年出國參與女權運動及隨夫駐外，遍及十餘國。由於她的世界行旅始於下南洋陪伴因戊戌政變失敗而流亡的父親康有為；而父親也是她赴美留學、展開女權運動的主要推手，更是她歐遊數次十餘國的主要同行者，是以康有為正是開啟她擁有開闊的世界性眼光的關鍵人物；同時她也是父親的翻譯和知音，康有為一生長達十六年的域外行旅，幾乎都有康同璧為伴。是以，康同璧擁有幾乎和父親同樣豐富的世界行旅，其行程之廣遠遠邁同時代女性甚多，可謂無出其右者，大大超越留有完整旅行文本的單士釐與呂碧城。

然遺憾的是，康同璧本人似乎未寫過一部完整的旅行文本，其個人創作僅見部分被選錄於《綴英集——中央文史研究館館員詩選》[6]的 30 首詩詞，可供考察她的世界行旅。[7]而康同璧〈憶與先君攜遊瑞典〉則是目前少數可見與旅行相關的作品，原為瑞典出版之康有為著《瑞典遊記》[8]所做之序文。此外，康同璧尚

6　康同璧：詩詞三十首，啟功、袁行霈編：《綴英集——中央文史研究館館員詩選》（北京：線裝書局，2008 年）。

7　在此之前，其作品偶見於以下諸刊物：丁初我創辦的《女子世界》雜誌、梁啟超《飲冰室詩話》等。

8　康有為著；馬悅然主編：《瑞典遊記》（香港：商務印書館，2007 年

有不少未刊稿，首先是《康同璧檔案》，據說康同璧生前即囑託女兒羅儀鳳轉交予其生前秘書張滄江。其次是康同璧口述、張滄江及其後人持續整理中的《康同璧自傳》；第三是張滄江後人編的《康同璧年譜》；第四是康同璧於 1961 年補校的《補康南海先生自編年譜》；第五是晚近出土的《康同璧南溫莎舊藏》，由張滄江後人整理編輯中。[9]據說她也有《康同璧回憶錄》[10]之類的文稿。這些資料幾乎皆由張氏後人保管與整理中，未來或有出版的可能。是以，目前本文考察康同璧的旅行，根據的文本包含《綴英集——中央文史研究館館員詩選》收錄的 30 首詩詞、「巴納德康同璧檔案」收錄的英文創作 "Lost in an indian forest" [11]、康同璧 1958 年編寫之《南海康先生年譜續編》[12]與張啟禎與張啟礽編輯於 2018 年出版的《康有為在海外・美洲輯——補南海康先生年譜（1898-1913）》[13]的記載為主，同時也參考《康

---

10 月）。

9 張啟禎；張啟礽編：《康有為在海外・美洲輯：補南海康先生年譜 1898-1913》（北京：商務印書館，2018 年 3 月）「主要史料來源」，頁 182。

10 張啟禎；張啟礽編：《康有為在海外・美洲輯：補南海康先生年譜 1898-1913》，頁 132-133。

11 Kang Tong Pi (康同璧): "Lost in an indian forest", *The Barnard Bear*, Vol.11, 1907.5.

12 康同璧編：〈南海康先生年譜續編（1899-1927）〉，康有為著、樓宇烈整理：《康南海自編年譜（外二種）》（北京：中華書局，1992 年 9 月）。

13 張啟禎；張啟礽編：《康有為在海外・美洲輯：補南海康先生年譜 1898-1913》（北京：商務印書館，2018 年 3 月）

有為全集》[14]中的各國遊記，以補康同璧旅行文本不足的問題。職是，康同璧的相關研究也付之闕如，少數觸及到康同璧的論著，亦多以其父康有為為主，如高嘉謙《遺民、疆界與現代性：漢詩的南方離散與抒情（1895-1945）》[15]第六章「詩、帝國與孔教的流亡——康有為的南洋憂患」，僅寥寥一語帶過康同璧。是以，若康同璧文本齊備，相關研究必大有可為。

因此，本文擬研究這位行萬里路的近代女性康同璧，如何邁開天足，跨越閨門並走向全世界；同時，在這樣大幅度的跨越與行走中，她的女性主體身分展現了何種面貌與意義。首論，康同璧之世界行旅，與其天足以及父親康有為因政變而流亡海外有關。因此，康同璧獨身下南洋檳榔嶼侍父，並隨之移居印度，並游錫金。其次，康同璧奉父命前往新大陸美國留學兼主保皇會、興女權，而康同璧也確實不負父親期望而表現傑出，成為哥倫比亞大學巴納德學院第一位中國女留學生。第三，留美期間，康同璧經常伴隨父親康有為旅行各國，康同璧也因北歐之旅而與夫婿羅昌結緣；此外頻繁而大量地旅游歐亞美非各國，大大增長康同璧的國際視野，對於她未來從事女權活動有極重要的影響。

必須說明的是，本文中出現的旅行時間，大多依據康同璧1958 年《南海康先生年譜續編》、張啟禎與張啟礽編輯《康有為在海外・美洲輯——補南海康先生年譜（1898-1913）》的記年與記事為主，前者以中國傳統舊曆（陰曆）時間為主，後者則

---

14 康有為著；姜義華、張榮華編：《康有為全集》（北京：中國人民大學出版社，2020 年 1 月）。

15 高嘉謙：《遺民、疆界與現代性：漢詩的南方離散與抒情（1895-1945）》（臺北：聯經出版公司，2016 年 9 月）。

以新曆（陽曆）西元紀年為準，因此文中依引用來源之不同，同一件事約有一個多月左右的時間落差，是以部分事件將會標註兩種時間，康同璧年譜的舊曆（陰曆）時間以國字標示；張啟禎等人年譜的新曆（陽曆）西元紀年以阿拉伯數字表示。不只如此，包括康有為的遊記也是陰曆時間。而筆者由巴納德學院取得的「康同璧檔案」以西元記年，2008 年出版的《綴英集——中央文史研究館館員詩選》所收錄的康同璧詩詞，若干詩詞題目下也綴以西元記年，但題目及內容往往仍採用傳統的舊曆記年，因此進行研究時會遇到中西曆時間轉換的問題，特此說明。

二、獨身遠遊省親的少女：從父居南洋（檳榔嶼）、走印度與錫金

康同璧本人的世界行旅，由獨下南洋侍父開始，自此成為父親康有為流亡海外十六年的最佳旅伴，康同璧回憶父親時說道這段壯游：「十六年，游三十一國，行六十萬里，環大地三周，足跡遍四洲，非遊覽也，實際在其所經之地、所住之國，無不有精確之考察。其有關歷史、地理、政治、經濟、交通、礦藏、富源、文化、教育、民俗等等，莫不有詳細之記載。」[16]是以，康有為也藉此旅行並考察世界各國的面貌，而隨行的康同璧自然也因此拓展了國際經驗和世界眼光。

近代出身南洋而於中國知名的人士不在少數，如出生於英屬

[16] 康同璧：〈回憶康南海史實〉，《文史資料選輯》第 23 輯（北京：中華書局，1962 年 2 月），頁 207。

海峽殖民地（Straits Settlements）檳榔嶼（檳城）[17]的辜鴻銘（1857-1928），留學英、德、法 14 年後回到中國，落腳北京大學教書。而出身南洋的女性亦有知名如陳璧君（1891-1959）者，同樣出生於檳榔嶼，其後成為影響中國近現代史甚鉅的汪精衛（1883-1944）夫人，汪氏曾於 1908 與 1909 年兩度在檳城演講。[18]以上為南洋出身而在中國發展、對中國有影響者，本文則反向討論出身中國而曾經下南洋的近代女性康同璧，以爬梳南洋經驗對於她的生命史之意義何在。而近代至印度旅行或留學者相對較少，章太炎（1869-1936）在日期間即與印度人交好，他與詩僧蘇曼殊（1884-1918）曾於 1907 年欲結伴西遊印度，因資金短缺未果。梁啟超雖有不少佛學專著，但他未曾親履印度。許地山（1894-1941）於 1927 年由英國牛津大學回國途中短期逗留印度，研究梵文及佛學；1934 年在燕京大學休假期間，又往印度大學研究宗教及梵文，拜會印度詩人泰戈爾（Tagore）。[19]是以，康有為與康同璧曾至印度旅居、並出游錫金，[20]可說是非常

---

17 自 19 世紀開始，新馬皆為英國殖民地，在「海峽殖民地（Straits Settlements）」時期（1826 至 1946 年），英國殖民政府將檳城、麻六甲與新加坡聯合組成一個英國海外領地，此即當時康同璧下南洋時的馬來亞政體。

18 參考蘇慶華：《中山先生與檳榔嶼》（臺北：獨立作家出版社，2015 年 11 月）附錄四〈汪精衛在檳榔嶼的兩次演說辭〉。

19 1924 年在梁啟超的邀請及詩人徐志摩等人的積極推動下，亞洲第一位諾貝爾獎得主（1913 年）印度作家泰戈爾（1861-1941）訪華，受到歡迎。

20 以上資料可參考王向遠：《佛心梵影：中國作家與印度文化》（北京：北京師範大學出版社，2007 年 4 月）。

難得的旅行經驗。

而康同璧本人之所以能夠邁開大步走出閨房並旅行全世界，與她自小接受父親給予的開明教育以及天足有關，是以康同璧乃有超出一般女性的膽識追隨父親，成為父親世界行旅的秘書兼翻譯，誠為知音。

（一）遠邁世界之前：康同璧姊妹的天足

康同璧之所以得以遠行超邁同時代女性，與其自小所受的教育及不纏足有密切關聯。其父康有為做為一名晚清的維新運動者，其參與的戊戌變法雖然失敗，但其中一項由新思潮推動的社會改良運動——「不纏足運動」（「不纏足會」）卻發揮極大影響力，主要受惠者就是自己的兩位女兒：康同璧姊妹。

年輕的康有為對於婦女纏足之風甚不以為然，乃不令自己的女兒裹足：

> 中國裹足之風千年矣，折骨傷筋，害人生理，謬俗流傳，固閉已甚。吾鄉無有不裹足者，亦以不裹足，則人賤為妾婢，富貴家無娶之者也。吾時堅不為同薇裹足，族人吾不駭奇疑笑而為我慮之，吾不顧也。吾北游，長親迫逼裹足，甚至幾裹矣，張安人識大義，特不裹。創義固不易哉？同薇不裹後，同璧及諸姪女乘勢而下，不裹易易矣。[21]

---

[21] 康有為：〈康南海自編年譜〉，樓宇烈整理：《康南海自編年譜（外二種）》，頁 11。

由於康有為堅持不為女兒裹足，即使遭受鄉里族人質疑，亦不改其志。康同璧晚年時曾發表〈清末的「不纏足會」〉紀念此事：

> 我是早期參加這個鬥爭的一個人。……。先父突破了藩籬，不給我們姊妹纏腳。同族父老和鄉鄰對我們譏笑、諷刺，甚至為我們的前途擔憂。遠房的姊妹和親戚們，對我們則是嫉妒，看見我們奔跑自由，活潑玩笑，則又有無限的欽羨。[22]

可見，康同璧姊妹開風氣之先不裹足，一開始遭遇不少異樣的眼光。其後（1882 年），康有為因至北京應鄉試，遠游在外，女兒的不裹足事，舉族譁然，幸而知禮賢慧的夫人張雲珠（1855-1922）阻擋，康同璧回憶道：

> 族長們利用這機會來強迫先母給大姐纏足，……，幸而先母自己有過切身的纏足體會，對親生女兒，不忍以「害」來表示「愛」，更明了先父所提倡不纏足的大義，拒絕了他們的「好意」，堅持了真理。[23]

可見擁有一雙天然未纏裹之足，乃促使康同璧日後得以邁開大步遊走世界。

---

[22] 康同璧：〈清末的「不纏足會」〉，《中國婦女》第五卷第 12 期，1957 年 5 月。

[23] 康同璧：〈清末的「不纏足會」〉，《中國婦女》第五卷第 12 期，1957 年 5 月。

其後（1882 年底），康有為偕同鄰鄉曾游美之仕紳區諤良共同創辦「不纏足會」以擴大聲勢：

> 然獨立甚難，時鄰鄉區員外諤良曾游美洲，其家亦不裹足，吾乃與商，創不裹足會草例。凡令入會者，皆註姓名、籍貫、家世、妻妾子女，已婚未婚，約以凡入會者，皆不裹足，其已裹者聽，已裹而復放者，同人賀而表彰之。為作序文，集同志行之。來者甚多，實為中國不纏會之始。而區以會名慮犯禁，於是漸散去。[24]

由於兩家皆有不纏足之婦女，乃合辦此一不裹足組織，康有為自認此為中國第一個不纏足會（恐有誤）；[25]然終因區諤良顧慮會名犯禁而退出，使該會逐漸散去。康同璧回憶道：「在我們家裡，不纏足就成了習慣，我們姊妹更以自己的經驗和體會，經常向親友們傳述，在家鄉裡起了不小作用。」[26]可見當時提倡此

24　康有為：〈康南海自編年譜〉，樓宇烈整理：《康南海自編年譜（外二種）》，頁 11。

25　早在 1874 年，廈門戒纏足會便已成立，1879 年《萬國公報》也有相關報導（抱拙子：〈廈門戒纏足會〉，《萬國公報》11 年 531 卷，1879 年 3 月），詳見夏曉虹：〈晚清婦女生活的新因素〉，《晚清文人婦女觀》（北京：北京大學出版社，2016 年 1 月），頁 6。
*又，早在 1875 年，廈門教會光照牧師即已率先創辦「戒纏足會」，成立三年，入會立約者約八十餘人。詳參林維紅：〈清季的婦女不纏足運動〉，李貞德、梁其姿編：《婦女與社會》（北京：中國大百科全書出版社，2005 年 4 月），頁 393。

26　康同璧：〈清末的「不纏足會」〉，《中國婦女》第五卷第 12 期，1957 年 5 月。

事，需要極大的勇氣，然而兩位女兒康同薇與同璧帶頭不纏足已造成風潮，甚至影響眾親族女子，卻是極有意義之事。是以，康同璧在父母的堅持不纏足下，得到當時女性所能擁有的最大自由，日後得以邁開大步旅行全世界，大多得益於此。

1895 年，康有為與康廣仁兄弟再次在廣東成立「粵中不纏足會」，規章與前次同，康同璧回憶道：「大姊和我參加主持，現身說法，參加的人很多。」[27]可見康同璧（姊妹）很早就有演講的歷練。後來活動逐漸推行到上海、天津、北京等地，由康廣仁及梁啟超總其成，[28]即 1897 年在上海設立的「不纏足會」，創始人除康廣仁及梁啟超外，尚有張通典（張默君之父）、譚嗣同、汪康年、麥孟華等維新人士，其宗旨之一便是「設女學校」；[29]而梁啟超也寫〈戒纏足會敍〉[30]加強戒纏足的宣傳與立女學的重要，因此往後陸續設立的女學堂多將戒纏足或天足視為入學條件。然而，康同璧回憶道：

> 當時我們是不顧一切地宣傳推廣，可是主持道統的迂腐分子卻百般反對，他們不准妻子女兒與我們往來。在婦女方面，情況也各有不同，有的個人願意而家庭反對，有的怕

---

27 康同璧：〈清末的「不纏足會」〉，《中國婦女》第五卷第 12 期，1957 年 5 月。

28 康有為：〈康南海自編年譜〉，樓宇烈整理：《康南海自編年譜（外二種）》，頁 11。

29 林維紅：〈清季的婦女不纏足運動〉，李貞德、梁其姿編：《婦女與社會》，頁 395。

30 梁啟超：〈戒纏足會敍〉，《飲冰室文集》之一，頁 120-122。

找不到對象，有的明為順從，卻暗中作梗。[31]

可見一開始推行放足的不容易。然而：「在勞動婦女和鄉村中，除了一些年老和非常頑固的沒有放足外，很多人都做到了不給孩子纏腳，自己也放腳。」[32]可見康同璧姊妹的親身示範及提倡，仍舊有達到一定的效果。

1898 年戊戌變法時，康有為甚至向光緒帝上奏〈請禁婦女裹足摺〉，[33]痛陳裹足之弊，光緒帝亦下發了准令各省勸誘推行禁止婦女纏足的御旨。[34]康有為且自稱：「吾立禁裹足之願，與廢八股之願，二十年皆不敢必其行者，而今竟行之。故學者必在發大願，既堅既誠，久之必有如其願者。」[35]是以，由於康有為等維新人士對於不裹足的堅持，甚至推而廣之成為與戒八股等同的重大風潮，並與興女學密切結合，康同璧乃得以遠邁同時代女性，不僅入學堂甚至出洋留學。

---

31 康同璧：〈清末的「不纏足會」〉，《中國婦女》第五卷第 12 期，1957 年 5 月。

32 康同璧：〈清末的「不纏足會」〉，《中國婦女》第五卷第 12 期，1957 年 5 月。

33 康有為：〈請禁婦女裹足摺〉，《戊戌奏稿》，頁 43-45；轉引自李又寧、張玉法主編：《近代中國女權運動史料》（臺北：傳記文學出版社，1975 年 12 月），頁 508-510。

34 夏曉虹：〈晚清婦女生活的新因素〉，《晚清文人婦女觀》，頁 9。

35 康有為：〈康南海自編年譜〉，樓宇烈整理：《康南海自編年譜（外二種）》，頁 11-12。

（二）小女子獨下南洋（檳榔嶼）：省親侍父

康同璧其年少時即與家姊同薇率先不裹足，早已展示女權方面的早慧與膽識，後為近代知名女權領袖，並不令人意外。是以，其後敢以弱齡隻身遠赴南洋尋父其來有自。[36]而這對父女的域外行旅正是由南洋（檳榔嶼）開展的，此後他們尚有數次世界行旅。

光緒二十七年辛丑四月（1901 年 5 月），康同璧由香港赴當時同樣由英殖民政府統治的海峽殖民地檳榔嶼，侍奉流亡南洋的父親康有為，同璧自述：

> 余自幼侍奉先君，聽其講學，及戊戌之變，逋亡海外。旋彼因唐才常革命事敗在南洋臥病，余乃只身遠涉重洋，追隨左右，親侍起居，是以得事先君最久，對先父畢生言行，政治抱負，學術思想，知之最詳。[37]

保皇會早期以武裝革命為主，唐才常因事敗被殺，康有為乃覺悟保皇會必須放緩腳步，以溫和漸進的方式培養人才、宣傳觀念才是，因此一度十分抑鬱，康同璧乃親赴南洋陪伴父親，至當年十月底隨侍父親赴印度休養為止，總計停留檳榔嶼半年左右。

而康有為本人則曾七下南洋。自 1900 至 1911 年分別在檳榔嶼和新加坡停留七次之多。依康同壁所做之康有為續編年譜所

36　紐約桃花、周曉輝：〈往事回眸——康同璧在紐約宰也街〉，《傳記文學》第 114 卷第 3 期（第 682 期），2019 年 3 月，頁 45-46。

37　康同璧：〈回憶康南海史實〉，《文史資料選輯》第 23 輯，頁 201。

述，康有為於光緒二十六年庚子年正月二日（1900 年 2 月 1 日）首度下南洋，[38]至新加坡寓居丘菽園（煒萲，1874-1941）[39]家中，自此展開流亡之旅。二月移居林文慶（Lim Boon Keng, 1869-1957）家，七月聞有刺客，乃於同年七月在英殖民政府安排下，秘密移居馬來亞丹將敦島（Tanjung Tuan）燈塔，[40]總計匿跡星洲半年。同年七月十五日（8 月 9 日），康有為在總督亞歷山大[41]護送下移居馬來亞檳榔嶼（檳城）之英國總督府居所，康有為自號「大庇閣」，以著述自娛；直至隔年（光緒二十七年辛丑）十月底（1901 年 12 月初）離開，總計居留檳榔嶼一年半。簡言之，康有為首度南洋行約停居二年左右，期間有半年左

---

38 關於康有為下南洋的事蹟，詳參高嘉謙《遺民、疆界與現代性：漢詩的南方離散與抒情（1895-1945）》第六章「詩、帝國與孔教的流亡——康有為的南洋憂患」，頁 349-391。

39 丘菽園即丘煒萲（1873-1941），號菽園居士，晚年自號星洲寓公。福建廈門人。光緒舉人，1895 年到新加坡繼承遺產，為華僑巨商。在 1896 年和 1897 年連創麗澤、樂群兩社，推動新加坡華文教育和普及漢學，成為東南亞華僑文壇領袖。1898 年戊戌政變時，支持康有為、梁啟超的維新變法；1898 年，康有為出逃新加坡，他出面接待，並出資創辦《天南新報》，出任新加坡保皇會會長。1905 年後潛心研究清末新小說，曾任《星洲日報》副刊主任。所著《菽園詩集》、《菽園贅談》、《嘯虹生詩集》、《客雲廬小說話》和《新小說品》等。晚年丘煒萲經濟破產，出任新加坡佛家會會長。

40 依高嘉謙《遺民、疆界與現代性：漢詩的南方離散與抒情（1895-1945）》第六章「詩、帝國與孔教的流亡——康有為的南洋憂患」頁 373 所述，丹將敦島（Tanjung Tuan）位於馬來亞森美蘭州境內，實際上並非小島，而是海角上的一座小山，山上有一座燈塔。

41 亞歷山大即瑞天咸爵士（Sir Frank Athelstane Swettenham, 1850-1946），1901 年至 1904 年擔任海峽殖民地總督。

右由隻身下南洋的康同璧隨侍在旁，此即康同璧的南洋行旅。

光緒二十七年辛丑（1901）年四月閒居檳榔嶼的康有為，因戊戌、庚子之難，積憂成疾；康同璧在香港居處聞訊，特地隻身赴檳榔嶼侍膳，並以詩〈南來檳榔嶼初見大海思雙親因而有感〉表達心境，其三首之一云：「漫漫暮色海波流，萬里飄蓬倚舵樓。放遨不知有身世，回頭鄉國忽生愁。」[42]並自言：「同璧以髫齡弱女，遠涉重洋，天倫重聚，啼笑皆非，其感慨當如是耶？」[43]自此留在父親身邊照料其於檳榔嶼最後幾個月的避難生活。

同年八月，康有為「移居檳嶼山頂臬司別墅，面臨山海，聊以解憂。」[44]可見當時康有為雖積憂多病，但其檳榔嶼生活確也有安適之時，「女兒康同璧乃髫齡弱女卻隻身前來陪伴照顧，小妾也有孕在身。詩集裡可見他們吟詩聯句的篇章，這大概是他南洋歲月頗感寬慰的事。」[45]是以，康同璧之遠道至南洋陪伴父親，確有人倫親情上的意義。

其後因有感檳榔嶼暑熱不適合休養而移居印度，康有為說道：

---

[42] 康同璧：〈南來檳榔嶼初見大海思雙親因而有感〉三首之一，啟功、袁行霈合編：《綴英集——中央文史研究館館員詩選》，頁 278。

[43] 康同璧編：〈南海康先生年譜續編〉，康有為著、樓宇烈整理：《康南海自編年譜（外二種）》，頁 85。

[44] 康同璧編：〈南海康先生年譜續編〉，康有為著、樓宇烈整理：《康南海自編年譜（外二種）》，頁 88。

[45] 高嘉謙：《遺民、疆界與現代性：漢詩的南方離散與抒情（1895-1945）》第六章「詩、帝國與孔教的流亡——康有為的南洋憂患」，頁 380。

> 檳嶼地暑多瘧，不適養病，乃居印度雪山中。且以印為大地第一古國，舊教如廓，而英新變政，必有可觀益吾。同璧亦堅勸行，乃於十月二十七日離檳，乘船赴印度。同璧、婉絡等同行。[46]

是以，康同璧與父親康有為乃於同年十月二十七日（12 月 7 日）離檳赴同屬英治之印度大吉嶺養病。康同璧提及隨父離檳赴印度之船行所見：

> 船行檳榔嶼，迴望全嶼，蒼蒼山脈，自後而入，橫列如屏，前鋪坦地，雄秀獨出，又握孔道，宜為南洋之巨埠也。自隋、元兩朝征爪哇，明鄭三寶下南洋外，鮮有過之。中國泥古少變，不講殖民之學，久設海禁，故坐以南洋之地讓人也。感謂不已。[47]

由此可知，康同璧對於檳城之形勢及其在中國歷史上的發展及關聯極為瞭解，然因近代中國不講求對外殖民之學，又久設海禁，乃將此巨埠平白讓予外人而令人深感遺憾，由此可見康同璧對於域外世界的識見及學養。[48]

---

[46] 康同璧編：〈南海康先生年譜續編〉，康有為著、樓宇烈整理：《康南海自編年譜（外二種）》，頁 88。

[47] 康同璧編：〈南海康先生年譜續編〉，康有為著、樓宇烈整理：《康南海自編年譜（外二種）》，頁 88。

[48] 關於檳榔嶼之孔教發展，可參考高嘉謙《遺民、疆界與現代性：漢詩的南方離散與抒情（1895-1945）》第六章「詩、帝國與孔教的流亡——

其後康有為尚有六次往返南洋新馬的經歷，如光緒二十八年壬寅（1902）年八月，因戊戌六君子之犧牲而奠酒於檳榔嶼絕頂。或如光緒二十九年癸卯（1903）年四月軍機大臣榮祿病死，康有為欣喜之餘急欲返國，一改之前避難新馬的低調澹泊，受到新馬華僑熱烈歡迎，且遍遊各地，親赴檳城極樂寺（Kuil Kek Lok Si）[49]旅遊，並留有「勿忘故國」題字。[50]多年後，1908 年 11 月 14 日光緒帝駕崩，康有為於檳榔嶼完成不少著述。[51]而康同璧隨父重返檳榔嶼應為 1909 年 8 月 16 日父女歐遊回國途中，再度行經檳榔嶼，數百人於碼頭迎接；[52]可見康同璧和檳榔嶼結下的緣分。

康有為的南洋憂患」第四節「孔教與華人文化意識」，頁 381-390。

[49] 檳城極樂寺全稱「鶴山極樂禪寺」，佛教寺廟，始建於 1891 年，1904 年竣工，為該國乃至東南亞規模最大與建築最宏偉的華人佛寺。

[50] 1903 年再赴檳榔嶼時，康有為特於極樂寺題字「勿忘故國」，此處景點成為後人造訪檳城必訪之地，如蘇雪林、謝冰瑩等人皆有相關文字記載。後來任教南洋大學的蘇雪林即曾於 1964 年 12 月 24 日的日記中提及遊覽極樂寺的見聞：「寺乃前清遊宦本土者捐款所造，有康有為、岑春煊、陳三立鐫壁字及詩。」（蘇雪林著；成功大學中文系編：《蘇雪林作品集・日記卷》第四冊（臺南：成功大學，1999 年 4 月），頁 302）。又如謝冰瑩亦有〈極樂寺記遊〉（後易名〈檳城極樂寺〉，收錄於《冰瑩遊記》（臺北：三民書局，1991 年 5 月）。可再參考拙著：〈自我與南洋的相互定義——蘇雪林、凌叔華、謝冰瑩、孟瑤與鍾梅音的南洋行旅〉，《臺灣文學研究學報》第 30 期，2020 年 4 月，頁 237-298。

[51] 張啟禎；張啟礽編：《康有為在海外・美洲輯：補南海康先生年譜 1898-1913》，頁 126-127。

[52] 張啟禎；張啟礽編：《康有為在海外・美洲輯：補南海康先生年譜 1898-1913》，頁 133。

（三）近代女子西遊（印度、錫金）第一人：省親侍父

康同璧於光緒二十七辛丑（1901）年十月二十七日（12月7日）隨父離檳（檳城），遠赴同屬英治的「英屬印度」[53]大吉嶺養病：「先君自辛丑十月入印度，居大吉嶺，築草亭，名『須彌雪亭』，至癸卯四月行。在此時期所作詩，都曰《須彌雪亭詩集》，凡九十首。」[54]康有為自辛丑十月底抵印度後定居於北方大吉嶺，也曾往訪比鄰的錫金王國（古稱哲孟雄；當時是英國保護國），至光緒二十九年癸卯（1903）四月（1903 年 5 月）離開，自此展開長達十六年漫遊歐美亞非數十國之旅。而康同璧則待至次年十一月十二日（1902 年 12 月 11 日）應父命赴美遊學、興女權兼主保皇會為止，約在印度一年左右。

康同璧與父親旅居「英屬印度」的生活，其實包含大吉嶺附近的小國「錫金」。他們赴印度的目的為養病兼避難，同時康有為也認為：「印度又是第一古國，舊教如麻，而英新變政，必有可觀益吾中國者。」[55]考察古文明的目的，強化他們赴印度的正當性。而且康有為稱：「次女同璧通英文，可任譯事，攜璧及黃

---

53 英屬印度（British India 或 British Raj）指英國在 1858 年到 1947 年間於印度次大陸（南亞）建立的殖民統治區域，包括今印度共和國、孟加拉、巴基斯坦及緬甸。

54 康同璧編：〈南海康先生年譜續編〉，康有為著、樓宇烈整理：《康南海自編年譜（外二種）》，頁 88。

55 康同璧編：〈南海康先生年譜續編〉，康有為著、樓宇烈整理：《康南海自編年譜（外二種）》，頁 88。

榕生、吳積人及僕婦阿娟行。」[56]是以，康同璧陪伴父親，除親情支持外，也是翻譯助手。於此可見，康有為對次女康同璧依賴之深，在往後的世界行旅，康同璧仍舊經常以翻譯者的角色伴隨父親出遊。

康同璧有六篇以印度與錫金為主題的詩文，包括〈月夜登大吉嶺頂〉（1901）、〈侍大人游舍衛祇林〉二首（1901）、〈思佳客——大吉嶺山館須彌雪亭落成〉（1902）、〈南歌子——大吉嶺秋晚試馬〉（1902）及〈滿江紅——時居大山館〉（1902）等五首詩詞，以及她後來就讀哥倫比亞大學巴納德學院（Barnard College）的英文創作 "Lost in an indian forest"（迷失在印度森林）[57]，以上皆以印度（含錫金）為主題，可見印度之於康同璧具有比較明確的地方歸屬感。

康同璧父女於光緒二十七年辛丑（1901）十一月二日（12 月 12 日）入印度恆河口，抵達當時首都卡拉吉打（Calcutta；今名 Kolkata；今譯加爾各答）[58]後，於十一月六日（12 月 16 日）在首都遊覽兼拜訪官方：「應英巡撫茶會，獲見印王官吏百餘人參謁之儀，并游畫院、博物院。」[59]頗見禮遇，這也是流亡海外

---

[56] 康有為：〈印度游記〉，康有為著；姜義華、張榮華編：《康有為全集（增訂版）》第五集（北京：中國人民大學出版社，2020 年 1 月），頁 510。

[57] Kang Tong Pi (康同璧): "Lost in an indian forest", *The Barnard Bear*, Vol.11, 1907.5.（見哥倫比亞大學巴納德學院圖書館提供之「康同璧檔案」）。

[58] 卡拉吉打（舊名 Calcutta；今名 Kolkata 加爾各答），1772 至 1911 年間為印度首都。

[59] 康同璧編：〈南海康先生年譜續編〉，康有為著、樓宇烈整理：《康南

的康有為希望獲得各國支持保皇會必備的行程。十一月八日（12 月 18 日），康有為〈印度游記〉記載：「與女同璧訪印王。……。吾女登樓見其王妃，王為翻譯，詢問中國樂事。」[60] 可見康同璧為印王與王妃眼中少見之中國女子，乃好奇垂問。

1、訪伊斯蘭文化：蒙兀兒帝國首都丫忌喇（阿格拉）

在康同璧父女的印度遊蹤裡，曾於十一月十四日（12 月 24 日）拜訪當年蒙兀兒帝國（Mughal Empire, 1526-1858）首都「丫忌喇」（Agra，今譯阿格拉）[61]，參觀「沙之汗后陵」（Taj Mahal，今譯泰姬瑪哈陵）：

> 至丫忌喇，遙見高塔三座，聳立雲霄，於平臺上復作大圓頂，高數十丈，旁用四柱觸插天表，印名他治，蓋冠冕之義也。旋訪沙之汗后陵，瓊樓玉宇，碧落煙雲，花影樹陰，離離相望，費金數萬萬，築十二年始成。印度宮室之美，誠開泰西之先，吾中國亦莫及焉。[62]

此建築為蒙兀兒王朝沙賈漢（Shah Jahan, 1592-1666）紀念其終生摯愛的王后慕塔芝・瑪哈（Mumtaz Mahal, 1593-1631）早逝而

海自編年譜（外二種）》，頁 89。

60 康有為：〈印度游記〉，康有為著；姜義華、張榮華編：《康有為全集（增訂版）》第五集，頁 518。

61 1526 年建立蒙兀兒帝國，定阿格拉為首都，1571 年阿克巴遷都到法特普西克里，1585 年遷到拉合爾，1598 又遷回阿格拉。一直到 1648 年沙賈汗遷都德里為止，阿格拉都是首都，長達百年。

62 康同璧編：〈南海康先生年譜續編〉，康有為著、樓宇烈整理：《康南海自編年譜（外二種）》，頁 89。

建造的陵墓，泰姬瑪哈陵（Taj Mahal）意為「宮殿之冠冕」（文中「他治」即 Taj 音譯，皇冠之意）。慕塔芝・瑪哈不幸死於產褥熱，沙賈漢為表達他的思念，乃於 1632 年動工建造泰姬陵，費時 12 年，1653 年竣工。動用當時整個帝國及中亞和伊朗等地的泥瓦匠、夾層工、雕刻工、畫家、書法家、圓頂建築工和其他工匠等兩萬多人建設，並選用印度土產的白色大理石建造泰姬陵，加上中國的綠寶石、水晶和玉，巴格達和葉門的瑪瑙，斯里蘭卡的寶石，阿拉伯的珊瑚等精美材料，裝飾這座伊斯蘭風格建築，果然蓋成全世界最美的陵墓。而這座見證偉大愛情的陵墓建築，康同璧父女給予它高度評價，認為「印度宮室之美，誠開泰西之先，吾中國亦莫及焉」，被公認為整個印度的伊斯蘭建築中最偉大的成就，於 1983 年登錄為聯合國教科文組織（UNESCO）世界遺產。[63]

次日（十一月十五日，12 月 25 日），康同璧父女也遊覽同在阿格拉的蒙兀兒帝國皇城「紅堡」，即「阿格拉堡」（Agra Fort）[64]：

> 游紅堡，即蒙古王故宮，廊殿柱瓦，全用白石，略如吾國太和、保和兩殿，而階則極盡奇麗之能事。車過紅石炮臺，女墻作圭形，森峰高矗，蓋七八丈，下臨恒河，名飛家拔士。四百年前，蒙古帝之禁城也。元太祖成吉思汗使

63　參考〔聯合國教科文組織〕網站〔世界遺產名錄：泰姬陵 Taj Mahal〕（https://whc.unesco.org/en/list/252/），2020 年 9 月 28 日查詢。

64　參考〔聯合國教科文組織〕網站〔世界遺產名錄：阿格拉堡 Agra Fort〕（https://whc.unesco.org/en/list/251），2020 年 9 月 28 日查詢。

財駙帖木兒宮印度，即王其地，歸途題摩訶末大廟一絕：「遺廟只存摩訶末，故宮同說沙之汗。玉樓瓊殿參天影，長照恒河月色寒。」[65]

文中「蒙古王」即為蒙兀兒帝國（Mughal Empire, 1526-1858）之帝王，它的建造與使用歷經阿克巴（Akbar, 1556-1605）、賈漢吉爾（Jahângîr, 1605-1627）、沙賈汗（Jahângîr, 1628-1658）、奧朗則布（Aurangzeb, 1658-1707）等諸位皇帝。結合印度和中亞的建築風格，大部分建築以紅砂岩為主，而文中提及之「廊殿柱瓦，全用白石」指的是其中由第五代國王沙賈汗（即建造泰姬陵同一人）建造的白色大理石建築；其晚年被兒子奧朗則布囚禁於此，在八角亭眺望泰姬陵，度過餘生最後 8 年；1666 年去世後，與愛妻同葬泰姬瑪哈陵。而整個皇城周圍被長約 2.5 公里的紅砂岩砌成的圍牆包圍著，「紅堡」之名由此而來。阿格拉堡與泰姬陵同於 1983 年名列聯合國教科文組織（UNESCO）之世界文化遺產。康同璧父女以中國的故宮（紫禁城）太和殿（俗稱金鑾殿，皇權的象徵）與保和殿，[66]比美這座蒙兀兒故宮（城堡），可見其地位之重要性。又舉歷史上元太祖成吉思汗曾遣財駙帖木兒（Tēmōr, 1336-1405）[67]出使印度事，而帖木兒後裔巴卑爾

65　康同璧編：〈南海康先生年譜續編〉，康有為著、樓宇烈整理：《康南海自編年譜（外二種）》，頁 89。

66　太和殿（皇權的象徵）、保和殿與中和殿，建在一座三層漢白玉台基上，合稱「三大殿」，位於紫禁城中軸線上。此三大殿與東面文華殿、西面武英殿等合稱「外朝」。

67　帖木兒為信奉伊斯蘭教的突厥化蒙古人，是成吉思汗七世的女系駙馬。

（Bâbur, 1526-1530）即建立蒙兀兒帝國者，是以這座城堡與中國歷史密不可分。藉由中國歷史文化之參照，拉進讀者對印度的親切感；文末所引詩句更添歷史更迭之滄桑。於此可見，康同璧對於世界文化史具有一定的見識。

2、千年來華人訪佛迹者第一女士：佛教勝地之王舍城、舍衛城與菩提伽耶

其後，康同璧父女顯然欲拜訪佛教聖地，起初幾處皆無相關佛迹。如十一月十九日（12 月 29 日）參訪爹利（Delhi，今譯德里）令人失望：

> 到爹利，河山環繞，氣象萬千，此地一片佛土，四為都會，其城屹然，與我禁城相比，尚有京都之感焉。遍訪佛迹，土人皆不知其名，博物院中佛像竟有謂其支那神者，以佛生長之地而謂為他國之神，豈不哀哉。[68]

百餘年前康同璧至印度時，佛教已然在發源地沒落數百年之久，印度教才是印度人的主要宗教信仰，是以當地人皆未識佛教，乃有此低落的佛教素養。

接著，十一月二十日（12 月 30 日），康同璧父女登靈鷲峰，至祇園舊址，即佛教八大聖地之王舍城靈鷲峰及舍衛城祇樹給孤獨園二地，康同璧道：

---

[68] 康同璧編：〈南海康先生年譜續編〉，康有為著、樓宇烈整理：《康南海自編年譜（外二種）》，頁 89。

游薩德利靜陵，登靈鷲峰，至祇園舊址但見頹垣斷礎，淒涼滿目，夕陽芳草，無像無僧。導遊者指壞殿而言曰：「此二千五百十二年前之佛所築講堂也。」又指殿上鐵華表曰：「此一千五百十二年阿育大王所手植也。」始知此地果為舍衛，即須達長者昔日布金之地。此堂即諸經所言祇樹給孤獨園也。華嚴彈指皆在敗壁頹垣之中，大教經劫，謂之哽咽，檢其遺石十數枚以歸。自法顯、三藏後，千年來華人來此者，先君一人而已。[69]

其中「靈鷲峰」（Griddhkuta，可簡稱「靈山」）因頂峰有一處山石形似鷲，且該山鷲多，從而得名。位於印度比哈爾邦的古城王舍城（Rajgir），乃古代摩揭陀國國都，是佛教八大聖地之一，為釋迦牟尼佛修行的地方。[70]古代佛教寺院最高學府和學術中心那爛陀寺（Nālandā vihāra）即在附近不遠處（玄奘大師當年西行取經即留學於此），2016 年列入聯合國教科文組織（UNESCO）世界文化遺產。[71]距離菩提伽耶（釋迦牟尼成道處）也不算太遠。而「靈鷲峰」為釋迦牟尼佛宣講佛法之地；釋迦牟尼逝世後，弟子們曾在此舉行第一次結集。古代高僧法顯、玄奘、義淨等都先後參拜和居住過。

---

69 康同璧編：〈南海康先生年譜續編〉，康有為著、樓宇烈整理：《康南海自編年譜（外二種）》，頁 90。

70 也是耆那教聖地，創始人摩訶毘羅可能出生於王舍城附近那爛陀。

71 參考〔聯合國教科文組織〕網站〔世界遺產名錄：比哈爾邦納蘭達瑪哈維哈拉考古遺址 Nalanda Mahavihara〕（https://whc.unesco.org/en/list/1502），2020 年 9 月 28 日查詢。

另一處位於北方邦的佛教聖地「舍衛城」（Sravasti），與釋迦牟尼佛的關聯更為密切，《阿彌陀經》首句即是：「如是我聞。一時佛在舍衛國，祇樹給孤獨園。與大比丘僧，千二百五十人俱。」可見舍衛城的重要性，不只是印度重要的佛教聖地，吸引全世界佛教徒慕名尋訪。據說佛陀第一次到舍衛城是接受一位在王舍城遇到的富商須達長者（Sudatta）[72]的邀請，在舍衛城尋找合適地方建立精舍。於是，在舍衛城南部向祇陀太子（Jeta，又譯逝多太子）要求購買他的公園，太子要求須達長者以金幣鋪滿所欲購買之地，後被須達長者的虔誠感動，太子捐贈公園蓋精舍，是以此地亦稱為「祇樹給孤獨園」（Jetavana Vihar，祇園精舍）。[73]佛陀便在舍衛城祇園精舍度過 25 年，宣講教法，並示現神蹟說服批評者。早年法顯也來過此地。笈多時期（Gupta Empire, 319-550），舍衛城是繁華的教育中心，著名宗教家也是旅行家玄奘即曾拜訪此地，當時所見即已是廢舊的遺址，康同璧父女來此自然也只能見到斷垣頹壁，佛法廢壞已久。

是以，康同璧為此佛教勝地寫下〈侍大人游舍衛祇林〉（1901）詩：

> 舍衛山河歷劫塵，布金壞殿數三巡。若論女士西遊者，我

---

72 Sudatta 意為善授、善施，由於常善施孤獨長者，故又名「給孤獨」。

73 祇樹給孤獨園（Jetavana-vihāra），又稱祇園精舍，簡稱祇林、祇陀林、祇園、陀林、祇園、祇園精舍、逝多林等，佛陀在世時規模最大的精舍。除《阿彌陀經》外，《金剛經》開篇也提到「佛在舍衛國祇樹給孤獨園」。在佛教本生故事中，釋迦牟尼佛的過去世曾在這片地區作鹿王。康同璧〈侍大人游舍衛祇林〉詩所稱「舍衛祇林」即指此地。

是支那第一人。

靈鷲高峰照暮霞，淒迷塔樹萬人家。恆河落日滔滔盡，祇樹雷音付落花。

（侍大人游舍衛祇林，壞殿頹垣，佛法已劫。然支那女士來游者，同璧為第一人矣。自識。）[74]

首聯即述及佛陀講經之「祇樹給孤獨園」（Jetavana Vihar，祇園精舍）頹壁斷垣，次則述及佛陀修行之靈鷲峰，皆已無當年佛法昌盛時的光景，只見恆河水依舊滔滔滾滾。詩中康同璧驕傲地宣稱自己是支那女士西遊者第一人，詩末自識重提一次，可見康同璧對於世界歷史與地理的深刻了解，也對於自己身為女性主體能夠旅行至西天（印度）這樣的空間移動經驗具有一定的自信，是以：「這已不是傳統女性閨怨詩詞的哀婉嘆息之音，而是一種自我的價值肯定，並以極其豪邁的方式突顯自我的身分。」[75]當時康同璧曾寄此詩予父親好友梁啟超，被收錄於《飲冰室詩話》裡：

康南海之第二女公子同璧，研精史籍，深通英文。去年子

---

[74] 康同璧：〈侍大人游舍衛祇林〉，啟功、袁行霈編：《綴英集——中央文史研究館館員詩選》，頁 279。此詩曾收錄於梁啟超：《飲冰室詩話》（1925 年 4 月出版；臺北：臺灣中華書局，1968 年 1 月臺一版）頁 2，但無詩題。《女子世界》第四期（1904 年 4 月）也收錄此詩，自訂詩題為〈游印度寄飲冰子〉。

[75] 張朋：〈近代女性社會主體身分的自我建構——以康同璧為個案研究〉，《淮北煤炭師範學院學報（哲學社會科學版）》第 30 卷第 6 期，2009 年 12 月。

> 身獨行，省親於印度，以十九歲之妙齡弱質，凌數千里之莽濤瘴霧，亦可謂虎父無犬子也。[76]

梁啟超雖深研佛學，卻未曾造訪過發源地印度，他對友人之女孑身獨行省親於印度的膽識自有一番肯定，然梁氏此說有誤，康同璧乃先隻身下南洋至檳榔嶼與父親會合，再隨父赴印度的。而康有為曾寫《印度游紀》，序中說道：「中國人之遊印度者，自秦景、法顯、三藏、惠雲而後千年，至吾為第五人矣。」[77]可見康同璧父女這趟印度行之獨特意義。即使康同璧是隨父游印度而非隻身，其足跡仍遠邁同時代女性甚遠，超越留下完整遊記的單士釐與呂碧城。

其後，十一月二十七日（1902 年 1 月 6 日），他們父女訪伽耶（Buddha-gayā，今譯菩提伽耶）靈塔及佛晏坐說法處，後遇險。康同璧道：

> 去衛亞訪伽耶靈塔及佛晏坐說法處，蔭佛之樹，青綠猶新，寺僧餽以古佛二尊，經幡數事。先君與同璧手摘菩提葉十數，視為異寶，環繞樹下，異境峭然，如見當年佛坐禪時，天花亂墜法雨繚繞時也。是行也，夜半失蹤，迷途遇盜，又聞虎嘯聲，父女相依，悽惶萬狀，幸寺僧遣人護

76 梁啟超：《飲冰室詩話》，頁 2。

77 亦見於康同璧編：〈南海康先生年譜續編〉，康有為著、樓宇烈整理：《康南海自編年譜（外二種）》，頁 91。

送，始遇赦。[78]

康同璧父女拜訪的佛教聖地菩提伽耶，又稱佛陀伽耶，是釋迦牟尼的悟道成佛處，乃佛教重要聖地之一，也是現今印度佛教聖地中保存較完整的遺蹟之一。古代高僧法顯和玄奘也先後記載菩提伽耶歷史。[79]而康同璧父女親身體驗之菩提樹，據說佛陀當年即在此樹下得道成佛，故受到佛教徒敬仰，其枝曾多次被折，代表佛陀送往世界各地的佛寺供養，繁衍滋生。[80]現樹下立有紅砂石板金剛座，以指示佛陀成道處和表示佛的智慧。[81]康同璧父女手摘菩提葉十數，環繞樹下，如見當年佛坐禪時天花亂墜法雨繚繞時也。

幸好有此佛緣機遇及體會，後夜半失蹤，迷途遇盜，又聞虎嘯聲，終於安全渡過。多年後（1907 年 5 月），康同璧就讀美國巴納德學院（Barnard College）時，曾於校園刊物 *The Barnard Bear*（巴納德熊）發表一篇以印度為主題的英文創作 “Lost in an

78　康同璧編：〈南海康先生年譜續編〉，康有為著、樓宇烈整理：《康南海自編年譜（外二種）》，頁 90。

79　其中摩訶菩提寺（Mahabodhi Temple Complex）已於 2002 年被列為聯合國教科文組織（UNESCO）之世界遺產。古代中國許多前往印度禮佛的僧人都曾到此停留，將當時的盛況載之於書。

80　原樹已在 1870 年被大風颳倒，現在的樹據說是原樹的曾孫。

81　釋迦牟尼當時在附近森林裡苦修 6 年，形容枯槁，但還是未悟得解脫之道。後來喝了牧羊女奉獻的乳糜後，來到菩提伽耶，在一棵大菩提樹下打坐靜思，發誓如若不能大徹大悟，終身不起。冥想三天三夜後，突然覺悟，找到解脫之道。然後在附近繼續思考七七四十九天，之後就開始傳道了。

indian forest”，[82]文中記述在印度森林中迷路並遇險的遭遇，應即此趟菩提伽耶之旅的經歷，可見這趟印度之旅之於康同璧的重要性。是以，康同璧以創作「重游」印度，而康有為則於多年後再游印度，[83]父女各自以不同方式「紀念」印度。

3、卜居避暑勝地大吉嶺

經過前述伊斯蘭與佛教文化遺跡之洗禮後，康同璧父女終於來到印度北方的大吉嶺（Darjeeling）[84]卜居，康同璧曾有兩詩描寫當時的生活，其一為〈月夜登大吉嶺頂〉：

> 雨過千山落木深，月明風嘯作龍吟。雲開忽現諸天相，花落依然萬壑陰。
> 多難偶來依佛土，高寒直欲問天心。須彌雪嶺影恆漢，獨立神壇對古林。[85]

大吉嶺為知名的避暑勝地，氣候較溫和，適合康有為此行療養避難的目的。詩中除描寫大吉嶺月夜雪景，也對於自己與父親「多難偶來依佛土」的處境予以觀照；「須彌」（Sineru）為佛教、

---

[82] Kang Tong Pi: “Lost in an indian forest”, *The Barnard Bear*, Vol.11, 1907.5.

[83] 康有為於清宣統元年己酉（1909）年九月（1909 年 10 月）再游印度，造訪密遮拉士（原名 Madras 馬得拉斯；今名 Chennai 金奈）、孟買等地。

[84] 大吉嶺（Darjeeling）是印度西孟加拉邦的小城，大吉嶺區的首府，位於喜馬拉雅山麓，平均海拔為 2134 公尺。在英屬印度時期，成為英國居民夏季的避暑勝地。

[85] 康同璧：〈月夜登大吉嶺頂〉，啟功、袁行霈編：《綴英集——中央文史研究館館員詩選》，頁 278-279。

耆那教、印度教眾神的居所，[86]而此處或指當時康有為在大吉嶺的居所之「須彌雪」亭，康同璧道：「先君在大吉嶺，得佳屋於翠崖，除林中築草亭，開曲徑、設竹棚，坐柴床、薙草，名其亭曰：『須彌雪』。」[87]這是 1902 年春天之事，是年康同璧有一詞〈思佳客——大吉嶺山館須彌雪亭落成〉（1902）以紀念「須彌雪」亭落成：

> 萬里須彌一小亭，千秋又作草堂靈。招來雪嶺千岩白，吹到雲峰一片青。
> 眠對月，坐談經，賞心閒畔柳青青。登臨便觸興亡感，北望天山無限情。[88]

詩中展現大吉嶺美好的生活環境，但也不免「登臨便觸興亡感，北望天山無限情」，向北眺望，越過高山，便是中國國土，登高不免觸景傷情，此為人在異域的家國之思。同年，康同璧又有〈南歌子——大吉嶺秋晚試馬〉（1902）一詞：

> （大吉嶺沿山皆為茶田，當曉日方升，極目葱蘢，香風送爽，馳騁其

86　「須彌」（Sineru），又譯為蘇迷嚧山、蘇迷盧山、彌樓山、妙高山或妙光山，為佛教、耆那教、印度教宇宙論中最高的神山，印度眾神的居所。

87　康同璧編：〈南海康先生年譜續編〉，康有為著、樓宇烈整理：《康南海自編年譜（外二種）》，頁 94。

88　康同璧：〈大吉嶺山館須彌雪亭落成〉，啟功、袁行霈編：《綴英集——中央文史研究館館員詩選》，頁 284。

間，令人神怡。）

馬躍天峰上，崖橫雪嶺前。風巒層疊翠環偏。金碧山川燦曉，艷陽天。

宿霧收雲腳，朝雲浴澗邊。望迷一片綠芊眠。須趁秋深茶熟，踏花田。[89]

詞牌下的自序文字中說明大吉嶺沿山皆為茶田，並指出該地極目葱蘢，馳騁其間的愉悅。而此詞則是描寫秋日傍晚時節騎馬游走茶田美景，讀來亦令讀者神怡不已。19 世紀英國殖民者強佔錫金為保護國，鼓勵大批尼泊爾人移居錫金南部，砍伐森林，開墾稻田。同時也在此地推廣茶葉種植，大吉嶺便以紅茶知名於世，[90]自此成為英國下午茶極品，深受歡迎。此詩正好見證 19 世紀當地最重要的經濟作物紅茶之產地風光。

同一年，康同璧尚有詞〈滿江紅（時居大山館）〉[91]（1902）紀錄此時生活感懷：

---

[89] 康同璧：〈南歌子——大吉嶺秋晚試馬〉，啟功、袁行霈編：《綴英集——中央文史研究館館員詩選》，頁 284-285。

[90] 大吉嶺紅茶聞名世界，1841 年英國人在大吉嶺建立茶葉實驗種植園，栽培出一種獨特的優秀紅茶雜交品種和發酵技術，因此 19 世紀後半葉茶園遍布該鎮附近。

[91] 張啟禎、張啟礽所編《康有為在海外・美洲輯》1903 年紀事中提及：「4 月 14 日《論語注》序於哲孟雄國之大吉嶺大吉山館」（張啟禎；張啟礽編：《康有為在海外・美洲輯：補南海康先生年譜 1898-1913》，頁 39），由此判斷，此詞所稱之「大山館」與「大吉山館」似為同一處地點？皆屬於錫金王國？無法確定，暫存疑。

> 酒醒愁聽，寒窗外、雨聲點滴。香篆冷、雞籌頻唱，夢魂難覓。千古英雄多少恨，移來眼底成嗚咽。暗思量，往事每低回，憑誰說。
>
> 今古怨，空凝結。家國恨，和愁織。問龍蛇幽困，幾時才歇。莽莽乾坤誰是主，茫茫世道終難識。怪回腸，千轉不成眠，情懷熱。[92]

這首寫於大吉嶺的詞作幾乎沒有對當地美景的描述，皆與懷鄉之情、家國情懷有關，以心情描寫為主，可見年少的康同璧客居在外總有愁緒。

4、造訪曾為中國藩屬的哲孟雄國（錫金王國）

1902 年春天，康同璧與父親康有為一同騎馬游山，九天後到達距離印度大吉嶺約 45 公里之「哲孟雄國」（今名 Sikkim，今譯錫金）[93]，康同璧道：

> 自大吉嶺攜同璧乘馬游須彌山，行九日，深入至哲孟雄國之江督都城，英吏率國王迎於車站。至王宮，出其妃子相

---

[92] 康同璧：〈滿江紅——時居大山館〉，《綴英集——中央文史研究館館員詩選》，頁 285。

[93] 古稱「哲孟雄（Dremojong）」的錫金（Sikkim），曾長期是一個世襲君主國——錫金王國（1642 年成立）。1700 年尼泊爾入侵錫金。1791 年成為中國藩屬。1814 年，英國東印度公司開始侵入錫金。1887 年英國強占錫金，並派駐專員。1890 年 2 月錫金淪為英國「保護國」。19 世紀，英國殖民者鼓勵大批尼泊爾人移居錫金南部，砍伐森林，開墾稻田。1950 年錫金成為印度的「保護國」。1975 年 5 月被印度併吞，成為印度第 22 個邦——錫金邦。

> 見，衣飾履器皆中國物，并以貝葉經、酒蒲相贈。先君解帶答之，同璧亦以指環贈其后。[94]

「哲孟雄國」（Dremojong）為今日印度錫金邦（Sikkim）古稱。西元 7 世紀，哲孟雄是吐蕃（西藏）的一部分；在 1642 年至 1975 年間是一個獨立國家「錫金王國」。1791 年成為中國藩屬；1890 年 2 月淪為英國「保護國」。康同璧父女當時前往的便是已淪為英國保護國的錫金，在首府甘托克（sgang thog）接受「英吏率國王」迎接，以爭取錫金的支持。[95]又由於錫金與中國淵源久遠，衣飾履器皆中國物；相贈之物亦然，康同璧以指環（戒指）相贈王后。這趟拜訪錫金官方的活動，可見康有為當時在海內外的聲名，亦可見康同璧得天獨厚地「代表中國女性」出面與異國官方人士交游，這對於擴大她的閱歷絕對具有正面的意義。

（四）女性旅行的性別差異待遇：與康有為《大同書》倡男女平等對照

同時，康有為正是在旅居印度的 1902 年時，完成其畢生代表作《大同書》。書中大篇幅陳述女界的苦難，提倡男女平等，

---

94 康同璧編：〈南海康先生年譜續編〉，康有為著、樓宇烈整理：《康南海自編年譜（外二種）》，頁 94。

95 然而，張啟禎、張啟礽編輯的《康有為在海外・美洲輯》之日期則為 1902 年 9 月「騎馬行九日到訪錫金首府甘托克，會見國王和公主。」，並非春天（張啟禎；張啟礽編：《康有為在海外・美洲輯：補南海康先生年譜 1898-1913》，頁 34）。兩說暫並存。

構築理想的大同世界。然當時仍在避禍的康有為，擔心此書驟然刊行可能釀禍，只分享親近門人閱讀，其中之一便是當時隨行的康同璧，晚年時她說：「吾耳熟焉，故能詳也，且幼年曾目觀之。」[96]當時即已對書中所述之男女平等觀念印象深刻。

而康有為《大同書》裡男女平等的理想世界，是一個將來的「大同世界」，其思維是一種不斷前進的時間觀念，[97]然而到了印度這個已然氣運衰弱的「文明古國」，卻得面對一種倒退得不夠文明的女性處境，較諸當時的中國有過之而無不及。如當時康同璧雖有父親陪伴同行，但仍無可避免地面臨旅行的性別差異待遇。如康有為曾記述某次遊監獄的情景：

> 十一日，游某監獄。書記長官波顛連命其管獄官來客店同行。有獄長一人，屬官五人，惟不許婦女入視。小女不得入，幸攜譯人朱書郎同行，否無從通語矣。[98]

十一月十一日（12 月 21 日），康同璧原欲與父親同行參觀監獄，但由於「不許婦女入視」的規定而作罷。其後，十二日搭火車亦遭遇性別的差異待遇，康有為記述道：

> 印度火車男女不得同房，蓋非自包一廂，則不能同艙也。

96 康同璧：〈回憶康南海史實〉，《文史資料選輯》第 23 輯，頁 203。

97 李歐梵講；何力行整理：〈晚清文學和文化研究的新課題〉，《清華中文學報》第 8 期，2012 年 12 月，頁 11。

98 康有為：〈印度游記〉，康有為著；姜義華、張榮華編：《康有為全集（增訂版）》第五集，頁 520。

> 蓋印度俗別男女，其貴人大家久習不肯與男人同艙，故英人順其故俗。[99]

可見印度之男女不平等，甚至包括無法同艙房。是以，入境隨俗的他們，在十一月十八日夜九時，搭火車往爹利（Dehli，今譯德里），因故夜宿車站，而同壁一女子卻必須承擔自居一室的驚恐，康有為道：

> 十二時至押沙須，從人睡熟，不及轉車。遂宿於候車場。有一室少安，惟未能解衣而寢，終夕車聲隆隆，擾驚無數。同壁一人別居女室，不能睡也。[100]

女性在旅行空間中的主體原本即易暴露於危險中，何況一百餘年前的印度，即使有男性親友陪同，仍舊囿於當地性別不平等之故而被迫身處危境中。此外，十一月十七日訪乜刀喇（Muttra），欲尋佛迹而不得，但見突顯了印度男女不平等的「寡婦樓」，康有為記述道：

> 有紅石樓敻然數層，雕鏤甚精，如塔形，下則杜塞之。蓋某王之妃孀居於上，數十年不下矣。是亦關盼盼之燕子樓歟！！蓋印俗重男輕女，寡婦多如是。幽閉傷天地之生，

99　康有為：〈印度游記〉，康有為著；姜義華、張榮華編：《康有為全集（增訂版）》第五集，頁 521。

100　康有為：〈印度游記〉，康有為著；姜義華、張榮華編：《康有為全集（增訂版）》第五集，頁 532。

> 鬱人道之和，失自由之性。惟舊俗多如是，皆教不平等所致也。[101]

文中對於彰顯男女不平等的印度寡婦樓充滿感慨，引用唐代詩伎關盼盼嫁給張愔為妾的典故；關盼盼寡居後矢志不嫁，在徐州燕子樓度過最後十餘年而過世。是以，印度的性別不平等，對照康有為《大同書》提倡男女平權，對照鮮明，令人感慨。

綜觀康同璧隻身下南洋檳榔嶼尋父、又隨父游印度與錫金，幾乎是前無來者的行旅，當康同璧意識到自己西遊印度幾乎可說是千年來中國女子第一人時，不只突破明清以來一般閨閣女子的游蹤範圍，也遠邁同時代女性甚多。而他們遊程所拜訪的三個英屬國家，又與中國歷史文化有著或深或淺的淵源，再加上旅行文本之使用中國舊曆時間，似乎尚未將中國看成與世界是一個整體，潛意識仍有以大中華帝國獨尊的思維，這恐怕也與當時中國人的世界地理知識仍不夠完備有關。是以，就女性主體建構而言，康同璧藉由此一難得的（東）南亞行旅，開啟她對廣大世界的想像，也藉由中國歷史文化的參照，消弭了異域的陌異感。

最後，這段行程結束於父親命她前往美國主持保皇會兼演說國事，同時也留學兼興女權。是以，康同璧的女性主體意識在往後一趟又一趟的旅外行程中漸次明晰。

---

[101] 康有為：〈印度游記〉，康有為著；姜義華、張榮華編：《康有為全集（增訂版）》第五集，頁528。

三、遠渡新大陸的康有為代言人：赴美留學與興女權

康同璧的留美生涯（1903-1911）始於光緒二十八年（壬寅）十一月十二日（1902 年 12 月 11 日），康有為「命同璧歸國省親，並赴歐美演說國事，為提倡女權之先聲。」[102]康同璧乃奉父命赴美演說，兼倡女權，並主紐約保皇會，[103]希望爭取歐美主流社會的支持。臨行前，康有為贈詩十首勉同璧，其中一首對她表達深刻的期許：

> 美歐幾萬里，幼女獨長征。豈不憐孤弱，其如哀眾生。流涕言故國，哀痛結名卿。女權新發軔，大事汝經營。[104]

是以，康有為鼓勵康同璧勇渡太平洋前往美國協助父親從事政治運動，成為康有為最有力的代言人，也留學，並期許她成為伸張女權的先聲。

1903 年，康同璧赴美途中路過日本橫濱，在僑校「大同學校」[105]演說，明確提出女權主張，重點有二：一是中國女權不

---

[102] 康同璧編：〈南海康先生年譜續編〉，康有為著、樓宇烈整理：《康南海自編年譜（外二種）》，頁 104。

[103] 張啟禎；張啟礽編：《康有為在海外・美洲輯：補南海康先生年譜 1898-1913》，頁 36。

[104] 康同璧編：〈南海康先生年譜續編〉，康有為著、樓宇烈整理：《康南海自編年譜（外二種）》，頁 107。

[105] 「大同學校」為旅日華僑教育子女而捐資開辦的第一所中文學校，戊戌變法後，康有康、梁啟超等先後逃亡日本，此後保皇黨主導辦學宗旨和

振與女性不合群（團結）有關，第二點是女子與男子一樣可以捍衛國家，救亡圖存。然而當時繼之演講者，卻不明究裡地大加嘲諷，[106]可見早年推行女權確實不容易。這樣的宣言，不只來自於父親康有為的教誨，也是她身為女性主體的自覺使然，這是近代女性較早提出此說者。其後，康同璧曾以〈渡太平洋有感〉（1903）抒發此行感懷：

> 飄零處處嘆離群，回首扶桑黯暮雲。拍拍浪翻天地暗，蒙蒙日落海潮曛。
>
> 龍遭水逆悲難度，雁遇風博不易聞。對此誰能遣惆悵，聊將熱淚解紛紜。[107]

由「回首扶桑」可知康同璧此時剛離開日本，正前往美國途中，而詩中表達了孤女離群獨自踏上征途的惆悵，尤其此行路途之遙

左右辦學方向，大同學校儼然成了保皇黨的根據地。梁啟超創辦《清議報》後，康有為門徒也凝聚在此，旅日保皇黨發展到全盛時代。1923年日本發生大地震，大同學校在地震中蕩然無存。

106 東京通信員亞造：〈記康同璧女士大同學校演說〉，《大陸》1903 年第六期，頁 83-86。此文之康同璧演講內容，由亞造所記錄。據其前言所述，該演講約有千名聽眾，十之五六為粵籍商人，十之一二為該校男女學生，餘為外賓。因此，康同璧的演講配合聽眾的身分，以華人在海外經商及女權兩方面為主。然而繼之演說的張某卻對康同璧的演講大行嘲諷之實，東京通信員亞造又繼之登台演說痛辯張某之失，因自認當時沒有曲盡己意，所以便以文公開記錄康同璧的演講及張某與自己意見對峙的演說內容，以質之同志。

107 康同璧：〈渡太平洋有感〉，《綴英集——中央文史研究館館員詩選》，頁 279。

遠應超出她當時的經驗。

康同璧終於在 1903 年 5 月 7 日橫渡太平洋，抵達加拿大維多利亞，[108]立即成立保皇會婦女分會，並陸續前往幾個城市演講。[109]其後，於 1903 年 8 月 20 日入境美國，主持保皇會並設立婦女分會，以演講與女權，公開宣稱「講女學先要講女權」。康同璧可說是以康有為代言人的身分參與政治活動，同時也是女權運動者，更是當時少見的女留學生，此後她陸續擔任女權組織的職務，可見這趟留美生涯對於她畢生從事女權運動極具意義。

（一）美東求學記：麻州雷德克里夫學院與康州三一學院等校

康同璧身為當時極少數的中國女留學生，先後就學於四間學校，1903 年先入麻州（Massachusetts）劍橋市（Cambridge）的雷德克里夫學院（Radcliffe College）[110]，1904 年入康州（Connecticut）哈特福德（Hartford）三一學院（Trinity College），1906 年入康州哈特福德中學（Hartford Public High School），1907 年 2 月進入哥倫比亞大學巴納德學院（Barnard College）就讀，是哥大第一位中國籍女畢業生，也是維新派送

108 張啟禎；張啟礽編：《康有為在海外・美洲輯：補南海康先生年譜 1898-1913》，頁 39。

109 紐約桃花、周曉輝：〈往事回眸——康同璧在紐約宰也街〉，《傳記文學》第 114 卷第 3 期（第 682 期），2019 年 3 月，頁 46。

110 雷德克里夫女子學院（Radcliffe College）創建於 1879 年，為美國七姐妹學院之一。1963 年始授予其畢業生哈佛－雷德克里夫聯合文憑；1977 年與哈佛簽署正式合併協議；1999 年全面整合到哈佛大學。

到美國留學的最早幾位女學生之一。簡言之，其豐富的留學經歷遠超出當時女性甚多。

1、旅居康州哈特福德南溫莎：由容閎接待並住在女醫生家

1903 年 10 月 22 日，康同璧在「留學之父」容閎[111]的安排下，住在距離紐約大約兩個多小時車程的康州（Connecticut）哈特福德（Hartford）附近的南溫莎鎮（South Windsor）。[112]哈特福德在 1903 年時是美國最古老也最富有的城市之一，具有 268 年的悠久歷史，教育與經濟狀況較為發達，據同年提早三個月至此地拜訪的梁啟超所述：

> 一到哈佛，如入桃源，一種靜穆之氣，使人�然意遠。全市貫以一淺川，兩岸佳木競萌，芳草如簀。居此一日，心目為之開爽，志氣謂之清明。[113]

又說道：

[111] 容閎（Yung Wing, 1828-1912），1847 年赴美留學，1850 年入耶魯學院（1718-1887 年間的耶魯大學校名），1854 年畢業，成為耶魯大學首位中國留學生，也是近代中國最早赴美留學的留學生。耶魯畢業後回國投入洋務運動，推動清政府送小留學生赴美留學。1998 年，容閎誕辰 170 週年，耶魯大學所在的美國康乃狄克州宣布將 9 月 22 日（當年第一批中國幼童在美入學之日期），公訂為「容閎及中國留美幼童紀念日」。

[112] 紐約桃花、周曉輝：〈往事回眸——康同璧在紐約宰也街〉，《傳記文學》第 114 卷第 3 期（第 682 期），2019 年 3 月，頁 45-46。

[113] 梁啟超：〈由紐約至哈佛、波士頓〉，《新大陸游記》（北京：社會科學文獻出版社，2007 年 1 月），頁 60。案：《新大陸游記》原為《新民從報》臨時增刊；其中刊登了留美學生康同璧的照片。

哈佛者，干涅狄吉省之都會，而東部著名之市府也。[114]

是以，梁啟超所稱「哈佛」，即指哈特福德。當時「全市華人不過百餘，而愛國熱心不讓他埠，舉皆維新會中人也。」[115]身為清政府負責接待留學生事務的容閎隱居此市，在此地成立中國留學事務管理局（ChInese Education Mission），專門管理中國留學生。

由於容閎是康同璧父親康有為的好友，很自然地擔任康同璧在美的監護人，同時也是家教。[116]容閎認為他的朋友瑪麗・都鐸醫生（Mary Starr Tudor, 1840-1917）在南溫莎的家適合康同璧，於是便安排入住。[117]這位女醫生是哈特福德郡醫學會的成員，也是「美國革命女兒」協會的成員。[118] 1904 年夏天，康有為要康同璧到歐洲遊玩，女醫生房東甚至幫她準備旅行用品。[119]她

---

[114] 梁啟超：〈由紐約至哈佛、波士頓〉，《新大陸游記》，頁 60。

[115] 梁啟超：〈由紐約至哈佛、波士頓〉，《新大陸游記》，頁 60。

[116] 參考〔伍德之友紀念圖書館和博物館（Friends of Wood Memorial Library & Museum）〕網站之〔kang-tongbi〕介紹（http://woodmemoriallibrary.org/index.php/kang-tongbi/），2020 年 10 月 2 日查詢。

[117] 2014 年 12 月，上海朵雲軒拍賣公司拍賣〔康同璧舊藏、康有為與保皇會文獻〕，即出自康同璧當時在南溫莎住處的房東舊宅，該批文物被保存達 110 年之久。詳見陳雁：〈從最新公布康同璧舊藏文獻看「戊戌變法」失敗後的康家女人〉，《團結報》第七版，2015 年 1 月 22 日。

[118] 瑪麗・都鐸醫生（Mary Starr Tudor, 1840-1917）生平，參考〔伍德之友紀念圖書館和博物館（Friends of Wood Memorial Library & Museum）〕網站之〔mary-starr-tudor〕介紹（http://woodmemoriallibrary.org/index.php/mary-starr-tudor/），2020 年 10 月 2 日查詢。

[119] 紐約桃花、周曉輝：〈往事回眸——康同璧從南溫莎到紐約哥大〉，

在此一直住到 1907 年赴紐約就讀巴納德學院為止。可見由於父親康有為的關係，康同璧獲得不錯的待遇。

2、短暫留學麻州與康州三校：雷德克里夫學院、三一學院和哈特福德高中

1903 月 10 日 22 日，康同璧在容閎的安排下，租住在哈特福德南溫莎鎮。同時，她曾短暫入學三個學校，先至麻州哈佛大學雷德克里夫女子學院就讀（1903 年 10 月至 1904 年？月），旋又入學康州哈特福德市三一學院[120]（1904-1905），1906 年秋天再進入康州哈特福德中學就讀（至 1907 年 2 月？）。

當時（1903）康同璧有一詞〈浣溪紗——送別（時方留學美洲哈佛）〉記錄了留學美東的心情：

> 雨横風狂葬落花，角聲淒咽送行車，長亭迷望遠山遮。
> 鹿浦自遠秋夢冷，牛津魂杳暮烟斜，又添新恨到天涯。[121]

詞中抒發了康同璧人在異國留學的孤獨及思鄉之情。詞題下所稱「時方留學美州哈佛」之說有二種可能，其一，就 1903 年即已留學這一時間點而言，似乎是指麻州哈佛大學雷德克里夫女子學院的短暫就學經歷（自 1903 年 10 月始）。但「哈佛」很可能是

《傳記文學》第 115 卷第 1 期（第 686 期），2019 年 7 月，頁 132-134。

[120] 三一學院（Trinity College）創立於 1823 年，位於哈特福德，為該州僅次於耶魯大學第二古老的學院。

[121] 康同璧：〈浣溪紗——送別（時方留學美洲哈佛）〉，啟功、袁行霈編：《綴英集——中央文史研究館館員詩選》，頁 285。

指「康州哈特福德」，如前述提及同年梁啟超曾旅行至「哈佛」，即指哈特福德。此外，梁啟超《新大陸游記》〈由紐約至哈佛、波士頓〉曾記錄其參觀哈特福德的行程較康同璧提早三個月：

> 哈佛者，中國初次所派出洋學生留學地也，於吾國亦一小小紀念。容先生導余游其高等學校，實全美國最良之高等學校云。（余行後三月，康同璧女士來留學斯校。）其校長出二十年前校中記事錄言及中國學生者見示，余為唏噓久之。[122]

康同璧後來確實來到哈特福德，但時間並非梁啟超「四月晦，由紐約至哈佛。」[123]後的三個月（「四月晦」是光緒二十九年四月最末一日（三十日），即西元 1903 年 5 月 26 日），而是四個月後的 1903 月 10 日 22 日到達此地。梁啟超以「哈佛」稱呼中國初次派留學生出洋的地點哈特福德市及哈特福德中學。是以他所稱康同璧將至「斯校」留學指的便是哈特福德中學，然而實際上康同璧遲至 1906 年秋天方才入學該校。

康同璧原本擬入學麻州另一所知名的衛斯理女子學院，因入學名額有限而未果，1903 年 10 月改入麻州劍橋市哈佛大學雷德克里夫女子學院（1903-1904）。其後，旋又入學康州哈特福德三一學院（1904-1905），這段時間內，她有自己的私人導師 Adeline-Bartlett Allyn 女士。[124]康同璧於 1905 年 5 月填寫申請入

---

122 梁啟超：〈由紐約至哈佛、波士頓〉，《新大陸游記》，頁 60。

123 梁啟超：〈由紐約至哈佛、波士頓〉，《新大陸游記》，頁 60。

124 Adeline Bartlett Allyn 女士（1846-1915）是美國康州哈特福德郡東溫莎

學紐約哥倫比亞大學巴納德學院的申請書，除載明希望 1906 年可以入學（實際入學時間遲至近二年後的 1907 年 2 月）外，也有這位導師的簽名保證，分別簽署於「Cerfiticate of Principal Instructor（主要導師的保證）」與「Cerfiticate of good Moral Character（德行良好的保證）」兩欄中。[125]可見他們關係良好。

在等待入學巴納德學院期間，康同璧曾於 1906 年短暫至康州哈特福德中學[126]就讀，此校即前述梁啟超《新大陸游記》所稱之「哈佛者，中國初次所派出洋學生留學地也，……，容先生導余游其高等學校，實全美國最良之高等學校云。」該校曾吸引晚清中國第一批官費留學生前往留學，如唐紹儀、蔡廷幹、梁孟亭等。[127]容閎住家及其在哈特福德成立的中國留學事務管理局即在附近。[128]

人（East Windsor, Hartford County, Connecticut, USA），著有 *Black Hall Traditions and Reminiscences* (Case, Lockwood & Brainard Company, 1908)。亦可參看紐約桃花、周曉輝：〈往事回眸——康同璧從南溫莎到紐約哥大〉，《傳記文學》第 115 卷第 1 期（第 686 期），2019 年 7 月，頁 136。

[125] 「康同璧檔案」（哥倫比亞大學巴納德學院圖書館，筆者於 2018 年 7 月 20 日取得）包含康同璧當年的「College Entrance Examination Board」（入學申請及考試成績報告表），私人導師 Adeline-Bartlett Allyn 女士的簽名即出現在這份表格的兩個欄位裡。

[126] 哈特福德中學（Hartford Public High School）位於美國康州哈特福德（Hartford），創立於 1638 年，美國第二古老的公立中學。原址在馬克吐溫及史托夫人故居附近，但後來遷址數次，學校亦已改名。

[127] 紐約桃花、周曉輝：〈往事回眸——康同璧從南溫莎到紐約哥大〉，《傳記文學》第 115 卷第 1 期（第 686 期），2019 年 7 月，頁 133。

[128] 容閎與住在附近的馬克吐溫亦為朋友。

（二）紐約留學記：哥倫比亞大學巴納德學院第一位中國女學生

其後，康同璧終於在 1907 年入學紐約哥倫比亞大學巴納德學院（1907 年 2 月至 1909 年春季後），是巴納德第一位中國女學生。由於 1889 年之前哥倫比亞大學尚未招收女學生，在男女教育平權委員會的呼籲下，巴納德學院於 1889 年設立，專門招收女學生。[129]其後，同時代且年齡相仿的呂碧城遲至 1921 至 1922 年、張默君則於 1918 至 1920 年到哥大游學。此三位近代游／留學哥大的知識女性，以康同璧最早與哥大結緣。

康同璧早於 1905 年 5 月 25 日即已申請入學巴納德學院，前已詳述除記載個人資料外，私人導師 Allyn 女士也在申請書上簽名，擔任康同璧的保證人。當時她還附上一封由康州三一學院（Trinity College）某人士（署名潦草難以辨認）發自 6 月 14 日的推薦信，其中提到康同璧希望可以在一年左右入學；[130]同年 6 月 19 至 24 日，康同璧參加入學考試，科目有英文、歷史（美國史）、拉丁文、法文、數學、地理等，[131]但直到 1907 年 1 月 14 日，巴納德學院才發信通知康同璧入學申請通過。[132]當年 2 月

---

[129] 紐約桃花、周曉輝：〈往事回眸——康同璧從南溫莎到紐約哥大〉，《傳記文學》第 115 卷第 1 期（第 686 期），2019 年 7 月，頁 135。

[130] 「康同璧檔案」（哥倫比亞大學巴納德學院圖書館，筆者於 2018 年 7 月 20 日取得）包含這封發自三一學院的推薦信。

[131] 「康同璧檔案」（哥倫比亞大學巴納德學院圖書館，筆者於 2018 年 7 月 20 日取得）即包含她當年的「College Entrance Examination Board」（入學申請及考試成績報告表）。

[132] 該封信也是出自「康同璧檔案」（哥倫比亞大學巴納德學院圖書館，筆

17 日康州哈特福德中學校方發信予巴納德教務長蘿拉・吉爾（Laura Gill）女士，可能也是一封推薦信（信件採手寫之書寫體，內容不易辨認）。[133]當時代理院長呈交給院方的報告，說有四名來自英、德、俄、中的外國學生各一位，中國那位更是巴納德第一位中國留學生，也是第一位亞洲學生，即康同璧。

1907 年 2 月，康同璧終於以「特別學生」（special student）[134]身分就讀巴納德學院，據說是時任教務長的蘿拉・吉爾（Laura Gill）專門為她量身打造的特別身分，她可以不修所學課程的學分，但仍是 1909 年屆學生。此設定是考慮到她不時要陪父親在全世界旅行及演說，加上她英語不夠純熟等具體問題，擔心她通不過正規的畢業考試。是以，康有為曾於 1907 年 5 月 21 日寫信給教務長蘿拉・吉爾（Laura Gill）道歉：「我耗費了她大部分時間，擔心她經常缺席可能會影響學業。但是我真誠地希望你原諒她因為這個原因而缺席。」[135]表達了他對於女兒的依賴以及擔心耽誤女兒課業的心情。然而，康同璧最終仍完成學院必修的

者於 2018 年 7 月 20 日取得），由於字跡模糊，許多文字難以辨認。

[133] 該封信也是出自「康同璧檔案」（哥倫比亞大學巴納德學院圖書館，筆者於 2018 年 7 月 20 日取得），由於字跡潦草，許多文字難以辨認。

[134] 「康同璧檔案」（哥倫比亞大學巴納德學院圖書館，筆者於 2018 年 7 月 20 日取得）包含兩份選課紀錄表，標題都是「special student」（特別學生），但旁邊都有手寫體註明「Guest of the College」（學院客人）。

[135] 該封信也是出自「康同璧檔案」（哥倫比亞大學巴納德學院圖書館，筆者於 2018 年 7 月 20 日取得），康有為自美國芝加哥「Chicago Beach Hotel」發出這封英文信，但由於年代久遠且字跡潦草，部分內容難以辨認。

二十三學分，包括英文、法文、歷史、哲學、人類學和教育學等。[136]這些課程也有為往後回國辦教育之用的考量。[137]是以，康同璧這位學院客人「特別學生」便以這種特別的模式就讀巴納德女子學院。

當時康同璧也參加了巴納德學院救助兒童的活動，幫紐約「兒童福利會」進行捐助和檢測工作，輪流至貧家調查兒童生活情況，為他們提供各種福利的申請，也考察兒童的居住條件、衣服、飲食等，或量測體重、檢測耳目牙齒等健康檢測活動。康同璧均熱心參與，她認為類似社會實習活動，有助於日後回國建立兒童福利社，幫助中國兒童改善生活。[138]

此外，如同前述印度之旅所提及的，她曾以英文創作 “Lost in an indian forest”，並刊登於巴納德學院的學生文學雜誌 *The Barnard Bear*（巴納德熊）第 11 期（1907 年 5 月），記述她與父親同在印度森林中迷路並遇險的事情。這篇以印度為主題的創作之靈感來源，應該就是當年（1901）在印度菩提伽耶參觀佛陀得道處之後遭遇的夜半迷路兼遭遇強盜的驚險之旅。

康同璧在學期間，入住新建的布魯克廳（Brook Hall）紅磚大

---

136 「康同璧檔案」（哥倫比亞大學巴納德學院圖書館，筆者於 2018 年 7 月 20 日取得）包含兩份她的選課紀錄表，一份日期為「13th, Feb, 1907」，科目有英文、法文、歷史、哲學；另一份日期為「14th, Oct, 1907」，科目有英文、歷史、人類學、教育學。

137 紐約桃花、周曉輝：〈往事回眸——康同璧從南溫莎到紐約哥大〉，《傳記文學》第 115 卷第 1 期（第 686 期），2019 年 7 月，頁 136-137。

138 紐約桃花、周曉輝：〈往事回眸——康同璧從南溫莎到紐約哥大〉，《傳記文學》第 115 卷第 1 期（第 686 期），2019 年 7 月，頁 138。

樓，租下最貴的頂層公寓，帶著僕人入住，並舉辦歡迎茶會。此宿舍在學校正對面，往返極方便。往西不遠便是哈德遜河（Hudson River）和新建的河濱公園，康同璧常在課後於此散步。[139]

1907 年 2 月 1 日，康同璧與父漫遊歐洲後，於 3 月 14 日返抵紐約，受到媒體的注目，憲政會（保皇會）亦齊聚歡迎康有為父女。其後父女入住豪華的華爾道夫飯店（Waldorf New York, 1893-），康有為住的是李鴻章曾住過的第二層房間。入住期間，不斷有人來訪，康同璧擔任父親的翻譯，在在可見康有為對女兒康同璧的依賴之深。

後來，康有為搬至距離紐約一段距離的「布錄林」鄉間。康同璧回憶道：

> 先君性喜山水，以紐約繁華太盛，遷往離城數十里之鄉間布錄林，該地山川名秀，花鳥怡人，是時同璧在紐約哥林比亞大學讀書，每日下課後，即乘車前往侍膳問安，頗慰岑寂。[140]

其中「布錄林」應為「Brooklyn（今譯布魯克林）」[141]，為紐約

---

[139] 紐約桃花、周曉輝：〈往事回眸——康同璧從南溫莎到紐約哥大〉，《傳記文學》第 115 卷第 1 期（第 686 期），2019 年 7 月，頁 138。

[140] 康同璧編：〈南海康先生年譜續編〉，康有為著、樓宇烈整理：《康南海自編年譜（外二種）》，頁 136。

[141] 張啟禎；張啟礽編〈補康南海先生自編年譜〉謂「布錄林」為「布朗飛路」，「歌林比亞」作「加林堡」大學，張啟禎；張啟礽編：《康有為在海外・美洲輯：補南海康先生年譜 1898-1913》，頁 154。

五大行政區之一，距離歌林比亞（哥倫比亞）大學約 13.2 英里，孝順的康同璧有段時間幾乎天天下課後往返問安。

康同璧在巴納德學院一直就讀至 1909 年春天才離開。1909 年 11 月 8 日巴納德學院出示一份類似修業證明的信（或文件），其中載明康同璧是康有為優秀的女兒，她在巴納德學院的修業年限為 1907 至 1909 年，修習科目包括英文、法文、歷史、教育等。[142]可見她勉力在經常請假的狀態下依然有不錯的表現。

（三）在美演講錄：喚醒中國、提倡女權

康同璧在美期間，除了留學生身分，也是活躍的女權提倡者。她藉著主持保皇會活動，兼提倡女權，在美東的幾次演講盡情展現近代中國知識女性的識見與自信。

1、康同璧的中國女權演講：紐約曼哈頓唐人街

1903 年 10 月 20 日在曼哈頓唐人街（中國城）的宰也街（Doyer Street）十七號二樓晨星福音堂，康同璧主持的首屆保皇會紐約婦女分會正式開幕。當時街上少見中國女性，移民的中國女性也還不習慣像歐美女性拋頭露面。而當時到此參加活動的二百多名中外與會者，卻有三十五名身穿中國傳統服裝的女性，皆為慕名前來支持康同璧的達官貴人女眷，甚至有些人裹著小腳前來共襄盛舉。根據當時 *New-York Tribune*（《紐約論壇報》）報導，康同璧充滿自信地發表英文演講，儘管詞彙有限，仍掩不

[142] 該份文件或信也是出自「康同璧檔案」（哥倫比亞大學巴納德學院圖書館，筆者於 2018 年 7 月 20 日取得），由於該文件或信的收件對象不明，署名模糊，部分文字亦漫漶不清，內容難以辨認。

住語調裡充沛的激情：

> 我希望中國女性與美國女性知道的事情盡可能一樣多。我希望中國女性可以讀報，了解國家大事。我希望她們接受更高的教育，幫助我們一切做成大事。如果，……，那麼我們婦女為什麼不能站在一起互相幫助呢？[143]

可見康同璧對於自己婦女同胞受教育一事的殷切，後來康同璧也在日記記錄這次演講經歷。1903 年 11 月 3 日接受《紐約日報》採訪時，她說道：

> 這個世界是那麼大，有那麼多的東西要學，所以我必須學習才可以幫助到我的國家。在我準備好工作之前，我是不會感到疲倦和想家的。……。我做一切我可以做的，喚醒我們的婦女們，我將學習政治經濟和歷史，這可讓我知道如何去幫助我的人民，尤其是中國的婦女，我每個月為女報寫作，報導外面的世界發生了什麼，其他的婦女在做甚麼？……。長期以來，在中國，女孩子的出生一直被視為災難，被我們必須使我們的人民認識到，女性各方面都可以媲美男性。……。如果中國女性自己教育自己，證明自己的智力等於自己的丈夫和自己的權威，她們將會得到和

143 "Life and Legacy of Kang Tongbi", [2020-21 Academic & Campus Information: News], March 31, 2009, Barnard college, Columbia University（https://barnard.edu/headlines/life-and-legacy-kang-tongbi），2020 年 10 月 15 日查詢。

> 妳們美國婦女同等的待遇。也許今天的中國婦女看不到我們美麗富饒的國家的覺醒和啟蒙，和看它帶來妳喜歡的繁榮，但將有助於給未來一代的兒童帶來期望的結果。[144]

可見康同璧雖然年輕，卻十分熱衷提倡中國女權。對於自己留學的學習內容也有清楚的想法，計畫以政治經濟和歷史為主，以便日後幫助自己的婦女同胞；同時也計畫為報刊寫文章，以喚醒婦女同胞的智識，達到和美國婦女一樣的待遇。可見康同璧初來乍到，卻已對中美兩國婦女的表現之差別很有心得了。

這場演講後來促使三位華人商賈出資，為保皇會成立《中國維新報》（*Chinese Reform News*），它也是全美第一份中文報紙。自 1904 年 3 月 10 日出版第一期報紙，直到 1937 年止。可見康同璧的外交手腕與能力。[145]當時《中國維新報》常可見康同璧演講的報導，稱讚她：「議論宏富，謂當今競爭激烈之世，非合大群，結團體，不能救中國，各埠同胞鬩牆之案數見不鮮，實合群之大壓力。」同時感嘆康同璧：「誠二十世紀女傑之先河也。當為我中國女權界馨香視之。」[146]可見康同璧在數次演說中所展現的女權意識及膽識。

---

144 以上演講資料出自紐約桃花、周曉輝：〈往事回眸——康同璧在紐約宰也街〉，《傳記文學》第 114 卷第 3 期（第 682 期），2019 年 3 月，頁 47-48。

145 紐約桃花、周曉輝：〈往事回眸——康同璧在紐約宰也街〉，《傳記文學》第 114 卷第 3 期（第 682 期），2019 年 3 月，頁 48。

146 詳見陳雁：〈從最新公布康同璧舊藏文獻看「戊戌變法」失敗後的康家女人〉，《團結報》第七版，2015 年 1 月 22 日。

此外，康同璧曾晉見當時的美國總統羅斯福（1904年3月31日）；[147]同年10月25日康同璧發電報給羅斯福總統，請求他讓父親到美國參觀聖路易賽會。[148]諸如此類的政治外交活動，在在可見年輕的康同璧不凡的應對能力，不只是擔任父親的翻譯而已，更可說是康有為最有力的代言人。

2、康同璧陪同父親在美活動與演講：紐約、波士頓、哈特福德

1905年6月27日，康同璧至新澤西州的Hoboken車站迎接父親康有為，轉赴紐約，入住豪華的華爾道夫飯店。[149] 6月29日康同璧隨父拜會紐約市長喬治・麥克萊蘭（George McClellan），並參觀市政廳，事長給康有為一封介紹信，囑開放所有公共機構供康有為考察。[150]

7月5日，康同璧隨父親一行人抵達波士頓，至保皇會波士頓分會參與歡迎儀式與演講，入住美國酒店。7月8日一行人與當地保皇會成員合影，康同璧也在其中。7月9日，康同璧與父親演講「如何使中國變成世界強國」。7月10日，康同璧與父親一同會見波士頓市長。[151]

---

[147] 張啟禎；張啟礽編：《康有為在海外・美洲輯：補南海康先生年譜1898-1913》，頁50。

[148] 張啟禎；張啟礽編：《康有為在海外・美洲輯：補南海康先生年譜1898-1913》，頁52。

[149] 張啟禎；張啟礽編：《康有為在海外・美洲輯：補南海康先生年譜1898-1913》，頁80。

[150] 張啟禎；張啟礽編：《康有為在海外・美洲輯：補南海康先生年譜1898-1913》，頁81-82。

[151] 張啟禎；張啟礽編：《康有為在海外・美洲輯：補南海康先生年譜

7 月 15 日，康同璧與父親到達哈特福德；7 月 17 日，康同璧與父親會見哈特福德市長後，至柯爾特公司參觀並購買自衛用的槍械，康同璧非常熟練的操作，準確地試射自動手槍與最新式的馬克沁重機槍。[152] 7 月 19 日回紐約途中，在康州紐黑文（New Haven）停留，訪問耶魯大學。[153]

1907 年 3 月 17 日康有為五十大壽，晚宴於紐約唐人街保皇會總部樓下酒樓舉行。此時慈禧正在美國報紙刊登懸賞十萬通緝康有為。4 月 18 日，康同璧父女出席美國鋼鐵大王安德魯・卡內基（Andrew Carnegie）在華爾道夫飯店的和平晚宴，康有為穿上他曾為清廷高級官員的官服，極盡華麗之能事；相較之下，女兒康同璧卻未配戴任何珠寶。[154]

康同璧也因父親而結識美國的社會名流，如經濟學家查理斯・弗林特（Charles R. Flint）[155]。1907 年 4 月 30 日，弗林特夫婦在家邀請礦業大王兼慈善家丹尼爾・古根海姆，一同會見康有為。[156] 7 月 17 日，康同璧與父親接受弗林特夫婦的邀請，到

1898-1913》，頁 82-84。

[152] 張啟禎；張啟礽編：《康有為在海外・美洲輯：補南海康先生年譜 1898-1913》，頁 84-85。

[153] 張啟禎；張啟礽編：《康有為在海外・美洲輯：補南海康先生年譜 1898-1913》，頁 86。

[154] 張啟禎；張啟礽編：《康有為在海外・美洲輯：補南海康先生年譜 1898-1913》，頁 113-114。

[155] 查理斯・弗林特（Charles R. Flint, 1850-1934）是計算製表唱片公司創始人，該公司後來成為 IBM。由於他的財務往來，被譽為「信託之父」。

[156] 張啟禎；張啟礽編：《康有為在海外・美洲輯：補南海康先生年譜 1898-1913》，頁 114-115。

位於紐約長島的運動員俱樂部郊遊與留影。[157]當時他們看到康同璧有些詫異，與一般纏足的中國女子不同，眼前的康同璧完全未纏足，活潑可愛，知書達禮，深諳西方禮節，甚至能以多種語言暢談中國時政與婦女地位。如此特質即使置諸當時西方女子也是少數，何況是來自晚清中國的女子。弗林特夫婦很欣賞康同璧，他們對康有為說：「你的這位大小姐是出類拔萃的人，將來必有大用於國家。」甚至將康同璧收為乾女兒以方便照顧。[158]

3、支持女權運動的「中國公主」

1908 年 10 月 18 日 *The New York Times*（《紐約時報》）第 20 頁介紹康同璧，標題為 "Chinese Noblewoman Here: Miss Kang Tong Pih Joins the Senior Class at Barnard"（中國貴婦在這裡：康同璧小姐升入了巴納德的高級班），文中對康同璧充滿溢美之詞，稱她為「巴納德宿舍樓裡的最愛，具有迷人的幽默感。」[159]此外，康同璧也參加 1909 年的高級午餐班；那時已和康有為學生羅昌（1883-1955）訂婚。[160]這些經歷都顯出康同璧

---

[157] 張啟禎；張啟礽編：《康有為在海外・美洲輯：補南海康先生年譜 1898-1913》，頁 119。案：此日期前尚有一條記事：「7 月 18 日，弗林特夫婦在紐約長島邀請康同璧與父親參觀他的『運動員之家』。」似重出。

[158] 紐約桃花、周曉輝：〈往事回眸——康同璧從南溫莎到紐約哥大〉，《傳記文學》第 115 卷第 1 期（第 686 期），2019 年 7 月，頁 138。

[159] "Life and Legacy of Kang Tongbi", [2020-21 Academic & Campus Information: News], March 31, 2009, Barnard college, Columbia University（https://barnard.edu/headlines/life-and-legacy-kang-tongbi），2020 年 10 月 15 日查詢。案：康同璧的英文名字 Kang Tongbi 又作 Kang Tong Pih。

[160] 紐約桃花、周曉輝：〈往事回眸——康同璧從南溫莎到紐約哥大〉，

與一般女學生不同之處。

1908 年 11 月 18 日 *New York Evening Mail*（《紐約晚報》）介紹康同璧，附上一張康同璧著西服的照片，照片的標題為 “Princess Kang Tung Pih”（康同璧公主），[161]照片下方的文字特別放大：“Emperor Killed, Say Princess”（公主說：皇帝被殺）[162]，指的是清光緒帝甫於四天前（1908 年 11 月 14 日）被毒死，由於保皇會原本的任務即是營救光緒帝，因此報導乃特別以「公主（康同璧）說」的角度證明消息真實可靠，大意是康同璧由北京的朋友處得知消息，光緒帝是被慈禧太后信任的政要（袁世凱）所殺，但官方對外公布的死因是病死。因此當時康同璧在美國勇敢地宣稱光緒帝是被某政要毒死的，其膽識可見一斑。報導同時提及康同璧的話，說她父親康有為曾是光緒皇帝的顧問，也是中國的改革領導人；而康同璧甚至預測中國會發生內戰。但當時報紙可能誤以為康同璧是光緒帝的親友或皇室人員，

《傳記文學》第 115 卷第 1 期（第 686 期），2019 年 7 月，頁 137。

161 此份報導也是出自「康同璧檔案」（哥倫比亞大學巴納德學院圖書館，筆者於 2018 年 7 月 20 日取得）。

162 「皇帝被殺」指清光緒帝（1871-1908）於 1908 年 11 月 14 日駕崩。1898（戊戌）年，康有為與梁啟超等六君子向光緒帝上書請求變法，失敗後，光緒帝被慈禧太后禁閉在中南海瀛台。1908 年光緒帝被毒死，得年僅 37 歲。政變失敗後流亡國外的康有為，在光緒 25 年（1899）於加拿大維多利亞創設保皇會，又名中國維新會，鼓吹君主立憲制；計劃在北美、東南亞、香港、日本等地設立分會。保皇會初期目的是營救光緒帝。1900 年義和團引致八國聯軍進軍北京，保皇會計劃以此爭取各國支持以營救光緒帝。此後清政府對立憲的態度逐漸軟化，保皇會開始推進合法的立憲運動。1906 年清政府宣布實行預備立憲，康有為宣告保皇會任務完成。1907 年保皇會改組為帝國憲政會，英文名未改。

因此稱之為「Princess（公主）」，似乎也是為了抬高她的官方權威地位。但其實她只是保皇會領袖康有為的女兒，確實具有女性領袖般的地位，或許也和她就讀以栽培未來女性領導人著稱的巴納德學院有關。由兩份報導對康同璧的稱呼（貴婦、公主）而言，可見她身為中國政治家康有為女兒的優異形象深植人心，尤其是肯定她的勇氣與膽識。

此外，康同璧在美國時期的穿著，由照片可知幾乎以西服為主。如：1903 年 10 月 22 日，容閎在哈特福德車站迎接康同璧，當時她就像美國上流社會的女子一樣，穿著一襲黑色西裝裙，披著黑色絲綢外套，戴一頂考究的繡花帽子。[163]如前述 1905 年 6 月 29 日，康同璧隨父親拜會紐約市長喬治·麥克萊蘭（George McClellan）並參觀市政廳，也是穿著西服，置身於父親及其隨行人員的中式服裝中，顯得很特別。[164]又如前述提及 1908 年 11 月 18 日 *New York Evening Mail*（《紐約晚報》）刊登的康同璧照片也是穿著歐美貴婦的洋裝，配戴項鍊，高高梳起的髮髻繫著白色緞帶髮飾，一派華貴，與照片標題 “Princess Kang Tung Pih”（康同璧公主）十分相稱。此外，包括她在巴納德學院的入學資料的照片、在美國使用的簽名照片等也都是以西服示人。期間多次赴歐洲遠游也是多以西服為主。其入境隨俗的西服裝扮，也很能展示她對於女性主體的肯定，因為：「身體的解放不僅是『足』與『行』的解放，傳統女性的服飾也被認為是

---

[163] 紐約桃花、周曉輝：〈往事回眸——康同璧從南溫莎到紐約哥大〉，《傳記文學》第 115 卷第 1 期（第 686 期），2019 年 7 月，頁 133。

[164] 張啟禎；張啟礽編：《康有為在海外·美洲輯：補南海康先生年譜 1898-1913》，頁 82。

對女性身體及心靈的束縛而構成女性依附性身分的象徵。」[165]至少她能夠自在地擺脫傳統中國女性的束縛，以西服示人，重點是能夠入境隨俗，表現出遠邁許多西方女性的自信態度。[166]

據巴納德學院的紀錄顯示，康同璧是創校以來僅有公開支持女性參與選舉的二十九名學生之一，[167]其認為女性的選舉權是一項極重要的民主權利。這段留美生涯為她往後回國為女權貢獻心力奠下重要的基礎。同時，巴納德學院也將康同璧視為傑出校友，除保留她一百多年前的就學資料外，也在 2009 年 3 月 19 日假北京舉辦康同璧研討會，當年為巴納德創校 120 周年紀念，也是第一位中國籍女性留學生康同璧畢業 100 周年紀念，會議由當時的學院院長石德葆女士親自赴北京主持。[168]可見該校對這位傑出校友康同璧的重視。

綜言之，康同璧在美東求學期間，先後進入四所知名大學與中學就讀，最後畢業於哥倫比亞大學巴納德女子學院。留學不只開拓了康同璧個人的視野，為其女性主體身分的建構厚植更多養

---

165 張朋：〈近代女性社會主體身分的自我建構——以康同璧為個案研究〉，《淮北煤炭師範學院學報（哲學社會科學版）》第 30 卷第 6 期，2009 年 12 月。

166 1909 年，康同璧在香港成立「中國復古女服會」，研究改進女子服裝，並於《時報》刊登〈中國復古女服會章程及序〉（己酉（1909）年 12 月 23 日、24 日、25 日、26 日）。

167 紐約桃花、周曉輝：〈往事回眸——康同璧從南溫莎到紐約哥大〉，《傳記文學》第 115 卷第 1 期（第 686 期），2019 年 7 月，頁 140。

168 王丹紅：〈婦女人才・錦繡中國——美國哥倫比亞大學巴納德學院舉辦康同璧研討會〉，《中國科學報》，2009 年 4 月 29 日（http://news.sciencenet.cn/htmlnews/2009/4/218778.html），2020 年 10 月 3 日查詢。

分，同時她在海外主持中國改良運動及支持女權運動，不愧為康有為代言人，甚至在女權的激進表現上，超越其父親康有為。

四、近代中國女子壯游列國第一人：女性在異國「觀看」／「被觀看」與地方感

康同璧自從下南洋及印度侍父，乃至於在巴納德學院就學期間經常請假陪同父親康有為至世界各地旅行兼演說，她經常扮演秘書兼翻譯的角色，可見父親對女兒也有一定程度的依賴。這段世界行旅之於康同璧開拓視野具有絕對正面的意義，她不只走到了一般同時代女子無法抵達的遠方，也為她自己及中國女子走出有自信的生命路徑。而夫婿羅昌便結識於歐遊旅次中，於她意義更加重大。

在 1904 至 1909 年的五年內，康同璧頻繁地隨父康有為周遊列國。1904 年 6 月至 9 月間，康同璧首度隨父漫游歐陸，那年尚在美東求學的康同璧，趁暑假與當時正在法國旅行的康有為會合，進行為期三個月的歐洲旅行，遍游法國、瑞士、奧地利、匈牙利、英國、丹麥、挪威、瑞典、德國、比利時、荷蘭等國。第二趟是 1906 年 8 月至 1907 年 2 月，康同璧再度赴歐與父會合，展開半年以上的旅行兼旅居，包括義大利、德國、盧森堡、比利時、法國、摩納哥、西班牙、英屬直布羅陀、摩洛哥、葡萄牙、英國等國，至次年（1907）2 月始返美。第三度是 1908 年 6 月至 10 月，遍訪瑞典、挪威（北極）、德國、匈牙利、塞爾維亞、保加利亞、羅馬尼亞、土耳其、希臘、瑞士等地。第四趟是 1909 年 3 至 4 月，與父同遊埃及。第五趟歐遊是同年 6 月 11 日

康同璧由哥倫比亞大學巴納德學院畢業後，自紐約赴倫敦，與父晤面。歐游後，再游錫蘭、重返檳榔嶼。之後可能便是 1920 年後的世界行旅了，除參與挪威舉辦的萬國女子參政會外，尚有隨外交官夫婿羅昌派駐英國與新加坡之「隨夫遊」行旅。

綜言之，康同璧的世界行旅，周遍歐美亞非四洲，遠邁同時代女性。在「隨父」與「隨夫」漫遊的廣遠行程裡，康同璧常成為「被觀看」的中國女子，是域外人士眼中的奇觀；而她也常有機會成為某些場合之近代中國女子「第一」的參訪者。其次，康同璧與父親常重複造訪某些國家或城市，其中有些地方與她的生命歷程產生較密切的地方聯結感，除當時留學的美國外，便是三度隨父親旅居並置產定居的瑞典小島，其次是與夫婿羅昌在異國定情的丹麥、挪威與英國等，這幾個歐洲國家之於康同璧的生命主體最具有「回家」的意義。另有婚後隨外交官夫婿旅居英國與新加坡的「隨夫遊」行程。然婚後「隨夫遊」的旅行自述文本遠較其與父同遊者更少。第四，康同璧行萬里路的世界遊蹤，儘管行程廣遠而豐富，但她真正自述的文本並不多，大多見於父親康有為的遊記中。且由於其詩詞集未正式出刊，目前僅見一小部分收錄於《綴英集——中央文史研究館館員詩選》的旅遊相關詩詞可供研討，如：中美洲墨西哥、德國萊茵河、埃及古城之行。因此本節所討論的旅程以康同璧自述的旅行文本為範圍，並由此進一步探賾世界文明與重要地理之旅對於她的女性主體的知識構築的意義。

（一）列國他者觀看的中國女子：康同璧在異國「被觀看」的陌異感

康同璧當年因勇敢下南洋尋父，而有幸成為父親往後周遊列國的有力助手，雖然負有翻譯職責，但數年間頻繁地往遊各國，確實也大大地打開康同璧的視野，見過世面的她奠下日後成為女權領袖的良好學養。

1、「彼未嘗見中國婦女」：晉見丹麥首相的首位中國女子

光緒三十年甲辰年（1904）六月二十八日（8 月 9 日），康同璧隨父親一行人抵達丹麥首都哥本哈根遊覽後，於七月二日（8 月 12 日）晉見丹麥首相：

> 約見丹麥首相兼外部大臣顛沙，自言彼未嘗見中國婦女，及晤同璧，喜甚。相談甚歡，謂其有似西班牙婦女。[169]

在這趟拜訪丹麥首相的官方行程中，康同璧再度展現當時中國女性少有的涉外經驗，甚至被認為像西班牙婦女，恐是指她的西服裝扮與自信的風度。

2、「始見中國貴女」：拜會赴瑞典「外部署」（外交部）

光緒三十年甲辰（1904）七月十四日（8 月 24 日），康同璧與父親及其秘書周國賢、羅昌一同前往瑞典「外部署」（外交部），與外務大臣（外交部長）拉格謙（Alfred Lagerheim, 1843-1924）會面。除互讚對方為文明古國、全球國家最美的首

---

[169] 康同璧編：〈南海康先生年譜續編〉，康有為著、樓宇烈整理：《康南海自編年譜（外二種）》，頁 118-119。

都外，由於瑞典與歐洲不甚相通，對康有為遭遇之戊戌政變不知其詳，乃由羅昌告知。此外，「又與同璧言：『始見中國貴女，甚喜。』」[170]可見康同璧的自信大器，又成為異國人士的「奇觀」，又一次成功達成近代中國女極少有的國民外交。

3、「中國人來瑞典閱書者，女子自同璧始」：參觀藏書樓（圖書館）

光緒三十年甲辰（1904）七月二十七日（9 月 6 日），康同璧與父親等人同游瑞典「藏書樓」（Kungliga bilioteket 國立圖書館；亦稱 Royal Library 皇家圖書館），康有為道：

> 游藏書樓。石築整麗，樓外敞地，花木楚楚。石築整麗，樓外敞地，花木楚楚。書三十萬卷，插架環樓三層，抄本七千。有中國書數種，見李時珍《本草綱目》。有機印字之第一本，出日耳曼之挖頓伯，在一千四百五十七年。若我國出於宋世，則遠在我國之後。或馬可波羅得之我國；或十字軍展轉傳於阿剌伯也。有手寫金字耶氏經，乃一千五百年者。又，經一冊，大二尺餘，多圖畫鬼神甚怪偉，聞大地上僅得數本，此其一云。又睹一千二百年之樂書。閱書者列桌數十，其中至夜七時燃燈，閱書者尚數十人。閱書期晨自十時至三時，夕自五時至七時。管書樓者請吾書名於簿，謂東方祇見日本人來，未有華人到。交通久矣，以中國人來瑞典閱書者乃自我始，女子自同璧始，豈

---

[170] 可參考康有為著；馬悅然主編：《瑞典遊記》之「七月十四日　瑞外務大臣」，頁 55。

非中國之大恥乎？[171]

康同璧與父親在瑞典國立圖書館（皇家圖書館的參訪，幸運見到多種中外珍本書籍。除中國書數種，如李時珍《本草綱目》外，他們在此得見第一位發明活字印刷術的歐洲人「挖頓伯」（Johannes Gutenberg，1394 或 1398-1468；今譯古騰堡）於 1457 年印製的 42 行《聖經》、西元 1500 年印製的手寫金字《聖經》。而最特別的是「大二尺餘，多圖畫鬼神甚怪偉」的十三世紀手寫聖經《魔鬼聖經》（*djavulsbibeln*；*Codex Gigas*），當今世界上最大的中世紀手抄本，重達 75 公斤，第 577 頁整頁繪製一幅獨特而著名的魔鬼撒旦畫像，為該圖書館的鎮館之寶。[172]此外尚得見西元 1200 年的樂書。此外，康有為對於圖書館閱覽室的閱覽情形印象深刻。由於鮮少有中國人來訪，康同璧父女顯然也都是「被觀看的對象」，因此圖書館員主動邀請康有為簽

171　康有為著；馬悅然主編：《瑞典遊記》之「七月二十七日　藏書樓」，頁 72-73。

172　參考瑞典〔國立圖書館（皇家圖書館）〕之〔魔鬼聖經（Codex Gigas）〕介紹（https://www.kb.se/hitta-och-bestall/codex-gigas.html），2020 年 10 月 4 日查詢。案：魔鬼聖經（Codex Gigas）原保存於 13 世紀波西米亞地區修道院，據說當時一名神職人員因違反教義被判處極刑。為逃過一劫，發誓在一夜間完成一本囊括全人類所有知識的巨著，以此獲得赦免。教廷認為是無稽之談，便答應請求。沒想到這名神職人員和魔鬼簽訂契約，交出自己的靈魂，請魔鬼協助完成。魔鬼要求他要在書本上留下畫像，因此這本聖經被稱作《魔鬼聖經》。後輾轉傳到布拉格。直到 1594 年，被當成禮物送給羅馬帝國皇帝魯道夫二世。1648 年羅馬帝國所有收藏品被瑞典軍隊洗劫一空，《魔鬼聖經》從此落入斯德哥爾摩直到現在。

名留念（包括秘書周國賢）。康有為乃自述中國人到訪瑞典國立圖書館（皇家圖書館）者恐怕乃第一人（次），而康同璧更可能是首位到訪的中國女性，然而這項第一的紀錄，康有為卻感慨其為中國之大恥，恐怕更多的是對中國女權恨鐵不成鋼的心情。

4、中國女權第一人：赴挪威參與「萬國女子參政會」（1920）

1920 年，康同璧前往挪威，並有〈挪威即景（五首選二）（挪威首相及其京兆尹及各公署請燕）〉一詩記述此行：

> 北望挪威別有春，珠林玉樹映芳津。山川錦砌成金碧，夜半波明湧日輪。
>
> 揖讓歡和聚萬邦，**女權發達耀華光。合群事業開新世，行看丰功出女郎。**[173]

由詩題下小序可知此詩乃描述一次官方舉辦的饗宴，且由挪威首相及其京兆尹及各公署請燕；由「女權發達耀華光」及「行看丰功出女郎」兩句詩，更可知此詩的背景是康同璧以中國女權代表的身分出席「萬國女子參政會」（The International Women's Suffrage Alliance；IWSA），這是一個婦女爭取參政權的國際組織，1902 年美國女權主義者 Carrie Chapman Catt（嘉德夫人）和 11 個國家的女權主義者發起成立的，聯盟主要總部在倫敦。[174]

---

173 康同璧：〈挪威即景（五首選二）（挪威首及其京兆尹及各公署請燕）〉，《綴英集——中央文史研究館館員詩選》，頁 280。

174 1915 年 4 月，1300 多名婦女在海牙參加國際婦女代表大會，並通過各項決議，呼籲實現和平，合作與平等。該組織目前仍作為國際婦女聯盟而存在，在聯合國經濟及社會理事會中具有一般諮商地位。參考〔英國是以，以女權提倡者身分出席的康同璧參與這場國際盛會和官方宴會，確實是一次中國女性主體的完美展現。

其後，康同璧後於 1924 年參加上海女權運動同盟會第三屆職員選舉，為理事部一員。1925 年中國婦女協會成立，康同璧為九位籌備委員之一。其女權表現多在公共事務的參與上。

（二）隨父三訪瑞典並置產「康有為島」：康同璧在瑞典的「家」

康同璧一生曾三度隨父旅居瑞典，首度造訪即建議父親在此定居；重訪瑞典時，父親置產於「康有為島」，此地便成為康同璧在海外留學時「回家的地方」，最有地方聯結感的一處異國。

1、拜訪理想的大同世界／近代中國第一人（次）訪育嬰院：遍訪首都的社福機構

光緒三十年甲辰（1904）暑假，康同璧赴歐與父親會合，七月九日（8 月 19 日），他們到達瑞典首都士多貢（Stockholm；今譯斯德哥爾摩）[175]旅遊。8 月 21 日瑞典當地最大的日報曾報導此事。[176]將近一個月的瑞典行旅，康同璧與父親一行人走訪

議會－萬國婦女參政會〕介紹（https://www.parliament.uk/about/living-heritage/transformingsociety/electionsvoting/womenvote/case-studies-women-parliament/what-difference/suffrage-societies-response/the-international-womens-suffrage-alliance/），2020 年 10 月 12 日查詢。

[175] 張啟禎；張啟礽編：《康有為在海外・美洲輯：補南海康先生年譜 1898-1913》，頁 43。

[176] 馬悅然：〈序：康有為在瑞典〉，康有為著；馬悅然主編：《瑞典遊記》，頁 10。案：此文乃馬悅然為 1971 年瑞典文版《康有為瑞典游記》所寫的序。

士多貢（Stockholm；今譯斯德哥爾摩）和郊外各機關與景點，他們參觀了皇宮、議會、監獄、國立銀行、造幣廠等官式機構；也參觀學校（托兒所、小學、中學、大學）、圖書館、舞蹈學院、歌劇院、博物館等文教設施；更走訪了養老院、醫院、貧民收容所、浴堂、理髮店、平民公寓、工廠等一般民生相關機構。

簡言之，這些參觀經驗似乎驗證了康有為心目中的大同世界，如一行人於七月十八日（8 月 28 日）參觀「育嬰院」，康有為道：

> 遊育嬰院。……院三層，遊廊亦多置花，以悅嬰兒也。院長醫生也，一正二副，未嘗見中國人來遊，喜而導遊各室。每嬰兒一小鐵牀，白毯、軟褥、小枕，每一保母育一嬰或二三嬰不等，皆飼以牛酪。凡保母皆由自己發願，不給工貲，惟其有子者許入院，八月後可永在院教養，此其利益也。嬰凡二百，有生而送入者，養三四月，聽人取養之。聞皆野生子為多。……。膳室及廚廣大而精潔，見此如見大同世也。[177]

「育嬰院」即收容棄兒的育幼院，保母是不支薪的義工，這種社會福利機構與康有為構想的大同世界相似，也頗符合《禮記・禮運》所稱「幼有所長」與「孤獨、廢疾者皆有所養」的目標；而康同璧與父親更是首次來院參觀的中國人，也是「被參觀者」。

---

[177] 康有為著；馬悅然主編：《瑞典遊記》之「七月十八日　育嬰院」，頁61。

又如「恤貧院」，康同璧與父親等人曾於七月二十日（8 月 30 日）同游，康有為道：

> 二十日，遊恤貧院。院高二層，皆整潔異常，垣牆道路及地皆潔。地板用疏，浴、廁皆若富貴家。病者二十五人，木牀、白毯、厚褥甚潔。其內傷在高層，聞十不得一癒，歲割二三百人云。醫共四人，日視二次。其老人別一室，有九十餘歲者。熙熙甚樂，室尤雅潔，沿廊及室窗多陳花木，無一不潔淨。凡貧人五百十二三人，共一日給費七十二兒。皆國給，本人不須出，看護女二十九人，歲費二三十萬，皆支國帑。此院五十年矣，仁矣哉，如見大同之世也。[178]

可見恤貧院乃國家照養貧、病、老人的社會福利機構，環境整潔，似富貴家，自然有助於住院者之身心健康。康同璧與父親在此參觀，深感此地如大同世界，頗符合《禮記・禮運》所云「老有所終」與「矜寡、廢疾者皆有所養」的理想境地。

2、二游「康有為島」：置產「北海廬」

光緒三十年甲辰（1904）七月十二日（8 月 22 日），他們由士多貢（Stockholm；今譯斯德哥爾摩）移至稍士巴頓（Saltsjöbaden；今譯沙丘巴登）大客舍：

178 康有為著；馬悅然主編：《瑞典遊記》之「七月二十日　恤貧院」，頁 63。

> 十二日移居稍士巴頓大客舍。有湖島焉，仙山樓閣，花木扶疏，松翠波光，茂林雲影，時攜同璧扶杖行遠，偃石聽濤，更闌未覺，幾忘人世。同璧因請息居於此。先君常慮中國危亡，黃種滅絕，苟能國立種存，何憚勞心苦志舍身以殉。……。留連竟月。[179]

因有感稍士巴頓（Saltsjöbaden）[180]景致優美，康同璧乃建議父親在此長居，[181]其後一行人流連近月，[182]自此奠下往後置產於斯的因緣。

二年後，光緒三十二年丙午（1906）八月，康同璧與父親重游瑞典，康同璧自述道：

---

179 康同璧編：〈南海康先生年譜續編〉，康有為著、樓宇烈整理：《康南海自編年譜（外二種）》，頁 119。

180 稍士巴頓（Saltsjöbaden）島最初由瓦倫堡家族開發。1938 年薩爾特舍巴登協議在此簽訂。1962 年、1973 年、1984 年彼爾德伯格會議在此地召開。斯德哥爾摩天文台位於此地，2000 年在此地發現的小行星 36614 即是以該地暱稱「Saltis」命名。

181 康有為《瑞典遊記》之「七月十二日」也有相關記載：「羅生文昌曰：『吾他日得使瑞典，願足矣。』同璧曰：『大人何不居此？』吾乃撫石悠然嘆曰：『天下山水之美，瑞典第一；瑞典山水之美，以稍士巴頓為第一，而吾得之。苟非中國憂亡，黃種危絕，則此間樂不思蜀，吾何求哉？可老於是矣。』……相與嘆詠，留連竟月而不能去。」詳見康有為著；馬悅然主編：《瑞典遊記》之「七月十二日　稍士巴頓」，頁 47-48。

182 詳參康有為著；馬悅然主編：《瑞典遊記》之「七月十二日　稍士巴頓」，頁 47-53。

> 八月赴瑞典重游稍士巴頓。先君以瑞典島嶼百億，山水明秀，買山以隱，題名避島卜居，號曰北海廬。自是即以瑞典為固定地，家近瑞王離宮，時常通往來。先君居瑞典避島十餘日，思歸未得。自光緒丙午秋至戊申秋，漫遊歐土之作，都曰《避島詩集》，凡九十九首。[183]

在康同璧的建議下，二年後重游瑞典的康有為果真購買小島（斯茲格島）定居，並命名為「北海廬」，自此成為固定住所，並因地近之利而與瑞典王室時相往來，一直住到丁未（1908）年六月始賣島回國。[184]該島後被當地人稱為「康有為島」，以紀念康有為與瑞典之因緣。[185]

3、三游瑞典：「回」到父親在瑞典的「家」

光緒三十四年戊申（1908）夏天，康同璧第三度赴瑞典。康有為自述：

> 時何氏因事回美，而長女同薇偕女婿麥仲華來瑞省親，同璧聞訊亦至，一家骨肉團聚異鄉，不勝離合之感。[186]

---

[183] 康同璧編：〈南海康先生年譜續編〉，康有為著、樓宇烈整理：《康南海自編年譜（外二種）》，頁 132。

[184] 康同璧：〈憶與先君攜遊瑞典〉（代序），康有為著；馬悅然主編：《瑞典遊記》，頁 8。

[185] 稍士巴頓（Saltsjöbaden）是瑞典首都斯德哥爾摩東邊一個小鎮，康有為造訪當時，首都的有錢人多居住於此地。

[186] 康同璧編：〈南海康先生年譜續編〉，康有為著、樓宇烈整理：《康南海自編年譜（外二種）》，頁 137。

而康同璧日後所寫之《康同璧回憶錄》提及這是她第五度赴歐：

> 一九〇八年夏，時將屆暑假，先父來函云已在瑞典購買房屋，二庶母與大姐同薇已由中國來瑞典，命我於暑假期內到瑞典與庶母、姐妹等晤面，以敘數年久別之離衷（康同璧第五次歐洲行，六月到十月）。[187]

由此可見，康同璧三游瑞典皆與父親同行，「康有為島」的「北海廬」不只是康有為的旅居之所，也是當時康同璧留學時假期「回家」省親的地方。是以，此地使她擁有地方感，意義自是不同一般旅游景點。

這趟瑞典行程的重點在於：「瑞典京城王宮中島，樓塔相望，橋梁如織，世界京城之美，未有能比之者。十五日訪鴨沙大學。」[188]遊覽京城王宮中島之外，便是五月十五日（6 月 13 日）訪鴨沙大學（Uppsala universitet；今譯烏普薩拉大學），該校創建於 1477 年，是世界知名的瑞典國立綜合性大學，也是北歐地區第一所的大學，在歐洲亦被廣泛視為最享有盛譽的學府之一，有「北歐劍橋」美譽。康同璧在美好的瑞典行裡，創作〈鷓鴣天——詠士多嗽島景物〉以詠之：

> 海氣涼生夏亦秋，汐烟吹綠水悠悠。萬山燈燦繁星列，千

---

187 《康同璧回憶錄》為未刊稿，引自張啟禎；張啟礽：《康有為在海外．美洲輯：補南海康先生年譜 1898-1913》，頁 125。

188 康同璧編：〈南海康先生年譜續編〉，康有為著、樓宇烈整理：《康南海自編年譜（外二種）》，頁 137。

島橋銜接水流。

停畫舸，駐瓊樓。如雲士女載歌游。歡呼漫舞嬉潮月，夜夜隨人上釣舟。[189]

所指「士多噉島」（斯德哥爾摩）原本即為多島城市，詩中歌詠該市美好生活的景象，可見康同璧父女瑞典的愜意生活。

然而，看似美好的世界行旅，其實經常籠罩在被清廷通緝的暗影中。1971 年，康同璧為瑞典文版《康有為瑞典游記》寫序〈憶與先君攜遊瑞典〉，序中提及「當時同璧姊妹及妹夫麥仲華皆在瑞典，常有夜宴聯句，以助雅興」[190]，聯句如下：

歷劫茫茫又幾時（先君），人生遇合意多違（薇）。

華堂歌舞還呼酒，明月團圓且鬥詩（麥）。

離合幾回傷白髮（先君），輸贏一句話殘棋（薇）。

更知歡會知何地，指點湖山約後期（璧）。[191]

六十年後，康同璧獨自回憶舊時於瑞典夜宴歡聚之事，聯句中康同璧所稱之約後期，益發令人感慨良深。同時，此文也提及當時瑞典行（甚至所有世界行旅），看似美妙，其實父女一行人膽戰

[189] 康同璧：〈鷓鴣天——詠士多噉島景物〉，啟功、袁行霈編：《綴英集——中央文史研究館館員詩選》，頁 285。

[190] 康同璧：〈憶與先君攜遊瑞典〉（代序），康有為著；馬悅然主編：《瑞典遊記》，頁 8。

[191] 康同璧：〈憶與先君攜遊瑞典〉（代序），康有為著；馬悅然主編：《瑞典遊記》，頁 8。

心驚，隨時擔心康有為被暗殺。康同璧道：

> 同璧以髫年出國，從先君最久，所有印度、歐美之遊莫不相偕與俱。……先君嘗言，一生享天下之大名，亦受天下之大謗。戊戌蒙難，身經十一死而未死，祖塋被掘，胞弟受戮，葉赫那拉氏懸五十萬金購先君之頭顱，刺客載途，一夕數驚，一命絕域。老翁弱女，相依為命，皆人生之所最難忍受者。然先君處之泰然自若也。蓋先君以身許國，向以國家興亡、人間疾苦為己任，早置死生於度外矣。非拘拘於小我蔽於一鄉一邑者，蓋欲推行大同之道，協和萬邦也。[192]

是以，瑞典此行也是處在隨時可能被慈禧太后（葉赫那拉氏）的刺客索命的驚恐狀態中，因此康有為的精神緊繃可想而知，是以康同璧乃建議父親在此息居，其來有自。

康有為對於此地亦甚喜愛，後著《瑞典游記》以誌此行。[193]瑞典知名漢學家馬悅然為 1971 年出版的瑞典文版《康有為瑞

---

[192] 康同璧：〈憶與先君攜遊瑞典〉（代序），康有為著；馬悅然主編：《瑞典遊記》，頁 7-8。

[193] 《瑞典遊記》原為康有為計畫之《歐洲十一國游記》的一部分，但因故只於 1904 年出版了《意大利游記》和《法蘭西游記》兩種；1913 年在門人麥鼎華等人的協助下，續出《德意志游記》和《東歐五國游記》。其後，北歐、英、日及印度之旅皆未及刊行。詳見康同璧：〈憶與先君攜遊瑞典〉（代序），康有為著；馬悅然主編：《瑞典遊記》，頁 7。而此部《瑞典遊記》單行本的出版，據馬悅然稱乃 1956 年他擔任瑞典駐華使館文化秘書時，康同璧親自委託他進行校對此書；然此書先於

典游記》寫〈序：康有為在瑞典〉，序文提及康有為的代表作《大同書》[194]「所體現的烏托邦思想比作者的革新綱領激進得多。」[195]馬悅然甚至認為康有為可能已在一百多年前的瑞典，找到了他心目中理想的大同世界：

> 康有為是一個充滿好奇的、好追根究柢的人，他甚麼都要看明白、問清楚。一百年前，瑞典是一個工業不發達的落後的窮苦小國。康有為在瑞典首都和郊外參觀了托兒所、小學、中學、大學、圖書館、監獄、養老院、醫院、貧民收容所、浴堂、理髮店、皇宮、平民的公寓、國立銀行、造幣廠、議會、舞蹈學院、歌劇院、博物館、工廠等等。他也常常在首都的公園裡散步，欣賞自然風景。他認為建立在七個島上的瑞典首都是世界上最美麗的城市。對當地的生活狀況，康有為也很感興趣，常常將瑞典糧食和日用品的價格與他所訪問過的國家做比較。
>
> 在康有為的眼中，瑞典的政治和社會各方面發展都超過了世界上其他國家，這個小國已經出現了他所夢想的「大

1971 年出版瑞典文版，中文版（可能）遲至 2007 年才出版。見馬悅然：〈前言〉，康有為著；馬悅然主編：《瑞典遊記》，頁 5。

*案：康有為所有游記（含：其餘未曾出版單行本的各國游記），幾乎皆已收錄於 2007 年出版的《康有為全集》（姜義華；張榮華編，北京：中國人民大學出版社，2020 年推出增訂版）。

194 《大同書》1884 年即完成初稿、1902 年在印度完稿，遲至過世八年後的 1935 年才出版。

195 馬悅然：〈序：康有為在瑞典〉，康有為著；馬悅然主編：《瑞典遊記》，頁 12。

同」。[196]

由此言之，瑞典這個康有為少數旅居時間較長的國家，其之於康有為確實意義重大。

（三）與夫婿羅昌結緣北歐與英國：康同璧在歐陸的「歸宿」

自 1904 至 1909 年數度歐陸行，康同璧不只隨父同游，在海外盡孝、暢敘天倫之樂，也成就了自己的終身大事。康同璧與夫婿羅昌結緣於歐陸，其後成為外交官的羅昌也曾派駐海外領事館。是以，周遊列國之於康同璧的意義，確實不同於一般近代中國女子。

羅昌（1883-1955，字文仲）是康同璧父親康有為的弟子，出生於美國檀香山，早年曾留學日本，先後就讀早稻田大學、日本陸軍大學。後又往英國留學，獲牛津大學文學士學位。特別的是，大學畢業後，羅昌回國參加專為留學生而辦的科舉考試，獲舉人頭銜。1912 年他受聘為首屆民國政府交通部長秘書，從此展開官場和外交生涯。1915 年他被民國政府派往山東，出任專門和德國殖民主義者打交道的外交專員。1923 年分別兼任甘肅省省長的法律顧問和民國政府交通部的顧問。1927 年又分別擔外交部和政府內閣顧問。他的語言、法律和外交才能得到極大的發揮，可謂仕途得意。[197]

---

[196] 馬悅然：〈序：康有為在瑞典〉，康有為著；馬悅然主編：《瑞典遊記》，頁 16。

[197] 沈弘：〈被淡忘的康有為愛婿——羅昌〉，《北京紀事》，2004 年第 9

1904 年旅歐期間，與恩師康有為在哥本哈根會面時，結識康同璧。此後父女多次同游歐美，羅昌也多次參與。自 1919 年起，羅昌歷任中華民國駐倫敦、新加坡、渥太華總領事等職。[198]簡言之，康同璧與羅昌早期生活大多在海外度過。

1、北歐定情：丹麥、挪威

光緒三十甲辰（1904）年，遠在美國就學的康同璧，乘暑假前往歐洲陪同父親訪問丹麥。六月二十六日（8 月 7 日）康同璧與父親至丹麥，當時正在英國牛津就學且正放暑假的羅昌，也趕來會合同游：「小門生羅昌，讀書牛津，偕往。」[199]二天後同游根本哈根：「二十八日抵丹京，游博物院、古物院各處。」[200]這對師生在異國他鄉重逢，隨後三人結伴渡海往挪威旅遊。這次旅行促成康同璧與羅昌展開一段跨越大西洋的浪漫愛情。

七月六日（8 月 16 日）時，他們一行人前往挪威旅行。康有為曾記載：

期。案：1929 年羅昌退出政壇，受北京大學代理校長陳大奇之邀出任拉丁語教授，並與溫源寧、徐志摩一同成為北大英文學會導師。同時在北平師範大學、北平女子師範大學、中國大學兼職。1931 年北平師範大學與北平女子師範大學合併成立新的國立北平師範大學後，出任該校外語系主任。

198 參考章詒和：〈最後的貴族——康同璧母女之印象〉，《往事並不如煙》〔修訂版〕（臺北：時報文化出版社，2015 年 3 月），頁 228。

199 康同璧編：〈南海康先生年譜續編〉，康有為著、樓宇烈整理：《康南海自編年譜（外二種）》，頁 118。

200 康同璧編：〈南海康先生年譜續編〉，康有為著、樓宇烈整理：《康南海自編年譜（外二種）》，頁 118。

> 六日，乘汽船赴挪威，兩岸數十里，島嶼相夾，綠樹芊綿，紅樓相望，風景至佳，憑欄飲酒，復得鮮蝦，與同璧及羅生昌對酌而樂，是時已有相攸之意。……。是日午後三時，到挪京哥士遮那。七日，游公園，登高塔俯瞰全城，一一在目。」[201]

當時挪威首都被稱為哥士遮那（Kristiania），即 Oslo（奧斯陸）。[202]父女與師生三人同行同樂，為父者已然發覺飲酒品蝦的兩位青年已漸生愛慕之意。是以，挪威正是康同璧與羅昌定情之地，有正面的地方聯結感。

2、數度造訪英國（含蘇格蘭）

康同璧與父親首次赴英是在與羅昌結識前，光緒三十年（甲辰）五月二十七日（1904 年 7 月 10 日）後，「旋赴英倫小住」，直至六月二十六日（8 月 7 日）赴丹麥，認識羅昌。[203]約莫在英小住一個月左右。

此後，康同璧有多次英倫之行。光緒三十年（甲辰）八月二十日（1904 年 9 月 29 日）北歐丹麥、挪威與瑞典旅行之後，他們「回到英國」：

---

201 康同璧編：〈南海康先生年譜續編〉，康有為著、樓宇烈整理：《康南海自編年譜（外二種）》，頁 118-119。

202 挪威在大約 1300 年將奧斯陸（Oslo）定為首都。在丹麥國王克里斯蒂安四世統治期間，首都被遷移並以國王名字命名為克里斯蒂安尼亞（Christiania）。1877 到 1925 年間，首都名字拼寫改為 Kristiania；1925 年恢復舊名奧斯陸。

203 康同璧編：〈南海康先生年譜續編〉，康有為著、樓宇烈整理：《康南海自編年譜（外二種）》，頁 118。

> 回英倫，宿於仙控住公爵邸舍。樓閣華嚴，園林之大，冠於英倫。蓋千年諸侯舊邸，其先世隨威廉入英者。此宅又為克林威爾舊第，英王嘗幸之。公爵以英王臥榻浴室款待，加殊禮焉。[204]

他們在英國住的是有上千年歷史的公爵舊邸，原屋主主人先世當年曾隨威廉一世（William I；1028-1087）入英；[205]而克林威爾（英國歷史上的「大不列顛護國公」奧利佛．克倫威爾（Oliver Cromwell））也住過此邸舍，康同璧一行人接受公爵的特別禮遇，入於住英王曾下榻處，與英國千年歷史相聯結。同年 10 月 4 日，康同璧與父親、羅昌一行人，前往蘇格蘭阿伯丁（Aberdeen；今譯亞伯丁）拜訪女子小學並留影。合照者有康有為（中坐）、康同璧及羅昌、康有為翻譯周國賢、並有兩位周國賢的親戚陸佑和陸秋泰之女及女孩的保姆。照片攝於女孩住處。[206] 10 月 5 日，康同璧、康有為、羅昌、周國賢同訪蘇格蘭首府愛丁堡（Edinburgh）。10 月 6 日抵格拉斯哥（Glasgow），都是蘇格蘭著名的大城市。同年 10 月 10 日康同璧一行人至倫敦，住希思酒店。10 月 10 至 11 日康有為寫〈英國游記〉。至九月

---

[204] 康同璧編：〈南海康先生年譜續編〉，康有為著、樓宇烈整理：《康南海自編年譜（外二種）》，頁 121。

[205] 威廉一世（William I, 1028-1087），亦被稱為征服者威廉、私生子威廉。從 1035 年起成為諾曼第公爵威廉二世（William II），1066 年諾曼征服英格蘭，成為第一位諾曼英格蘭國王，從 1066 年開始統治英格蘭，直到 1087 年去世為止。

[206] 張啟禎；張啟礽編：《康有為在海外．美洲輯：補南海康先生年譜 1898-1913》，頁 51-52。

二十六日（11 月 3 日）康同璧始隨父自利物浦返美洲。約莫小住一個月餘。總計該年在英倫二月餘。

其後，光緒三十三年（丁未）年一月九日（1907 年 2 月 21 日）後，康同璧隨父游伊比利半島後，經巴黎返英倫省親，至二月初一日（3 月 14 日）始由利物浦乘輪船返紐約。計英倫小住三個星期左右。

1909 年 6 月 11 日後，康同璧由哥倫比亞大學巴納德女子學院畢業，自紐約赴英國普利茅斯轉赴倫敦，與父晤面，《康同璧回憶錄》如是記載：

> 我是年亦在美哥倫比亞畢業得文憑。聞先父在南洋居住數月，後因在政治尚有手續未了，又南洋往歐洲。予乃摒擋一切，赴英與父晤面。乃在海濱地方居住。時文仲亦已大學得碩士畢業，前來相訪。先父亦欲湖次如等地，在彼景月流連，然後同赴蘇格蘭游玩月餘，乃附輪返南洋。[207]

這次英倫行先在海濱居住，又同遊蘇格蘭，共游玩二月餘。顯然英倫也是康同璧與父親海外居住時間較長久的國度，而羅昌又是在牛津取得學位的留學生，是以康同璧與英倫的地方感又更加深刻。

3、外交官夫人的世界行旅：隨夫羅昌派駐倫敦與新加坡（1919-1923）

---

207 《康同璧回憶錄》未正式出刊，引自張啟禎；張啟礽編：《康有為在海外・美洲輯：補南海康先生年譜 1898-1913》，頁 132-133。

1909 年，康同璧與羅昌結婚。1910 年生長子羅榮邦；1914 年生女羅儀鳳。1915 年任萬國婦女會副會長、中國全國婦女大會、山東道德會會長。1919 至 1924 年，羅昌出任倫敦、新加坡、渥太華總領事，同璧曾攜兒女隨丈夫在國外生活（渥太華除外）。1920 年，康同璧出席萬國女子參政會會議。

羅昌在英國擔任總領事期間（1920-1922），康同璧撰有〈游蘇格蘭湖（三首選二）〉（1920）：

> 白羅踏地舞回風，淺草平茵向晚中。坐月雜吹蘇葛笛，哀音清裂落驚鴻。
>
> 別曲同彈意調新，擺倫詩格獨稱神。家家簾捲焚香誦，豔鬥燕脂舞落茵。[208]

詩中描述傍晚遊湖所見蘇格蘭人吹奏風笛、跳舞的快樂情景。「蘇葛笛」即指蘇格蘭高地風笛（Bagpipes），一種使用簧片的氣鳴樂器，發音粗獷有力、音色嘹亮，蘇格蘭人的婚禮及狂歡節目常用風笛，男男女女常在某個閒暇下午吹風笛跳舞，因此風笛是蘇格蘭文化中不可或缺的一部分。「擺倫」即英國浪漫詩人拜倫（George Gordon Byron, 6th Baron Byron, 1788-1824）。依此詩內容所述，可能也是某慶典活動。自 1904 年以來，康同璧與父親或羅昌，總計造訪蘇格蘭至少三次。

其後隨羅昌派駐新加坡總領事（1922-1923）期間，康同璧

---

208 康同璧：〈游蘇格蘭湖（三首選二）〉，啟功、袁行霈編：《綴英集——中央文史研究館館員詩選》，頁 280。

曾以〈壬戌中秋夜星坡島上敦淵圖即事六首（選一）〉書寫異國中秋夜的情景：

> 銀波浩蕩海無邊，縹緲天風吹闐烟。極目齊州青未了，中華有月照南天。[209]

此詩作於 1922 年 10 月 5 日中秋節於新加坡過節之感慨，北方故國的中秋月照耀著南洋此時此刻賞月的康同璧一家。其實，康同璧與新加坡早已結緣於父親康有為於 1898 年出逃至新加坡，當時即由支持康梁維新事業的丘菽園接待，他後來也是新加坡保皇會會長。丘菽園曾於 1914 年作詩〈寄懷羅文仲昌及康夫人同璧〉以贈：

> 雙修眷屬重人天，同熟靈文甲乙篇。謫降猶居蓬島列，壯遊已過闐風癲。交光干莫驚騰躍，寫韻鸞簫愛靜娟。聊振踈慵揩倦眼，劉剛夫婦是神仙。[210]

詩中對於康同璧與羅昌這對才貌俱佳的璧人多所讚美，指出他們學識相當，又有不少壯遊世界的經驗，琴瑟和鳴。可能由於他們

---

[209] 康同璧：〈壬戌中秋夜星坡島上敦淵圖即事六首（選一）〉，啟功、袁行霈編：《綴英集——中央文史研究館館員詩選》，頁 283。

[210] 丘菽園：〈寄懷羅文仲昌及康夫人同璧〉，《丘菽園居士詩集》卷四（出版地出版社不詳，1949 年），頁四一五。案：「卷四」下註明此卷收錄的作品年代「起癸丑訖壬戌、四十至四十九歲」，即 1913-1922 年間。

正是好友康有為的女兒與女婿之故，多予以肯定之詞。

1923 年後，羅昌遠赴加拿大溫哥華任領事，康同璧未隨往，留在國內陪伴父親。與康同璧同為女界知名人物的呂碧城前來小聚：「1923 年 1 月，呂碧城在哥倫比亞大學的學姐康同璧帶著子女到上海看望父親康有為。呂碧城聽到消息，特前去愚園路三十四號『游存廬』與康同璧小聚。」[211]子女即羅榮邦與羅儀鳳二人。據說「康同璧與呂碧城一見如故，傾心相訴。」[212]康同璧向呂碧城訴說丈夫羅昌遠赴加拿大溫哥華任領事、兒子羅榮邦至英國留學，為照顧年邁孤獨的父親，康同璧乃帶著女兒羅儀鳳回國暫居，一家聚少離多，倍覺苦悶。由此可見康同璧對呂碧城的信任，亦可見它對父親的孝心，可說是父親最忠實的追隨者。

（四）壯遊天下：康同璧在歐美非探觸的古文明與重要地理空間

康同璧行萬里路的世界遊蹤裡，多與父親同行，雖非自己主動規劃的行程，但她也留下相關詩詞，包括中美洲墨西哥、德國萊茵河、古埃及之行，可一窺她心中真實的感受，並由此以進一步探賾世界文明與重要地理之旅對於她的女性主體的知識構築之意義。

1、中美洲鹿津：墨西哥遊蹤（1906）

光緒三十二年丙午（1906 年）春天，康同璧有一詩〈鹿津

211　一翎：《我到人間只此回：絕代民國剩女呂碧城》（杭州：浙江大學出版社，2014 年 9 月），頁 214。

212　一翎：《我到人間只此回：絕代民國剩女呂碧城》，頁 214。

春日病中雜感（三首選一）（鹿津在中美洲）〉，詩題後註明「鹿津在中美洲」：

> 病染維摩病欲痴，為誰種得此情絲？傷心自是悲民族，銷瘦閑人那得知。[213]

對照年譜可知，此時康有為確實人在墨西哥（México），長年陪伴父親同行並協助全球保皇會事務的康同璧可能也陪同父親前往，乃有此病中心情寫照，而「中美洲鹿津」可能便是墨西哥某地。在康有為畢生從事的改良動中，締造保皇黨全球商業帝國是極重要的部分，由於美國在 1904 年公布排華法案，1905 年中國有拒買美貨的活動，當時歡迎華人投資及移民的墨西哥，無疑是個值得投資的地方。於是，康有為於光緒三十一年（乙巳）十一月三日（1905 年）由美乘汽車至墨西哥，一直待到次年（光緒三十二年（丙午）六月（1906 年）赴歐為止，在墨西哥超過半年，幾乎走遍全國。康有為的商業投資事業便是 1906 年在托雷翁（Torreón）設立的華墨銀行，以投資房地產為主，1907 年達到巔峰，但 1908 至 1909 年便瀕臨破產，後於 1910 年的排華大屠殺中正式結束。[214]是以，康同璧此趟墨西哥行，明顯與與康有為的保皇會事業有關。

2、萊茵河觀堡壘：德國來因河（萊茵河）之旅（1907）

---

213 康同璧：〈鹿津春日病中雜感（三首選一）（鹿津在中美洲）〉，啟功、袁行霈編：《綴英集——中央文史研究館館員詩選》，頁 280。

214 參考楊立：〈康有為在墨西哥經營保皇黨產慘遭「滑鐵盧」〉，《傳記文學》第九十九卷第四期（2011 年 10 月），頁 4-9。

康有為數度前往德國旅遊，至 1907 年止即有九次之多，其〈補德國游記〉道：「吾游德國久且多，九至柏林，四極其聯邦，頻貫穿其數十都邑。」[215]而康同璧多次同游，依康有為年譜所示，應也有四至五次之多。首度赴德是光緒三十（甲辰）年八月初（1904 年 9 月中旬）到柏林。其次，光緒三十二年丙午（1906 年）夏天，康同璧前往歐洲與父會合，七月（1906 年 8 月）赴埃森參觀克虜伯炮廠，游萊茵河、科隆大教堂、亞琛等地。這年夏天便至少三次進出德國。第三次是光緒三十二（丙午）年十一月二十日（1907 年 1 月 4 日）再度到柏林。第四趟赴德，應是光緒三十四年戊申（1908）六月十九日赴柏林，據《康同璧回憶錄》所述這也是她第五度赴歐：「一九〇八年夏，……（康同璧第五次歐洲行，六月到十月）。偕游德國舊京波士頓之河釐湖。」[216]可見康同璧的德國經驗也很豐富。

游萊茵河應是光緒三十二（丙午）年十一月二十日（1907 年 1 月 4 日）第二度赴德，康同璧父女再度造訪柏林，再轉至萊茵河參觀：

> 既而出柏林，游溫氏湖，觀壘來因。德人愛來因河如命，路易十四取來因，德遂分散而破碎，至俾士麥破法，又憑來因而俯瞰巴黎，如春秋之爭虎牢，南北朝之爭江淮。循河數百里，皆巍巍之戰壘也。著〈來因河觀壘記〉，以饗

215 康有為：〈補德國游記〉，康有為著；姜義華、張榮華編：《康有為全集（增訂版）》第八集，頁 336。

216 《康同璧回憶錄》為未刊稿，引自張啟禎；張啟礽編：《康有為在海外・美洲輯：補南海康先生年譜 1898-1913》，頁 125。

國人。[217]

康同璧父女對萊茵河（Rhein）印象十分深刻，分別有詩文紀念此行。萊茵河（Rhein）這條歐洲長河超過 1000 公里的河道位在德國境內，所以也是德國最長的河流。萊茵河中上游，自賓根（Bingen）、呂德斯海姆（Rüdesheim）到科布倫茲（Koblenz）一帶，沿岸山上古堡林立，有歷史悠久的城鎮和葡萄園，聯合國教科文組織在 2002 年把整個「萊茵河上中游河谷」（Upper Middle Rhine Valley）列入世界遺產。[218]地勢平緩、水量充沛的萊茵河流域，既有航運之利又有鄰近山頭之險，自古即為兵家必爭之地。十七世紀時，法國國王路易十四主張「天然疆界」，要把法國國境線擴展至萊茵河，為此而派兵攻打沿岸小國，其中最有名的戰役發生在 1692 年，鄰近聖高爾（St. Goar）的萊茵岩城堡（Burg Rheinfels）以四千人守軍，擊退擁有二萬八千之眾的法王路易十四，是沿岸唯一未被拿下的城堡。而萊茵河中游的德意志之角（Deutsches Eck）的威廉一世雕像，紀念宰相俾斯麥（Otto Eduard Leopold von Bismarck, 1815-1898）統一全國，成立德意志聯邦。為統一德國，俾斯麥發動三場戰爭，其中之一便是 1870 年到 1871 年的普法戰爭，普軍戰勝法軍，普魯士國王威廉一世在法國凡爾賽宮登基，宣布德意志帝國成立。是以，這條

---

[217] 康同璧編：〈南海康先生年譜續編〉，康有為著、樓宇烈整理：《康南海自編年譜（外二種）》，頁 132。

[218] 詳參〔聯合國教科文組織－世界遺產－萊茵河上中游河谷（Upper Middle Rhine Valley）〕（https://whc.unesco.org/en/list/1066），2020 年 10 月 12 日查詢。

美麗的萊茵河，其實充滿了戰爭與殺伐。

康有為乃寫下〈來因河觀壘記〉[219]這篇長文，以弔萊茵河岸古戰場為主軸，極思歷史興亡之感。而康同璧則以〈過萊茵河〉詩記念游萊茵河觀沿岸堡壘之感：

> 古垒參橫夕照斜，城隍層疊斷雲遮。嵬巍想見當年盛，鐵馬金戈揮落花。[220]

此詩描寫夕陽西下的萊茵河，觀賞沿岸山上一座座城堡，遙想歷史上許多城堡曾多次遭受戰爭殺伐的故事，與父親的長文一樣以弔古、懷古為書寫萊茵河觀壘的主軸。

3、世界文明古國：古埃及文明之旅（1909）

康同璧父女於宣統元年己酉（1909）年二月花朝節（陰曆二月十二日；陽曆 3 月 3 日）度紅海看日出，並順遊埃及。康有為自述：

> 二月，花朝偕璧女渡紅海看日出，便道遊埃及古國。歷訪開羅、鎵士等地，觀其金字塔、古王陵、石獸諸迹，五千年之遺物，大地最古文明之地也。[221]

219 康有為：〈補德國游記——來因觀壘記〉，康有為著；姜義華、張榮華編：《康有為全集（增訂版）》第八集，頁 339-343。

220 康同璧：〈過萊茵河〉，啟功、袁行霈編：《綴英集——中央文史研究館館員詩選》，頁 280。

221 〈補康南海先生自編年譜〉，張啟禎；張啟礽編：《康有為在海外．美康同璧與父親同游紅海，康同璧自述（未刊稿）亦記此次過紅海之感懷：「7 月自歐歸，過蘇彝士河，感懷兩戒，俯念萬年。吾亦四度過此，倦游息轍，將作述矣。」[222]其後，康同璧父女順游埃及。康同璧補編之康有為年譜也有類似記載：「二月，花朝渡紅海，看日出。便道再遊埃及，歷訪開羅博物院、金字塔、古王陵、亞士渾故京各地。」[223]張氏兄弟補編之康有為年譜也有：「二月花朝，紅海看月出風翻。游埃及開羅京，游埃及博物館，游畜駝鳥園，外訪金字陵，埃及錄士京、亞士渾故京、尼羅河。」[224]綜合以上記載，康同璧父女走訪埃及羅馬、錄士（路克索）、亞士渾（亞斯文）、尼羅河等古埃及文明的重要景點。

古埃及原為世界文明古國之一，與兩河流域文明有一定程度的交流，然在希臘與羅馬人統治下，在西元前逐漸沒落，後來被阿拉伯文化所取代。埃及於 1953 年由阿拉伯人建立共和國，以伊斯蘭教為國教。地理上，橫跨非洲與亞洲（西奈半島位於西南亞）。康同璧於 1920 年所作的長詩〈游埃及〉多達 134 句，可以想見她當時遊埃及所受到的觸動：

平原漠漠飛沙磧，萬里河山落日赤。囊駝辛苦晝夜行，漫

洲輯：補南海康先生年譜 1898-1913》，頁 156。

222 引自張啟禎；張啟礽編：《康有為在海外・美洲輯：補南海康先生年譜 1898-1913》，頁 133。

223 康同璧編：〈南海康先生年譜續編〉，康有為著、樓宇烈整理：《康南海自編年譜（外二種）》，頁 145。

224 張啟禎；張啟礽編：《康有為在海外・美洲輯：補南海康先生年譜 1898-1913》，頁 130。

> 野塵侵熱汗炙。白沙黃草路縱橫，敗垒頹垣埋石隙。環球學士遠梯航，繞地崎嶇苦尋迹。行行欲暮夕陽低，宿鳥呼群結隊齊。華表摩空碑沒字，拂苔共把姓名題。歸然忽見忌羅笏，金字棱棱形崒屹。金翅峨峨撲地飛，電閃雷霆與勃鬱。始夫有意巧經營，世界古墳當首屈。六千年久閱興亡，建築離奇開地崛。永土崢嶸怪像都，塔尖遙望互相勞。阿堵傳神現瑰瑋，巍巍百丈入雲高。……。飛車晨渡橫江急，滔滔水拍尼羅泣。……。祠廟神壇密層立，臨風爭仰古文明。豐碑偉像沿街立，石壁奇型工像刻。大匠精思奪化工，至今後學空追憶。雲連宮闕起嵯峨，問訊方知是啟羅。……。[225]

詩中對於埃及的沙漠面貌有較多著墨，其中「華表」原指古代中國設置在宮殿、陵墓等大建築物前的大石柱，在此應是方尖碑。「金字棱棱形崒屹」是金字塔建築群壯觀的樣貌，「尼羅」是埃及重要的尼羅河，「啟羅」是埃及首都開羅；而埃及許多古蹟以祠廟神壇、豐碑偉像、石壁奇型為主。

康同璧父女首先走訪的是開羅（Cairo）。這座橫跨尼羅河的古城建於西元十世紀，後成為伊斯蘭世界的新中心，於十四世紀達到鼎盛時期，古城於 1979 年列入聯合國教科文組織（UNESCO）世界文化遺產；而埃及博物館（Egyptian Museum）廣泛收集古埃及文物，圖坦卡蒙（Tutankhamun）墓發現的藏品最

---

[225] 康同璧：〈游埃及〉，啟功、袁行霈編：《綴英集——中央文史研究館館員詩選》，頁 281。

為著名。[226]孟菲斯及其墓地金字塔（Memphis and its Necropolis - the Pyramid Fields from Giza to Dahshur）於 1979 年列入聯合國教科文組織（UNESCO）世界文化遺產，[227]其中之吉薩金字塔建築群（Giza pyramids）又以古夫金字塔（Pyramid of Khufu）最大，也是古代世界七大奇蹟中最古老及唯一尚存的建築物。附近的獅身人面像（Great Sphinx of Giza）是現今已知最古老的紀念雕像，在法老卡夫拉統治期內（約西元前 2558 年至 2532 年）建成。

其次是埃及古都錄士（Luxor；今譯路克索；古稱底比斯）也是歷史名城，遊客必遊之地，其帝王谷（Valley of the Kings）[228]、孟農巨像（Colossi of Memnon）[229]及路克索神廟（Luxor Temple）最知名。其中，路克索神廟逾三千年歷史，巨型石像、浮雕及壁畫相當多，享有「全球最佳的露天博物館」的美譽。1979 年以「底比斯古城及其墓地」之名登錄於聯合國教科文組織（UNESCO）世界文化遺產。[230]

---

226 詳參〔聯合國教科文組織－世界遺產－開羅古城（Historic Cairo）〕（https://whc.unesco.org/en/list/89），2020 年 10 月 12 日查詢。

227 詳參〔聯合國教科文組織－世界遺產－孟菲斯及其墓地金字塔（Memphis and its Necropolis - the Pyramid Fields from Giza to Dahshur）〕（https://whc.unesco.org/en/list/86），2020 年 10 月 12 日查詢。

228 埋葬古埃及新王國時期 18 到 20 王朝法老和貴族的山谷。

229 孟農巨像直立於尼羅河西岸和帝王谷之間的兩座岩石巨像，高二十公尺，風化嚴重，面部已不可辨識。原來是「阿敏何特普三世」法老神殿前的雕像，但神殿（葬祭殿）被後來的法老拆了做為自己建築物的石料。到了托勒密王朝時代，建築物已經完全被破壞。

230 詳參〔聯合國教科文組織－世界遺產－底比斯古城及其墓地（Ancient

再者，亞士渾即亞斯文（Aswan），埃及南部城市，位於尼羅河東岸，也是著名古城、旅遊景點和貿易中心。古埃及時期的亞斯文被稱為賽維納（Swenett），被認為是埃及民族的發源地。更是世界上最乾燥的地方之一。

綜言之，康同璧隨父周游歐美亞非的世界行旅中，她常是造訪國家少見的中國女子，成為被觀看者；同時，她也是萬國女子參政會的中國代表，是近代中國難得一見的世界知名的女權領袖人物。其次，因為父親與夫婿之故，數度往返瑞典與英國，對於當時在美留學的康同璧而言，有「回家」之感，是以這兩個國家於她而言地方感較明確。再者，墨西哥、德國萊茵河、埃及古文明，也都是她曾經游覽之地，並有相關作品可窺探她在這樣廣遠的行旅中所建構的域外知識，以及其女性主體的樣貌。

五、結語：
康同璧遠邁世界與認識女性自我的意義

綜合前述康同璧的世界行旅與其女性主體的建構之研究後，有幾項要點值得留意。首先，康同璧的世界行旅與其父親康有為流亡海外之關係密切，是以她是近代女子域外行旅之「隨父游」的典範，但她所扮演的角色是父親的秘書兼翻譯，不可多得的有力助手與代言人，並非只是隨行遊玩而已。同時，儘管康同璧為隨父游，並非獨立完成此一大幅度橫跨歐美亞非的行程，但以一

Thebes with its Necropolis）〕（https://whc.unesco.org/en/list/87），2020年10月12日查詢。

百餘年前的時代語境與交通條件而言，當時只有極少數外交官或官派留學生才有機會親履異域旅遊，而康同璧父女並非官派之旅外人士，卻有機會周遊列國，且其時間之久，行程之遠，屢創第一，仍令人嘆為觀止。而這樣既廣且遠地行走全世界，對於一位近代中國的女子而言，確實是她得以建構開闊的世界觀的重要經歷。此其一。

其次，她的世界行旅始於父親康有為因政變失敗而流亡海外，她便下南洋巡父，乃至於開展了其後頻繁的世界之旅。而積極於海外籌組保皇會的父親，雖指派康同璧為其代言人而赴美主持保皇會，看似只是聽命於父的孝順女兒，但自小未纏足的康同璧正好彰顯康有為對女權的支持，而男女平權的思想也正是康有為《大同書》的主要內涵，是以康有為也期許康同璧赴美留學並推廣女權。而康同璧果然不負父親康有為期望，數度以自信的姿態為女權伸說，甚至參與萬國女子參政會，並成為往後中國女權界的代表人物。廣遠的世界行旅對於開啟她擁有開闊的世界性眼光，絕對具有相當關鍵的意義。

再者，康同璧的世界行旅，不只以孝順女兒的身分隨父游，協助父親成就其海外保皇事業。同時周遊列國的隨父游，也為她自己成就一段海外良緣，與當時同為稀有留學生的羅昌結為知識伴侶，日後也成為外交官夫人而有隨夫駐外的旅居經驗。這段門當戶對的姻緣之於從事女權運動的康同璧而言，其實非常有意義，它證明了真正的女權提倡者與其自身擁有的美滿良緣並不衝突，反而可能獲得相乘的正面效果，使得為女權伸說者更有說服的力量，是以康同璧的美好姻緣，彰顯的是女權提倡者與知識型伴侶維持良好的婚姻，絕對是最佳典範。

綜言之，康同璧以其既廣又遠的世界行旅，開創了近代中國女子邁向世界每一角落的最大可能；也以其自身隨父隨夫周遊列國的經歷，證明近代中國的女權提倡者與其男性親屬間的良好情感，可以促進女權提倡的正面效果。而這也是明清以來中國女詩人受到其男性親友的善待而得以發揮才學的傳統所致，而康同璧正是近代中國女詩人賡續此一傳統遺緒的正面例子，同時又能開新，邁開更大的步伐，走得更遙遠，足以啟發現當代的女性文人，是以其人其行旅乃值得探賾的意義在此。

第六章　出洋視學、游學與女性主體的建立——張默君的歐美教育考察及自我成長之旅

一、前言：邁向現代世界的古典女詩人／教育家

晚清至民國階段，許多跨越時代的古典女詩人逐一綻放她們多元的書寫才華，進而在公共領域／職場展現她們不凡的專業表現。其中，張默君（1884-1965，原名昭漢，字漱芳，乳名寶嫡，英文名莎非亞，湖南省湘鄉縣人）之跨界生命歷程與多元書寫值得注意。除了傳統閨閣才女擅長的古典詩文創作外，她也曾加入南社，翻譯過外國文學；同時更在教育界、報業與政黨服務等方面都有傑出的表現。教育方面，自 1907 年開始任教於江蘇粹敏女校，此後陸續擔任多所女校教師或校長一職；報業部分，1911 年與其父創辦《江蘇大漢報》，此後亦創辦《神州女報》或參與各種報刊工作；政黨服務方面，自 1906 年加入孫中山的同盟會（國民黨前身），此後一生積極參與國民黨的政治和文化活動，一直到 1949 年後移居臺灣並終老於斯（1965 年去世）為止，一生皆效力於各項黨政要職，包含考試委員、立法委員與國

大代表等職務。因此，由張默君在臺灣的晚期人生的定位多為「黨國要人」，幾乎大於古典詩人的身分。

職是，其人一生之古典文學創作成就多為論者所忽視。是以，本文的問題意識及此論題的意義即在於跳脫「功在黨國」的官方話語定義下的張默君形象，還原她做為一名古典女詩人的文學專業身分。張默君自幼受教於同為才女的母親何承徽，晚清末期（1906 年）便加入古典文學社團「南社」，詩人身分自此貫串她的一生；來臺定居後，不只以古典詩書寫臺灣生活，也出版其一生的古典詩文全集《大凝堂集》（1960）。而張默君之父張通典是晚清開明的維新之士，對女兒的教養抱持較為開放的態度；甚至自辦女學，由博學的妻子擔任教職，女兒接受新式女學校教育。因此，張默君在父母的雙重支持下，既是一位承襲明清才女文化之詩文教養的女詩人，同時也是一位接受近代新式學校教育洗禮的女學生。日後她得以陸續擔任女學教職（教師、校長），並因公出國考察西方女子教育，成為新一代女學教育家，正好說明她兼具新舊學養並出入古今的成就。

然而，與張默君歐美教育考察之旅相關的文本，其實不足。張默君生前出版的《大凝堂集》（1960）[1]幾乎收錄了她大部分詩詞文集，包括《白華草堂詩》、《玉尺樓詩》、《西陲吟痕》、《黃海頻伽哢》、《正氣呼天集》、《揚靈集》、《瀛嶠元音》、《紅樹白雲山館詞》、《玉漾山房文存》等九種古典詩詞文集。而其身故後出版的《張默君先生文集》（1983）[2]除了

---

1 張默君：《大凝堂集》（臺北：中華叢書編審委員會，1960 年 6 月）。

2 中國國民黨中央委員會黨史委員會編：《張默君先生文集》（臺北：中國國民黨中央委員會黨史委員會，1983 年 6 月）。

收錄詩詞文集外，尚有大量散文（許多為官式文件）及部分翻譯。整合言之，這兩部全集皆有文本不完備的問題，除若干首書寫歐美之旅的詩詞外，張默君早年發表在報刊上的歐美教育考察之相關篇章並未收錄，須仰賴搜尋民國早期報刊方得以補足，包括〈歐美女子教育考察錄〉[3]、〈戰後之歐美女子教育〉[4]、〈我之家事教育觀〉[5]。此外，她的歐美行程也缺乏自述的旅行文本，也必須藉由民國早期報刊刊登的張默君出國新聞以補足，如當時（1919 年 8 月 21 日）《時報‧婦女周刊》刊登的〈張默君女士巴黎來書（〈海外留學人才概觀〉附誌）〉[6]，這是本研究比較具有挑戰的部分。

就已有的研究文獻言之，以「張默君歐美教育考察之旅」為主題的相關研究幾乎未見，僅曾朝驕〈雅麗鏗鏘：張默君域外詩詞的古典氣象〉[7]一篇稍有涉及，但仍有開展空間。而劉峰《清末民初女性西遊與文學》[8]則僅部分論及張默君的旅行與文學。

---

[3] 張默君：〈歐美女子教育考察錄〉，《時報》「婦女周刊」版，1920 年 1 月 15 日、1 月 22 日、1 月 29 日、2 月 5 日、2 月 12 日、2 月 26 日、3 月 4 日、3 月 11 日、3 月 20 日、4 月 1 日、4 月 8 日、4 月 10 日、4 月 29 日、5 月 20 日。

[4] 張默君：〈戰後之歐美女子教育〉：《江蘇省立第一女子師範學校校友會雜誌》第 2 卷第 1/2 期，1923 年 5 月，頁 22-32。

[5] 張默君：〈我之家事教育觀〉，《申報》「教育與人生周刊」第 26 期，1924 年 4 月 14 日，頁 0-2。

[6] 〈張默君女士巴黎來書（〈海外留學人才概觀〉附誌）〉，《時報‧婦女周刊》，1919 年 8 月 21 日。

[7] 曾朝驕：〈雅麗鏗鏘：張默君域外詩詞的古典氣象〉，《湖南廣播電視大學學報》2017 年第 1 期，2017 年 3 月。

[8] 劉峰：《清末民初女性西遊與文學》，蘇州大學中國古代文學系博士論

其次，已有若干以「張默君詩詞」為主題的研究，其中季家珍（Joan Judge）〈鏡頭背後的女子——古代遺址、詩學淪亡、及攝影的再媒介化〉[9]以張默君的《西陲吟痕》為主題，探討張默君詩中所寫的戰時中國西南遊記以及詩集中的影像，雖與本文所研究的歐美教育之旅並無太明顯的關聯，但此文之研究方法值得學習。劉峰的學位論文《張默君詩歌研究》[10]全面研究張默君的詩作，其單篇論文〈晚清女性作品中的英雄氣力與慧心抒寫——以女傑張默君詩詞為個案研究〉[11]則探討張默君詩詞中的力與美兩種作品風格；而劉峰另一篇以張默君母親何承徽為主題的論文〈世紀隧洞裡的女性微縮——何承徽和她的女兒們〉[12]則可見張默君之出身良好，尤其是深受濃厚的才女文化之影響。而臺灣學界的研究較少，僅見陳盈達《戰後大陸來臺古典詩人張默君及其《瀛嶠元音》》[13]一部學位論文，以張默君來臺灣後所寫的古典

文，2012 年 5 月。

9 季家珍（Joan Judge）：〈鏡頭背後的女子——古代遺址、詩學淪亡、及攝影的再媒介化〉，賴毓芝、高彥頤、阮圓主編：《看見與觸碰性別：近現代中國藝術史新視野》（臺北：石頭出版公司，2020 年 4 月）。

10 劉峰：《張默君詩歌研究》，湖南大學中國古代文學系碩士論文，2009 年 4 月。

11 劉峰：〈晚清女性作品中的英雄氣力與慧心抒寫——以女傑張默君詩詞為個案研究〉，《湖南科技大學學報（社會科學版）》2010 年第 4 期，2010 年 7 月。

12 劉峰：〈世紀隧洞裡的女性微縮——何承徽和她的女兒們〉，《古代文學》，2010 年 8 月。

13 陳盈達：《戰後大陸來臺古典詩人張默君及其《瀛嶠元音》》，東海大學中國文學系 103 學年度博士論文，2015 年。

詩集《瀛嶠元音》為主題，探討戰後來臺的古典詩人之成就。第三，尚有以「張默君與新女性」為主題的研究，包括宋青紅〈張默君女性啟蒙思想及實踐管窺〉[14]與李笑妍《近代新女性張默君研究》[15]比較著重在張默君做為新女性的表現。此外，李木蘭《性別、政治與民主：近代中國的婦女參政》[16]與須藤瑞代《中國『女權』概念的變遷：清末民初的人權和社會性別》[17]兩書，雖非直接研究張默君的專著，但其中部分章節述及民初時期張默君從事爭取女性參政權的經歷，對於本文理解張默君的女權事跡之背景甚有助益。

此外，對本文具有啟發性的重要文獻尚有「近代美東女子教育之研究」方面的論著，包括魏愛蓮（Ellen Widmer）〈七姐妹與中國：1900-1950〉[18]研究美東七姐妹（七所女子文理學院）與中國女子大學的互動。而 1906 年《萬國公報》曾刊登〈美國

---

14 宋青紅：〈張默君女性啟蒙思想及實踐管窺〉，《歷史教學（下半月刊）》2017 年 09 期，2017 年 9 月。

15 李笑妍：《近代新女性張默君研究》，山東大學中國古代文學研究所碩士論文，2019 年。

16 李木蘭：《性別、政治與民主：近代中國的婦女參政》（南京：江蘇人民出版社，2014 年 1 月）第三章「民國初年婦女對政治平等的追求」。

17 須藤瑞代著；須藤瑞代、姚毅譯：《中國「女權」概念的變遷：清末民初的人權和社會性別》（北京：社會科學文獻出版社，2010 年 2 月）第四章第一節「圍繞女性參政權的論爭」。

18 魏愛蓮（Ellen Widmer）；趙穎之譯：〈七姐妹與中國：1900-1950〉，《晚明以降才女的書寫、閱讀與旅行》（上海：復旦大學出版社，2016 年 5 月）。

第一女大學校之建立〉[19]介紹后耳約克（Mount Holyoke College，張默君譯為蒙特荷約克，今譯曼荷蓮學院）的歷史、環境與課程等概況。此外，民初赴美留學的陳衡哲散文〈記藩薩女子大學〉[20]與白話小說〈一日〉[21]都以她自己就讀的藩薩女子大學（Vassar Collage，華沙學院，今譯瓦薩學院）為主題，雖非研究論文，也可做為旁證。而「戰爭與女性」方面的論著，也是本文需要參照的，柯惠鈴《民國女力：近代女權歷史的挖掘、重構與新詮釋》[22]對於女性參與戰爭之於女性主體的意義有精深的研究；而斯維拉娜・亞歷塞維奇（Алексиевич С. А.）《戰爭沒有女人的臉：169 個被掩蓋的女性聲音》[23]雖非學術研究，但其中採訪了許多女性上戰場的真實經驗，非常值得參考。

是以，本文還原張默君作為古典女詩人的身分，並聚焦於她在 1918 至 1919 年間以女校校長身分奉派出國的歐美教育考察之旅，及其相關詩文所展現的「域外」世界與女性主體，依次論述。首先論及張默君因公出洋考察前的身分，除了傳統才女文化

[19] 〈美國第一女大學校之建立〉，《萬國公報》光緒三十二年（1906年）四月號，收錄於李又寧、張玉法主編：《近代中國女權運動史料》（臺北：傳記文學出版社，1975 年 12 月），頁 282。

[20] 陳衡哲：〈記藩薩女子大學〉，《留美學生季報》第三年春季第一號，1915 年，頁 81。

[21] 陳衡哲：〈一日〉，《小雨點》（上海：新月書店，1928 年 4 月）。

[22] 柯惠鈴：《民國女力：近代女權歷史的挖掘、重構與新詮釋》（臺北：臺灣商務印書館，2019 年 9 月）。

[23] 斯維拉娜・亞歷塞維奇（Алексиевич С. А.）著；呂寧思譯：《戰爭沒有女人的臉：169 個被掩蓋的女性聲音》（臺北：貓頭鷹出版社，2016 年 10 月）。

教養下的女詩人之外，她還是新時代的女學生、女編輯、女教師、女校長、女權運動者等，可見其角色十分豐富，且多具有「現代性」。其次論及 35 歲尚單身的女校長張默君因公出國考察女子教育，她在美東考察了幾家女子文理學院，改變了原先以職業教育為主的目標；她也藉機在紐約哥大進修教育。是以，同時扮演女校長（考察教育）與女學生（學習教育學）的雙重身分。第三，張默君以留美學生代表的身分參與海外的五四運動，走訪巴黎和會並成功阻止中國代表簽字，算是一次成功的國民外交行動；她也藉機參觀一戰時期的法國戰場，以了解女性在戰爭時期的表現；同時也走訪思想家盧梭故居、瑞士少女峰等地及其他多國，寓教於樂。第四，張默君歷經近兩年歐美教育考察之旅，回國後便將考察所得發表於報刊上，與國人分享，並做為中國女子教育的參考。最後，本文認為張默君的歐美教育考察之旅，也是她自己的一場自我教育的成長之旅。

職是，本文藉此以探賾近代古典女詩人張默君突破傳統閨閣的局限，邁向現代世界的開放態度及表現，尤其是歐美女子教育如何塑造獨立自主的女性，對張默君最有啟發。進而言之，因公出國的域外經驗，對於出身傳統閨閣的張默君而言，不只是完成一趟教育考察的公務而已，更開啟了她觀看世界的視窗，也是成就她自己人生的一場教育之旅。

二、紹繼傳統才女文學的知識女性——女詩人、女學生、女教育家、女權運動者

張默君一生多元而流動的人生行旅中，出現女詩人、女學

生、女教育家、女報人以及黨國要人等各種專業身分。這些身分的多樣化，來自於她出身的士大夫家庭，父親張通典（1859-1915）曾參與不纏足運動，也自辦女學，和女兒合辦報刊；其才女出身的母親何承徽（1857-1941）更是影響她一生成就的重要人物。何承徽繼承傳統才女文學，工詩並有詩集傳世，同時也身為教育家，陸續任教於幾所新式女學堂。女兒張默君自然地承襲了母親在古典詩文與女子教育方面的長才，並曾在母親協助下興辦女學。簡言之，其深厚的古典詩文創作能力與女子教育方面的涵養必須歸功於開明的父母。

不僅如此，其後張默君有機會奉派前往歐美考察西方女學，並且一生致力於女學與女權，擔任黨國要職時也可說是官方婦女議題的發言人，這一切成就仍必須歸因於才女母親對她一生的重大影響。是以，張默君於母親何承徽壽終後曾寫下紀念母親一生的行狀〈先妣何太夫人儀孝老人行述〉（1941），以表彰出身才女傳統的母親一生的成就。

是以，張默君的女詩人身分乃是本文首先關注的專業身分，由於她自小深受才女母親何承徽的薰染，工古典詩文；1906 年加入「南社」，與呂碧城齊名，是民國時代無可忽視的一位古典女詩人，可與呂碧城相互頡頏，終其一生多以古典詩文記錄人生行旅。其次，她也是早年有幸進入新式女學堂就學的女學生，其後更是主持與擔任女學堂教職的教育家。簡言之，由於深厚的古典詩文教養，乃得以成就她在新式女子教育上的成就，舊與新之於她，乃相輔相成。

（一）明清女詩人之後——受教於傳統古典詩教養的女詩人

母親何承徽之於張默君的重大影響在於傳統閨閣的古典詩文教育。由於優異的母教，使得張默君得以奠定堅實的傳統詩文涵養，亦能在此基礎上開創新的局面，成為成績優異的女學生與辦女學、女報的專業人才。

1、學詩的女兒：受教於「海內女師」

張默君出身於典型的士大夫／知識分子家庭。父親張通典是晚清維新派人士，也是 1897 年上海「不纏足會」的發起人之一（尚有梁啟超、譚嗣同、康廣仁等），由於規章載明「入會人所生女子，不得纏足；其已纏足者，如在八歲以下，須一律放解，……。入會人所生男子，不得娶纏足之女。」[24]同時，天足或放足也是當時女子入新式學堂的條件，而張通典對於女兒的教養又抱持較為開明的態度，非常支持女兒的教育。是以，張默君極可能未纏足，乃奠下日後得以邁開大步，走入女學堂讀書及出國考察的基礎。

張默君的母親何承徽（1857-1941），字懿生，晚號儀孝老人，著有詩集《儀孝堂詩集》二卷。1941 年，張默君為文紀念母親的〈先妣何太夫人儀孝老人行述〉提及母親自小便有優異的詩才：

---

[24] 林維紅：〈清季的婦女不纏足運動（1894-1911）〉，李貞德、梁其姿編：《婦女與社會》（北京：中國大百科全書出版社，2005 年 4 月），頁 394-395。

> 生而穎異，稟至性，具遠識，通經史，詩才尤天縱。髫齡依外王母居長沙，所為詩已瑰奇驚宿儒。稍長，與舅氏璞元公、姨母榴生成太夫人、姨丈成贊君公、義甯陳散原、瀏陽譚嗣同諸詩老、益陽謝君玉女史等，裁韻唱酬，胥嘆服，往往為之斂手。[25]

可見何承徽的詩才自小即倍受重視。是以，張默君與手足在此環境薰陶下，各有不錯的表現。五妹張淑嘉（1888-1938）為外交官蔣作賓（1884-1942）之妻；八妹張俠魂（1890-1974）是中國第一位乘飛機上天的女性，[26]為近代地理學和氣象學奠基人竺可楨（1890-1974）之妻。[27]包含多才多藝的張默君在內，一門才女皆有突出的表現。1917 年，張默君等幾名兒女合刊母親詩集《儀孝堂詩集》以祝壽，[28]譚延闓為封面書名題字、女婿蔣作賓為內頁書名題字、林森與蔣中正題像（象）贊，譚延闓並為序云：「海內奉為女師，異國求其詩草，其為福慧，更異前人。」[29]由「海內女師」之稱可見其詩才與教育方面的成就，頗受時人肯定。

---

[25] 張默君：〈先妣何太夫人儀孝老人行述〉，《玉渫山房文存》，《大凝堂集（三）》，頁 27。亦見於高夢弼：〈大凝堂年譜〉，中國國民黨中央委員會黨史委員會編：《張默君先生文集》附錄，頁 516。

[26] 劉峰：〈世紀隧洞裡的女性微縮——何承徽和她的女兒們〉，《古代文學》，2010 年 8 月。

[27] 可參考拙著：〈南高史地學派、竺可楨與張其昀〉，李瑞騰主編：《百年中大》（桃園中壢：中央大學，2015 年 6 月）。

[28] 當時張默君尚未婚（1924 年 41 歲始成婚）。

[29] 譚延闓：《儀孝堂詩集・序》，1917 年石印本，無頁數。

是以，在素負詩才的母親何承徽教養下，張默君的古典詩文成績亦不同凡響。張默君自幼由母親親授識字，1886 年，時年 3 歲的張默君已學認字：「太夫人以方紙塊寫日常簡易字授先生，年餘得六百餘字。」[30]「太夫人」即其母何承徽。1889 年，張默君 6 歲入家塾讀書，她私以為塾師講授四書不佳：「遠不逮先妣解釋詩經之宏博雅切，醰醰有味。」[31]可見母親對於張默君自幼的學習具有重要地位。

因此，張默君早歲亦夙負詩才，1887 年，張默君 4 歲時，她已閱讀唐詩三百首兼做聯語，曾由父親張通典出題作對，她都能順利對上，頗得父母喜愛，並將她四至七歲所做聯語編輯成冊，由母親何承徽題簽曰《寶螭墨戲》（已佚）。[32] 1892 年，張默君 9 歲時對解放纏足已很有自己的看法，父親由南京寄回勸放足的文件，張默君要求母親何承徽飭印數十萬份，廣布各地，並為此作詩〈天足吟〉表達她對於解放纏足的看法：「悲憫人天動百神，看從苦海起沈淪；秉彝畢竟同攸好，還爾莊嚴自在身。」[33]

---

[30] 張默君：〈默君自傳〉，《玉潔山房文存》，《大凝堂集（四）》，頁 110。亦見於高夢弼：〈大凝堂年譜〉，中國國民黨中央委員會黨史委員會編：《張默君先生文集》附錄，頁 517。

[31] 張默君：〈默君自傳〉，《玉潔山房文存》，《大凝堂集（四）》，頁 111。亦見於高夢弼：〈大凝堂年譜〉，中國國民黨中央委員會黨史委員會編：《張默君先生文集》附錄，頁 518。

[32] 張默君：〈默君自傳〉，《玉潔山房文存》，《大凝堂集（四）》，頁 111。亦見於高夢弼：〈大凝堂年譜〉，中國國民黨中央委員會黨史委員會編：《張默君先生文集》附錄，頁 517-518。

[33] 張默君：〈默君自傳〉，《玉潔山房文存》，《大凝堂集（四）》，頁 113。亦見於高夢弼：〈大凝堂年譜〉，中國國民黨中央委員會黨史委員會編：《張默君先生文集》附錄，頁 520。

1896 年，張默君 13 歲時：「從太夫人學詩，依太夫子肇經史子集，且復臨池自習碑帖。」[34]可見母親何承徽對於張默君的古典詩文教養具有極大的影響力。而父親則在思想上影響張默君，1898 年，15 歲的張默君在父親案頭識得《明儒學案》，對王陽明的學說大為嘆服。1900 年 17 歲的張默君閱讀《船山遺書》，於經世致用之學已有心得。

1901 年，18 歲的張默君進入南京的新式學堂（養正女學、匯文女學）就學，課餘亦有多篇吟詠篇章，如〈秣陵秋興〉二首：

> 沄沄一水綠侵門，涼月香浮橘柚村。霜氣逼人秋有影，谿光流夢籟無喧；閒敲棋子悲時局，漫撫吳雲亂楚魂。虎踞龍蟠爭供眼，金陵王氣倘猶存。

> 黃浦移家又白門，江山秀聳六朝村。雁飛蘆渚碧波靜，楓舞霜林紅葉喧；自有青剛在詩骨，欲扶正雅起騷魂。從來文字關興替，放眼千秋一笑存。[35]

可見張默君年少時期已有不錯的詩才，以上詩作頗有英氣，已可預見未來張默君的人生事業之格局。

2、呂碧城齊名的南社女詩人：以辦報參與革命

---

[34] 高夢弼：〈大凝堂年譜〉，中國國民黨中央委員會黨史委員會編：《張默君先生文集》附錄，頁 520。

[35] 張默君：〈秣陵秋興〉，《白華草堂詩》，《大凝堂集（一）》，頁 19。

1906 年南社於上海成立，時年 23 歲的張默君加入第 200 號社員，1916 年 11 月編輯的《重訂南社姓氏錄》中記載：「張昭漢（默君、涵秋）　湖南湘鄉　上海北四川路神州女學校」[36]；與日後加入的呂碧城齊名，是南社眾多社員中少數的女性詩人，兩位也都是晚清民國早期知名的古典詩文創作者。她曾自述與諸南社詩友相與的情形：

> 南社者陽為文藝雅集，實為吾黨海上之秘密機關也。時與社友蘇曼殊、楊篤生、劉三、宋漁父、胡展堂、于右任、葉楚傖、高天梅、甯太一、陳佩忍、傅君劍、邵元沖、姚石子、景太昭、姚鵷雛、金松岑等，發主義為詩歌，挽國魂於將墜，雄奇哀感，悱惻纏綿，廣集社刊，風行海內外，感人至深，其轉移東南風氣，裨益革命演進者綦鉅。[37]

由此文可知，南社者雖為文藝雅集，實則從事政黨或革命活動也，與其創社宗旨「研究文學，提倡氣節」[38]相合；文中提及的多位文人，同時也是革命者。其中數人更與張默君的命運息息相關，如 1911 年張默君父親張通典在蘇州可園[39]創辦《江蘇大漢

---

36 《重訂南社姓氏錄》，汪夢川、熊燁編：《南社叢刻》（揚州：廣陵書社，2018 年 11 月），頁 23。

37 張默君：〈默君自傳〉，《玉渫山房文存》，《大凝堂集（四）》，頁 115。亦見於高夢弼：〈大凝堂年譜〉，中國國民黨中央委員會黨史委員會編：《張默君先生文集》附錄，頁 525。

38 〈南社條例〉第一條，《重訂南社姓氏錄》（1916 年 11 月編），汪夢川、熊燁編：《南社叢刻》，頁 3。

39 蘇州可園原為滄浪亭的一部分，為蘇州最古老的私家園林。南宋名將韓

報》[40]，即延攬南社詩人陳佩忍（去病）、金松岑等人主持筆政，張默君擔任社長，以辦報表達愛國之心。[41]此外，社員之一的邵元沖（1890-1936）日後成為她的人生伴侶，1924 年 41 歲的張默君與小 7 歲的邵元沖結婚，于右任擔任證婚人[42]；1928 年與夫放洋考察；1929 年難產；1936 年邵元沖在西安事變中逝世，終年 46 歲；此後成為張默君一生的重大傷痛，終生未再婚。

而張默君即曾在詩作〈辛亥秋侍家君光復吳門後主辦《江蘇大漢報》，次均畲徐小淑，徐詩見今存《大漢報》〉提及與南社社員一起辦報之事：

東南戰禍幾時休，昨夢沙場白骨浮。地動殺機龍起陸，天

世忠定居滄浪亭，將可園增修擴建為其私宅。至清代始獨立成園。清乾隆 32 年（1767 年）沈德潛重修此園，名為「近山林」，在此讀書著書。清道光 7 年（1827 年），江蘇巡撫梁章鉅在此創辦正誼書院，並易名為「可園」。林則徐任江蘇巡撫時，也曾到可園講學。光緒 33 年（1907 年），更名為「存古學堂」。1911 年辛亥革命時期，張默君父親在此創辦《大漢報》。1914 年江蘇省立蘇州圖書館在此成立。

40 《江蘇大漢報》於清宣統三年（1911 年 11 月 21 日）在蘇州可園創刊。社長由張默君擔任，陳去病任總編輯。日出一張，宣傳辛亥革命，刊載各地光復的新聞消息。12 月 19 日，《江蘇大漢報》刊登陳去病領銜的〈南社臨時召集廣告〉，宣布 12 月 23 日在上海愚園開臨時大會商議組織共和政黨。12 月 21 日創辦一個月的《江蘇大漢報》因經費無著宣布停刊。

41 1912 年 1 月《婦女時報》第 5 期刊登一幀張默君的獨照，標題為「蘇州大漢報主筆張昭漢女士」，梳東洋髻，穿洋服，大方有自信。

42 當時，上海《申報》有此新聞：「邵元沖君張默君女士之婚禮」，《申報》第 15 版，1924 年 9 月 30 日。

開霧帳劍橫秋。勢將肝膽聯秦越，差幸文章絕比倅。（時延陳佩忍、金松岑、傅鈍艮、陳鴻璧等人主筆政）大漢河山未全復，同盟匡濟感忘憂。（家君及默皆盟會會員）

題目中的「徐小淑」即女詩人徐蘊華（1884-1962），與徐自華（1873-1935）為姊妹，俱為秋瑾（1875-1907）好友，兩姊妹也是南社社員。其中陳佩忍（陳去病）、金松岑、傅鈍艮、陳鴻璧等人主筆政，都是張默君的好夥伴，共同的目標就是革命救國。而陳鴻璧（1884-1966）更是她的摯友，兩人曾共同翻譯外國小說[43]，是晚清少數的女翻譯家，張默君的詩文中以陳鴻璧為主題或贈詩的篇章最多。[44]簡言之，張默君英勇為國的革命精神於此

[43] 兩人合譯的作品如下：

1.〔美〕白乃杰；張默君、陳鴻璧譯：《盜面》，上海：廣智書局，1911 年 7 月。後刊登於《集粹》第 3 至 6 期（1952 年 11 月-1953 年 2 月），但未完即終止連載。

*美國白乃傑原著；湘鄉張默君譯：〈盜面（長篇連載）——第一章　承產．第二章　田獵．第三章　盜面〉，《集粹》第 3 期 1952 年 11 月。

*美國白乃能著；張默君譯：〈盜面（一續）——第四章　呼籲．第五章　羅網．第六章　活地獄．第七章　林中人．第八章　畫餅〉，《集粹》第 4 期 1952 年 12 月。

*美國白乃能著；張默君譯：〈盜面（二續）——第九章　嗚呼意中人．第十章　碧衣娘．第十一章　約瑟．第十二章　美容術家〉，《集粹》第 5 期 1953 年 1 月。

*美國白乃傑著；張默君譯：〈盜面（三）——第十三章　慘劇．第十四章　海盜歟．第十五章　狹路〉，《集粹》第 6 期 1953 年 2 月。）

2.〔英〕查克；張默君、陳鴻璧譯：《裴迺傑奇案之一》，上海：廣智書局，1911 年 8 月。

[44] 如張默君：〈江行偕鴻璧〉，《白華草堂詩》，《大凝堂集（一）》，

詩表露無遺。

此外，張默君也曾有詩〈南社春孟集徐園〉描寫南社的集會：

> 雨後氣清穆，花光正好時。晴雲天外合，綠意滿園滋。群彥飛豪興，文情鬱古悲。茫茫家國恨，拚作醉吟詩。[45]

南社群彥集會時，看似文藝雅集，實則心繫家國大事，非常符合南社與張默君對於家國大事的關懷。

其後，1947 年張默君曾參加春鳥詩社，當時《申報》有一則「春鳥詩社成立會」的新聞，便是此事。[46]

1949 年 5 月來臺後，66 歲的張默君仍舊不忘參與詩社活動，其來臺後詩集《瀛嶠元音》可見許多參與詩社活動或詩人聚會的描寫，如〈九月三日林獻堂、黃晴閣、李翼中諸老招集劍潭圓山賓館，得更均〉[47]、〈己丑秋莫，日月潭偕社英暨兒輩，奉簡右公、夷午、槐村諸詩老〉[48]、〈晴園花朝雅集偶成〉[49]、

頁 11；張默君：〈莫秋鑠掖日亟夢鴻璧海上卻記兼眎翼如〉，《玉尺樓詩》，《大凝堂集（一）》，頁 8。

45 張默君：〈南社春孟集徐園〉，《白華草堂詩》，《大凝堂集（一）》，頁 15。

46 《申報》第一版，1947 年 6 月 23 日。

47 張默君：〈九月三日林獻堂、黃晴閣、李翼中諸老招集劍潭圓山賓館，得更均〉，《瀛嶠元音》，《大凝堂集（二）》，頁 3。

48 張默君：〈己丑秋莫，日月潭偕社英暨兒輩，奉簡右公、夷午、槐村諸詩老〉，《瀛嶠元音》，《大凝堂集（二）》，頁 5。

〈庚寅上巳士林新蘭亭禊集即席率賦〉[50]、〈庚寅春臺北壽于右老七十二柏梁體十八韻〉[51]、〈庚寅九日登臺北陽明山簡于右老及同游〉[52]、〈臺灣詩壇春讌〉[53]等多首，可見張默君對戰後初期臺灣古典詩壇的投入。

（二）接受新式教育、擔任教育家、發起女權運動的近代知識女性

1901 年之後，父親張通典等人於南京創辦養正學堂、養正女學、湖南旅寧公學（後更名為「粹敏女學」）[54]等校。其中，1902 年創辦的養正女學設於當時張家湯鐵池寓所，公推何承徽擔任養正女學教務長；其後何承徽也曾任 1905 創立的湖南旅甯公學最早的國文教員。1905 年間因張通典參與革命，轉往安徽避禍，何承徽亦曾擔任戾蕪湖省立第二女中的國文主任。後又接

---

[49] 張默君：〈晴園花朝雅集偶成〉，《瀛嶠元音》，《大凝堂集（二）》，頁 8。

[50] 張默君：〈庚寅上巳士林新蘭亭禊集即席率賦〉，《瀛嶠元音》，《大凝堂集（二）》，頁 9。

[51] 張默君：〈庚寅春臺北壽于右老七十二柏梁體十八韻〉，《瀛嶠元音》，《大凝堂集（二）》，頁 9。

[52] 張默君：〈庚寅九日登臺北陽明山簡于右老及同游〉，《瀛嶠元音》，《大凝堂集（二）》，頁 10。

[53] 張默君：〈臺灣詩壇春讌〉，《瀛嶠元音》，《大凝堂集（二）》，頁 10。

[54] 湖南旅寧公學即張通典等人於 1905 年創立的「旅寧第一女學堂」，後更名為「官立粹敏第一女學」，簡稱「粹敏女學」，其後張默君也曾擔任該校教務長。

任 1906 年創校的蘇州振華女校[55]國文講習。[56]簡言之，母親何承徽在近代女子教育上的表現，對於日後張默君投身女子教育有直接影響。

1、成為女學生：接受新式女學教育

除了古典詩文由母親親授外，1901 年 18 歲的張默君進入母親何承徽擔任教務長的南京「養正女學」進修，成為母親的學生；同時也在該校義務教授附小的文史倫理。同時，她也進入南京「匯文女學」[57]，攻習英文。1904 年 21 歲的張默君，有賴母親何承徽典質釵釧贊助川資，乃得以進入上海「務本女學」師範本科[58]就讀，至 1907 年以第一名成績畢業。期間（1906 年）秋瑾自日本返國，曾至務本女學訪張默君，相見恨晚；日後她和秋瑾都參與了革命事業。[59]

---

55 蘇州振華女校今為蘇州第十中學，楊絳為知名校友。

56 參見張默君：〈先妣何太夫人儀孝老人行述〉，《玉溧山房文存》，《大凝堂集（三）》，頁 28-29。

57 南京「匯文女學」始建於 1887 年，當時稱沙小姐學堂（不久改稱私立女布道學堂）。1902 年命名為匯文女子中學。1942 年又稱為「同倫女子中學」，抗戰勝利後恢復匯文女中校名。1952 年更名為南京市第四女子中學，1968 年改名為南京市人民中學，變為男女兼收。2016 年 8 月改回「南京市匯文女子中學」校名。

58 上海著名的「務本女塾」是由國人創辦的第一所女子學校，今為上海市第二中學。務本女塾由吳馨（字懷久）創立於 1902 年，女塾首批學生僅 7 人；該校以培養學生成為賢母良妻為宗旨，注重家政。1952 年改名為「上海市第二女子中學」。1967 年改名「上海市第二中學」，男女生兼收。張默君曾與楊蔭榆、湯國梨、張敬莊等人同學。

59 高夢弼：〈大凝堂年譜〉，中國國民黨中央委員會黨史委員會編：《張默君先生文集》附錄，頁 524-525。

1907 年，24 歲的張默君隨後又進入蘇州知名的基督教會創立的貴族女校「景海女塾」[60]補習英文，預備日後留學美國。隨後又入上海「聖約瑟女子書院」[61]文科就讀。這兩次與西方教會女學接觸的學習經驗，對於張默君後來（1918 年）前往美國東北部考察六所知名私立女子學院的女子教育，有一定的啟發意義。

2、做為女教師與教育家：擔任粹敏女學教務長與神州女學校長

張默君在女學（與女報）的職場專業表現，亦可明顯見出母親何承徽的深刻影響。自 1907 年開始，24 歲的張默君成為江蘇「粹敏女學」（原「旅寧公學」）[62]的教務長。1912 年，29 歲的張默君創辦「神州女界共和協濟社」與《神州女報》[63]，並在

---

60 蘇州「景海女塾」（景海女學校）由美國基督教監理會來華的第一位女傳教士海淑德創辦於 1902 年。最初辦學宗旨是專門培養名媛淑女和高素質的優雅女性。課程採用雙語教學。1917 年改名為「景海女子師範學校」，推行中文教學。1949 年後景海女中撤併。1951 年後改名為蘇南幼稚師範學校。1952 年全國大學院系調整，景海女中全部校舍歸江蘇師院使用。該校培養了張默君、楊蔭榆、吳貽芳、趙寄石等一批中國近現代史上的傑出女性。

61 上海「聖約瑟女子書院」（St. Joseph College）即聖若瑟女校（外僑子弟學校，方濟各後學聖母傳教修女會），創立於 1871 年。

62 「粹敏女學」學科計分師範本科、預科及附屬小學三級。所有課程特重固有之婦德，延聘女師，注重國文、家政等科。1907 年，呂碧城之姐呂惠如曾執掌教務，因故去職，後由張默君接任教務長。

63 《神州女報》於 1911 年 12 月創立，由張默君任社長兼經理，姚景蘇任副社長，編輯部部長湯國黎，改為楊季威，副部長談社英。

母親協助擘劃贊助下創辦「神州女學」[64]，師資多南社社員，如葉楚傖、陳去病、傅君劍、謝六逸、陳抱一等，也有女界同志陳鴻璧、楊季威等。[65] 1913 年，30 歲的張默君擔任「神州女學」校長至她出洋回國後的 1920 年為止。簡言之，張默君早年擔任女教師／校長的經歷，幾乎複製其母親何承徽的教職歷程，可見母親何承徽之於張默君的意義何等重要。

3、女權運動者：民國肇建即發起女權運動

張默君在民國之前即隨父親辦報、就學於新式學堂。民國（1912）肇建之後，婦女界也積極地發起不少女子相關團體，張默君也不落於人後，與務本女學諸同仁會商，被公推為總幹事，領銜通電東南各省女界踴躍捐輸，旋得巨款，與陳鴻璧、唐群英赴南京，面見孫中山，被蒙嘉許。同年夏天，同志唐群英等提倡女子參政運動（以婦女軍事團體的領導人為主），北京的袁世凱政府有不同意見。但張默君力倡男女平等，認為孫中山已經宣示，明載臨時約法，「則女子之宜參政，更待何爭？」北方之反對聲浪乃為之和緩。同年秋天，又與陳鴻璧、唐群英等組織「神州女界共和協濟社」（以政府官員和黨國要員的太太為主，如何妙齡和伍庭芳太太），[66]張默君被公推為協濟社社長，發刊《神州女報》；並以孫中山的捐款興辦自己的學校「神州女學」，張

64　「神州女學」依次開設小學、中學、大學專修科班，畢業生 1000 多人。

65　高夢弼：〈大凝堂年譜〉，中國國民黨中央委員會黨史委員會編：《張默君先生文集》附錄，頁 530。

66　李木蘭：《性別、政治與民主：近代中國的婦女參政》之〈第三章　第五節　讓我們先學習政治：張默君的神州婦女互濟會〉，頁 94-97。

默君兼掌報社和女學。[67]。簡言之，張默君以較溫和而漸進的方法提倡婦女參政，但女子受教育是先決條件，因此「改善中國的教育體制，特別是擴大女子教育機會，成為她畢生的關注點。」[68]同時，「將擴大正式教育看作是朝著證明婦女合法行使權力邁出的重要一步。」[69]是以，張默君往後也擔任教育方面的公職，成為近代中國婦女教愈的先驅之一。

民國二年（1913）春天，「萬國女子參政同盟會」會長「嘉德夫人」（Mrs. C. C. Catt）來華，張默君率領神州女界協濟社，邀集各女界團體，於張園[70]舉行歡迎大會，並告知國民黨政

---

[67] 高夢弼：〈大凝堂年譜〉，中國國民黨中央委員會黨史委員會編：《張默君先生文集》附錄，頁 529-530。另詳參須藤瑞代著；須藤瑞代、姚毅譯：《中國『女權』概念的變遷：清末民初的人權和社會性別》之〈第四章　第一節　圍繞女性參政權的論爭〉，頁 105-119；李木蘭：《性別、政治與民主：近代中國的婦女參政》之〈第三章　民國初年婦女對政治平等的追求〉，頁 80-124。

[68] 李木蘭：《性別、政治與民主：近代中國的婦女參政》之〈第三章　第五節　讓我們先學習政治：張默君的神州婦女互濟會〉，頁 96。

[69] 李木蘭：《性別、政治與民主：近代中國的婦女參政》之〈第三章　第五節　讓我們先學習政治：張默君的神州婦女互濟會〉，頁 97。

[70] 張園是晚清上海最大的市民公共活動場所，被譽為「近代中國第一公共空間」。1878 年由英國商人格龍營造為園。1882 年 8 月，商人張叔和購得此園，命名「張氏味蓴園」，又稱張家花園。1885 年開始向遊人開放，1893 年園內「安塏第」（Arcadia Hall）落成，為當時上海最高建築，且可容納千人以上會議。1903 年，張園完全開放經營，設立魔術表演、遊樂宮、中西式餐館等。張園於 1919 年歇業，後改建為里弄住宅（今威海路 590 弄）。張園鼎盛時期，許多新鮮的外國事物均在此登場，如：電燈、照相、電影、熱氣球等，各種體育競賽、賞花大會、展銷大會、戲劇表演（包括最早的話劇表演）皆在此舉辦。同時，它也

綱明列男女一切平權之義，嘉德夫人很振奮。雙方研討進行參政的方式，啟發互證，相談甚歡。日後，萬國女子參政同盟會、世界婦女協會、泛太平洋學術會議等，與神州女界協濟社、婦女參政會、女權運動會，時通聲氣，代表往還，皆與此款待嘉德夫人有關，[71]可說張默君已經以她的行動與表現，積極地與國際女權運動接軌，也奠下五年後訪美時，得以與美國女權界重要人物「蘭卿女士」（Mrs. J. Rankin）晤面的基礎；並獲得「嘉德夫人」的款待。由於當時美國的女子參政權也尚未落實，因此彼此會面交流也有共通聲氣、相互鼓勵之意。

總之，自 1911 年 10 月至 1913 年 11 月，是婦女參政運動最活躍的時期，當時對於女子參政權之擁有與否，曾掀起熱烈的討論，最重要的兩個社團之一便是張默君的「神州女界共和協濟社」，但隨著孫中山的支持變少，其後社團活動也逐漸停擺；直到 1920 年代這個議題才又重新被重視。

是以，張默君出洋考察前，即已成為新式學堂的女學生，也曾擔任女教習與創辦女學校；同時也參與了民初的女權運動。因此，1918 年 35 歲的神州女學校長張默君，便有機會奉派出國至歐美考察女子教育，也順道教育自己，藉機留學美國哥倫比亞大

是社會名流聚會的首選，如：1897 年 12 月 6 日便舉行了有中外婦女 122 人參加的盛大集會，討論上海女學堂的創辦事宜。1900 年以後，集會、演說成為張園一大特色。詳參熊月之：〈張園——晚清上海一個公共空間研究〉，《檔案與史學》，1996 年 06 期，第 31-42 頁；張偉、嚴潔瓊：《海上張園：近代中國第一座公共空間》（臺北：秀威資訊公司，2018 年 11 月）。

71　高夢弼：〈大凝堂年譜〉，中國國民黨中央委員會黨史委員會編：《張默君先生文集》附錄，頁 530-531。

學習教育。因此，張默君這趟「出走」經歷，不僅豐富了她的人生行旅，也對於她往後在女子教育上的發展有顯著的影響。

三、出洋視學、遊學與教育觀念的轉變——考察美東女子學院與留學之旅

張默君一生多元而流動的專業身分中，除了古典詩人，教育家與留學生也是她重要的專業身分。職是，擔任神州女學校長的張默君，在 35 歲依然單身的狀態下，有幸被教育部派往歐美考察西方女學，此行不僅是一趟公務考察之旅，也是開啟張默君此後半世紀人生的一次重要的學習與成長之旅，包括教育自己。此後，她繼續在女學與女權上奮鬥不懈，甚至擔任黨國要職時也可說是一介官方婦女議題的代言人。簡言之，由於深厚的古典詩文教養與她在新式女子教育上的成就，乃促成這趟深具意義的歐美教育考察之旅。

（一）出洋視學：考察女性職業教育與美東女子文理學院

1918 年，35 歲的張默君被教育部派往歐美考察女子職業教育，除參訪美國東北部六所知名的女子文理學院外，她也入學紐約哥倫比亞大學研習教育。隔年（1919 年）轉赴歐洲考察歐戰（第一次世界大戰）後各國的政治及教育發展，成功地在五四運動時期達成勸阻中國代表於巴黎和會上簽字一事，可說是海外五四運動的重要推手。回國後四處演講以分享考察成果，並寫成〈歐美教育考察錄〉及〈戰後之歐美女子教育〉兩篇重要的文

章。此外，張默君旅居歐美二年之間，也留下以古典詩文記錄的旅行見聞，不僅呈現了百年前的歐美社會與教育情景，也留下民初中國女性因公考察歐美教育之旅的珍貴紀錄。

根據張默君〈歐美女子教育考察錄〉之「序言」所述，此行早於 1917 年即已確定：

> 予自民國六年秋，受教育部委託，赴英法美日諸國，考察女子職業教育。時歐戰方劇，行旅維艱，乃與部中商定，做先美後歐計。顧時為滬濱女學及社會諸務所牽，迨七年四月始成行。[72]

是以，1918 年 4 月，35 歲的神州女學校長張默君終於啟程，[73] 報載張默君：「經教育部派往歐美日各國調查職業教育」[74]即此事。1918 年 4 月 28 日《民國日報》報導〈范靜生、張默君放洋後消息〉提及張默君的放洋行程：

> 教育部總長范源濂君及上海神州女學校長張昭漢女士先後

---

72 張默君：〈歐美女子教育考察錄〉序言，《時報》「婦女周刊」版，1920 年 1 月 15 日。

73 當時（1918 年）10 月的《婦女雜誌》第 4 卷第 10 期刊出一張歡送張默君赴美的大合照，照片上方標題為「歡送神州女學校校長張默君先生游美紀念」。

74 當時，上海《新聞報》第 1 版刊載〈張默君將出洋調查〉消息（1918 年 4 月 12 日），指出張默君放洋在即，神州女學及神州女界協濟社於 4 月 10 日開話別會以歡送她。參見〈張默君將出洋調查〉，《新聞報》第 1 版，1918 年 4 月 12 日。

> 受教育部委託，赴美洲日本考察教育，已於本月十四日乘亞細亞皇后號同時放洋。……聞范、張二君此去先至美洲後往日本及南洋，其於考察教育方針雖一致進行而分途負責，范任男校及學制、學風，而張任女校及其教授法與管理之精神並家庭社會聯絡法，如何審時度勢，因地制宜，均將躬往詳究，他日歸國，當有裨於教育也。[75]

於此可見，張默君於是年 4 月 14 日出發，此行將先往美洲考察再往日本及南洋；同時，主要任務在於負責考察女校的教學與管理方法。文中所指教育總長「范源濂」即「范靜生」（1875-

---

[75] 〈范靜生、張默君放洋後消息〉，《民國日報》第 10 版，1918 年 4 月 28 日。案：這篇報導的正確度有待商榷，報導前半部提及范源濂與張默君先至日本考察教育並受到歡迎：「教育部部長范源濂君及上海神州女學校長張昭漢女士先後受教育部委託，赴美洲日本考察教育，已於本月十四日乘亞細亞皇后號同時放洋。昨已過橫濱，沿途頗受駐長崎、神戶、橫濱等中國領事歡迎，所到各埠曾登陸參觀華僑所辦學校，對於國粹及愛國精神等多所贊許。日本各新聞記者紛來訪問，咸以中國委派女子至外洋考察教育者張女士殆第一人；且以范、張二人學識、態度均甚高尚，足表示泱泱大國風，頗增中國榮譽云云。」然而，此報導後半部卻又提及張默君擬先往美洲後往日本：「聞范、張二君此去先至美洲後往日本及南洋，……。」證諸張默君〈歐美女子教育考察錄〉所述此行並未至日本考察即可知前述報導之矛盾：「九月由意而法自馬賽買船歸，沿路於埃及國學校及新加坡、安南華僑教育，亦頗察及。惟日本則以繞道，不果行。但其教育多仿傚歐美，且路邇，隨時可往也。」（張默君：〈歐美女子教育考察錄〉序言，《時報》「婦女周刊」版，1920 年 1 月 15 日）可見張默君認為日本教育仿效歐美，且路途近隨時可往，所以此行並未前往考察。

1927），是民國早期著名的教育家。[76]

而張默君出洋考察教育的經歷與形象，或許早已示現於晚清諸多關於教育女性的小說中：

> 所有的小說都提出女性是世界公民的觀點，這些小說中的女主角周游世界，在此過程中遇到早已存在的女性華僑群體。所有人都以全球術語思考。她們可能是才華橫溢的演說家或作家，積極尋求關於選舉權、教育以及其他提升女性地位的知識。這些足跡遍及全世界的女性的楷模通常是西方人。[77]

是以，將女性視為周游世界的世界公民，且以全球術語思考；她們可能是才華橫溢的演說家或作家，積極尋求關於選舉權、教育以及其他提升女性地位的知識，這些特徵與真實情境中的張默君可說十分切合。

1、啓程：在路上

其後，張默君橫渡太平洋赴美，途中曾寫詩〈戊午春，被命之歐美考察教育，渡太平洋赴美，同舟有嚴範孫、范靜生諸老計

---

76 「范源濂」（1875-1927）即「范靜生」（字靜生），著名教育家。1898 年就讀於長沙時務學堂，師從梁啟超。戊戌變法失敗後，兩次東渡日本求學，先後在大同學校、東京高等師範學校學習。1911 年任清華大學總辦，1922 年擔任北京師範大學校長。曾於 1912 年、1916 年、1920 年三度出任中華民國教育總長。1918 年與嚴範孫、張伯苓同赴美國考察教育，回國後致力於創辦南開大學。

77 魏愛蓮（Ellen Widmer）；趙穎之譯：〈七姐妹與中國：1900-1950〉，《晚明以降才女的書寫、閱讀與旅行》，頁 289。

十八人，次均範老〉紀念此行：

> 俯仰蒼茫萬感陳，天風紫浪寄吟身。浮槎二九神仙侶，半是臥薪嘗膽人。曼舞清歌任雜陳，吾曹自有道相親。橫流今已瀰天下，忍作神州袖手人。[78]

此時仍在歐戰（第一次世界大戰）中，張默君有感於世界局勢之詭譎，在詩中以「忍作神州袖手人」說明自己對家國的關心；以「臥薪嘗膽」形容此趟歐美之旅，對女子教育尤其特別注重。同舟前往美國考察教育者，除了教育總長范靜生（源濂）外，還有近代推進教育現代化的先驅「嚴範孫」（1860-1929），此時他的任務便是考察美國教育，以便回國開辦一所新式的民辦大學，即後來知名的南開大學。[79]可見張默君同舟前往的皆為當時重要的教育界人士。

其後，張默君一行約在五月初抵達美洲西北岸登陸，先至加拿大溫哥華，再以陸路至美國中部大城芝加哥，抵達美京華盛

---

[78] 張默君：〈戊午春，被命之歐美考察教育，渡太平洋赴美，同舟有嚴範孫、范靜生諸老計十八人，次均範老〉，《白華草堂詩》，《大凝堂集（一）》，頁 33。

[79] 「嚴範孫」（1860-1929），名嚴修。1882 年鄉試中舉，次年中進士，後入清翰林院任職。擔任過清朝翰林院編修、國史館協修、會典館詳校官、貴州學政、學部侍郎，掌管全國的教育。但他積極倡導新式教育，曾以奏請光緒帝開設「經濟特科」以改革科舉制度而聞名於世。1902 到 1904 年間曾兩次東渡日本考察教育方法。1918 年與張伯苓同赴美考察大學教育，年末回國後，共同創辦南開大學，此即為其推行新式教育的重大貢獻。

頓，並沿路觀察美國社會樣貌與國民素質：

> 五月初抵〇京，裝〇〇，即與其教育當局接洽，從事調查東美各省學校。惟觀察範圍，不僅限於女子職業教育，是先為國人告者。蓋當予浮太平洋抵美洲西北英屬之溫哥華後，易車入美境芝加哥，經西中部各省而達華盛頓，計在道五日餘。沿途觀察各埠社會狀態，已略見其政治之良，風俗之美，民情之厚。舉美洲全境雖西北一帶稍有曠土，而男女無一游民，益知其近數十年來於普及教育，不遺餘力。進步之猛，收效之鉅，令人驚嘆，試以吾國民程度與較，相去不啻天淵。則我國所應考察而取法者，詎僅女子教育？又詎僅女子之職業教育乎？以是予之考察方針不覺一變，而擴其範圍至普通教育，不斤斤於職業一途也，特於女學及職業方面致意較深，記述較詳耳。[80]

五天沿路所見之國民素質，促使尚未真正展開視學之旅的張默君受到極大的啟發，若僅限於原先設定以女學之職業教育為主的考察目標顯然不夠深刻，必須擴大考察所有與教育相關的知識，才是提升國民素質的根本之道。由此觀之，張默君原先設定的目標，乃出自於以德輔才的觀念而使女性的才能得以有用，尤其是提供中下層或弱勢女性接受職業教育以便學以致用，此與晚清小說中的學校所設定的教育目標近似：

---

[80] 張默君：〈歐美女子教育考察錄〉序言，《時報》「婦女周刊」版，1920年1月15日。案：由於原文漫漶，若干文字無法辨識，以〇表示。

與一些晚清學校把德行置於才能之上不同，這些小說很能接受女人公的才能，事實上甚至讚賞她們的才能。但是，它們明確指出這一點：女性才能的價值不在本身，而在於它是使中國強大的方式。就內外的二元對立而言，它們允許女性長途旅行，但是多數仍然對女德問題保持焦慮。……。和晚清宮廷資助的學校一樣，一些這樣的小說關注社會下層女性，並提出職業學校的構想。[81]

在這些教育女性的小說中所呈現的現實，似乎可做為思考張默君原以女學之職業教育為考察重點的參照，雖然「晚清文學與實踐已經預示了職業教育的趨勢」[82]，強調實用性質的職業教育雖可學以致用，但張默君親履西方之後，顯然認為女子教育如果只有這樣是不夠的，因此她很快地調整考察方向不限於女子之職業教育。其後她參訪美東以較具理想性的文理教育為主的女子學院後，感受更加深刻。

2、視學：參訪美東四家女子文理學院

華盛頓之行後，張默君：「旋赴東美各地，詳查華沙、韋爾斯萊、斯密司、蒙特荷約克、越笛克拉菲等著名女子大學，及各省市立中心小學。」[83]這顯然是此行主要的目的。根據張默君

---

[81] 魏愛蓮（Ellen Widmer）；趙穎之譯：〈七姐妹與中國：1900-1950〉，《晚明以降才女的書寫、閱讀與旅行》，頁 289-290。

[82] 魏愛蓮（Ellen Widmer）；趙穎之譯：〈七姐妹與中國：1900-1950〉，《晚明以降才女的書寫、閱讀與旅行》，頁 295。

[83] 高夢弼：〈大凝堂年譜〉，中國國民黨中央委員會黨史委員會編：《張默君先生文集》附錄，頁 533。

1919 年春天的詩作〈己未春，美利堅冒雪視學，至庥省蒙特荷約克及斯密司兩女大學（二首，有序）〉之序言可知，此年夏天所參訪者僅四校，似無蒙特荷約克女子學院，也應該還沒有參訪斯密司：

> 東美女子教育首推六大學，曰華沙，曰韋爾斯萊，曰西門斯，曰越笛克拉菲，曰蒙特荷約克，曰斯密司，多有中國女生，成績頗善，上四校客夏曾一到，斯兩校為最後到者也。[84]

此詩序說明張默君先後二趟參觀新英格蘭地區的六所知名女子學院，第一年（1918 年）夏天先華沙學院（Vassar College，今譯瓦薩學院）[85]、韋爾斯萊（Wellesley College，今譯衛斯理學院）[86]、西門斯（Simmons College，今譯西蒙斯學院）[87]、越笛克拉

---

[84] 張默君：〈己未春美利堅冒雪視學，至庥省蒙特荷約克及斯密司兩女大學（二首有序）〉，《白華草堂詩》，《大凝堂集（一）》，頁 34。

[85] 華沙學院（Vassar College，今譯瓦薩學院）成立於 1861 年，位於美國紐約州波啟浦夕市（Poughkeepsie, New York），為美國七姐妹學院（Seven Sisters）之一。案：知名校友陳衡哲於 1915-1918 年間在校就讀，而張默君於 1918 年夏天至此校考察，未知是否相遇。

[86] 韋爾斯萊（Wellesley College，今譯衛斯理學院），成立於 1875 年，位於美國麻薩諸塞州波士頓城西的小鎮韋爾斯利（Wellesley, Massachusetts），為美國七姐妹學院（Seven Sisters）之一。案：知名校友宋美齡（1913-1917 年就讀 Wellesley College，獲學士學位），在張默君前往考察時，應已畢業了。而另一知名校友冰心則較晚留美（1923 至 Wellesley College 深造，1926 年獲碩士學位）。

菲（Radcliffe College，今譯雷德克里夫學院）[88]等四所女子學院；第二年（1919 年）春天才拜訪蒙特荷約克（Mount Holyoke College，今譯曼荷蓮學院）[89]與斯密司（Smith College，今譯史密斯學院）[90]兩所。除西門斯學院（Simmons College）外，其餘五所為美國「七姐妹學院」（Seven Sisters）成員。

同時，張默君觀察各校多已有中國女學生，且成績頗佳。小說家陳衡哲曾於 1915 至 1918 年在華沙學院就讀，並曾在《留美學生季報》撰寫〈記藩薩女子大學〉介紹她當時就讀的「藩薩女子大學」（華沙學院 Vassar College，今譯瓦薩學院），其中提及中國女學生留學美東女子學院的淵源及較少人留學「藩薩女子大學」的原因，可做為此則序文的參照：

> 一千九百十五年以前，藩薩與吾國學界，幾無關係之可述。有之，則自楊女士毓英及予之來此始也。吾國女學生

---

[87] 西門斯（Simmons College，今譯西蒙斯學院），創立於 1899 年，位於美國麻薩諸塞州波士頓城（Boston, Massachusetts）。

[88] 越笛克拉菲（Radcliffe College，今譯雷德克里夫學院）創建於 1879 年，位於美國麻薩諸塞州劍橋市，美國七姐妹學院（Seven Sisters）之一。1963 年始授予其畢業生哈佛－雷德克里夫聯合文憑；1977 年與哈佛簽署正式合併協議；1999 年全面整合到哈佛大學。

[89] 蒙特荷約克（Mount Holyoke College，今譯曼荷蓮學院）成立於 1837 年，位於美國麻薩諸塞州南哈德利（South Hadley, Massachusetts），為美國七姐妹學院（Seven Sisters）之一。

[90] 斯密司（Smith College，今譯史密斯學院），創立於 1871 年，位於美國麻薩諸塞州北安普敦（Northamptonm, Massachusetts），為美國七姐妹學院（Seven Sisters）之一。知名物理學家吳健雄曾任教於此。

> 之留學於美之東部者，大半入麻沙省之諸女子大學。一則柏開先城及其左近，無一中國學生，介引乏人，藩薩之於吾國人，遂如孤島獨峙大洋中，永無相接之機。一則藩薩近紐約，人多以奢華糜費疑之。一則藩薩時有日本學生，吾國人遂謂藩薩之於日人，猶威爾斯來大學之於吾國人（威爾斯來大學為中國女學生最先入之大學，人數亦甚多），畏疑而不欲來。[91]

由此可知，留學藩薩的中國女學生較少，直至 1915 年方有陳衡哲與楊毓英兩位留學於此，應與其地理位置位於紐約州有關，其餘五家皆位在遠離紐約的麻州，也因此容易被誤解為離繁華的紐約市較近而消費高昂，乃敬而遠之，再加上藩薩較多日本學生。是以，相較於中國女學生最先入學且人數亦甚多的威爾斯來（Wellesley College，今譯衛斯理學院），藩薩確實知名度不高。而威爾斯來也是張默君考察的目標，知名校友宋美齡即於 1913 至 1917 年間就學於該校。由此可知當時中國上層女子已漸有赴美東女子文理學院留學的風氣，是以張默君的考察之旅遇見華僑女學生應是常態。

其次，她又觀察到中國女學生成績頗佳，可能也與諸女校之教學嚴格有關。陳衡哲〈記藩薩女子大學〉即曾提及藩薩女子學院有嚴格的淘汰制度：

---

91 陳衡哲：〈記藩薩女子大學〉，《留美學生季報》第三年春季第一號，1915 年，頁 81。

> 藩薩之校長及董事等，皆以為學校之興衰，不在人數之多寡，而在品質之良窳也。乃於千九百五年定章學生以千人為限，至今其章未弛，而學生之欲來者日增，……至中年大考時，則嚴加淘汰，以符定額，故藩薩新生之視正月考試，不啻吾國昔日士子之視秋試也。[92]

是以，陳衡哲就讀的藩薩十分注重學生的學業表現，嚴格的淘汰制度令學子如臨大敵，不下於正式的國家考試。同時，陳衡哲小說〈一日〉對於女子大學的一日生活之描寫中，最常被提及的片段便是女學生們面對沉重的課業負擔，而退學人數愈來愈多。[93]此外，他也提及某位曾被藩薩退學而畢業於威爾斯來的廖女士，已應聘嶺南大學云云，可印證藩薩的教學嚴格：

> 廖女士奉獻者，曾卒業於威爾斯來，今冬將回國教授於粵之嶺南大學矣。而資遣之者，厥為藩薩，此實為藩薩全體熱心吾國教育事業之創，抑亦吾國學界他日與藩薩無量關係之楔子也，或摧殘之，或鼓勵之，是惟吾國學生之自惟矣。[94]

---

92 陳衡哲：〈記藩薩女子大學〉，《留美學生季報》第三年春季第一號，1915 年，頁 79。

93 陳衡哲：〈一日〉，《小雨點》（上海：新月書店，1928 年 4 月），頁 17-38。

94 陳衡哲：〈記藩薩女子大學〉，《留美學生季報》第三年春季第一號，1915 年，頁 81。

然而，嚴格的淘汰制度究竟是否值得繼續或改變，值得思考。

然而這種教育交流是單向的：「當時美國學生不會選擇去亞洲學習，但是金陵的學生和中國其他學校的學生確實進入史密斯、威爾斯利、曼荷蓮這些學院學習。」[95]可見當時女子留學生的流動比較偏向由中國到美國的單向交流。

而上述這些女子學院的共同特色正是：「上層社會的吸引力、高教育標準、文理教育、單性教育等特徵。」[96]其中「文理教育」恰是不少中國女學缺乏的。據魏愛蓮（Ellen Widmer）研究指出，所謂「文理教育」指的是不同於「強調家政」與「培養學生市場需要的技能」，而是：

> 一種既熟悉又陌生的概念：不服務於任何特定目的的教育可以使女學生受益。在帝制中國對男性的教育中這種教育理想是普遍存在的，但是這種思維方式很少被運用於女性教育。[97]

因此，「強調家政」與「培養學生市場需要的技能」（即職業教育）這樣有特定目的與針對性的教育方針，與傳統中國教養男子的理想很不同，卻是許多中國女學的辦學目標。而同時期中國也

---

95 魏愛蓮（Ellen Widmer）；趙穎之譯：〈七姐妹與中國：1900-1950〉，《晚明以降才女的書寫、閱讀與旅行》，頁305。

96 魏愛蓮（Ellen Widmer）；趙穎之譯：〈七姐妹與中國：1900-1950〉，《晚明以降才女的書寫、閱讀與旅行》，頁290。

97 魏愛蓮（Ellen Widmer）；趙穎之譯：〈七姐妹與中國：1900-1950〉，《晚明以降才女的書寫、閱讀與旅行》，頁293。

有此類女子學院，但其影響力可能並非想像中那麼大，主因是就學人數並不多，反而就讀於男女同校的基督教會學院的女生比較多；但此類女子學院在開拓女性的得體行為上可能較有成績。[98]易言之，晚清民初女學堂注重女性的「德」勝於「才」，陸續設立的女學堂除了針對上層女性，也建立職業學校，「旨在通過女性對家庭的貢獻提高她們為國家服務的能力。」[99]因為對於積弱的政經情勢而言，「教育中國女性似乎成為走出恥辱的一種方式」[100]。而張默君當時正是以神州女學校長的身分訪美的，對於女校的教育方針應當也有省思，可以想見她在美東女子文理學院考察時受到辦學觀念上的衝擊。

此年，她尚有詞作〈浪淘沙——戊午夏逭暑東美銀灣，雨餘，契伴棹舟湖上，素波如練，山翠照人，異越風光，感懷去國，為賦此闋，即次社英寄懷均〉可能就是這趟赴美東參訪女子學院的相關行程及衍生文本，雖然小序僅提及為避暑而至美東銀灣：

> 雨後景堪憐，山抹涼煙。一艘蕩碎鏡中天，天外平蕪青未了。遠道綿綿。
>
> 溼翠撲瑤鈿，綠損朱顏。無端清怨到眉尖。故國湖山猶健

---

98 魏愛蓮（Ellen Widmer）；趙穎之譯：〈七姐妹與中國：1900-1950〉，《晚明以降才女的書寫、閱讀與旅行》，頁 286-287。

99 魏愛蓮（Ellen Widmer）；趙穎之譯：〈七姐妹與中國：1900-1950〉，《晚明以降才女的書寫、閱讀與旅行》，頁 288。

100 魏愛蓮（Ellen Widmer）；趙穎之譯：〈七姐妹與中國：1900-1950〉，《晚明以降才女的書寫、閱讀與旅行》，頁 288。

> 在。歸去何年。[101]

此行應當是在參訪美東四所女子文理學院的同一段時間裡進行的遊湖行程。在風光明媚的盪舟遊程中，張默君因聯想到故國湖山而引發歸思。

3、再次視學：參訪美東二家女子文理學院

張默君詩作〈己未春，美利堅冒雪視學，至麻省蒙特荷約克及斯密司兩女大學（二首，有序）〉標題說明了第二年（1919）春天方才參訪麻省的蒙特荷約克（曼荷蓮）及斯密司（史密斯）兩所女子學院：

> 名校名山淑氣盈，天人端合住蓬瀛。時來紗籟雜清聽，坐愛飛瓊屑玉聲。（蒙特荷約克山水俱盛，時厓際有懸瀑敲冰，琅琅悅耳）

> 海外瓊華此冠軍，況從雪裡挹奇芬。漫誇仁術能醫國，絕學欣看在樂群。（斯密司以醫學及社會學聞于時）[102]

二首詩各自針對兩所學院的特色加以描寫。前一首描寫蒙特荷約克的校園山水，「名校名山淑氣盈」讚譽該校地靈人傑，並以

---

[101] 張默君：〈浪淘沙——戊午夏逭暑東美銀灣，雨餘契伴棹舟湖上，素波如練，山翠照人，異越風光，感懷去國，為賦此闋，即次社英寄懷均〉，《紅樹白雲山館詞》，《大寧堂集（二）》，頁3。

[102] 張默君：〈己未春美利堅冒雪視學，至麻省蒙特荷約克及斯密司兩女大學（二首有序）〉，《白華草堂詩》，《大凝堂集（一）》，頁34。

「蓬瀛」比喻校園如人間仙境。雖然此詩僅讚譽蒙特荷約克校園的自然山水美景，但「女性應當有壯觀的學習環境」[103]，而且「美國學院中的女校長如何為女性設計壯觀的學習環境」[104]也對於蓬勃的校園文化有很正面的助益。1906 年《萬國公報》即以〈美國第一女大學校之建立〉介紹后耳約克（即蒙特荷約克 Mount Holyoke College；今譯曼荷蓮）的歷史、環境與課程等概況，曾提及其環境之美有利身體健康：

> 后耳約克之地形勢甚佳，有山有湖，水木明瑟，學生之在彼者讀書之外，有覽眺登臨之樂，故身體健康，無面色慘白者，且各種體操之法皆備。更有一章程，凡學生在房屋中必自服灑掃整潔之役，使體力因之而活潑，且習慣不以作工為恥，則非書愚之比已。[105]

可見此女校校園優美，因此學生於讀書之餘，尚可使身體健康，可見該校注重女學生的體操。同時也安排學生勞動服務，除使體力活潑，習於勞作，不致成為書呆子。此外，其宗旨有二：

---

[103] 魏愛蓮（Ellen Widmer）；趙穎之譯：〈七姐妹與中國：1900-1950〉，《晚明以降才女的書寫、閱讀與旅行》，頁 298。

[104] 魏愛蓮（Ellen Widmer）；趙穎之譯：〈七姐妹與中國：1900-1950〉，《晚明以降才女的書寫、閱讀與旅行》，頁 299。

[105] 〈美國第一女大學校之建立〉，《萬國公報》光緒三十二年（1906 年）四月號，收錄於李又寧、張玉法主編：《近代中國女權運動史料》，頁 282。

> 一、道德，以宗教為主。一、科學，以實用為主，不求外觀之美麗。其教育之目的，則在使學生於家於國，皆成有益之人。[106]

由此可見該校之宗旨兼具道德（宗教）與科學（實用），務必培養學生成為有用之人。後一首則描述斯密司（史密斯）學院在醫學與社會學方面的成就獨占鰲頭，張默君認為她們的此成就乃由於「樂群」，即能與人合作的人格特質，這點或許與斯密司（史密斯）「以創造如家的氣氛著名」[107]的校園文化有關。特別強調兩所女子學院的校園環境與學術成就，可見張默君已然對於較為理想的文理教育有所體會，而非只注意女學生之職業教育，而這兩種教育理念的差異之於張默君，正是她出洋考察感到最有意義的部分。

然而，1920 至 1930 年代，美國國內出現了對於女子學院的負面批評，大多針對課程不夠實用或未能服務社會，因此這些女子文理學院後來的教育方向也開始加入「職業教育、社區教育、實用教育」，[108]而非僅堅守「以文理教育為基礎的上層社會形象」。[109]是以，「史密斯的自我防衛強調社會服務，驕傲地宣

---

106 〈美國第一女大學校之建立〉，《萬國公報》光緒三十二年（1906 年）四月號，收錄於李又寧、張玉法主編：《近代中國女權運動史料》，頁 283。

107 魏愛蓮（Ellen Widmer）；趙穎之譯：〈七姐妹與中國：1900-1950〉，《晚明以降才女的書寫、閱讀與旅行》，頁 291。

108 魏愛蓮（Ellen Widmer）；趙穎之譯：〈七姐妹與中國：1900-1950〉，《晚明以降才女的書寫、閱讀與旅行》，頁 306。

109 魏愛蓮（Ellen Widmer）；趙穎之譯：〈七姐妹與中國：1900-1950〉，

稱史密斯的女性向全世界伸出援手。」[110]、「史密斯試圖投射出一種更加以德行為基礎的女性服務的形象。」[111]因此，職業或實用或社區教育與理想的文理教育之間，其實也有融合或對話的可能。此外，美國七姊妹學院也受到質疑：「由於抵制婚姻、激進主義、勤奮學習，以及相關行為而受到攻擊。」[112]而張默君身為一名 35 歲仍單身的女性教育者，她所處的時代似乎已逐漸接受單身女性選擇以事業（職業）為主的人生，「中國女性才有了可以將職業置於婚姻之上的觀念。」[113]因此，張默君的親身經歷似乎也說明了女子學院的文理教育，可以開啟更多元的女性職業之選擇，而不必局限於婚姻一途。

此外，張默君此行乃重訪麻省考察，也「重遊」了去夏曾考察過的越笛克拉菲女子學院（Radcliffe College，今譯雷德克里夫學院）所在之康橋市（Cambridge，今譯劍橋市），哈佛大學即在附近。張默君曾寫下兩首與康橋有關的詩作，其一便是描寫走訪康橋知名文人故居的詩作〈美國康橋訪詩人郎霏洛故宅〉：

小立空庭花滿襟，孤懷天壤託微吟。詩人自有清緣在，鴻

《晚明以降才女的書寫、閱讀與旅行》，頁 306。

110 魏愛蓮（Ellen Widmer）；趙穎之譯：〈七姐妹與中國：1900-1950〉，《晚明以降才女的書寫、閱讀與旅行》，頁 304。

111 魏愛蓮（Ellen Widmer）；趙穎之譯：〈七姐妹與中國：1900-1950〉，《晚明以降才女的書寫、閱讀與旅行》，頁 304。

112 魏愛蓮（Ellen Widmer）；趙穎之譯：〈七姐妹與中國：1900-1950〉，《晚明以降才女的書寫、閱讀與旅行》，頁 296。

113 魏愛蓮（Ellen Widmer）；趙穎之譯：〈七姐妹與中國：1900-1950〉，《晚明以降才女的書寫、閱讀與旅行》，頁 288。

雪還留認淺深。[114]

此詩所描寫的主角即美國知名詩人郎霏洛（Henry Wadsworth Longfellow, 1807-1882，今譯朗費羅）故居，由詩末可知拜訪時間為冬天，張默君站在詩人故宅花園懷想當年詩人在此吟詩的丰采，不禁生發古今共鳴之感。另一首〈重遊康橋踏雪〉也是康橋遊蹤：

疎林斜帶玉為村，冷豔新招舊屐痕。異域風光無限好，又還歸思到梅魂。[115]

同樣也描寫下雪的康橋，與前一首詩所寫的康橋都是「重遊」，可見張默君曾兩度拜訪康橋，印象特別深刻；異域風光雖美好，仍舊引動歸鄉之思。而張默君詩集中未見描寫參訪越笛克拉菲女子學院的作品，可能未曾紀錄或已散佚。[116]

簡言之，張默君參訪美東六所女子學院，也促使她思考美國東西部大學對於「男女同校」與否的做法以及衍生的「男女平權」問題：

---

114 張默君：〈美國康橋訪詩人郎霏洛故宅〉，《白華草堂詩》，《大凝堂集（一）》，頁33。

115 張默君：〈重遊康橋踏雪〉，《白華草堂詩》，《大凝堂集（一）》，頁33。

116 包括張默君生前出版的全集《大凝堂集》（1960）以及身故後出版的《張默君詩文全集》（1983），均遺漏不少張默君早年發表於報端的作品。

> 男女同學之制，美洲風行已久，收效極良，本無問題。惟以其東西地勢遼闊，俗尚遂殊，則在西美教育上於此制度，不無稍異，故東美雖以教育發達之中心點名於世；而男女平權之風，則反遜其西部。西方各省幾無一男女不同授課之學校，而東部則自中學以上教育，頗有男女分校者。墨省及紐約省，甚多著名之女子大學，西部則否，即欲於嘉省等處求一純粹之女子大學，此東西美教育制度之大別也。[117]

張默君考察教育的重點在美東新英格蘭地區的六所女子名校，其中五所集中於文化深厚的麻省（文中「墨省」疑為「麻省」），而西部「嘉省」（應為「加省（州）」）大學幾乎全為男女同校。張默君認為美東文化較深厚，但單一性別的女校，似乎離「男女平權」觀念有點遠。然而，男女平權是女性主義發展的初步要求，而單一性別的女子學院理應更具有女性意識，應當遠較男女同校更能突顯「男女平權」甚至高度的女性意識才是，如同魏愛蓮研究中曾轉述的曼荷蓮學院畢業的金陵女子文理學院校長德本康夫人的話語：「我正逐步成為女性主義者。如果男女同校教育意味著者主要由男性教育女性，我對男性通過這種方式對女性施加影響深表懷疑，……。正如女性需要被男性教育，男性也需要被女性教育。」[118]然而，堅持單一性別的女校，果然真的

---

[117] 張默君：〈歐美女子教育考察錄〉，《時報》「婦女周刊」版，1920年1月29日。

[118] 魏愛蓮（Ellen Widmer）；趙穎之譯：〈七姐妹與中國：1900-1950〉，《晚明以降才女的書寫、閱讀與旅行》，頁297。

必然更女性主義嗎？似乎也有商榷的空間。

(二) 與世界女權運動同步：與「蘭卿女士」、「嘉德夫人」晤面

1918 年，張默君剛由加拿大登岸轉車至美國東部考察前，「自溫哥華抵華盛頓，由美國會第一任女議員蘭卿女士邀赴國會旁聽，並宴於國會餐廳，縱橫暢譚，互恨相見之晚。」[119]張默君在華盛頓接受美國國會第一位女議員也是女性主義者的「蘭卿女士」（Mrs. J. Rankin）[120]歡迎，可見她在女權方面已有一定成就，才能得到異邦人士的青睞。

1918 年夏天，張默君由華盛頓旋赴美東四校參訪後，「旋又應萬國女子參政同盟會會長嘉德夫人（Mrs. C. C. Catt）之邀，往紐約，夫人舉行盛會歡迎，熱烈招待。」[121]張默君在紐約受到美國女權運動領導人「嘉德夫人」（Mrs. C. C. Catt, 1859-1947）[122]之歡迎，代表張默君此前在國內推展女權運動已有一

119 高夢弼：〈大凝堂年譜〉，中國國民黨中央委員會黨史委員會編：《張默君先生文集》附錄，頁 532-533。

120 「蘭卿女士」（Mrs. J. Rankin；全名 Jeannette Pickering Rankin, 1880-1973），美國共和黨籍政治人物、女性主義者、人權活動家，1916 年當選眾議員，成為美國國會第一位女性議員。1918 年競選參議員失敗。1940 年重新入選國會。珍珠港事件後，她在國會投下反對向日本宣戰的唯一一票，此後離開政壇。

121 高夢弼：〈大凝堂年譜〉，中國國民黨中央委員會黨史委員會編：《張默君先生文集》附錄，頁 533。

122 「嘉德夫人」全名為 Mrs. Carrie Chapman Catt（1859-1947），是美國爭取女性投票權的領袖之一，曾經擔任過全美婦女投票權協會（National American Woman Suffrage Association, NAWSA）會長，以

定的成績。此行前五年（1913 年）春天，嘉德夫人曾至中國訪問，當時張默君即帶領神州女界協濟社邀集各女界團體，在上海張園舉行歡迎大會，並且共同研討女子參政等女權活動事宜。[123]是以，張默君先後在華盛頓及紐約和「蘭卿女士」（Mrs. J. Rankin）、「嘉德夫人」（Mrs. C. C. Catt）兩位從政女士會面，應有惺惺相惜之感。之後，張默君利用考察公餘進入紐約哥倫比亞大學研習教育。

（三）游學：入學哥倫比亞大學接收新式教育理念

張默君因公出洋視學，對於美國的女子教育情形，乃至一般教育，皆有心得。張默君便在學然後知不足的情形下，積極尋求自我進修與成長的機會，便就近加入知名的哥倫比亞大學教育學院進修，展開她的紐約求學記。

1、成為留學生：入哥倫比亞大學進修教育課程

隨後，張默君充分利用空檔時間，就近進入紐約哥倫比亞大學進修，以提升自己的教育專業知識：

> 當奔馳各地可兩月，條值暑假，各校無可參觀，乃不忍棄此有限可貴光陰，遂入紐約哥倫比亞大學之夏假學校，專研新教育學及職業教育、行政學等，月餘課竣，而開學期

「爭取婦女選舉權」為題之積極策畫下，促使美國國會於 1920 年通過修憲案，承認在政治經濟教育法律上男女地位平等；各國亦紛紛響應，蔚為風潮，婦女運動大行於全球。

[123] 高夢弼：〈大凝堂年譜〉，中國國民黨中央委員會黨史委員會編：《張默君先生文集》附錄，頁 530-531。

> 已至。予以哥校既為美洲大學最著之一，而其教育科諸名師若孟祿，若杜威，若桑達克，若確拔吹克所著學說，獨具精義，胥能迎向世界潮流而促進民族、共和真諦，及互助精神，固大足研究者也。且哥校男女學生二萬餘人，其高等師範部八千餘女子乃居大多數，女生每一宿舍有居學生五六百至七八百者，規模之弘遠可見，則其管理法及已及學生起居生活狀態，自尤有考察價值。然非躬親其境，息居稍久，莫得其真相，遂請於部，肄業該大學一年，於其教科及管理之精粹，所得固視倉促走觀，但窺其表面，勝一籌焉。此予於考察積極之計畫也。[124]

可知張默君充分利用暑期進入哥大夏假學校（暑期學校）專研新教育學及職業教育、行政學等，約月餘（開學期前）即修畢，似非正式學籍，可能開學後又繼續修習正式課程。此即當時報端所稱張默君在哥大「實習職業教育等科一年，彼邦人士非常讚許。」[125]張默君游學的哥倫比亞大學「高等師範部」即哥大知名的師範學院（Teachers College, Columbia University，簡稱哥大師院）[126]，美國最大的師範學院，聲譽卓著，不只教育大師

124 張默君：〈歐美女子教育考察錄〉序言，《時報》「婦女周刊」版，1920 年 1 月 15 日。

125 〈張默君女士不日返國〉，《民國日報》第 10 版，1919 年 7 月 23 日。

126 1919 年哥倫比亞大學應尚無女學生，而附近的巴納德（Barnard College）女子學院（七姐妹學院（Seven Sisters）之一）則創建於 1889 年，1900 年起併入哥倫比亞大學，但仍保有獨立的董事會與財政機構，學士學位由哥倫比亞大學授予。是以，張默君是否於哥大校本部就學，待考。案：1920 至 1922 年間呂碧城亦來此旁聽美術課程。在更早

「杜威」[127]曾執教於此，文中其中三位被提及的「孟祿」[128]、「桑達克」[129]與「確拔吹克」[130]等教育家，也都是當時哥大知名的教育學者。而近代中國早期許多重要的教育學者也都是哥大畢業生，包括胡適、蔣夢麟、馬寅初、張伯苓等人，對中國近代教育產生深遠影響。因此，慕名而來的張默君乃自請肄業該大學一年，成為高等師範部八千餘研習教育課程的女學生之一。這趟

的 1909 年，康同璧畢業於此校。

127 「杜威」即約翰・杜威（John Dewey, 1859-1952），美國著名教育家，現代教育學的創始人之一，被視為二十世紀最偉大的教育改革者之一，杜威最重要的教育思想是「連續性」以及「實踐中學習（做中學）」。1904-1930 年杜威在哥倫比亞大學哲學系兼任教授教職至退休，他的思想曾對 20 世紀前期的中國教育界產生重大影響，培養了胡適、馮友蘭、陶行知、郭秉文、張伯苓、蔣夢麟等重要學者。他曾到訪中國兩年，在全國舉辦數百場講座，見證五四運動。

128 「孟祿」即保羅・門羅（Paul Monroe, 1869-1947），美國教育家。1899 年成為哥倫比亞大學教授，教育史專家。門羅的主要教育目標：「民主的本質是所有的人，無論聰明或落後的，應該有充分發展的平等機會。」門羅對於中國教育發展有重要影響，他在哥大師範學院的中國學生，如郭秉文，陶行知，陳鶴琴，蔣夢麟和張伯苓等後來都成為中國一流的教育家。1920 至 1930 年代多次造訪中國。

129 「桑達克」即愛德華・李・桑代克（Edward Lee Thorndike, 1874-1949），美國心理學家，自 1899 年開始，幾乎終生在哥倫比亞大學教育學院執教。他從研究動物的實驗中領會牠們的學習過程，提出聯結主義理論：刺激（S）－反應（R）公式。被認為是教育心理學的奠基人。

130 「確拔吹克」即威廉・赫德・克伯屈（William Heard Kilpatrick, 1871-1965），美國教育學者，約翰・杜威的弟子、同事，是杜威在哥倫比亞大學的繼任者。其重要論述，主張課程編製以兒童的興趣為中心；設計教學法是以問題為中心的方式統整課程進行教學。

游學旨在充實自己的教育專業學養，對於以校長身分赴歐美視學的張默君而言，其重要性可想而知。

隔年（1919 年）1 月 14 日上海《時報》刊出一則報導提及同行的嚴範孫將回國，臨行贈詩予張默君：

> 嚴範孫先生戊午游美，適與張默君女士同舟，女士既留學，而先生將歸，臨別贈以詩曰：「伏氏經香班氏史，謝家詩筆亦天才。更通異域旁行字，萬里從容負笈來。」又：「巾幗英雄自有真，卻從艱苦見經綸。中邦女校雖千百，獨立撐撐有幾人。」又：「中邦女界開通久，稍遜西人作業勤，他日譯成新學說，先將實用救虛文。」[131]

張默君與嚴範孫同舟而至美國，而嚴氏於 1918 年末即先行回國，此時張默君留學哥大約半年左右。即將回國的嚴範孫寫給張默君的三首贈詩都很能看出他對張默君的期許與肯定。第一首讚許她擁有如班昭及謝道韞般的才華，且較諸古代才女有更多的異域經驗，甚至主動負笈留學。第二首詩肯定張默君具有堅苦卓絕的精神，是中國無數女校校長中少數能夠獨立支撐的巾幗英雄。第三首肯定中國早有女學，只是治理的成效稍遜於西人，期許張默君未來學成後，可將西人重實用的教育理論學說譯成中文以救虛文之弊。簡言之，對於張默君的教育專業表現正面肯定。

而入學哥大之後，時值中國學生留居紐約同學會改選之期，張默君當選該會有史以來第一位女性會長，「時胡適之博士亦在

---

131 「霏瓊屑玉」，《時報》，1919 年 1 月 14 日。

美，對先生膺選，即為宣揚欽讚，認為開風氣之先河，婦女界之光榮。」[132]可見張默君的才華也受到胡適的重視。

2、做為紐約客：思親與懷鄉

而獨身在美游學的張默君寫詩的對象皆為她的女性親友，如她的詩作〈紐約月夜奉懷母大人〉的思母之情：

> 百尺瓊樓獨倚闌，西風故國淚汍瀾。海天一抹無情碧，徹夜蟾蜍碾玉寒。[133]

詩裡透露自己孤身在紐約獨居高樓但充滿故國之思的情狀，尤其是思母之情。而此類身在異國卻心懷故國的心情，亦多見於張默君的域外詩作中。而隔年（1919）秋天便束裝回國的張默君，或與其母提醒歸國奉獻所學有關。[134]又如她的好友陳鴻璧，1919

---

[132] 高夢弼：〈大凝堂年譜〉，中國國民黨中央委員會黨史委員會編：《張默君先生文集》附錄，頁533。

[133] 張默君：〈紐約月夜奉懷母大人〉，《白華草堂詩》，《大凝堂集（一）》，頁33。

[134] 張默君於〈先妣何太夫人儀孝老人行述〉提及當時：「并於所歷諸邦戰時政狀民情與其近代國策之得失及教育方案之良否，詳加擘討，著〈歐美教育考察錄〉，時滬報多專載，先妣覽及，寄諭美洲曰：『爾見甚遠，不宥於視學，其速歸有獻於國乎？』」（張默君：〈先妣何太夫人儀孝老人行述〉，《玉渫山房文存》，《大凝堂集（三）》，頁30。）然此說似有疑義，蓋張默君赴歐游歷後，似直接由法國乘船返國，未再返美洲（美國），且此文應為回國後（1920年）始發表於報端。然而，搜尋近代相關期刊的資料庫，未見張默君所稱之〈歐美教育考察錄〉，僅尋得〈歐美女子教育考察錄〉，且刊登報端的時間為1920年1月後到5月間，當時張默君已於前一年11月歸國。是以張默

年秋天，張默君因思念友人陳鴻璧而作詩〈己未秋紐約盼鴻璧書不至〉：

> 風歗太平波，奇城感若何。（紐約為世界奇城之一）秋高人漸瘦，書斷燕空過。地迥難同夢，悲深易釀痾。十年勝浩劫，肝膽豈消磨。[135]

詩裡寫道身在世界奇城的張默君，對身在太平洋彼岸的陳鴻璧之書信未至感到悲傷。但兩地有明顯的時差，難以同夢；而悲傷過深恐怕容易致病。此種傷懷特別凸顯張默君孤身在紐約的留學生狀態。

（四）參訪女子職業教育單位：以麻省及紐約省教育部為主

張默君此行的主要目的是參訪女子職業教育情形，「顧是一載中雖在求學，隨時仍以餘暇，往各處參觀。盛暑嚴冬，未稍稍閒。」[136]是以，張默君對於麻省（州）及紐約省（州）的教育部有比較多的觀察，其中她對於紐約省教育部的圖書館及女性圖書館職員印象特別深刻：

君母親由報端閱讀後，寄信至美洲提醒女兒回國奉獻，就時間順序而言不盡合理，此說或有張默君本人記憶之誤差，暫存疑。

135 張默君：〈己未秋紐約盼鴻璧書不至〉，《白華草堂詩》，《大凝堂集（一）》，頁16。

136 張默君：〈歐美女子教育考察錄〉序言，《時報》「婦女周刊」版，1920年1月15日。

> 論者謂麻省為美國古文化中心，紐約則新教育之樞紐，今證以所見，良非虛譽。其都會在阿伯列，予嘗兩次來此考察，其教育部建築仿羅馬式，鞏固壯麗，世所罕覯，亦以見其地方之于經營教育事業，不少惜費之一端矣。部中附設圖書館、博物院，陳設精富，圖書館所藏各種參考書有四十二萬三千餘卷之多。館中司職者，大多為女子，曾畢業於圖書館專科者也。予以來部購採關於女學之電影片，並得部中特待。每日來部參觀之餘，即淹留館中，瀏覽圖書，將一來復。觀諸女職員任事之縝密勤敏，洵有非男子所能及者。[137]

張默君對於紐約省教育部的建築壯美、經費充裕與館藏宏富感到讚嘆之餘，每日前往其附設圖書館，對於畢業於圖書相關科系的女性圖書館員印象深刻，顯示紐約省的女子職業教育十分發達。張默君特別提及一段她與女圖書館員的對話：

> 一日有一女職員謂予曰：「請問中國近來女子之供職圖書館者若干人？以何者為最多？一年應得薪俸幾何？」予答以「中國圖書館尚未發達，各校亦鮮設專門圖書館科，故女界此種人才頗少，館中任事者，目下尚為男子。」該員頗訝異，然復曰：「然則君來美見吾輩日孜孜於此，得毋以為奇乎？」予莞爾曰：「是固今日吾人應有職業之一，

137 張默君：〈歐美女子教育考察錄〉，《時報》「婦女周刊」版，1920年2月12日。

特較他事為清適，忻許誠有之，奇則未也。他日君倘游中華，見吾東南各省女子約數百萬之眾，於春間競治蠶業，織絲綢，以應中外需要，當亦覺此乃西方婦人所罕有之職工焉。」該員稱「是」者再，並謂「願得時會往東亞一考察，以壯生平」云。[138]

對照當時中國圖書館不發達，且學校科系中尚未出現圖書館相關科系，因此當時女子職業自然也尚未有此類較清適的圖書管理工作，因此圖書館員尚少，且以男子為主。相對地，當時中華女子的職業大多仍以蠶桑等職工為主。經此比較可知張默君對於女子職業教育的定義與內涵，似乎也不是完全以下層女性為主的勞力工作，而是上升至圖書館員之流的中級管理工作。這些考察內容都是張默君未來回國後貢獻於女學的意見所在。

四、考察一戰後的女子教育、參與海外五四運動——以法國為主的歐陸考察之旅

1919 年 6 月張默君由美赴歐考察，[139]張默君歸國後所作之〈歐美女子教育考察錄〉序言敘及當時遊歐的行程：

八年夏，時大戰停已數月，大西洋航路，危險漸少，意歐

138 張默君：〈歐美女子教育考察錄〉，《時報》「婦女周刊」版，1920 年 2 月 12 日。

139 〈張默君女士不日返國〉，《民國日報》第 10 版，1919 年 7 月 23 日。

> 洲各國，當戰局甫定，風雲初變，其善後培本之政策，必先教育，則教育主張及組織，其有變遷改良處，可豫料也。乃於六月自美之歐，首至英倫，次及巴黎。除考察教育外，復往各重要戰地，以擇視戰線，及當時歐美婦女服務軍次之實情。繼自法而瑞士攬其共和之鼻祖之高風，及其教育之大概。復入意大利一覘古羅馬民族之尚武精神，及審美特性之寓於教育者。然○歐僅五月之久，每至一國，喘息甫定，則亟亟他適，而往返奔馳數萬里，費時既多。旋值夏假，參觀未便，所得甚微，故記載亦視美洲為簡略，要凡經觀察之點，聊供國人參考而已。[140]

可見張默君的行程由英轉赴法國、瑞士、意大利等國。她認為歐戰後各國善後培本之政策必先教育，因此首先考察教育，其次則是參觀戰場，以了解戰爭時期歐美婦女參與戰場的情形。然來去匆促，歐洲觀察所得不若對美國的豐富。而 1919 年 6 月 18 日張默君曾投書國內報端自述：「不日擬之瑞士、西班牙及意大利，一觀歐西文化發源地，爾後泛地中海、紅海以歸。」[141]可知張默君的歐遊行程重在走訪各文明國家的教育與文化。

而當時國內報紙對於她的歐游行程也多有報導，如「首至英國倫敦，採訪其一切教育規訓以及人情風俗；事竣後，復再至法

---

140 張默君：〈歐美女子教育考察錄〉序言，《時報》「婦女周刊」版，1920 年 1 月 15 日。案：其中一字漫漶不清，以○表示。

141 〈張默君女士巴黎來書（〈海外留學人才概觀〉附誌）〉，《時報・婦女周刊》，1919 年 8 月 21 日。此報導所述行程未見於張默君詩文集或全集中。

意瑞士諸國游歷調查。」[142]、「……而來英法觀其戰後教育之變遷及進步。聞尚須往義大利、希臘，一覽西歐文明發源之地，及共和鼻祖之瑞士，以覘其國民特具之精神。」[143]、「本年五月復渡歐遊歷法、義、瑞士、比利時等國，又至埃及、印度、安南等處，周游各地。」[144]等，顯然當時社會上對她的歐美考察之旅非常有興趣。然其時張默君歐游尚有一重要目的，即參與海外五四運動，代表留美學生阻止中國代表團在巴黎和會上簽字。

（一）啟程：渡大西洋的壯志

當時張默君由美東渡大西洋至歐洲，曾有詩〈渡大西洋口號（四首）〉：

目極魚龍變，胸空虎豹韜。辭家三萬里，飛夢踏靈鰲。

雷雨掀天來，蛟鼉相對舞。百丈湧鯨山，駕鯨絕塵宇。

黑月墮窮溟，玄光亂杳冥。飛吟雲漢邈，龍氣夜聞腥。

荒日浴洪流，初心抗霞表。浩蕩歌長風，一笑九夷小。[145]

---

142 〈張默君女士不日返國〉，《民國日報》第 10 版，1919 年 7 月 23 日。

143 〈張默君赴歐考察教育〉，《民國日報》第 10 版，1919 年 8 月 11 日。

144 〈張默君女士歸國〉，《民國日報》第 10 版，1919 年 11 月 12 日。

145 張默君：〈渡大西洋口號（四首）〉，《白華草堂詩》，《大凝堂集（一）》，頁 29。

身負重任的張默君在詩中展現的氣勢極為豪壯，而詞作〈謁金門——自美渡大西洋之歐，舟中對雨〉：

> 光不定，飛去飛來雲影。空翠溼衣靈雨冷，煙波千萬頃。欲脫寶刀誰贈，除卻詞仙詩聖。（謂意但丁、法嚣俄）舉目放歌淩碧溟，魚龍潛出聽。[146]

此詩展現她對於即將前往的歐洲文學之瞭解，尤其是「詞仙」意大利但丁與「詩聖」法國嚣俄（Hugo，今譯雨果）。而此時歐戰（第一次世界大戰）已然於前一年（1918）11 月 11 日結束了。是以張默君橫渡大西洋之際，自然也對當時的世界局勢發表看法，〈歐戰後，大西洋放歌，次翼如均〉便是明證：

> 蠻觸雄圖安在哉？殺機動地銷奔雷。蟲沙入海陽候眙，鯨騰蜺怒胡揻陊。聲撼崐崙如堪坏，（《莊子》：「堪坏得之，以襲崐崙」）窮溟萬派歸一杯。為吾聊澣詩脾埃，手扶靈鼇登崇臺。蛟螭寧教豺豹猜，兼攻若昧斯可哀。哀深若中初醱醅，拔劍四顧層霾開。大漢王化弘且恢，文鎮八荒通九陔。融融春氣天上來，國風泱泱民彝栽。恥言黷武功巍巍，地不藏寶陳奇瑰。吁嗟呼！師子夢酣何蕩駘，夢見群夷翕服天馬徠。狂飆倏至搖根荄，更有東倭狼突時相摧。凜然一髮千鈞催。唯自彊不息與日月光裴回，唯自彊不息

146 張默君：〈謁金門——自美渡大西洋之歐，舟中對雨〉，《紅樹白雲山館詞》，《大凝堂集（二）》，頁 2。

與日月光裴回。[147]

由此詩內容之豪放，可以想見張默君對於歐戰後的歐陸重要國家的情狀有一定的了解，對戰爭的殘酷以及終戰後的時事也有不少感慨，藉此激勵自己國家面對外侮應當自強不息的堅忍態度。

張默君赴歐後，首先抵達英國倫敦：「在倫敦參觀牛津、劍橋等大學、國會圖書館、博物院、蠟人院及歷代皇宮古蹟，有關於歷史文化者，莫不詳考問諮。」[148]可見張默君對於教育機構與歷史文化古蹟，均有實地考察的經驗，遺憾的是其詩文集中未見與此行程相關的作品。

（二）法國戰場之旅：省思戰爭中的女性

接著張默君到達法國，主要任務是代表美國哥倫比亞大學同學會，籲請北洋政府拒簽喪權辱國之巴黎和約，[149]可說是以實際行動參與海外的五四運動。當時人在美國的張默君召集哥大學

---

147 張默君：〈歐戰後，大西洋放歌，次翼如均〉：《白華草堂詩》，《大凝堂集（一）》，頁10。

148 〈張默君赴歐考察教育〉，《民國日報》第10版，1919年8月11日。案：報導中提及張默君在「倫敦參觀牛津、劍橋等大學」並不正確，牛津大學在倫敦西邊的牛津（Oxford），劍橋大學在倫敦東邊的劍橋（Cambridge），距離倫敦都有一定的距離。

149 1918年11月歐戰（第一次世界大戰）宣告結束；勝利的協約國為解決戰爭造成的問題及奠定戰後和平，於1919年1月18日在巴黎召開第一次會議，由美英法三國主導。由於大會將戰前德國在山東的特權轉交給日本，嚴重損害中國的利益，引發中國國內的反彈，5月4日在北京與上海的學生發起「五四運動」。

生開會，被公推為代表，便親赴巴黎聯合留法學生與和會代表陸徵祥等痛陳利害，且主稿急電北洋政府，籲請代表團拒絕簽字。

在6月28日《凡爾賽合約》尚未簽訂前，6月17日這一天張默君曾有一趟赴巴黎以外參觀歐戰戰場的行程，她自述：

> 默由五月自美而英，復由英而法以考察歐戰戰後情況，如和會之真相及政治教育社會之變遷，深所注意。昨商由法陸軍部特備專車，往範爾敦、霞龍、盎斯等省參觀。此次大戰場所至，赤地千里，白骨盈野，城郭邱墟，山林夷毀，慘目傷心，不可言狀。……。吾國積弱既久，而是役復宣而弗戰，和會失敗，良非偶然。國民經此鉅創，苟上下奮悟，南北一心，亟圖挽救，倭氛雖熾，尚可為也。……。八年六月十八日。[150]

可見張默君對歐戰後的世界情勢，尤其是巴黎和會及政治社會的變遷都很注意。而她所游歷的這幾個地點都是重要的歐戰戰場，其中「範爾敦」[151]（今譯「凡爾登（Verdun）」為知名的「凡

---

150 〈張默君女士巴黎來書（〈海外留學人才概觀〉附誌）〉，《時報・婦女周刊》，1919年8月21日。此報導所述行程未見於張默君詩文。

151 凡爾登（Verdun）是法國東北部一座小城市，德國通往巴黎的主要交通要道，有「巴黎鑰匙」之稱；凡爾登也是高盧民族情感的發源地，就情感或戰略面，法國都不可能放棄凡爾登。因此，進攻此處可以讓法國「流盡最後一滴血」。

*凡爾登戰役（Battle of Verdun）是第一次世界大戰中破壞性最大，時間最長的戰役，從1916年2月21日到12月19日，德法兩國雙方軍隊死亡超過29萬人，50多萬人受傷，被稱為「凡爾登絞肉機」。炮彈釋

爾登戰役（Battle of Verdun）」的戰場，1916 年發生於此的戰役是第一次世界大戰中破壞性最大、時間最長的戰役，法德雙方死傷慘重。當時炮彈釋放的鉛、砷和致命毒氣造成嚴重污染，有九個村莊被夷為平地。因此張默君參觀當時，此戰場方才結束戰爭不滿三年，她所描寫的慘狀，正是十分寫實的情景。至於「霞龍」可能是沙隆香檳（Châlons-en-Champagne）[152]，因當地駐紮眾多軍事基地而聞名；且歐戰（第一次世界大戰）期間，市區受到較大破壞。「盎斯」可能是漢斯（Reims），十九世紀末即有大量軍隊駐紮於此，形成漢斯軍區。在歐戰（第一次世界大戰）期間，做為軍事重地的漢斯受到大規模轟炸，發生於 1914 年 9 月 5 日至 12 日的第一次馬恩河戰役（First Battle of the Marne），漢斯超過八成五的建築物被摧毀，市區受到嚴重破壞。而 1918 年 7 月 15 日至 8 月 6 日的第二次馬恩河戰役（Second Battle of

---

放的鉛、砷和致命毒氣造成嚴重污染，凡爾登有九個村莊被法德士兵夷為平地，大部分被毀村莊都無法重建。1918 年一戰結束後，法國政府認為凡爾登方圓 1200 平方公里的區域都十分危險，不宜居住。過去一百多年僅一個被毀村莊得到重建，有兩個恢復一部分，剩下六個仍是紅色無人區（Zone Rouge）。在無人區內，有 1967 年由政府開放的凡爾登紀念館（Mémorial de Verdun）、杜奥蒙特國家公墓和藏骨堂（Douaumont National Necropolis and Ossuary）放置大約 13 萬名法國和德國士兵的遺骸、墓園豎立 1 萬 5 千多塊白色墓碑。

152 「霞龍」應為「香檳沙隆」（Châlons-en-Champagne），今簡稱沙龍，法國東北部城市，大東部大區馬恩省省會。西元 451 年發生的戰役常被認為是西羅馬帝國最後一場勝利。中世紀時因香檳酒生產和貿易而成為重要商業集鎮。法國大革命後，為鞏固沙隆的行政地位，大量軍事設施及營地在境內或附近建立，其中沙隆北部的「穆爾默隆軍營」一度被稱為「皇家軍營」。

the Marne），也稱為漢斯戰役（Battle of Reims），是西方戰線戰役中德軍最後一次發動大規模攻擊的戰役，最後德軍落敗，由法國軍隊領導的協約國軍隊發動反擊，使德軍遭受嚴重傷亡。[153]是以，張默君親訪法國東北部三處戰場，皆為歐戰（第一次世界大戰）期間遭受重大破壞的地點，但法國最後還是成功反擊而成為戰勝國。促使張默君聯想到自己國家的遭遇，認為國人應由法國受創嚴重仍舊成功戰勝敵國的事蹟激勵自己，而其時〈凡爾賽合約〉仍在和談中，尚未簽訂，張默君對國運的憂心可見一斑。

考察軍事要地與戰地之於張默君，除了激勵國人之愛國心之外，尚有瞭解歐美女性於戰爭中的地位之意義，此即她在歸國後所寫的〈歐美女子教育考察錄〉序言所述：「乃於六月自美之歐，首至英倫，次及巴黎。除考察教育外，復往各重要戰地，以擇視戰線，及當時歐美婦女服務軍次之實情。」[154]在〈戰後之歐美女子教育〉序言中也有類似說明：「嘗於斯時商議法國陸軍部，特許遍歷範爾敦及港斯戰場，凡此次重要戰線砲台等，均一涉足，藉覘其勝負之勢，及女子於軍中服務之蹟。」[155]可見張默君對於戰爭中的女性貢獻國家的表現特別有興趣。相關考察重

153 「盎斯」，今譯漢斯（Reims），也在法國東北部大區馬恩省，同時也是副省會，人口超過省會香檳沙隆近 4 倍。是法國藝術與歷史之城，歷史上共有 31 位法蘭西國王在漢斯主教座堂加冕，漢斯也被稱為「王者之城」。

154 張默君：〈歐美女子教育考察錄〉序言，《時報》「婦女周刊」版，1920 年 1 月 15 日。

155 張默君：〈戰後之歐美女子教育〉序言，《江蘇省立第一女子師範學校校友會雜誌》第 2 卷第 1/2 期（1923 年 5 月），頁 22。

點可見於她回國後所寫的〈戰後之歐美女子教育〉：

> 法國當戰爭之衝要，受禍最深。其人民為國犧牲其生命財產，亦最多。則女子協助之勞績，自視英美尤著。所有各種事業，與美國略同外，更有多數女子服務各兵工廠，任劇烈工作。如製造槍砲炸彈等，又有赴戰綫任運輸軍食之役事，備嘗槍林彈雨之苦，因以捐軀者亦夥。至國內一切交通郵電等機關，全託付於女子，以其時舉國男子均效命戰場，女子不得不出面負責，顧竟能勝任愉快，至是多者焉。[156]

張默君觀察到法國於歐戰受創最深，因此女子於戰爭時期對國家的協助便顯得更加重要，除了與美國女子略同較偏向後勤支援的事務（如：看護、縫紉、製造罐頭食品、捐助軍餉、寄送有趣的畫報或文學讀物等）外，[157]法國女子卻是參與幾乎與男性等同的戰地前線任務，如：製造槍砲炸彈及親赴戰場擔任運輸軍食等飽受生命威脅的事務，因此也有不少捐軀者，但上戰場的女性大多能夠勝任愉快。2015 年諾貝爾文學獎得主白俄羅斯亞歷塞維奇（Алексиевич С. А., 1947-）在《戰爭沒有女人的臉》中提及她曾採訪許多上過前線的女人：

---

[156] 張默君：〈戰後之歐美女子教育〉，《江蘇省立第一女子師範學校校友會雜誌》第 2 卷第 1/2 期（1923 年 5 月），頁 24。

[157] 以 1915 至 1918 年間留美就讀藩薩（瓦薩）女子學院的陳衡哲為例，她在 1917 年寫的小說〈一日〉有段文字即描述當時美國女子學院的女學生赴歐洲的法國戰壕中當看護婦之事，見《小雨點》，頁 34-35。

> 這些女人曾經都是軍中的各類專業人士：衛生指導員、狙擊手、機槍手、高炮指揮員、工兵；而現在，她們卻是會計師、化驗員、導遊、教師，……，此刻與當年，她們扮演的角色完全不相干。[158]

而參與歐戰的法國女人在戰地的身分，似與上述採訪結果雷同。「男人有他們的領地，不願讓女人越雷池一步，戰場就是其一。」[159]戰爭幾乎可說是專屬於男性的空間，而女性的戰爭記憶大多屬於戰場後方的日常生活；即使參與較多後勤支援單位的各種勤務，相關記憶往往也是歸屬於以男性為主的戰爭大敘述裡；女性的戰爭話語大多是沉默的。是以，「連那些上過前線的女人也都緘默不語，就算偶爾回憶，她們循規蹈矩、字斟句酌講述的也不是女人的戰爭，而是男人的戰爭。」[160]女性在戰爭時期上戰場的記憶，似乎也沒有因為她們的曾經「介入」而得到正面的陳述與表揚，一樣淹沒在以男性為主的戰爭史中；即使戰爭女性願意說出自己的戰爭記憶與經驗，也大多使用男人的語言、

---

[158] 斯維拉娜・亞歷塞維奇（Алексиевич С. A.）著；呂寧思譯：〈寫戰爭，更是寫人〉，《戰爭沒有女人的臉：169 個被掩蓋的女性聲音》，頁 414-415。

[159] 斯維拉娜・亞歷塞維奇（Алексиевич С. A.）著；呂寧思譯：〈寫戰爭，更是寫人〉，《戰爭沒有女人的臉：169 個被掩蓋的女性聲音》，頁 423。

[160] 斯維拉娜・亞歷塞維奇（Алексиевич С. A.）著；呂寧思譯：〈寫戰爭，更是寫人〉，《戰爭沒有女人的臉：169 個被掩蓋的女性聲音》，頁 413。

觀念及感受。[161]因此，女人似乎沒有自己的戰爭史、沒有自己的戰地故事。

此外，對於參戰的女性而言，戰爭不只是一場難以面對的大型生死殺戮，更是女性主體的自我確立或質疑。如亞歷塞維奇轉述她曾採訪過一位女性飛行員的自我陳述：「我在戰場上三年，那三年我完全不覺得自己是女人，身體就像死了一樣，月經也停了，幾乎完全沒有女人的慾望。」[162]此類參戰女人的自我陳述充滿對自我的質疑，確實不是男性會有的經驗或感受。但就女性主體的自我確立這一面而言，女性往往也因為戰爭而得到潛力的開發或女權的解放：

> 戰時，女性對家庭經濟已非略盡「棉薄之力」，她們被逼必須走出禁錮，打開視野向外擴展。二次大戰的歐洲、美國，女人在後方填補男人上前線留下的工作空缺，由此為女性提高政治權、經濟權等，奠定有利的基礎。[163]

因此，戰爭未必全然是只有負面的意義，而女子參與戰爭也未必只有犧牲奉獻一面的價值可談：「戰爭不全然是破壞的，在其以

---

[161] 參考斯維拉娜・亞歷塞維奇（Алексиевич С. А.）著；呂寧思譯：〈寫戰爭，更是寫人〉，《戰爭沒有女人的臉：169 個被掩蓋的女性聲音》，頁 413。

[162] 斯維拉娜・亞歷塞維奇（Алексиевич С. А.）著；呂寧思譯：〈寫戰爭，更是寫人〉，《戰爭沒有女人的臉：169 個被掩蓋的女性聲音》，頁 417。

[163] 柯惠鈴：〈戰爭、記憶與性別——女性口述訪問中的抗戰經驗〉，《民國女力：近代女權歷史的挖掘、重構與新詮釋》，頁 239。

鉅大力道衝擊舊有社會結構及秩序時，已閃現重建新社會的一絲曙光。」[164]尤其是女性面對戰爭瓦解社會固有規範與秩序的同時，其實也獲得了前所未有的自由，可以藉此重生或新生，展現嶄新的女性自我。因此，張默君特別觀察歐戰時期的女性在戰爭中的表現，顯得特別有意義，而這也是現代關於戰爭與女性主義研究的重點之一。

此外，張默君自述曾在巴黎參觀「新建戰爭大油畫館」，對於其中以戰爭時期女性為主題的畫作感到有興味：

> 予前在巴黎參觀新建戰爭大油畫館，凡此次戰爭之歷史人物及攻守得失之蹟，莫躍躍欲活，而女士亦在，率十數萬玉容縞袂之眾，莊立於各元首名將之上，神采飛動，宛若天人，功業千秋，洵足為吾女子生色者矣。但見吾國之馮國璋、段祺瑞輩，僅躋列於美國總統威邇遜之後，泠然作壁上觀，傍無一兵，惟一形容枯槁之華工席地而坐，考是畫乃集歐美當代美術家而成，其技藝之玅，意匠之深，均足歎觀。特予覩是，不禁感懷慙憾，以彼當軸之誤國，而吾女子無一奏功是役，而與斯密司氏媲嫐也。[165]

張默君所參觀之「新建戰爭大油畫館」據推測可能是傷兵院（L'hôtel des Invalides）的「法蘭西軍事博物館」（Musée de

164 柯惠鈴：〈戰爭、記憶與性別——女性口述訪問中的抗戰經驗〉，《民國女力：近代女權歷史的挖掘、重構與新詮釋》，頁 240。

165 張默君：〈戰後之歐美女子教育〉序言，《江蘇省立第一女子師範學校校友會雜誌》第 2 卷第 1/2 期（1923 年 5 月），頁 24。

l'Armée）[166]。大油畫館內收藏許多與歐戰（第一次世界大戰）相關之人物及事蹟，其中有許多上戰場的女士，英姿煥發地置身於男性元首名將之列，仍然出色。相對地，另一幅畫作中的馮國璋、段祺瑞雖與美國總統躋列，卻無一兵在旁，而是一名形容枯槁的華工陪襯在旁，與前一畫作相形失色。張默君觀此油畫後，為馮國璋、段祺瑞之誤國而感到慚愧，也為中國竟無一女子在此戰爭中奏功而感嘆。

簡言之，張默君認為女性不應於戰爭中缺席，也對敢於殺敵的英勇女性感到讚佩。這或許這與她早年曾與秋瑾、唐群英等女傑參與過革命事業有關，因此對於參戰的女英雄具有情感之投射。

（三）參與海外五四運動：阻止中國代表在巴黎和會簽字

參觀戰場之後，巴黎和會仍在開議中，張默君〈戰後之歐美女子教育〉序言提及全世界的焦點都在巴黎：「迨戰事告終，即自美而歐，正當巴黎和議甫開之時，各國專使代表若風起水湧，政見騷然，舉世政治的眼光，胥集中於此。」[167]巴黎和會經過激烈協商後，各戰勝國終於在 6 月 28 日的第七次大會簽訂〈凡爾賽和約〉，當日身為戰勝國之一的中國代表團缺席未簽字。而

---

[166] 「法蘭西軍事博物館」（Musée de l'Armée）創建於 1905 年，博物館的兩次世界大戰展廳、戴高樂將軍紀念館，是法國中小學生學習兩戰歷史的地方。

[167] 張默君：〈戰後之歐美女子教育〉序言，《江蘇省立第一女子師範學校校友會雜誌》第 2 卷第 1/2 期（1923 年 5 月），頁 22。

這場國民外交的成功，張默君之奔走必須記上一筆。[168]當時報紙也報導張默君此事：

> 現已赴巴黎。女士在美時，曾聯絡紐約學商界華人，組織愛國委員會，旋被舉為委員，於此次和會頗有協助。山東問題既失敗，女士憤慨獨深，屢公電我國在法代表堅拒簽字。復以根本救國莫若教育，乃毅然舍留學機會，而來英法觀其戰後教育之變遷及進步。[169]

報導指出張默君由美國遠赴巴黎的真正目的，乃為力促中國代表拒簽和會，與國內的五四運動相應。同時張默君更因此體認救國之道的根本在於教育，是以考察歐洲各國教育亦有其必要。

張默君另有詞作〈浪淘沙——歐戰後過法梵薩宮〉紀錄巴黎和會的簽約地點「法梵薩宮」：

> 絕徼亂離中，來去匆匆。賽因河上想雄風，霸業已隨流水逝，賸有離宮。
>
> 殘照晚霞烘，戰血猶紅。一場春夢了惺忪，誰與江山添淚點，點點哀鴻。[170]

---

168 高夢弼：〈大凝堂年譜〉，中國國民黨中央委員會黨史委員會編：《張默君先生文集》附錄，頁533-534。

169 〈張默君赴歐考察教育〉，《民國日報》第10版，1919年8月11日。〈張默君在歐之行蹤〉，《新聞報》第1版，1919年8月12日。兩篇報導的文字雷同。

170 張默君：〈浪淘沙——歐戰後過法梵薩宮〉，《紅樹白雲山館詞》，

「法梵薩宮」即「凡爾賽宮（Château de Versailles）」[171]，1911 年 11 月歐戰（第一次世界大戰）結束後，1912 年各戰勝的協約國於巴黎召開和會，6 月 28 日即在「凡爾賽宮」的「鏡廳」簽訂〈凡爾賽和約〉。是以，當張默君在巴黎市中心「賽因河」（即「賽納河（Seine）」）畔思及這座來去匆匆的「法梵薩宮」（凡爾賽宮）的相關記憶，與政治、戰爭有關；思及當年在此上演的各式英雄霸業，如今只剩此離宮見證歷史苦難。

會後，中國代表團於巴黎宴請張默君，詩作〈己未巴黎和會時於諸專使席間次均偶成〉即為此次宴會之紀錄：

> 消搖自笑楚狂客，閒遣吟情到紫醅。浮海忍觀狼虎會，當筵誰是縱橫才。明璫翠羽國風在，玅舞清音天際來。（座中二唐夫人皆善歌舞）如此河山如此日，萬千哀樂醉顏開。[172]

詩中呈現宴會中開懷暢飲的歡樂情景，除了自笑為楚狂客外，也自承無法旁觀如狼虎般的各國在和會上簽訂不利於己國的和約，「當筵誰是縱橫才」更有一種隱然的自豪，張默君巾幗不讓鬚眉的縱橫之才，由此可見。

《大凝堂集（二）》，頁 3。

171 位於巴黎郊外伊夫林省省會凡爾賽鎮。1682 年至 1789 年是法國的王宮及政治中心；1789 年法國大革命時期被破壞而淪為廢墟達 40 之年，至 1839 年方改為歷史博物館；1889 年為紀念法國大革命 100 周年，法蘭西第三共和國將之改造為公共博物館。

172 張默君：〈己未巴黎和會時於諸專使席間次均偶成〉，《白華草堂詩》，《大凝堂集（一）》，頁 21。

既已完成重大任務，張默君也遊覽巴黎勝景，其〈巴黎三謁拿破崙墓〉紀錄的便是參觀拿破崙墓的情景：

> 墓廬三顧不嫌頻，歐傑心儀第一人。周道典文垂萬禩，應知遺愛在斯民。（拿氏即位，首造法典，復廣築道路，至今全國可馳汽車，交通之便，甲於歐洲）

> 雄奇雋逸復風流，普法胡為永世仇？斯役又枯天下骨，拿翁功罪自千秋。[173]

張默君參觀的「拿破崙墓」即法國皇帝拿破崙・波拿巴一世（Napoléon Bonaparte, 1769-1821）位於傷兵院（L'hôtel des Invalides）內的陵墓。[174]第一首詩提及三謁拿破崙墓，並且特別讚許拿破崙頒布法典與廣築道路的事蹟；第二首詩則提及拿破崙的雄才大略以及普法戰爭，「斯役」指的應是最近剛結束不久的歐戰（第一次世界大戰），尤其是前述已提及的「凡爾登戰役」法德雙方死傷慘重，令張默君不禁感嘆兩國何以世仇如此？兩詩

---

[173] 張默君：〈巴黎三謁拿破崙墓〉，《時報》「婦女周刊」，1919 年 8 月 21 日。此詩未收入張默君《白華草堂詩》中。

[174] 「傷兵院」始建於 1670 年，由當時法王路易十四下令建造，用來接待及治療退伍軍人及抗戰後殘疾軍人的醫院。傷兵院中還有法蘭西軍事博物館，是法國第五大吸引觀眾最多的歷史博物館，館藏逾 50 萬件，涵蓋中世紀至當代的歷史，藏品包括歷代法國國王的盔甲和武器、寶劍、戰炮、軍服、畫作、攝影作品以及法國重要歷史人物的個人物品，如法王費朗索瓦一世、路易十四、戴高樂將軍等，是世界上最珍貴的軍事藝術收藏品之一。

既有對拿破崙的讚揚，也有對於殘酷戰爭的感嘆。

其後，張默君也遊覽距「拿破崙墓」不遠的巴黎鐵塔，其詩作〈世界大戰後登巴黎鐵塔有感〉即是此行記錄：

> 玲瓏百丈擎碧空，劫後河山一瞰中。誰道名城歌舞歇，茶花豔倚血花紅。

> 樽俎絕勝快新猷，滿眼瘡痍未易收。彼◯纔饒豪俠氣，可堪國寶付東流。（民窮財盡，美人擬以巨資易是塔置紐約云）[175]

第一首詩指出「巴黎鐵壚（塔）」（即「艾菲爾鐵塔（La Tour Eiffel）」的高聳與巴黎的朝氣。鐵塔於 1889 年矗立於巴黎市區，張默君參訪時已然矗立 30 年。塔高 312 公尺，曾為全球最高建築約 40 年（1889-1930）之久，因此張默君一開篇便稱「玲瓏百丈擎碧空」，藉由高聳的鐵塔見證巴黎即使歷經歐戰的洗禮（血花紅），仍舊充滿名城的朝氣與繁華（歌舞、茶花），未見消沉。然而，第二首詩裡，張默君也提及剛結束不久的歐戰對法國造成的傷害，在民窮財盡的狀況下，聽聞美國人有意以巨資購買鐵塔以解法人之財困現況。是以，張默君的法國巴黎之行幾乎皆圍繞著與歐戰有關的景點與話題。

---

175 張默君：〈世界大戰後登巴黎鐵塔有感〉，《時報》「婦女周刊」，1919 年 8 月 21 日。同題詩作二首，後來僅第一首收錄於《白華草堂詩》（《大凝堂集（一）》，頁 33），並易名為〈歐戰後登巴黎鐵壚〉，題目略異；未收錄第二首。案：其中一字漫漶不清，以◯表示。

（四）「天賦人權」思想的起源地：參訪思想家盧騷講學著書處

法國行之後，張默君到瑞士考察教育，更重要的是參訪法籍瑞士裔思想家盧騷之講學著書處，其詩作〈瑞士過盧騷講學著書處〉即是此行紀錄：

> 垂髫猶記讀《民約》，便已神飛到講壇。豈勝低徊臨此顧，夢中人海有迴瀾。（時各國勞工運動聲大盛）[176]

文中所指盧騷（Jean-Jacques Rousseau, 1712-1778），也譯作盧梭，啟蒙時代瑞士裔法國思想家、哲學家、政治理論家和作曲家。瑞士日內瓦是他的出生成長地，他一直待到 1742 年 30 歲到巴黎發展。12 年後（1754 年）42 歲的盧騷回到日內瓦，當年 10 月完成《論人類不平等的起源和基礎》。1756 年盧騷住進隱盧寫《新愛洛依絲》。1762 年發表《社會契約論》與《愛彌兒》兩書，由於書中表達批判現實的激烈思想，盧騷遭到法國政府的迫害而逃離，在瑞士、普魯士和英國尋求避難所。盧騷在《愛彌爾》表達「自然教育」與「自由教育」的觀點，對後世教育思想影響很大，這對於遠赴歐美考察教育的張默君而言更有意義。而詩中提及之「《民約》」即盧騷名著《社會契約論》，又譯為《民約論》（1762），此書第一次提出「天賦人權」和「主權在民」的思想，開篇名言「人是生而自由的，但卻無往不在枷鎖之

---

[176] 張默君：〈瑞士過盧騷講學著書處〉，《白華草堂詩》，《大凝堂集（一）》，頁 33-34。

中」正是現代民主制度的基石，影響極大。不僅如此，盧騷的學說也對往後女性主義的發展有所啟發。是以，張默君自述「垂髫猶記讀《民約》」[177]，可見她早已神往於盧騷的論述，如今能夠親臨他在瑞士的講學著書處低迴，感覺更加真切。而當時又是世界各國勞工運動正盛之時，更能突顯盧騷學說的可貴。此即張默君歸國後所作之〈歐美女子教育考察錄〉序言所述：「自法而瑞士攬其共和之鼻祖之高風，及其教育之大概。」[178]可見張默君的歐游皆以考察教育為核心。

此外，張默君也到瑞士的高山名勝於遊覽，並有詩作〈夏日登瑞士少艾峰〉：

> 倦向人間問劫灰，且從絕域覓蓬萊。曉瞰媚雪紅無語，（瑞士諸山四時積雪不消）僊嶂橫空青欲來。四面瀑聲赴寥廓，一天花氣盪清哀。聞風吹處雲生袂，獨造奇峰首不回。[179]

「少艾峰」即「少女峰（Jungfraujoch）」是瑞士阿爾卑斯山區

[177] 此書最早的中譯本出現在 1882 年，由日本學者中江兆民翻譯的《民約譯解》（只譯前言至第一卷第六章），在日本出版。直到 1898 年上海同文書局刻印《民約譯解》第一卷，題名《民約通義》。1900 年留日學生楊廷棟據日譯本而完整翻譯的《民約論》中譯本問世；1902 年上海文明書局出版其單行本。

[178] 張默君：〈歐美女子教育考察錄〉序言，《時報》「婦女周刊」版，1920 年 1 月 15 日。

[179] 張默君：〈夏日登瑞士少艾峰〉，《白華草堂詩》，《大凝堂集（一）》，頁 21。

的著名山峰，海拔 4158 公尺。[180]搭少女峰鐵道上山，沿途經過雲海、山谷、冰河，最後到達景緻如仙境的峰頂，四時積雪不化。張默君詩中所述即登山所見。

其後，張默君〈歐美女子教育考察錄〉序言提及前往義大利考察：「復入意大利一覘古羅馬民族之尚武精神，及審美特性之寓於教育者。」[181]考察的重點是該民族的尚武精神與審美教育，尤其後者對於近代中國的美學教育有重大影響。

簡言之，張默君的歐遊以法國為主，除參觀歐戰戰場、參與海外五四運動（阻止中國代表團在巴黎和會條約上簽字）、遊覽巴黎勝景（拿破崙墓、艾菲爾鐵塔等）、參觀思想家盧騷的故居等。所有的參訪心得都觸及歐戰以及教育議題。

五、歐美教育考察之旅後的觀察與借鏡：回程見聞及回國後的演講著述

張默君的歐美教育考察之旅前後不滿二年，1919 年秋天，張默君由歐洲返國的消息登諸報端：「秋間即自法國馬賽航紅海達香港返國。」[182]、「現已於昨午一點（十一號）乘法國郵船

[180] 20 世紀初期少女峰鐵路即建成，海拔 3454 公尺的少女峰車站為歐洲最高的火車站，有「歐洲之巔」之稱。少女峰鐵路有四分之三左右路段是在冰河底下隧道岩壁裡通過，工程艱鉅。

[181] 張默君：〈歐美女子教育考察錄〉序言，《時報》「婦女周刊」版，1920 年 1 月 15 日。

[182] 〈張默君赴歐考察教育〉，《民國日報》第 10 版，1919 年 8 月 11 日。

斯聘斯號抵滬。」[183]可知張默君由法國馬賽港搭乘郵船回國，並取道紅海回國。張默君歸國後有較詳盡的行程自述：

> 九月由意而法自馬賽買船歸，沿路於埃及國學校及新加坡、安南華僑教育，亦頗察及。惟日本則以繞道，不果行。但其教育多仿傚歐美，且路邇，隨時可往也。至考察記錄以所至先後惟次第，首列美國，而以英、法、瑞、意諸國次之，埃及、安南又次之。至我各國留學生及華僑工教育大概情形亦附入焉。[184]

由此可知，張默君把握海道回程的機會，考察途經之埃及、新加坡與安南（越南）等國教育，所稱「考察記錄」即後來演講並發表的文章〈歐美女子教育考察錄〉（1920），然實際上該文僅針對美國的教育制度進行細密的考察，未嘗述及其他國家。反而更晚發表的〈戰後之歐美女子教育〉（1923）方才有述及美國之外的教育概況，包括英、法、瑞士、意大利等國，並未及於埃及、新加坡與安南（越南）等國教育概況。

（一）海道回程的政教省思：紅海、埃及及南亞見聞

回程途中，張默君寫詩數首紀念回程所見，如〈紅海舟次苦熱病中作〉：

---

183 〈張默君女士歸國〉，《民國日報》第10版，1919年11月12日。

184 張默君：〈歐美女子教育考察錄〉序言，《時報》「婦女周刊」版，1920年1月15日。

倦撫風雲夢悄然，蒼茫一舸又浮天。病中放眼空千古，靜後游心入太玄。

海氣搖紅盪秋暑，沙光凝紫接蠻煙。獨憐絕徼群生瘁，盼斷甘霖已七年。（舟客告余斐洲兩岸已七年不雨）[185]

張默君描寫她在旅途中因苦熱秋暑而生病之所見，船運所經之紅海兩岸皆為熱帶沙漠型氣候且降水稀少，由同船乘客口中更得知兩岸已七年未曾下雨。另有一首也寫紅海的〈紅海中秋後一夕望月〉：

空明萬里泝流波，翛翛天風嚮晚多。玉宇高寒勞想像，頑沙浩渺偶經過。清知孤抱惟明月，倍放靈光卻病魔。對此漫興圓缺感，神州遙指路逶迤。[186]

中秋原為思親佳節，張默君身在異鄉郵船上獨自對抗病魔，倍感神傷，回鄉之路仍舊漫長。經紅海必經蘇彝士運河，張默君有〈渡蘇彝士河（河兩岸，英人設防甚嚴，戰跡可見）〉詩：

萬丈銀濤宛轉通，可憐人智奪天工。兩洲控制憑奇險，歷世縱橫詡善政。忍見積骸成瘦莽，猶餘故壘動悲風。明駝

185 張默君：〈紅海舟次苦熱病中作〉，《白華草堂詩》，《大凝堂集（一）》，頁 21-22。

186 張默君：〈紅海中秋後一夕望月〉，《白華草堂詩》，《大凝堂集（一）》，頁 22。

不管興亡事，來去黃沙碧樹中。[187]

蘇彝士河（Qanā al-Suways）今譯蘇伊士運河，位於埃及西奈半島西側，全長約 163 公里；1869 年即已通航，運河連結了歐洲與亞洲間的南北雙向水運，船隻不必繞過非洲南端的好望角，大大節省航程。1882 年英國進入並保護運河後，1888 年的君士坦丁堡大會公告運河為大不列顛帝國保護下的中立區；在 1936 年《英埃條約》中，英國堅持保留對運河的控制權；1951 年埃及新政府要求英國撤軍；1956 年 6 月英軍完全撤離埃及。是以，張默君途經蘇彝士運河，自然得見許多英軍設防甚嚴。然而這項大大縮短交通航程的善政，卻是犧牲數以萬計的埃及人的結果，因此張默君因此有所感慨，由此可見她對於國際事務與時事的了解。

是以，同系列尚有寫埃及的〈過埃及（時其地有革命事，英人防以重兵，而前赴和會代表適自巴黎歸，埃人迎於海口狂呼：「埃及萬歲、人道自由」不已）〉一詩：

古國息息一笑過，擘空金塔夢嵯峨。驚聞后稷遺風在，（傳聞某尖塔下有后稷墓，惜為時息卒，未往考證之）恥說天驕兵氣多。幾見魯戈迴落日，空憐趙璧失尼羅。群黎闔淚狂呼處，軺使歸來感若何？[188]

---

[187] 張默君：〈渡蘇彝士河〉，《白華草堂詩》，《大凝堂集（一）》，頁 22-23。

[188] 張默君：〈過埃及〉，《白華草堂詩》，《大凝堂集（一）》，頁 22。

由詩題下小序可知，張默君途經古國埃及，當時該地正發生革命，此因埃及原由英人管治（1882-1922 年），歐戰後埃及代表團藉著到巴黎參加和會，爭取埃及獨立，但很快就被逮捕。於是不滿英國政府的埃及民眾在 1919 年 3 月至 4 月間大規模遊行示威，演變成暴亂，史稱「1919 年革命」。此時，遠赴巴黎和會爭取獨立的埃及代表團成員歸來，被同胞視為爭取自由的英雄（直到 1922 年埃及始獨立建國）。途經此地的張默君剛好參與了這場國家盛事，雖無緣親履埃及並得見金字塔風貌，但顯然她對於當時埃及的處境卻有清楚的瞭解。

最後 1919 年 11 月回國前，張默君途經印度洋，寫下船中望錫蘭島的心情，詩作〈過錫蘭島，以舟中防疫禁登陸，晚眺雷音峰（三首）〉即是：

漫感崎嶇世道難，維新物境且隨安。仙濤頻挾梵音至，證我靈臺貯錫蘭。

冷月噓輝上遠嵐，雷音祇合夢中參。夢中尚有清涼界，海色天容一黛涵。

荒山一佛惟酣睡，慾海群生任去來。晦塞靈光天欲墮，慧眸千古為誰開。[189]

---

[189] 張默君：〈過錫蘭島，以舟中防疫禁登陸，晚眺雷音峰〉，《白華草堂詩》，《大凝堂集（一）》，頁 34。

張默君座船所經之「錫蘭島」即今「斯里蘭卡」，當時為英國直轄殖民地。1796 年英國東印度公司從荷蘭手中奪得錫蘭島沿海地區；1798 年設立錫蘭總督；1802 年交由英國政府管理，1815 年英國廢黜錫蘭國王，將全島置於英國統治下，直到 1948 年方才獨立為錫蘭自治領；1972 年更改國名為斯里蘭卡。

簡言之，張默君的歐美之旅，一路見證了美國、法國與英國等世界三大強權在全世界所展現的政治實力與權力，這對張默君而言絕對是一次難得的經歷。之後張默君尚有新加坡與安南（越南）的教育考察之旅，惜未見相關詩文。

（二）返國後的演講與著述：借鏡歐美教育以提升女子教育

1919 年 11 月 11 日張默君歸國抵滬，隔日《民國日報》即報導神州女學校教職員生等齊往碼頭迎迓。[190]張默君旋任上海《時報》[191]「婦女周刊」版編輯。該年 12 月 8 日上海《時報》的「教育周刊」刊登張默君將演講「歐戰與教育之關係」消息；此類消息，眾家報刊皆有，可見張默君游歐美考察教育此事頗受

[190] 參考〈張默君女士歸國〉，《民國日報》第 10 版，1919 年 11 月 12 日。

[191] 上海《時報》（*Eastern Times*），1904 年 6 月 12 日在上海創刊，創辦人狄楚青（葆賢）和羅普分任經理和主筆；編撰人有陳冷、雷奮、包天笑、戈公振等。該報得到康有為、梁啟超資助，主張君主立憲制，提倡發展民族工商業。《時報》專闢「時評」欄，另闢「小說」欄以譯介西方文學名著；後又增出「教育」、「實業」、「婦女」、「兒童」、「圖畫」等周刊，內容豐富。該報首創對開報紙、分為四版、兩面印刷的現代版式。

矚目。

其後，張默君的演講辭〈歐美女子教育考察錄〉發表於《時報》「婦女周刊」版（1920 年 1 月 15 日到 5 月 20 日），計連載 14 次。[192]內容章節如下：「第一章　關於美國教育之觀察」，包含「一、教育系統及學制之大略：幼稚教育、小學教育、中等教育、高等教育」、「二、教育行政及經費：中央教育局、各省教育部；教育經費分配：（甲）地方徵稅及荒地撥助費（乙）私人捐助費（丙）中央補助費」、「三、所見各種學校之優點：（A）幼稚園（B）小學校（未完）」（未完）。就標題及內容而言，雖名為「歐美」，實則僅詳論「第一章」美國的教育部分，而未及於歐洲其他國家的教育概況。

接著，張默君於 1920 年 6 月轉任「江蘇省立第一女子師範學校」[193]（前身即「旅寧公學」更名之「粹敏女學」）校長。[194]

---

[192] 張默君：〈歐美女子教育考察錄〉，《時報》「婦女周刊」版，1920 年 1 月 15 日、1 月 22 日、1 月 29 日、2 月 5 日、2 月 12 日、2 月 26 日、3 月 4 日、3 月 11 日、3 月 20 日、4 月 1 日、4 月 8 日、4 月 10 日、4 月 29 日、5 月 20 日，計連載 14 次。第 14 次（5 月 20 日）連載的文末註明「未完」，然而之後便未見連載。

[193] 「江蘇省立第一女子師範學校」即 1905 年由張默君之父張通典等人創辦之「旅寧第一女學堂」，設初高兩學堂及師範班；後兩江總督端方易名為「粹敏第一女學」；辛亥革命前，師範班與私立江南女子公學合併，定名為「寧垣屬女子師範學堂」，辛亥革命時一度停辦。1912 年 5 月復辦，定名「江蘇省立第一女子師範學校」。現址為南京市中華中學。

[194] 「張默君接任女師校長」，《民國日報》第 11 版，1920 年 5 月 31 日。文中提及奉令早已派下，現因該校學生期盼甚殷，張默君乃決定自 6 月 1 日起調校擔任校長。

1921 年擔任中國教育改進社女子教育組組長及交際主任，並在江蘇第一女師附設失學婦孺夜校，鼓勵進修，並力主大專院校應廣收女學生。可見張默君回國後仍舊投入心力於女校教育上。

1923 年張默君至徐州演講會演講，其主題便是她在歐美考察女子教育的心得，講辭以〈戰後之歐美女子教育〉之名刊登於《江蘇省立第一女子師範學校校友會雜誌》。[195]就此文內容言之，似乎為前述〈歐美女子教育考察錄〉的姊妹作或「續集」，除部分敘及美國女子教育外，以更多的篇幅介紹歐洲各國的教育概況，包括英、法、瑞士、意大利等國。內容包括四個主要章節：「一、戰爭時歐美女子之活動」（甲、美國女子；乙、英國女子；丙、法國女子；丁、比國女子；戊、瑞士女子；己、意大利女子）、「二、戰爭於世界政治及歐美教育之影響」、「三、戰後歐美女子教育之推廣」（甲、美國新教育與女子；乙、英國新教育與女子；丙、法國新教育與女子；丁、瑞士國新教育與女子；戊、意大利新教育與女子」）、「四、中國今後女子教育之商榷」，涉及的面相不限於教育，也觸及各國女子參戰的介紹、戰爭與政治對於教育的影響等。

其中第三部分「戰後歐美女子教育之推廣」顯然是張默君考察的重點，分就美、英、法、瑞士、意大利等國的女子教育進行概說，並標示每一國的女子教育之特色，包括：「甲、美國新教育與女子（義務教育、職業教育、德育研究會、實驗主義的兒童之教育）；乙、英國新教育與女子（獲得牛津、康橋之學位）；

---

[195] 張默君：〈戰後之歐美女子教育〉，《江蘇省立第一女子師範學校校友會雜誌》第 2 卷第 1/2 期（1923 年 5 月），頁 22-32。

丙、法國新教育與女子（特設女子商業學校、職業學校均收女子，增重體育）；丁、瑞士國新教育與女子（特設體育、農職業學校及嬰兒學校之設施）；戊、意大利新教育與女子（擴張女子升學服務之途）」等，具有明確的指引。

而第四部分「中國今後女子教育之商榷」則是總結前述考察所得，提供八個要點，做為國人教育改革之借鏡，內容包括以下數點：

甲、聯絡各省立或私立女師範及中學校，組織全國女子教育促進會，徵求各地家庭社會意見，以定教育方針，謀有統系的進行。

乙、我國女子教育宜以養成共和國之公民資格，俾能與男子共同負責，以增進社會國家幸福為目的，不可僅限於家庭及小學之用，蓋既有純全之公民資格，則改良家政，教授兒童自優為之。

丙、推廣義務教育。於鄉鎮都會徧設義務學校。隨地收貧家失學子女及年長婦女，分別授以普通知識及生活上必須粗淺技能，以減少國中不識字婦女為急務。

丁、以民治的精神，發揮國性（國魂）的教育。保存中國婦女良好品德，如禮義廉恥忠孝勤儉等，使先立基礎。庶克成己成物，能吸收新文化、利用新潮流以自爭上游，不致為潮流所轉移汩滅也。

戊、國中所有小學，宜兼收女生，力圖常識多普及女子。

己、各省宜多設女子中學校，而校中除普通學科外，宜兼重職業之訓練。一面養成升學之資格，一面輔助其服務之技能。

庚、擴充女子職業教育之範圍。

辛、各省都會宜籌設女子高等師範，或女子大學校，以培植優尚人才，使其在社會國家得與男子服同等義務享同等權利。[196]

以上八點對於女子教育的建議可謂面面俱到，包括組織女子教育促進會以廣蒐意見、教養女子為共和國之公民、推廣婦女之義務教育以減少不識字者、保存婦女固有之美德並吸收新文化新潮流、小學宜兼收女生、多設女子中學校且普通學科外兼重職業訓練、擴充女子職業教育範圍、各省會宜籌設女子高等師範或女子大學校以培植優尚人才。凡此種種建議可謂面面俱到，完全展現她出洋考察所得之精華，旨在培育優質女性公民，使享有與男子同等之權利義務，裨益國家發展。

此外，張默君於 1924 年 4 月 4 日又有一次徐州演講，講題〈我之家事教育觀〉以表達她對於女子學校的家事教育課程的看法，此文或可視為她自歐美教育考察後的衍生產品。內容包含三大重點：「一、家庭在社會之地謂及功用」；「二、近代家庭動搖之原因及我國應注重之點」；「三、家事教育真恉及一般人之誤解」；四、「實施家事教育之要則及學科」，該講辭首登於《申報》「教育與人生周刊」，[197]其後上海《新聞報》與杭州

[196] 張默君：〈戰後之歐美女子教育〉，《江蘇省立第一女子師範學校校友會雜誌》第 2 卷第 1/2 期（1923 年 5 月），頁 31-32。

[197] 張默君：〈我之家事教育觀〉，《申報》「教育與人生周刊」第 26 期（1924 年 4 月 14 日），頁 0-2。

《婦女旬刊》、天津《益世報》[198]皆轉載之，可見其受歡迎的程度。

而張默君出洋考察回國後也擔任許多女界職務，參與不少女權相關的社團活動，如 1920 年參加上海女界交誼大會、萬國女子參政同盟會；1921 年擔任中國教育改進社女子教育組組長及交際主任；1924 年創立上海女子商業儲蓄銀行。1927 年出任杭州市教育局局長，也出任中國婦女協會副委員長，擔任教育組組長及交際主任。1928 年中國婦女協會更名中國婦女協濟社。1930 年參加婦女提倡國貨會；1931 年參加反日救國大會與婦女慰勞將士會。1934 年參加中華婦女同盟會；1936 年任南京新生活運動委員會婦女工作委員會委員等。由以上眾多的女權相關活動及職務，可見張默君在歐美考察回國後的女權活動力十分可觀。

簡言之，張默君出洋考察女子教育，不只是完成一趟公務考察之旅，其實也是她自己的一次學習與成長之旅，於公於私皆有

---

198 後轉載於上海《新聞報》，分五天刊登：〈我之家事教育觀〉，《新聞報》第 15 版，1924 年 4 月 18 日；〈我之家事教育觀（續）〉，《新聞報》第 15 版，1924 年 4 月 19 日；〈我之家事教育觀（續）〉，《新聞報》第 15 版，1924 年 4 月 22 日；〈我之家事教育觀（續）〉，《新聞報》第 19 版，1924 年 4 月 28 日。〈我之家事教育觀（續）〉，《新聞報》第 15 版，1924 年 5 月 2 日。

*又轉載於杭州《婦女旬刊》：〈我之家事教育觀（二～四）〉，《婦女旬刊》151 期（1924 年 8 月 10 日）；〈我之家事教育觀（一～二）〉，《婦女旬刊》152 期（1924 年 8 月 20 日）；〈我之家事教育觀〉，《婦女旬刊》153 期（1924 年 8 月 30 日）。

*再轉載於天津《益世報》，分四天刊登：〈我之家事教育觀〉，《益世報》第 16 版，1926 年 1 月 6 號、1 月 7 號、1 月 8 號、1 月 9 號。

收穫。

六、結語：張默君考察歐美女子教育，也是自我教育及成長之旅

綜合前述，35 歲單身的張默君以女校校長的身分，奉派出洋考察歐美女子教育的發展情形，不只完成官方之公務考察，提供國內女子教育發展之所需；也藉此成為留學生以成就自己、教育自己。

張默君一生在教育、新聞與黨政等各種公共領域的活動都非常活躍，尤其興辦女學更是她一生重視女權的成就之所在。首先，1918 年被教育部派往歐美考察教育，參訪美東知名的女子文理學院，並入學紐約哥倫比亞大學研習教育。張默君同時「取經」與「讀經」（似玄奘西天取經與就讀那爛陀大學），具有女性獨立的主體意識，對於造就更好的自己頗有自覺。而次年前往歐洲考察教育，並參與了海外的五四運動，其熱心愛國的情操令人印象深刻，顯然張默君早年投身革命的精神在此展現得淋漓盡致。其次，這趟出洋在歐戰前後進行，值此世界大事發生的同時，張默君或以其早年參與晚清革命的經驗與識見，也特別關注歐戰中為戰爭服務的女性與參戰女性對國家的貢獻。戰爭與女性的課題難以完全使用男性的目光與觀點去呈現，女性視野中的戰爭經驗值得被正視，雖然張默君沒有再深入探討，但她已然提出極有意義的問題。再者，張默君對於各國政治情勢與教育議題都有相當深刻的認識與敏銳的觀察，因此她在歐美所履之地及其相關文本，都能看到她深刻的見解，而非只是一般純賞吟風月的游

記書寫而已。

總言之，就上述張默君不凡的表現言之，她幾乎展現了與男子等同的表現，可說是大大地拓展了女詩人參與公共領域的範圍，也展現了女性的世界性眼光，開啟晚清民初女詩人多元的專業身分的典範。

第七章
文化景觀暨靈學／佛學之旅
——呂碧城的英倫行旅及後期人生朝向宗教修行的因緣

一、前言：呂碧城「鴻雪因緣」中的英倫之旅

民國才女呂碧城（1883-1943）一生兼具多重身分，包括詩人、記者、教習（教師）、秘書、商人、遊學生、旅行者、佛家居士等，而其單身漫遊的形象更深植人心。呂碧城三次單身漫遊，首次是 1920 年 9 月至美國哥倫比亞大學遊學，1922 年 4 月由加拿大道經日本，返回上海。第二度漫遊海外是 1926 年秋天漫游歐美，自美國轉赴歐洲，遍遊法國、瑞士、義大利、奧地利、德國、英國等，至 1933 年冬始離瑞士回上海。第三次漫遊自 1937 年 11 月自香港至新加坡，再度赴歐；1938 年 3 月重返瑞士，1940 年秋天自瑞士歸國，途經泰國再返香港。

其中第二次歐美漫遊，呂碧城曾旅居英倫半年，自 1927 年 8 月初至 1928 年 1 月底。旅英期間，她不只參訪文化景點，並以女記者的慣習寫下知性而專業的報導式旅行散文，與其他歐美遊記一起由倫敦寄回國內報刊發表。此外，她在英倫半年經常閱

讀英國報刊，且特別關注訟案與靈異事件，曾為文正式探討靈學與科學的關係；而呂碧城這趟為期半年的英倫旅居生活中，常往駐英公使館作客而偶遇佛緣，並因此開啟後半生學佛的契機，甚至離英後亦為文關注英倫的佛學發展。質言之，呂碧城的英倫旅行書寫，除了展現文化景觀的知性報導，也透過閱報呈現她對靈異的好奇與對靈學的興趣；更有意義的是，此行也是她後期人生以宗教安身立命的起點。這三個面相使得她的英倫旅行書寫呈現既知性又玄妙的反差之美感，與其特立獨行的人生風格十分吻合。簡言之，英倫旅居半年之於呂碧城的意義十分重大，不只是獨身女子的豪華自助旅行，更彰顯一位獨特女子的靈異／靈學興趣與宗教追求的契機。因此，呂碧城的英倫旅行書寫別樹一幟，值得探賾。

近年來，近代文學、女性文學與旅行文學領域的研究，皆對呂碧城投以相當關注的目光，相關論文所在多有，茲不一一贅述。其中較重要的研究者是方秀潔（Grace S. Fong），有多篇與呂碧城相關的論著，首先是〈另類的現代性，或現代中國的古典女性：呂碧城充滿挑戰的一生及其詞作〉（2003）[1]，精要地指出呂碧城其人其作之難以歸類與定義，可謂「另類現代性」，可稱之為現代文學的古典女性，以宏觀的角度看待呂碧城之文學史地位及價值[2]；其次是〈重塑時空與主體：呂碧城的《游廬瑣

1 方秀潔（Grace S. Fong）：〈另類的現代性，或現代中國的古典女性：呂碧城充滿挑戰的一生及其詞作〉，華東師範大學中文系編：《慶祝施蟄存教授百年華誕文集》（上海：上海古籍出版社，2003 年 10 月），頁 330-344。

2 英文版為："Alternative modernities, or a classical woman of modern

記》〉（2007）[3]，探討呂碧城遊記〈游廬瑣記〉所呈現的廬山，不只是中國文化豐富的空間，也是充滿異國情調的空間，顯示廬山為一處中西文化交匯的特殊時空，呂碧城也透過對異國異性的欲望展現其女性主體的確立[4]；第三，“Between the Literata and the New Woman: Lü Bicheng as Cultural Entrepreneur”（2014），筆者暫譯之為〈介於文人與新女性之間：做為文化企業家的呂碧城〉[5]，探討呂碧城成功實踐的各種身分（教育家、記者、女商人、詩（詞）人、旅行作家和翻譯）與其具有開創性的創業活動，包括婦女教育、旅遊記者和翻譯（佛經）等，以及這些身分及活動在作品中所反映的內容。方秀潔指出呂碧城由1904 年在天津擔任女教習開始，即富有創業精神，此一精神貫

China: the challenging trajectory of LÜ BICHENG'S (1883-1943) life and song lyrics" (2004)，收錄於 *NAN NÜ: Men, Women and Gender in China* (男女) 6.1, Brill, Leiden, The Netherlands, 2004。

3 方秀潔（Grace S. Fong）：〈重塑時空與主體：呂碧城的《游廬瑣記》〉，張宏生、錢南秀編：《中國文學：傳統與現代的對話》（上海：上海古籍出版社，2007 年 12 月），頁 393-413。

4 英文原文為“Reconfiguring time, space, and subjectivity: LÜ BICHENG'S travel writings on Mount Lu" (2008)，收錄於 Nanxiu Qian (錢南秀), Grace Fong (方秀潔) and Richard Smith (司馬富) 編：*Different Worlds of Discourse: transformations of Gender and Genre in Late Qing and Early Republican China*, Brill, Leiden, The Netherlands, 2008, pp.87-114。

5 方秀潔(Grace S. Fong): “Between the Literata and the New Woman: Lü Bicheng as Cultural Entrepreneur" 收錄於 Christopher Rea (雷勤風) & Nicolai Volland (傅朗) 編：*The Business of Culture: Cultural Entrepreneurs in China and Southeast Asia, 1900-65*, University of British Columbia Press, Vancouver, Canada, 2014, pp.35-61。

穿她一生，直至生命中後期皈依佛教、翻譯佛經皆如此。此外，拙著〈自我、空間與文化主體的流動／認同——以女詞人呂碧城（1883-1943）的散文為範圍〉（2012）[6]處理呂碧城之女性自我、虛實空間與文化主體之流動與認同問題；吳盛青〈彩筆調和兩半球——呂碧城海外新詞中的文化翻譯〉（2015）[7]針對呂碧城海外新詞如何以中國情調解讀西方文化，進行深度探討。相關研究盛況可見一斑。

是以，本論文擬在前人研究的基礎上，進一步以呂碧城的英倫旅行書寫探討她在這段旅居生活所呈現的知性旅行報導，並兼及其玄妙的靈異／靈學敘事，以及她由一般世俗的享樂旅行家朝向佛教徒修行生活的轉折。引用的文本出自呂碧城《歐美漫遊錄》（鴻雪因緣）的英倫旅行敘事，並旁及詩詞散文中的英倫主題，採用版本是李保民校箋《呂碧城集》（2015 年）。[8]本文擬探討以下問題。首先，她以女記者的身分慣習，知性地報導倫敦的文化景觀；並以其文藝涵養觀看異國藝術文物，展現她對於中西文藝的專業知識，同時也適時地展現自己的文化自信與對女性主體的認同。此外，曾為女記者的經歷也展現在她旅途閱報的習

6 拙著：〈自我、空間與文化主體的流動／認同——以女詞人呂碧城（1883-1943）的散文為範圍〉（《興大中文學報》第 32 期，2012 年 12 月，頁 167-211）。經修改後，以〈自我、空間與文化主體的流動／認同——呂碧城的古典散文〉為名，收錄於本書第三章。

7 吳盛青：〈彩筆調和兩半球——呂碧城海外新詞中的文化翻譯〉，《從摩羅到諾貝爾：文學．經典．現代意識》（臺北：麥田出版社，2015 年 1 月）。

8 呂碧城著；李保民校箋：《呂碧城集》（上海：上海古籍出版社，2015 年 8 月）。

慣上，特別關注社會新聞之訟案與靈異事件，也曾為文探討靈學、玄學與科學之間的問題，這顯示她不只是獵奇心態，也與內在不安有關。最後兼論呂碧城於英倫旅居期間偶遇佛學傳單，順勢開啟她後半生學佛的契機，乃至於最終朝向宗教追求方向發展；她也曾為文陳述英倫的佛教發展，可見英倫旅居也是她的宗教自覺之旅的開端，此時的她已然展露了佛學因緣。前述這兩個面相的英倫旅行文本與第一類文化景觀的敘事形成奇妙的反差之美，但又巧妙地融合為呂碧城獨特的生命拼圖，並不宥於一般（女性）旅行文學慣見的內容，正是她的獨特之處。凡此種種獨特的面貌，正好展現了呂碧城兼具多重身分既衝突又融合的人生「姿態」。

二、實用的倫敦導覽書：女記者知性的旅行報導

倫敦半年的旅居生活之於呂碧城具有相當重特別的意義。呂碧城第二度（自 1927 年開始）歐美漫遊之作《鴻雪因緣》（後以《歐美漫遊錄》之名出版），當初即由倫敦旅次寄回國內，委託朋友淩啟鴻（也是哥大校友）代為發表於國內報刊的。淩啟鴻於 1929 年〈跋信芳集〉提及此事：

> 前年冬，女士自倫敦馳書抵余，命以所著《鴻雪因緣》佈諸於平津各報，於是知女士已重渡太平洋及大西洋而漫遊歐洲矣。夫歐洲多佳山水，其巔崕崛嵂，江濤洶湧，可歌可泣。今以女士清絕之詩辭出之，有不字字金玉乎？嘗聞某報昔日銷售不及二萬份，自刊載女士之《鴻雪因緣》

> 後，數日之間驟增至三萬五千份。嗚呼！洛陽紙貴，女士有矣。[9]

文中所稱「平津各報」指的是《順天時報》及周瘦鵑《半月》（後更名《紫羅蘭》）雜誌，其後方結集為《歐美漫遊錄》（又名《鴻雪因緣》）。可見呂碧城以其早年擔任女記者的慣習所撰寫的《鴻雪因緣》大受歡迎，一則由於歐洲的佳美景觀，一則由於呂碧城的絕佳文筆，兩者相乘的效果極佳。這位民國早期少見的獨立出遊異邦並撰寫遊記的新女性，以其歐美漫遊之作與國內讀者聯結，使她自我放逐式的漫遊，得以保持某種社交上的聯繫與文化上的歸屬，可見其人之特立「獨」行中亦保有對己國文化的依歸。

綜覽呂碧城的英倫旅行書寫，不只呈現城市的文化景觀，也閱讀報上的訟案及靈異事件，並關注靈學的發展；而佛學因緣也開啟於英倫旅次。簡言之，她以女記者的姿態，報導式的呈現英倫的文化景觀與社會文明面貌，有時調動中國情調觀看西方文化，十足展現她對己國文化的自信。是以，呂碧城的英倫旅行書寫頗符合《鴻雪因緣》（《歐美漫遊錄》）序言的寫作動機與目的：「自誌鴻雪之因緣，兼為國人之嚮導，不僅茶餘飯後消遣已也。」[10]可知呂碧城的英倫旅行書寫並非一般模山範水式的旅行文學，而是「刻意」展示專屬於呂碧城的文化涵養與知性寫作的

---

9 凌啟鴻：〈跋信芳集〉，李保民校箋：《呂碧城集》「附錄一：傳記序跋」，頁 717。

10 呂碧城：〈序〉，李保民校箋：《呂碧城集》「呂碧城文卷一《歐美漫遊錄》（又名《鴻雪因緣》）」，頁 317。

「姿態」，因此更顯獨特的樣貌。

（一）女記者的英倫之旅：啟程、旅居生活與回程

呂碧城的英倫旅行書寫，較偏向客觀報導，少呈現個人感懷。所有內容大致如實地呈現自巴黎啟程赴英乃至返回巴黎這段期間的生活，既能提供旅行導覽的功能，也藉此與國內友人進行聯結。

1、啓程：因醫言而遊英倫

其遊英的動機由〈渡英海峽〉（1927）可知應與「就醫」有關：「予既警於醫言，乃預理諸務，纖細靡遺。凡所欲游之處，則急於實踐。欣然孳孳，終日達觀樂天，委化任命，固久契斯旨矣。」[11]可見呂碧城因醫言而感生命有限，乃急於旅行各處所欲游之處，倫敦即為其一。

是以，呂碧城說道：

> 英倫為必游者，乃由巴黎往鮑倫（Boulogne）港口，約數小時火車之程，舟渡海峽則僅一小時耳，惟風浪湍激，甚於巨洋，朱兆莘氏曾有談虎變色之語，予幸勉能支持。旅客護照即於舟中簽驗，給以登岸文證。由孚克斯頓（Folkestone）登車到維多利亞站，即倫敦矣。朝發夕至，可稱便捷，惟視此海峽為畏途耳。[12]

---

[11] 呂碧城：〈渡英海峽〉，李保民校箋：《呂碧城集》「呂碧城文卷一《歐美漫遊錄》（又名《鴻雪因緣》）」，頁 386。

[12] 呂碧城：〈渡英海峽〉，李保民校箋：《呂碧城集》，頁 386-387。

可見呂碧城的路線自巴黎前往鮑倫（Boulogne，今譯布洛涅）搭船，渡海峽至英國孚克斯頓（Folkestone，今譯福克斯通）登岸，驅車前往倫敦維多利亞車站。英法兩國相近，朝發夕至，然渡英法海峽之不適，令人視為畏途。呂碧城特別引用駐英外交官的說法，以印證英法海峽交通之令人生畏，但自認尚可接受。

接著，呂碧城〈倫敦〉（1927）述及初抵倫敦的不方便及不適應：

> 抵倫敦時，值美國兵團遊歷到此，致予訪十餘旅館皆無下榻處（平時亦常患客滿）。後得一中等者，陳設悉舊式，不惟遠遜美國旅館，即較巴黎亦且不逮，而價格較昂。[13]

呂碧城以她曾旅居美國或巴黎的經驗為參照，顯示初訪英之不順遂。而「幸於此邦言語能通，諸事便利，但於氣候不慣，每黑霧迷漫。暗無天日，致目痛喉癢而咳，蓋霧重如濃烟之刺激也。」[14]比較正面的是語言（英語）能通，較無大礙；而氣候不慣使身體不適，才是她最大的挑戰。關於英倫的氣候，呂碧城在後來〈旅況〉及〈多麗——大風雪中渡英海峽〉皆一再提及。再者，「凡外人到此，需往內務部稱 Home office 及警察署註冊，即遷移一旅館或住宅，亦須立時報告。取締極嚴，違者重罰。」[15]這又是呂碧城另一項感到不習慣之處。

---

[13] 呂碧城：〈倫敦〉，李保民校箋：《呂碧城集》「呂碧城文卷一《歐美漫遊錄》（又名《鴻雪因緣》）」，頁 387。

[14] 呂碧城：〈倫敦〉，李保民校箋：《呂碧城集》，頁 387。

[15] 呂碧城：〈倫敦〉，李保民校箋：《呂碧城集》，頁 387。

2、旅居生活：樂遊城市地景與獨遊之感

僅管如此，呂碧城的英倫遊蹤仍十分精彩。除往訪駐英公使館外，由〈倫敦城之概略〉一系列短文可知，她走訪倫敦的街道、公園及國家圖書館（National Gallery，今譯國家美術館）、英國博物院（British Museum，今譯大英博物館）、水晶宮（Crystal Palace）、倫敦堡（The Tower of London，今譯倫敦塔）、議院（衛斯民宮，Westminster Palace，今譯西敏宮、國會大廈）、衛斯民教堂（Westminster Abbey，今譯西敏寺）、法庭等重要文化景觀或「世界遺產」（World Heritage），即以今日眼光視之，仍是豐富的文化之旅。

呂碧城〈旅況〉（1928）記錄英倫島冬天的氣候及英倫之旅進入尾聲的感想：

> 歲聿云暮，人事蕭條，島氣常陰，樓深晝晦，斷送韶華於鏡光燈影中倏六閱月，而遙望鄉關，烽火未銷，銀踪長滞，有「萬方多難此登臨」之慨。因憶舊作七律一首，乃〈去國留別諸友〉者。詩曰：「客星穹瀚自徘徊，散髮居夷未可哀。浪跡春塵溫舊夢，迴潮心緒撥寒灰。人能奔月真遺世，天遣投荒絕豔才。億萬華嚴隨臆幻，謫居到處有樓臺。[16]

可見呂碧城於英倫旅居半年後的蕭條心情，也因島氣常陰，更使

---

[16] 呂碧城：〈旅況〉，「呂碧城文卷一《歐美漫遊錄》（又名《鴻雪因緣》）」，李保民校箋：《呂碧城集》，頁415。

她憂愁滿懷，萬方多難的家鄉與自己美好的英倫旅居之反差，更添愁緒；她的〈去國留別諸友〉詩[17]更可見去國漫遊雖美好，但仍傷感滿懷。對照去國前上海的優渥生活，更能凸顯此趟英倫獨遊的寂寥心懷。據年譜載，呂碧城自 1912 年奉母居滬，即以上海為長居地，上海不只是她經商有成乃至致富之地，也是她與詩（詞）友詩書往還與雅集談讌之地，[18]期間幾次去國也都是回到上海，如 1920 年 9 月赴美遊學至 1922 年返國居上海，[19]上海自此成為終生不斷漫遊異地的她的「故鄉」了。自 1926 年秋再度赴美，1927 年 2 月抵達巴黎，8 月初到達倫敦，至隔年 1 月底始返巴黎。由此可知，此時獨遊英倫的呂碧城，並沒有離開生活精彩的上海太久。是以，獨遊英倫的呂碧城在此強烈對照下，又值歲暮除夕應闔家團圓之際，頓生人事蕭條、故國之思，亦屬人之常情。

而呂碧城曾在島氣常陰的英倫冬日街頭，覓得一日本餐館：

> 冬日苦短，膳宿外無多餘晷，訪得日本餐館於鄰街，席珍一簋，即吾國之暖鍋爇火烹調者，而霜菘豆酪清芬爽口。曩為粗糲以饗寒畯者，今為奇雋之味，價亦特昂。豆腐每

---

17 〈去國留別諸友〉初刊於 1926 年 12 月 11 日《申報》；今名〈遣興〉，收錄於李保民校箋：《呂碧城集》「呂碧城詩卷二」，頁 300-301。

18 如：1914 年 8 月南社寓滬社友假徐園舉行臨時雅集；1917 年 4 月 15 日赴徐園出席南社第十六次雅集；1926 年春夏之交，上海新聞界與文藝界假呂碧城寓所集會。

19 1923 年寓居上海南京路 20 號，1924 年移居同孚路（石門一路）八號。

方寸薄片需二辨士，合華幣制錢四百文。侍者以冰盤進十小片，為價四千矣，豈故鄉父老所能信者！[20]

文中「霜菘」即白菜，「豆酪」的成分是菱粉和糯米粉，過去在中國食之乃粗食，今日在英國反而搖身一變為奇雋之味，且價格奇昂；豆腐也不便宜。可見故鄉的家常食物一旦置身物價高昂的倫敦，頓時變得高貴許多，亦可見呂碧城經濟獨立，其英倫旅居維持一貫奢華消費的習慣；不虞匱乏的經濟狀況更彰顯她自覺的女性獨遊意義。

呂碧城在〈旅況〉中又提及 1928 年 2 月獨享年夜飯的情景：

某日，計值夏曆除夕，予勉自祓飾，獨宴於本旅館之特別餐廳，著黑緞平金繡鶴晚衣，躡金舄而戴珠冕（即珠抹額），自顧胡帝胡天，因竊笑曰：「吾冕雖不及倫敦堡所藏者之華貴，但同一享用而不賈禍。」珠皆國產，為價本廉，當茲共和之世，凡力能購者儘可自由加冕（所寓旅館適譯名為「攝政宮」，一笑），而古帝王必流血以爭之，何其愚也！[21]

由呂碧城的自我凝視可知其當時奢華的形象，穿的是上有金線與絲線交錯繡出鶴鳥的黑緞晚禮服，腳踩金縷鞋（金舄），頭戴冠

20 呂碧城：〈旅況〉，李保民校箋：《呂碧城集》「呂碧城文卷一《歐美漫遊錄》（又名《鴻雪因緣》）」，頁 415-416。

21 呂碧城：〈旅況〉，李保民校箋：《呂碧城集》，頁 415。

冕似的珠抹額（額帶、髮箍，多飾刺繡或珠玉）。總之裝扮極盡奢華之能事，且自認「胡天胡帝」。是以，呂碧城「這位國際化女性的氣派和奢華的生活方式，……及領的燙髮，珠寶首飾和品味高雅的衣著，無疑是當時西方最新潮的時尚。」[22]可見呂碧城向來以最西方最時尚的裝扮，展現自己身為女性的獨立價值及經濟實力。而呂碧城描繪自身華美的服儀，一貫地引渡古典的文言文來嫁接西方事物的形貌，既展現己身文化的優越性，也顯示她對自己的美貌與經濟能力絲毫不輸西方人之自豪。因此：

> 經濟的獨立，使她得以去追求一種自我實現的個人主義，而同時這種個人主義又是現代的生活元素（如交誼廳和到國外旅游）和傳統的文學藝術表達（如古體詩和水墨畫）的混合物。[23]

是以，呂碧城不虞匱乏的經濟能力造就她奢華旅行的姿態；而她最現代性的獨立漫遊，又是以古典的文言文表達西方事物或情感結構，既有她對自身文化的持守，也有考量中國讀者的閱讀習慣而使用此載體，兩者巧妙地揉和成既傳統又現代的跨文化美感。

但她隨即自我解嘲「戴珠冕」就是「自由加冕」，只是不必如倫敦塔裡的歷代帝后必需斷頭流血。而名為「攝政宮」的旅館，可能引自以奢華品味著稱的攝政王喬治四世之名。是以，可

[22] 方秀潔：〈另類的現代性，或現代中國的古典女性：呂碧城充滿挑戰的一生及其詞作〉，《慶祝施蟄存教授百年華誕文集》，頁 330。

[23] 方秀潔：〈另類的現代性，或現代中國的古典女性：呂碧城充滿挑戰的一生及其詞作〉，《慶祝施蟄存教授百年華誕文集》，頁 338。

想見呂碧城盛裝出席單身一人的年夜飯，場景卻是倫敦名為「攝政宮」的西式旅館，此情此景頗具中西文化混搭的奇異美感。但悅己而容的呂碧城，終究只能「孤」芳自賞。

因此，呂碧城的女性單身漫遊姿態，顯然迥異於同時代女性，她遠遊到許多女性終其一生都不可能到達的遠方；即使置諸今日，依舊遠勝許多女性，相當超前。胡曉真曾如此評論：

> 呂碧城的歐美之遊，特點並非路途比別人遠，見聞比別人廣博，而正是她刻意表彰其遊之「漫」。非關進取，無意求學，也不想革命救國——這才是呂碧城的姿態。[24]

文中指出呂碧城漫遊所展現的「姿態」，在於她所表彰的自我風格。方秀潔也說明呂碧城的特立獨行，有力的展示了她的現代性：

> 呂碧城的個人主義、經濟的獨立、對傳統婚姻和家庭生活的拋棄，不但有力地昭示了她生活的現代意義，而且質疑了如此簡化的分類。另外，為了興趣和探險，呂依靠自己暢游世界，而非作為女眷，隨從父親、丈夫或兒子宦游，亦非作為外交官的妻子隨任海外，通過這一點，她為女性

---

[24] 胡曉真導讀：〈恰似飛鴻踏雪泥——民國才女呂碧城與她的時代足跡〉，呂碧城著：《歐美漫遊錄——九十年前民初才女的背包旅行記》（臺北：大塊文化公司，2013年10月），頁15。

> 旅游的含義帶來了嶄新的維度。[25]

是以，在女性自我與經濟狀況皆獨立自主的狀態下，無法被歸類的呂碧城得以跳脫框架，漫遊世界，且以十足自戀、自信的姿態，活出屬於她個人的現代性意義。

3、回程：渡英海峽返歐陸

呂碧城在〈旅況〉最後提及「獻歲後摒擋諸務，仍返巴黎大陸。天氣亢爽，精神為之一振。」[26]她在這年（1928年2月）獨自過完除夕後，即返歐陸，由英倫之「島氣常陰」，變為歐陸之「天氣亢爽」，回應了起程時對英倫陰沉天氣的不適應。其詞作〈多麗——大風雪中渡英海峽〉即寫出這種心情：

> 海潮多，彤雲亂擁逶迤，打孤舷、雪花如掌，漫空飛捲婆娑。落瑤簪，妝殘龍女，揮銀劍、舞困天魔。怒颮鳴骹，急帆馳箭，騫槎無恙渡星河。歎些許、峽腰瀛尾，咫翠有驚波。更休問，稽天大浸，夷險如何？
> 念伊誰、探梅故嶺，灞橋驢背清哦。越溪遊、瓊枝俊倚，謝庭詠、粉絮輕羅。迢遞三山，間關萬里，浪遊歸計苦蹉跎。待看取、晦霾消盡，晞髮向陽阿。將艤岸，蜃樓燈

25 方秀潔：〈另類的現代性，或現代中國的古典女性：呂碧城充滿挑戰的一生及其詞作〉，《慶祝施蟄存教授百年華誕文集》，頁344。

26 呂碧城：〈旅況〉，李保民校箋：《呂碧城集》「呂碧城文卷一《歐美漫遊錄》（又名《鴻雪因緣》）」，頁416。

火，射纈穿梭。[27]

可見呂碧城在大風雪天返回歐陸，雖天候不佳，終安然返抵。但冀望返回歐陸後「晦霾消盡，晞髮向陽阿」，一掃英倫之陰霾。

綜言之，呂碧城倫敦半年的旅居生活，因病而警於醫言，感於生命有限而欲旅遊之地無窮，因此倫敦乃成為她再次踏上旅途的地點。抵英後，除適應島氣常陰外，回程亦以倫敦天氣之陰沉變為巴黎之亢爽做結，以突顯倫敦天候的特色。而英倫旅居除彰顯其單身獨遊的自主與自由精神外，其一貫美豔的姿態與奢華生活，也在在展現她對女性主體自覺的認同。同時，她在旅外多年的崇洋生活中，復以古典文言詩詞展現她對於中國文化的自信與維護。綜合上述幾種面向的自信美，這正是呂碧城之為呂碧城的特色所在。

（二）女記者的客觀報導：再現倫敦的城市文明與文化

而呂碧城的英倫行是以知性而專業的報導寫作「姿態」，客觀地再現英倫的城市文明與文化景觀的。呂碧城展示她對倫敦這一現代城市的看法，其目光集中於二方面，一是倫敦的城市文明；二是倫敦的城市文化。

1、城市文明：街道、公園與萬國博覽會展場

（1）文明的城市景觀：街道、公園

呂碧城對倫敦城市的瞭解，見諸〈倫敦城之概略〉：「倫敦

[27] 呂碧城：〈多麗——大風雪中渡英海峽〉，李保民校箋：《呂碧城集》「呂碧城文卷一《歐美漫遊錄》（又名《鴻雪因緣》）」，頁163。

位於泰穆斯河（River Thames）之濱，以西為最繁盛，東則工人、水手及各種窶人所聚居。」[28]她以泰穆斯河（今譯泰晤士河）作為觀察倫敦城的主軸，其西岸面貌大致與今日相同，以東（今稱南岸）則或已有改觀。她又提及倫敦知名鬧區街道：「奧克斯福街（Oxford Street）最為齊整而長，皆巍大商店。而匹卡的歷（Piccadilly）及瑞金街（Regent Street），則舞場酒肆薈萃之區。」[29]文中之奧克斯福街（今譯牛津街）、匹卡的歷（今譯皮卡迪利街）、瑞金街（今譯攝政街），至今仍為倫敦市區的繁華區段。呂碧城對倫敦鬧區購物消費場所的關注，或許與她奢華消費慣習及生活品味有關。

其次，呂碧城在〈倫敦城之概略〉提及大公園有二：

> 一為海德（Hyde Park），廣三百六十畝，毗連坎興頓園（Kensington Gardens）則逾六百畝；次則瑞金園（Regent Park），四百七十畝，內附動植物園。街道建築之犬牙交錯，略似巴黎河之對岸，較為冷落，亦有一公園，曰巴特西（Battersea Park），面積較小，此地勢之大概也。[30]

倫敦擁有許多占地面積相當驚人的公園綠地，是世界上最多公園的大都市。而既古典又時髦的呂碧城，自然也注意到最能彰顯現

---

[28] 呂碧城：〈倫敦城之概略〉，李保民校箋：《呂碧城集》「呂碧城文卷一《歐美漫遊錄》（又名《鴻雪因緣》）」，頁389。

[29] 呂碧城：〈倫敦城之概略〉，李保民校箋：《呂碧城集》，頁389。

[30] 呂碧城：〈倫敦城之概略〉，李保民校箋：《呂碧城集》，頁389。

代城市文明的公園。她所指出的二處公園，一是海德（今譯海德公園），且將它與毗鄰的坎興頓園（今譯肯辛頓花園）視為同一處公園，原皆為皇家御苑，均早已對公眾開放；今日視之為兩處公園。第二處是瑞金園（今譯攝政公園）亦為皇家御苑，其內附動植物園指的是花園部分及 1828 年由皇家動物學會在公園北邊設立的倫敦動物園（1847 年即對公眾開放）。而「二處公園」之外的巴特西（今譯巴特西公園）則位於泰晤士河南岸較為冷落之地區。這些公園原來多為皇家庭園，其後才陸續成為向公眾開放的公園；而公園正是現代城市文明象徵的重要空間。是以做為一名現代的女性古典文學家，呂碧城關注倫敦的公園顯得特別有時代意義。

（2）萬國博覽會展場：「新版」水晶宮

呂碧城對現代英國文明的嚮往，也展現在她對於萬國博覽會展場「新版」水晶宮的建築工藝的看法，可見她對於象徵現代文明的萬國博覽會具有一定程度的瞭解。

呂碧城當時所造訪的水晶宮（Crystal Palace）無疑是此行最特別的一處，也是唯一已灰飛煙滅的歷史建物。1851 年英國舉辦首屆萬國博覽會，選在倫敦海德公園建造水晶宮做為展覽館，猶如巴黎鐵塔為 1889 年舉辦萬國博覽會而建設；而水晶宮以鋼鐵和玻璃做為建築材料，也和巴黎鐵塔以鋼鐵為主建材一樣引起矚目，可說是工業革命時代的象徵建物，也代表當時英國的先進。該展覽吸引 600 萬人參觀，被譽為當時世界最偉大的旅遊景點之一。[31]

---

[31] 參考吉見俊哉（Shunya Yoshimi）著；蘇碩斌、李衣雲、林文凱、陳韻

待博覽會結束後，1854 年水晶宮被重建於倫敦南邊較遠的昔登哈穆（Sydenham，今譯悉登漢姆），此即呂碧城所述：「此為倫敦之特有建築，猶巴黎之有鐵塔也，在昔登哈穆（Sydenham），地址甚遠。」[32]是以，呂碧城於 1927 年所見到的水晶宮，已非當年萬國博覽會的原版，而是 1854 年遷建後的新版建物，因此本文稱之為「新版」水晶宮。[33]遷建後的水晶宮耗資為原版的十倍之多，且高達五層（原版僅三層），宏偉程度遠遠超越原版。但不辭遙遠特來參觀的呂碧城，似乎並不十分欣賞這棟遷建後的新建物，認為：「工料尋常，並不精美，蓋所用者僅薄片玻璃，非結晶之料也。」[34]且廣廳中又多雜物，頗似賣場。呂碧城對水晶宮建材的微詞，不知是否由於她知道眼前所見的是遷建後的新建物？限於史料，不得而知。但由她對工料材質的微詞，可見呂碧城認為此搬遷後的新建物所彰顯的現代文明，其實不具實質內涵，僅表層粗具文明樣貌而已；同時也可見她很能言人所不敢言。

如譯：《博覽會的政治學》（臺北：群學出版社，2010 年 5 月）「第一章　水晶宮的誕生」，頁 25-59。

32 呂碧城：〈倫敦城之概略：水晶宮（Crystal Palace）〉，李保民校箋：《呂碧城集》「呂碧城文卷一《歐美漫遊錄》（又名《鴻雪因緣》）」，頁 391。

33 然 1936 年 11 月 30 日火災吞噬水晶宮，自此成為廢墟。筆者曾於 2017 年 2 月 11 日造訪廢墟舊址，目前僅存基座及若干殘破的雕像，旁有「水晶宮博物館」可瞭解當年前後兩座水晶宮由輝煌至消亡的歷史。

34 呂碧城：〈倫敦城之概略：水晶宮（Crystal Palace）〉，李保民校箋：《呂碧城集》「呂碧城文卷一《歐美漫遊錄》（又名《鴻雪因緣》）」，頁 391。

綜言之，呂碧城於 1927 年參訪 1851 年萬國博覽會的展覽館，看似「懷舊」之舉；但她實際參訪的並非當年原版的水晶宮，而是 1854 年遷建後的「新版」建物。進而言之，其參訪新版的萬國博覽會建物，既是對現代文明的前瞻態度，其實也是對於歷史事件的回顧，是以呂碧城的參訪是有「時差」的。前瞻與回顧間的反差所產生的特殊張力，也可說是呂碧城版的「另類的現代性」[35]。進而言之，對照前述呂碧城對於代表現代文明的倫敦街道與公園的肯定，與此處她對於也是現代文明象徵物的新版「水晶宮」建物材質的微詞，可見呂碧城對於現代文明的判準，具有精到的認識與獨特的思考，不致人云亦云。

2、城市文化：對英國社會文化素養的肯定

（1）對英國學童教育的肯定

呂碧城參觀萬國博覽會展館水晶宮，顯示她對於文明的發展及時事的掌握，此舉似與同時代單士釐於 1903 年參觀於大阪舉辦的日本國內博覽會（見《癸卯旅行記》）一樣具有現代性意義[36]。呂碧城特別觀察了館內學童的表現：

> 是日遊此，遇一小學生為指導各部，其風度談論，儼如成人。據云其校即在鄰近，詢其年齡，答以十歲。歐人知識

---

35 借用方秀潔〈另類的現代性，或現代中國的古典女性：呂碧城充滿挑戰的一生及其詞作〉（《慶祝施蟄存教授百年華誕文集》的標題。

36 可參考拙著〈流動的風景與凝視的文本——談單士釐（1856-1943）的旅行散文以及她對女性文學的傳播與接受〉，《淡江中文學報》第 15 期，淡江大學中文系，頁 41-94。後收錄於拙著《從秋瑾到蔡珠兒——近現代知識女性的文學表現》（臺北：臺灣學生書局，2010 年 1 月）。

開啟之早，誠屬可驚。[37]

呂碧城此言，以己國教育狀況做為參照系，乃特別讚賞擔任導覽的學童之風度談論，肯定歐洲人知識開蒙之早及英國教育之成功。由此可知呂碧城對教育的關心，以及她對於知識、啟蒙與進步等積極進取的事物，具有相當高度的興趣，其文化涵養由此可見。

進而言之，參照前述呂碧城對於代表現代文明的新版「水晶宮」建物材質的微詞，與此處她對於水晶宮內導覽學童的文化素質之讚賞，可見呂碧城對於現代文明與文化的區分，具有一定的見識與判斷。

（2）對西敏寺重視文學家的肯定

呂碧城造訪西敏寺，對於它做為帝王加冕或慶典之所僅簡單帶過，反而較重視歷代帝后及耆宿名流埋葬於此的部分，尤其是大文學家的安葬。

呂碧城在倫敦旅次時，正好遇到英國大詩人哈地（Thomas Hardy, 1840-1928，今譯哈代）辭世，乃特別於文中提及哈代：「遺命欲於故里與妻合殯，當局議決，剖取其心葬之故里，尸體則葬此堂，以申崇敬。」[38]當時舉國哀悼，為表揚大詩人的成

---

37 呂碧城：〈倫敦城之概略：水晶宮（Crystal Palace）〉，李保民校箋：《呂碧城集》「呂碧城文卷一《歐美漫遊錄》（又名《鴻雪因緣》）」，頁 392。

38 呂碧城：〈倫敦城之概略：衛斯民教堂（Westminster Abbey）〉，李保民校箋：《呂碧城集》「呂碧城文卷一《歐美漫遊錄》（又名《鴻雪因緣》）」，頁 404。

就，特葬之於西敏寺。[39]西敏寺安葬大文學家的空間稱為「詩人角（Poets Corner）」，始於 1400 年喬叟（Geoffrey Chaucer, 1343-1400）辭世葬於西敏寺，此後在此安葬大文學家以示崇敬成為慣例，是以詩人角彷彿一部由大理石雕刻的英國文學史。[40]呂碧城雖未於文中特別提及「詩人角」，但所指即為此處應無誤。

此外，呂碧城特別提及西敏寺的墓穴石像被刻滿文字：

> 諸墓之像或坐或立，尤多仰臥。某爵士之石像，被遊人滿刻姓名於其頭面手臂，藉為紀念。夫游覽而題名疥壁已屬惡習，況摧殘偶像之面目乎！惟銅版鐫像，平鋪墓面之法甚佳，工料既省，且免毀傷。[41]

可見她對現代公民的文明素質之看重，在景點壁面或石像上題名刻字，被視為污染牆壁有如疥癬，何況摧殘偶像之面目更不可取。但呂碧城並不流於情緒性的批判，反以其美術專業知識說明

39　呂碧城〈文痞文匪之可悲〉曾提及她在倫敦旅次正值哈代去世，謂其辭世舉國哀悼。但重點在於自己的文章為文痞利用，模寫其真跡以謀利。詳見呂碧城〈文痞文匪之可悲〉，李保民校箋：《呂碧城集》「呂碧城文卷一《歐美漫遊錄》（又名《鴻雪因緣》）」，頁 429-430。

40　參考西敏寺官網對於詩人角與喬叟的介紹（https://www.westminster-abbey.org/abbey-commemorations/commemorations/geoffrey-chaucer），2019 年 7 月 21 日查詢。

41　呂碧城：〈倫敦城之概略：衛斯民教堂（Westminster Abbey）〉，李保民校箋：《呂碧城集》「呂碧城文卷一《歐美漫遊錄》（又名《鴻雪因緣》）」，頁 404。

銅像平鋪墓面的好處，既節省工料又能避免毀傷，可見具有一定的專業知識。

綜言之，呂碧城的倫敦記遊，較少模山範水，多集中於人文景觀的知性記述，介紹嚮導之性質較為明確，此與其於後來集結出版之《歐美漫遊錄》（又名《鴻雪因緣》）小序所稱之「自誌鴻雪之因緣，兼為國人之嚮導，不僅茶餘酒後消遣已也。」[42]的態度吻合，是以倫敦旅次不只是她個人的旅行記錄，也是向預設讀者展開的報導式旅遊散文。

三、深度的藝術文物觀察：民國才女的藝術、歷史與文化涵養

呂碧城書寫英倫的藝術文化場館之收藏，往往能夠展現她對於文化藝術的深厚涵養。除閨秀出身外，中年遊學美國學習美術的經歷亦有助益，這使她能夠專業地介紹英國的藝術文物收藏，也能在面對西方文化時展現對自己文化的自信，適度地調動中國古典情調解讀西方文物；同時也能在觀看異國文化時，注意到與女性相關的事物，適時地展現她對於女性自身的認同。

（一）民國才女的美術專業知識：賞介倫敦的藝術文化收藏

呂碧城不只以女記者的視角報導英倫所見，曾經游學美術系

42　呂碧城：〈序〉，李保民校箋：《呂碧城集》「呂碧城文卷一《歐美漫遊錄》（又名《鴻雪因緣》）」，頁 317。

的背景，亦十足展現於她參觀倫敦國家美術館、大英博物館、西敏宮（國會大廈）、西敏寺等幾處的藝術收藏。此外，對於水晶宮的展出也能提出自己的看法。

呂碧城的美學素養，與其 1920 年赴美國哥倫比亞大學（Columbia University in the City of New York）旁聽美術課程的背景有關。[43]她在〈女界近況雜談〉之一「女學生之趨向」曾提及：「就近而論，以留學諸女士程度為最高。……，十稔以往，留學者多治教育、醫藥、美術等科，洵裨實用，且屬女性所近而優為之者。」[44]呂碧城認為美術系較實用且適合女性學習，是以「在哥倫比亞大學旁聽時，她主要修習文學與藝術等科，對西方以及日本藝術都有認識，自然成為她的美感接受的一部分。」[45]然而這趟遊學幾乎未見呂碧城著墨過，但她日後遊賞世界藝術文物，想必受益於此。

是以，本節將論呂碧城對歐陸主流藝術史的掌握、對世界文明古國文物之概、貴族與平民共享之藝術寶庫、帝后名流與詩人

43　哥倫比亞大學（Columbia University in the City of New York）自 1754 年創校後，一直只收男學生，直至 1983 年方於大學部招收女學生，是以呂碧城當時可能不是在哥大校本部旁聽，而是巴納德女子學院（Barnard College）。這間創建於 1889 年的私立女子學院，1900 年起併入哥倫比亞大學，但仍保有獨立的董事會與財政機構，學士學位由哥倫比亞大學授予。當年呂碧城為旁聽生，校方似乎未留下任何她的相關資料。案：筆者於 2018 年 7 月 18 日造訪哥大及巴納德學院亦無所獲。

44　呂碧城：〈女界近況雜談〉，李保民校箋：《呂碧城集》「呂碧城文卷一《歐美漫遊錄》（又名《鴻雪因緣》）」，頁 435。

45　胡曉真導讀：〈恰似飛鴻踏雪泥——民國才女呂碧城與她的時代足跡〉，呂碧城著：《歐美漫遊錄——九十年前民初才女的背包旅行記》，頁 19。

同穴、現代性的「時差」等五個部分。

1、對歐陸主流藝術史的掌握：國家美術館的繪畫

呂碧城〈倫敦城之概略：國家圖書館（National Gallery）〉提及「國家圖書館」（National Gallery，今譯國家美術館）的收藏：「館不甚廣，儲品則精，大抵為十五及十六世紀義大利名家作品及法、德、西班牙等學校之成績，或由政府之購置，或由物主之遺贈。」[46]藏品多為中世紀名家之作，呂碧城特別提及三位知名畫家及畫作：

> 其畫為文迪克（Van Dyck）所作之英王查理斯一世（Charles I）戎裝乘馬之圖，其一為若斐（Raphael）之宗教畫。又密蘭（Milan）公爵夫人像一幅，亦以七萬磅購得，為義人侯彬（Holbein）之作。[47]

其中，文迪克（Van Dyck，今譯凡・戴克，1599-1641）為比利時畫家，擅肖像畫，為查理一世時代英國宮庭首席畫家，「英王查理戎裝乘馬圖」即為其代表作之一。若斐（Raphael，今譯拉斐爾，1483-1520）為義大利畫家，擅宗教畫，享有「畫聖」之稱。而「密蘭（米蘭）公爵夫人像」的畫者侯彬（Holbein，今譯荷爾拜因，1497-1543）為德國畫家，擅肖像畫。呂碧城僅簡

46　呂碧城：〈倫敦城之概略：國家圖書館（National Gallery）〉，李保民校箋：《呂碧城集》「呂碧城文卷一《歐美漫遊錄》（又名《鴻雪因緣》）」，頁 389。

47　呂碧城：〈倫敦城之概略：國家圖書館（National Gallery）〉，李保民校箋：《呂碧城集》，頁 389-390。

短嚮導三位歐洲知名畫家畫作的肖像畫及宗教畫，可見其人之藝術品味。

2、對世界文明古國文物之概覽：大英博物館的希臘、埃及與巴比倫文物

最能展現呂碧城藝術素養的是參訪英國博物院（British Museum，今譯大英博物館）。文中指出此館「廣儲上古及中古雕刻美術人物碑版等」[48]，而呂碧城記錄了希臘、埃及、巴比倫、中國等古文明大國的重要文物館藏。

呂碧城對希臘、埃及兩大文明古國的藝術文物特別有興趣：

> 希臘名畫及蠟畫（Encaustics），大抵湮沒，吾人無由得見，惟於摩賽（Mosaics）嵌石法及藥殮屍棺（Mummy）之藻繪，尚可想見古畫之意旨。除於義之旁貝（Pompeii）古城所掘得者外，則以埃及國內發見最夥。埃及亡後，其精華旨萃於此，洵屬洋洋大觀。[49]

「蠟畫」是古希臘的繪畫技法，在光線下會閃耀特殊的色澤。「摩賽（Mosaics）嵌石法」今譯馬賽克，是一種鑲嵌藝術，使用許多小石塊或有色玻璃碎片拼成圖案，常見於教堂的玻璃藝品。「屍棺（Mummy）」今通譯木乃伊，古埃及人認為人死後可以復活，而復活的靈魂需要原先的身體，必須保存屍體以供死

48 呂碧城：〈倫敦城之概略：英國博物院（British Museum）〉，李保民校箋：《呂碧城集》，頁390。

49 呂碧城：〈倫敦城之概略：英國博物院（British Museum）〉，李保民校箋：《呂碧城集》，頁390。

者來生所需。呂碧城認為希臘名畫及蠟畫雖不得見，但馬賽克鑲嵌畫及木乃伊木棺的藻繪，仍可見希臘古畫的意旨。這些繪畫除在義大利旁貝（Pompeii，今譯龐貝）古城外，當屬埃及最多；埃及文物之精華幾乎皆見於大英博物館。

呂碧城也提及巴比倫文明的石碑：「巴比倫（Babylon）原始碑碣多種，字形奇奧，如箭鏃，如草莢，交錯而成。經專家譯出，大抵為神話，殊可寶貴。」[50]巴比倫是兩河流域的古文明之一，雖然已消失，但以其影響力而被稱為四大古文明之一。其中，「字形奇奧」應指蘇美人發明而經巴比倫、亞述、腓尼基等國改良的「楔形文字」（也稱「釘頭文字」或「箭頭字」），多刻寫在石頭和泥版（泥磚）上，右手執筆，從左而右橫寫，楔形筆畫粗的一頭在左，細的一頭（釘尾）在右，所以字的筆畫都成具三角形的線條，如同楔形，頗像釘頭或箭頭，此即「字形奇奧，如箭鏃」。而「如草莢」指的應是楔形文字形似豆莢般呈菱形。由於楔形文字相當難以掌握，約西元一世紀左右便停用，直到 18 世紀末至 19 世紀後考古學家才陸續譯解，其中確實有許多講述神話故事。

最後，呂碧城對古希臘雕刻也很關注：「又一室藏著名之愛爾金石刻（Elgin Marbles），而碩大無朋之石像及巨逾十圍之石柱，重量萬鈞，亦不知如何而能移運於此。」[51]其中「愛爾金石刻（Elgin Marbles）」是 19 世紀初英國外交官愛爾金伯爵

---

[50] 呂碧城：〈倫敦城之概略：英國博物院（British Museum）〉，李保民校箋：《呂碧城集》，頁 390-391。

[51] 呂碧城：〈倫敦城之概略：英國博物院（British Museum）〉，李保民校箋：《呂碧城集》，頁 391。

（Elgin）買下的希臘帕德嫩神廟之大理石建築裝飾和雕刻，經切割後運回英國的石雕。這些雕刻和建築殘件迄今已有 2500 多年歷史。1816 年，英國王室花費巨資買下並置於大英博物館，此後 200 多年來成為大英博物館最著名的館藏之一，有「大英博物館鎮館之寶」之稱。

呂碧城還提及中國館藏：「附設藏書樓收羅亦富，且有吾國宋元人墨蹟，匆匆未暇辨其真偽。」[52]大英博物館所藏之宋元人墨蹟極為珍貴，惜呂碧城未能正面描寫以饗讀者。即使如此，由以上對希臘、埃及、巴比倫等古文明之介紹，已可見呂碧城對世界藝術文化具有一定的認識。

3、貴族與平民共享之藝術寶庫：西敏宮（國會大廈）的繪畫與石像

呂碧城造訪衛斯民宮（Westminster Palace，今譯西敏宮；或稱國會大廈 Houses of Parliament），是目前英國國會（上議院和下議院）所在地。但西敏宮內珍藏大量藝術品，其實也是一座藝術寶庫，這也正是呂碧城觀看西敏宮的獨特視角。

西敏宮最早於 1097 年修建西敏廳，曾遭祝融之災，今日所見大部分建築是 1870 年重修的。[53]呂碧城說明其建築樣式為「嘎惕克（Gothic）古式」（今譯哥德式），此為 12 至 16 世紀

52　呂碧城：〈倫敦城之概略：英國博物院（British Museum）〉，李保民校箋：《呂碧城集》，頁 391。

53　1834 年大火摧毀宮殿大部分建築；1835 年展開重建計畫，1870 年宮殿重建工作完成。詳參〔西敏宮〕網站（https://www.parliament.uk/about/living-heritage/building/palace/architecture/key-dates-fire1834-to-present/），2019 年 7 月 19 日查詢。

初期歐洲新型的建築藝術風格，予人以一種向上昇華、天國神秘之幻覺；西敏宮正是全世界最大的哥德式建築。此外，也介紹其中的繪畫樣式及石像題材：

> 墻壁為福來斯寇式（Fresco Style），滿繪史事，取材宗教、武俠、公道三種精神，且多石像，皆帝王勳貴也。棟梁榱桷，雕繪甚精，其花樣大抵以獅馬皇冕為標記。[54]

其中「福來斯寇式（Fresco Style）」今譯濕壁畫，是十分耐久的壁飾繪畫，泛指在鋪上灰泥的牆壁及天花板上繪畫的畫作，14 至 16 世紀時盛行於義大利。可見呂碧城正是從藝術殿堂的角度觀看西敏宮的。

接著，呂碧城逐一介紹西敏宮的空間並一一記錄為〈英王更衣室〉、〈皇家畫院〉、〈太子室〉、〈貴族院〉、〈爵士廊〉、〈中央廳〉、〈東廊〉、〈眾議院廊〉、〈眾議院〉、〈聖斯泰芬堂〉、〈聖斯泰芬塋〉等幾篇短文，其觀看視角幾乎皆集中於其中之壁畫及雕像，如數家珍。呂碧城並提及貴族院（House of Lords，今譯上議院）之「南端拱弧（Arch）三面，為戴士及庫樸（O. W. Cope）等所作之畫，於英倫美術建築史為第一次之畫壁。」[55]可見呂碧城由建築藝術史角度看西敏宮，並非一般僅注意西敏宮作為國會大廈的觀看視角。

---

[54] 呂碧城：〈倫敦城之概略：議院〉，李保民校箋：《呂碧城集》，頁 396。

[55] 呂碧城：〈倫敦城之概略：議院——貴族院（House of Lords）〉，李保民校箋：《呂碧城集》，頁 398。

4、帝后名流與詩人同穴：西敏寺的墓穴、石像與蠟像

呂碧城參觀西敏寺的墓穴石像與蠟像時，前已述及她發現若干石像被刻鏤文字，並發表她對於墓穴石像建造方式的肯定，[56] 可見她對美術工藝技法具有一定的瞭解。再者，呂碧城提及蠟像俑：

> 於東隅某室中見之又一小閣，庋藏蠟像（Effigy）。古俗，凡帝后舉殯，皆以此前導。亨利三世以前，且以原屍露面於外，俾眾得瞻慕遺容，兼以證其面色如生，免被刺謀殺之嫌，後以蠟俑代之。[57]

其中蠟像（Effigy）即雕像、肖像。這些記錄顯示了呂碧城對於英國歷史文物知識有一定的了解。

5、現代性的「時差」：萬國博覽會展覽館水晶宮的「古物」複製品

萬國博覽會的新版展館水晶宮收集一些世界偉大雕像的複製品，尤其是英國維多利亞時代十分著迷的古埃及及希臘文物。而呂碧城對水晶宮的參訪興趣也正好集中於此，包括埃及館「羅賽他石（Rosetta Stone）」及希臘館「勞昆（Laocoon）父子被蛇纏繞之像」。

埃及「羅賽他石（Rosetta Stone）」，今譯羅塞塔石，是一

---

[56] 呂碧城：〈倫敦城之概略：衛斯民教堂（Westminster Abbey）〉，李保民校箋：《呂碧城集》，頁 404。

[57] 呂碧城：〈倫敦城之概略：衛斯民教堂（Westminster Abbey）〉，李保民校箋：《呂碧城集》，頁 404。

塊製作於公元前 196 年的花崗閃長岩石碑，刻有古埃及法老托勒密五世（Ptolemy V）詔書，由於石碑同時刻有同一段內容的三種不同語言版本（古埃及象形文、世俗體、古希臘文），近代的考古學家對照各語言版本內容，解讀出已失傳千餘年的埃及象形文之意義與結構，成為今日研究古埃及歷史的重要里程碑。它在 1799 年被法軍在埃及羅塞塔（Rosetta）發現；英法戰爭中輾轉到英國手中，自 1802 年起保存於大英博物館中並公開展示至今，為大英博物館的鎮館之寶。[58]而希臘「勞昆（Laocoon）父子被蛇纏繞之像」（Laocoön and His Sons），今譯「拉奧孔與兒子們」，是一座著名的大理石雕像，表現希臘神話中特洛伊祭司拉奧孔與他兩個兒子被海蛇纏繞而死的情景。1506 年雕像在羅馬出土後，藏於梵蒂岡 Belvedere 花園（現為梵蒂岡博物館一部分）；1799 年拿破崙征服義大利，藏於羅浮宮；1816 年後歸回羅馬，藏於梵蒂岡博物館至今。[59]

上述兩座雕像原件皆庋藏於博物館中，可見呂碧城所參觀的應該是複製品，但文中並未特別提及，或許表示她其實並不十分

---

58 「羅賽他石」（Rosetta Stone，今譯羅賽塔石）的資料，參考「The British Museum（大英博物館）」網站：「Everything you ever wanted to know about the Rosetta Stone」（https://blog.britishmuseum.org/everything-you-ever-wanted-to-know-about-the-rosetta-stone/），2020 年 6 月 5 日查詢。

59 「勞昆（Laocoon）父子被蛇纏繞之像」（Laocoön and His Sons，今譯「拉奧孔與兒子們」）的資料，參考「Musei Vaticani（梵蒂岡博物館）」網站：「Laocoön」（http://www.museivaticani.va/content/museivaticani/en/collezioni/musei/museo-pio-clementino/Cortile-Ottagono/laocoonte.html），2020 年 6 月 5 日查詢。

關心藏品複製與否。一般言之，萬國博覽會所展示的物品大抵以最先進或時尚的物質文明為主，然遷建後的水晶宮收集這些複製品之用意不明。

綜合前述，呂碧城對於西方藝術史的瞭解，使她得以進行較為專業的報導，這對於當時少有機會出國的國人而言，確實提供了重要的導覽功能。

（二）民國才女的歷史與文化涵養：彰顯異國空間的中國情調與女性文化

呂碧城除了以女記者的慣習，知性而專業的報導英倫外，做為一名傑出女作家的她，在異國空間中對於自己文化與女性主體亦特別自覺地認同。這表現在她往往（不）自覺地調動中國古典文學與文化視角以觀看倫敦地景的歷史文化，以及她在觀看文化景觀的同時，往往也能突顯女性主體及故事。

1、對中國文化的自覺認同

由於呂碧城中西文學涵養俱佳，因此她也很展現對於己身文化的自覺認同，一方面以中國古典文學的懷古情感結構書寫倫敦塔的歷史故事，意圖在異國／西方空間裡彰顯「中國情調」，另一方面是在參觀西方法庭時，由法官的假髮思考中國髮辮文化，持平地展現中西文化之比較。

(1) 以懷古幽思書寫英倫歷史文化

五四後仍堅守文言書寫的呂碧城，在歐美漫遊書寫中不時以最中國古典的文言文及懷古幽思，書寫西方的事物。

她在書寫倫敦塔或瑰麗或幽暗的歷史故事，即意圖在異國／西方空間裡彰顯「中國情調」，重塑這座充滿幽暗歷史的宮殿／

城堡，以抹銷西方事物對中國讀者造成的隔閡感。其中所展現的古典文學故實，適足以消解異國文化地景的陌生感：

> 形式古樸，略如砲壘。廣苑中殘雪疏林，佈以車炮，衛兵鵠列，朱衣竟體，峨黑熊冠而執戟鉞，氣象森嚴。……。蓋歷代帝后居此，或遭刑戮，或被幽囚，椒殿埋香，萇血化碧。紅鵑疑蜀帝之魂，白奈涴天孫之淚。迄今舢棱夕照，河水澌澌，更誰弔滄桑之跡，話興亡之夢哉！[60]

呂碧城描繪倫敦塔，特別調動古典文言與中國典故，使英國的宮庭鬥爭史「被中國化」，其中「椒殿埋香，萇血化碧。紅鵑疑蜀帝之魂，白奈涴天孫之淚」即為用典處。而「椒殿」即椒房殿，典出南朝梁簡文帝《昭明太子集・序》：「地德褰帷，天雞掩色，構傾椒殿，沴結堯門。」原為西漢未央宮之皇后宮殿，因以椒塗室，主溫暖除惡氣而稱之，其後椒房遂變成皇后代稱。「萇血化碧」典出《莊子・外物》：「人主莫不欲其臣之忠，而忠未必信，故伍員流於江，萇弘死於蜀，藏其血三年而化為碧。」指的是周敬王大臣劉文公所屬大夫萇弘，蒙冤為人所殺，傳說血化為碧玉；後用以形容剛直忠正，為正義而蒙冤抱恨，呂碧城以此典故說明倫敦塔的后妃多蒙冤受難而亡。「紅鵑疑蜀帝之魂」則化用「望帝啼鵑」、「杜鵑泣血」的典故，事見晉常璩《華陽國志・蜀志》，相傳戰國時蜀王杜宇稱帝，號望帝，為蜀治水有

---

60 呂碧城：〈倫敦城之概略：倫敦堡（The Tower of London）〉，李保民校箋：《呂碧城集》，頁 392-393。

功，後禪位臣子，退隱西山，死後化為杜鵑鳥，因杜鵑鳥啼聲淒切，後世常借指悲哀淒慘的啼哭；呂碧城以此典故呈現倫敦塔受難女子的悲戚啼哭。左思〈蜀都賦〉的「碧出萇弘之血，鳥生杜宇之魂。」即運用這兩個典故。而「白奈涴天孫之淚」之「天孫」指的是織女星，典出《史記・天官書》：「婺女，其北織女。織女，天女孫也。」織女原係天帝孫女，亦稱天孫；自古即有牛郎織女的故事，傳說牽牛、織女分居天河兩岸，每年七月七日地上的喜鵲會飛到天河，填河成橋使之相會，後世遂以此典指稱男女結合、夫妻相聚，表達人們對於忠貞不渝的愛情的嚮往；呂碧城以此典故說明這些女子遇難而與其配偶分離的悲傷與無奈。

簡言之，呂碧城描繪國人不熟悉的倫敦塔，特別調動她對中國古典故實的涵養以描繪西方地景的歷史文化、倫敦塔的宮廷鬥爭與悲慘女性的故事，呈現以中化西的意味，拉近國人閱讀的興趣。而呂倫敦塔的古樸外觀及其背後蘊藏的血腥歷史，在古典文字的鋪展中，乃因之呈現一種奇異的惡之華美。

（2）由西方法庭假髮思考中國髮辮文化

呂碧城所參觀的法院即位於斯特蘭街（Strand，今譯河岸街）的皇家高等法院。她在法庭的參觀中，最感興趣的不是哥德式建築及古監獄遺址奧貝雷堂（Old Bailey，今譯老貝利），而是法庭中象徵律師威嚴身分的假髮（Wig）：

> 最觸目者，即諸律師之假髮（Wig），霜鬟雪鬢，顯非天然。夫法庭尚實，偽飾何為，殊所不解。埃及法官裁判死刑時，頸間懸卦金小像，稱為真實之神，其義甚明也。因

> 此假髮，予遂憶及髮辮。吾華人以「豬尾」見稱於世界久矣，迄今各報紙凡繪華人，必加辮以為標識，然華人之有辮，僅於五千年歷史中占二百六十年耳，且長大下垂，與豚尾迥異。英人古裝亦有辮細小，且翹然而起，酷肖豚尾，試觀倫敦街道中之銅像，尚有翹其辮者，可以為證。[61]

呂碧城對於律師假髮的思辨呈現了她的獨特識見。其中呈現兩重文化的比較，一是她對於英國律師的「假髮」與「真理（真實）」間的反差，表示不解；並由此聯想埃及法官的金小像及其「真實之神」的正面象徵意義，以茲對照。二是呂碧城將法庭的律師假髮與中國人的髮辮進行中西文化之比較。呂碧城指出，由歷史脈絡言之，中國人被稱為「豬尾」的髮辮僅出現二百餘年，且長大下垂與豬尾不同，卻成為後來外國人對中國人的刻板印象。反觀英國歷史上的細小髮辮更酷肖豬尾之形，街道上的銅像即可為證。由此可見呂碧城之獨立思考能力，不僅能夠進行異文化的相互比較，也能夠在民族自信心前，理性地進行歷史脈絡的梳理，而非流於情緒性的迴護中國人的髮辮文化，其人能夠橫跨東西文化之卓見可見一斑。

2、對女性主體的自覺認同

呂碧城對女性主體的彰顯，表現在她對倫敦塔被犧牲的女性之同情，以及她對於西敏宮（國會大廈）婦女席位的關注。

（1）放大書寫倫敦塔中的女性受難者

---

61 呂碧城：〈倫敦城之概略：法庭〉，李保民校箋：《呂碧城集》，頁404-405。

呂碧城放大書寫英國歷史中的女性主體，展現在她造訪倫敦塔的懷古情懷，特別突出女性在歷史中的位置：「其歷史尤饒戲劇興味，所謂 Dramatic。蓋歷代帝后居此，或遭刑戮，或被幽囚，椒殿埋香，萇血化碧。紅鵑疑蜀帝之魂，白奈涴天孫之淚。迄今觚棱夕照，河水澌澌，更誰弔滄桑之跡，話興亡之夢哉！」[62]前已述及呂碧城描繪倫敦塔，特別調動中國典故，使英國宮庭鬥爭「被中國化」，其中「椒殿」是皇后代稱，並以「紅鵑疑蜀帝之魂」借指倫敦塔中受難女子的悲戚啼哭；「白奈涴天孫之淚」則指稱倫敦塔受難女子與其配偶分離的悲傷。簡言之，呂碧城突出椒殿女性在歷史中的位置，「通過選擇性的啟動記憶，來叩問女性在歷史中境遇、意義與所經歷的創傷，強調女性之間的互通聲氣。」[63]當呂碧城用古典故實再現這些異國歷史上的女性之悲慘遭遇時，她彷彿也找到屬於自己女性的生命共同體，得以投射自我的女性認同。雖然呂碧城並非帝后貴胄出身，亦無慘遭囚禁或斷頭的際遇，但她早年寄人籬下與離家出走乃至於遊走歐美的無家狀態，以及她與世俗格格不入的境遇及遭遇的創傷，或多或少具有與倫敦塔的受難女性雷同的被拋擲之感受。是以，呂碧城在話興亡、悼傷逝的懷古散文中，竟奇異地找到英國歷史上的受難女性與自己聲息相通之處，並在此安頓孤身行旅的歸宿感。

這座既是皇宮也是高級監獄的倫敦塔，曾經出入不少帝后貴

62　呂碧城：〈倫敦城之概略：倫敦堡（The Tower of London）〉，李保民校箋：《呂碧城集》，頁 392-393。

63　吳盛青：〈彩筆調和兩半球——呂碧城海外新詞中的文化翻譯〉，《從摩羅到諾貝爾：文學・經典・現代意識》，頁 133。

族，或被斷頭或被幽囚，亡魂充斥於塔內。倫敦塔內的「綠宮（Tower Green）」（今譯綠塔）即為執行私密死刑之刑所，至少七位重要的皇族權貴在此死於非命，其中五位是女性，包括安波林皇后（Queen Anne Boleyn）、馬格來伯爵夫人（Margaret Countess of Salisbury）、卡薩玲皇后（Queen Katharine Howard）、饒佛子爵夫人（Jane Viscountess Rochford）、建格來爵夫人（Lady Jane Grey）等。

呂碧城特寫了建格來爵夫人（Lady Jane Grey，今譯珍・格蕾，1537-1554）的遭遇：「建格來夫人年幼貌美，竟以蝤蠐之頸，膏此兇鋒，後世惋惜之。名畫家多繪圖以紀其事。」[64]這位最短命的英格蘭女王建格來爵夫人，1553 年登英國王位僅九天，即被瑪麗一世下令廢黜；隔年（1554 年）被處死，年僅十七、八即死於皇位鬥爭，令人不勝欷噓。不只「名畫家多繪圖以紀其事」，呂碧城也曾作詞〈摸魚兒〉弔念之：

> 望淒迷，寒漪銜苑，〈黃臺瓜蔓〉曾奏。娃宮休問傷心史，慘絕燃萁煎豆，驚變奏，驀玄武門開，弩發纖纖手。嵩呼獻壽。記花拜螭墀，雲扶娥馭，為數恰陽九。
> 吹簫侶，正是芳春時候。封侯底事輕負？金旒玉璽原孤注，擲卻一圓鸞脰。還掩袖。見窗外囚車，血涴龍無首。幽魂悟否？願世世生生，平林比翼，莫作帝王冑。[65]

64　呂碧城：〈倫敦城之概略：倫敦堡（The Tower of London）〉，李保民校箋：《呂碧城集》，頁 393。

65　呂碧城：〈摸魚兒——倫敦堡弔建格來公主（Lady Jane Grey）〉，李保民校箋：《呂碧城集》「呂碧城詞卷二」，頁 94。

呂碧城特以適於書寫哀婉之情的詞體，展現英國宮庭鬥爭的慘酷以及建格來夫人的悲情，其中引用唐章懷太子李賢〈黃臺瓜蔓〉詩[66]與曹植〈七步詩〉「燃萁煎豆」的典故，以說明宮庭權力鬥爭與骨肉相殘的血腥悲劇。年輕貌美的建格來夫人竟淪為權力鬥爭下的祭品，呂碧城只能為她歎息，並期望她來生莫再生為帝王貴胄，其人遭際之悲慘令人不忍。

其次，安波林皇后（Queen Anne Boleyn，今譯安妮・博林，1501-1536）的悲慘遭遇也值得同情：「諸人之刑，皆用該斧，惟安波林皇后斬於寶劍，特由聖奧梅宮（St. Omer）取出，以斷其脰者。尸皆瘞於堡內之派特寺（Chapel of St. Peter）下。」[67]安波林皇后為英格蘭王后，英王亨利八世第二位王后，伊麗莎白一世的生母，瑪麗一世的繼母。由於亨利八世喜新厭舊，安波林很快被冷落，1536 年 5 月 2 日被捕入獄，關進倫敦塔；5 月 19 日以私通罪名被斬首。11 天後，亨利八世迎娶第三位王后，即安波林皇后生前的侍從女官，其悲慘人生可見一斑。

此外，瑪麗一世之妹伊莉莎白一世的故事一樣悲慘。「伊力撒伯公主路」（Princess Elizabeth's Walk，今譯伊莉莎白公主路）即她曾被幽囚倫敦塔的證明。伊莉莎白一世（Princess Elizabeth, 1533-1603）締造英國歷史上輝煌的「伊莉莎白時期」，被稱為

66　李賢〈黃臺瓜蔓〉詩原名〈黃台瓜辭〉：「種瓜黃台下，瓜熟子離離。一摘使瓜好，再摘令瓜稀，三摘尚自可，摘絕抱蔓歸。」李賢以摘瓜人比喻母親武后，以四瓜譬喻四兄弟，摘瓜絕後比喻宗室血脈徹底斷絕，希望武后警醒。

67　呂碧城：〈倫敦城之概略：倫敦堡（The Tower of London）〉，李保民校箋：《呂碧城集》，頁 393-394。

「黃金時代」（1558 至 1603 在位）。但在姐姐瑪麗一世統治時期，伊莉莎白一世因被懷疑參與新教徒叛亂而被監禁於倫敦塔近一年，她的幽囚也彰顯都鐸王朝時期英國王室的陰暗面。

是以，呂碧城特別突出這些女性在大歷史中的位置，以性別視角介入倫敦塔的歷史敘事，因此她在歷史現場出的懷古幽思便被賦予了女性情感的戲劇張力，即前引文所謂「其歷史尤饒戲劇興味，所謂 Dramatic」，這些歷史故事的女主角幾乎都是悲慘的境遇，且多為血腥宮庭鬥爭的犧牲品，極具戲劇張力，呂碧城的感喟其來有自。而其他「諸人事跡之奇哀頑豔，典籍可徵，非此篇所能盡也。」[68]則說明了英國歷史上此類悲慘女性的故事所在多有。

簡言之，倫敦塔的血腥歷史，集中呈現人性的幽暗面及宮廷鬥爭的殘酷；而呂碧城特別調動中國古典意象與女性視角，則更巧妙地為倫敦塔的血腥歷史添上一抹奇哀頑豔的色彩。

（2）關注現代婦女在下議院的席位

除彰顯歷史上的女性故事外，呂碧城也特別注意「議院」（西敏宮；國會大廈）之「眾議院（House of Common）」（今譯下議院）婦女席位及其代表的意義：

> 上有廊如戲臺，並設婦女參觀席，為此院之始創。蓋以前格於規例，不許婦女到場，今則時局大異，喧傳已久之 Flapper Vote（少女選舉權）已於日前（三月十二日）在

---

[68] 呂碧城：〈倫敦城之概略：倫敦堡（The Tower of London）〉，李保民校箋：《呂碧城集》，頁 394。

> 眾院通過第一讀會，凡女子年滿二十一，即有選舉權，與男子同。將來投票者，男子計一二二五〇〇〇〇〇，而女子則一四五〇〇〇〇〇，且占多數。政局將永操於女性之手，亦英國歷史中重要之變遷也。[69]

呂碧城在此展現她對近代以來女權的關注，由於她早年在天津曾擔任女學堂教習，也在報刊發表過女權散文，出自於女性自覺的意識，使她對於這些與女性權益或知識啟蒙相關的制度特別感興趣。而英國除了在下議院設立婦女參觀席外，也早已通過婦女選舉權。呂碧城將英國這些進步的女權狀況介紹給國內讀者，認為必有助於中國女權之進步，充分展現她身為知識女性的識見及女性自我的認同。

簡言之，呂碧城以其身為女性之同情共感，彰顯古今女性的故事與權利，不只達成女記者報導英倫旅遊之職責，也藉此完成她自己的女性認同。

綜合言之，呂碧城英倫書寫除展現女記者知性的報導姿態外，也具現她曾遊學美術系的涵養及她一貫對於中西文化的調和眼光，持守自身的文化，亦考量中國讀者的閱讀習慣，以中國情調解讀異國空間及文化；在在呈露她對中西文化的折衷態度，在崇洋中堅守自己的文化主體。同時，她也能展現對於女性自身主體的認同，關注歷史上受難的女性與現代婦女的地位。上述這些文化上的自信，正是呂碧城之為呂碧城的獨特之處。

---

69 呂碧城：〈倫敦城之概略：議院——眾議院（House of Common）〉，李保民校箋：《呂碧城集》，頁402。

四、英倫之旅與靈學／佛學因緣：民國才女／女記者後期人生朝向宗教追求的起點

呂碧城的英倫行旅，除前述知性的旅行報導之外，她在旅英期間，以曾為女記者的慣習，記錄閱報所見，最關注社會新聞的訟案與靈異事件這類特異的文本。此外，英倫行旅之於呂碧城的意義還在於重大的生命自覺上，其後期人生朝向宗教追求的學佛起點就是由英倫旅居時期展開的。當時她經常往訪中國公使館作客乃偶遇佛緣，相較她一貫奢華旅行的姿態，佛緣之開啟無疑正是反差極大的另一道人生風景，而這也正是呂碧城之所以為呂碧城的特色。是以，靈學與佛學因緣一起構成呂碧城英倫書寫非常奇特的面貌，形成奇異的美感，頗符合女記者呂碧城之特立獨行的特質及興趣。

（一）英倫的靈異敘事與靈學發展：女記者對靈異的好奇與靈學的興趣

呂碧城以其曾為女記者的慣習，旅英期間記錄了閱報所見，其中她最關注的是社會新聞的訟案與靈異事件。

呂碧城早年加入天津《大公報》，成為參與公共領域的女記者，造就她日後關注時事的習慣，更影響她營造自我形象的概念。1920 年赴美至哥倫比亞大學進修時，她也同時擔任上海《時報》的特派記者。其後成為一名漫遊歐美的旅行者，仍舊以女記者的職業敏感度及好文筆進行旅行書寫，即《鴻雪因緣》（歐美漫遊錄）。因此在呂碧城的海外遊蹤裡，閱報是她每日生活之必需，其英倫旅行書寫即不時展現閱報所得，甚至直接題名

〈閱報雜感〉。

呂碧城於倫敦旅次所閱覽的英國報紙，有具體名稱的包括：*The Morning Post*（英國早報）、*The Chronicle*（紀事報）、《快報》、*The Daily Express*（每日快報）。其中，*The Morning Post*（英國早報）1772 年於倫敦發行，1937 年停刊。而 *The Chronicle*（紀事報）不確定是否即為 *The Daily Chronicle*（1872-1930）。再者，《快報》與 *The Daily Express*（每日快報）似為同一份報刊[70]，是小型報，「每日快報」系的旗艦報紙，創刊於 1900 年，至今仍發行中。呂碧城的倫敦旅次經由閱報，獲取寫作材料或將之轉譯轉載於國內報刊以饗讀者；而她閱報所關心的社會新聞之訟案與靈異事件等，在在顯見她獨特的視野與關懷。

1、殺人與自殺的權利：對訟案的獨立思考與判斷

呂碧城自承：「予於報紙喜閱訟案，頗饒興趣。」[71]訟案這類社會新聞，往往能夠反映當地社會的面貌。

她在〈閱報雜感〉提及報上出現題為〈許殺之權〉（The Right to Kill）的文章，討論某個引起爭議的社會案件：某人幼女久病，醫謂不治，某人直接殺死自己幼女，因自首於官署而獲判無罪。司法界認為應續訂新律，以病人經三名醫生宣判無救

---

[70] 呂碧城〈文痞文匪之可悲〉提及她翻譯倫敦《快報》的成吉思汗墓之譯文，原譯文前言稱譯自倫敦 *The Daily Express*（每日快報）。可見倫敦《快報》與 *The Daily Express*（每日快報）應為同一家。詳見呂碧城〈文痞文匪之可悲〉，李保民校箋：《呂碧城集》見「呂碧城文卷一《歐美漫遊錄》（又名《鴻雪因緣》）」，頁 430。

[71] 呂碧城：〈閱報雜感〉，李保民校箋：《呂碧城集》「呂碧城文卷一《歐美漫遊錄》（又名《鴻雪因緣》）」，頁 405。

者，親人得殺之，以解其痛苦。此案引起討論與爭議，讀者爭相投函分享自己家屬的經驗，舉例說明醫生誤診之可能，不可完全盡信。如某人家屬患臟瘤，諸醫皆以為惡毒，其中一醫認為活不過一星期，然而病者卻活過 17 年且非死於臟瘤。前案未了，報上又出現類似的案例，如一老婦患肝瘤，不堪其苦，醫亦證明無救，其已嫁之女乃以砒雙殺老母，法官判此女有神經病，應監禁終生。又有被二醫妄指為狂癲者，禁錮瘋人院二十年，逃出後訟二醫獲判巨額賠償，二醫不服上訴，賠償金驟減，某人忿極自殺。[72]

呂碧城認為上述訟案的重點有二，一是我們有沒有以病情不治為由殺死自己親人的權利？二是醫生的誤判病情影響太大，可能導致病患主動加工殺死親人，或因誤診而耽誤病人的人權與生存權，導致悲劇。因此呂碧城認為：「以法官之經驗，或有真知灼見。惟予意醫可誤證或賄託，應由病者邀集證人簽名，自願就死，則殺之者方為無罪。」[73]然而各國又多禁自殺，報載一對男女因貧而相約殉情，不幸遇救卻被判刑繫獄，未得同情卻獲罪，令人感慨。是以，呂碧城又認為：「求生不得，求死不許，孰謂歐美人民得享自由哉！」[74]她認為避免爭議的作法是由病者於生前簽署自願就死的證明，則殺之者無罪；然而自殺又與一般法令相衝突，所以其實既無殺人的權利，也無自殺的可能，此案乃陷入無解狀態。而呂碧城不完全認同歐美人民已得完整之自由，顯示她獨立思考判斷的能力。這些訟案爭議，即使置諸今日，亦未

---

[72] 呂碧城：〈閱報雜感〉，李保民校箋：《呂碧城集》，頁 405。

[73] 呂碧城：〈閱報雜感〉，李保民校箋：《呂碧城集》，頁 406。

[74] 呂碧城：〈閱報雜感〉，李保民校箋：《呂碧城集》，頁 406。

必能夠完善解決，何況 1927 至 1928 年前後。

簡言之，呂碧城對於訟案的興趣，顯示她做為一名女記者對於社會時事的關懷。

2、以中國的因果輪迴觀念解讀西方的心靈／靈異世界

呂碧城對於英國報紙報導不可思議之靈異事件感到極高興味，如〈因果〉、〈與 *The Chronicle* 報談靈魂之函〉、〈三十年不言之人〉、〈瀛洲鬼趣〉等文，皆為幽靈顯靈、因果報應之類反映現實世界的靈異事件。呂碧城對此類靈異的關注，應不只是獵奇，更多來自於她內在的不安，乃促使她關注此類奇特的事件。

特別的是，呂碧城引用中國的因果輪迴與報應觀念，解讀西方發生的兇案，展現她對於神秘世界的好奇與興趣。如〈因果〉提及兩件兇殺案，一是倫敦某鐵路司機員娶再婚婦，婦之前夫被謀殺於鐵路，兩年後該司機員暴亡於婦之前夫死亡之地。二是某商人之妻被殺，驗為剃刀所刺，但未查獲兇刀；商人雖入獄但旋即獲釋，但兩年後以剃刀自戕於妻子死亡之所。然而「歐人不信因果，謂為巧合之事」[75]呂碧城便以中國之「因果」輪迴與報應觀念，解讀西人所謂的「巧合」。〈三十年不言之人〉也提及倫敦報載一名「三十年不言之人逝世」的消息，此人與妻反目，咒妻必遭焚斃，果不其然其妻與二幼子皆葬身火窟，某人痛悔失言，乃自我懲罰終生緘口，此亦因果報應之例。呂碧城以中國觀點解讀西方心靈／靈異世界，使中西文化得以奇異地交融。

---

[75] 呂碧城：〈因果〉，李保民校箋：《呂碧城集》「呂碧城文卷一《歐美漫遊錄》（又名《鴻雪因緣》）」，頁 407。

此外，呂碧城在〈因果〉文末提及「惟倫敦之 *The Chronicle* 每研究靈魂，予曾投函供以資料云。」[76]此處所言投函至 *The Chronicle* 報，即〈與 *The Chronicle* 報談靈魂之函〉所提及之靈魂存在問題：「或謂此皆偶然之事，否則何以人死後大抵杳無音訊？然予以為精神各有強弱，必特強者方能有所表示，否則幽明間不易溝通也。」[77]述及自身與家族親友遭遇的三件靈異事件，一是外祖母之友水夫人，感應兒子已死，但媳婦卻告以無恙，水夫人回以兒子已來親稟死期，媳婦方才據實以告，水夫人哀痛而亡。二是自己四年前（1923 年）由美返國，寓居上海南京路，某日午睡，侍女送來一壺熱水，呂碧城疑惑；侍女告以方才見呂碧城立於門前低呼送熱水來，然送至室內卻見呂碧城熟睡中，也感驚詫，呂碧城自認未曾言及，「詎予睡時魂竟離體而傳令耶？」[78]第三件也是呂碧城的親身經驗，二年前（1925 年）寓居上海同孚路大宅中，有印度警吏二人巡守。某夜忽聞異聲，呂碧城乃填裝子彈於手槍中以自衛，自認已清醒，且門外路燈光極強烈，呂碧城瞥見物影移動，但近咫尺卻不見人影，是以發出「人歟？鬼歟？殊為惶惑。」詢諸僕役與警吏均未見；且門鎖未曾開啟，或疑翻牆逃去？至今無解。[79]可見呂碧城較能夠溝通幽明，

---

[76] 呂碧城：〈因果〉，李保民校箋：《呂碧城集》，頁 407。

[77] 呂碧城：〈與 *The Chronicle* 報談靈魂之函〉，李保民校箋：《呂碧城集》「呂碧城文卷一《歐美漫遊錄》（又名《鴻雪因緣》）」，頁 407。

[78] 呂碧城：〈與 *The Chronicle* 報談靈魂之函〉，李保民校箋：《呂碧城集》，頁 408。

[79] 呂碧城：〈與 *The Chronicle* 報談靈魂之函〉，李保民校箋：《呂碧城集》，頁 408-409。

以致容易感應此類神秘而靈異之事。

其後，呂碧城於〈瀛洲鬼趣〉自認「前篇曾撮記西報談鬼數則，茲更有所聞，錄之遣悶，猶東坡之在黃州，同其無俚也。」[80]瀛洲是中國神話中神仙所住的海外仙山之一，呂碧城以此做為談鬼趣的標題，顯然有以中國典故助談西方靈異神怪之意，又得一種中西文化合璧的趣味。此文記二事，一是倫敦《快報》所記之美國國務卿開格洛氏（今譯凱洛格，任期 1925-1929 年）到巴黎簽非戰條約時，要求更換座位，因其簽約時的座位之右即已故總統威爾森（今譯威爾遜，美國第 28 任總統）起草凡爾賽條約之原處，因畏懼威爾森鬼魂，乃特請將簽約處改為凡爾賽宮。但法方表示為難，開洛格氏乃改請更換至藍寶賚廳（法總統避暑宮殿），法政府應允，座位仍照原樣安排，但威爾森曾坐之椅將更換不用。二是倫敦各報所記之冬花園[81]導演員自殺案。其導演主任班乃特無故自殺，其母稱子健康無病，樂其職業，無自殺之由。自殺前一切如常，卻自殺於室中大木櫥。此木櫥一星期前購入，其母心惡其狀不祥。劇場經理也作證班乃特頗得劇場倚重，絕無煩惱。法醫驗屍亦稱健康無病，法官按往例批為臨時發狂而自殺。其母不服，焚木櫥以絕其祟。[82]此二事亦與靈魂／靈異有關，可見呂碧城對於此類世間不可思議之事，充滿興趣。

80　呂碧城：〈瀛洲鬼趣〉，李保民校箋：《呂碧城集》「呂碧城文卷一《歐美漫遊錄》（又名《鴻雪因緣》）」，頁 433。

81　冬花園（Winter Garden）劇院成立於 1919 年，1959 年歇業。

82　呂碧城：〈瀛洲鬼趣〉，李保民校箋：《呂碧城集》，頁 433-434。

（二）倫敦旅次開啟佛學因緣：民國才女對宗教追求的自覺認同

英倫之行之於呂碧城的意義，還在於重大的生命自覺上，其後期朝向宗教追求的學佛起點就是英倫旅居時期。當時她經常往訪中國公使館作客並作牌戲，乃偶遇佛緣。她的奢華之旅與開展佛緣是英倫之行反差極大的兩道風景，而這正是呂碧城之所以為呂碧城的特色。

1、偶遇佛緣：後期「女居士」宗教修身的起點

1928 年 2 月初，呂碧城自英倫重返瑞士旅居地，當年 12 月 25 日開始茹素斷葷。1930 年，48 歲的呂碧城皈依佛法，至 61 歲辭世止。呂碧城曾自言其學佛之始，純為寓居英京倫敦時一次往駐英公使館作客的偶然機遇：

> 約十載前，予寓英京倫敦，常往使署，與其秘書孫君夫婦等作樗蒲之戲（俗名噪麻雀）。某日，孫夫人撿得印光法師之傳單，及聶雲台君之佛小冊，作鄙夷之色曰：「當這時代，誰還要這東西！」予立應聲曰：「我要。」遂取而藏之，遵印光法師之教，每晨持誦彌尊聖號十聲，即所謂十念法。此為學佛之始。遇佛法於海外，已屬難事，況此種華文刊品，何得流入英倫，迄今猶以為異。然儻不遇者，恐終身不皈大法，險哉！[83]

---

[83] 呂碧城：〈蓮邦之路〉，《香光小錄》（上海：道德書局，1939年）。因文本難尋，轉引自李又寧〈序：呂碧城是怎樣開始信佛的〉，

可知呂碧城學佛之始純因於倫敦偶遇佛學傳單，自認「似有定數存焉」[84]。文中「使署」應為倫敦波特蘭廣場街（Portland Place street）的駐英公使館，呂碧城經常走訪。而印光法師（1862-1940）為淨土宗第十三代祖師，自 1918 年起專門刻印善書、佛經，廣泛贈送各界，包括以儒家觀點傳播佛教的《了凡四訓》與以道教觀點弘揚佛法的《太上感應篇》，在近代佛教的振興具有極大貢獻。呂碧城提及的「印光法師之傳單」不知是否即為此書刊。1940 年印光法師圓寂後，呂碧城曾撰〈印光大師贊詞〉：

> 猗歟大師，降祥震旦。廣度群倫，期登彼岸，蓮風獨振，麗日中天。戒行精粹，道格高騫。針砭薄俗，曰誠與敬。萬善同歸，資糧相應。茲聞滅度，發予深慨。……。[85]

其後也曾撰〈感逝三首——印光大師〉：

> 大道由來只尚平，此公風調自天成。雖嚴壁壘人爭進，不露文章世已驚。耄年徵人者壽，蓮花香泛聖之清。雁門寥落螺山遠，梵唄憑誰更繼聲。[86]

呂碧城：《觀無量壽佛經釋論》（臺北：天華出版社，1979 年 11 月），頁 2-3。

84 轉引李又寧〈序：呂碧城是怎樣開始信佛的〉，呂碧城：《觀無量壽佛經釋論》，頁 3。

85 呂碧城：〈印光大師贊詞〉，李保民校箋：《呂碧城集》「呂碧城文卷二」，頁 679。

86 呂碧城：〈感逝三首——印光大師〉，李保民校箋：《呂碧城集》「呂碧城詩卷二」，頁 311。

可見呂碧城對印光法師的崇敬與孺慕。而聶雲台（1880-1953），法名慧傑，企業家。家世顯赫（父歷任上海道台、安徽巡撫等職；母曾紀芬為曾國藩女），1926 年因創建的紗廠嚴重虧損，稱病隱退，幾度擬出家，後成在家居士。1942 到 1943 年撰寫佛教小冊《保富法》，勸人散財布施。呂碧城所指「聶雲台君之佛小冊」未確指名稱，不知是否即此？呂碧城一向關注佛法於海外傳揚（見《歐美漫遊錄》及《歐美之光》），何況此種華文刊品得以流入英倫，更令呂碧城十分珍惜。

簡言之，呂碧城在駐英公使館參與博戲進而逆轉至學佛道路上，展現繁華落盡見真淳的極大反差，頗符合呂碧城一生特立獨行的人格特色。

2、倫敦街角之佛緣：贈盲丐以金戒、與盲談道

呂碧城曾經在倫敦街角進行過佛緣的實驗。她曾在〈女界近況雜談〉（約 1928 或 1929 年）提及之前在倫敦發生過的一段與佛緣相關的經歷：

> 迨世變愈劇，乃慨然歎歐美功利主義銳進至極，受大創刲時方返而旁求救濟之道，孔教、佛教均有瀰漫全世界之時。去年在倫敦曾屢與英人談及，彼等莫不見信。近予旅舍之街角，有瞽丐日日立風雨中，予憐之，贈以金戒一枚，丐與予握手為謝，且詢何不自御之故。予笑曰：「汝不能見，現與汝握手之人，其指間御有巨大之鑽石耳。」丐驚嘆曰：「汝實行平等如此，真耶穌信徒也。」予曰：「否。吾國中有較善耶穌之教。」丐言深以未聞大道為恨，不惟盲於目，且盲於心矣。後予再見之，詢知金戒已

典質得六先令云。吾道不能見信於酒肉之士紳，而感動風雨之瞽丐，俗有問道於盲之說，予則與盲談道，雖瑣事亦甚趣也。[87]

此文寫於倫敦之行後，呂碧城憶其英倫旅行這段遭遇，以說明歐美遭遇劇變時，往往便是孔教與佛教瀰漫全世界之際，但英人多不相信。但後來她在倫敦旅社街角贈丐以金戒，對方感恩並認為呂碧城具有平等精神，是耶穌信徒。呂碧城藉機說明「吾國中有較善耶穌之教」，意即前述之孔教與佛教，較諸耶蘇教更有平等與博愛精神，藉機展現自己中國文化的優越及自信心。此段逸事亦突顯呂碧城良好的經濟能力。是以，身在歐美的呂碧城，一旦面對與自己中國文化相關議題時，往往充滿對於自己文化的自信心。

簡言之，雖然呂碧城後期人生轉向學佛，必然與其人生際遇或外緣因素有關，但無可否認的是，呂碧城在此地偶然結下的佛緣，確實成為她往後人生朝向佛學追求的重要契機。

綜合言之，由中年這趟半年的英倫旅居生活，可見靈學與佛學皆為呂碧城感到興趣的部分，它開啟了呂碧城後半生朝向宗教追求的契機，具有重要的轉折意義。而當時倫敦的靈學與佛學發展，也正是世界靈學與佛學研究的中心，呂碧城的關注可想而知。因此，呂碧城英倫之行的佛學體會，之於她後期人生，具有開啟了全面朝向宗教追求的起點之意義。是以，離英後的呂碧城

87　呂碧城：〈女界近況雜談：浪漫主義〉，李保民校箋：《呂碧城集》「呂碧城文卷一《歐美漫遊錄》（又名《鴻雪因緣》）」，頁 437-438。

仍不忘持續關注英國靈學與佛學的發展。

五、呂碧城離英後：持續關注英國佛學與靈學發展[88]

呂碧城離英後，對於英國靈學與佛學的發展仍持續關注，首先，持續探討靈學與玄學，對靈異抱持科學的見識。其次，離英後的佛緣夢境，夢見在倫敦所繪之佛像；翻譯佛經並於英國付梓。再者，離英後仍持續關注英國佛學的發展概況。第四，離英後仍持續關注英國護生運動的發展概況。第五，離英後仍關注英國佛學作家作品，並以英國文學作家作品解讀佛學。凡此皆可見呂碧城在英倫之行中所接觸的靈學與佛學經驗，之於她的人生的意義十分重大。

(一) 靈學、玄學的探討：對靈異的科學見識

呂碧城倫敦閱報時對靈異之事的態度，在 1930 年皈依佛法後呈現較理性而中立的態度。其〈玄學與科學將溝通乎〉(1930) 有言：

> 倫敦自一八八二年即有靈學會（The Society For Psychical Research）之設，現時地址為31, Tavistock Square London。記者曾與一度通函，知其中主持者，多學界巨子、大學教

88 本章加入「離英後仍對英國佛學、靈學與護生運動的關懷」一節，原期刊版無此節。

> 授等，刊品甚豐。承其邀請入會，惟記者旋皈佛法，只欲明心見性，勉持戒律，其他詭異之事則不欲研究，故未與該會續有接洽，然亦無反對之意見也。[89]

文中「記者」即呂碧城自稱，可見她對於記者這一身分的堅持。而文中提及之靈學會（The Society For Psychical Research，簡稱SPR）[90]是一個非營利組織，其宗旨是為了瞭解一般被描述為靈學或超自然現象的事件和能力，算是第一個對挑戰當代科學模式的人類經驗進行有組織的學術研究的社團。據黃克武研究指出，從 1850 到 60 年代，英國學者開始從事所謂 Psychical Research（靈學研究），至 1882 年即於倫敦成立前述靈學研究會，研究死後世界、靈魂、鬼神等現象，許多知名學者參與、領導，形成廣泛的影響。[91]

十九世紀後期至二十世紀初期，靈學在全世界盛行，1870 年代日本受此熱潮，也開始研究催眠術與傳氣術（動物磁氣說）等。亦及於晚清民初中國社會，1905 年陶成章於上海成立催眠講習會；呂碧城的業師嚴復（1854-1921）以及影響她護生觀念的伍庭芳（1842-1922）[92]都對靈學等相關事物抱持較正面的態

---

[89] 呂碧城：〈玄學與科學將溝通乎〉，李保民校箋：《呂碧城集》「呂碧城文卷二」，頁 622-623。

[90] 倫敦靈學會（The Society For Psychical Research）至今仍在運作中（https://www.spr.ac.uk/，2018.8.10 查詢）。

[91] 黃克武：《惟適之安——嚴復與近代中國的文化轉型》（臺北：聯經出版公司，2010 年 11 月）第五章「靈學濟世：上海靈學會與嚴復」，頁 165。

[92] 伍廷芳（1842-1922），曾留英習法律，歸國後任職法律及外交界，擔任駐美國、秘魯及古巴公使。民國後擔任司法總長及外交總長。

度，[93]是以呂碧城應當對此早有概念。簡言之，靈學在當時被「宣稱是最先進的『科學』，是超越現有科學的新興領域」[94]，並得到嚴復等知識分子的認可：

> 這顯示近代西方的「科學」概念，以及近代中國所引進的西方「科學」，並非單純地屬於實證「科學」，而是具有更複雜、多元的內涵；換言之，「科學」做為一種知識範疇，在從西方經日本傳譯至中國的過程中，一直是多元的、模糊的、遊移的，並與宗教、經濟活動交織互動。[95]

由於呂碧城對於靈學的看法較為理性而折衷，可見應當受到她的業師嚴復的影響。是以，呂碧城雖自承因已皈佛法不欲研究靈學，但也對於靈學會的接觸無反對意見。

〈玄學與科學將溝通乎〉也記錄了歐洲對科學與玄學（靈異）會通的看法，指出歐洲靈學家的說法並未被科學家發現有任

---

[93] 晚清民初盛行靈學，1918 年前後上海出現很多靈學團體，也翻譯出版許多靈學相關專書及雜誌。如 1917 年上海靈學會成立，曾留學英國的嚴復撰文推薦，增加靈學研究的可信度；隔年並出版會刊《靈學叢誌》。是以，1917 年發生靈學會事件，《新青年》同仁對於嚴復等人參與靈學會或發表支持靈魂不滅的看法，很不以為然。1920 年後甚至進一步引發「科玄論戰」。而曾任駐外公使的伍廷芳則宣傳「靈魂攝影」，到處演講靈魂學。詳見黃克武：《惟適之安——嚴復與近代中國的文化轉型》第五章「靈學濟世：上海靈學會與嚴復」，頁 157-197。

[94] 黃克武：《惟適之安——嚴復與近代中國的文化轉型》第五章「靈學濟世：上海靈學會與嚴復」，頁 163。

[95] 黃克武：《惟適之安——嚴復與近代中國的文化轉型》第五章「靈學濟世：上海靈學會與嚴復」，頁 163

何詐偽之處；而科學家更與靈學家一同開會，以研討人類靈魂的真相，並確認確有不可思議之原質存在，晚近科學家也多能虛心研究不可思議之事。

呂碧城又謂佛家有他心通（Telepathy）、天眼通（Clairvoyance）諸法，前者指心靈感應、交流思想、傳心術；後者指的是遙視、透視、靈視、預知等特異功能，意義雷同。[96] 再舉英國心理學家麥當哥爾氏（W. McDougall, 1871-1938）[97]的專著 *Body and Mind: a history and a defense of animism*（1911），以資證明。又舉出曾留學英國格林威治皇家海軍學院的業師嚴復談論的靈學事件，即英國某校甲乙兩生各居一室所繪之物卻雷同之事，以證明心靈感應確實存在。再舉曾留學英國的瑞典科學家瑞登堡（Emanuel Swedenborg, 1688-1772）於筵席間預知遠處火災之事證之；而其人兼信靈魂輪迴之理，與其他先哲巨子柏拉圖（Plato）、歌德（Goethe）、叔本華（Schopenhauer）亦然。並舉出兩部近著，一是伊娃・馬丁（Eva Martin）的《世世回環再生問題參考文獻選》（*The ring of return: Anthology of References to Re-Birth*）（1927），另一部是美國靈學作家沃克（E. D. Walker, 1859-1890）的《輪迴轉世》（*Reincarnation: A Study of Forgotten Truth*）（1883 初版於倫敦）以證明因果輪迴之說是有

---

96 可參考黃克武：《惟適之安——嚴復與近代中國的文化轉型》第五章「靈學濟世：上海靈學會與嚴復」，頁 160。

97 麥當哥爾氏（W. McDougall,1871-1938）是 20 世紀早期心理學家，前半生在英國度過，後前往美國。他寫了許多涉及本能理論的發展、社會心理學的教科書，影響很大。

可能的。[98]

綜合前述，可見呂碧城對靈異的態度是比較「科學的」：

> 今人每不信因果輪迴之說，然五千年之正史迭有記載，家族親友間確有傳說，豈彼等皆不肖之徒，專門造謠乎？學者之正當態度，對於任何事務，苟欲堅決否認之，須指出確實之反證，否則寧保留（Reservation）以待研究，若輕率武斷，則淺陋不智之人耳。[99]

是以，呂碧城對於「因果輪迴」之說，採取科學求知的態度；若無法反證，則保留以待研究。而歐洲人不滿肉體生命之短促，而欲研究靈魂之將往何處，亦為一種覺悟。而最能解決此問題的仍以佛說最為圓滿精密。是以呂碧城對靈異之事的驗證，最終仍以宗教追求為最佳出路。

（二）佛緣夢境：夢於倫敦所繪之佛像、翻譯佛經並於英國付梓

1928 年歲初，遊罷倫敦返回瑞士後，呂碧城曾作詞〈丁香結〉以記之：

> 妙相波瑩，華鬘風裊，一笑拈花彈指。記年時桑梓，傳舊

---

[98] 呂碧城：〈玄學與科學將溝通乎〉，李保民校箋：《呂碧城集》「呂碧城文卷二」，頁 626-627。

[99] 呂碧城：〈玄學與科學將溝通乎〉，李保民校箋：《呂碧城集》「呂碧城文卷二」，頁 627。

> 影、蘸涂裁湘摹擬。夢中尋斷夢，夢飄斷、水驛海滋。無端還見，墨暈化入，盈盈瀾翠。
>
> 凝思。又劫歷諸天，暗怯清遊迤邐。塵障消殘，春華惜遍，此情難寄。搖瀚低掠倦羽，自返蓮臺底。有菡心靈淨，依樣烏泥不滓。[100]

其詞題下小序則提及：「夢於倫敦友人處見予所繪水墨大士像，秀髮披拂，現身海中。憶髫齡鄰居，鄉人曾以舊畫觀音一幅乞為摹繪，固有其事也。」[101]可知呂碧城當時由開啟往後學佛起點的倫敦返回瑞士居處後，之所以有此夢境，並非偶然。

1930 年春天，呂碧城皈依佛法，始絕筆於文藝，悉心從事佛典英譯。本年同時籌畫出版《歐美之光》。至 1931 年初夏始重拈詞筆，同年《歐美之光》出版。

1931 年冬天，呂碧城英譯的佛經《阿彌陀經》則在英付梓，延續了她與英國佛學的因緣。她曾於翻譯完成後，賦詞一闕〈法駕引〉以寄懷：

> 素華誰探？（樂極國，梵文名素華諦 Sukhavati。）紺綃暗解蓮芳綻。耿吟眸，望來去金身，共騰肩焰。撩亂，更曼蕊陀羅，斜吹茜雨法筵滿。試回首，微茫下界。笑槐安，蟻遊倦。

---

[100] 呂碧城：〈丁香結〉，李保民校箋：《呂碧城集》「呂碧城詞卷二」，頁 117。

[101] 呂碧城：〈丁香結〉，李保民校箋：《呂碧城集》「呂碧城詞卷二」，頁 117

> 晼晚。山丘一例，莫論人間恩怨。計桂魄終銷，橙暉永逝，（光為橙色七彩。近據天文家報告，日之壽命尚有十五兆年 Trillions。）萬般皆變。凝眄。捲螺雲無盡長空，惟有佛光絢。（太陽系之星球無數，作旋螺雲狀。佛國無日月，惟佛光照耀。）到此際，煩憂齊解，舊情休戀。（予以《阿彌陀經》在英付梓，迻譯既竟，賦此寄懷。）[102]

此類梵苑詞章多出現在她皈依佛法之後。上闋「素華」指涉的意義已於詞中加註，即「極樂世界」之意，亦稱「西方淨土」、「阿彌陀佛淨土」。淨土宗（蓮宗）即專修往生阿彌陀佛西方極樂世界淨土之法門而得名。淨土宗與禪宗並列為中國佛教主要的兩大宗派。呂碧城即淨土宗的信仰者，其英譯的《阿彌陀經》是淨土宗的根本經典之一，是念佛人修行的重要依據。其次，詞中「笑槐安，蟻遊倦。」典出唐李公佐〈南柯太守傳〉，東平淳于棼醉臥槐樹下，夢至大槐安國，出仕南柯太守。夢醒後，始覺大槐安國原是槐樹下的蟻穴，衍生成語「南柯一夢」即比喻個人名利和榮華富貴之短暫，呂碧城似有藉此自嘲之意。而下闋則引用天文學知識說明日月之變化與太陽系星球無數，以之對照無日月的佛國，只有佛光照耀。呂碧城藉此訴說有意藉由修習佛法以消解人間恩怨、煩憂與舊情之意。是以，呂碧城藉由英譯佛經《阿彌陀經》以消解個人煩憂，而在英付梓英譯佛經也說明她參與了英國的佛學發展。

---

102 呂碧城：〈法駕引〉，李保民校箋：《呂碧城集》「呂碧城詞卷二」，頁 180。

（三）仍持續關注英國佛學的發展：同時強調中國佛學的自信

倫敦除了開啟呂碧城後半生信仰佛學的宗教生活之契機外，離英後的 1928 年，呂碧城〈與西女士談話感想〉提及她對佛教的文化優越感及近來倫敦佛教宣傳及興建廟宇之事：

> 耶教主博愛而不戒殺，殊為缺憾，甚至變本加厲，……。假使行於歐洲者為佛教而非耶教，則此奇禍可免。……，世變亟矣，惟佛教可以弭兵，於人心立和平之根本。……惟真文明而後有真安樂。何謂真文明？即吾儒仁恕之道，推己及人、仁民愛物之心，及佛教人我眾生平等之旨，使世界人類物類皆得保護，不遭傷害。……聞倫敦近有佛教之宣傳及廟宇之建設，挽浩劫而開景運，跂予望之。所惜此舉未能創於十稔以前，承歐洲大戰之後，收效當較易也。[103]

可見呂碧城認為只有儒教與佛教可以真正使眾生平等，所有人類物類不受殺生之害；歐美若能早接受佛教洗禮而非耶教，便可挽殘殺浩劫。對於近年來倫敦佛教之發展及廟宇之興建，呂碧城認為若提早十年，在第一次世界大戰後發展佛教，更易收效。其後，呂碧城於 1940 年作英文版〈《因果綱要》跋〉也提及：

---

[103] 呂碧城：〈與西女士談話感想〉，李保民校箋：《呂碧城集》「呂碧城文卷一《歐美漫遊錄》（又名《鴻雪因緣》）」，頁 423。

> 佛法之信仰，最能安慰人心。此書以英文述之，旨在感化歐美，俾於歐戰後痛定思痛，了然於因果業報，知此肉身之器世界外，別有樂土，即西方之阿彌陀佛國。則心有所屬，自能不造業而甘淡泊。[104]

可見她對佛法之可感化歐美甚具信心，此與其對中國古典或文言文的自信心一樣，凡面對西方或異國文化，她都能堅守自己的文化主體性，而不致片面地傾慕西方文化。1942 年，呂碧城曾以〈感逝三首〉之二紀念業師嚴復，亦提及此點：

> 業師嚴幾道先生學貫中西，譯述甚富，尤以首譯《天演論》著名。然物競天擇之說已禍歐人，若當時專以佛典譯餉世界，則功不在大禹下，惜乎未之為此。而先生晚年有詩云：「辛苦著書成底用，豎儒空白五分頭」亦自深怨矣。[105]

由此可知呂碧城對於嚴復當年選擇翻譯《天演論》而非佛典，也感到遺憾，言之下意認為佛學對世界和平的影響力更大些。

當時倫敦的佛學界發展如何，據呂碧城〈佛教在歐洲之發展〉（刊於《海潮音》，1930 年 2 月）可得知一二。呂碧城透

---

104 呂碧城：〈《因果綱要》跋〉，李保民校箋：《呂碧城集》「呂碧城文卷二」，頁 680-681。

105 呂碧城：〈感逝三首〉之二，李保民校箋：《呂碧城集》「呂碧城詩卷二」，頁 311。案：原詩題甚長，幾可視為小序；暫略全文，僅以〈感逝三首〉名之。

過當時倫敦的宗教刊物《此路》（*The Way*）主編沃爾緒博士（D. R. Walter Walsh）的介紹，得與當時「倫敦佛學會」（The Buddhist Society, London）總理及「倫敦佛教聯合會」（The London Buddhist Joint Committee）主席赫穆福雷君（C. Humphreys）通訊而得知大略。

是以，呂碧城根據前述通訊採訪而得知許多倫敦的佛學社團及報刊發展概況。倫敦最早的佛教社團應為羅斯博士（D. R. Ernest Roest）為向英倫及愛爾蘭各島推行佛教而於 1907 年創立之貝利經學會（Pali Text Society）[106]，雖積極運動，但絀於財力而未臻巨效。而「倫敦佛學會」（The Buddhist Society, London）[107]則於 1924 年創立，承繼已停版的《佛學評論》（*Buddhist Review*），實則為前述 1907 年之「大英及愛爾蘭佛學會」（Buddhist Society of Great Britain and Ireland）之擴充改組。主要任務為編譯及詮釋各佛經，1929 年出版《何者為佛學？西方意見之答詞》（*What is Buddhism? An Answer From the Western Point of View*）[108]，由十二國學界耆宿合纂，十八個月

---

106 呂碧城：〈佛教在歐洲之發展〉，李保民校箋：《呂碧城集》「呂碧城文卷二」，頁 578。
案：貝利經學會（Pali Text Society）至今仍運作中（網址：http://www.palitext.com/，2018.8.9 查詢）。然其創立時間為 1881 年，創立者為英國巴利文學者 Thomas William Rhys Davids（1843-1922），與呂碧城此說不同。

107 「倫敦佛學會」（The Buddhist Society, London）至今仍運作中（網址：https://www.thebuddhistsociety.org/page/history，2018.8.9 查詢）。

108 *What is Buddhism? An Answer From the Western Point of View*, London: The Lodge, 1929.

竣工。除取材經典外，並有歐美名人著作佛學之書，至五十餘種之多，繁徵博引，首版 750 冊，瞬即告罄，再版 1000 冊，呂碧城亦有一冊。此會之機關報為《佛學在英國》（*Buddhism in England*）月刊，頗受歡迎。[109]該會也設有宣講隊，遍布全英國，但講員數不足，暫以 16 頁之小冊《佛學及其在西方之運動》以代不足。呂碧城《歐美之光》亦有〈倫敦佛學會舉行年會會記〉、〈英國佛學會略史〉論及此。

而 1925 年創立的「英國菩提會」（The British Maha Bodhi Society）[110]則發行《佛學月刊》（*British Buddhist*），此會專修巴利禪宗（Bali Meditation）。組織尚未完備，英國「學生佛教會」（The Students' Buddhist Association）之會員常往該處演講，予以助力，據聞已大有進步。英國「學生佛教會」（The

---

[109] 其後呂碧城在 1939 年〈致陳无我居士書〉中提及對於《佛學在英國》（Buddhism in England）的內容感到失望，此後不再予以經濟資助，可見她曾以經費支持該刊。詳見〈致陳无我居士書〉，李保民校箋：《呂碧城集》「呂碧城文卷二」，頁 677-678。

[110] 「Maha Bodhi Society（菩提會）」，國際佛教組織，總部在印度加爾各答。1891 年 5 月創建於錫蘭（今斯里蘭卡）科倫坡，創始人是斯里蘭卡佛教領袖阿加里卡・達爾馬帕拉（Anagarika Dharmapala）和英國記者、詩人埃德溫・阿諾德爵士（Sir Edwin Arnold）（即呂碧城〈《亞洲之光》作者百年紀念〉所述之阿那爵士），目的是收復、維護印度菩提伽耶等佛教聖地及在世界各地復興佛教。次年，總部遷到印度加爾各答。1933 年創辦摩訶菩提教育學院。日本、英國、德國、美國、澳大利亞和非洲也成立分會或傳教中心。印度總部網址：http://mahabodhisociety.com/（2018.8.9 查詢）。英國 British Mahabodhi Society（The London Buddhist Vihara Dharmapala Building）地址為：5 Heathfield Gdns, Chiswick, London W4 4JU。

Students' Buddhist Association）每星期集會，並由 Ceylon（錫蘭，今斯里蘭卡）延聘高僧三人居於該會所，為之教授；另設有 Theravada（上座部佛教；巴利佛教；南傳佛教）學校。而日本及中國學生則刊行《大乘原理》。日本人亦在倫敦發行英文佛學季刊 *The Eastern Buddhist*[111]，編輯皆學界領袖，出版處在日本京都東方佛教協會（The Eastern Buddhist Society，簡稱 EBS）。倫敦另有《卡拉穆士》（*Calamus*）雜誌，以各教互相比較，而著重於佛學。以上可見呂碧城對倫敦佛學盛況的關注。[112]

而中國人在英國傳佛教者，始於近代高僧太虛法師（1889-1947）。呂碧城〈佛教在歐洲之發展〉中提及太虛法師於 1924 年往倫敦講學，當時英國的佛學會及中日兩國學生聚集，議決四點辦法大綱：

> （一）英倫及愛爾蘭原有之各佛學會自此互相聯絡，共策進行。（二）組織佛教大聯合會，凡中國、日本、暹羅等國之學生佛教研究會皆屬之。（三）倫敦於每年華曆七月十五，月圓之時，開大會演講佛教。（四）由倫敦推行各

---

[111] 期刊 *The Eastern Buddhist*（《東方佛教》）由東方佛教學會（The Eastern Buddhist Society，簡稱 EBS）刊行，會址在京都大谷大學（Otani University），網址：http://web.otani.ac.jp/EBS/index.html（2018.8.9 查詢）。該協會於 1921 年創立，致力於佛教文本的翻譯和研究，出版期刊 *The Eastern Buddhist*（《東方佛教》），定期舉辦研討會、講座。參考 https://www.jstor.org/publisher/eastbuddhistsoc（2018.8.9 查詢）。

[112] 呂碧城：〈佛教在歐洲之發展〉（原收錄於《歐美之光》），李保民校箋：《呂碧城集》「呂碧城文卷二」，頁 577-579。

省。[113]

此處所述之事似與前述「倫敦佛學會」（The Buddhist Society, London）於 1924 年自「大英及愛爾蘭佛學會」（Buddhist Society of Great Britain and Ireland）擴充改組有關。可見太虛法師之倫敦講學具有一定的影響力。

此外，〈玄學與科學將溝通乎〉（1930 年）提及當時英國的佛學圖書館藏，主要在當時仍屬英國領地的加拿大（1931 年獨立）Mcgill University 圖書館：「由紐約富豪 Gest 氏購贈中國書籍十一萬五千冊，內賅括佛經五千冊以上，皆明季舊版，士林所珍。歐西得此寶藏，亦世界前途之曙光也。」[114]這批由 Gest 氏（今譯葛斯德）收購的中國藏書，被稱為「Gest Collection」（葛斯德藏書），以佛經與醫藥為主，其中五千冊以上的佛經館藏皆為明代舊版，十分珍貴。1926 年這批館藏於加拿大 McGill University（麥吉爾大學）正式開放，1936 年轉移到普林斯頓大學（Princeton University）東亞圖書館。[115]可見英國佛學發展的

---

113 呂碧城：〈佛教在歐洲之發展〉（原收錄於《歐美之光》），李保民校箋：《呂碧城集》「呂碧城文卷二」，頁 580。

114 呂碧城：〈玄學與科學將溝通乎〉，李保民校箋：《呂碧城集》「呂碧城文卷二」，頁 628。

115 這批藏書由美國工程師葛思德（Guion Moore Gest, 1864-1948）委託美國駐華海軍武官義理壽（I. V. Gillis）在中國收購，從 1920 年代開始收集許多中國古籍，包括醫書、宗教與欽定版圖書，1926 年於加拿大麥吉爾大學（McGill University）正式開放，1936 年轉移到普林斯頓大學（Princeton University），成為東亞圖書館的館藏。胡適和孫康宜曾任該館館長。案：筆者曾於 2018 年 7 月 16 日造訪該館。

盛況。

（四）仍持續關注英國護生與蔬食運動的發展

呂碧城回到瑞士旅居地，仍然關注倫敦報刊的報導，除佛教相關消息外，她最關心的是護生運動。呂碧城在〈謀創中國保護動物會之緣起〉（約寫於 1928 年 12 月至 1929 年？）[116]提及 1928 年冬天，在瑞士見倫敦《太穆士報》（*The Times*，今譯《泰晤士報》）刊登英國「皇家禁止虐待牲畜會」之函，乃立即馳函討論，這封信後來以〈致倫敦禁止虐待牲畜會函〉（寫於 1928 年 12 月 11 日）為題收錄於《歐美之光》，信中表達她對於仁道護生的看法。而其致函的目的則是：「決計為國人倡導，並舉該會概略以資借鑑，將來或與聯合，俾臻實力。現雖謀設於中國，而成效期於世界，無畛域之限也。」[117]雖然創設於中國，其實呂碧城的護生運動胸懷天下。

據呂碧城〈謀創中國保護動物會之緣起〉所載，英國「皇家禁止虐待牲畜會」（The Royal Society for the Prevention of Cruelty to Animals）於 1824 年 6 月創立於倫敦[118]，為全世界最早提倡保護動物的機關，總會設於倫敦，始創者為白儒穆

---

116 呂碧城：〈謀創中國保護動物會之緣起〉、〈致倫敦禁止虐待牲畜會函〉原收錄於《歐美之光》，今收錄於李保民校箋《呂碧城集》「呂碧城文卷二」，頁 568-575。

117 呂碧城：〈謀創中國保護動物會之緣起〉，李保民校箋：《呂碧城集》「呂碧城文卷二」，頁 568-569。

118 英國「皇家禁止虐待牲畜會」（The Royal Society for the Prevention of Cruelty to Animals，簡稱 RSPCA），至今猶運作中（網址：https://www.rspca.org.uk/home，2018.8.9 查詢）。

（Arthur Broome）及馬丁（Richard Martin）二氏及同志諸人，當時諸同志僅以毅力維繫，缺乏資金，至 1835 年維多利亞女皇加入，聲勢為之一振，亦因此吸引不少皇族加入，此乃命名「皇家」之由。1924 年 6 月召開紀念會，23 國代表參加，刊有《為禽獸百年之運動》（*A hundred Years' Work for Animals*）[119]。此組織至今猶在運作中。

而英國「皇家禁止虐待牲畜會」的宗旨：

> 雖未提倡完全戒殺，但宣言以禁止虐待為消極，以增進一切仁慈為積極，刊行書籍，散布傳單，尤注重學校教育，改造青年對待禽獸之意見。偵察有虐待禽獸者，為依法起訴。設文明新法，推行於屠場，俾屠時禽獸失其知覺而無痛苦，此其大概也。[120]

這個組織並未完全倡導戒殺，而是從教育與法律兩方面報護動物。而呂碧城謀創中國版的動物保護組織，更想積極有作為：「予今謀創之會，則更進一步，以禁止虐待及鼓吹戒殺同時並行，倡言無諱，為根本之挽救。」[121]因此她由中國經傳尋出戒

---

119 此書與 Edward G. Fairholme and Wellesley Pain, *A Century of Work For Animals: The History of the RSPCA, 1824-1934* (London: John Murray, 1934) 僅差一字，書名雷同，未確知是否同為一書。

120 呂碧城：〈謀創中國保護動物會之緣起〉，李保民校箋：《呂碧城集》「呂碧城文卷二」，頁 569-570。

121 呂碧城：〈謀創中國保護動物會之緣起〉，李保民校箋：《呂碧城集》「呂碧城文卷二」，頁 570。

殺護生的脈絡，由成湯開獵網、「君子遠庖廚」等皆戒恣殺，但尚無明確主張；至佛教東傳中國後，戒殺之說乃嶄然成立，呂碧城認為此說最值得推崇：

> 予不求因果之報，不修淨土之宗，惟以佛教集戒殺之大成，闡文明之真義，心實服膺。故予綜覽群言，首宗其說焉。[122]

其次則以林肯及司馬遷為典範：「次則推崇美總統林肯拯救黑奴之績，及感於史遷游俠之傳，皆抑強扶弱，純然發乎義憤，而無所自私。」[123]是以，林肯及司馬遷的扶弱精神亦為呂碧城效法的對象。其實，呂碧城護生觀念的啟發也受到早年在天津時見報載伍廷芳辦「蔬食衛生會」的影響：

> 見滬報紀伍廷芳氏所辦「蔬食衛生會」，即函陳衛生義屬利己，應標明戒殺，以宏仁恕之旨。伍公覆函，謂原蘊此義，惟恐世俗斥為迷信佛學，故託衛生之說，以利進行云云。[124]

---

122 呂碧城：〈謀創中國保護動物會之緣起〉，李保民校箋：《呂碧城集》「呂碧城文卷二」，頁 570。

123 呂碧城：〈謀創中國保護動物會之緣起〉，李保民校箋：《呂碧城集》「呂碧城文卷二」，頁 570。

124 呂碧城：〈謀創中國保護動物會之緣起〉，李保民校箋：《呂碧城集》「呂碧城文卷二」，頁 568。

由此可知呂碧城很清楚「衛生」及「戒殺」的格局之別，而伍廷芳原意亦為戒殺而設「蔬食衛生會」。綜合以上，呂碧城的戒殺護生之思想來源頗為多元，也能見出她的博學多聞。

是以，呂碧城本於良知，以前述諸先覺之微旨為思想根據，並認同「皇家禁止虐待牲畜會」以教育新觀念為宗旨的做法：

> 予內省良知，遠契諸先覺微旨，為彼喑啞無告之動物呼籲。於人類對物類之暴行誤解，不憚辭而闢之。善哉！英國禁止虐待牲畜會之宣言，謂欲造成公眾之新觀念（to create a new public opinion）。夫吾人恃強凌弱，恣殺他類以利己而不恥者，皆原始觀念之誤，則改造觀念，洵為必要之途徑。[125]

呂碧城結合自己所信仰的儒家與佛教思想與英國「皇家禁止虐待牲畜會」的新觀念，極力促成中國成立類似組織，但她的野心及胸懷更大：「英國禁止虐待牲畜會，有百年之運動，始徵著成效，吾人欲謀範圍較廣之組織，應預為千年之運動。」[126]呂碧城看到英國皇家禁止虐待牲畜會的百年成效，更有自信的認為自己所謀創的中國禁止虐待牲畜會必能以更積極的戒殺護生觀念，走出更寬廣的格局，成更大的志業。

1929 年呂碧城應國際保護動物會之邀請，至維也納參加萬

---

[125] 呂碧城：〈謀創中國保護動物會之緣起〉，李保民校箋：《呂碧城集》「呂碧城文卷二」，頁 570-571。

[126] 呂碧城：〈謀創中國保護動物會之緣起〉，李保民校箋：《呂碧城集》「呂碧城文卷二」，頁 572。

國保護動物大會，為中國人唯一的代表。1930 年呂碧城皈依佛法，並悉心從事佛典英譯。本年同時將歐美各國佛教與護生消息傳回國內，刊於上海《時報》，引起滬上知名居士王季同、豐子愷、李圓淨等人的注意。隔年（1931）《歐美之光》出版。其後，1933 年呂碧城由瑞士返國，果真開始積極地成立保護動物協會。1933 年 5 月「中國保護動物會」在上海成立，葉恭綽任理事長，孔祥熙、許世英、朱石曾緯等任會員，呂碧城則為名譽會員，並在闡發宗旨上出力最多。1935 年 10 月 4 日「中國保護動物會」在「世界動物會」這天在上海舉行徵求宣傳大會，參加者眾，參與演說者有葉恭綽、孔祥熙、太虛法師及西方保護動會代表等，會後亦有表演活動，並「停屠一天」。

呂碧城曾以詞作〈減字木蘭花——英人福華德氏 C. W. Forward 挽詞〉（約作於 1934 年）悼念英國蔬食改革者福華德氏：

> 滄波萬里，管鮑分金曾竊比。鴻寶能傳，恰在寒燈易簀前。
>
> 題箋心苦，四海黃壚多舊雨。義薄雲天，低首長楊諫獵篇。[127]

詞後小序說明此詞之背景：

---

[127] 呂碧城：〈減字木蘭花——英人福華德氏 C. W. Forward 挽詞〉，李保民校箋：《呂碧城集》「呂碧城詞卷三」，頁 192。

君當十二齡時，睹屠牛之慘，即永斷肉食，五十年中號召仁術，死而後已。昔英皇嗜獵，君上書諫之，請開湯網之仁。皇為感動，永罷御獵。年前，君欲刊護生之書，缺金廿磅，予聞之如數寄贈，以成其事。書甫出版，而君遽歿。[128]

呂碧城悼念的英國人福華德氏（Charles Walter Forward, 1863-1934）為蔬食改革者，其人於 12 歲即永斷肉食，半世紀裡不斷提倡仁術，且曾感動英皇。而呂碧城有感於福華德氏刊印護生之書缺經費，乃慷慨金援，然此君竟於書刊出版後猝逝，乃作挽（輓）詞追悼之。

其後，呂碧城又作〈前調〉（約作於 1937 年）以證護生的重要性：

春雲將展薔薇戰，飛紅溜白花如霰。人事苦烽霾，郇廚翠釜哀。
鸞刀摻萬戶，猩浪能飄杵。此任幾時平？千年誓此生。[129]

詞中所言之「薔薇戰」即發生於 1340-1450 年間的英國內戰，當時死傷無數。呂碧城在詞後小序提及藉此思考殺生之不當：

128 呂碧城：〈減字木蘭花——英人福華德氏 C. W. Forward 挽詞〉，李保民校箋：《呂碧城集》「呂碧城詞卷三」，頁 192。

129 呂碧城：〈前調〉，李保民校箋：《呂碧城集》「呂碧城詞卷三」，頁 208。

紅、白薔薇，兩軍血戰三十年，事見英史。人類既苦兵禍，而人類復殺物類，屠場每日殺牲以數萬萬計，奇痛徹天，流血成海，歷千萬年而不止。倫敦《蔬食月刊》曾述此言，並刊肉市之影於報，美國《蔬食雜誌》亦言廢除肉食為世界將來必至之趨勢。抑嘗聞之，世界目標趨於「真」、「善」、「美」三點，正義為「真」，文詞屬「美」，和平為「善」。吾詞家皆工審美者，寧不摒此醜惡之殘殺耶？願我同人共勉之。「美」義甚廣，茲姑就詞壇立言。[130]

由此可知她對殺生的看法，也受到倫敦《蔬食月刊》及美國《蔬食雜誌》的影響。簡言之，以不殺生為主的蔬食為未來世界飲食之趨勢。

是以，呂碧城遊歷世界大半生所見之世界文明，其一便是英國「皇家禁止虐待牲畜會」保護動物的正義觀念，此說結合她所信仰的佛教戒殺觀念，以此推動中國社會的文明進步。

(五)仍關注英國佛學作家作品、以英國文學解讀佛學

呂碧城離英後仍持續關注英國佛學作家作品，並曾以英國文學史上的知名作家作品解讀佛學及護生觀念。

1、介紹三位知名的英國佛學作家作品

呂碧城在〈玄學與科學將溝通乎〉（1930）曾介紹三位英國

130 呂碧城：〈前調〉，李保民校箋：《呂碧城集》「呂碧城詞卷三」，頁208-209。

佛學作家及其專著，包括女性禪學作家巴林頓氏（E. Barrington）《奧妙之路》（*The Road to The Occult*）[131]、羅斯博士（E. R. Rost）《良知的本性》（*The Nature of Consciousness*）[132]、阿那爵士（Sir Edwin Arnold）及其名作《亞洲之光》（*The Light of Asia*）。

呂碧城在〈玄學與科學將溝通乎〉曾對巴林頓氏（E. Barrington）誤評貶詞，心中愧疚，後由原本不識巴林頓氏（E. Barrington）何許人也，始知「為吾女界現身而說法者」[133]，呂碧城深以同為女性而感驕傲。因此，她推崇巴林頓氏（E. Barrington）的佛學著作：「惟曾著《奧穆》（OM）名作之道巴蒙地（Talbot Mundy）堪與頡頏。而法國佛學家如黛娩尼勒夫人（A. Davidnee）、羅柯杜福夫人（Mme Rokotoff）等，亦差相伯仲，可為巾幗吐氣矣。」[134]文中 Talbot Mundy（1879-1940）為英國知名佛學作家，1924 出版《奧穆》（*OM: The Secret of Ahbor Valley*）一書。而黛娩尼勒夫人（A. Davidnee）與羅柯杜福夫人（Mme Rokotoff）[135]則是女性佛學家，呂碧城亦引之為

---

131 E. Barrington，本名 Elizabeth Louisa Moresby（1862-1931）是出生英國的小說家，也是佛學作家。*The Road to The Occult* 書名似應為 *The Way Of Power: Studies in the Occult*（1927）。

132 羅斯博士（E. R. Rost）《良知的本性》（*The Nature of Consciousness*）出版於 1930 年。

133 呂碧城：〈歐美佛學之女作家巴林頓不弋聲華隱名韜晦〉，李保民校箋：《呂碧城集》「呂碧城文卷二」，頁 631。

134 呂碧城：〈歐美佛學之女作家巴林頓不弋聲華隱名韜晦〉，李保民校箋：《呂碧城集》「呂碧城文卷二」，頁 632。

135 羅柯杜福夫人（Mme Rokotoff）即 Natalie Rokotoff（1879-?），1930 年出版 *Foundations of Buddhism*。

女界光榮。

不僅如此，呂碧城對巴林頓氏（E. Barrington）稱頌不絕：「巴氏久居日本，其於佛學，多承扶桑餘緒，然經英倫女郎之心理，澡雪琱琢，別出新機軸，東西圜輿之精彩，遂融會焉。其他英美女佛學作家，如黛娩子夫人（Mrs. Rhys Davids）、克里特爾夫人（Mrs. Cleather）、嘉平女史（Helen B. Chapin）等，皆一時知名之士。」[136]呂碧城指出巴林頓氏（E. Barrington）的佛學承自日本並融會東西，卓然成家。同時又舉出兩位英國及一位美國的佛學女作家比擬其成就。兩位英國女作家，其一為黛娩子夫人（Mrs. Rhys Davids, 1857-1942），翻譯許多巴利語的佛教經文，1907 年起擔任巴利經學會（Pali Text Society）名譽秘書，並於 1923 年至 1942 年擔任其主席。其二為克里特爾夫人（Mrs. Cleather, 1846-1938）是神智學會（Theosophical Society）的早期會員。嘉平女史（Helen B. Chapin, 1878-1972，今譯海倫・查平）則是美國佛學學者，名作《雲南的觀音像》（1944）。呂碧城以幾位知名女性佛學作家或學者和巴氏相提並論，可見她對於巴氏的重視及對女界的關注，誠如呂碧城在文末所言：「巴氏修然高蹈，不弋聲華，予欲表彰其行誼，經其知交，代為辭謝。故此文仍隱其真姓名，僅略抒事實，為吾國女界勸。」[137]表彰巴氏為女界之典範，正是呂碧城的用心所在。

其次，呂碧城指出羅斯博士（E. R. Rost）1930 年出版的

[136] 呂碧城：〈歐美佛學之女作家巴林頓不弋聲華隱名韜晦〉，李保民校箋：《呂碧城集》「呂碧城文卷二」，頁 632。

[137] 呂碧城：〈歐美佛學之女作家巴林頓不弋聲華隱名韜晦〉，李保民校箋：《呂碧城集》「呂碧城文卷二」，頁 632。

《良知的本性》（*The Nature of Consciousness*），正好證明了佛學是歐人欲知靈魂往何處去的最佳出路：

> 今歐人不滿意於肉體生命之短促，而欲知靈魂之究竟何往，可謂人生觀之一種覺悟，然欲解決此問題，則以佛說最為圓滿精密。最近倫敦出版之《良知的本性》（*The Nature of Consciousness*），羅斯博士（E. R. Rost）著，發行所 Williams & Norgate Ltd.，據稱此書乃科學之實驗，證明佛學獨為世界放一新光。凡自古迄今，宇宙間不能解決之問題，皆於此而獲新發明，為科學家闢一通幽之徑，學者致力禪定，則功效尤巨云云。歐人之傾向佛學，於此可見一斑。[138]

由此可見，呂碧城傾向認為佛學可為科學家提供研究的路徑，亦可據此證明佛學之所以風行歐洲的原因。

第三位佛學作家作品即〈《亞洲之光》作者百年紀念〉（1933）中的英國詩人和新聞主編阿那爵士（Sir Edwin Arnold, 1832-1904），《亞洲之光》（*The Light of Asia*）為其名作。阿那爵士於 1857 年前往印度，執教於梵文學院，於此得精神永託之所。呂碧城引其子對父親之評論：「予確信吾父前身為印度佛徒而投生於英國者，彼固忠愛英國，然其種種性情習慣皆半帶亞族風味，即貌亦略似。迨游印度，乃使多生舊習，完全成熟，非

[138] 呂碧城：〈玄學與科學將溝通乎〉，李保民校箋：《呂碧城集》「呂碧城文卷二」，頁 627。

偶然也。」旅印未滿五年返英，擔任倫敦《電訊日報》（*Daily Telegraph*）[139]筆政達四十年，自云身在編輯室，心在印度，其闡揚佛教的名著《亞洲之光》（*The Light of Asia*）即誕生於此編輯室中。後游錫蘭，曾受當地佛徒贈授衣鉢之禮，贈以黃色袈裟及食鉢各一。前述提及之 1925 年於錫蘭創立的「菩提會」，阿那爵士即為創立者之一。其子之結論為：「謂吾人感想，若歐洲曾信佛教，以替代有名無實之耶教。則世界大戰不致發生云云。」透過上述對那爵士所做的介紹[140]，呂碧城強調自己對於佛教的信心：

> 記者尤有感焉。夫《亞洲之光》，非亞族所產，乃佛光也。物質與精神各有其光。自燔火日月，以至宇宙光 Cosmic Rays 皆物光也。此外必更有精神之光。按愛因斯坦 Einstein 相對論，謂星光若向前進行五十萬兆年後，將復返於原位。……予意星光殆遇更強之光，故遭屈折而返。最強者其為佛光乎？佛經盛稱光力，非予臆說也。[141]

由於對佛教的信心，呂碧城不只盛讚阿那爵士《亞洲之光》，更引愛因斯坦的相對論，以證明佛光乃世界最強者。

---

139 電訊日報（*Daily Telegraph*）目前仍發行中（https://www.telegraph.co.uk/，2018.8.11 查詢）。

140 呂碧城：〈《亞洲之光》作者百年紀念〉，李保民校箋：《呂碧城集》「呂碧城文卷二」，頁 644-645。

141 呂碧城：〈《亞洲之光》作者百年紀念〉，李保民校箋：《呂碧城集》「呂碧城文卷二」，頁 645-646。

2、以英國文學闡揚佛教護生觀念：介紹雪萊（雪蕾、謝蕾）與儒斯謗（羅塞謗）

呂碧城遊英後，曾在作品中引用英國文學史上的名家雪萊（雪蕾、謝蕾）與儒斯謗（羅塞謗）的文學作品或文學風格，以印證她對於佛教護生的支持。

呂碧城遊英後曾作詞一闋〈夜飛鵲〉（約作於 1929-1930 年左右），詞下小序說道作詞之背景：「英國詩聖雪蕾 Percy Bysshe Shelley（1792-1822）思想繁化，出入人天，多遺世之作。女詩人儒斯謗 Christina Rossetti（1830-1894）慣此宗教之語入詩，奇情壯采，涵被萬有，皆於騷壇別開勝境。茲仿其例，闡揚佛法，勉成數闋，未能暢微旨也」，可見此詞以兩位英國詩人雪蕾（今譯雪萊）與儒斯謗（今譯羅塞謗）之作，做為她闡揚佛法之靈感：

> 春魂殢塵網，誰解連環？參徹十二因緣。還憑四諦說微旨，拈花初試心傳。迦陵妙音囀，警雕梁棲燕，火宅難安。何堪黑海，任罡風、羅剎吹船。
> 觀遍色空曇艷，幻影更何心，往返人天。回首颷輪萬劫，紅酣翠膩，銷與雲煙。阿羅漢果，證無生、只有忘筌。似蝶衣輕褪，金鍼自度，小試初禪。[142]

雪蕾（Percy Bysshe Shelley，今譯雪萊，1792-1822）為英國浪漫主義的詩人，呂碧城在〈《因果綱要》跋〉（1940）也提到雪萊

[142] 呂碧城：〈夜飛鵲〉，李保民校箋：《呂碧城集》「呂碧城詞卷二」，頁 178。

的特色：「西哲雪蕾（Shelley）曰最寡欲者與天道最近。」[143] 而儒斯諦（Christina Rossetti，今譯羅塞諦，1830-1894）為英國著名女詩人，早年詩作《王子的旅程及其他》等已具濃厚的宗教意味，後期所作詩歌情調更趨低沉，宗教色彩亦發濃重。可見呂碧城對於英國文學與佛學皆有一定的理解，乃能嫁接兩者並會通文學與佛學。

此外，呂碧城〈佛儒不能平等說〉（1942）提及雪萊談論護生觀念：

> 然予見之於他二聖焉：一為東土之劉勰，一為西歐之謝蕾（Percy Bysshe Shelley），……。謝蕾有言曰：「欲免人類戰爭流血，須先從其餐桌做起，使不流血。因其事於原則上最違反和平，廢除血食，較勝於任何之事，能剷除一切罪惡之根株故。」……，謝有英國詩聖之稱，世又稱為不死之詩人。天縱之聖，自古多能，若威鳳九苞以耀采，文豹千炳以垂姿，蓋賦以吸引之力，使動生民之耳目也。然謝氏之說能發皇於西歐，……，謝以劬於仁術，年僅三十即逝，立言不朽，勝於短命之顏回。是二人者，皆鞠躬盡粹，無玷於道。[144]

由此可見，雪萊的護生觀念是由餐桌做起的，不用血食、多用蔬

---

[143] 呂碧城：〈《因果綱要》跋〉，李保民校箋：《呂碧城集》「呂碧城文卷二」，頁 681。

[144] 呂碧城：〈佛儒不能平等說〉，李保民校箋：《呂碧城集》「呂碧城文卷二」，頁 686-687。

食，可鑱除罪惡。呂碧城乃引用英國詩人雪萊的這段話，印證她對佛教護生觀念的支持。

六、結語：英倫藝術文化之旅
也是人生宗教靈性之旅的起點

是以，綜合前述四節主論所述，可見呂碧城的英倫旅行書寫十分特別，頗具個人風格。這位既現代又國際的時髦女子，其英倫書寫所自覺展示的關注面向，既有知性的報導式旅行書寫，也有一般散文罕見的靈異／靈學敘事與英倫之靈學／佛學發展，這趟英倫旅行更是她後期人生投入佛教修行的契機。是以，呂碧城的英倫藝術文化之旅，同時也是人生宗教靈性之旅，兩者之反差呈現奇異的美感。

首先，呂碧城以女記者的慣習展現知性的報導姿態，觀看英倫這一異國空間的文化景觀，呈現旅行導覽書的特質，也符合她自認提供國人旅行參考的動機。這些作品也是她與國內友人連結的重要管道。

其次，她曾遊學美術系，並將所學運用在英倫藝術文化的介紹上，展現專業的藝術史知識。同時，她很自覺地在中西文化比較中，展現己身文化主體的自信，能夠適度地調度中國情調以解讀西方文化，以轉化英倫名勝文化景觀的隔閡感。而她也適度地突出女性主體及故事，以同情共感面對西方歷史上的女性悲遇，也注意現代婦女的地位。

第三，兼論呂碧城倫敦旅次的靈學／佛學因緣。其一，靈學部分，呂碧城於旅次中保持閱報習慣，較常關注社會新聞中的訟

案及靈異事件，展現她對獨特議題的興趣；她也適度地以中國的因果輪迴與報應觀點解讀西方心靈／靈異世界，以消彌西方文化帶給國人的陌生感。而身處近代靈學研究重鎮倫敦，她對靈異的看法傾向較科學的一面；由此而延伸之科學與玄學的辯證，以折衷的態度面對靈學，很能見出呂碧城的獨特識見。其二，佛學部分，呂碧城的英倫之旅開啟往後人生學佛的起點，展現她個人宗教自覺的開端。同時，她也關注倫敦的佛學發展。

第四，呂碧城即使已經離英仍舊關注英國的靈學與佛學發展，不只持續探討靈學與玄學，對靈異抱持科學的見識；她也在離英後的佛緣夢境中，夢見自己在倫敦所繪之佛像；而呂碧城翻譯的佛經也在英國付梓。同時，呂碧城也關注英國佛學、護生運動的發展；她的關懷面相更及於英國的佛學作家作品，並曾以英國文學作家作品解讀佛學。凡此皆可見英倫之行所接觸的靈學與佛學經驗之於她的意義十分重大。是以，倫敦旅居之於呂碧城的生命史，絕對具有重要的關鍵地位，由單身出遊的現代女性轉向在家修行的「女居士」，此一反差濃厚的身分與空間的轉變，也正好呈現呂碧城之特立獨行。

是以，做為一名民國才女／女記者，呂碧城的英倫旅行書寫再次展示她獨特的「姿態」，一種「另類的現代性」[145]。其人其作之衝決傳統與現代的界限，令人側目，英倫旅居亦如是。希冀以此豐富呂碧城海外遊蹤研究的面相，並提供近現代女性文學研究領域之參考。

---

[145] 借用方秀潔〈另類的現代性，或現代中國的古典女性：呂碧城充滿挑戰的一生及其詞作〉（《慶祝施蟄存教授百年華誕文集》）標題。

結　論

一、研究成果綜述

本書以近代女性文人之特殊文類表現及自我追尋為研究主題，對於女性文學、女性文化與中國近代婦女史的研究，應有一定的貢獻。

（一）關注近代女性文人的多元文本

本書關注的重點，不囿於傳統研究女性文學或才女文學的方向而另闢蹊徑，將女性文本擴及女性在醫學、女學、食單、翻譯、教育、宗教、旅行上的多元表現，以及域外旅行中的留（游）學、文化觀察、教育考察與國際新聞報導等，涵蓋面相多元而廣闊，拓展女性文學與文化研究的視野。

本書的架構分為兩大部分，即「卷一：彤管有煒──詩詞之外的文本世界」與「卷二：女子有行一旅行、宗教與自我追尋」。前者的個案研究有三，其一為曾懿的醫學、女學與家政學的書寫，以考察她跨文類書寫的內涵；其二為薛紹徽的「域外」想像與書寫，以其「翻譯」與「編撰」的外國文本為主；其三以呂碧城民國後的古典散文為主，以考察她流動的身分認同（女記者、教育家、旅行者、佛教徒）。後者的個案研究有四，其一為顧太清的宗教生活與旅行，以其道教信仰為中心；其二為康同璧的世界行旅之考述及女性主體的呈現；其三為張默君的歐美教育考察之旅及其女性主體的認識；其四是呂碧城的英倫文化之旅及其後期人生之靈異／靈學敘事與宗教修行的因緣。

本書試圖以每一個案的研究，從不同角度反映「近代女性文學的賡續與新變」這一主題。「卷一：彤管有煒——詩詞之外的文本世界」三篇論文討論的三位個案都是較非主流的女性文人及她們在一般詩詞創作領域之外的多元文本之表現，包含醫書、女學、食單、翻譯外國文本、古典散文（女學、旅行、佛緣）等。而「卷二：女子有行——旅行、宗教與自我追尋」的四篇論文四位個案，呈現的是近代女性文人在宗教與旅行這兩個虛實空間裡的自我追尋，宗教部分包含道教與佛教，旅行的型態有道觀朝聖旅行、隨父壯游世界與成為留美學生、因公出國考察女子教育與留美進修、因旅行而偶遇佛緣進而開啟後期人生的宗教追求。這些個案研究充分反映了近代中國社會文化轉型期，才媛由傳統的舊式閨閣教養中走出，而邁向近現代社會的新變中，她們的知識結構因此產生多元的轉型，進而呈現本書所稱之「近代女性文學的賡續與新變」的面貌。

（二）別出新意的研究進路與發現

本書善於運用前行研究文獻，除引用回應外，往往別出新意，展現自己的新發現與論點。

第一章探討才女醫者曾懿《古歡室集》中的醫學、女學、飲食與家政等著述，並突顯曾懿在才女的生活領域上的成就。意即才女在詩詞之外的實用領域的特出表現，更能彰顯此類優異才女的生命典型，不只局限於詩詞才華，尚有多元的身分與文本表現值得稱頌。因此，本章的別出新意在此。

第二章探討薛紹徽亦有新見，將薛紹徽與其夫陳壽彭合作的翻譯文本，與林紓及好友的翻譯事功相提並論，並特別抬高薛紹徽雖不懂外文卻因優異譯筆而奠定的貢獻，給予薛紹徽較公允的評價，而不至埋沒於夫婿主譯（口譯）的名聲下。本章也列舉諸多翻譯實例，從原文（法文、英文）與中文譯文的對照中，分析薛紹徽的譯筆之特色與用心，以證明她不只是做為其夫之筆錄副手而已，時而發出自己的獨特見解與夫婿切磋。同時，薛紹徽的譯筆也展現了她對於中西文化折衷調和的看法，即以中學為本，適度地吸收西學優點的態度。

而第三章對於呂碧城的研究，有別於已有文獻多著重其傳記與詞作之研究，本書則專研呂碧城之古典散文，以之剖析呂碧城之人生經歷與思想、旅行與世界觀、宗教體驗等面相。並發現她有許多辯證式的生命態度，如在中國遊記中盡顯異國情調，又如民國後堅守文言書寫與不認同過度媚外地使用英文。第七章雖仍以呂碧城的古典散文為主，但也引述不少相關的詩詞，但焦點置於其半年的英倫旅居生活之內涵，包含參觀文化景觀、偶遇佛緣、閱報關注社會訟案及靈異，以及關注英倫的靈學與佛學發展等。但重要的是，此半年英倫生活之偶遇佛緣，開啟她後半生朝向宗教追求之起點。是以，本書兩章與呂碧城相關的研究，亦迭有新意。

第四章討論顧太清的宗教生活與旅行，也有別出新意之處。已有研究文獻多關注其人之詩詞表現，殊少關注她的宗教生活，尤其是道教之於她的生命之意義。而本書此章便以其道教生活與旅行為重心，發現顧太清信仰道教，並非以宗教做為安頓（或逃避）生命困局的精神空間，而是以宗教昇華生命境界的內涵，此為本章研究的新意所在。

第五章以康同璧的世界行旅為主題，並及於其女權活動。由於康同璧的詩詞文集並未正式出版，僅三十首詩詞收錄於選集中，是以女性文學相關領域較少出現與康同璧相關的研究。而筆者有幸獲取一批康同璧在美國哥倫比亞大學巴納德學院的檔案，稍解康同璧文本與在美史料欠缺之苦。然而，畢竟康同璧第一手文本仍舊不足，乃參採其父康有為的年譜及遊記，以重現康同璧當年侍父壯游全世界的人生遊歷。研究發現康同璧旅行的國度及足跡之廣遠，大大超出當時同年代有旅行文本流傳的單士釐及呂碧城甚多，即使置諸今日，康同璧亦可謂前無古人後無來者的旅行家。此為本章之新意。

第六章研究的個案是女詩人兼教育家張默君，以其在民國後因公出國考察女子教育的行旅為主題，並及於其個人留學美國哥大習教育、親赴巴黎參與「海外五四運動」且成功阻止中國代表於合約上簽字的愛國之舉、參觀法國一戰時期的戰場並考察女性參與戰爭的內涵及意義等。回國後，張默君發表相關考察心得，造福中國教育界。張默君這些經歷，較少為近代女性文學研究者所關注，是以本章的選材自有立意新穎之處，尤其能充分利用當時報刊刊登的張默君出國消息與新聞，重組她當時在歐美的相關行程與個人看法，以補足現有張默君全集不足的文本，又是本章的一大貢獻。

是以，本書以近代女性文人為研究重心，但不特別強調傳統才女文化或女性主義的概念，而是致力於挖掘不同類型的女性文人典範，且注意到這些由舊式閨閣走出的才女大多具有「現代」的觀念，是以她們豐富多采的風範值得被深刻地認知。本書乃以此精神，收集近代女性文人多元書寫的相關文獻，並力求立論新穎、論證謹嚴，以便開出近代女性文學研究的新局面。

（三）女性地理空間的新發現

本書尚有一大特點，即實地考察近代女性文人相關的人文地理空間，走訪其人故居或生活的足跡，然而相較於男性文人的故居，女性文人的故居大多未見芳蹤，僅能儘量尋訪相關地點。其次，她們的文本中述及的人文景觀也在考察範圍內，時有新發現。而筆者也藉此考察機會向相關學者請益，受益良多。

就第一章「曾懿」研究而言，筆者曾考察其出生成長地四川成都，以曾懿十歲後隨母遷居鄰近杜甫草堂故居的浣花溪畔故址為主。由於欠缺曾懿當年故址的詳細資料，因此僅能在浣花溪畔杜甫草堂附近巡遊一遍，想像當年此地曾有一家才女母女們籌組「浣花詩社」的美事。此外，常州也是考察重點，此地是曾懿母系家族（母親左錫嘉、姨母兼婆婆左錫璇）與夫婿袁學昌的出身之地，然而常州僅見紀念曾懿孫女袁曉園的「袁曉園紀念館」，館內僅見一面介紹袁曉園祖母曾懿的相片與簡介文字，雖無太多與曾懿相關的資料可看，聊勝於無。此外，筆者也造訪常州市郊外的孟河鎮，尋訪知名的孟河醫派之醫者故居，包含巢渭芳、費伯雄、丁甘仁故居（目前也是孟河醫派書院所在地）。以上與曾懿相關的考察，多為相關學界少見的成果。

第二章「薛紹徽」研究，筆者曾親赴福州，除拜訪《黛韻樓遺集》的點校者林怡教授外，也走訪薛紹徽故居所在的三坊七巷；雖未見薛紹徽本人的故居，但得覽其詩裡所描寫光錄吟臺（玉尺山），亦有收穫。三坊七巷也是與她同為晚清知名譯者的林紓故居所在地（惜亦未見）。此外，尚有嚴復與陳衍故居，兩位文人曾為她的《黛韻樓遺集》題署。而薛紹徽夫婿陳壽彭當年就讀的福州船政學堂也是筆者考察的重點，原址已化身為中國船政文化博物館，館內詳盡地介紹當年船政學堂的歷史樣貌和人文故事，陳壽彭兄長陳季同與嚴復兩位當年學生的介紹相對比較詳盡，簡言之乃一極富教育意義的館舍。筆者也曾親赴英國倫敦格林威治，走訪陳壽彭及嚴復曾就讀的格林威治皇家海軍學院（今格林威治大學），親覽當年他們上課的教室（原為教堂）。最後，筆者也曾利用旅遊巴黎的機會，順道一訪陳季同當年赴法就讀的巴黎政治學院，雖未能獲得更多資訊，僅留影紀念，亦彌足珍貴。以上與薛紹徽相關的考察，亦為相關學界較少出現的考察之旅。

第三與七章皆以「呂碧城」為主題，其人故居在安徽故里，惜當時旅程因大雪難行而未能造訪。本書考察呂碧城的相關地景以她曾經漫遊的美國與英國為主。前者，特地走訪呂碧城曾遊學的紐約哥倫比亞大學，筆者推測她當年只是遊學應無太多相關足跡可尋，適巧在東亞圖書館巧遇巴納德學院歷史系高彥頤教授，乃趨前請益，確認應無呂碧城相關資料。其次，特別訂房入住她當年長居數個月的豪華飯店，即知名的潘斯樂維尼亞飯店（賓州飯店），然而歷經一百餘年發展，該飯店的住房品質已然令人不敢恭維，對照其大廳牆上懸掛之百年前輝煌時期的舊照，頗有英雄白頭、美人遲暮之感。而呂碧城曾為自由女神像寫過一首詞，自然也是必訪之處。

後者，筆者趁著赴英國倫敦大學發表論文的機會，順道進行學術考察，陸續到訪呂碧城當年英倫行旅中的相關地點，包含倫敦維多利亞車站、泰晤士河、皮卡迪利圓環、牛津街、海德公園、肯辛頓花園、水晶宮、大英博物館、國家藝廊、皇家高等法院、西敏宮（國會大廈）、西敏寺等處。除若干今日旅人亦耳熟能詳的景點外，參訪水晶宮、皇家高等法院、西敏宮（國會大廈下議院的女性席位）與西敏寺內部（詩人角），是呂碧城當年英倫行比較特別的參訪重點，同時也是筆者此行較為特別的考察成果，尤以水晶宮現址的考察，最有收穫。呂碧城於 1927 年參訪的水晶宮並非原置於海德公園做為世博會場的那座，而是會後拆除並遷移至倫敦南邊塞登哈姆的新版水晶宮，且比原版的大上數倍，但此新版水晶宮後來不幸毀於 1936 年一場火災，如今現址為廢墟，僅存部分地基以及若干粗製的埃及雕像等殘件。附近有一座不大的「水晶宮博物館」可入內參觀當年新版水晶宮曾有過的短暫榮景。以上考察水晶宮現址，應為相關學界所無。

第四章以「顧太清」為主的研究，較無相關實地考察的記錄。

第五章研究「康同璧」，因其文本未正式出版，相關文獻不足，學界亦無太多與康同璧相關的研究，是以筆者乃藉由造訪紐約哥倫比亞大學的機會，嘗試搜尋任何可能性，竟意外獲得哥大東亞圖書館王成志博士的指點，拜訪其巴納德學院圖書館特藏部，果然立即獲得慷慨的回應；甫離校走到地鐵站，即已收到該館惠贈康同璧檔案的 E-mail，大喜過望，為康同璧研究及時挹注了關鍵的第一手史料，包含康同璧的就學資料、一篇英文創作、其他相關報導與信件等，彌足珍貴。此批資料的獲取，促使本章得以順利勾勒康同璧的留美生涯面貌。此行也走訪紐約曼哈頓唐人街，康同璧當年赴美曾在此演講。後赴康州紐黑文耶魯大學，參觀史特林圖書館及該館的東亞圖書館，除了親覽館內存放的容閎雕像（當年康同璧赴美旅居時的接待人），也看到當年容閎就讀耶魯時的手稿（1854 年），令人振奮。其後，也馳赴麻州哈佛大學雷德克里夫女子學院參訪，當年康同璧曾短暫入學此校。後又轉赴康州哈特福市參訪三一學院，康同璧當年曾短暫就學於此。以上康同璧的美國足跡考察，應也是學界少見的成果。

此外，本書也附錄若干康同璧文本曾出現的旅行地點之照片，如馬來西亞檳城極樂寺的康有為題字（「勿忘故國」）、印度阿格拉泰姬瑪哈陵與阿格拉堡、英國蘇格蘭風笛、德國萊茵河古堡、大英博物館的埃及文物等照片，皆為筆者歷年歷次旅行所得，因與康同璧的世界行旅相關，乃附於此以為參考。

第六章以「張默君」為主題，其遊學習教育的紐約哥倫比亞大學，與前述呂碧城及康同璧就讀的學校相同；此外，她曾經考察女子教育的麻州哈佛大學雷德克里夫學院，即前述康同璧所就讀的母校之一。此外，張默君當時也將她的域外女子教育考察之旅，延伸至歐陸，尤其是與五四運動有關的巴黎和會所在地，她當時以在美留學生會長的名義抵達巴黎「救國」，成功阻撓中國代表於合約上簽署。而張默君曾造訪巴黎和約的簽署地點凡爾賽宮（鏡廳）、巴黎鐵塔、拿破崙墓（傷兵院）等，筆者亦曾造訪過，乃選取相關照片附錄於後，以加強讀者的認知。

綜言之，本書對於近代女子的足跡及文本中的人文地景，多進行實地考察，且考察了一般學界較少注意的地點或景觀，迭有新發現。是以，經由實地考察，印證文本所述，增添學術研究的樂趣。

二、研究的局限與未來的展望

本書的研究局限，主要是女性文人的文本不齊備，此問題直接影響了相關研究的進行與持續發展的能量，使得這些近代女性文人及作品的能見度，難以廣為人知。以下分述之：

第一章「曾懿」，其文本《古歡室集》原無單行本，僅見於方秀潔教授與哈佛大學燕京圖書館合作的「明清婦女著作」網站；2019 年 1 月四川大學出版社已推出單行本，以《曾懿集（醫學篇　外三種）》為名出版，完整呈現《古歡室集》的三部詩詞集、《醫學篇》、《女學篇》（附錄《中饋錄》）。

第二章「薛紹徽」的文本《黛韻樓遺集》（詩、詞、文），原僅見於方秀潔教授與哈佛大學燕京圖書館合作的「明清婦女著作」網站，其後有林怡教授的點校本，以《薛紹徽集》（中國方志出版社，2003）為名出版。但此集並未收錄其翻譯文本及其擔任主筆的《女學報》文本，因此必須分赴不同圖書館搜尋影印，其翻譯文本《八十日環游記》收錄於施蟄存編《中國近代文學大系：翻譯文學集》（1990），《雙線記》及《外國列女傳》收藏於上海圖書館，《女學報》原件藏於無錫圖書館。後三者皆未出版單行本，亦未數位化，頗不便於研究。

第三章與第七章「呂碧城」文本的當代點校本已有數種，包含李保民箋注《呂碧城詞箋注》（上海古籍出版社，2001）、《呂碧城詩文箋注》（上海古籍出版社，2007）與《呂碧城集》（上海古籍出版社，2015）三種，多以古典詩詞文為主，僅收錄部分《歐美之光》的篇章。即使如此，仍難稱完備，呂碧城的文本仍有遺漏未收錄者，如《歐美之光》未被完整收錄，其英譯中的作品（如《美利堅建國史綱》）及中譯英的翻譯佛經若干部，也都沒有收錄。是以，若以本書對於近代女性文人的多元文本之概念而言，其全集仍有待完整收錄呂碧城所有文類之文本。

第四章「顧太清」的全集《顧太清集校箋》（北京中華書局，2015）以詩詞為主，與呂碧城類似。雖然已算是完整的集子，但畢竟仍以傳統的概念認定才女擅長詩詞為主，而忽略其他的文類，如顧太清尚有白話小說《紅樓夢影》便未收錄於此全集中，所幸其單行本已印行（尉仰茄點校，北京大學出版社，1988），且知名度逐漸提升中。而其戲曲《梅花引》與《桃園記》則較為罕見，分別收錄於《明清孤本稀見戲曲彙刊》（黃仕忠編校，廣西師範大學出版社，2014）與《日本所藏稀見中國戲曲文獻叢刊》（黃仕忠、〔日〕金文京、〔日〕喬秀岩編，廣西師範大學出版社，2006）。全集若能完整收錄所有文類的作品，將更有利於研究，且能擴大女詩人的影響力。

第五章「康同璧」的《華鬘集》（詩詞）未曾出版過單行本，其回憶錄等若干第一手的文稿亦未曾面世。目前僅見收錄於《綴英集——中央文史研究館館員詩選》（北京線裝書局，2008）的 30 餘首詩詞，以及其在美留學時期的個人檔案及一篇英文作品（被保留於其母校巴納德學院圖書館特藏部），但也未曾正式刊印。因此，僅能就目前所見之文本加以研究，而無法全面得知其自述之世界行旅及其感受。因此康同璧的文本是諸位近代女性文人中最不齊備者，也是最不便於研究的個案。因此，期盼擁有康同璧第一手文本的持有人，能夠儘快安排相關文獻出版，以利學界研究。

第六章「張默君」的文本有兩部，一是生前出版的詩詞文全集《大凝堂集》（臺北中華叢書編審委員會編印，1960），一是其歿後出版的《張默君先生全集》（國民黨黨史委員會編印，1983）。後者所收錄者，文類眾多，幾乎已包羅張默君生前所有文類的作品，極為可觀，但仍有未收錄的，尤其是張默君早年出國考察歐美女子教育的相關詩文及新聞報導，皆未呈現於全集中，得另由期刊資料庫中搜尋《（上海）時報》、《申報》及《江蘇省立第一女子師範學校校友會雜誌》曾刊登的張默君文章。此外，張默君早年也是一名晚清女翻譯家，其當時所翻譯的外國文學作品，多為時髦的偵探與奇情小說，全集僅收錄部分不完整的篇章，未能完整收錄所有她曾經翻譯過的作品，亦為遺憾之處。

簡言之，近代女性文人的文本並不完備，曾懿的全集《古歡室集》（《曾懿集》）應是完備的，康同璧的《華鬘集》至今未見出版，僅見零星作品，作品集最不完備。薛紹徽的《黛韻樓遺集》僅收錄詞文，未收錄其翻譯作品及完整的報刊文章。而即使被視為較齊全的集子，如呂碧城、顧太清與張默君的全集，大多以詩詞文為主，也幾乎都有遺漏其他文類的問題，包括小說、戲曲、翻譯作品等均未收錄。是以，以本書的多元文本概念言之，相關女性文人的文本大多有文本不夠齊備的問題。

是以，展望未來，期盼相關人士能夠出版相關文本，並以多元文本的概念，擴大收錄的文類，以完整呈現近代女性文人多元的創作能量，促進相關研究領域的發展，期使近代女性文人既傳統又現代的多元身分與才華，得以被加深加廣地研究下去。

後　記

終於完成這本專著，「彤管文心」四字一直為我所鍾愛。距離上一部近代女性文學專著《從秋瑾到蔡珠兒——近現代知識女性的文學表現》已然十一年了。

在這十一年歲月裡，2010 年暑假完成了副教授升等，以為終於可以鬆一口氣了，卻迎來更多任務與挑戰。除了更加投入個人的教學之外，尚有接踵而來的學術內外務。然而，在忙碌不堪的教研生活中，此書的構想早已浮出雛形。是以，無論生活、旅行或飲食，往往多方留意教學與學術相關的資源或材料。寒暑假期總也是充實的，除參與國內外研討會、執行研究計畫必要的田野踏查與蒐集資料外，走遍臺灣各地與歐美中日多國以擴大視野外，也不忘為這本專書增添有用的圖文資料，是以本書的若干研究資料與附錄的圖片及照片，許多便來自於這十一年間的生活及旅行所得。

而這樣的生活及旅行，似與書中被研究的女作家的行止遙相呼應；易言之，研究近現代女作家的文學生命歷程，彷彿也是在面對寫作論文的自己。這或許也正是學術研究令人欣喜的部分，它往往會與妳自己的生命經歷有某種奇妙的聯繫，藉由考掘研究對象，以照見自己。是以，此書也可說是我自己的成長之書。

羅秀美於中興湖畔

2021 年一月十八日

徵引文獻

一、文本

（一）曾懿

曾懿：《古歡室集》，清光緒 33 年（1907）刻本，〔加〕方秀潔（Grace Fong）、〔美〕伊維德（Wilt Idema）主編：《美國哈佛大學哈佛燕京圖書館藏明清婦女著述彙刊》，桂林：廣西師範大學出版社，2009 年 3 月。

曾懿：《曾懿集（醫學篇　外三種）》，成都：四川大學出版社，2019 年 1 月。

（二）薛紹徽

薛紹徽：《黛韻樓遺集》八卷（據宣統三年（1911）刻本影印），方秀潔（Grace Fong），伊維德（Wilt L. Idems）主編：《美國哈佛大學哈佛燕京圖書館藏明清婦女著述彙刊 3》，桂林：廣西師範大學出版社，2009 年 3 月。

薛紹徽著；林怡點校：《薛紹徽集》，北京：方志出版社，2003 年 6 月。

〔法〕房朱力士（Jules Gabriel Verne）著；陳繹如譯：《八十日環游記》（*Le tour du monde en quatre-vingts jours; Around the World in 80 days*），上海：小說林社，1906 年 2 月；收錄於施蟄存編：《中國近代文學大系（1840-1919）：翻譯文學集二）》，上海：上海書店，1991 年 4 月。

〔英〕厄冷（Ellen Thorneycroft Fowler）著；逸儒口譯、秀玉筆述：《雙線記》（*A Double Thread*；一題《淡紅金剛鑽記》），上海：中外日報館，1903 年。

陳壽彭譯、薛紹徽編：《外國列女傳》，金陵（南京）：江楚編譯官書總局，1906 年。

＊外文原典：

〔法〕儒勒・凡爾納（Jules Verne），*Le tour du monde en quatre-vingts jours*（八十日環游世界），Paris: Pierre-Jules Hetzel, 1873.（免費公版電子書：https://www.amazon.cn/dp/B00A72VT0G）

〔法〕儒勒・凡爾納（Jules Gabriel Verne）著；〔美〕陶爾（G. M. Towel）和安佛思（N. D'Anvers）譯：*Around the World in Eighty Days*（八十日環游世界），Boston: James R. Osgood and Company, 1873.（電子書：http://jv.gilead.org.il/pg/80day/14.html）

〔英〕厄冷（Ellen Thorneycroft Fowler）著：*A Double Thread*（雙線記），New York: D. Appleton and Company, 1899.（電子書：http://www.ebooksread.com/authors-eng/ellen-thorneycroft-fowler/a-double-thread-ala/ 1-a-double-thread-ala.shtml）

（三）呂碧城

呂碧城著；李保民校箋：《呂碧城集》，上海：上海古籍出版社，2015 年 8 月。

呂碧城著；李保民箋注：《呂碧城詩文箋注》，上海：上海古籍出版社，2007 年 8 月。

呂碧城編譯：《歐美之光》，新竹：獅頭山無量壽長期放生會，1964 年 7 月；上海：開明書店，1932 年 6 月。

呂碧城：〈蓮邦之路〉，《香光小錄》，引自李又寧：〈序：呂碧城是怎樣開始信佛的〉，呂碧城：《觀無量壽佛經釋論》，臺北：天華出版社，1979 年 11 月。

（四）顧太清

顧太清著；金啟孮、金適校箋：《顧太清集校箋》，北京：中華書局，2015 年 8 月。

（五）康同璧

康同璧：詩詞三十首，啟功、袁行霈編：《綴英集——中央文史研究館館員詩選》，北京：線裝書局，2008 年。

Kang Tong Pi (康同璧): "Lost in an indian forest", *The Barnard Bear*, Vol.11, 1907.5.

康同璧編：《南海康先生年譜續編（1899-1927）》，康有為著、樓宇烈整理：《康南海自編年譜（外二種）》，北京：中華書局，1992 年 9 月。

康同璧：〈清末的「不纏足會」〉，《中國婦女》第五卷第 12 期，1957 年 5 月。

康同璧：〈回憶康南海史實〉，全國政協文史和學習委員會編：《文史資料選輯》第 23 輯，北京：中華書局，1962 年 2 月。亦收錄於夏曉虹編：《追憶康有為》，北京：三聯書店，2009 年 4 月。

康同璧：〈憶與先君攜遊瑞典〉（代序），康有為著；馬悅然主編：《瑞典遊記》，香港：商務印書館，2007 年 10 月。

（六）張默君

張默君：《大凝堂集》[1]，臺北：中華叢書編審委員會，1960 年 6 月。

中國國民黨中央委員會黨史委員會編：《張默君先生文集》[2]，臺北：中國國民黨中央委員會黨史委員會，1983 年 6 月。

張默君：〈歐美女子教育考察錄〉，《時報》「婦女周刊」版，1920 年 1 月 15 日、1 月 22 日、1 月 29 日、2 月 5 日、2 月 12 日、2 月 26 日、3 月 4 日、3 月 11 日、3 月 20 日、4 月 1 日、4 月 8 日、4 月 10 日、4 月 29 日、5 月 20 日。

張默君：〈戰後之歐美女子教育〉：《江蘇省立第一女子師範學校校友會雜誌》第 2 卷第 1/2 期，1923 年 5 月，頁 22-32。

張默君：〈我之家事教育觀〉，《申報》「教育與人生周刊」第 26 期，

---

1 《大凝堂集》收錄《白華草詩》、《玉尺樓詩》、《西陲吟痕》、《黃海頻伽哢》、《正氣呼天集》、《揚靈集》、《瀛嶠元音》、《紅樹白雲山館詞》、《玉渫山房文存》等九種。

2 本書分為五編，第一編論著、第二編演講、第三編公牘、第四編詩詞、第五編雜著，附錄〈大凝堂年譜〉、〈張默君先生墓表〉。

1924年4月14日，頁0-2。
〈張默君女士巴黎來書（〈海外留學人才概觀〉附誌）〉[3]，《時報・婦女周刊》，1919年8月21日。
張默君：〈巴黎三謁拿破崙墓〉，《時報》「婦女周刊」，1919年8月21日。
張默君：〈世界大戰後登巴黎鐵塔有感〉之二，《時報》「婦女周刊」，1919年8月21日。

（七）其他文本

〔漢〕劉向、劉歆校刊；袁珂校注：《山海經校注・卷二・西山經》，臺北：里仁書局，1995年4月。
〔漢〕東方朔述；〔明〕吳琯撰：《海內十洲記》，嚴一萍選輯：《百部叢書集成》，臺北：藝文印書館，1968年。
〔唐〕杜光庭：《墉城集仙錄》，《四庫全書存目叢書・子部二五八》，濟南：齊魯書社，1995年9月。
〔明〕劉侗、于奕正；孫小力校注：《帝京景物略》，上海：上海世紀出版公司、上海古籍出版社，2009年5月。
〔清〕富察敦崇：《燕京歲時記》，臺北：廣文書局，1969年9月。
〔清〕袁枚：《隨園食單》，南京：江蘇古籍出版社，2000年1月。
〔日〕下田歌子著；〔清〕單士釐譯著《家政學》，上海：作新社，1902年。
〔清〕丘菽園：《丘菽園居士詩集》，出版地、出版社不詳，1949年。
〔清〕秋瑾：〈敬告姐妹們〉，《秋瑾集》，上海：上海古籍出版社，1979年9月。
〔清〕康有為著；姜義華、張榮華編：《康有為全集》，北京：中國人民大學出版社，2020年1月。
〔清〕康有為著；馬悅然主編：《瑞典遊記》，香港：商務印書館，2007年10月。
〔清〕梁啟超：〈變法通議・論女學〉，《飲冰室文集》第一冊，臺北：

[3] 此新聞實為張默君自述之法國行旅文本。

中華書局，1960 年。

張啟禎；〔加〕張啟礽編：《康有為在海外・美洲輯：補南海康先生年譜 1898-1913》，北京：商務印書館，2018 年 3 月。

陳衡哲：〈一日〉，《小雨點》，上海：新月書店，1928 年 4 月。

陳衡哲：〈記藩薩女子大學〉，《留美學生季報》第三年春季第一號，1915 年。

章詒和：《往事並不如煙》〔修訂版〕，臺北：時報文化出版社，2015 年 3 月。

二、專書及專書論文

〔日〕吉見俊哉（Shunya Yoshimi）著；蘇碩斌、李衣雲、林文凱、陳韻如譯：《博覽會的政治學》，臺北：群學出版社，2010 年 5 月。

〔日〕須藤瑞代著；〔日〕須藤瑞代、姚毅譯：《中國『女權』概念的變遷：清末民初的人權和社會性別》，北京：社會科學文獻出版社，2010 年 2 月。

〔加〕方秀潔（Grace S. Fong）："Between the Literata and the New Woman: Lü Bicheng as Cultural Entrepreneur"，Christopher Rea（雷勤風）& Nicolai Volland（傅朗）編：*The Business of Culture: Cultural Entrepreneurs in China and Southeast Asia, 1900-65*, University of British Columbia Press, Vancouver, Canada, 2014, pp.35-61.

〔加〕方秀潔（Grace S. Fong）：〈另類的現代性，或現代中國的古典女性：呂碧城充滿挑戰的一生及其詞作〉，華東師範大學中文系編：《慶祝施蟄存教授百年華誕文集》，上海：上海古籍出版社，2003 年 10 月。

〔加〕方秀潔（Grace S. Fong）：〈重塑時空與主體：呂碧城的《游廬瑣記》〉，張宏生、錢南秀編：《中國文學：傳統與現代的對話》，上海：上海古籍出版社，2007 年 12 月。

〔加〕方秀潔：〈書寫與疾病——明清女性詩歌中的「女性情境」〉，〔加〕方秀潔、〔美〕魏愛蓮編：《跨越閨門：明清女性作家論》，北京：北京大學出版社，2014 年 2 月。

〔加〕季家珍（Joan Judge）：〈鏡頭背後的女子——古代遺址、詩學淪亡、及攝影的再媒介化〉，賴毓芝、高彥頤、阮圓主編：《看見與觸碰性別：近現代中國藝術史新視野》，臺北：石頭出版公司,2020年4月。

〔白俄羅斯〕斯維拉娜・亞歷塞維奇（Алексиевич С. А.）著；呂寧思譯：《戰爭沒有女人的臉：169 個被掩蓋的女性聲音》，臺北：貓頭鷹出版社，2016年10月。

〔法〕加斯東・巴舍拉（Gaston Bachelard）著；龔卓軍、王靜慧譯：《空間詩學》，臺北：張老師文化公司，2003年7月。

〔法〕戴思博（Catherine Despeux）、孔麗維（Livia Kohn）；姚平譯：〈《道教中的女性》前言〉，伊沛霞、姚平主編：《當代西方漢學研究集萃：宗教史卷》，上海：上海古籍出版社，2012年9月。

〔美〕NANXIU QIAN（錢南秀），*Politics, Poetics, and Gender in Late Qing China: Xue Shaohui and the Era of Reform*, Stanford University Press, Stanford, California, USA, 2015.

〔美〕錢南秀：〈「列女」與「賢媛」：中國婦女傳記書寫的兩種傳統〉，游鑑明、胡纓、季家珍主編：《重讀中國女性生命故事》，臺北：五南出版社，2011年7月。

〔美〕錢南秀：〈中典與西典：薛紹徽之駢文用事〉，程章燦編：《中國古代文學文獻學國際學術研討會論文集》，南京：鳳凰出版社，2006年1月。

〔美〕錢南秀：〈晚清女詩人薛紹徽與戊戌變法〉，陳平原、王德威、商偉編：《晚明與晚清：歷史傳承與文化創新》，武漢：湖北教育出版社，2002年3月。

〔美〕錢南秀：〈清末女性空間開拓：薛紹徽編譯《外國列女傳》的動機與目的〉，王宏志主編：《翻譯史研究・第一輯（2011）》，上海：復旦大學出版社，2011年6月。

〔美〕錢南秀：〈清季女作家薛紹徽及其《外國列女傳》〉，張宏生編：《明清文學與性別研究》（明清文學與性別國際學術研討會論文集），南京：鳳凰出版社，2002年1月。

〔美〕錢南秀：〈薛紹徽及其戊戌詩史〉，〔加〕方秀潔、〔美〕魏愛蓮編：《跨越閨門：明清女性作家論》，北京：北京大學出版社，2014年2月。

〔美〕白馥蘭（Francesca Bray）；江湄、鄧京力譯：《技術與性別：晚期帝制中國的權力經緯》，南京：江蘇人民出版社，2006年4月。

〔美〕胡纓；龍瑜宬、彭姗姗譯：《翻譯的傳說：中國新女性的形成（1898-1918）》，南京：江蘇人民出版社，2009年10月。

〔美〕孫康宜：〈寡婦詩人的文學「聲音」〉，《古典與現代的女性闡釋》，臺北：聯合文學出版社，1998年4月。

〔美〕高彥頤（Dorothy Ko）；李志生譯：《閨塾師：明末清初江南的才女文化》，南京：江蘇人民出版社，2005年1月。

〔美〕高彥頤（Dorothy Ko）；苗延威譯：《纏足：金蓮崇拜盛極而衰的演變》，臺北：左岸文化公司，2007年5月。

〔美〕曼素恩（Susan Mann）著、楊雅婷譯：《蘭閨寶錄：晚明至盛清時的中國婦女》，臺北：左岸文化公司，2005年11月。

〔美〕費俠莉（Charlotte Furth）；甄橙主譯、吳朝霞主校：《繁盛之陰：中國醫學史中的性（960-1665）》，南京：江蘇人民出版社，2006年7月。

〔美〕詹姆斯・霍爾（James A. Hall, M. D.）著；廖婉如譯：《榮格解夢書——夢的理論與解析》，臺北：心靈工坊文化公司，2006年5月。

〔美〕韓南（Patrick Hanan）著；徐俠譯：〈論第一部漢譯小說〉，《中國近代小說的興起》，上海：上海世紀出版公司，2010年12月。

〔美〕琳達・麥道威爾（Linda McDowell）著，徐苔玲、王志弘合譯：《性別、認同與地方——女性主義地理學概說》，臺北：群學出版社，2006年5月。

〔美〕韓書瑞（Susan Naquin）著；朱修春譯：《北京：寺廟與城市生活》，臺北：稻鄉出版社，2014年1月。

〔美〕魏愛蓮（Ellen Widmer）；趙穎之譯：〈七姐妹與中國：1900-1950〉，《晚明以降才女的書寫、閱讀與旅行》，上海：復旦大學出版社，2016年5月。

〔澳〕李木蘭：《性別、政治與民主：近代中國的婦女參政》，南京：江蘇人民出版社，2014 年 1 月。

中央文史研究館編、啟功主編：《中央文史研究館館員傳略》，北京：中華書局，2001 年 9 月。

毛文芳：《卷中小立亦百年：明清女性畫像文本探討》，臺北：臺灣學生書局，2013 年 6 月。

王力堅：《清代才媛沈善寶研究》，臺北：里仁書局，2009 年 9 月。

王向遠：《佛心梵影：中國作家與印度文化》，北京：北京師範大學出版社，2007 年 4 月 1 日。

王志弘：《性別化流動的政治與詩學》，臺北：田園城市文化公司，2000 年 5 月。

王志忠：《明清全真教論稿》，成都：巴蜀書社，2000 年。

王德威：〈翻譯「現代性」〉，《如何現代，怎樣文學？：十九、二十世紀中文小說新論》，臺北：麥田出版社，1998 年 10 月。

王德威：《被壓抑的現代性：晚清小說新論》，臺北：麥田出版社，2003 年 8 月。

皮立國：〈清代外感熱病史——從寒溫論爭再談中醫疾病史的詮釋問題〉，《中國史新論：醫療史分冊》，臺北：聯經出版公司，2015 年 6 月。

皮國立：《「氣」與「細菌」的近代中國醫療史——外感熱病的知識轉型與日常生活》，臺北：國立中醫藥研究所，2012 年 12 月。

何小蓮：《西醫東漸與文化調適》，上海：上海世紀出版社，2006 年 5 月。

吳盛青：〈彩筆調和兩半球——呂碧城海外新詞中的文化翻譯〉，《從摩羅到諾貝爾：文學．經典．現代意識》，臺北：麥田出版社，2015 年 1 月。

宋清秀：〈第六章　光宣時期女性文學空間的拓展　第一節　薛紹徽：書寫域外的傳統閨秀〉，《清代江南女性文學史論》，上海：上海古籍出版社，2015 年 5 月。

李又寧：〈序：呂碧城是怎樣開始信佛的〉，呂碧城：《觀無量壽佛經釋論》，臺北：天華出版社，1979 年 11 月。
李又寧、張玉法主編：《近代中國女權運動史料》，臺北：傳記文學出版社，1975 年 12 月。
李尚仁：〈晚清來華的西醫〉，《中國史新論：醫療史分冊》，臺北：聯經出版公司，2015 年 6 月。
李保民：〈呂碧城年譜〉，呂碧城著；李保民箋注《呂碧城詞箋注》，上海：上海古籍出版社，2001 年 6 月。
李素平：《女神・女丹・女道》，北京：宗教文化出版社，2004 年 7 月。
李國彤：〈想像歷史和王朝——福建閨秀之居家與覊旅〉，《女子之不朽——明清時期的女教觀念》，桂林：廣西師範大學出版社，2014 年 10 月。（*亦收錄於〔加〕方秀潔、〔美〕魏愛蓮編：《跨越閨門：明清女性作家論》，北京：北京大學出版社，2014 年 2 月。）
李豐楙：《憂與游：六朝隋唐遊仙詩論集》，臺北：臺灣學生書局，1996 年 3 月。
汪夢川、熊燁編：《南社叢刻》，揚州：廣陵書社，2018 年 11 月。
周佳榮、丁潔：《天下名士有部落——常州人物與文化群體》，香港：三聯書店，2013 年 6 月。
林維紅：〈清季的婦女不纏足運動（1894-1911）〉，李貞德、梁其姿主編：《婦女與社會》，北京：中國大百科全書出版社，2005 年 4 月。
俞前：《天下南社》，南京：江蘇人民出版社，2014 年 3 月。
姜守誠、張海瀾：《道教女仙考》，鄭州：中州古籍出版社，2019 年 4 月。
柯惠鈴：《民國女力：近代女權歷史的挖掘、重構與新詮釋》，臺北：臺灣商務印書館，2019 年 9 月。
胡曉真導讀：〈恰似飛鴻踏雪泥——民國才女呂碧城與她的時代足跡〉，呂碧城著：《歐美漫遊錄——九十年前民初才女的背包旅行記》，臺北：大塊文化公司，2013 年 10 月。
夏曉虹：〈晚清婦女生活的新因素〉，《晚清文人婦女觀》（增訂版），北京：北京大學出版社，2016 年 1 月。

夏曉虹：〈中西合璧的教育理想——上海「中國女學堂」考述〉，《晚清女性與近代中國》，北京：北京大學出版社，2004 年 8 月。

孫武昌：《道教文學十講》，北京：中華書局，2014 年 10 月。

高嘉謙：《遺民、疆界與現代性：漢詩的南方離散與抒情（1895-1945）》，臺北：聯經出版公司，2016 年 9 月。

張可：〈透鏡：晚清國人印度遊中的二重觀照〉，章清主編：《新史學（第十一卷）．近代中國的旅行寫作》，北京：中華書局，2019 年 11 月。

張偉、嚴潔瓊：《海上張園：近代中國第一座公共空間》，臺北：秀威資訊公司，2018 年 11 月。

梁其姿：〈明清社會中的醫學發展〉，《中國史新論：醫療史分冊》，臺北：聯經出版公司，2015 年 6 月。

梁其姿：〈前近代中國的女性醫療從業者〉，李貞德、梁其姿主編：《婦女與社會》，北京：中國大百科全書出版社，2005 年 4 月。

許菁頻：《明清常州惲氏文學世家研究》，北京：中國社會科學出版社，2014 年 6 月。

陳元朋：〈宋代儒醫〉，《中國史新論：醫療史分冊》，臺北：聯經出版公司，2015 年 6 月。

陳平原：《中國現代小說的起點——清末民初小說研究》，北京：北京大學出版社， 2005 年 9 月。

陳姃湲：《從東亞看近代中國婦女教育——知識分子對「賢妻良母」的改造》，臺北：稻鄉出版社，2005 年 11 月。

單德興：〈重估林紓的文學翻譯——以《海外軒渠錄》為例〉，《翻譯與脈絡》，臺北：書林出版社，2009 年 9 月。

單德興：〈譯者的角色〉，《翻譯與脈絡》，臺北：書林出版社，2009 年 9 月。

游鑑明：〈《婦女雜誌》（1915-1931）對近代家政知識的建構——以食衣住行為例〉，鮑家麟編：《中國婦女史論集七集》，臺北：稻鄉出版社，2006 年 1 月。

游鑑明：〈千山我獨行？——二十世紀前半期中國有關女性獨身的言論〉，

李貞德、梁其姿主編：《婦女與社會》，北京：中國大百科全書出版社，2005 年 4 月。

游鑑明：〈近代中國女子健美論述（1920-1940 年代）〉，游鑑明主編：《無聲之聲：近代中國的婦女與社會（1600-1950）》，臺北：中央研究院近代史研究所，2003 年 5 月，頁 141-172。

游鑑明：〈近代中國女子體育觀初探〉，鮑家麟編：《中國婦女史論集》五集，臺北：稻鄉出版社，2001 年 7 月。

游鑑明：《近代中國女子的運動圖像——1937 年前的歷史照片和漫畫》，臺北：博雅書屋，2008 年 8 月。

黃克武：《惟適之安——嚴復與近代中國的文化轉型》，臺北：聯經出版公司，2010 年 11 月。

黃嫣梨：〈呂碧城與清末民初婦女教育〉，《妝臺與妝臺以外——中國婦女史研究論集》，香港：牛津大學出版社，1999 年 5 月。

黃嫣梨：〈從徐燦到呂碧城——清代婦女思想與地位的轉變〉，《妝臺與妝臺以外——中國婦女史研究論集》，香港：牛津大學出版社，1999 年 5 月。

趙世瑜：〈明清以來婦女的宗教活動、閒暇生活與女性亞文化〉，鄭振滿、陳春聲主編：《民間信仰與社會空間》，福州：福建人民出版社，2003 年 8 月。

趙崔莉：《被遮蔽的現代性——明清女性的社會生活與情感體驗》，北京：知識產權出版社，2015 年 9 月。

劉小剛：《清末民初翻譯文學中的西方形象》，杭州：浙江大學出版社，2017 年 1 月。

劉納：〈呂碧城評傳〉，劉納編著：《呂碧城評傳．作品選》，北京：中國文史出版社，1998 年 6 月。

羅秀美：《從秋瑾到蔡珠兒——近現代知識女性的文學表現》，臺北：臺灣學生書局，2010 年 1 月。

羅秀美：《近代白話書寫現象研究》，臺北：萬卷樓圖書公司，2005 年 3 月。

蕭登福：《正統道藏總目提要》，臺北：文津出版社，2011 年 11 月。

蘇慶華：《中山先生與檳榔嶼》，臺北：獨立作家出版社，2015 年 11 月。

三、期刊論文

王忠祿：〈呂碧城散文芻議〉，《河西學院學報》，2007 年 4 期，2007 年 8 月，頁 40-42。

王麗麗〈試析〔呂碧城〕曉珠詞的夢〉，《文藻學報》11 期，1997 年 3 月。

宋青紅：〈張默君女性啟蒙思想及實踐管窺〉，《歷史教學（下半月刊）》2017 年 09 期，2017 年 9 月。

李歐梵講；何力行整理：〈晚清文學和文化研究的新課題〉，《清華中文學報》第 8 期，2012 年 12 月，頁 11。

卓加真：〈中國稗官與正史上的女性譯者〉，《中國文哲研究通訊》22:2=86 期，2012 年 6 月，頁 41-54。

林欣儀：〈道教與性別——二十世紀中葉後歐美重要研究述評〉，《新史學》二十六卷二期，2015 年 6 月，頁 191-242。

徐矜婧、高妍：〈康同薇、康同璧女權思想之異同〉，《戲劇之家》，2017 年第 4 期。

馬振犢：〈邵元沖與張默君〉，《民國檔案》1986 年第 1 期，1986 年 4 月 2 日。

邱漢平：〈在班雅明與德勒茲之間思考翻譯——以清末民初林紓及薛紹徽的文學翻譯活動為引子〉，《英美文學評論》第 25 期，2014 年 12 月，頁 1-27。

祝秀俠：〈康有為海外十六年〉，《中外雜誌》第 30 卷第 3 期，1981 年 9 月，頁 128-130。

紐約桃花；周曉輝：〈往事回眸——康同璧在紐約宰也街〉，《傳記文學》第 114 卷第 3 期（第 682 期），2019 年 3 月，頁 45-49。

紐約桃花；周曉輝：〈往事回眸——康同璧從南溫莎到紐約哥大〉，《傳記文學》第 115 卷第 1 期（第 686 期），2019 年 7 月，頁 132-140。

高嘉謙：〈帝國意識與康有為的南洋漢詩〉，《政大中文學報》第 13 期，2010 年 6 月，頁 195-223。

張朋：〈近代女性社會主體身分的自我建構——以康同璧為個案研究〉，《淮北煤炭師範學院學報（哲學社會科學版）》第 30 卷第 6 期，2009 年 12 月。

張治：〈康有為海外游記研究〉，《南京師範大學文學院學報》2007 年 3 月期。

張菊玲：〈為人間留取真眉目——論晚清女作家西林春〉，《歷史月刊》，115 期，1997 年 8 月，頁 107-116。

張新躥：〈流亡瑞典的康有為父女〉，《北京紀事》，2001 年第 9 期。

梅莉：〈清代中晚期滿族菁英日常生活與道教——以顧太清、奕繪夫婦為中心〉，《江漢論壇》2016 年 06 期，頁 99-106。

郭延禮：〈女性在 20 世紀初期的文學翻譯成就〉，《中國現代文學研究叢刊》，2010 年 3 月。

郭延禮：〈南社作家呂碧城的文學創作及其詩學觀——紀念南社成立一百周年〉，《文學遺產》，2010 年第 3 期，2010 年 7 月，頁 127-137。

曾朝驕：〈雅麗鏗鏘：張默君域外詩詞的古典氣象〉，《湖南廣播電視大學學報》2017 年第 1 期，2017 年 3 月。

楊立：〈康有為在墨西哥經營保皇黨產慘遭「滑鐵盧」〉，《傳記文學》第九十九卷第四期，2011 年 10 月。

楊彬彬：〈由曾懿（1852-1927）的個案看晚清「疾病的隱喻」與才女身分〉，《近代中國婦女史研究》第 16 期，2008 年 12 月，頁 1-28。

萬春香：〈顧太清詠蓮詞中的佛、道因素〉，《濮陽職業技術學院學報》第 26 卷第 3 期，2013 年 6 月，頁 101-104。

熊月之：〈張園——晚清上海一個公共空間研究〉，《檔案與史學》，1996 年 06 期，頁 31-42。

趙慧芳：〈浮出歷史地表——呂碧城散文創作論〉，《淮北煤炭師範學院學報（哲學社會科學版）》，2010 年 3 期，2010 年 6 月，頁 17-20。（雙月刊）

劉峰：〈世紀隧洞裡的女性微縮——何承徽和她的女兒們〉，《古代文學》，2010 年 8 月。

劉峰：〈晚清女性作品中的英雄氣力與慧心抒寫——以女傑張默君詩詞為個案研究〉，《湖南科技大學學報（社會科學版）》2010 年第 4 期，2010 年 7 月。

劉素芬：〈文化與家族——顧太清及其家庭生活〉，《新史學》1996 年 7 卷 1 期，頁 29-67。

潘少瑜：〈維多利亞《紅樓夢》——晚清翻譯小說《紅淚影》的文學系譜與文化譯寫〉，《臺大中文學報》第 39 期，2012 年 12 月。

賴淑卿：〈呂碧城對西方保護動物運動的媒介——以《歐美之光》為中心的探討〉，《國史館館刊》23 期，2010 年 3 月，頁 79-118。

羅列：〈女翻譯家薛紹徽與《八十日環游記》中女性形象的重構〉，《外國語言文學》，2008 年第 4 期。

羅秀美：〈自我、空間與文化主體的流動／認同——以女詞人呂碧城（1883-1943）的散文為範圍〉，《興大中文學報》第 32 期，2012 年 12 月。

羅秀美：〈自我與南洋的相互定義——蘇雪林、凌叔華、謝冰瑩、孟瑤與鍾梅音的南洋行旅〉，《臺灣文學研究學報》第 30 期，2020 年 4 月，頁 237-298。

羅秀美：〈呂碧城英倫之旅的文化景觀——兼及靈異／靈學敘事與宗教修行的因緣〉，《興大中文學報》第 47 期，2020 年 6 月，頁 159-202。

羅秀美：〈流動的風景與凝視的文本——談單士釐（1856-1943）的旅行散文以及她對女性文學的傳播與接受〉，《淡江中文學報》第 15 期，2006 年 12 月，頁 41-94。

羅秀美：〈翻譯賢妻良母、建構女性文化空間與訴說女性生命故事——單士釐的「女性文學」〉，《漢學研究》第 32 卷第 2 期，2014 年 6 月，頁 197-230。

四、學位論文

李笑妍：《近代新女性張默君研究》，山東大學中國古代文學研究所碩士論文， 2019 年。

卓加真：《「屠龍技」或「雕龍技」？——清末民初女性譯者研究》（*The Slaying-dragon Skill or the Carving-dragon Craftsmanship? A Study of Women Translators in Late Qing and Early Republican China*），臺灣師範大學翻譯研究所博士論文，2010 年（*英文論文）。

陳盈達：《戰後大陸來臺古典詩人張默君及其《瀛嶠元音》》，東海大學中國文學系 103 學年度博士論文，2015 年。

陳蘭：《病中的囈語・清代江南女性詩人關於疾病的書寫帶——以《江南女性別集》為例》，貴州民族大學中國古代文學碩士論文，2016 年 3 月。

劉峰：《張默君詩歌研究》，湖南大學中國古代文學系碩士論文，2009 年 4 月。

劉峰：《清末民初女性西遊與文學》，蘇州大學中國古代文學系博士論文，2012 年 5 月。

潘宜芝：《空間・行旅・新女性——呂碧城作品研究》，東海大學中文系碩士論文，2011 年。

五、報紙及其他

〈美國第一女大學校之建立〉，《萬國公報》光緒三十二年（1906 年）四月號，收錄於李又寧、張玉法主編：《近代中國女權運動史料》（臺北：傳記文學出版社，1975 年 12 月），頁 282。

〈蘇州大漢報主筆張昭漢女士〉，1912 年 1 月《婦女時報》第 5 期。

〈張默君將出洋調查〉，《新聞報》第 1 版，1918 年 4 月 12 日。

〈范靜生、張默君放洋後消息〉，《民國日報》第 10 版，1918 年 4 月 28 日。

「霏瓊屑玉」（嚴範孫先生戊午游美，適與張默君女士同舟，女士既留學，而先生將歸，臨別贈以詩），《時報》，1919 年 1 月 14 日。

〈張默君女士不日返國〉，《民國日報》第 10 版，1919 年 7 月 23 日。

〈張默君赴歐考察教育〉，《民國日報》第 10 版，1919 年 8 月 11 日。

〈張默君在歐之行蹤〉，《新聞報》第 1 版，1919 年 8 月 12 日。
〈張默君女士歸國〉，《民國日報》第 10 版，1919 年 11 月 12 日。
〈張默君接任女師校長〉，《民國日報》第 11 版，1920 年 5 月 31 日。
〈邵元沖君張默君女士之婚禮〉，《申報》第 15 版，1924 年 9 月 30 日。
〈春鳥詩社成立會〉，《申報》第一版，1947 年 6 月 23 日。
王丹紅：〈婦女人才・錦繡中國——美國哥倫比亞大學巴納德學院舉辦康同璧研討會〉，《中國科學報》，2009 年 4 月 29 日。（http://news.sciencenet.cn/htmlnews/2009/4/218778.html，2020 年 10 月 3 日查詢）
沈弘：〈被淡忘的康有為愛婿——羅昌〉，《北京紀事》，2004 年第 9 期。
東亞通信員亞造：〈餘錄——記康同璧女士大同學校演說〉，《大陸》1903 年第六期，頁 84-85。
陳雁：〈從最新公布康同璧舊藏文獻看「戊戌變法」失敗後的康家女人〉，《團結報》第七版，2015 年 1 月 22 日。
羅秀美：〈南高史地學派、竺可楨與張其昀〉，李瑞騰主編：《百年中大》，桃園中壢：中央大學，2015 年 6 月。

六、網站

Barnard college: “Life and Legacy of Kang Tongbi”, [2020-21 Academic & Campus Information：News], March 31, 2009, Barnard college, Columbia University (https://barnard.edu/headlines/life-and-legacy-kang-tongbi)，2020 年 10 月 15 日查詢。
大英博物館（The British Museum）網站（https://blog.britishmuseum.org），2020 年 6 月 5 日查詢。
伍德之友紀念圖書館和博物館（Friends of Wood Memorial Library & Museum）網站（http://woodmemoriallibrary.org/index.php），2020 年 10 月 2 日查詢。
西敏寺（Westminster Abbey）網站（https://www.westminster-abbey.org/），2019 年 7 月 21 日查詢。

西敏宮（Palace of Westminster）即國會大廈（Houses of Parliament）網站（https://www.parliament.uk/），2019 年 7 月 21 日查詢。

英國議會「萬國婦女參政會」介紹（https://www.parliament.uk/about/living-heritage/transformingsociety/electionsvoting/womenvote/case-studies-women-parliament/what-difference/suffrage-societies-response/the-international-womens-suffrage-alliance/），2020 年 10 月 12 日查詢。

倫敦靈學會（The Society For Psychical Research）網站（https://www.spr.ac.uk/），2018 年 8 月 10 日查詢。

梵蒂岡博物館（Musei Vaticani）網站（http://www.museivaticani.va），2020 年 6 月 5 日查詢。

瑞典國立圖書館（皇家圖書館）之「魔鬼聖經（Codex Gigas）」介紹（https://www.kb.se/hitta-och-bestall/codex-gigas.html），2020 年 10 月 4 日查詢。

道教文化中心資料庫（http://zh.daoinfo.org/wiki/%E9%A6%96%E9%A0%81），2019 年 10 月 11 日查詢。

聯合國教科文組織網站「世界遺產名錄」（https://whc.unesco.org/en/list），2020 年 9 月 28 日查詢。

論文出處

一、〈醫學、女學與家政學——曾懿《古歡室集》的《醫學篇》與《女學篇》（附錄《中饋錄》〉

＊本文為科技部 106 學年度一般型研究計畫「近代「賢妻良母」、「男女平權」與「醫學」話語合流的女學論述：以曾懿（1852-1927）《古歡室集・女學篇》為討論中心」（編號：MOST 106-2410-H-005-043-，執行期間：2017 年 8 月 1 日－2018 年 7 月 31 日）之研究成果。

＊曾以原題〈女學、醫學與飲饌之道——晚清女詩人曾懿的「女性書寫」〉，發表於「第 12 屆通俗文學與雅正文學——「近現代文學與文化」——國際學術研討會」（2017 年 11 月 17-18 日），中興大學中文系主辦，2017 年 11 月 18 日。

二、〈晚清女詩人的「域外」想像與書寫——薛紹徽的「翻譯」與「編撰」外國文本〉

＊本文為科技部 104 學年度一般型研究計畫「近代知識女性的跨界歷程／多元書寫：以女詩人薛紹徽（1866-1911）的「女性文學」與「翻譯文學」為中心」編號：MOST 104-2410-H-005-049-，執行期間：2015 年 8 月 1 日－2016 年 7 月 31 日）之研究成果。

＊曾以原題〈晚清女詩人薛紹徽的「域外」想像與書寫：以其翻譯「科幻遊記」與「女性文學」為主要範圍〉，發表於「『世界史中的中華婦女』國際學術研討會」（2017年7月11日－7月14日），中央研究院近代史研究所主辦，2017年7月12日。

三、〈自我、空間與文化主體的流動／認同——呂碧城的古典散文〉

＊本文為中興大學 2011 年「發展國際一流大學及頂尖研究中心計畫：中文系『離異與合同』計畫」之子計畫：「1912 至 1949 年的女性文學對白話論述與古典書寫的選擇與分流」（執行期間：2011 年 7 月－2012 年 3 月）之研究成果。

＊曾以原題〈晚清民初女性文學話語的流動與離合——以女詞人呂碧城（1883-1943）的散文為範圍〉，發表於「第九屆通俗文學與雅正文學研討會——「話語的流動」——國際學術研討會」，中興大學中國文學系主辦，2012 年 3 月 16 日。

＊經匿名審查修訂後，以〈自我、空間與文化主體的流動／認同——以女詞人呂碧城（1883-1943）的散文為範圍〉為名，發表於《興大中文學報》第 32 期，頁 167-211，2012 年 12 月。

四、〈志於「道」，遊於「道」——顧太清的宗教生活與旅行〉

＊曾以原題〈志於「道」，遊於「道」——顧太清的宗教實踐與關懷〉，發表於「第 13 屆通俗文學與雅正文學——

「文學與信仰」——國際學術研討會」（2019 年 10 月 18-19 日），中興大學中文系主辦，2019 年 10 月 18 日。

五、〈跨越閨門／走出國門——康同璧的世界行旅之考述及其女性主體之呈現〉

＊曾以原題〈跨越閨門／走出國門——康同璧的世界行旅及女性主體的塑造〉發表於「跨界的性別史研究：理論與實踐工作坊（Cross-Boundary Gender History Research: Theories and Practices）」（2020 年 11 月 18-19 日），中央研究院近代史研究所主辦，2020 年 11 月 19 日。

六、〈出洋視學、游學與女性主體的建立——張默君的歐美教育考察及自我成長之旅〉

＊曾以原題〈「域外」世界與女性主體——近代古典女詩人張默君歐美女子教育考察之旅的意義〉，發表於「第四屆世界漢學論壇（4th World Congress of Chinese Studies 2020 & 19th International Symposium on the Chinese ancient novel and drama literature, incl. digitization）」（2020 年 8 月 15-18 日），世界漢學研究會、德國維藤大學（Witten University）主辦，德國維藤市（Witten, Germany），2020 年 8 月 17 日。**〔視訊會議〕**

七、〈文化景觀暨靈學／佛學之旅——呂碧城的英倫行旅及後期人生朝向宗教修行的因緣〉

＊曾以原題〈女性漫遊者的跨文化視野與現代性關懷——民國才女呂碧城的英倫書寫（1927-1928）〉（*Cross-cultural vision and modern concern of female flâneur – England Written by Lu Bicheng*），發表於「現代中國的性

別光譜研討會（Refracting Gender in Modern China）」（2017 年 2 月 17-19 日），倫敦大學亞非學院（SOAS）主辦，2017 年 2 月 18 日。獲科技部「國內專家學者出席國際學術會議」計畫補助（編號：106-2914-I-005-003-A1）。

＊經匿名審查修訂後，以〈呂碧城英倫之旅的文化景觀——兼及靈異／靈學敘事與宗教修行的因緣〉為名，發表於《興大中文學報》第 47 期，頁 159-202，2020 年 6 月。

附錄：各章相關圖片

第一章　醫學、女學與家政學
——曾懿《古歡室集》的《醫學篇》與《女學篇》（附錄《中饋錄》）

一、曾懿著作

提 供 者	羅秀美
擷取日期	2020 年 8 月 27 日
取得來源	《古歡室集》（清光緒三十三年（1907）刻本），加拿大 McGill 大學方秀潔教授主持之[明清婦女著作] http://digital.library.mcgill.ca

1-1　《古歡室詩詞集》	1-2　《古歡室詩詞集・浣華集》
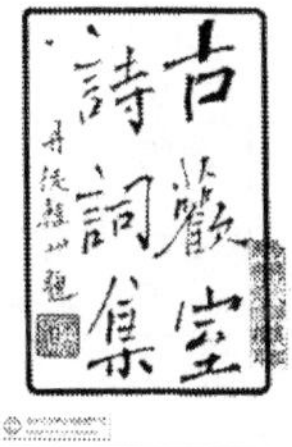	

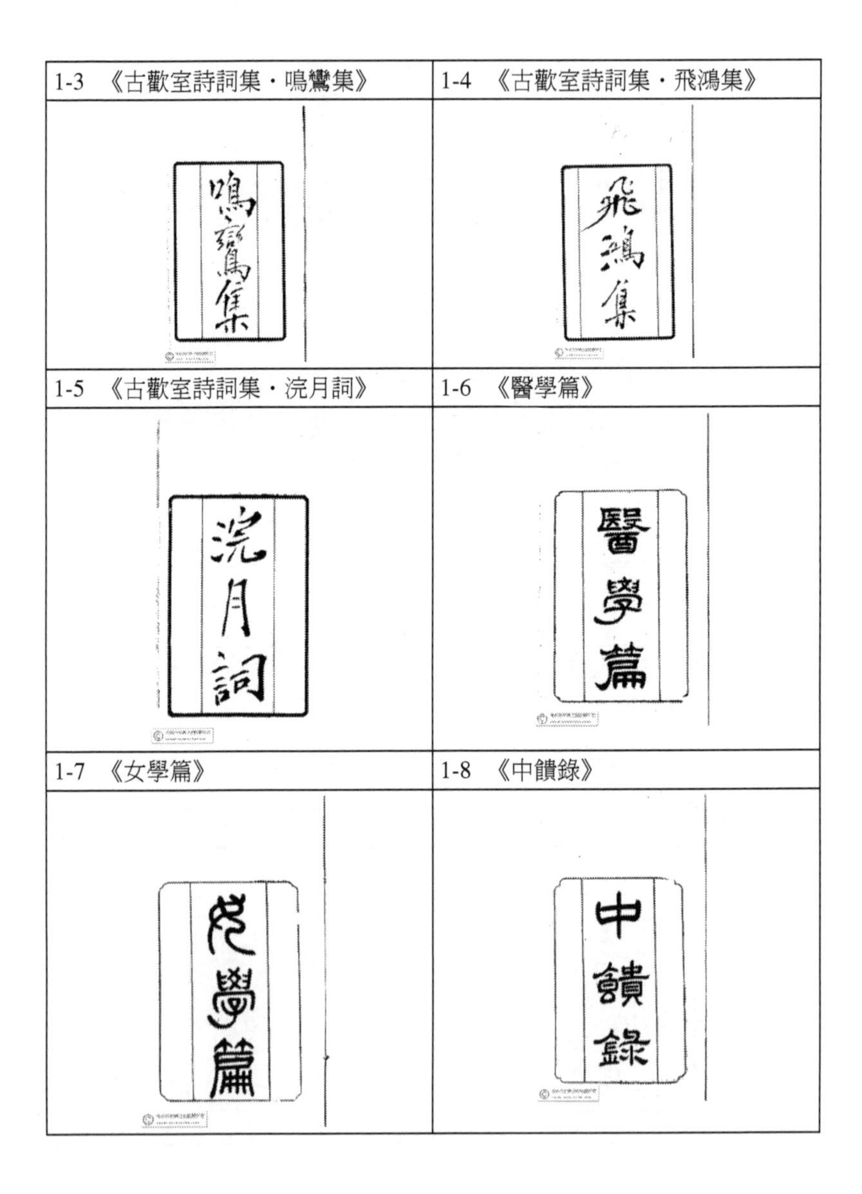

1-3　《古歡室詩詞集・鳴鸞集》

1-4　《古歡室詩詞集・飛鴻集》

1-5　《古歡室詩詞集・浣月詞》

1-6　《醫學篇》

1-7　《女學篇》

1-8　《中饋錄》

1-9 伯淵(曾懿)七十歲小景(影)	

二、常州市：袁曉園（曾懿孫女）藝術館

拍攝者/提供者	羅秀美
拍攝日期	2018 年 1 月 30 日
拍攝地點	江蘇省常州市

1-1 袁曉園紀念館正面	1-2 袁曉園介紹

1-3 袁曉園身世介紹：「祖父母及父母」部分，祖母即曾懿	1-4 袁曉園身世介紹：祖母曾懿

1-5 袁曉園全身雕像	1-6 袁曉園書法

1-7 袁曉園之妹袁行恕(知名小說家瓊瑤之母)之介紹	1-8 袁曉園之妹婿陳致平教授(曾任教新加坡南洋大學)、外甥女瓊瑤(曾懿之外曾孫女)之介紹 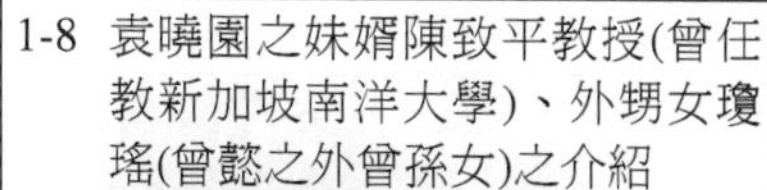

三、「孟河醫派」（常州市孟河鎮）故址巡禮：費伯雄故居、巢渭芳故居、丁甘仁故居（孟河醫派傳承學會、孟河醫派書院）

拍攝者/提供者	羅秀美
拍　攝　日　期	2018 年 1 月 30 日 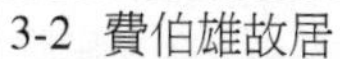
拍　攝　地　點	江蘇省常州市孟河鎮

3-1 費伯雄故居	3-2 費伯雄故居

3-3 巢渭芳故居正面	3-4 巢渭芳故居大門

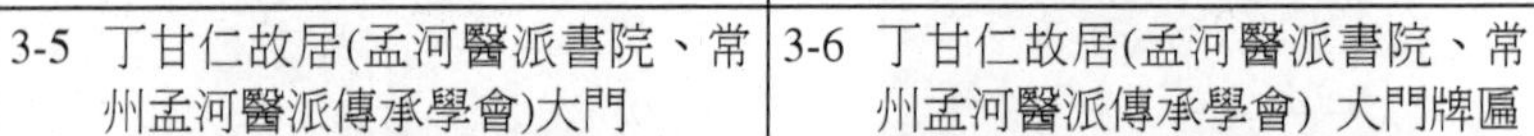 3-5 丁甘仁故居(孟河醫派書院、常州孟河醫派傳承學會)大門	3-6 丁甘仁故居(孟河醫派書院、常州孟河醫派傳承學會) 大門牌匾

3-7 丁甘仁故居(孟河醫派書院、常州孟河醫派傳承學會) 紀念碑全景	3-8 丁甘仁故居(孟河醫派書院、常州孟河醫派傳承學會) 紀念碑

3-9 重建的丁甘仁故居(孟河醫派書院、常州孟河醫派傳承學會)	3-10 丁甘仁故居(孟河醫派書院、常州孟河醫派傳承學會)之重建紀念碑

3-11 丁甘仁故居(孟河醫派書院、常州孟河醫派傳承學會)正面及牌匾	3-12 丁甘仁故居(孟河醫派書院、常州孟河醫派傳承學會)內的丁甘仁半身雕像

3-13 丁甘仁故居(孟河醫派書院、常州孟河醫派傳承學會)內的孟河醫派介紹	3-14 丁甘仁故居(孟河醫派書院、常州孟河醫派傳承學會)內的孟河醫派相關書刊
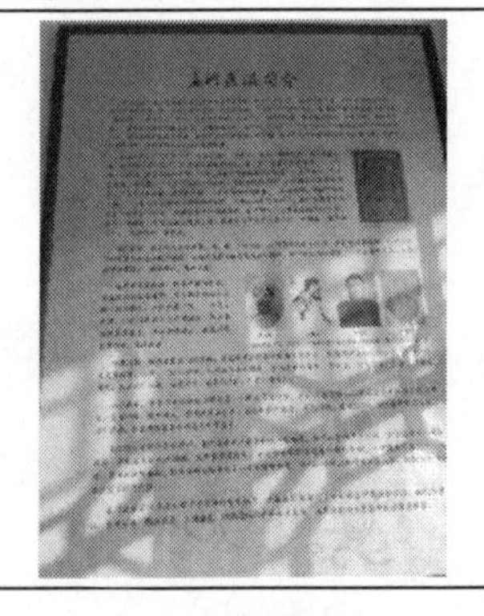	

四、父系家族出身地、曾懿的成長地：成都浣花溪畔

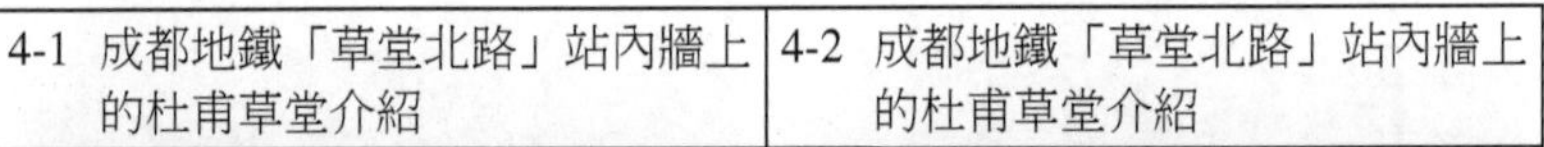

拍攝者/提供者	羅秀美
拍　攝　日　期	2018 年 2 月 1 日
拍　攝　地　點	四川省成都市浣花溪公園/杜甫草堂博物館[1]

4-1 成都地鐵「草堂北路」站內牆上的杜甫草堂介紹	4-2 成都地鐵「草堂北路」站內牆上的杜甫草堂介紹

1 曾懿幼年喪父後，母親左錫嘉領子女舉家遷回父親曾詠成都家鄉，定居於杜甫草堂附近之浣花溪畔。然今日已無法尋得遺跡。

<table>
<tr><td>4-3 成都「浣花溪公園」的「詩歌大道」之杜甫詩〈登高〉</td><td>4-4 成都「浣花溪公園」的「詩歌大道」之杜甫詩〈春夜喜雨〉</td></tr>
<tr><td></td><td></td></tr>
<tr><td>4-5 浣花溪畔之杜甫草堂[2]正面</td><td>4-6 浣花溪畔之杜甫草堂正面</td></tr>
<tr><td></td><td></td></tr>
<tr><td>4-7 浣花溪畔之杜甫草堂正面</td><td>4-8 浣花溪畔之杜甫草堂大門</td></tr>
<tr><td></td><td></td></tr>
</table>

[2] 五代前蜀詩人韋莊尋得草堂遺址，重結茅屋。宋元明清直至近現代，草堂多次修葺和擴建。明弘治十三年（1500 年）和清嘉慶十六年（1811 年）兩次最為盛大，奠定了今日成都草堂的建築格局。

4-9 浣花溪畔之杜甫草堂

4-10 浣花溪畔之杜甫草堂

4-11 浣花溪畔之杜甫草堂

4-12 浣花溪畔之杜甫草堂

4-13 浣花溪畔之杜甫草堂

4-14 杜甫草堂博物館南門

第二章 晚清女詩人的「域外」想像與書寫
——薛紹徽「翻譯」與「編撰」的外國文本

一、薛紹徽擔任主筆的上海《女學報》（1898）

拍攝者/提供者	羅秀美
拍　攝　日　期	2019 年 6 月 2 日
拍　攝　地　點	江蘇省 無錫圖書館

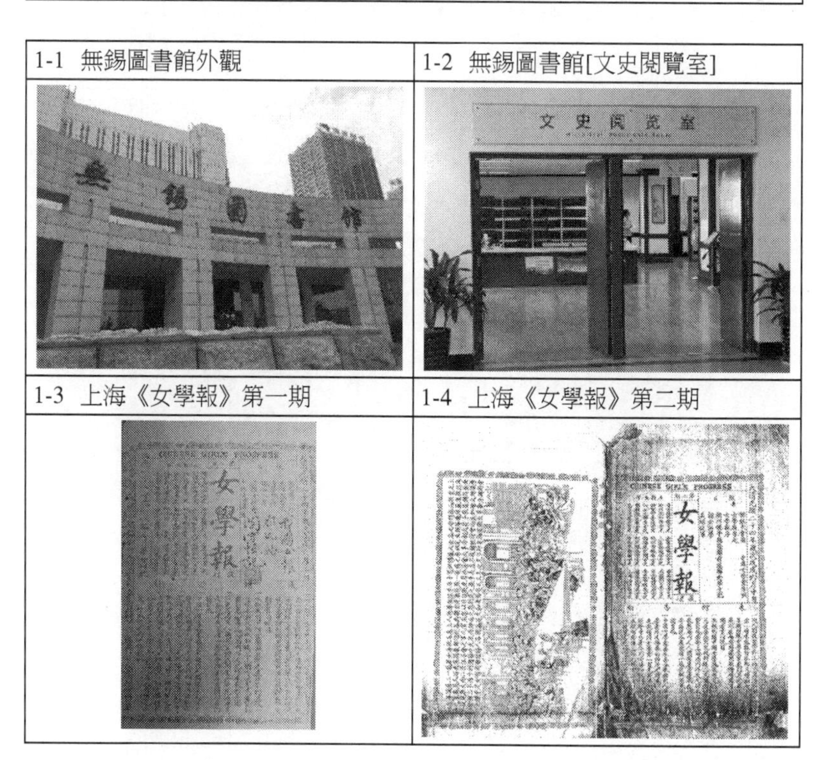

1-1 無錫圖書館外觀

1-2 無錫圖書館[文史閱覽室]

1-3 上海《女學報》第一期

1-4 上海《女學報》第二期

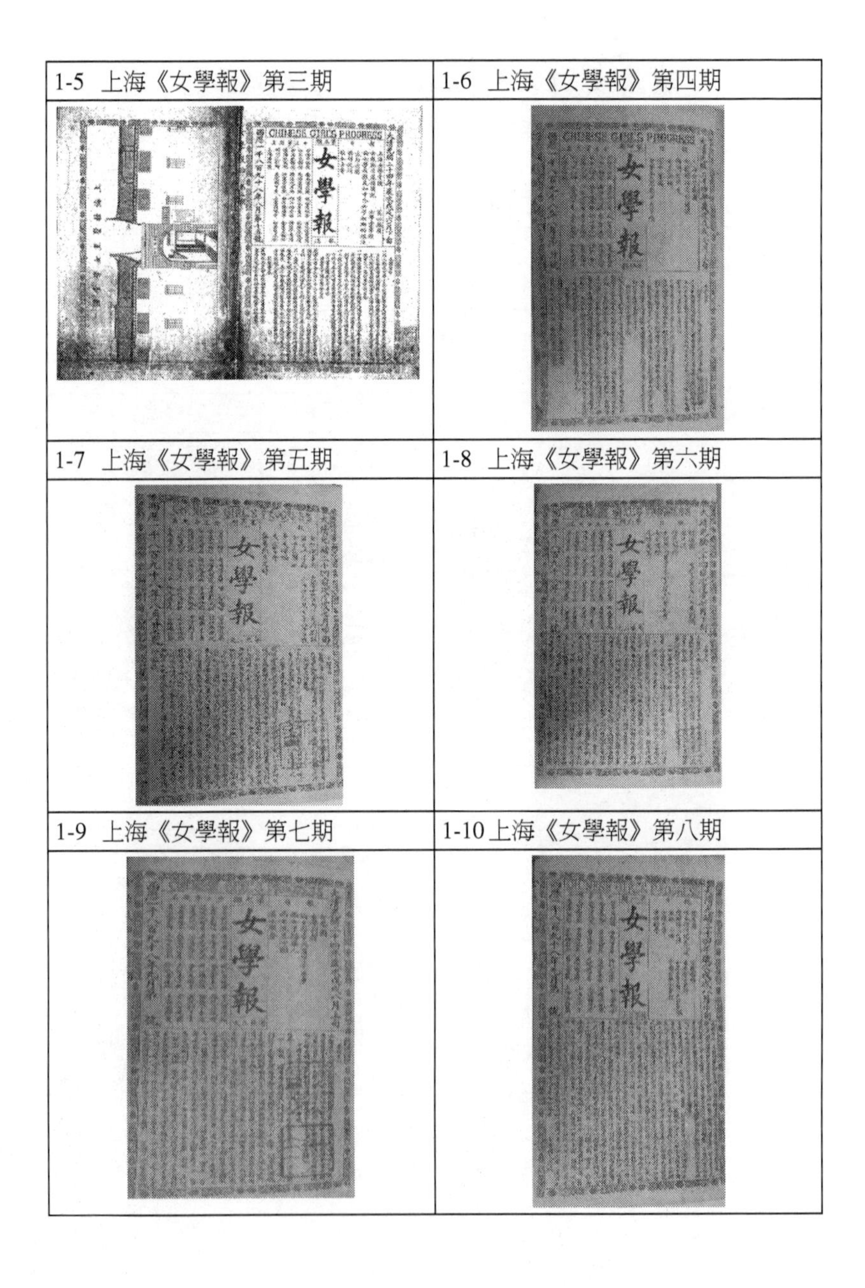

CHINESE GIRLS PROGRESS

女學報

1-5　上海《女學報》第三期

1-6　上海《女學報》第四期

1-7　上海《女學報》第五期

1-8　上海《女學報》第六期

1-9　上海《女學報》第七期

1-10 上海《女學報》第八期

二、薛紹徽譯著《雙線記》（1903）與《外國列女傳》（1906）

拍 攝 者	羅秀美
拍攝日期	2016 年 1 月 28 日
拍攝地點	上海圖書館

(一)《雙線記》（1903）

2-1 上海圖書館	2-2 上海圖書館

2-3 上海圖書館[古籍部]	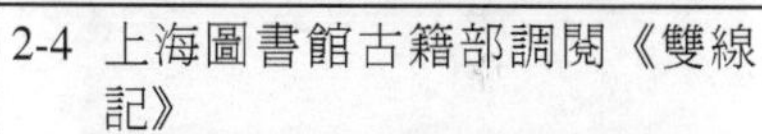 2-4 上海圖書館古籍部調閱《雙線記》

2-5　上海圖書館古籍部調閱《雙線記》	2-6　與上海圖書館古籍部館員討論借閱與複印《雙線記》的細節 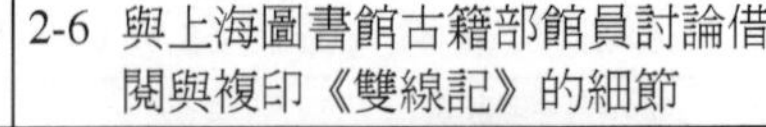

2-7　薛紹徽、陳壽彭合譯《雙線記》(上海：中外日報館，1903)封面	2-8　薛紹徽、陳壽彭合譯《雙線記》(上海：中外日報館，1903)扉頁
	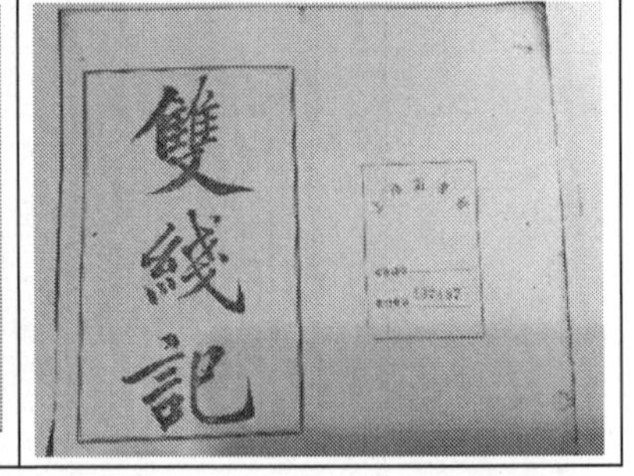

(二)《外國列女傳》（1906）

<table>
<tr><td>2-9 薛紹徽、陳壽彭編譯《外國列女傳》(金陵：江楚編譯官書總局，1906)上冊封面、扉頁</td><td>2-10 薛紹徽、陳壽彭編譯《外國列女傳》(金陵：江楚編譯官書總局，1906)中冊封面</td></tr>
<tr><td>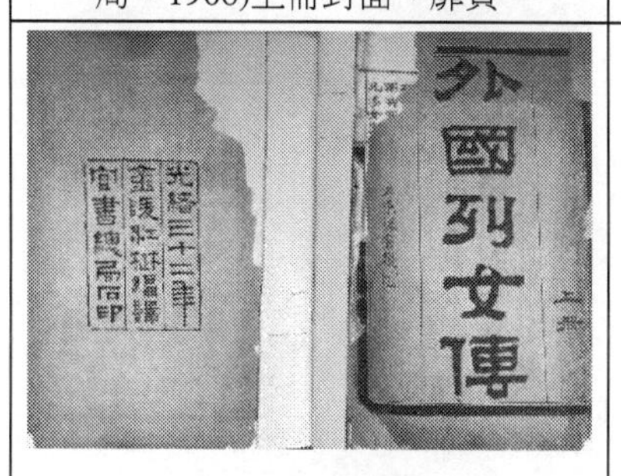
</td><td>
</td></tr>
<tr><td>2-11 薛紹徽、陳壽彭編譯《外國列女傳》(金陵：江楚編譯官書總局，1906)下冊封面</td><td></td></tr>
<tr><td>
</td><td></td></tr>
</table>

附：

1.《外國列女傳》介紹的「斯多夫人」（Beecher Stowe；晚清多譯批茶女士，今譯史托夫人）故居

拍 攝 者	羅秀美
拍攝日期	2018 年 7 月 29 日
拍攝地點	美國康州哈特福市(Hartford)

2-12「斯多夫人」(史托夫人)故居外觀	2-13「斯多夫人」(史托夫人)故居外留影
2-14「斯多夫人」(史托夫人)肖像	2-15「斯多夫人」(史托夫人)肖像
2-16「斯多夫人」(史托夫人)肖像	2-17「斯多夫人」(史托夫人)全家福

<table>
<tr><td>2-18 刊登「斯多夫人」(史托夫人)代表作《叔父艙房》(Uncle Tom's Cabin，直譯《湯姆叔叔的小屋》；晚清多譯為《黑奴籲天錄》)之報刊(The National Era Vol.5-No.23, 1851.6.5)</td><td>2-19 刊登「斯多夫人」(史托夫人)代表作《叔父艙房》(Uncle Tom's Cabin，直譯《湯姆叔叔的小屋》；晚清多譯為《黑奴籲天錄》)之報刊(The National Era Vol.5-No.23, 1851.6.5)</td></tr>
<tr><td>
THE NATIONAL ERA.</td><td>THE NATIONAL ERA.
UNCLE TOM'S CABIN:
LIFE AMONG THE LOWLY.</td></tr>
<tr><td>2-20《叔父艙房》(Uncle Tom's Cabin，直譯《湯姆叔叔的小屋》；晚清多譯為《黑奴籲天錄》)的各國語文譯本</td><td>2-21《叔父艙房》(Uncle Tom's Cabin，直譯《湯姆叔叔的小屋》；晚清多譯為《黑奴籲天錄》)的各國語文譯本</td></tr>
<tr><td></td><td></td></tr>
</table>

2-22《叔父艙房》(Uncle Tom's Cabin，直譯《湯姆叔叔的小屋》；晚清多譯為《黑奴籲天錄》)的各國語文譯本	2-23《叔父艙房》(Uncle Tom's Cabin，直譯《湯姆叔叔的小屋》；晚清多譯為《黑奴籲天錄》)的各國語文譯本

2-24《叔父艙房》(Uncle Tom's Cabin，直譯《湯姆叔叔的小屋》；晚清多譯為《黑奴籲天錄》)的「影響」	2-25《叔父艙房》(Uncle Tom's Cabin，直譯《湯姆叔叔的小屋》；晚清多譯為《黑奴籲天錄》)的「影響」

2.《外國列女傳》介紹的「蒲羅盌」（今譯白朗寧夫人）肖像

拍攝者	羅秀美
拍攝日期	2018年7月29日
拍攝地點	美國康州哈特福市(Hartford)

2-26「蒲羅寍」(今譯白朗寧夫人)肖像	

3.《外國列女傳》介紹的「若安」（Jeanne d’Arc（法語）；Saint Joan of Arc（英語）；今譯聖女貞德）遺跡

(1)法國盧昂（Rouen）

拍 攝 者	羅秀美
拍攝日期	2017 年 7 月 26 日
拍攝地點	法國盧昂市(Rouen)

2-27 聖女貞德教堂(Église Sainte-Jeanne-d’Arc)和火刑紀念柱(盧昂市老集市廣場)	2-28 聖女貞德被處以火刑的紀念柱(盧昂市老集市廣場)

2-29 聖女貞德被處以火刑的紀念柱旁就是她的殉難地(盧昂市老集市廣場)	2-30 聖女貞德教堂(Église Sainte-Jeanne-d'Arc)外牆張貼的聖女貞德歷史紀念處之介紹海報

2-31 聖女貞德教堂（Église Sainte-Jeanne-d'Arc)內的聖女貞德雕像	2-32 聖女貞德教堂(Église Sainte-Jeanne-d'Arc)內的聖女貞德雕像

2-33 盧昂市貞德街(Rue Jeanne-d'Arc)路標	2-34 盧昂市貞德街(Rue Jeanne-d'Arc)路標

2-35 聖女貞德塔(Tour Jeanne-d'Arc)(1430 年 12 月至審訊受刑期間，聖女貞德被關押在此)牌匾	2-36 聖女貞德塔(Tour Jeanne-d'Arc)(1430 年 12 月至審訊受刑期間，聖女貞德被關押在此)

2-37 聖女貞德塔(Tour Jeanne-d'Arc)(1430 年 12 月至審訊受刑期間，聖女貞德被關押在此)入口	2-38 聖女貞德塔(Tour Jeanne-d'Arc)(1430 年 12 月至審訊受刑期間，聖女貞德被關押在此)介紹

(2)法國聖米歇爾山（Le Mont St. Michel）聖彼得教堂（Église Saint-Pierre）

拍 攝 者	羅秀美
拍攝日期	2017 年 7 月 28 日
拍攝地點	法國聖米歇爾山(Le Mont St. Michel)

2-39 聖彼得教堂(Église Saint-Pierre)門口之聖女貞德(Tour Jeanne-d'Arc)雕像	2-40 聖彼得教堂(Église Saint-Pierre)門口之聖女貞德(Tour Jeanne-d'Arc)雕像

(3)法國巴黎聖母院（Notre-Dame de Paris）

拍 攝 者	羅秀美
拍攝日期	2017 年 8 月 1 日
拍攝地點	法國巴黎市

2-41 西元 1909 年在聖母院為貞德舉行平反儀式，並豎立貞德雕像	2-42 西元 1909 年在聖母院為貞德舉行平反儀式，並豎立貞德雕像

三、薛紹徽撰《黛韻樓遺集》（1911）

翻攝者/提供者	羅秀美
翻　攝　日　期	2020 年 8 月 30 日
翻　攝　地　點	薛紹徽《黛韻樓遺集》(宣統三年(1911)刻本)，取自加拿大 McGill 大學方秀潔教授主持之[明清婦女著作] http://digital.library.mcgill.ca

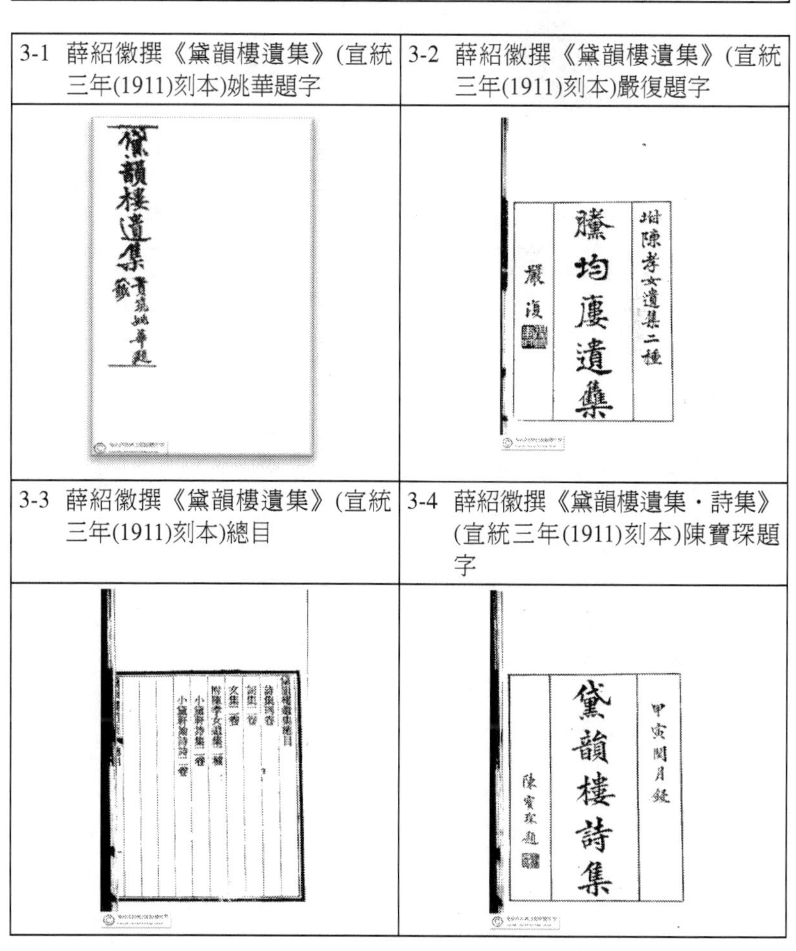

3-1 薛紹徽撰《黛韻樓遺集》(宣統三年(1911)刻本)姚華題字	3-2 薛紹徽撰《黛韻樓遺集》(宣統三年(1911)刻本)嚴復題字
3-3 薛紹徽撰《黛韻樓遺集》(宣統三年(1911)刻本)總目	3-4 薛紹徽撰《黛韻樓遺集・詩集》(宣統三年(1911)刻本)陳寶琛題字

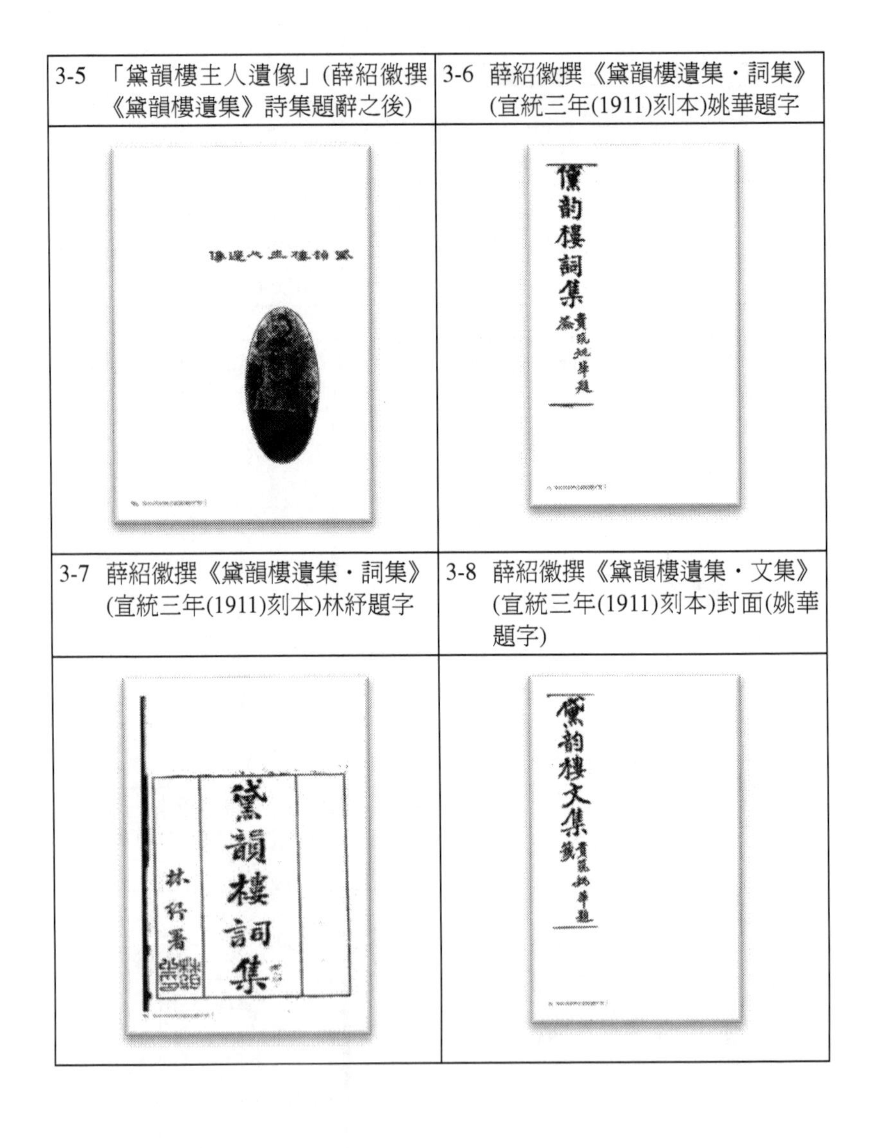

3-5 「黛韻樓主人遺像」(薛紹徽撰《黛韻樓遺集》詩集題辭之後)

3-6 薛紹徽撰《黛韻樓遺集・詞集》(宣統三年(1911)刻本)姚華題字

3-7 薛紹徽撰《黛韻樓遺集・詞集》(宣統三年(1911)刻本)林紓題字

3-8 薛紹徽撰《黛韻樓遺集・文集》(宣統三年(1911)刻本)封面(姚華題字)

3-9　薛紹徽撰《黛韻樓遺集．文集》(宣統三年(1911)刻本)陳衍題字

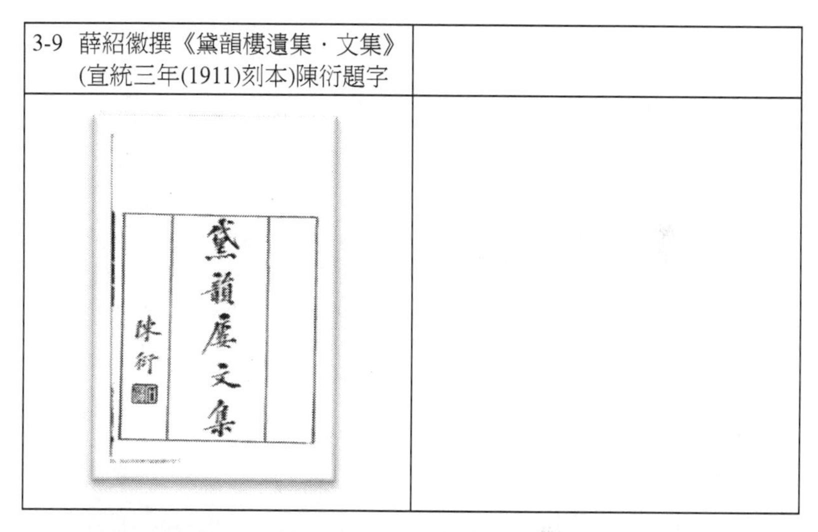

四、薛紹徽成長地：福州市三坊七巷、光祿坊「光祿吟臺（玉尺山；閩山）」

拍攝者/提供者	羅秀美
拍 攝 日 期	2015 年 2 月 2 日
拍 攝 地 點	福州市三坊七巷、光祿坊「光祿吟臺(玉尺山；閩山)」

4-1　三坊七巷標示牌　　4-2　三坊七巷標示牌

4-3 三坊七巷：光祿坊「光祿吟臺(即玉尺山、閩山)」石刻[1]	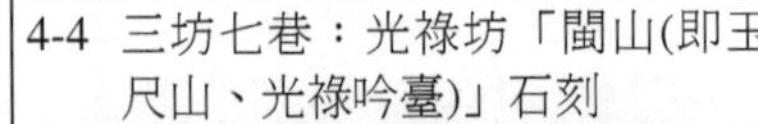 4-4 三坊七巷：光祿坊「閩山(即玉尺山、光祿吟臺)」石刻

4-5 三坊七巷：光祿坊「閩山」石刻前漾月池	4-6 三坊七巷：光祿坊「光祿吟臺(玉尺山)」留影

1 薛紹徽詩〈玉尺山〉：「玉尺量才是婉兒，蒼茫片石亦離奇。於今詩派無光祿，留此吟臺誰主持？」、詞〈小重山——偕英姐觀玉尺山〉：「光祿亭臺春色闌，閨闈風雅事、已凋殘。夕陽空抹舊朱欄。垂楊外，孤石聳雲鬟。　　衡折太無端，恰如文筆禿、罷吟壇。一杯香茗話清閒。臨風坐，相對聽綿蠻。」

4-7 三坊七巷主街上與薛紹徽《黛韻樓遺集》點校者林怡教授(福建省委黨校)合影	4-8 三坊七巷「嚴復故居」(薛紹徽《黛韻樓遺集》由嚴復題名)

4-9 三坊七巷「嚴復故居」介紹嚴復(薛紹徽《黛韻樓遺集》題署人)	4-10 三坊七巷「林則徐故居」介紹嚴復(薛紹徽《黛韻樓遺集》題署人)
	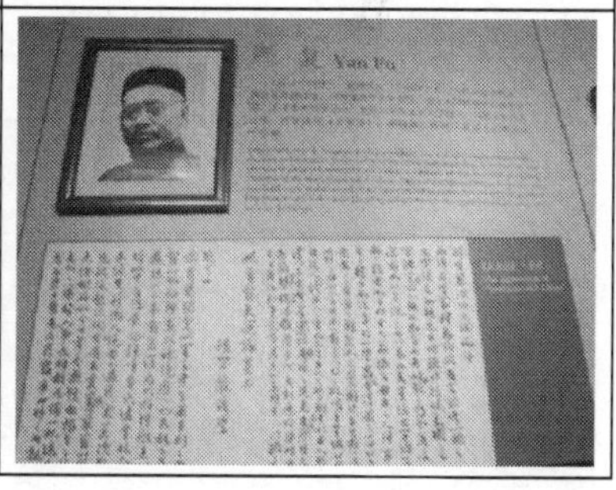

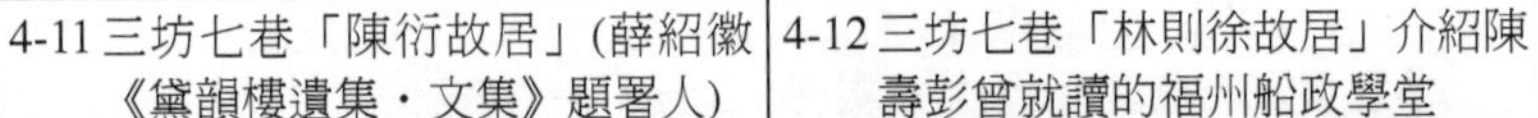

4-11 三坊七巷「陳衍故居」(薛紹徽《黛韻樓遺集・文集》題署人)	4-12 三坊七巷「林則徐故居」介紹陳壽彭曾就讀的福州船政學堂

五、夫婿陳壽彭求學之「福州船政學堂」（今中國船政文化博物館）

拍攝者/提供者	羅秀美
拍　攝　日　期	2015 年 2 月 3 日
拍　攝　地　點	福州市馬尾區

5-1 中國船政文化博物館(福州船政學堂)大門	5-2 中國船政文化博物館(福州船政學堂)大門牌匾

5-3 當年福州船政學堂的歷史照片	5-4 當年福州船政學堂的歷史照片

5-5 當年福州船政學堂的歷史照片	5-6 當年福州船政學堂的歷史照片

5-7 當年福州船政學堂的歷史照片

5-8 當年福州船政學堂的學生介紹，擔任駐外使館官員的陳季同是薛紹徽夫兄

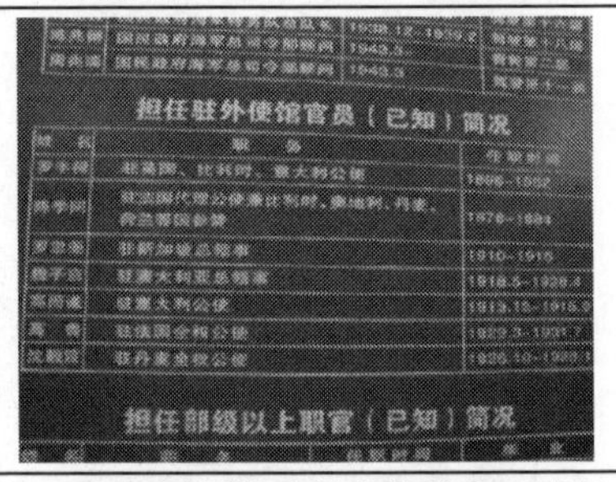

5-9 當年福州船政學堂的教師介紹，與薛紹徽有關的包括陳季同、嚴復

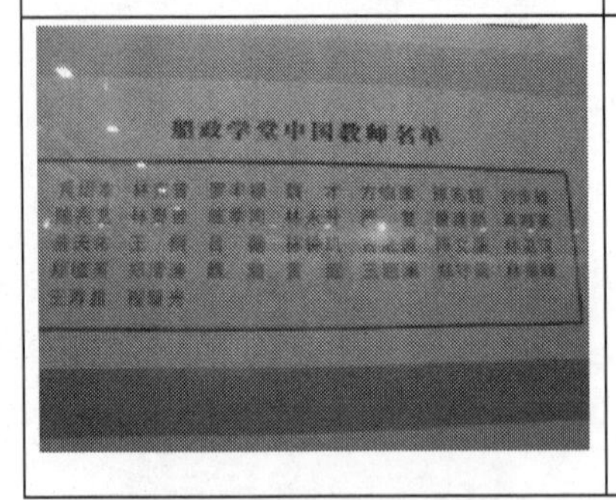

5-10 當年福州船政學堂的學生王壽昌及其翻譯合作者林紓之介紹(林紓為薛紹徽《黛韻樓遺集・詞集》題署人)

<table>
<tr><td>5-11 當年福州船政學堂的學生及教師陳季同的著作(法文著作之中譯本)</td><td>5-12 當年福州船政學堂的學生及教師陳季同之介紹</td></tr>
<tr><td></td><td></td></tr>
<tr><td>5-13 當年福州船政學堂的學生嚴復之介紹</td><td>5-14 當年福州船政學堂的學生嚴復之介紹</td></tr>
<tr><td></td><td></td></tr>
<tr><td>5-15 由中國船政文化博物館樓上，下眺馬江戰役所在地馬尾港</td><td>5-16 福州市馬尾港邊「馬江戰役紀念碑」(中國船政文化博物館旁)</td></tr>
<tr><td></td><td></td></tr>
</table>

六、陳壽彭留英就讀之「格林威治皇家海軍學院」（Royal Naval College, Greenwich, 1873-1998）

拍攝者/提供者	羅秀美
拍　攝　日　期	2017 年 2 月 12 日
拍　攝　地　點	英國倫敦市格林威治區

6-1　皇家海軍學院(陳壽彭、嚴復皆為此校留學生)之校園建築	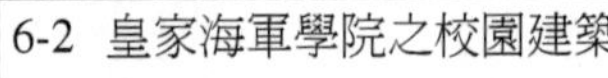 6-2　皇家海軍學院之校園建築

6-3　皇家海軍學院之校園建築	6-4　皇家海軍學院教堂(為當年上課教室；適逢週日做禮拜，可入內參觀但無法拍照)

6-5 皇家海軍學院全景(由格林威治舊天文台鳥瞰)	6-6 皇家海軍學院全景(由格林威治舊天文台鳥瞰)

七、夫兄陳季同留法就讀之「巴黎政治學院」（Sciences Po）

拍攝者/提供者	羅秀美
拍 攝 日 期	2017 年 8 月 2 日
拍 攝 地 點	法國巴黎市

7-1 巴黎政治學院正門校名	7-2 巴黎政治學院正門

7-3 巴黎政治學院正門	7-4 巴黎政治學院校名

7-5 巴黎政治學院圖書館	7-6 巴黎政治學院校舍

7-7 巴黎政治學院校舍	

第三章　自我、空間與文化主體的流動／認同
——呂碧城的古典散文

一、呂碧城肖像

翻攝者	羅秀美
翻攝日期	2020 年 8 月 28 日
翻攝來源	1.《婦女時報》、《婦女雜誌》、《中華婦女界》。 2. 呂碧城：《信芳集》(上海：中華書局，1925 年)、呂碧城：《呂碧城集》(上海：中華書局，1929 年)、呂碧城編譯：《歐美之光》(上海：佛學書局，1931、1932；獅頭山無量壽長期放生會，1964 年臺灣初版)、呂碧城：《曉珠詞》(新加坡，1938；臺北：廣文書局，1970 年 10 月)。 3. 李保民校箋《呂碧城集》(上海：古籍出版社，2015 年 8 月)。

1-1 〈天津大公報之呂碧城〉，約攝於 1903-1908 年間 * 呂碧城《信芳集》(1925 年)	1-2 〈教育家呂碧城女士小影〉，約攝於 1911 年 * 《婦女時報》第二期(1911 年)

1-3 〈北京女學界為北洋高等女學堂總教習呂清揚暨北洋女子公學總教習呂碧城二女士開歡迎會〉 * 《婦女時報》第一期(1911 年 6 月 11 日)	1-4 〈呂碧城女士背影〉，約攝於 1913 年 * 《婦女時報》第十期(1913 年)
	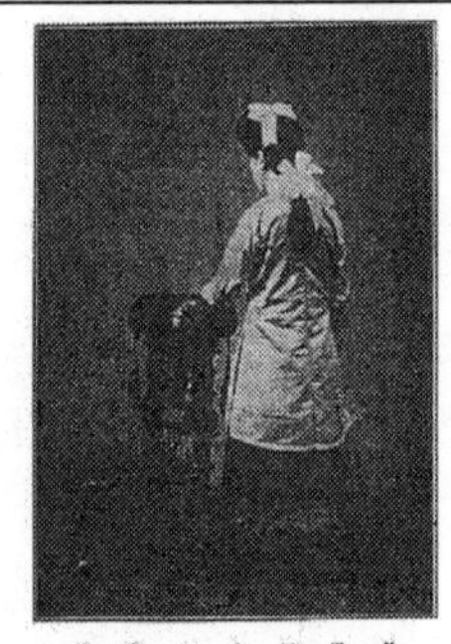
1-5 〈呂碧城女士最近攝影〉 * 《中華婦女界》第一卷第九期(1915 年 9 月 25 日)	1-6 〈北京之呂碧城〉，約攝於 1912-1915 年間 * 呂碧城：《信芳集》(1925 年)

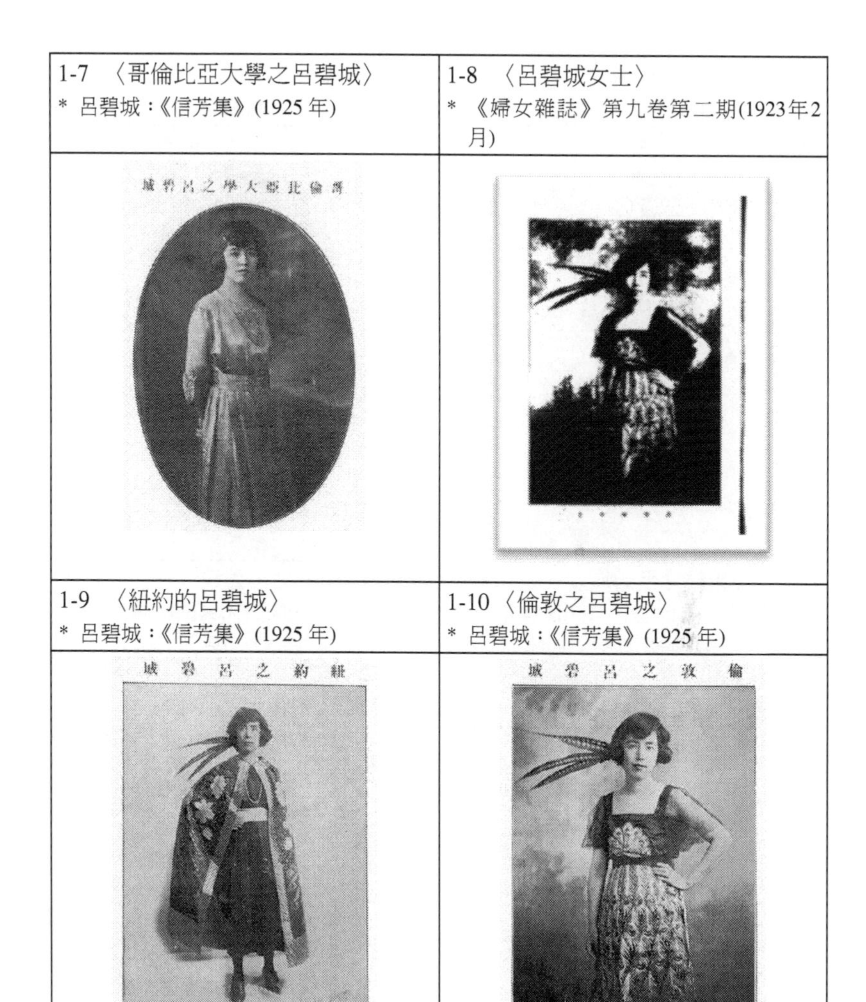

1-7 〈哥倫比亞大學之呂碧城〉
* 呂碧城：《信芳集》(1925 年)

1-8 〈呂碧城女士〉
* 《婦女雜誌》第九卷第二期(1923年2月)

1-9 〈紐約的呂碧城〉
* 呂碧城：《信芳集》(1925 年)

1-10〈倫敦之呂碧城〉
* 呂碧城：《信芳集》(1925 年)

1-11〈瑞士之呂碧城〉 * 呂碧城：《信芳集》(1925 年)	1-12〈巴黎之呂碧城〉 * 呂碧城：《信芳集》(1925 年)

1-13〈維也納之呂碧城：一九二九年在奧京維也納「萬國保護動物大會」演說時之服裝〉，攝於 1929 年 5 月 * 呂碧城：《呂碧城集》(1929 年)	1-14〈維也納之呂碧城：一九二九年在奧京維也納「萬國保護動物大會」演說時之服裝〉，攝於 1929 年 5 月 * 呂碧城：《呂碧城集》(1929 年)

1-15〈維也納大會演說員及各議員〉(呂碧城(前排右四)於 1929 年 5 月在奧京維也納參與「萬國保護動物大會」合影) * 呂碧城編著：《歐美之光》(1931 年)	1-16〈編譯者呂碧城女士之像〉 * 呂碧城編著：《歐美之光》(1931 年)

1-17〈呂碧城女士〉 * 呂碧城：《曉珠詞》(1938 年)	1-18 呂碧城上海住宅(時間不詳) * 呂碧城：《信芳集》(1925 年) * 翻攝自李保民校箋《呂碧城集》(2015 年)

二、呂碧城著作

翻攝者	羅秀美
翻攝日期	2020 年 8 月 30 日
翻攝來源	呂碧城：《信芳集》(王鈍根校印，1919 年) 呂碧城：《呂碧城集》(上海：中華書局，1929 年) 呂碧城：《歐美之光》(上海：佛學書局，1931；新竹：獅頭山無量壽長期放生會，1964 年) 呂碧城：《曉珠詞》(新加坡，1938；臺北：廣文書局，1970 年 10 月) 李保民校箋《呂碧城集》(2015 年 8 月)

2-1 [詩詞] 呂碧城：《信芳集》(1919，王鈍根校印) * 翻攝自李保民校箋《呂碧城集》(2015 年 8 月)	2-2 [詩文] 呂碧城：《呂碧城集》(1929，上海中華書局) * 翻攝自李保民校箋《呂碧城集》(2015 年 8 月)
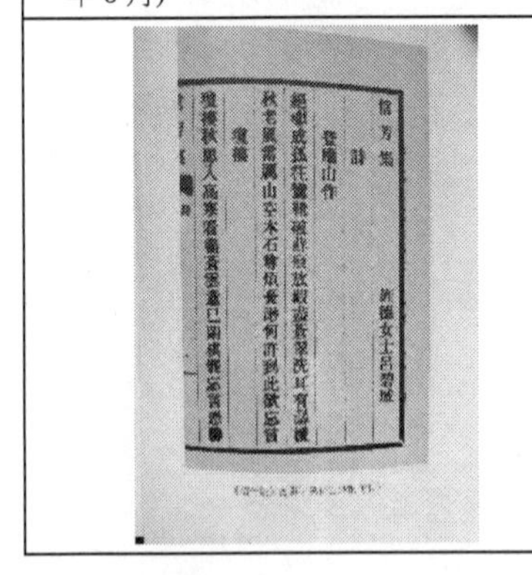 信芳集 詩	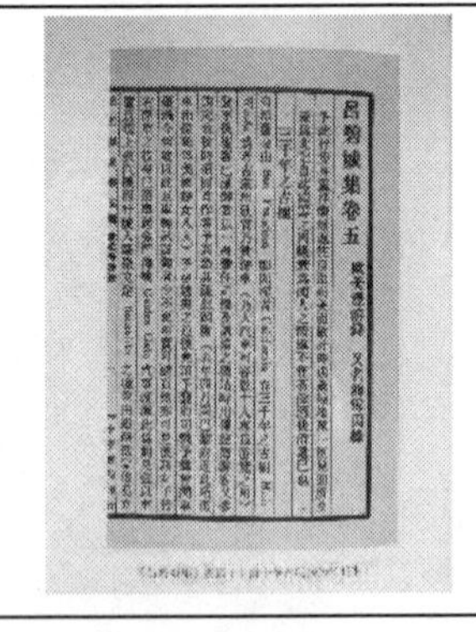 呂碧城集卷五

2-3 [詩文] 呂碧城：《呂碧城集》(1929，上海中華書局) * 翻攝自李保民校箋《呂碧城集》(2015 年 8 月)	2-4 [編譯] 呂碧城編著：《歐美之光》(1964 年臺灣初版，獅頭山無量壽長期放生會；原刊於 1931 年，上海佛學書局)
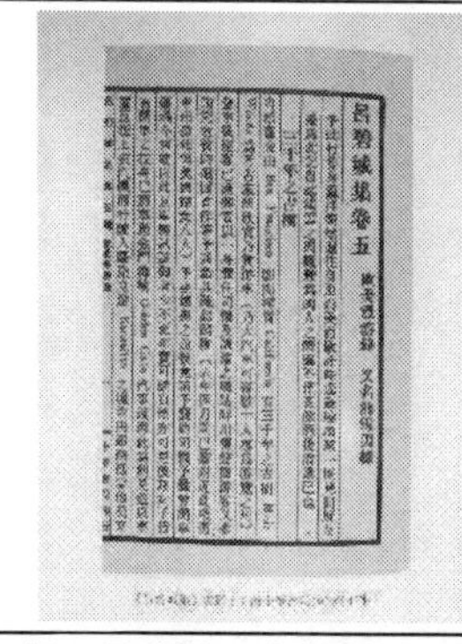 呂碧城集卷五	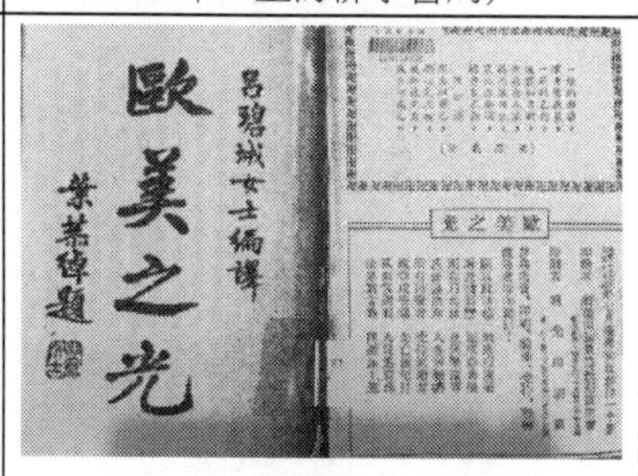 歐美之光 呂碧城女士編譯 葉恭綽題
2-5 [詞] 呂碧城：《曉珠詞》(臺北：廣文書局，1970 年 10 月)	2-6 [詞] 呂碧城：《曉珠詞》(臺北：廣文書局，1970 年 10 月)
 曉珠詞 廣文書局印行 228197	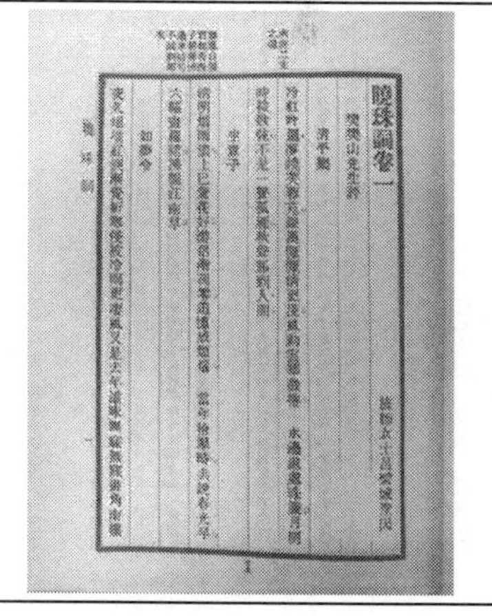 曉珠詞卷一

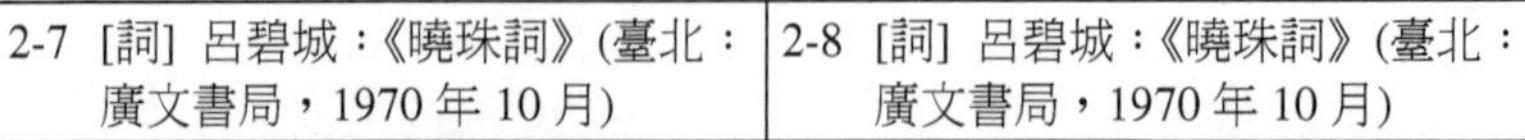

2-7 [詞] 呂碧城：《曉珠詞》(臺北：廣文書局，1970 年 10 月)	2-8 [詞] 呂碧城：《曉珠詞》(臺北：廣文書局，1970 年 10 月)
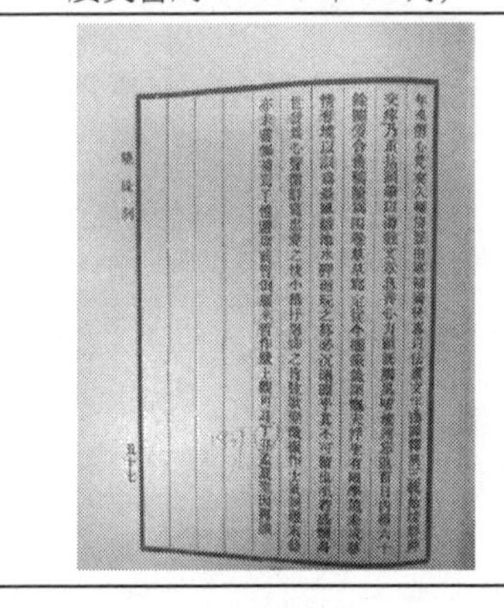	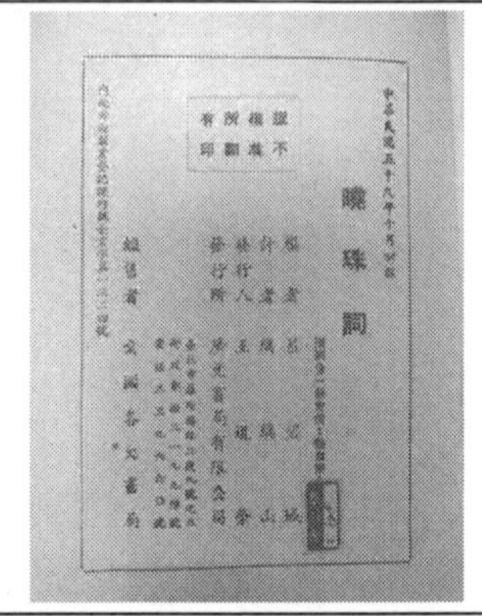 曉珠詞 版權所有 不准翻印

三、呂碧城赴美國紐約哥倫比亞大學游學（約 1920-1922）

拍攝者/提供者	羅秀美
拍　攝　日　期	2018 年 7 月 20 日
拍　攝　地　點	美國紐約市

3-1 哥倫比亞大學(1754 創立-)校門	3-2 哥倫比亞大學 行政大樓

3-3 哥倫比亞大學總圖書館(Butler Library)

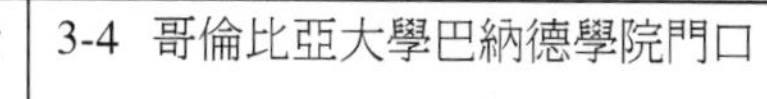

3-4 哥倫比亞大學巴納德學院門口

3-5 哥倫比亞大學巴納德學院門口

3-6 哥倫比亞大學巴納德學院正門庭院

四、呂碧城曾住紐約「Hotel Pennsylvania」（約 1921 年左右）

拍攝者/提供者	羅秀美
拍　攝　日　期	2018 年 7 月 17-18 日(住一晚)
拍　攝　地　點	美國紐約市潘斯樂維尼亞旅館(Hotel Pennsylvania)

4-1 紐約潘斯樂維尼亞旅館(Hotel Pennsylvania)[1]正門	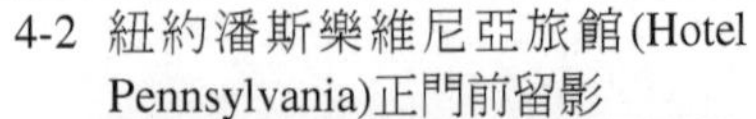 4-2 紐約潘斯樂維尼亞旅館(Hotel Pennsylvania)正門前留影

4-3 紐約潘斯樂維尼亞旅館(Hotel Pennsylvania)外觀，攝於 1919 年(飯店牆上展示之舊照)	4-4 紐約潘斯樂維尼亞旅館(Hotel Pennsylvania)正門主要入口，攝於 1919 年(飯店牆上展示之舊照)

---

[1] 即呂碧城唯一白話文作品〈紐約病中七日記〉（1921 年夏秋之際）：「到了紐約，住在世界第一的潘斯樂維尼亞旅館。」、呂碧城《歐美之光》：「予昔年寓紐約 Hotel Pennsylvania，乃世界最大之旅館，廣廳坐客盈千。」其中所指旅館如今仍在，今譯「賓州飯店」。

4-5 紐約潘斯樂維尼亞旅館(Hotel Pennsylvania)餐廳，攝於 1919 年(飯店牆上展示之舊照)	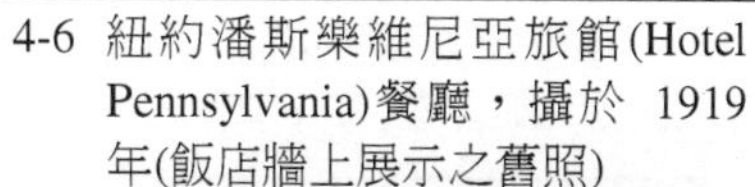 4-6 紐約潘斯樂維尼亞旅館(Hotel Pennsylvania)餐廳，攝於 1919 年(飯店牆上展示之舊照)

4-7 紐約潘斯樂維尼亞旅館(Hotel Pennsylvania)大廳	4-8 紐約潘斯樂維尼亞旅館(Hotel Pennsylvania)外觀

五、呂碧城曾寫詞歌詠「自由神銅像」（今「自由女神像」）[2]

拍攝者/提供者	羅秀美
拍 攝 日 期	2018 年 7 月 25 日
拍 攝 地 點	美國紐約市愛麗斯島

5-1 自由神銅像(自由女神像)	5-2 自由神銅像(自由女神像)

2 呂碧城〈金縷曲——紐約港口自由神銅像〉：「值得黃金範。指滄溟、神光離合，大千瞻戀。一簇華燈高擎處，十嶽九淵同燦。是我佛、慈航艤岸。縶鳳羈龍緣何事？任天空、海闊隨舒捲。蒼靄渺，碧波遠。
啣砂精衛空存願。歎人間、綠愁宏悴，東風難管。篳路艱辛須求己，莫待五丁揮斷。渾未許、春光偷賺。花滿西洲開天府，是當年、種播佳蒔遍。繙史冊、此般鑑。」

5-3 自由神銅像(自由女神像)左手持象徵《美國獨立宣言》的書板(上刻發表日期「1776.7.4」)	5-4 自由神銅像(自由女神像)右手持火炬

5-5 自由神銅像(自由女神像)半身	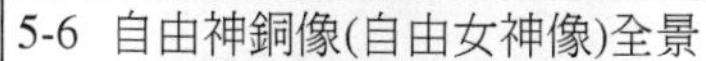 5-6 自由神銅像(自由女神像)全景

第四章　志於「道」，游於「道」
——顧太清的宗教生活與旅行

一、顧太清肖像

翻 拍 者	羅秀美
翻拍日期	2020 年 8 月 31 日
翻拍來源	顧太清著；金啟孮；金適校箋《顧太清集校箋》(北京：中華書局，2015 年 8 月)

1-1 顧太清三旬畫像	1-2 「太清夫人聽雪圖」摹本(39 歲時請人繪製)[1]

[1] 顧太清：〈金縷曲・自題聽雪小照〉即寫此畫像。後太清玄孫恒煦先生（漢名：金光平，字紀鵬）曾將此圖攝像保存。恒煦子啟孮著《顧太清與海淀》，其封面即彩繪「聽雪圖」。此說明詳見顧太清著；金啟孮、金適校箋《顧太清集校箋》，頁 559。

1-3 顧太清晚年肖像 	1-4 顧太清手書團扇 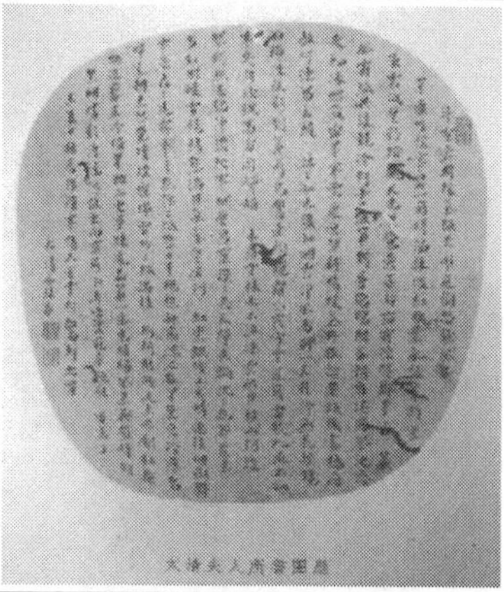

二、顧太清著作：《天游閣集》（1909）

翻 拍 者	羅秀美
翻拍日期	2020 年 8 月 30 日
翻拍來源	《天游閣詩集・二卷》(清宣統元年(1909)刻本)、《天游閣集・五卷；詩補・一卷》(宣統二年(1910)順德鄧氏刊本)，加拿大 McGill 大學方秀潔教授主持之[明清婦女著作] http://digital.library.mcgill.ca

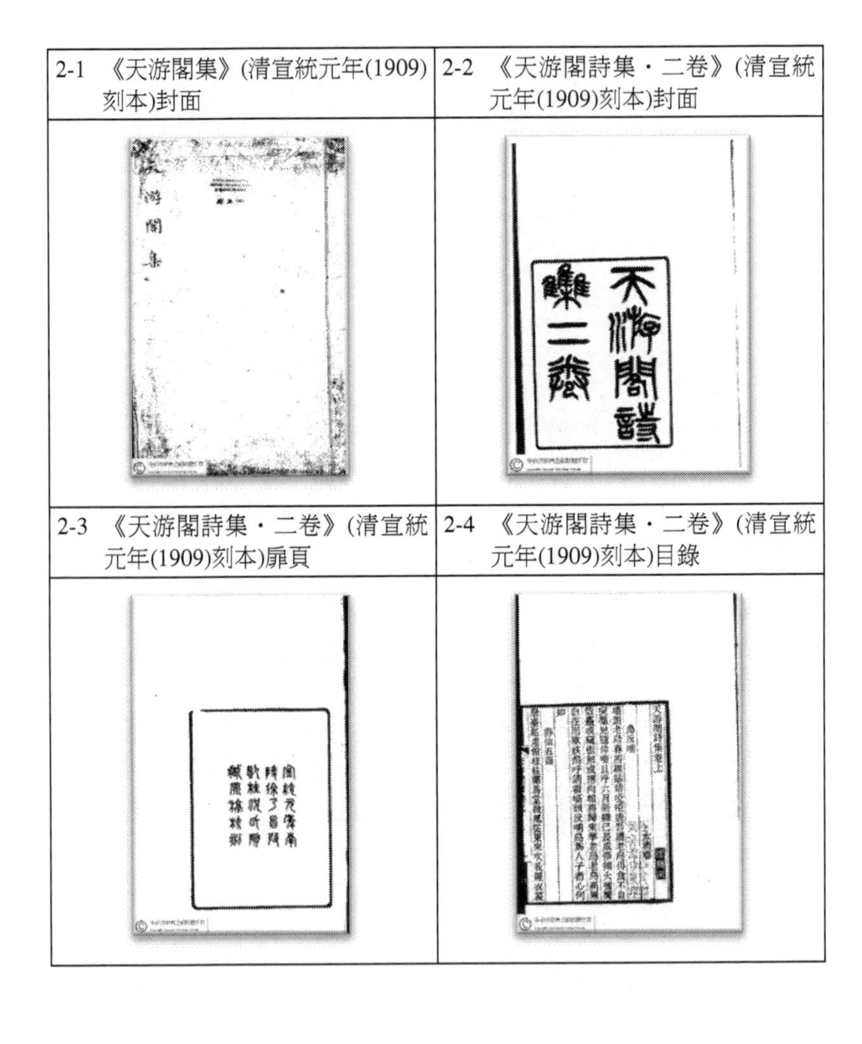

2-1 《天游閣集》(清宣統元年(1909)刻本)封面

2-2 《天游閣詩集・二卷》(清宣統元年(1909)刻本)封面

2-3 《天游閣詩集・二卷》(清宣統元年(1909)刻本)扉頁

2-4 《天游閣詩集・二卷》(清宣統元年(1909)刻本)目錄

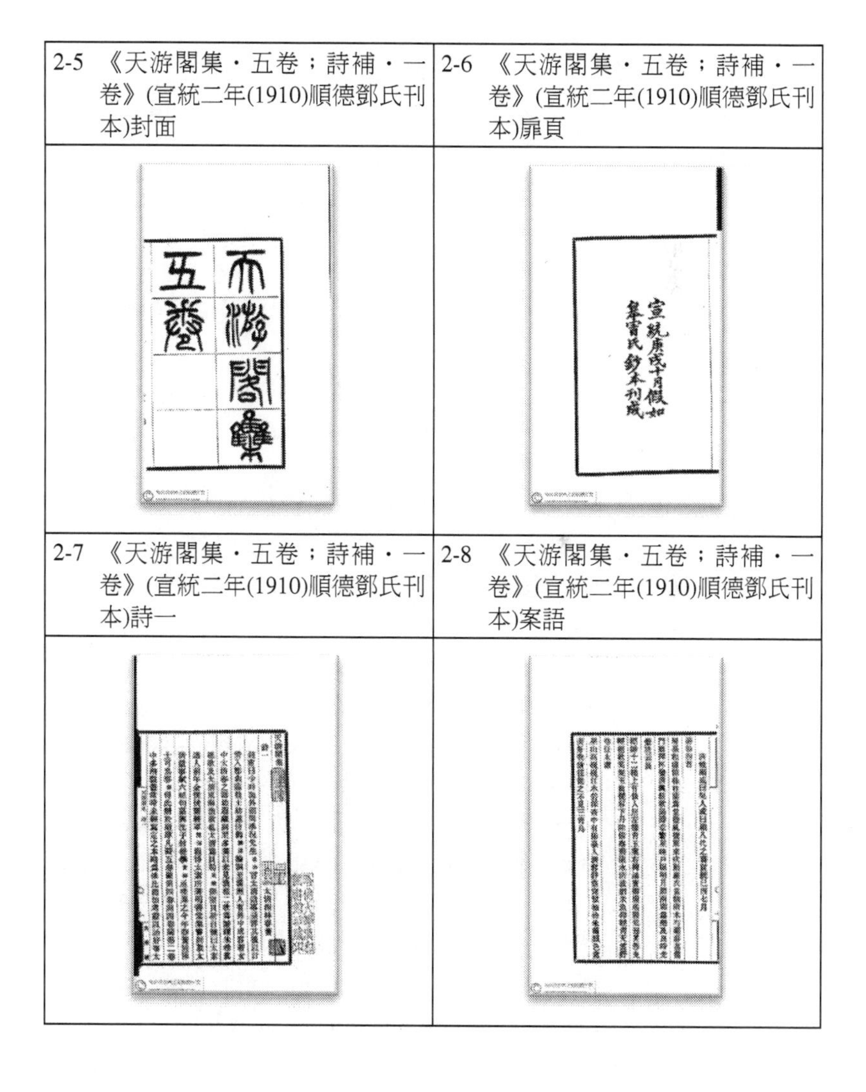

2-5　《天游閣集・五卷；詩補・一卷》(宣統二年(1910)順德鄧氏刊本)封面

2-6　《天游閣集・五卷；詩補・一卷》(宣統二年(1910)順德鄧氏刊本)扉頁

2-7　《天游閣集・五卷；詩補・一卷》(宣統二年(1910)順德鄧氏刊本)詩一

2-8　《天游閣集・五卷；詩補・一卷》(宣統二年(1910)順德鄧氏刊本)案語

第五章 跨越閨門／走出國門——康同璧的世界行旅之考述及其女性主體之呈現

翻拍者/提供者	羅秀美
翻　拍　日　期	2018 年 7 月 20 日、2020 年 8 月 31 日
翻　拍　來　源	1. 馮紫珊(梁啟超)：《新大陸遊記》，《新民叢報臨時增刊》，光緒二十九癸卯(1903)年 12 月(1904 年 1 月)。 2. 《婦女時報》第 11 期(1913 年 10 月 20 日)。 3. 高劍華編：《治家全書》(上海：交通圖書館，1919 年 6 月)。 4. 《申報畫刊》第 63 期(1931 年 8 月 9 日)。 5. 「康同璧檔案」，哥倫比亞大學巴納德學院圖書館「巴納德檔案與特藏部」(2018 年 7 月 20 日取得)。 6. "Kang Tung Pih, Class of 1909",「Barnard Archives and Special Collections」，August 13, 2008 (https://barnardarchives.wordpress.com/2008/08/13/kang-tung-pih-class-of-1909/)。 7. [康同璧康州南溫莎舊藏文獻]，"The View from South Windsor: Kang Tongbi's Newly Discovered Cache of Documents, 1904-1905"，「BAOHUANGHUI SCHOLARSHIP」，FRIDAY, JUNE 27, 2014 。(https://baohuanghui.blogspot.com/2014/04/the-view-from-south-windsor-kang.html)。 8. [康同璧康州南溫莎舊藏文獻]，南海博物館(廣東省) (http://www.nhmuseum.org/m/actshow.php?id=1202)。 9. 陳雁：〈從最新公布康同璧舊藏文獻看「戊戌變法」失敗後的康家女人〉(《團結報》第七版，

	2015 年 1 月 22 日)。 10.張啟禎、[加]張啟礽編：《康有為在海外・美洲輯：補南海康先生年譜 1898-1913》(北京：商務印書館，2018 年 3 月)。 11.紐約桃花、周曉輝：〈往事回眸——康同璧在紐約宰也街〉(《傳記文學》第 114 卷第 3 期(第 682 期)，2019 年 3 月)，頁 46。

一、康同璧肖像

1-1 康同璧肖像(攝於加拿大維多利亞，1903 年) * 來源：[康同璧康州南溫莎舊藏文獻]	1-2 康同璧女士(攝於加拿大溫哥華，1903 年) * 來源：[康同璧康州南溫莎舊藏文獻]

1-3 康同璧女士(中) (拍攝時間應為1903年12月之前) * 來源：〈留學美國高等學校及中學校之中國學生〉，《新大陸遊記》，馮紫珊(梁啟超)編輯：《新民叢報臨時增刊》，光緒二十九癸卯(1903)年12月(1904年1月)，頁53。	1-4 康同璧(左一)(1904年攝於蘇格蘭，參訪阿伯丁女子小學；後立西裝者為後來夫婿羅昌，中坐者為父康有為) * 來源：張啟禎、[加]張啟礽編：《康有為在海外・美洲輯：補南海康先生年譜1898-1913》(2018，p.51)[1]

1-5 康同璧肖像(1905年3月16日攝於康州哈特福德) * 來源：[康同璧康州南溫莎舊藏文獻]	1-6 康同璧肖像(約攝於1905年) * 來源：[康同璧康州南溫莎舊藏文獻]

1 一說：1907年就學於巴納德女子學院時攝於美國。(《康有為傳記和論叢》，1967)

<table>
<tr><td>1-7 康同璧肖像(可能拍攝時間：1903 至 1907 年)
* 來源：[康同璧康州南溫莎舊藏文獻]</td><td>1-8 康同璧肖像(1907 年 2 月 13 日[特別生]選修課表所附照片)[2]
* 來源：The top 10 myths about woman & the heroes who bust them (CARE USA, 2011.4)，羅秀美自哥倫比亞大學巴納德學院圖書館「巴納德檔案與特藏部」取得之「康同璧檔案」，2018 年 7 月 20 日。[3]</td></tr>
<tr><td></td><td></td></tr>
<tr><td>1-9 康同璧簽名照(1907 年 2 月 13 日[特別生]選修課表所附照片)
* 來源："Kang Tung Pih, Class of 1909",「Barnard Archives and Special Collections」, August 13, 2008.</td><td>1-10 康同璧肖像(攝於 1908 年 11 月 18 日之前)
* 來源："Princess Kang Tung Pih" (New York Evening Mail, 1908 年 11 月 18 日)，羅秀美自哥倫比亞大學巴納德學院圖書館取得之「康同璧檔案」，2018 年 7 月 20 日。</td></tr>
</table>

2 1909 年學士照紀念冊也附上這張照片。

3 感謝美國哥倫比亞大學東亞圖書館研究員王成志博士、蔡素娥主任指引；感謝哥倫比亞大學巴納德學院圖書館「巴納德檔案與特藏部」副主任 Martha Tenney 女士慷慨提供「康同璧檔案」。

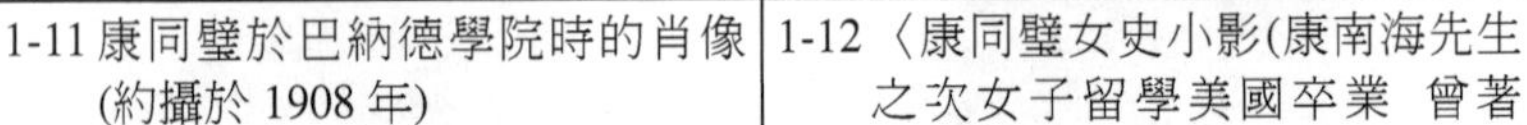 1-11 康同璧於巴納德學院時的肖像(約攝於 1908 年) * 來源：“Miss Kang Tung Pih”. Titled “Chinese Girl, A Student at Barnard College” [4]	1-12〈康同璧女史小影(康南海先生之次女子留學美國卒業 曾著《婆羅門外道考》等書)〉 * 來源：《婦女時報》第 11 期(1913 年 10 月 20 日)

[4] 紐約桃花、周曉輝：〈往事回眸——康同璧在紐約宰也街〉（《傳記文學》第 114 卷第 3 期（第 682 期），2019 年 3 月），頁 46。

1-13 康同璧女士肖像(早於 1919 年) ＊ 來源：高劍華編：《治家全書》(上海：交通圖書館，1919 年 6 月)	1-14 康同璧女士肖像(約 1931 年)[5] ＊ 來源：《申報畫刊》第 63 期(1931 年 8 月 9 日)

二、現存著作

翻 拍 者	羅秀美
翻拍日期	2018 年 7 月 20 日、2020 年 8 月 31 日
翻拍來源	1. 啟功、袁行霈編：《綴英集——中央文史研究館館員詩選》(北京：線裝書局，2008 年)之康同璧詩詞選 30 首。[6]

---

5 據《申報畫刊》介紹，此時，康同璧已是「前中國駐加拿大總領事羅昌氏夫人，熱心婦女運動，曾代表中國參與倫敦及歐陸之萬國婦女大會，近在北平成立之中國婦女聯合會支部，女士奔走最力。」引自劉慧英：《遭遇解放：1890-1930 年代的中國女性》（北京：中央編譯出版社，2005 年 1 月），頁 150。

6 康同璧《華蔓集》未刊，部分作品收錄如下：康同璧〈游印度寄飲冰子〉（《女子世界》第四期，1904 年 4 月）；Kang Tong Pi (康同璧)："Lost in an indian forest"（*The Barnard Bear* Vol.11，1907 年 5 月；美國哥倫比亞大學巴納德女子學院〔康同璧檔案〕）；康同璧：游印度詩

	2. 「康同璧檔案」，哥倫比亞大學巴納德學院圖書館「巴納德檔案與特藏部」(2018 年 7 月 20 日取得)。

<table>
<tr><td>2-1 康同璧詩詞三十首(目錄之 1)
* 來源：啟功、袁行霈編：《綴英集—中央文史研究館館員詩選》</td><td>2-2 康同璧詩詞三十首(目錄之 2)
* 來源：啟功、袁行霈編：《綴英集—中央文史研究館館員詩選》</td></tr>
<tr><td>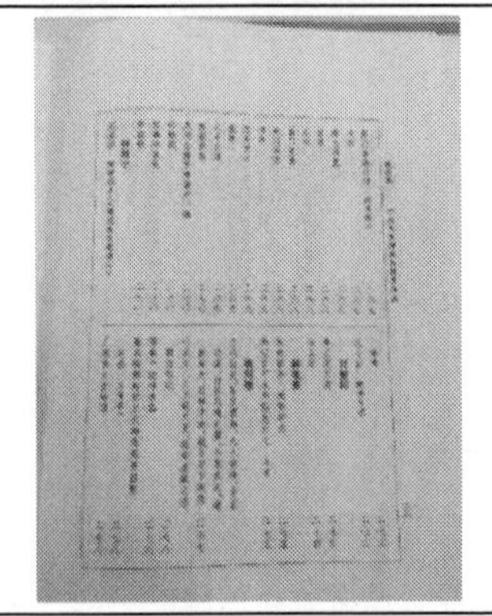</td><td>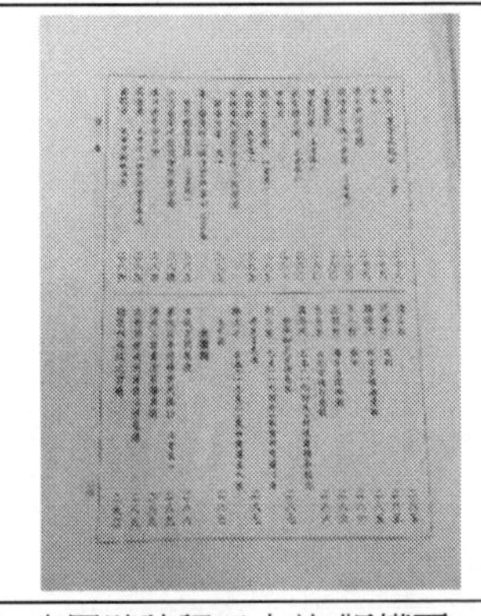</td></tr>
<tr><td>2-3 康同璧詩詞三十首(卷首)
* 來源：啟功、袁行霈編：《綴英集—中央文史研究館館員詩選》</td><td>2-4 康同璧詩詞三十首(版權頁)
* 來源：啟功、袁行霈編：《綴英集—中央文史研究館館員詩選》</td></tr>
<tr><td>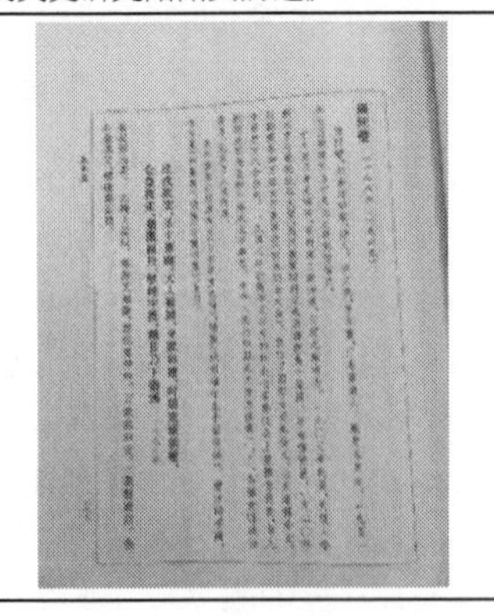</td><td>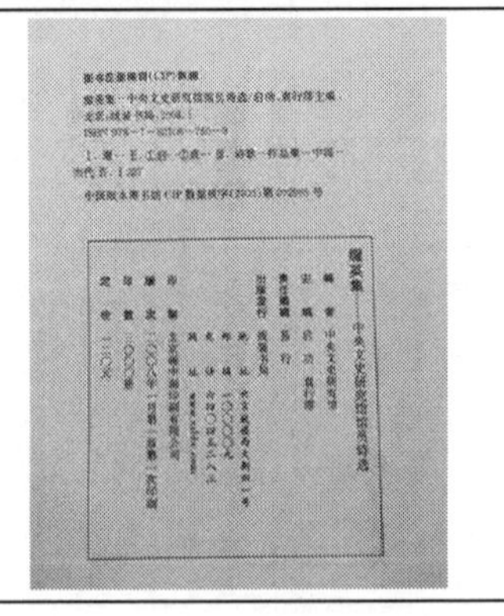</td></tr>
</table>

（無題名），梁啟超：《飲冰室詩話》（《新民叢報》，1903 年；中華書局，1924 年）。

<table>
<tr><td>2-5 Kang Tong Pi (康同璧): “Lost in an indian forest”, The Barnard Bear Vol.11, 1907.5
* 來源：「巴納德檔案與特藏部」之「康同璧檔案」，2018 年 7 月 20 日。</td><td>2-6 Kang Tong Pi (康同璧): “Lost in an indian forest”, The Barnard Bear Vol.11, 1907.5[版權頁]
* 來源：「巴納德檔案與特藏部」之「康同璧檔案」，2018 年 7 月 20 日。</td></tr>
<tr><td>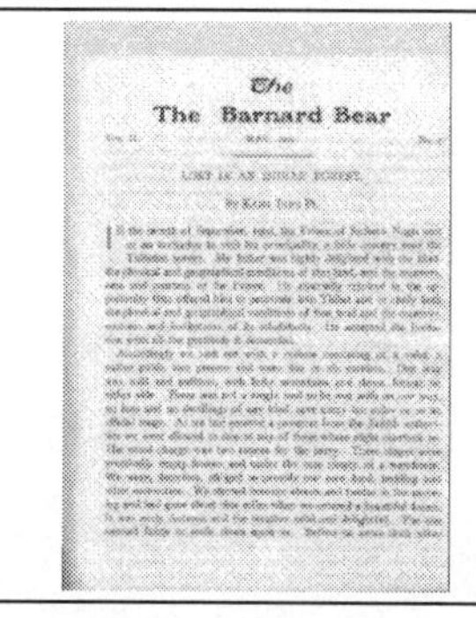
The
The Barnard Bear</td><td>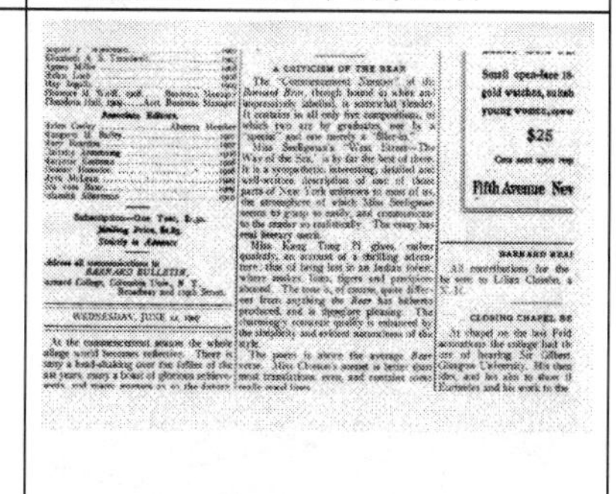
A CRITICISM OF THE BEAR
Small open-face 18 gold watches, suitab young women, open
$25
Fifth Avenue New
BARNARD BEAR
CLOSING CHAPEL SE</td></tr>
</table>

三、康同璧下南洋侍父：檳榔嶼（馬來西亞檳城）

(一)檳城海景

拍 攝 者	羅秀美
拍攝日期	2018 年 3 月 11 日
拍攝地點	馬來西亞檳城(Penang；Pulau Pinang)大山腳(Bukit Mertajam)往喬治市的檳威大橋上

3-1-1 由馬來半島大山腳過檳威大橋所見海景。	3-1-2 檳威大橋，正前方為檳城州首府喬治市。

(二)檳城極樂寺之康有為題字：「勿忘故國」

拍 攝 者	羅秀美
拍攝日期	2018 年 3 月 12 日
拍攝地點	馬來西亞檳城(Penang；Pulau Pinang)喬治市

3-2-1 極樂寺	3-2-2 極樂寺

3-2-3 極樂寺之康有為題字：「勿忘故國」(照片中間暗色大石頭)	3-2-4 極樂寺之康有為題字：「勿忘故國」

<table>
<tr><td>3-2-5 極樂寺之康有為題字：「勿忘故國」</td><td>3-2-6 極樂寺之康有為題字：「勿忘故國」</td></tr>
<tr><td></td><td></td></tr>
</table>

四、康同璧隨父旅居印度

(一)丫忌喇（Agra；今譯阿格拉）沙之汗后陵（今譯：泰姬瑪哈陵）

拍 攝 者	羅秀美
拍攝日期	2007 年 7 月 5 日
拍攝地點	印度阿格拉市

<table>
<tr><td>4-1-1 泰姬瑪哈陵入口</td><td>4-1-2 泰姬瑪哈陵入口</td></tr>
<tr><td>
</td><td></td></tr>
</table>

4-1-3 泰姬瑪哈陵	4-1-4 泰姬瑪哈陵

4-1-5 泰姬瑪哈陵 精緻的雕刻	4-1-6 泰姬瑪哈陵 大理石牆面與精緻的雕刻

4-1-7 泰姬瑪哈陵 側面	4-1-8 泰姬瑪哈陵 側面

4-1-9 泰姬瑪哈陵 遠景	4-1-10 泰姬瑪哈陵 正面水池

(二)丫忌喇（Agra；今譯阿格拉）紅堡（阿格拉堡）

拍 攝 者	羅秀美
拍攝日期	2007 年 7 月 5 日
拍攝地點	印度阿格拉市

4-2-1 阿格拉 紅堡 入口	4-2-2 阿格拉 紅堡

4-2-3 阿格拉紅堡 UNESCO 世界遺產標誌	4-2-4 阿格拉 紅堡
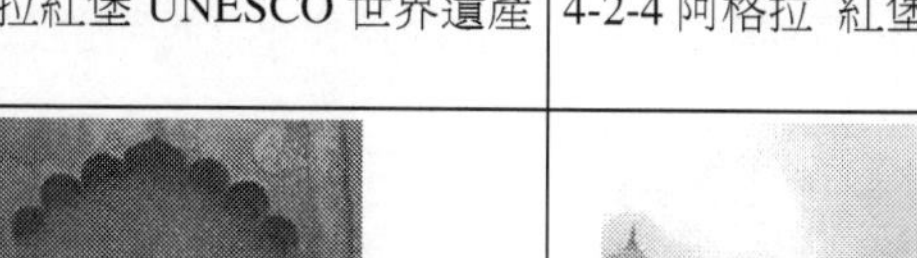 	

<table>
<tr><td>4-2-5 阿格拉紅堡</td><td>4-2-6 阿格拉 紅堡</td></tr>
<tr><td></td><td></td></tr>
<tr><td>4-2-7 阿格拉 紅堡</td><td>4-2-8 由阿格拉紅堡遙望泰姬瑪哈陵</td></tr>
<tr><td></td><td></td></tr>
<tr><td>4-2-9 在阿格拉紅堡，與一個印度家庭合影(白色大理石建築為沙賈汗時期所建設)</td><td>4-2-10 阿格拉紅堡(白色大理石建築為沙賈汗時期所建設)</td></tr>
<tr><td></td><td></td></tr>
</table>

<table>
<tr><td>4-2-11 阿格拉紅堡(白色大理石建築為沙賈汗時期所建設)</td><td>4-2-12 阿格拉紅堡之花園(白色大理石建築為沙賈汗時期所建設)</td></tr>
<tr><td></td><td></td></tr>
</table>

五、康同璧赴美留學、興女權、兼主保皇會

(一)紐約曼哈頓唐人街

拍 攝 者	羅秀美
拍攝日期	2018 年 7 月 17 日
拍攝地點	美國紐約市曼哈頓唐人街

<table>
<tr><td>5-1-1 唐人街街景</td><td>5-1-2 唐人街街景</td></tr>
<tr><td></td><td></td></tr>
</table>

(二)康同璧赴康州定居的接待人容閎之雕像、手稿與母校耶魯大學

拍 攝 者	羅秀美
拍攝日期	2018 年 7 月 25 日
拍攝地點	美國康州紐黑文市(New Haven)

5-2-1 耶魯大學史特林總圖書館正門 (Sterling Memorial Library)	5-2-2 耶魯大學史特林總圖書館 (Sterling Memorial Library)正門上方的各國語文(左至右：阿拉伯文、古希臘文、中文、馬雅文字)

5-2-3 耶魯大學史特林紀念圖書館 (Sterling Memorial Library)容閎 (Yung Wing)雕像	5-2-4 魯大學史特林紀念圖書館 (Sterling Memorial Library)與容閎(Yung Wing)雕像合影

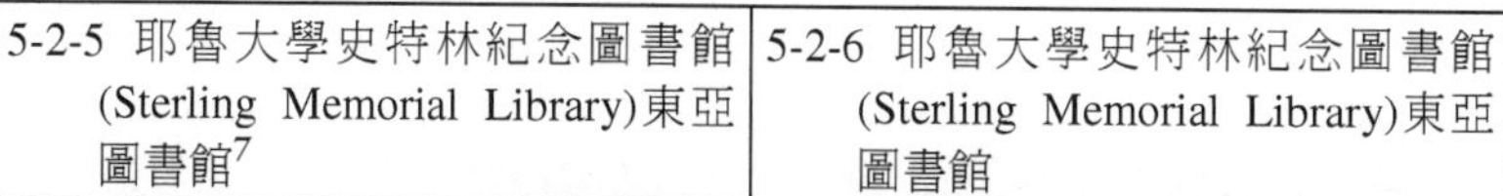

5-2-5 耶魯大學史特林紀念圖書館(Sterling Memorial Library)東亞圖書館[7]	5-2-6 耶魯大學史特林紀念圖書館(Sterling Memorial Library)東亞圖書館

5-2-7 耶魯大學史特林紀念圖書館(Sterling Memorial Library)東亞圖書館特藏的容閎(Yung Wing)手稿(1854)	5-2-8 耶魯大學史特林總圖書館(Sterling Memorial Library)東亞圖書館特藏的容閎(Yung Wing)手稿(1854)

7 1878 年，容閎從他的藏書中捐贈了 1200 多冊書籍，這些書籍成為耶魯享譽世界的東亞圖書館的核心。

5-2-9 耶魯大學史特林紀念圖書館(Sterling Memorial Library)東亞圖書館特藏的容閎(Yung Wing)手稿(1854)	5-2-10 耶魯大學史特林紀念圖書館(Sterling Memorial Library)東亞圖書館館藏的《容閎傳》
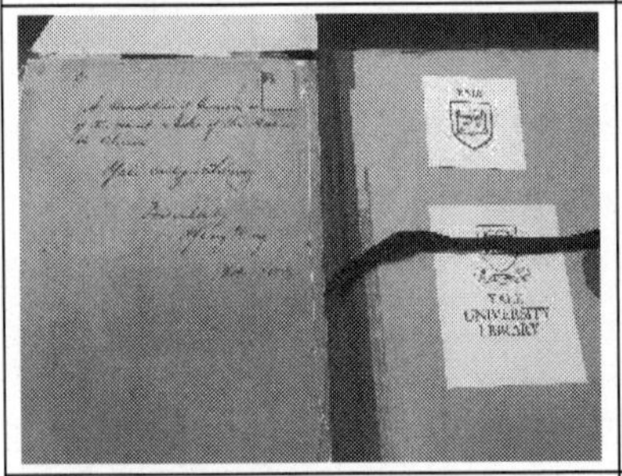	
5-2-11 耶魯大學行政大樓(校長室在內)	5-2-12 耶魯大學法學院

(三)康同璧曾短暫就學於哈佛大學雷德克里夫學院（Radcliffe College）

拍攝者/提供者	羅秀美
拍　攝　日　期	2018 年 7 月 26 日
拍　攝　地　點	美國麻州劍橋市

5-3-1 哈佛大學 Radcliffe College 牌匾	5-3-2 哈佛大學 Radcliffe College

5-3-3 哈佛大學 Radcliffe College 校園建築前留影	5-3-4 哈佛大學 Radcliffe College 校園建築

(四)康同璧曾短暫就學於三一學院（Trinity College）

拍攝者/提供者	羅秀美
拍　攝　日　期	2018 年 7 月 29 日
拍　攝　地　點	美國康州哈特福市(Hartford)

5-4-1 三一學院(Trinity College)大門	5-4-2 三一學院(Trinity College)大門

5-4-3 三一學院(Trinity College)校園建築	5-4-4 三一學院(Trinity College)校園一隅

(五)康同璧就學於紐約哥倫比亞大學巴納德學院

1.巴納德學院的「康同璧檔案」

翻攝者	羅秀美
翻攝/取得日期	2018 年 7 月 20 日
翻攝/取得地點/單位	「康同璧檔案」，哥倫比亞大學巴納德學院(Barnard College)圖書館檔案與特藏部(檔案與特藏部副主任 Martha Tenney 女士提供)

5-5-1 康同璧於 1905 年 5 月定居康州南溫莎時期，申請巴納德學院(Barnard College)的入學考試委員會文件 1	5-5-2 康同璧於 1905 年 5 月定居康州南溫莎時期，申請巴納德學院(Barnard College) 的入學考試委員會文件 2
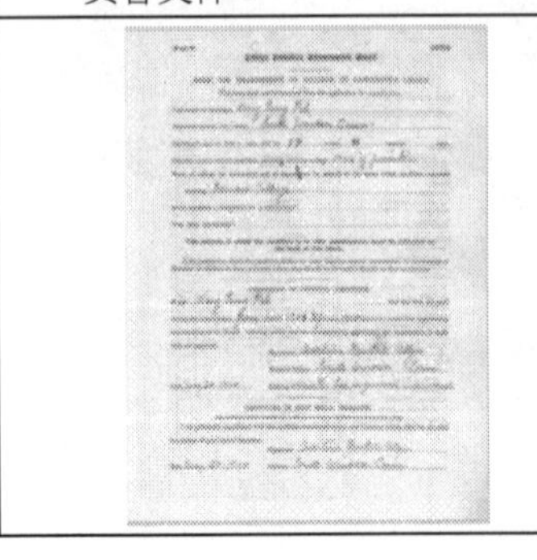	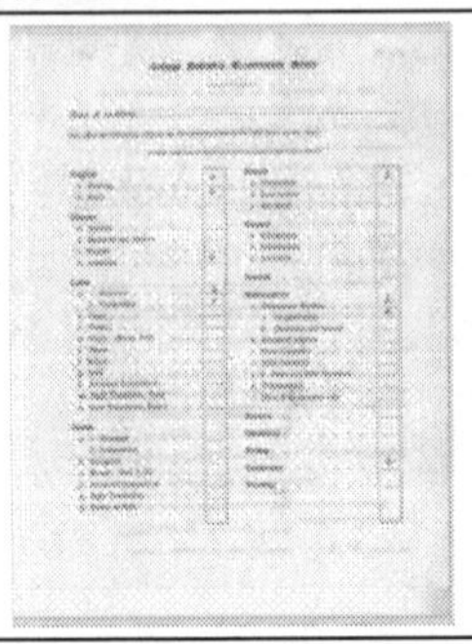

5-5-3 康州三一學院寫信給康同璧申請入學的巴納德學院(Barnard College)校長、院長及註冊組人員(似為推薦信)-1(1905 年 6 月 14 日)	5-5-4 康州三一學院寫信給康同璧申請入學的巴納德學院(Barnard College)校長、院長及註冊組人員(似為推薦信)-2(1905 年 6 月 14 日)
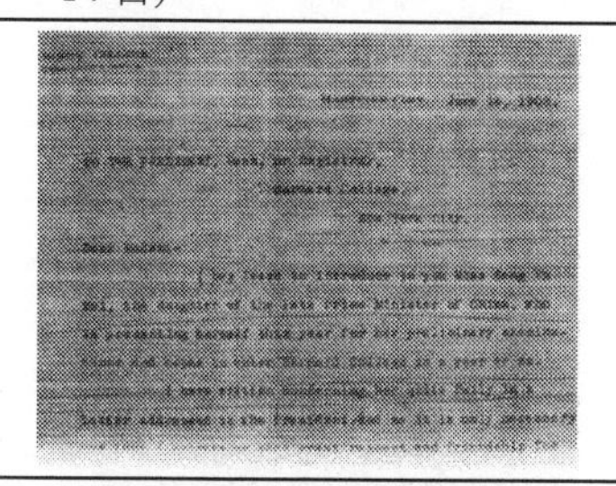	
5-5-5 巴納德學院(Barnard College)寫信給申請入學的康同璧(似為入學通知信)-1(1907 年 1 月 14 日)	5-5-6 巴納德學院(Barnard College)寫信給申請入學的康同璧(似為入學通知信)-2(1907 年 1 月 14 日)
	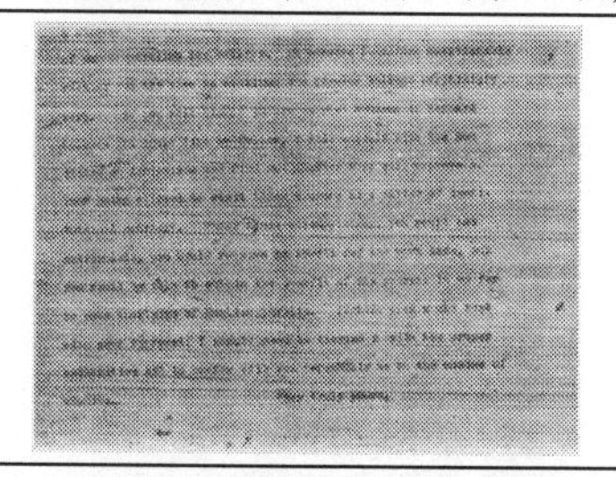
5-5-7 康州哈特福德公立中學寫信給康同璧申請入學的巴納德學院(Barnard College)教務長 Gill 女士(似為推薦信或在學證明)-1(1907 年 2 月 7 日)	5-5-8 康州哈特福德公立中學寫信給康同璧申請入學的巴納德學院(Barnard College)教務長 Gill 女士(似為推薦信或在學證明)-2(1907 年 2 月 7 日)
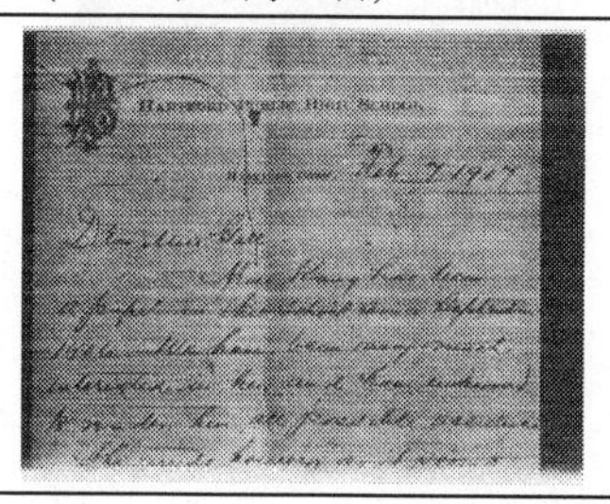	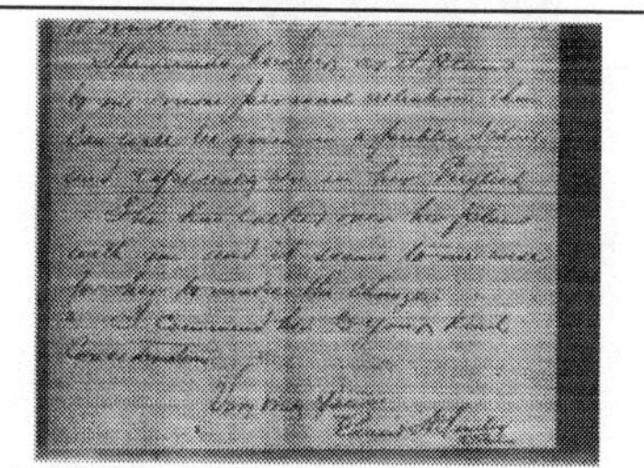

5-5-9 康同璧於巴納德學院(Barnard College)[特別生]的選課文件 1 (1907 年 2 月 13 日)	5-5-10 康有為寫信給巴納德學院(Barnard College)教務長 Gill 女士-1(1907 年 5 月 21 日於美國芝加哥)
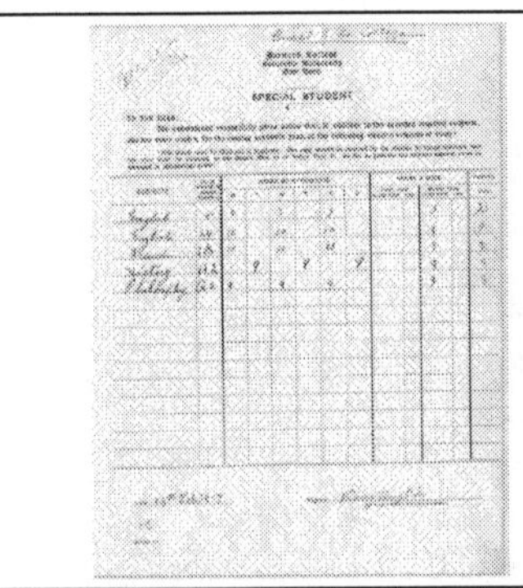 SPECIAL STUDENT	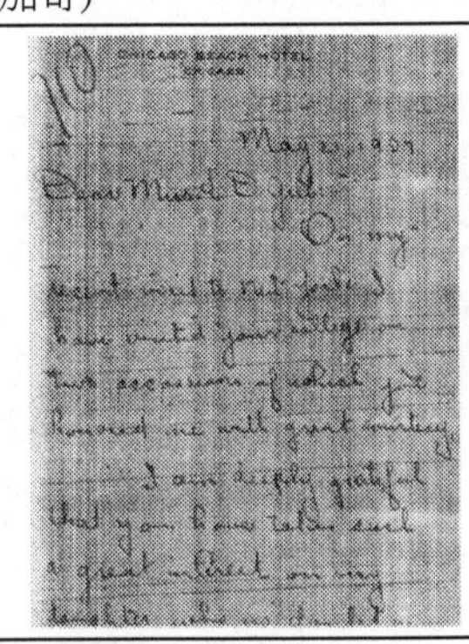 CHICAGO BEACH HOTEL CHICAGO
5-5-11 康有為寫信給巴納德學院(Barnard College) 教務長 Gill 女士-2(1907 年 5 月 21 日於美國芝加哥)	5-5-12 康有為寫信給巴納德學院(Barnard College)教務長 Gill 女士-3(1907 年 5 月 21 日於美國芝加哥)
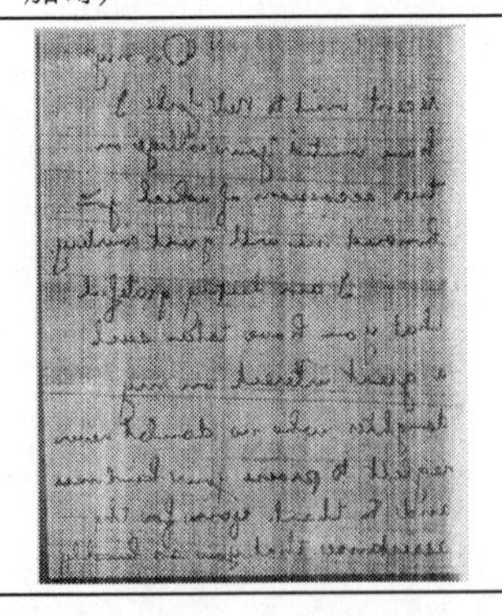	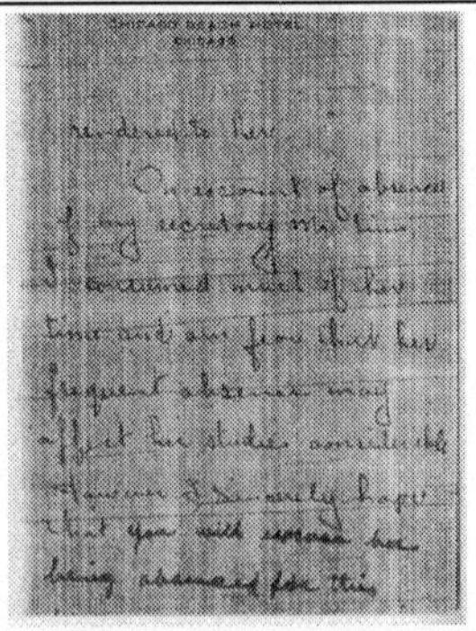 CHICAGO BEACH HOTEL CHICAGO

5-5-13 康有為寫信給巴納德學院(Barnard College) 教務長 Gill 女士-4(1907 年 5 月 21 日於美國芝加哥)	5-5-14 康同璧於巴納德學院(Barnard College) [特別生]的選課文件 2(1907 年 10 月 14 日)
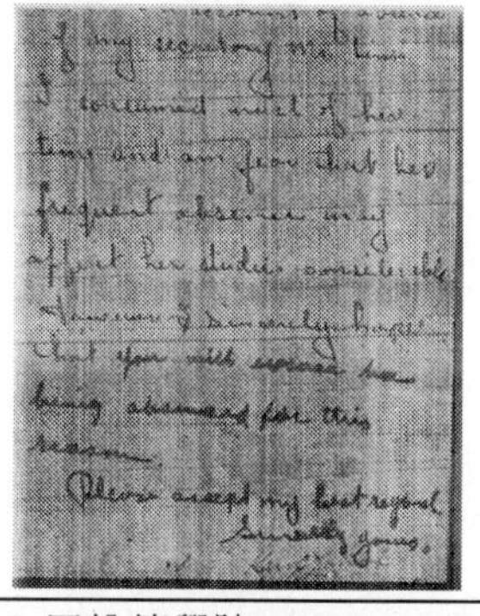 of my secretary, Mr. ... I consumed much of her time and am fear that her frequent absence may affect her studies considerably. However I sincerely hope that you will excuse her being absent for this reason. Please accept my best regards. Sincerely yours,	
5-5-15 巴納德學院(Barnard College) 說明康同璧修業期間的信(?) (1909 年 11 月 8 日)	5-5-16 美國公會組織的證明(?) (1909 年 11 月 11 日)
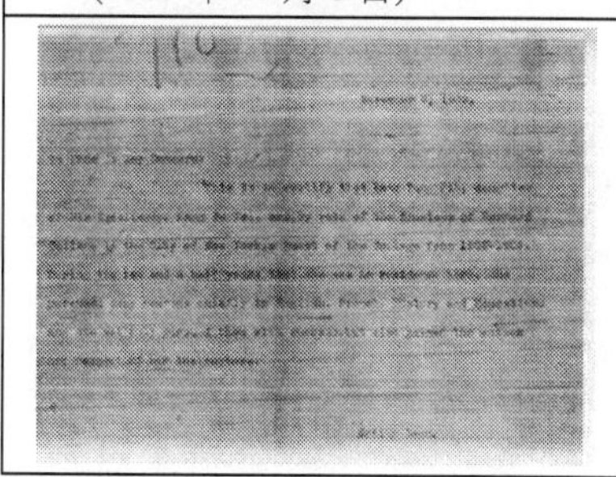	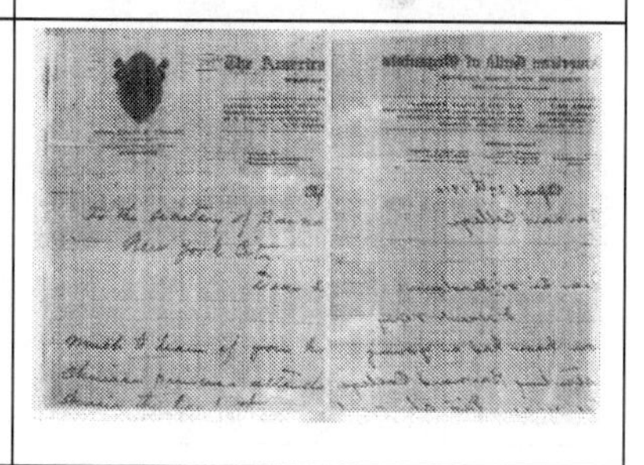

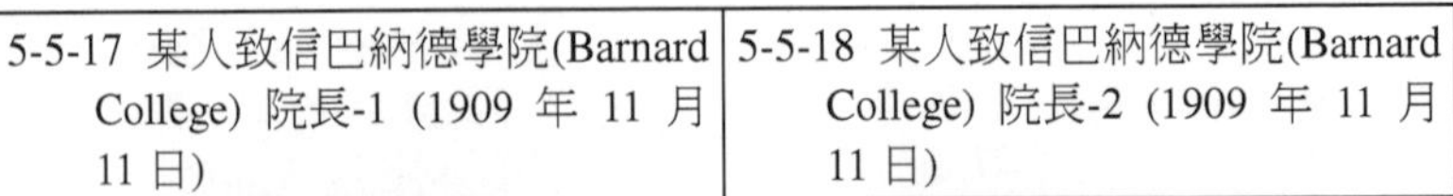

5-5-17 某人致信巴納德學院(Barnard College) 院長-1 (1909 年 11 月 11 日)	5-5-18 某人致信巴納德學院(Barnard College) 院長-2 (1909 年 11 月 11 日)
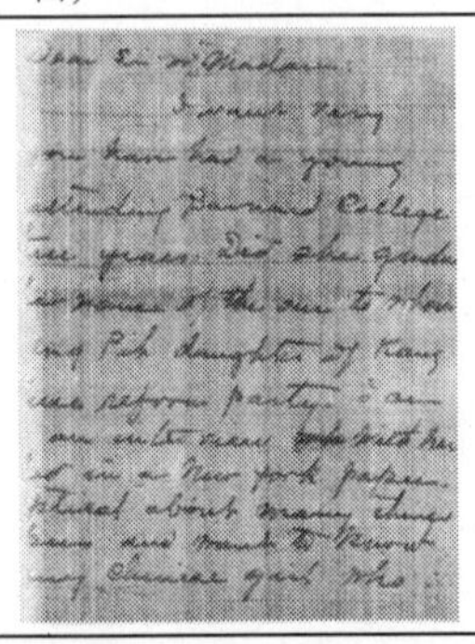	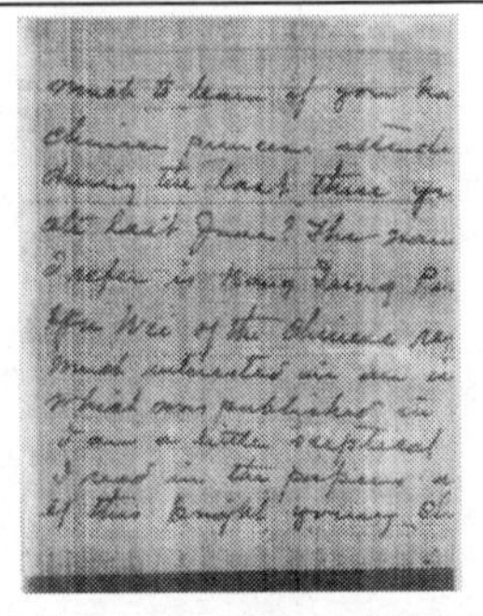

Dear Sir or Madam:
I would very
[illegible] you have had a young
attending Barnard College
[illegible] years. Did she gradu[illegible]
[illegible] name of the one to whom
[illegible] Pih daughter of Kang
[illegible] reform party. I am
an interview with her
in a New York paper
[illegible] about many things
[illegible] and much to know
[illegible] Chinese girl who

much to learn of your [illegible]
Chinese princess attende[illegible]
during the last three ye[illegible]
at last June? The nam[illegible]
I refer is Kang Tung Pi[illegible]
Yu Wei of the Chinese re[illegible]
Much interested in an [illegible]
which was published in
I am a little sceptical
I read in the papers a[illegible]
of this bright young Ch[illegible]

2.哥倫比亞大學巴納德學院

5-5-19 哥倫比亞大學校門	5-5-20 哥倫比亞大學行政大樓

5-5-21 哥倫比亞大學總圖書館	5-5-22 哥倫比亞大學東亞圖書館

5-5-23 哥倫比亞大學東亞圖書館	5-5-24 哥倫比亞大學東亞圖書館

5-5-25 哥倫比亞大學東亞圖書館研究員王成志博士(中)、技術服務部蔡素娥主任(右)	5-5-26 哥倫比亞大學巴納德學院門口
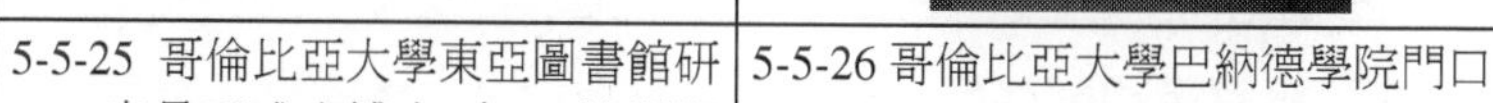	

5-5-27 哥倫比亞大學巴納德學院	5-5-28 巴納德學院圖書館(搬遷中)

5-5-29 巴納德學院圖書館「巴納德檔案與特藏部」副主任 Martha Tenney 女士提供) (右)	

六、康同璧遊英國蘇格蘭（風笛）

拍 攝 者	羅秀美
拍攝日期	2012 年 7 月 17 日
拍攝地點	英國蘇格蘭愛丁堡市

6-1 蘇格蘭風笛	6-2 蘇格蘭風笛

七、康同璧遊德國萊茵河沿岸城堡

拍 攝 者	羅秀美
拍攝日期	2011 年 7 月 23 日
拍攝地點	德國萊茵河

7-1 普法爾茨堡(pfalz)	7-2 萊茵河中游沿岸城堡

7-3 萊茵河中游沿岸城堡	7-4 萊茵河中游沿岸城堡

7-5 萊茵河中游沿岸城堡	7-6 萊茵河中游(Upper Middle Rhine Valley)，2002 年由聯合國教科文組織(UNESCO)列為世界文化遺產 

7-7 萊茵河中游沿岸城堡	7-8 萊茵河中游沿岸城堡
7-9 萊茵岩城堡(Burg Rheinfels)	7-10 萊茵河中游沿岸城堡
7-11 萊茵河中游沿岸城堡	7-12 萊茵河中游沿岸城堡

7-13 萊茵河中游沿岸城堡	7-14 羅蕾萊（Loreley）

八、埃及石像（人面獅身、法老王）

拍 攝 者	羅秀美
拍攝日期	2000 年 7 月 6 日、2017 年 7 月 31 日、2012 年 7 月 21 日
拍攝地點	法國羅浮宮(2000 年 7 月 6 日、2017 年 7 月 31 日) 英國大英博物館(2012 年 7 月 21 日)

8-1 埃及人面獅身像 (法國羅浮宮，2000 年 7 月 6 日)	8-2 埃及人面獅身像 (法國羅浮宮，2017 年 7 月 31 日)
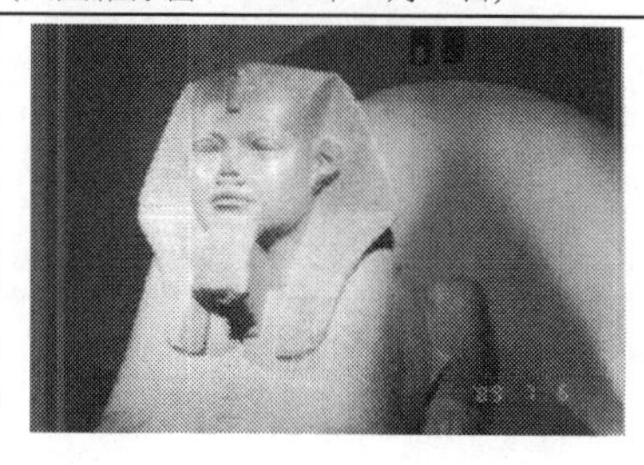	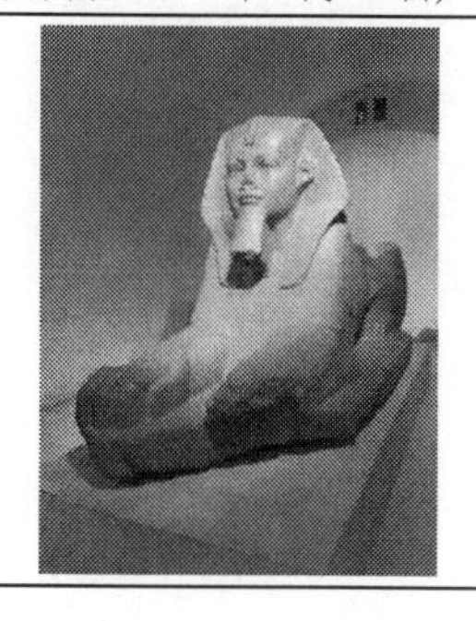

<table>
<tr><td>8-3 法老王石像
(英國大英博物館，2012 年 7 月 21 日)</td><td>8-4 阿蒙霍特普三世胸像
(英國大英博物館，2012 年 7 月 21 日)</td></tr>
<tr><td></td><td></td></tr>
<tr><td>8-5 法老王石像
(英國大英博物館，2012 年 7 月 21 日)</td><td>8-5 石像
(英國大英博物館，2012 年 7 月 21 日)</td></tr>
<tr><td></td><td></td></tr>
</table>

第六章 出洋視學、游學與女性主體的建立——張默君的歐美教育考察與自我成長之旅

一、張默君肖像

翻攝者/提供者	羅秀美
翻攝/取得日期	2020 年 7 月 29 日
翻 攝 來 源	《婦女時報》第五期(1912 年 1 月 23 日) 《神州女報》月刊第一號(1913 年) 《婦女時報》第二十期(1916 年 11 月) 《婦女雜誌》第四卷第十期(1918 年 10 月) 張健《邵元冲張默君夫婦傳》前置頁附圖(臺北：近代中國出版社，1984 年) 《張默君先生全集》(臺北：中國國民黨中央委員會黨史委員會，1983 年 6 月) 張默君《西陲吟痕》附「作者近影」(南京：首都國民印務局，1935 年)

1-1 〈蘇州大漢報主筆張昭漢女士〉(1912) * 《婦女時報》第五期(1912 年 1 月 23 日)	1-2 〈神州女界協濟社職員肖影之一〉右：〈正社長張默君君肖影〉(1913) * 《神州女報》月刊第一號(1913 年)

<table>
<tr><td colspan="2">1-3 〈民國五年十月務本女校十五週年紀念校友會攝影〉(中間白衣以圓框標示者為張昭漢)(1916)
* 《婦女時報》第二十期(1916 年 11 月)</td></tr>
<tr><td colspan="2">
</td></tr>
<tr><td>1-4 〈歡送神州女學校校長張默君先生游美紀念〉(1918)
* 《婦女雜誌》第四卷第十期(1918 年 10 月)</td><td>1-5 張默君與邵元冲(1924，廣州)
* 張健《邵元冲張默君夫婦傳》前置頁附圖(臺北：近代中國出版社，1984 年)</td></tr>
<tr><td></td><td>
</td></tr>
</table>

1-6 張默君先生閤家留影 * 《張默君先生全集》(臺北：中國國民黨中央委員會黨史委員會，1983年6月)	1-7 張默君先生參加首都各界舉行之植樹典禮(左三為張默君先生)(1934 年 3 月 12 日) * 《張默君先生全集》(臺北：中國國民黨中央委員會黨史委員會，1983年6月)
	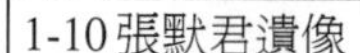
1-8 張默君(約 1935 年) * 張默君《西陲吟痕》附「作者近影」(南京：首都國民印務局，1935 年)	1-10 張默君遺像 * 《張默君先生全集》(臺北：中國國民黨中央委員會黨史委員會，1983年6月)

二、張默君著作

翻攝者/提供者	羅秀美
翻攝/取得日期	2020 年 7 月 29 日
翻　攝　來　源	1. 《神州女報》，沈雲龍主編：「近代中國史料叢刊」(文海出版社，1966 年) 2. 《集粹》雜誌第 3 至 6 期(1952 年 11 月-1953 年 2 月) 3. 《時報》「婦女周刊」(1919.8.21) 4. 《時報》「婦女周刊」(1920.1.15) 5. 《蘇州第一女師校友會雜誌》第二卷第十二期(1923 年 2 月) 6. 《新聞報》「婦女周刊」(1924.4.18) 7. 《默君詩草詩》(1934) 8. 《大凝堂集》(臺北：中華叢書編審委員會，1960 年 6 月) 9. 《張默君先生全集》(臺北：中國國民黨中央委員會黨史委員會，1983 年 6 月)

<table>
<tr>
<td>2-1　《神州女報》
* 沈雲龍主編：「近代中國史料叢刊」(文海出版社，1966 年)</td>
<td>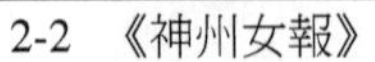
2-2　《神州女報》
* 沈雲龍主編：「近代中國史料叢刊」(文海出版社，1966 年)</td>
</tr>
<tr>
<td>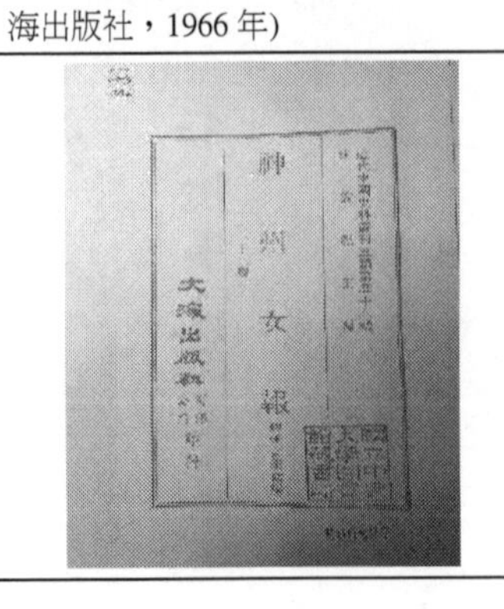
</td>
<td>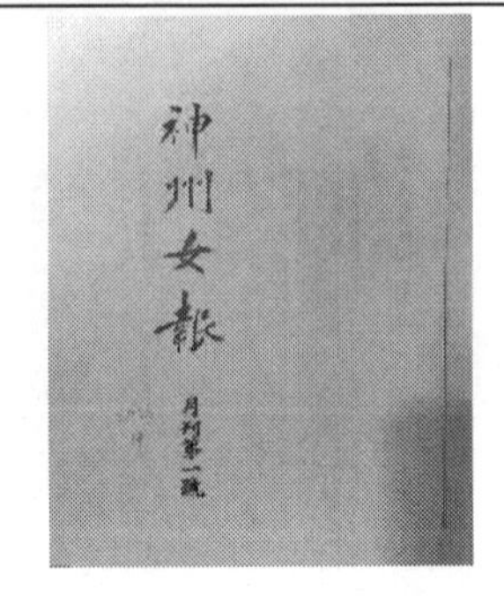
</td>
</tr>
</table>

2-3　〔美〕白乃杰；張默君、陳鴻璧譯：《盜面》(上海：廣智書局，1911 年 7 月) ＊《集粹》雜誌第3至6期(1952年11月-1953年2月)。	2-4　〔英〕查克；張默君、陳鴻璧譯：《裴迺傑奇案之一》(上海：廣智書局，1911 年 8 月)
 盜面	
2-5　〔英〕(原作者待考)；涵秋(張默君)譯：《瞳影案》 ＊《神州女報》旬刊第二至六期，1912 年；月刊第一、二、四期，1913 年。(今收錄於《張默君先生全集》)	2-6　張默君〈巴黎三謁拿破崙墓〉二首、〈世界大戰登巴黎鐵塔有感〉二首[1] ＊《時報》「婦女周刊」(1919年8月21日)
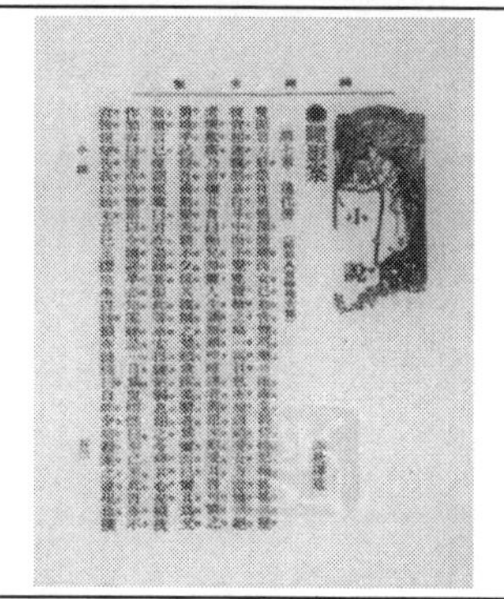	清芬集

[1]　〈巴黎三謁拿破崙墓〉二首、〈世界大戰登巴黎鐵塔有感〉二首，僅〈世界大戰登巴黎鐵塔有感〉之一收錄於張默君詩集《白華草堂詩》，餘三首未收錄。

2-7 張默君〈張默君女士巴黎來書〉[2] * 《時報》「婦女周刊」(1919年8月21日)	2-8 張默君〈歐美女子教育考察錄〉(計連載 14 次) * 《時報》「婦女周刊」(1920年1月15日)
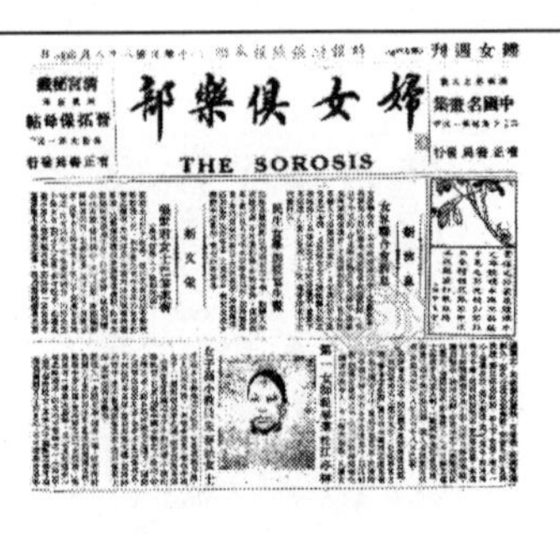 婦女俱樂部 THE SOROSIS	 新婦女
2-9 張默君〈戰後之歐美女子教育〉(P.22-32) * 《蘇州第一女師校友會雜誌》第二卷第十二期(1923 年 2 月)	2-10張默君〈我之家事教育觀〉 * 《申報》「教育與人生周刊」第26期，1924年4月14日，頁0-2。
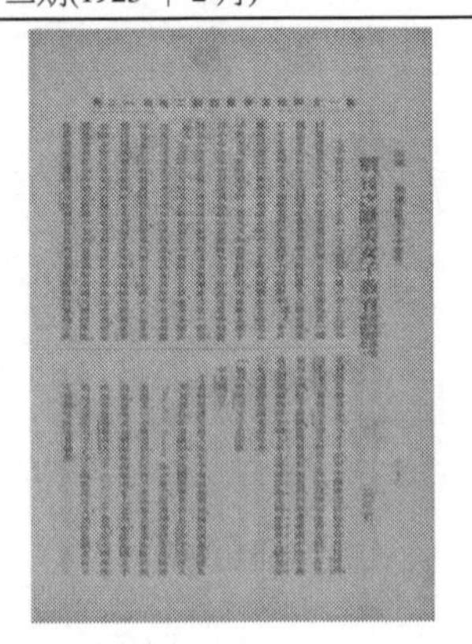	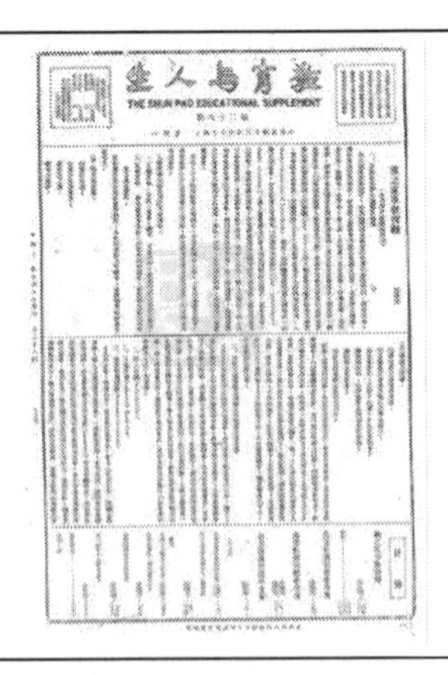 教育與人生 THE SHUN PAO EDUCATIONAL SUPPLEMENT

2 未收錄於張默君全集內。

2-11 張默君《默君詩草》封面(1934)	2-12 張默君《默君詩草・白華草堂詩》封面(1934)

2-13 張默君《默君詩草・白華草堂詩》扉頁 (1934)	2-14 張默君《默君詩草・玉尺樓詩》封面(1934)
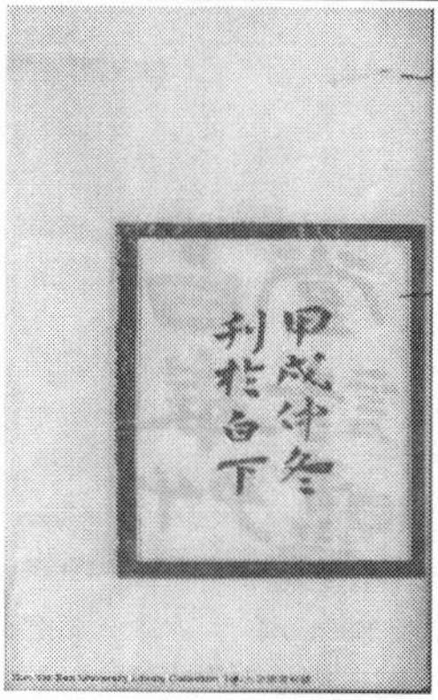	

2-15 張默君《默君詩草·玉尺樓詩》扉頁(1934)	2-16 張默君《大凝堂集》(1960)[3]

2-17 張默君《大凝堂集》版權頁(1960)	2-18《張默君先生全集》

3 收錄《白華草詩》、《玉尺樓詩》、《西陲吟痕》、《黃海頻伽哢》、《正氣呼天集》、《揚靈集》、《瀛嶠元音》、《紅樹白雲山館詞》、《玉渫山房文存》），臺北：中華叢書編審委員會，1960年6月。

三、張默君赴美東參訪女子學院（1918）：越笛克拉菲（Radcliffe College，今譯雷德克里夫學院）

拍攝者/提供者	羅秀美
拍　攝　日　期	2018 年 7 月 26 日
拍　攝　地　點	美國麻州劍橋市

3-1 哈佛大學 Radcliffe College 牌匾	 3-2 哈佛大學 Radcliffe College 校園建築

3-3 哈佛大學 Radcliffe College 校園建築前留影	3-4 哈佛大學 Radcliffe College 校園建築

四、張默君赴美國哥倫比亞大學研習教育（1918-1919）

拍 攝 者	羅秀美
拍攝日期	2018 年 7 月 20 日
拍攝地點	美國紐約市

4-1 哥倫比亞大學(1754 創立-)校門	4-2 哥倫比亞大學 行政大樓 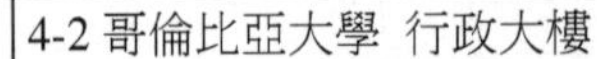

4-3 哥倫比亞大學總圖書館(Butler Library)	4-4 哥倫比亞大學巴納德學院門口

4-5 哥倫比亞大學巴納德學院	4-6 哥倫比亞大學巴納德學院

五、法國

(一)「法梵薩宮」（Château de Versailles，今譯凡爾賽宮）鏡廳（巴黎和會簽約地）

拍 攝 者	羅秀美
拍攝日期	2017 年 8 月 1 日
拍攝地點	法國凡爾賽鎮

5-1「法梵薩宮」(凡爾賽宮)外觀	5-2「法梵薩宮」(凡爾賽宮)鏡廳

5-3「法梵薩宮」(凡爾賽宮)鏡廳

5-4「法梵薩宮」(凡爾賽宮)鏡廳

5-3「法梵薩宮」(凡爾賽宮)鏡廳

5-4「法梵薩宮」(凡爾賽宮)鏡廳

(二)拿破崙墓(L'hôtel des Invalides；傷兵院)

拍 攝 者	羅秀美
拍攝日期	2017 年 7 月 31 日
拍攝地點	法國巴黎市

6-1 「拿破崙墓」(傷兵院)	6-2 「拿破崙墓」(傷兵院)

(三)「巴黎鐵墖（塔）」（La Tour Eiffel；今譯艾菲爾鐵塔）

拍 攝 者	羅秀美
拍攝日期	2017 年 7 月 31 日
拍攝地點	法國巴黎市

7-1 巴黎鐵塔	7-2 巴黎鐵塔

7-3 巴黎鐵塔

7-4 巴黎鐵塔

7-5 巴黎鐵塔

7-6 巴黎鐵塔

7-7 巴黎鐵塔

7-8 巴黎鐵塔建築師艾菲爾(Eiffel)頭像

第七章　文化景觀暨靈學／佛學之旅——呂碧城的英倫行旅及後期人生朝向宗教修行的因緣

一、倫敦維多利亞車站（Victoria Station）：1927 下半年由巴黎至倫敦[1]

拍攝者/提供者	羅秀美
拍　攝　日　期	2017 年 2 月 12 日
拍　攝　地　點	英國倫敦市

1-1　倫敦維多利亞車站(呂碧城抵達倫敦的車站)	1-2　倫敦維多利亞車站(呂碧城抵達倫敦的車站)

二、倫敦[2]泰穆斯河（River Thames，今譯「泰晤士河」）

拍攝者/提供者	羅秀美
拍　攝　日　期	2012 年 7 月 21 日、2017 年 2 月 16 日
拍　攝　地　點	英國倫敦市泰晤士河、倫敦眼(London Eye)

1　〈渡英海峽〉（《歐美漫遊錄》，原名《鴻雪因緣》）。

2　〈倫敦城之概略〉（《歐美漫遊錄》，原名《鴻雪因緣》）。

2-1　泰晤士河(由[倫敦眼]下眺) (攝於 2012 年 7 月 21 日)	2-2　泰晤士河(由[倫敦眼]下眺) (攝於 2012 年 7 月 21 日)

2-3　泰晤士河(倫敦塔橋，上掛 2012 奧運五環標誌) (攝於 2012 年 7 月 21 日)	2-4　泰晤士河(倫敦塔橋，上掛 2012 奧運五環標誌) (攝於 2012 年 7 月 21 日)

2-5　泰晤士河(倫敦塔橋)，由倫敦塔遠眺 (攝於 2017 年 2 月 16 日)	2-6　泰晤士河(倫敦塔橋)，由倫敦塔遠眺 (攝於 2017 年 2 月 16 日)

2-7 泰晤士河(倫敦塔橋)，由倫敦塔側眺望對岸 (攝於 2017 年 2 月 16 日)	2-8 泰晤士河(由倫敦塔橋眺望河面) (攝於 2017 年 2 月 16 日)

三、海德（Hyde Park，今譯「海德公園」）

拍攝者/提供者	羅秀美
拍攝日期	2017 年 2 月 14 日
拍攝地點	英國倫敦市

3-1 海德公園	3-2 海德公園

3-3 海德公園

3-4 海德公園

3-5 海德公園

3-6 海德公園

四、坎興頓園（Kensington Gardens，今譯「肯辛頓花園」）

拍攝者/提供者	羅秀美
拍 攝 日 期	2017 年 2 月 14 日
拍 攝 地 點	英國倫敦市

4-1 肯辛頓花園	4-2 肯辛頓花園
4-3 肯辛頓花園	4-4 肯辛頓花園
4-5 肯辛頓宮前花園	4-6 肯辛頓宮前

4-7 肯辛頓宮

4-8 肯辛頓宮前花園維多利亞女王像

4-9 肯辛頓花園

4-10 肯辛頓花園

4-11 肯辛頓花園

4-12 肯辛頓花園

4-13 肯辛頓花園	4-14 肯辛頓花園

五、國家圖書館（National Gallery，今譯「國家畫廊」或「國家美術館」）

拍攝者/提供者	羅秀美
拍攝日期	2017 年 2 月 15 日、2 月 14 日
拍攝地點	英國倫敦市特拉發廣場(Trafalgar Square，今譯「特拉法加廣場」)

5-1 特拉發廣場(Trafalgar Square，今譯「特拉法加廣場」)	5-2 由特拉發廣場(Trafalgar Square，今譯「特拉法加廣場」)望向國家圖書館(National Gallery，今譯「國家畫廊」或「國家美術館」)

5-3 由特拉發廣場(Trafalgar Square，今譯「特拉法加廣場」)望向國家圖書館(National Gallery，今譯「國家畫廊」或「國家美術館」)	5-4 由特拉發廣場(Trafalgar Square，今譯「特拉法加廣場」)望向國家圖書館(National Gallery，今譯「國家畫廊」或「國家美術館」)

5-5 國家圖書館(National Gallery，今譯「國家畫廊」或「國家美術館」)正門	5-6 國家圖書館(National Gallery，今譯「國家畫廊」或「國家美術館」)門廊

<table>
<tr><td>5-7 國家圖書館(National Gallery，今譯「國家畫廊」或「國家美術館」)夜景</td><td>5-8 國家圖書館(National Gallery，今譯「國家畫廊」或「國家美術館」)夜景</td></tr>
<tr><td></td><td></td></tr>
<tr><td>5-9 國家圖書館(National Gallery，今譯「國家畫廊」或「國家美術館」)夜景</td><td>5-10國家圖書館(National Gallery，今譯「國家畫廊」或「國家美術館」)夜景</td></tr>
<tr><td></td><td></td></tr>
</table>

六、英國博物院（British Museum，今譯「大英博物館」）

拍攝者/提供者	羅秀美
拍 攝 日 期	2012 年 7 月 21 日、2017 年 2 月 18 日
拍 攝 地 點	英國倫敦市

6-1 大若賽街(Great Russel Street， 今譯「大羅素街」)入口 (攝於 2017 年 2 月 18 日)	6-2 大若賽街(Great Russel Street， 今譯今譯「大羅素街」)入口， 面向大英博物館 (攝於 2017 年 2 月 18 日)

6-3 英國博物院(British Museum，今 譯「大英博物館」)門口 (攝於 2012 年 7 月 21 日)	6-4 英國博物院(British Museum，今 譯「大英博物館」)門口 (攝於 2012 年 7 月 21 日)

6-5 英國博物院(British Museum，今譯「大英博物館」) (攝於 2017 年 2 月 18 日)	6-6 英國博物院(British Museum，今譯「大英博物館」) (攝於 2012 年 7 月 21 日)

6-7 英國博物院(British Museum，今譯「大英博物館」)大廳 (攝於 2012 年 7 月 21 日)	6-8 英國博物院(British Museum，今譯「大英博物館」)大廳 (攝於 2012 年 7 月 21 日)

6-9 英國博物院(British Museum，今譯「大英博物館」)大廳 (攝於 2017 年 2 月 18 日)	6-10 英國博物院(British Museum，今譯「大英博物館」) 大廳 (攝於 2012 年 7 月 21 日)

6-11 藥殮屍棺(Mummy，今譯「木乃伊」) (攝於 2012 年 7 月 21 日)	6-12 藥殮屍棺(Mummy，今譯「木乃伊」) (攝於 2012 年 7 月 21 日)
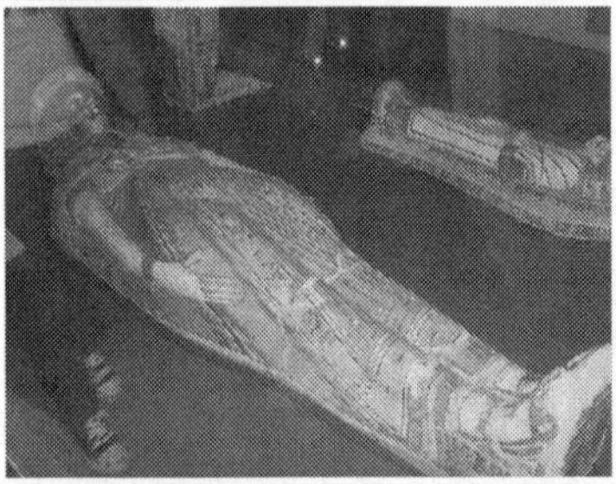	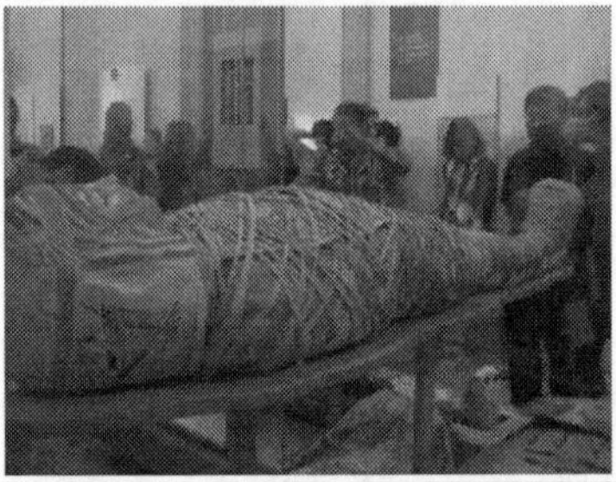
6-13 藥殮屍棺(Mummy，今譯「木乃伊」) (攝於 2012 年 7 月 21 日)	6-14 藥殮屍棺(Mummy，今譯「木乃伊」) (攝於 2012 年 7 月 21 日)

6-15 藥殮屍棺(Mummy，今譯「木乃伊」) (攝於 2012 年 7 月 21 日)	6-16 藥殮屍棺(Mummy，今譯「木乃伊」) (攝於 2012 年 7 月 21 日)
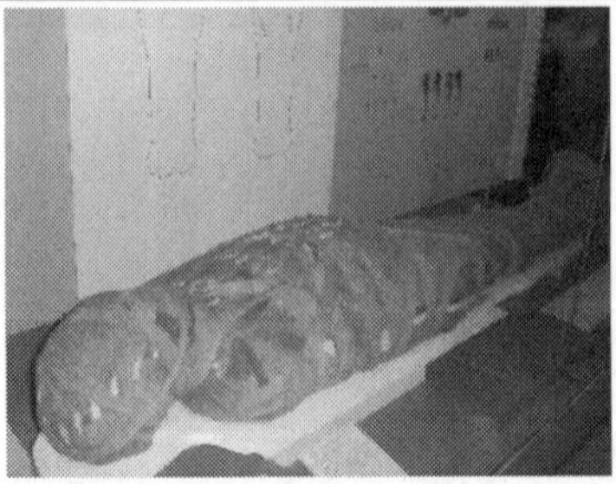	

6-17 巴比倫(Babylon)原始碑碣(楔形文字) (攝於 2012 年 7 月 21 日)	6-18 愛爾金氏石刻(Elgin Marbles) (攝於 2012 年 7 月 21 日)

6-19 愛爾金氏石刻(Elgin Marbles) (攝於 2012 年 7 月 21 日)	6-20 愛爾金氏石刻(Elgin Marbles) (攝於 2012 年 7 月 21 日)

6-21 愛爾金氏石刻(Elgin Marbles) (攝於 2012 年 7 月 21 日)	6-22 愛爾金氏石刻(Elgin Marbles) (攝於 2012 年 7 月 21 日)

6-23 愛爾金氏石刻(Elgin Marbles) (攝於 2012 年 7 月 21 日)	6-24 愛爾金氏石刻(Elgin Marbles) (攝於 2012 年 7 月 21 日)
	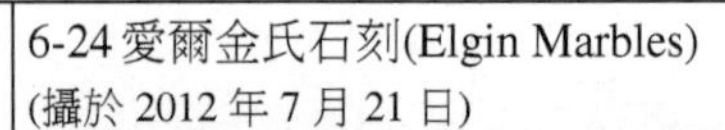
6-25 愛爾金氏石刻(Elgin Marbles) (攝於 2012 年 7 月 21 日)	6-26 愛爾金氏石刻(Elgin Marbles) (攝於 2012 年 7 月 21 日)

6-27 愛爾金氏石刻(Elgin Marbles) (攝於 2012 年 7 月 21 日)	6-28 愛爾金氏石刻(Elgin Marbles) (攝於 2012 年 7 月 21 日)

6-29 中國館 (攝於 2012 年 7 月 21 日)	6-30 中國館 (攝於 2012 年 7 月 21 日)

6-31 中國館 (攝於 2012 年 7 月 21 日)	6-32 中國館 (攝於 2012 年 7 月 21 日)

6-33 中國館 (攝於 2012 年 7 月 21 日)	

七、水晶宮（Crystal Palace），今「水晶宮遺址公園」

拍攝者/提供者	羅秀美
拍　攝　日　期	2017 年 2 月 12 日
拍　攝　地　點	英國大倫敦郡昔登哈穆鎮(Sydenham，今譯「悉登漢姆」)

7-1 倫敦 昔登哈穆(Sydenham，今譯「塞登哈姆」)	7-2 水晶宮(Crystal Palace)遺址

7-3 「水晶宮」遺址	7-4 「水晶宮」遺址

7-5　「水晶宮」遺址 	7-6　「水晶宮」遺址 
7-7　「水晶宮」遺址 	7-8　「水晶宮」遺址 
7-9　「水晶宮」遺址 	7-10「水晶宮」遺址 

7-11「水晶宮」遺址

7-12「水晶宮」遺址

7-13「水晶宮」遺址

7-14「水晶宮」遺址

7-15「水晶宮」遺址

7-16「水晶宮」遺址

7-17「水晶宮」遺址	7-18「水晶宮博物館」(遺址旁邊，內部無法攝影)

7-19「水晶宮」車站	

附錄：呂碧城〈水晶宮〉所見之「埃及館」文物（羅賽他石）應為複製品，原件典藏於大英博物館。

拍攝者/提供者	羅秀美
拍　攝　日　期	2012年7月21日、2017年2月18日
拍　攝　地　點	英國倫敦市大英博物館

7-20 大英博物館「埃及館」文物 (攝於 2012 年 7 月 21 日)	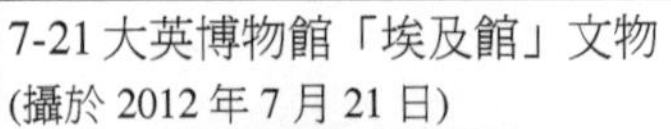 7-21 大英博物館「埃及館」文物 (攝於 2012 年 7 月 21 日)

7-22 大英博物館「埃及館」文物 (攝於 2012 年 7 月 21 日)	7-23 大英博物館「埃及館」文物 (攝於 2012 年 7 月 21 日)

7-24 大英博物館「埃及館」文物 (攝於 2012 年 7 月 21 日)	7-25 大英博物館「埃及館」文物 (攝於 2012 年 7 月 21 日)

7-26 大英博物館「埃及館」文物 (攝於 2012 年 7 月 21 日)	7-27 大英博物館「埃及館」文物 (攝於 2012 年 7 月 21 日) 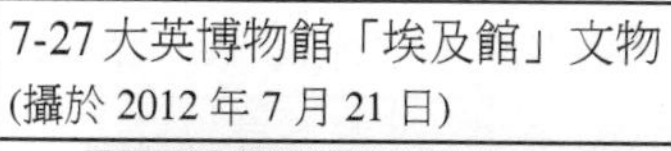

7-28 大英博物館「埃及館」羅賽他石 (Rosetta Stone，今譯「羅賽塔石」) (攝於 2012 年 7 月 21 日)	7-29 大英博物館「埃及館」羅賽他石 (Rosetta Stone，今譯「羅賽塔石」) (攝於 2012 年 7 月 21 日)

7-30 大英博物館「埃及館」羅賽他石 (Rosetta Stone，今譯「羅賽塔石」) (攝於 2017 年 2 月 18 日)	7-31 大英博物館「埃及館」羅賽他石 (Rosetta Stone，今譯「羅賽塔石」) (攝於 2017 年 2 月 18 日)

八、倫敦堡（The Tower of London，今譯「倫敦塔」）

拍攝者/提供者	羅秀美
拍　攝　日　期	2012 年 7 月 21 日、2017 年 2 月 16 日
拍　攝　地　點	英國倫敦市

8-1　倫敦塔 (攝於 2012 年 7 月 21 日)	8-2　倫敦塔侍衛 (攝於 2012 年 7 月 21 日)
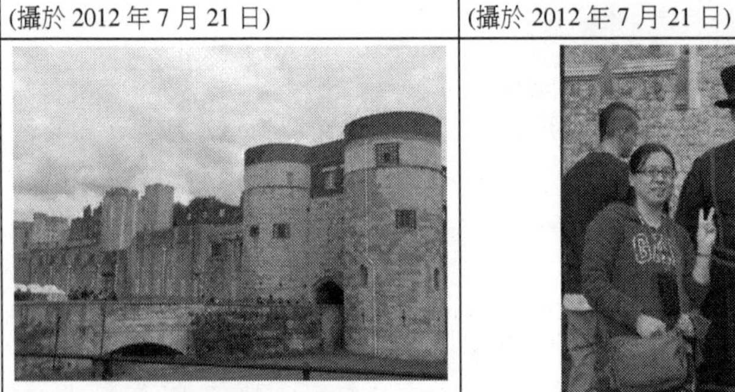	
8-3　倫敦塔 (攝於 2017 年 2 月 16 日)	8-4　倫敦塔 (攝於 2017 年 2 月 16 日)

8-5 倫敦塔
(攝於 2017 年 2 月 16 日)

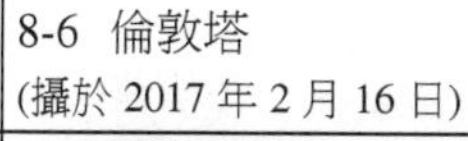

8-6 倫敦塔
(攝於 2017 年 2 月 16 日)

8-7 倫敦塔侍衛
(攝於 2017 年 2 月 16 日)

8-8 倫敦塔侍衛
(攝於 2017 年 2 月 16 日)

8-9 伊立撒伯公主路 (Prince Elizabeth's Walk，今譯伊莉莎白公主路)

8-10 伊立撒伯公主路 (Prince Elizabeth's Walk，今譯伊莉莎白公主路)

8-11 伊立撒伯公主路 (Prince Elizabeth's Walk，今譯伊莉莎白公主路)

8-12 血宮(The Bloody Tower，今譯血腥塔)

8-13 血宮(The Bloody Tower，今譯血腥塔)

8-14 血宮(The Bloody Tower，今譯血腥塔)

8-15 血宮(The Bloody Tower，今譯血腥塔)

8-16 血宮(The Bloody Tower，今譯血腥塔)

九、議院（衛斯民宮 Westminster Palace，今譯「西敏宮」，或稱「國會大廈」）

拍攝者/提供者	羅秀美
拍 攝 日 期	2012 年 7 月 21 日、2017 年 2 月 15 日
拍 攝 地 點	英國倫敦市

9-1 西敏宮(國會大廈)(由[倫敦眼]鳥瞰) (攝於 2012 年 7 月 21 日)	9-2 西敏宮(國會大廈)(由[倫敦眼]鳥瞰) (攝於 2012 年 7 月 21 日)

9-3 西敏宮(國會大廈) (攝於 2017 年 2 月 15 日)	9-4 西敏宮(國會大廈) (攝於 2017 年 2 月 15 日)

9-5 西敏宮(國會大廈) (攝於 2017 年 2 月 15 日)	9-6 西敏宮(國會大廈) (攝於 2017 年 2 月 15 日)

9-7 西敏宮(國會大廈)訪客參觀入口 (攝於 2017 年 2 月 15 日)	9-8 西敏宮(國會大廈)西敏廳 (攝於 2017 年 2 月 15 日)

9-9 西敏宮(國會大廈) 西敏廳 (攝於 2017 年 2 月 15 日)	9-10 西敏宮(國會大廈) 西敏廳 (攝於 2017 年 2 月 15 日)
 	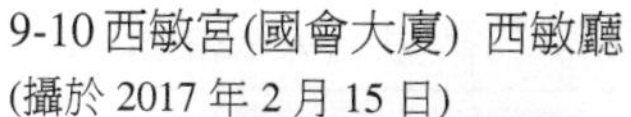
9-11 西敏宮(國會大廈)西敏廳通往上下議院的入口[3] (攝於 2017 年 2 月 15 日)	9-12 西敏宮(國會大廈)聖斯泰芬堂(St. Stephen's Hall，今譯「聖史蒂芬教堂」) (攝於 2017 年 2 月 15 日)

3 訪客由此進入參觀上下議院內部重要房間，包括：(1)英王更衣室（King's Robing Room）(2)皇家畫院（Royal Gallery）(3)太子室（Prince's Chamber）(4)貴族院（House of Lords，今譯「上議院」）(5)爵士廊（Peers' Corridor）(6)中央廳（Central Hall）(7)東廊（Eastern Corridor）(8)眾議院廊（House of Commons' Corridor，今譯「下議院廊」）(9)眾議院（House of Commons，今譯「下議院」）等，呂碧城皆參訪過，且記載於文中；內部禁止攝影。

十、衛斯民教堂（Westminster Abbey，今譯「西敏寺」）

拍攝者/提供者	羅秀美
拍　攝　日　期	2017 年 2 月 16 日
拍　攝　地　點	英國倫敦市

10-1衛斯民教堂(Westminster Abbey，今譯「西敏寺」)大門	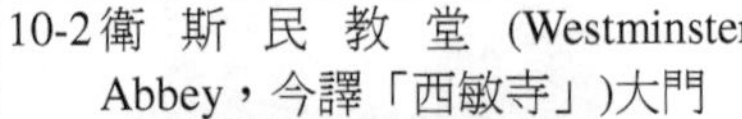 10-2衛斯民教堂(Westminster Abbey，今譯「西敏寺」)大門

10-3衛斯民教堂(Westminster Abbey，今譯「西敏寺」)	10-4衛斯民教堂(Westminster Abbey，今譯「西敏寺」)

10-5衛斯民教堂 (Westminster Abbey，今譯「西敏寺」)	10-6衛斯民教堂 (Westminster Abbey，今譯「西敏寺」)

十一、法庭（今「皇家高等法院」）

拍攝者/提供者	羅秀美
拍攝日期	2017年2月14日
拍攝地點	英國倫敦市

11-1法庭(今「皇家高等法院」)大門	11-2法庭(今「皇家高等法院」)大門

<table>
<tr><td>11-3 法庭(今「皇家高等法院」)銜牌</td><td>11-4 法庭(今「皇家高等法院」)前</td></tr>
<tr><td>
</td><td></td></tr>
<tr><td>11-5 法庭(今「皇家高等法院」)</td><td>11-6 法庭(今「皇家高等法院」)前，
電視台訪問法庭人員</td></tr>
<tr><td></td><td></td></tr>
</table>

國家圖書館出版品預行編目資料

彤管文心——近代女性文學的賡續與新變

羅秀美著. – 初版. – 臺北市：臺灣學生，2021.01
面；公分

ISBN 978-957-15-1843-5 (平裝)

1. 女性文學 2. 文學評論 3. 文集

815.107　　110000534

彤管文心——近代女性文學的賡續與新變

著 作 者　羅秀美
出 版 者　臺灣學生書局有限公司
發 行 人　楊雲龍
發 行 所　臺灣學生書局有限公司
地　　址　臺北市和平東路一段 75 巷 11 號
劃撥帳號　00024668
電　　話　(02)23928185
傳　　眞　(02)23928105
E-mail　student.book@msa.hinet.net
網　　址　www.studentbook.com.tw
登記證字號　行政院新聞局局版北市業字第玖捌壹號
定　　價　新臺幣八〇〇元
出版日期　二〇二一年一月初版
ISBN　978-957-15-1843-5

81502
有著作權・侵害必究